白鲸
Moby Dick
〔美〕赫尔曼·梅尔维尔/著
成时/译

名著名译丛书

Herman Melville
MOBY DICK
据 The Northwestern Newberry Edition, Volume Six, 1988 年版译出

图书在版编目(CIP)数据

白鲸/(美)赫尔曼·梅尔维尔著;成时译.—北京:人民文学出版社,2017(2025.7重印)
(名著名译丛书)
ISBN 978-7-02-012492-3

I.①白… II.①赫…②成… III.①长篇小说—美国—近代 IV.①I712.44

中国版本图书馆 CIP 数据核字(2017)第 040608 号

责任编辑	冯 娅	
装帧设计	刘 静 陶 雷	
责任印制	苏文强	

出版发行	人民文学出版社	
社　　址	北京市朝内大街 166 号	
邮政编码	100705	
印　　刷	三河市中晟雅豪印务有限公司	
经　　销	全国新华书店等	
字　　数	536 千字	
开　　本	890 毫米×1290 毫米　1/32	
印　　张	18.875　插页 3	
印　　数	57001—60000	
版　　次	2001 年 12 月北京第 1 版	
印　　次	2025 年 7 月第 15 次印刷	
书　　号	978-7-02-012492-3	
定　　价	49.00 元	

如有印装质量问题,请与本社图书销售中心调换。电话:010-65233595

赫尔曼·梅尔维尔

赫尔曼·梅尔维尔（1819—1891）

  小说家、散文家和诗人，生于美国纽约。父亲从事进出口贸易，经常漂洋过海；母亲见多识广，善于讲故事。梅尔维尔先后做过商店伙计、银行职员、代课教师、货轮船员，二十一岁转到捕鲸船上工作。他的作品包括《皮埃尔》《代笔者巴特贝》《毕利·伯德》等。

  捕鲸船船长埃哈伯一心要捕杀咬掉自己一条腿的凶残聪明的白鲸莫比·迪克。在几乎航行了全世界之后，终于与莫比·迪克遭遇。经过三天追踪，他用鱼叉击中白鲸，但船被白鲸撞破，埃哈伯被捕鲸索缠住带入海中。最终，他和全船人员同归于尽，只有水手以实玛利一人得救。《白鲸》以其充实的思想内容、史诗般的规模、成熟深思的笔调，成为世界海洋文学的经典之作。

译　者

成时　(1922—2010)，又名徐成时，浙江嘉善人，大学文化。新闻工作者、著名翻译家。曾任新华通讯社对外部、国际部编译，中国社会科学院研究生院新闻系、北京广播学院外语系、中国新闻学院教授。成时多年从事俄语和英语文学翻译工作，主要译著有《十九世纪波兰浪漫主义文学》《普通人狄蒂》《白夜》《温顺的女性》《圣诞树和婚礼》《哈克贝利·费恩历险记》《汤姆·索亚历险记》《白鲸》等。

出 版 说 明

人民文学出版社从上世纪五十年代建社之初即致力于外国文学名著出版，延请国内一流学者研究论证选题，翻译更是优选专长译者担纲，先后出版了"外国文学名著丛书""世界文学名著文库""二十世纪外国文学丛书""名著名译插图本"等大型丛书和外国著名作家的文集、选集等，这些作品得到了几代读者的喜爱。

为满足读者的阅读与收藏需求，我们优中选精，推出精装本"名著名译丛书"，收入脍炙人口的外国文学杰作。丰子恺、朱生豪、冰心、杨绛等翻译家优美传神的译文，更为这些不朽之作增添了色彩。多数作品配有精美原版插图。希望这套书能成为中国家庭的必备藏书。

为方便广大读者，出版社还为本丛书精心录制了朗读版。本丛书将分辑陆续出版。

人民文学出版社
2015 年 1 月

前　言

一八四〇年，法国大历史学家托克维尔曾在他的名著《美国的民主》的第二部分中说："严格说来，美国人至今还没有任何文学可言。"哪知事隔不到十年，美国人民便迎来了本国文学史上第一个特大丰收。这样说，不是要指责托氏说话没有足够的根据；而是想说明美国文学一旦酝酿成熟，头开得煞是不凡。在一八五〇年前后数年的时间里，霍桑献出了他的力作《红字》(1850)和《七个尖角顶的房子》(1851)；朗费罗出版了代表作长篇叙事诗《伊凡吉林》(1847)和《海华沙之歌》(1854)。梭罗的《瓦登湖畔》在一八五四年出版。特别值得注意的是两部美国文学的巅峰之作先后在这时问世，那便是沃尔特·惠特曼的《草叶集》和此刻摆在读者面前的赫尔曼·梅尔维尔的《白鲸》。

梅尔维尔在写作《白鲸》的过程中，发表了一篇题为《霍桑与他的青苔》(指小说《古宅青苔》)的文章。他在文中预言了美国文学的光明前途，声称有人以为美国文学家中如果出现了一个伟大天才，"那他必是穿着伊丽莎白女皇时代的服装走来的。如果他是写戏剧的，那必然是以英国古代史或是薄伽丘的故事为依据；这是大错特错。伟大的天才是时代的一部分；他们本身就是时代，具有与之相应的色彩"。

他还说："凡是美国作家都不应该像一个英国人或一个法国人那样写作；让他像一个人那样写作吧，因为那样他肯定会像一个美国人那样写作的。"

读了这些话，读者便可以想见其为人；这些话听起来简直像是美国文化的独立宣言。而《白鲸》一书证明梅尔维尔并不是口出狂言。他以一部只有美国人才写得出来，而且是以大气磅礴的史诗风格和气魄来反映美国人的时代精神和生活风貌的作品来说明他所言非虚。

赫尔曼·梅尔维尔一八一九年生于纽约曼哈顿，父亲是商人，母亲是美国独立战争中的一位英雄甘斯沃特将军的女儿。他十一岁时父亲经商失败,十三岁时丧父,家道从此中落。他十五岁便开始独立谋生,当过簿记员、小学教师等。二十岁时他便在地方小报上发表习作,二十二岁(1841年1月)时到首次出航的捕鲸船阿库希奈特号上当了一名水手。一八四三年,他入美国海军服役,一八四四年十月在波士顿退伍。

一八四五年,梅尔维尔开始文学创作,从处女作《泰皮》起至《白鲸》止的六部作品都以他的四年海上生涯为创作源泉。《泰皮:波利尼西亚生活一瞥》(1846)与《欧穆:南海历险记事》(1847)写的都是作者在南太平洋马奎撒斯群岛上土著部族中的生活纪实。《玛地》(1849)的故事,作者声明是虚构的。同年还出版了《雷得本:他的首次航行》,次年又有《白外衣,或名战舰上的世界》面世,它揭露了美国海军中一些积弊,特别是残酷的笞刑。

回头来看,前五本在客观上可以说是梅尔维尔为写《白鲸》而练笔之作。《玛地》在文字风格上是《白鲸》的预演,而从《白外衣,或名战舰上的世界》则可见《白鲸》中作者表露的种种思绪的端倪。

《白鲸》的创作始于一八五〇年二月,一八五一年八月完成,中间经过一次改弦易辙式的改写。作者在书中第一百〇四章《鲸鱼化石》开头几段中交代了他写作时心中的宏愿和所以这样写的因由。他的话归结起来便是他要写一部"巨著",而要这样做,"你必须挑选一个巨大的主题",鲸鱼正是这样一个"大至包罗万象的题目",可以尽情发挥。而如果"你以跳蚤为题,决然写不出传世的名著来,尽管有许多人这样试过"。

《白鲸》于一八五一年十月出英国版,十一月出美国版。评论界对之有誉有毁。誉之者目为奇书,毁之者则斥为怪书。前者直感到这是一部冲决了一切传统文体的樊篱的现代史诗式作品。后者则把它说成"一锅用罗曼司、哲学、自然史、美文、优美感情和粗俗言语熬成的文字粥"。

遗憾的是终其一生,梅尔维尔作为《白鲸》的作者并没有得到应有的承认。中年以后,他放弃以写作为专业,改任纽约海关督察员,暇时写诗自娱。一八九一年,他于默默无闻中辞世。

一九〇七年,《白鲸》开始为文人学士们所注意。牛津大学出版社将它收入它的《世界经典作品文库》。一九一七年,卡尔·范多伦在其主编的《剑桥美国文学史》中称之为"全世界文学中最伟大的海洋传奇小说之一",指出"正是那种思辨与经验的独特的混合赋予《白鲸》以特有的力量"。于是从一九一九年作者诞辰百年纪念起,掀起了一股重新评价梅尔维尔和《白鲸》热。名作家 D. H. 劳伦斯和 E. M. 福斯特都有专文论述。前者声称《白鲸》是"无人能及的海上史诗"。

然而怎样来具体分析、认识和欣赏《白鲸》,这在美国文学批评界至今还是个话题。最近两三年中,仅梅尔维尔的评传就出了三种,其中梅氏全集的首席主编赫歇尔·帕克教授所著的《梅尔维尔传》刚出了第一卷。论述《白鲸》的整体或某一方面的专著和专文则几乎年年都有。就译者所见的而言,有两点是这些批评家所公认或认为不言自明的:首先他们都以为《白鲸》中一些写法是现代派小说艺术特色的前奏,诸如时空的交叠、叙事语气的转换(如第五十四章《"汤—霍"故事》中以实玛利从叙述当前事情转为回首往事)以及一些意识流的章节(如几处戏剧形式的内心独白)等等;其次是他们都谈到这部作品的多义性。自从现代派大家 T. S. 艾略特对莎士比亚剧作的意义作多层次的剖析和阐释以后,启发了许多同辈和后来者。《白鲸》可以说是作这种阐述的范本。比如说,读者可以跳过许多有关鲸鱼与鲸类学以及社会批评和哲理思辨的章节,把《白鲸》仅仅当做一个人与鲸生死相搏的海上惊险故事来读;好莱坞两次拍摄《白鲸》的影片(第二次在一九九七年上映)都是这样处理的。这样,好看固然好看,但作品的内涵和韵味损失得太多。这可说是阐述《白鲸》的最低层次。我们也可以把它放在美国建国初期的背景上来读,那时来自各国,向往新大陆的移民纷纷到西部去开疆拓土,创立基业,既轰轰烈烈,也艰苦备尝。美国捕鲸业正是这场大进军的一个海上方面军,它依仗着美国工业为它装备的先进的捕鲸船,赶上并超过了十八世纪英、法、荷等捕鲸大国,一跃而居世界首位。这样读《白鲸》便可感受到它多么深刻地反映了美国创业时代的精神风貌和它所蕴含着的史诗气派。这就大大地深入了一层。如果把《白鲸》当做叙事人以实玛利的故事来读,那么,故事以以实玛利为了逃避陆地上的生存烦恼,到海上去以求解脱开始,接着他结识了卖头颅的食人生番季奎格,把他引为知己,两人一同上了披谷德号;在大海上,他探求起人生的不可捉摸的奥秘来,发了许多感慨,有社会政治批评,有哲理性思考,大多幽默隽永,亦庄亦谐;最后,作者在船鲸同归于尽时使他成为惟一的幸存者,好来讲述这个富于象征意义的悲剧故事。

我们可以再换一个视角来看处于全书中心地位的船长埃哈伯和白鲸。作者对埃哈伯着墨并不多,让他亮相也晚,然而正因如此,对他的一勾一勒,都仿佛刻在读者心上。至于白鲸,则千呼万唤才在结尾高潮中露面。埃哈伯代表人在复仇狂热中丧失了人性的恶,这一点比较明显;至于白鲸是不是代表自然界的恐怖力量,这一点,作者的态度似乎有些游移不定;读者可以从《白鲸之白》这一章中有所感觉。这一对生死冤家的搏斗,其结果是没有赢家。从这一方面、这一层次来看《白鲸》,它正暗合希腊悲剧的精髓。而结尾中船将沉时,一头鹰自天而降,正好被印第安人镖枪手塔希特戈一锤子钉在桅顶上。这一神来之笔更在悲剧的顶点抹上一笔神话的色彩。

值得一提的是作者着意在追杀白鲸之前写了埃哈伯对"疯孩子"比普的慈父般的关怀和《交响乐章》一章中对在家中守候着天际归帆的娇妻稚子的难以割舍的亲情。这感人肺腑的两笔恰好反衬出这个复仇狂的残人以逞的铁石心肠。

关于这部具有极大复杂性的美国文学杰作,可说的还有很多,这里只想就初识《白鲸》的读者可能有的意见谈一点看法,这种读者批评家曾有过的意见就是《白鲸》中各种文体杂陈,作者还多次打断故事的进程,给读者上鲸类学等等的大课,令人感到大煞风景。简言之,《白鲸》大异小说的常规。对此我们不妨再引托克维尔的一段话来解释。那是对早期蓬勃兴起的美国文学的一个精辟的预言:

"大体说来,一个民主国家的文学从不会表现出贵族文学工整有序、循规蹈矩以及讲究技巧和艺术的特点。它往往忽视以至鄙视形式的完美。它的风格往往是奇特的,不正确的,累赘不堪,松散无度,而且几乎总是强劲有力、狂放大胆。作家们会力求很快写成,而不太计较细节的尽善尽美。篇幅短的作品较长篇巨制更为常见。将会出现粗鲁的未受教化的思想的勃勃生机,其品类众多,且有异常的繁殖力。作家所致力的将是惊世骇俗多于取悦逢迎,用于引发激情之处多,用于满足高雅品位之力少。"①

这是托氏于十九世纪三十年代写的,《白鲸》问世在其后十余年。然而除了篇幅这一点之外,可以说句句都在《白鲸》身上应验了。预言的精髓在于它道出了民主精神与作家的创作态度、文体与风格之间声气相通的关系。我们不妨从这一角度来看待《白鲸》的种种不合常规,易遭人诟病之处。因此缺陷未必不与长处有关,有的简直同时也是长处,是一个硬币的另一面。人品与作品,此理相同。

梅尔维尔的民主精神,特别是他的反对种族歧视,主张不论肤色,人类一律平等的立场使《白鲸》大为生色增辉。小说一开头,他就讲了个以实玛利与蛮子季奎格的出奇有趣的故事,很能说明这一点。在以实玛利眼里,季奎格从一个食人生番很快变为自己的伙伴,然后是知己,终于升华为勇士和冒死救人于怒涛之中的英雄。如果拿这个故事和《鲁滨孙飘流记》中的鲁滨孙和星期五的故事比较一下,则梅尔维尔能刻意表现蛮子贱民的纯朴勇敢、舍己为人的侠义精神,其思想境界实是难能可贵。

以上就如何看待这部小说的全局为读者提供一二视角和思路,供大家参考。至于具体的人物情节等等,读者尽可细细品味,形成自己的看法。译者就不必在这里饶舌了。

小说本文根据美国西北大学纽伯瑞图书馆一九八八年出版的《赫尔曼·梅尔维尔全集》第六卷译出。该卷编者为哈里逊·海福德、赫歇尔·帕克和G. 托马斯·谭赛尔三位教授。译文中大部分注释系根据企鹅古典文库本由哈罗德·皮佛教授编订的《白鲸》卷的详注摘译或编译。

成时
一九九九年十一月十九日

---

① 引自《美国的民主》英译本,1994年伦敦版,第474页。

目 录

鲸鱼一词探源 ·· 001
第 一 章　幻景招人 ·· 021
第 二 章　打点行囊 ·· 027
第 三 章　鲸鱼客栈 ·· 032
第 四 章　百衲被子 ·· 046
第 五 章　早餐桌上 ·· 050
第 六 章　街头所见 ·· 052
第 七 章　教堂遐想 ·· 054
第 八 章　讲坛种种 ·· 057
第 九 章　借古传道 ·· 060
第 十 章　得一知己 ·· 068
第十一章　竟夜长谈 ·· 072
第十二章　概述身世 ·· 074
第十三章　借车上路 ·· 076
第十四章　南塔克特 ·· 080
第十五章　美味杂烩 ·· 082
第十六章　这一条船 ·· 085
第十七章　如此斋戒 ·· 100
第十八章　画押上船 ·· 106
第十九章　预言生疑 ·· 110
第二十章　全体出动 ·· 113
第二十一章　上得船来 ······································ 115
第二十二章　圣诞快乐 ······································ 118

第二十三章	无意平安	123
第二十四章	为捕鲸辩	124
第二十五章	附言	128
第二十六章	骑士与随从	129
第二十七章	骑士与随从	133
第二十八章	埃哈伯	137
第二十九章	埃哈伯上,斯德布随上	141
第 三 十 章	抽烟有所思	144
第三十一章	南柯一梦	145
第三十二章	分门别类	148
第三十三章	斯贝克辛德	160
第三十四章	船长桌上	163
第三十五章	桅顶瞭望	168
第三十六章	后甲板上	176
第三十七章	夕阳西下	183
第三十八章	暮色降临	185
第三十九章	第一夜班	187
第 四 十 章	半夜,船头楼	188
第四十一章	莫比·迪克	197
第四十二章	白鲸之白	206
第四十三章	听!	216
第四十四章	航海图	217
第四十五章	立誓为证	222
第四十六章	心中揣度	230
第四十七章	编缏遐想	233
第四十八章	初次放艇	235
第四十九章	毒如蛇蝎	246
第 五 十 章	埃哈伯的艇子和水手。费达拉	248
第五十一章	怪异的喷水	251

第五十二章	信天翁号	255
第五十三章	联欢会	257
第五十四章	"汤—霍"故事	261
第五十五章	谈谈鲸鱼的那些荒乎其唐的画像	281
第五十六章	谈谈错误较少的鲸鱼图像以及捕鲸场面的逼真图画	287
第五十七章	谈谈油画、牙雕和木刻中的以及刻在铁板、石头、山上和星星上的鲸鱼	291
第五十八章	鲸鱼食料	294
第五十九章	鱿鱼	297
第六十章	曳鲸索	300
第六十一章	斯德布宰了一头鲸鱼	303
第六十二章	鱼枪	308
第六十三章	支架	309
第六十四章	斯德布的晚餐	310
第六十五章	鲸鱼做菜	318
第六十六章	屠杀鲨鱼	320
第六十七章	割膘	322
第六十八章	包被	323
第六十九章	海葬	326
第七十章	狮身人面怪	328
第七十一章	耶罗波安号的故事	330
第七十二章	猴索	336
第七十三章	斯德布和弗兰斯克宰了一头露脊鲸,接着就此谈了一次话	340
第七十四章	抹香鲸脑袋——对照观	345
第七十五章	露脊鲸脑袋——对照观	349
第七十六章	破城之槌	352
第七十七章	海德堡大桶	355

第七十八章	水缸水桶	356
第七十九章	大草原	360
第八十章	脑壳	363
第八十一章	披谷德号与处女号相遇	365
第八十二章	捕鲸业的赫赫声名	376
第八十三章	用历史眼光看约拿	379
第八十四章	投杆	381
第八十五章	喷泉	385
第八十六章	尾巴	389
第八十七章	无敌舰队	394
第八十八章	学校与校长	406
第八十九章	有主的鱼与无主的鱼	409
第九十章	头还是尾	413
第九十一章	披谷德号遇上玫瑰骨朵号	416
第九十二章	龙涎香	422
第九十三章	被抛弃的人们	425
第九十四章	手捏一把	429
第九十五章	法衣	432
第九十六章	炼油间	434
第九十七章	灯	438
第九十八章	装舱清扫	439
第九十九章	且说金币	442
第一百章	胳膊和腿。南塔克特的披谷德号遇上了伦敦的萨缪尔·恩德比号	448
第一百〇一章	圆酒瓶	456
第一百〇二章	阿萨息提斯的闺房	461
第一百〇三章	鲸鱼骨骼的尺寸	465
第一百〇四章	鲸鱼化石	467
第一百〇五章	鲸鱼的伟岸身躯是在逐渐变小吗？——它将趋于灭亡吗？	471

第一百○六章	埃哈伯的腿	475
第一百○七章	木匠	477
第一百○八章	埃哈伯和木匠甲板上——初夜班	480
第一百○九章	埃哈伯和斯塔勃克在房舱中	485
第一百一十章	季奎格在他的棺材中	487
第一百一十一章	太平洋	493
第一百一十二章	铁匠	495
第一百一十三章	熔铁炉	497
第一百一十四章	给世界镀上一层金色的人	501
第一百一十五章	披谷德号遇上了单身汉号	503
第一百一十六章	垂死的鲸	505
第一百一十七章	看守鲸鱼	507
第一百一十八章	象限仪	509
第一百一十九章	蜡烛	511
第一百二十章	初夜班快要结束的甲板上	518
第一百二十一章	半夜——船头楼的舷墙边	519
第一百二十二章	半夜长空——雷电交加	521
第一百二十三章	开不开枪	521
第一百二十四章	罗盘指针	525
第一百二十五章	计程仪与绳子	528
第一百二十六章	救生器	531
第一百二十七章	甲板上	535
第一百二十八章	披谷德号遇上了拉谢号	537
第一百二十九章	房舱中	541
第一百三十章	帽子	543
第一百三十一章	披谷德号遇上了欢喜号	547
第一百三十二章	交响乐章	549
第一百三十三章	第一天追击	553
第一百三十四章	第二天追击	562

第一百三十五章　第三天追击 …………………………… 571
尾　声 ……………………………………………………… 583

谨以此书献与

纳撒尼尔·霍桑

志我对其天才的仰慕之忱

鲸鱼一词探源

（以下材料系由已故的曾患有肺痨病的初中助理教员提供。）

〔这位脸色苍白的助理教员——上衣、身心和头脑都已敝旧不堪；此刻他犹如在我眼前。他总是在用一块怪模怪样、上面颇有嘲弄意味地绣着世界上所有知名国家的花花绿绿的旗帜的手帕给他的那些旧词典和文法书掸灰。他爱给他的旧文法书掸灰，这样做不知怎的多少会使他想到自己不免于一死。〕

词　　源

当你着手向别人授课，教他们鲸鱼（Whale-fish）在本国语言中的名称是怎么说时，由于无知，竟漏掉了 H 这个字母，而少了这个字母，Whale 这个词就出不来任何意思，你教这个词是教错了。

——哈克鲁特

鲸　瑞典和丹麦文作 hval。这种动物以其周身滚圆或是打滚而得名。因在丹麦文中 hvalt 意为拱起或形若穹隆之意。

——韦伯斯特辞典

鲸　其更为直接的词源来自荷兰文和德文的 Wallen；例如 Walw-ian，滚动，打滚的意思。

——理查森辞典

ןח,	希伯来文
Χητοs	希腊文
CETUS	拉丁文
WHCEL	古代英语
HVALT	丹麦文
WAL	荷兰文
HWAL	瑞典文
WHALE	冰岛文
WHALE	英　文
BALEINE	法　文
BALLENA	西班牙文
PEKEE-NUEE-NUEE	斐济文①
PEHEE-NUEE-NUEE	埃罗芒阿岛文②

摘　录

（由一个次而又次的图书馆员提供。）

　　[这一个次而又次的可怜虫，一个终年在故纸堆中苦苦爬剔搜寻的区区书蠹，看来已访遍了世界上长长的图书馆和马路书摊，不管是什么书，圣书也罢，俗书也罢，其中凡是有偶尔提到鲸鱼的文字，他都已翻检了出来。因此各位切不可把这些杂凑在一起的摘录的有关鲸鱼的文字（哪怕它说得如何真切），当做认真的鲸类学的论著看待，至少不可处处当真。实情远非如此。至于下面出现的摘自那些古代文人学士以及诗人的文字，只是因为它们可以使我们对包括我们在内的许多国家和一代代人杂乱无章地就大鲸所说、所思、或想象或吟唱的一切作一短促的鸟瞰式的回顾才有其价值或趣味。

　　这么说来，你这个次而又次的可怜虫，我是你的品评人，我在这厢

---

① 斐济今为南太平洋上一个岛国，由八百四十余个岛屿组成。
② 埃罗芒阿是西南太平洋瓦努阿图（即新赫布里底群岛）的一个火山岛。

恭喜你啦。你属于那一伙没有出息、面黄肌瘦的人,这世上没有一种酒能暖过你们这种人的身子来,你们喝淡雪利酒①也嫌太凶了些;然而有时候别人也乐意和你们坐上一会儿,好叫自己也感到可怜兮兮的,洒下几滴眼泪从而变得快活起来,然后睁圆了眼,举起喝干了的杯子,直截了当,却不免酸酸地有些难受地对你们说——次而又次的人,认命吧!随你费尽心机,变着法儿去讨好世人,你照样落不了一个好!但愿我能把汉普顿宫②和土伊勒里宫③腾出来给你们住!不过还是咽下你的眼泪,赶紧一心一意攀上顶桅去;因为走在你们之前的你们的朋友们正在把天使长迦百列、米迦勒和拉斐尔撵出七重天去当难民,好腾出地方来等你们光临。在这儿,你们只能捶击破碎了的心——而在那儿,你们将捶击打不碎的玻璃杯!]

摘 录

上帝就造出一头头大鲸。

——《创世记》

大鲸使它们行的路发光,令人以为深海有了白发。

——《约伯记》

耶和华已安排了一头大鲸把约拿吞下。

——《约拿书》

那里有舢行走;有你所造的大鲸,嬉戏在其中。

——《诗篇》

到那日,耶和华必用他的刚强有力的大刀处罚那蹿来的蛇般的大鲸,即使是那些蜿蜒而来的蛇般的大鲸也要处罚;耶和华还将

---

① 原产于西班牙西南部的琥珀色的葡萄酒。
② 献给英王亨利八世的宫殿,在伦敦泰晤士河畔的里士满市。
③ 法王亨利二世王后的宫室,在巴黎卢浮宫旁。

杀海里那条蛟龙。

——《以赛亚书》①

此外，凡是落到这巨怪的一片混沌的嘴里，它一概照单全收，大口吞下，不管是兽、是船，还是石块，都在它的肚子那个无底洞里消亡。

——霍兰所译普卢塔克的《伦理学》

印度洋繁殖有世上最大的大鱼，其中称为 Balænæ② 的大鱼，有四英亩大。

——霍兰所译《普利尼》③

我们刚出海两天，就在日出时分遇见了大群鲸鱼和其他海怪。鲸鱼中有一头，其体躯更是大得出奇……它大张着嘴，向我们游来，在四周掀起大浪，把海水搅得成了一片泡沫。

——图克所译卢奇安的《信史》④

他到这个国家来，另一个目的是捕捉海象，因为海象的牙骨价值昂贵，他献了一些牙骨给国王。……最好的海象要在本国才能捕得，有的长达四十八码，有的则达五十码。他说他是六个人中间的一个，他们在两天之内宰杀了六十头。

——国王阿尔弗雷德口述⑤，
奥特所记，公元八九〇年

---

① 以上各段都录自《圣经·旧约》。
② 拉丁文的鲸鱼一词。
③ 这是作者抄自理查森辞典《鲸鱼》一条所引英国翻译家斐尔蒙·霍兰所译的普利尼的《博物学》。
④ 卢奇安(约120—约180)，希腊修辞学家，讽刺作家。引语摘自英国人威廉·图克所译的《信史》。
⑤ 摘自挪威国王阿尔弗雷德为自己所译的五世纪早期西班牙人奥罗修斯所著《以七部史书驳斥异教徒》一书所作的注解。作者所引有误。

进入这一怪物(鲸)的犹如令人不寒而栗的深渊般的大口的其他一切,兽也好,船也好,都被即刻吞下,荡然无存,天生是鱼饵的白杨鱼落到了它的嘴里,就进了绝对安全地带,可以在那里呼呼大睡。

——蒙田:《为雷蒙·塞蓬德一辩》

咱们快逃呀,快逃! 如果这不是高贵的先知摩西在善于忍耐的约伯记中所形容的大鲸,那就让老尼克〔魔鬼〕把我逮走吧。①

——拉伯雷

这头大鲸的肝可装两大车。

——斯托:《史记》②

那大鲸把大洋搅得像一口烧开了的油锅。

——培根爵士选译的《圣经·诗篇》

我们触碰了鲸鱼的无比巨大的躯干,没有得到确凿的感觉。它们长得肥胖异常,一头鲸鱼炼出的油,其数量令人难以置信。

——培根爵士:《生与死的历史》

世上治内伤的灵丹妙药是鲸脑。③

——《亨利国王》

很像一头鲸。④

——《哈姆莱特》

---

① 拉伯雷(约1483—1553),法国作家,以巨著《巨人传》传世。引语见《巨人传》第4卷第33章。
② 《史记》又名《英格兰编年通鉴》,由约翰·斯托开始记载,于1615年出版,引语见1574年7月9日条。
③ 引自莎士比亚历史剧《亨利四世》上部第一幕第三场。
④ 莎剧《哈姆莱特》第三幕第二场。

没有任何高明的医术能治好他的伤,
他只得像受伤的大鲸穿越大洋,
飞回岸边一样,
再回去找那个伤他的人,
他用卑劣的短箭射穿他的胸膛,
使他疼痛难挡。

——《仙后》①

它们大得有如鲸鱼,它们的巨大的身躯能把风平浪静的海洋搅得沸腾起来。

——威廉·戴夫南特爵士:《冈地伯特》序②

鲸脑到底是什么,人们尽有理由怀疑,因为学识渊博的霍夫斯曼努斯在他的三十年写成的力作中说得明白,不知为何物。

——T. 布朗爵士③:关于鲸脑与抹香鲸问题。

犹如斯宾塞的塔卢斯拿着他的新式的连枷,
鲸鱼以它的沉重的尾巴要使你人船俱丧。

它的侧腹携带着击中的标枪,
在它的背上,露出了一簇长矛。

——沃勒④:《夏岛之战》

那个利维坦是用心计创造出来的,它名为联邦或国家——

---

① 摘自英国诗人爱德蒙·斯宾塞(1552—1599)的长诗《仙后》(1596)。
② 威廉·戴夫南特(1606—1668),英国诗人,剧作家。
③ 托马斯·布朗爵士(1605—1682),英国医生,作家。
④ 爱德蒙·沃勒(1606—1687),美国诗人。

（拉丁文为 Civitas），其实不过是个人造的人。

——霍布斯的《利维坦》一书的开场白①

曼苏尔这蠢货囫囵吞枣地把它吞了下去，活像它是鲸鱼嘴里的一条小鱼。

——《神圣战争》②

那海兽
利维坦是上帝所创造的一切之中
最大的，它在大洋的潮流中洄游。

——《失乐园》③

——那利维坦，
生灵中的最大者，它伸展在一片汪洋中，
它沉睡时犹如一座海岬，洄游时则如一片
浮动的陆地；它从鳃中吸进一座大海，吐
气时又把大海喷出去。

——《失乐园》④

那些巨鲸身外是一片海洋的水，
身子里则是一片海洋的油。

——富勒：《渎神与神圣之国》⑤

巨鲸们紧靠在海岬后边，
一心等着它们的猎物到来，

---

① 托马斯·霍布斯（1588—1679），英国政治哲学家。所引用语为其著《利维坦》的引言第五句。利维坦为大海怪，大鲸的音译。
② 《神圣战争》是英国作家约翰·班扬（1628—1688）的晚期宗教讽喻作品。
③ 见英国诗人弥尔顿的《失乐园》第 1 部。
④ 见《失乐园》第 7 部。
⑤ 见英国作家托马斯·富勒（1608—1661）《渎神与神圣之国》第 2 部第 20 章。

> 它们不去追逐,只吞食错游进
> 它们张大的嘴的小鱼虾。
>
> ——德莱顿:《安奴斯·米拉比利斯》①

> 他们在鲸尸浮近船艄时,切下它的脑袋,用一艘艇子拉着脑袋尽量靠近岸边;但脑袋到了水深十二三呎的地方便会搁浅。
>
> ——托马斯·埃奇:《记去斯匹茨卑尔根的十次航行》,见珀切斯②所编

> 他们一路上看到,许多鲸鱼在海洋中嬉戏,肆无忌惮地通过生来就长在肩头的气管和气孔喷出水来。
>
> ——T. 赫伯特爵士:《亚非航行记》载于哈里斯·科尔③

> 他们在此处看到好大的一群鲸鱼,以致他们不得不万分小心地前进,深恐他们的船会撞上他们。
>
> ——斯考顿:《第六次环航记》④

> 我们从易北河启航,风向东北,船名为约拿在鲸腹中号。……有人说,鲸鱼张不开嘴,然而那是无稽之谈。
>
> 人们不时攀上桅杆去,看是否能见到一头鲸鱼,因为第一个发现鲸鱼的人可以得到一枚金币以酬他的辛劳。……
>
> 人家告诉我在设得兰附近逮到一头鲸,发现它的肚子里有一桶以上的鲱鱼。……
>
> 我们船上的一位镖枪手告诉我,有一回他在斯匹茨卑根逮到

---

① 见英国诗人、剧作家德莱顿(1631—1700)的《安奴斯·米拉比利斯》第 203 节。
② 埃奇的航行记收在塞缪尔·珀切斯(1577—1626)所编的《黑克卢特遗作,或珀切斯游记》中。
③ 托马斯·赫伯特爵士所著为《亚非各地多年旅行记》(1638),该书并不见于哈里斯·科尔所编《航行记》。
④ 该书收入约翰·哈里斯所编《航行与旅行文集》(1705)。

了一头浑身白色的鲸。

——《公元一六七一年去格陵兰航行记》,载于哈里斯·科尔所编文集

好些头鲸来到了此地(法夫①)海岸。公元一六五二年,其中有一头的鲸骨长达八十呎,(据人家告诉我)它除了有大量鲸油之外,鲸须也有五百磅重。它的那张嘴相当于匹弗伦花园的一扇大门。

——西鲍尔德:《法夫与金罗斯》

我自己曾同意一试,看我是否能战胜并宰杀这种抹香鲸,因为它是如此生性凶猛,行动迅捷,我从未听说过有任何人杀死过任何一头这种鲸。

——理查德·斯特拉福德:《百慕大来信》,
见《皇家学会哲学会报》(1668)

海中的鲸鱼,
　　听上帝的话。
——《新英格兰英语初级读本》②

我们还看到数不清的大鲸,我敢说,南方海洋中大鲸的头数与在我们北边的海洋中的鲸数比起来是一百比一。

——考莱船长:《环球航行记》(1729)③

……鲸鱼吐气往往带有一股难闻的气味,使人感到头昏

---

① 法夫旧为苏格兰东岸一郡名,金罗斯旧为苏格兰中部一郡名。引语录自罗伯特·西鲍尔特爵士所著《法夫与金罗斯古代与现代史》(1710)。
② 此书1727年出版。
③ 威廉·考莱船长:《新环球航行记》,见于《航行记文集》,伦敦1729年出版,第4册第9卷第3章。

脑涨。

——乌略亚：《南美洲》①

我们将这事关重大的裙裾
信托给五十位特选的杰出仕女。
我们明知，即使以鲸肋支撑
裙箍，七重樊篱也难挡住。

——《秀发遇奸记》②

如果我们就体躯而论，把陆上的动物与潜居于深海中的动物相比，就会发现：一比之下，前者显得小得可怜。鲸鱼无疑是天下最大的动物。

——哥尔斯密：《博物志》③

你如要想为小鱼儿们写出一本寓言故事来，你就要让它们像大鲸那般说话。

——哥尔斯密致约翰逊书④

下午我们看到一物，初见时以为是一块大石，后来才看清是一头死鲸，它被一些亚洲人杀死之后正被拖到岸上来。这些人尽量往鲸鱼后面躲，似乎不想让我们瞧见。

——库克：《航行记事》⑤

他们难得想去冒险攻击那些较大的鲸鱼。对于其中的一些大鲸，他们心存极大的恐惧，以致一到了大洋之上，他们连大鲸这个词儿也怕提起。他们在小艇里带上兽粪、石灰石、松柴以及其他这

---

① 见安东尼奥·德·乌略亚所著《去南美洲的一次航行》。
② 出自英国诗人蒲柏（1688—1744）的长诗《秀发遇奸记》。
③ 哥尔斯密的《博物志》是作者的《地球与动物界的历史》（1744年伦敦版）在美国印行的节本，作学校课本用。
④ 见鲍斯韦尔的《塞缪尔·约翰逊传》。
⑤ 詹姆斯·库克船长所著《为探索北半球在太平洋上的一次航行》，1784年伦敦版。

一类性质的东西,以便把大鲸吓跑,防止它们游得太近。

——乌诺·冯·特罗伊关于一七七二年班克和
索兰德的冰岛之行的信

南塔克特人所遇见的抹香鲸是一种活跃而凶狠的动物,捕鲸人必须有熟练的技巧和胆量才能对付它们。

——托马斯·杰弗逊一七七八年致法国
外交部长的鲸鱼备忘录①

请问您大人,世上有什么足以和它相提并论?

——爱德蒙·伯克在议会发言时提到南
塔克特捕鲸业的话②

西班牙——它是搁浅在欧洲海岸上的一头大鲸。

——爱德蒙·伯克(出处不详)③

国王的通常收入的第十项来源是某些鱼类归皇家所有的权利,据说其根据是鉴于国王防护海洋不受海盗与强人的侵扰所作的报答。这些鱼类规定为鲸鱼和鲟鱼。这两类鱼,不论是被冲上岸来或在海岸附近捕获的,皆为国王的财产。

——布莱克斯通④

水手们迅速来到那生死场;
罗德蒙德举起了有倒钩的刀
对准了它的脑袋一下下地砍。

——福尔恭纳:《船毁劫》⑤

---

① 这是杰弗逊致法国外交部长抗议法国禁止进口鲸油的一个照会。
② 引自伯克在英国议会中建议与北美殖民地和解的发言(1775年3月22日)。
③ 这是伯克一七八〇年在英国下议院一次发言时说的,不见于他的《全集》。
④ 见英国大法学家威廉·布莱克斯通所著的《英国法释义》第1卷第8章。
⑤ 出自威廉·福尔恭纳的长诗《船毁劫》,1762年出版。

屋顶、宫殿和尖塔耀眼生辉，
火箭自行射向蓝天，
把它们的短暂的焰火，
挂在天穹下，星星点点。

大海高高涌起波涛，
让水与火比一比高低，
一头鲸鱼喷出一根水柱，
虽不便也要表示它的欢喜。
　　　　　　——考珀：《记女皇访问伦敦》①

一刀下去，(鲸的)心脏里迅疾无比地喷出十到十五加仑的血来。
　　　　　　——约翰·亨特所记切割一头
　　　　　　　　小鲸的经过情形

鲸的主动脉的口径比伦敦桥上自来水厂的水管还要粗，水管中哗哗流淌的水，其冲力与速度都不能与鲸鱼心脏喷出的血流相比。
　　　　　　——佩莱：《神学》②

鲸为哺乳类动物，无后脚。
　　　　　　——居维叶男爵③

在南纬四十度处，我们见到了抹香鲸，但一头也没有捕杀，直到五月一日，海上到处都是抹香鲸时我们才动手。
　　　　　　——科尔奈特专为求扩展捕抹香鲸
　　　　　　　　业而从事的航行报告

---

① 见英国诗人威廉·考珀1789年的诗作：《记女皇访问伦敦》。
② 见英国牧师和哲学家威廉·佩莱(1743—1805)所著《自然神学》第10章，1802年版。前一条约翰·亨特的话出于《自然神学》。
③ 见法国动物学家乔治·居维叶(1769—1832)所著《动物界》。

在我脚下的活泼泼的海水中,
有各色各种各样的鱼类在游,
它们翻腾,潜水,嬉戏,追逐,打斗;
真是语言难画难描,水手们也见所未见;
每一个浪头中都有可怕的鲸直至
千百万虫豸般的小鱼,
它们成群结伙,犹如浮游的岛屿,
为神秘的本能所驱使,
游过荒凉、无径可通的区域;
无论鲸鲨巨怪,或在脸面或在嘴,
总有刀、锯、盘角或钩牙作武器,
以抵御贪馋的敌人四面八方的袭击。
——蒙哥马利:《大洪水前的世界》①

啊,赞美吧!啊,歌唱吧!
这鳞鳍族中的大王。
在浩渺无边的大西洋中
没有鲸鱼能如它威震四方;
也没有鱼儿比它更肥,
把极地海洋当做自己的天地。
——查尔斯·兰姆:《大鲸的胜利》②

一六九〇年,有几个人在一高高的小山上观察鲸鱼们在喷水和互相嬉戏,突然其中一人说道:"那儿(指着大海)是一片草色青青的牧场,我们的儿女的孙儿女将在这片牧场上谋生。"
——奥贝德·梅赛:《南塔克特史》

---

① 引自英国诗人詹姆斯·蒙哥马利(1771—1854)的长诗《塘鹅岛》。
② 这首诗是英国散文家、诗人兰姆一八一二年为讽刺当时的摄政王而作。

> 我为苏珊和我自己盖了一座小屋,用鲸鱼颔骨,按哥特式的拱门形式安了一扇大门。
>
> ——霍桑:《故事新编》①

> 她到我这里来,说她要为她的初恋的情人修一座纪念碑,足有四十年之前这位恋人在太平洋上为一头鲸鱼所害。
>
> ——霍桑:《故事新编》②

> "不,先生,那是头露脊鲸,"汤姆回答道,"我看见它喷水,它喷起一对彩虹,美得像一个基督徒一心想看到的那样。那露脊鲸真是只大油桶,那家伙!"
>
> ——库柏③:《引水员》

> 报纸送了进来,我们看到《柏林公报》上说鲸鱼被搬上了那里的舞台。
>
> ——爱克曼:《歌德谈话录》④

> "天哪!蔡斯先生,出了什么事啦?"我回答说:"我们的船让一头鲸鱼撞了个窟窿。"
>
> ——南塔克特的捕鲸船埃塞克斯号遇难记,该船在太平洋上遭一头大抹香鲸攻击,终于被毁。作者为该船大副、南塔克特人欧文·蔡斯,一八二一年纽约出版。

---

① 见《故事新编》中《村里的大叔》一篇。
② 见《故事新编》中《用凿子削木头》一篇。
③ 詹姆斯·费尼莫尔·库珀(1789—1851),美国小说家。
④ 见该书1830年1月31日条。

一天晚上,一个水手坐在护桅索里,
　　风吹得呼呼的;
苍白的月光时明时暗,
鲸鱼在大海中游过,
它的身后磷光闪闪。

——伊丽莎白·奥克斯·史密斯①

　　为了捕获这一头鲸鱼,各艘小艇所放出的曳鲸索的总量计为一万零四百四十码,折合近六哩长。……

　　有时鲸鱼把它的力大无比的尾巴在空中甩上几下,好似鞭子在空中抽响,声闻可达三四哩之遥。

——斯考斯比②

　　抹香鲸在最后几次攻击中受伤,疼痛难熬,恼怒欲狂,它打了一个又一个滚,升起它的巨大无比的脑袋,张大了嘴向周围的一切乱咬,它用脑袋去冲撞小艇;小艇在它前面飞快逃离,有时被撞得船毁人亡。

　　……对于像抹香鲸这样一种如此有趣而从商业观点来看又是如此重要的动物的习性,竟然完全不曾想到要去研究一番;而且竟然引不起为数众多的观察家(其中有许多是能人)多少好奇心;这实在令人为之大感不解。而这些人近年来必定有很多很方便的机会可以利用来目睹它的种种习性。

——汤姆斯·皮尔:《抹香鲸史》(1839)

　　抹香鲸由于头尾两端都是势不可挡的武器,其攻击力较之格陵兰鲸或露脊鲸更强,不仅如此,它还常常表现出更好用这些

---

① 引自诗人的《悼死于海中的一名水手》。
② 见美国探险家威廉·斯考斯比船长所著《北极海域探险记》,前一段引自该书第2卷第4章,后一段引自第1卷第6章。

件武器去进攻对方的脾性,而且进攻时显得极有心计、胆量和恶意,因而被认为在所有已知的各类鲸鱼中,它是猎捕时最为危险的一种。

——弗雷德里克·德贝尔·贝内特:《环球捕鲸记》(1840)

十月十三日。"它在那儿喷水啦。"桅顶上有人叫了起来。
"在哪儿?"船长追问。
"在离船头下风头三个方位的地方,长官。"
"把你的舵轮转上来,沉住气!"
"沉住气,长官。"
"喂,桅顶上的!你这会儿还看得见那头鲸吗?"
"看得见,长官!一群抹香鲸!它在那儿喷水!它在跳!"
"给下面打招呼!每回都给下面打招呼!"
"是,是,长官!它在那儿喷水!那儿——那儿——它在那儿喷水——喷水——喷——水!"
"离船有多远?"
"两哩半。"
"我的天哪!这么近!通知大伙儿上甲板!"

——J. 劳斯·勃朗:《一次捕鲸航行版画集》(1846)

我们在这里要讲的那次可怕的事件就发生在属于南塔克特岛的这条名为环球号的捕鲸船上。

——幸存者雷和赫赛所记环球号哗变经过,公元一八二八年①

---

① 威廉·雷和赛勒斯·赫赛所记《环球号船员哗变纪实》第1章,1828年版。

一头被他击伤了的鲸鱼追上来攻击,他用长矛招架了一会儿;可是这怒气冲天的鲸终于撞翻了小艇。他本人和他的同伴只是因为看清冲撞已无可避免,及时跳到了海中,才得以保全性命。

——传道士泰尤曼和贝内
特的手记①

"南塔克特本身,"韦勃斯特先生说,"是国家利益的一个彰明昭著的独特的部分。约有八九千人住在海中这个岛上,他们既无比勇敢,又十分刻苦耐劳,每年所得为国家增添了大量财富。"

——但尼埃尔·韦伯斯特一八二八年在
美国参议院为申请在南塔克特修
建防波堤一事提出的报告

那头鲸鱼直扑到他身上,大概当场就结果了他的性命。

——亨利·T·契弗牧师:《鲸鱼和它的猎手,或名捕
鲸人历险记和鲸鱼的传记,由帕莱布船长在
返航途中所搜集的材料》

"你要是闹出哪怕是一丁点儿声音来,"萨缪埃尔回答道,"我就送你进地狱。"

——《(哗变者)萨缪埃尔·康斯托克传》②
其弟威廉·康斯托克作。这是环球
号航行记的另一版本

荷兰人和英国人之所以向着北方海洋航行,是想看看是否能

---

① 见但尼埃尔·泰尤曼和乔治·贝内特所著《航行旅途记事》第1卷,波士顿1832年版。
② 恐是当地流行的一本小册子。

通过北方海洋发现到达印度的航路。他们并没有达到这个主要目的,却发现了鲸鱼常去的场所。

——麦克洛:《商务词典》①

事物总是相互作用的;球弹回来了,只是为了再弹出去;如今鲸鱼的聚居地既已发现,捕鲸人就好像间接发现了那同一条神秘的西北航道的新线索。

——摘自未发表的某一文稿

在大洋之上,遇上一条捕鲸船,仅凭它的外貌,你也不能不为之感到惊讶。它的帆收得低低的,桅顶上有人在守望,热切地对着好大的一片汪洋细细察看,那光景与从事正常航行的船只大不相同。

——《美国探测船队远征记》:《潮流与捕鲸》②

伦敦附近及其他地方的行人也许还记得曾见过笔立在地上的弧形大骨头,不是作为大门上的门拱,便是作为客厅中凹室的入口。也许有人会告诉他们:这些都是鲸鱼的肋骨。

——《北冰洋捕鲸航行记事》③

直到追猎这些鲸鱼的小艇回来以后,白人们才发觉他们的船已被水手中那些招募来的蛮子血腥占领。

——关于霍勃梅克号捕鲸船被强占
后又被夺回的新闻报道④

---

① 据 J. 劳斯·布朗所引,约翰·雷姆赛·麦克洛编写的《商业和商业航行的实践、理论和历史辞典》,1832—1839年,伦敦版。
② 据 J. 劳斯·布朗引自查尔斯·威尔克斯的《美国探测船队远征记》第 5 卷,1845 年版。
③ 见罗伯特·皮尔斯所编《北冰洋航行记事文集》,伦敦 1826 年版。
④ 据查,霍勃梅克号应为沙龙号。

众所周知,(美国的)捕鲸船上的水手,很少有乘原来离家的船返航的。

——《乘捕鲸小艇巡弋记》①

突然之间,一个大家伙出现在水面上,笔直射向空中。原来那是头鲸鱼。

——《米里亚姆·考芬或名捕鲸的人》②

鲸鱼肯定已被镖枪击中;可是你想,只凭一根拴住了马尾巴根的索子,你怎么能对付得了一匹强壮有力、野性未驯的小马?

——《论捕鲸一章》③

"有一次,我看到大鲸中有两头(大概是一雄一雌)缓缓游着,一先一后,离(丹拉·台尔·富戈)海岸不到一石之遥。""岸上山毛榉树枝丫纷披。"

——达尔文的《博物学家的航行志》④

"向后,"大副叫道,他刚转过头去,便看见一头大抹香鲸张大了的嘴迫近艇艏,眼看着小艇有被即刻消灭的危险,——"向后,拼命向后划!"

——《鲸鱼杀手沃顿》⑤

勇敢的镖枪手正在出击鲸鱼的当儿,
我的儿郎们,我们要大声喝彩,不可耷拉着脑袋!

——南塔克特民歌

---

① 作者为詹姆斯·罗兹,纽约1848年版。
② 作者为约瑟夫·哈特,纽约1834年版。
③ 见《从戴维的杂件箱里掏出来的帆肋条和桅杆帽》,波士顿1842年版。
④ 见查尔斯·达尔文的《1832—1836年随海军后备役菲茨洛埃上校统领的皇家海军"皮格尔"舰访问各国,对地质和博物志所作的研究手记》,伦敦1839年版。
⑤ 作者为哈瑞·霍尔亚德,波士顿1848年版。

啊,这罕见的老鲸啊,在狂风暴雨中将要回它海洋中的家。
它是强权的巨人,而强权就是公理,就是无垠大海的皇帝。

——鲸歌

第 一 章
幻 景 招 人

你就叫我以实玛利①吧。那是有些年头的事了——到底是多少年以前,且不去管它——当时我口袋里没有几个钱,说一文不名也未尝不可,而在岸上又没有特别让我感兴趣的事可干。我于是想,不如去当一阵子水手,好见识见识那水的世界。这对于去除我的心火,调节血脉流通,未始不是个办法。每当我发现自己绷紧了嘴角;每当我的心情有如潮湿阴雨的十一月天气;每当我发现自己不由自主地在棺材铺门前驻足流连,遇上一队送葬的行列必尾随其后;特别是每当我的忧郁症发作到了这等地步:我之所以没有存心闯到街上去把行人的帽子一顶顶打飞,那只是怕触犯了为人处世的道德准则;——一到这种时候,我便心里有数:事不宜迟,还是赶紧出海为妙。除此之外,只有用手枪子弹了结此生一法。当年的伽图②以一种哲学家的姿态引颈自戕,今天的我则悄然上船。这本没有什么可奇怪的。只要了解此中况味的人都知道:所有的人或多或少,或先或后,都会生出向往海洋的感情,和我的相差无几。

这里就是曼哈托人的岛城③,一座座码头拦腰环绕着它,犹如那些

---

① 以实玛利是《圣经·旧约·创世记》第26章中亚伯拉罕和侍女夏甲所生的儿子。后亚伯拉罕的妻子撒莱也生了个儿子,便将夏甲和以实玛利赶出家门。本书的讲故事人在相当程度上,在某些方面是作者自况,取名为以实玛利似乎也有隐喻遭遇坎坷,受社会的不公平对待之意。
② 伽图,指小伽图(公元前95—公元前46),罗马保守的元老院贵族党领袖。内战(公元前49—公元前45)中,为保存共和国而与庞培联合作战。庞培战败后,他率残部在北非乌提卡死守,最后以身殉国。据史家普卢塔克云,他在自刎前曾读柏拉图的《对话录》中详细叙述苏格拉底被判服毒而死前的言谈情状的篇章达好几个小时之久。
③ 早年土著印第安人称今天纽约的曼哈顿为曼哈托。

西印度小岛为珊瑚礁所环绕一般。商业的浪潮包围冲激着全城。左右两厢的街道无一不把你引向水滨。城的最南端是炮台①。几个小时之前从岸上还看不见的潮水冲刷着那气派非凡的防波堤，凉风则吹拂着它。瞧那一群群看水景的人。

选一个梦一般的安息日下午，绕城走上一圈，从科里亚斯角到科恩蒂斯岬，从那儿经白厅②往北，你看到些什么？看到了全城四周布满了成千上万的普通百姓，一个个像沉默的哨兵，在做着海洋梦。有的靠着木头桩子；有的坐在埠头前梢；有的越过从中国来的船只的舷墙向远处眺望；有的高高地蹲在索具上，像是要登高望远，更好地看到大海。然而这些都是岸上人，一星期六天关在板条灰面房子里，不是站柜台，便是坐一天板凳或爬一天书案。怎么会是这样的呢？难道绿野平畴都消失啦？他们在这儿干的什么？

嘿，这儿来了更多的人群，一直朝水边走，看来像是要跳下水去！真怪！他们不走到陆地的尽头死也不甘心，待在仓库那边阴凉的背风地里不过瘾。不，他们非尽可能地挨近水不可，非要近得再进一步就会失足掉下去。于是他们就在那儿站着——有几哩，也许有十几哩长。全是内陆的人，从胡同巷子，大马路小街道来——东西南北全有。可是一到这儿他们就联合了起来。告诉我，是不是所有那些船上的指南针的磁力把他们吸引到了那儿？

再比如说吧，你在乡间，在湖泊纵横的高原上；不管你走哪一条小路，它十之八九会把你引到溪谷，把你留在溪旁一个水塘边。这其中有魔法在起作用。一个人，不管他如何心不在焉，不管他如何沉思而不能自拔，只要他站起来，开步走，只要这一带地方有水，他总会领你到水边，万无一失。万一你是在美国大沙漠中，渴了，要是你的商队里碰巧有一位玄学教授，不妨试一试上面这个办法。是啊，人人知道，沉思默想是和水永远密不可分的。

---

① 原为英国驻军于一六九三年所建。一八〇七年，美军亦建有炮台。后改为公园，面积约二十英亩。
② 科里亚斯角在东河的今威廉斯堡桥附近，绕过炮台的曼哈顿岛最南端往北到赫德逊河边的白厅小区，是作者早年十分熟悉的地区。

但是眼前是一位画家。他要把索科河谷①梦境一般、浓荫密布、幽静之极、令人迷醉的浪漫景色画一幅画给你。他用的元素是什么呢？挺立在那儿是他要画的那些树,树干都是空的,活像里面藏着位隐士和一个十字架;这儿是他要画的草地,那边则是他要画的牛羊;前边上方的小屋冒出了睡意蒙眬的炊烟。一条迷宫般的路曲曲弯弯伸入老远的林子深处,上达沐浴在山坡翠色中的群山的重重叠叠的峰岩。然而尽管这画面有如迷离恍惚的梦境,尽管这苍松摇落下一声声叹息,犹如树叶落在牧羊人头上,然而只要那牧羊人的眼睛不是定在他面前的神奇溪流上,那么一切都是枉费心机。到了六月,去大草原②上看看,你蹚过上百哩的没膝的卷丹草丛——那地方缺的是什么美景呢？水呀！那儿一滴水也见不着！如果尼亚加拉不是大瀑布而是一道沙泉,你会不远千里巴巴地赶去看吗？田纳西州那位穷诗人③在突然发了两大把银角子的小财之后,怎么会反而伤起了脑筋:是给自己买件万分需要的上衣呢,还是把钱花在到劳卡韦海滩④去的徒步旅行上？为什么几乎每一个身体强壮健全的小伙子,只要心灵同样强壮健全,到了某一个时候,便会如醉如痴地向往到海上去,这是为什么？当你初次坐船出海,一听说你和你的船此刻已经远离陆地看不见它的时候,你本人便会感到一种莫名其妙的激动,这又是为什么？为什么古代波斯人把海奉为神明,为什么希腊人专门设一位海神,作为主神朱庇特的兄弟？不消说,所有这些都不是没有道理,而讲纳克索斯那个故事⑤的道理可就更深啦,纳克索斯因为触摸不到他在泉水中看到的令他日夜思念的柔美

---

① 美国东北部缅因州内的一条河流。一八四七年,作者夫妇做蜜月旅行时曾领略了索科河谷的景色。
② 一八四〇年夏,作者曾到伊利诺衣州在密西西比河上游的加利纳他的叔叔托马斯·梅尔维尔家住过一段时间,因而接触美国的大草原。
③ 作者大概是在调侃宾夕法尼亚州的徒步旅行诗人贝雅德·泰勒。两人相知甚稔,同为《文学世界》撰稿。
④ 在纽约市长岛西南角。
⑤ 希腊神话中河神刻菲索斯和仙女莱里奥普的儿子纳克索斯,秀美出众,因拒绝了回声女神厄科的追求,遭诸神惩罚,使其爱恋自己水中的倒影,终于憔悴而死,一说自尽。

的身影而纵身入水而死。而同样的身影我们自己在所有河水和海水中都能看到。这身影是生命的捉摸不住的魅影，而这正是一切关键之所在。

不过，我说我已养成习惯，每当开始感到眼里有些发蒙，开始对我的肺部过分敏感的时候，我就出海去。这么说，我绝不是要人家以为我是想花钱坐船出海。因为要当乘客你必须有只钱袋，而如果这钱袋不是鼓鼓的，它等于是块破布头。再说，当乘客会晕船——变得爱吵架——晚上睡不着觉——一般说来，日子过得并不大受用；不，我从不上船当乘客。此外，虽然我算得是个水手，可我从来没有当过几条船的司令，或者船长，或者厨师，我不求这类职司的荣耀与显赫，把它们让给喜欢它们的人。至于我，凡是所有各种各样的显贵的受人尊敬的劳作、考验、磨难，我都避之惟恐不及。能照管好我自己，就很不错了，哪顾得上管什么大船、小船，双桅的、三桅的以及如此等等。要说当厨师，我承认那是挺有面子的差使，在船上也算是位长官——可不知怎的，我从来对烧烤鸡鸭之类毫无兴趣——虽说鸡鸭烧烤好了，黄油抹得恰到好处，盐和胡椒调得正入味，这样的美味佳肴，那是没有谁比我对之更肃然起敬，且不说啧啧称羡了。没有埃及人对烧朱鹭烤河马有种偶像崇拜式的偏爱，我们今天就不会在他们的金字塔那些特大烤炉房里看到这些动物的木乃伊①。

不，我要出海，我就去当一名普通的水手，站在桅杆正前面或者钻进船头水手舱，要不，就高高地爬到最高的桅顶上。不错，人家会差我干这干那，让我从一根圆木跳到另一根圆木上，活像五月天草地上的蚂蚱。刚开头，让人这样呼来喝去，实在不是滋味。它触及一个人的自尊心，如果你出身在这个国度里一户有年头的世家，例如范·伦塞勒家啦、伦道夫家啦、哈迪克努特家啦，就更是如此。而最难堪的是在把自己的手伸进柏油桶之前，你还是个师道尊严的乡间小学校长，连最高大的孩子在你面前也惧怕三分。我不妨告诉你，从小学校长到水手这么

---

① 维文·德侬著《上下埃及旅行记》中称："萨卡拉的地下灵堂刚被打开，在墓窟中发现三千五百只朱鹭的木乃伊。"纽约1803年版，第1卷第9章第296页。

一个转变过程是令人有切肤之痛的,它需要服一剂塞内加①和苦行的斯多噶派的强力煎药才能使你面露笑容来承受它。不过即使是这痛苦,过些时候也就消解了。

就算眼前是个脾气暴烈乖戾的老船长命令我拿起扫把扫甲板,那又怎么样?这样的屈辱如果放在比如说《圣经·新约》的天平上称一称,又能有多重?依你说,天使长迦百列②看到我在那老家伙一声令下立刻恭恭敬敬地扫起甲板来,会因此小看我吗?谁又不是奴隶呢?请你告诉我。由此看来,不管那些老船长们如何把我呼来唤去——如何把我推来搡去,我仍然可以对自己说,这算不得什么,从而感到自慰,要知道所有其余的人谁又不是彼此差不多一样地在奔走呢——这是说,无论从实体上还是从形而上学的眼光来看都是如此。所以说,这样你推搡我,我推搡他,一个个推下去,普天下摩肩接踵,彼此彼此,从而大家悠然自得。

再者,我每次出海都是当水手,还图个他们照例要付我钱来报答我的辛苦;而当乘客,我从来没听说他们付过一个子儿。恰恰相反,乘客自己得掏钱。一个掏钱,一个拿钱,两者之间,天差地别。掏出钱去这个动作怕是由于那两个果园里的小偷③犯了天条,才害得我们遭这最不舒心的罪了。而拿钱——有什么比得了这个?一个人斯斯文文地从别人手里拿到钱,那真叫痛快;想想看,我们万分恳切相信钱财是世上一切弊病的根源;随你怎么说,财主是进不了天堂的。啊!咱们是多么高高兴兴地把自己送进地狱去啊!

最后,我每次出海都是当水手,还为的是那船头楼甲板上的有益健康的运动和洁净的空气。因为在这个世界上,顶风的时候远比风从船艄吹来的时候多。只是有一条,你千万不可违反毕达哥拉斯的箴言④,

---

① 塞内加(约公元前4—公元65),古罗马雄辩家,悲剧作家,哲学家。晚年被政敌指控为参与阴谋而勒令服毒自尽。
② 基督教《圣经》和伊斯兰教《古兰经》所载一位天使长的名字。
③ 指亚当与夏娃在伊甸园偷吃禁果而被上帝放逐到世上的故事。
④ 这里作者开了一个玩笑。他根据第欧根尼·拉尔修著《名哲学家的生平、学说与格言》所称:勿吃豆子,因为豆子使肚子气胀,成为放屁的重要原因。由于水手工作场所多在船头,船长大副等常在其后,易遭臭气之殃。

所以司令官待在后甲板上，他呼吸的气息多半就是在船头楼里水手们排泄出来的。司令以为空气首先到他那里，其实不然。在别的许多事情上，平民百姓也大抵领先于他们的领袖，而领袖们极少有猜想到这一点的。可是在多次当商船水手在船头闻惯了海的气息之后，我怎么会起了上一次捕鲸船的念头来的呢；那就要问命运诸神手下那位随时监督着我，偷偷跟踪我又莫名其妙地影响着我的隐身警官，他可以对此做出比任何其他人更好的回答。毫无疑问，我这次出海捕鲸乃是老天爷许久以前就已一手策划好的宏图的一部分。它是两场范围更大的演出之间的一个短插曲，一出独角戏。我觉得这一节在海报上是这样登的：

轰动全国的美利坚总统竞选

一个名叫以实玛利的人出海捕鲸

阿富汗爆发一场大血战

虽然我说不上来，为什么作为舞台监督的命运诸神要让我充当出海捕鲸这寒碜角色，而派别人在堂堂正正的悲剧中演可歌可泣的角色，在高雅喜剧中演简短轻松的角色，在闹剧中演叫人笑破肚皮的角色——虽然其中的确切原因，我说不上来；但是如今我把所有情景重温了一遍，自觉多少看穿了其中在我眼前出现时经过种种巧妙的伪装的奥妙和动因，它们除了用甜言蜜语骗得我以为上船捕鲸是我自个儿不存偏见的自由意志和极有眼力的判断所作出的选择之外，还引得我自行粉墨登场演那一个角色。

动因中首先是那头大鲸本身，它叫人一想起来就热血沸腾。这样一头凶猛异常而又神秘莫测的怪物激起了我多大的好奇心啊。其次，是那浩渺无际、远在天边的大海，而这怪物就在其中腾跃翻滚它那岛屿一般的身躯；还有那大鲸造成的无从解救、说不出名堂的危险；此外便是随之而来的巴塔哥尼亚①式的千奇百怪的景色和声音；所有这些都促成我的愿望产生。也许换了另外一些人，这些东西都不足以使之动心；不过在我，天涯海角的东西使我心痒难熬，无时或已。我爱在惊涛

---

① 在阿根廷南部，绝大部分为美洲第一大荒漠。

骇浪的海上航行,登上蛮荒的彼岸。我既不会对好人好事视而不见,对怪异可怖的人事也很快便能辨明,而且还能与之交往——只要对方让我与之交往;因为一个人既在一地栖留,上策是和这一地的人友好相处。

由于这些原因,这一次出海捕鲸是我求之不得的事;这一神奇世界的大闸已经轰然打开,在促使我作此打算的那些狂想之下,无穷尽的鲸鱼便列阵游进了我的灵魂深处,而在这一切之中,宛如一座雪山跃在空中的是一个仿佛戴着风帽的鬼魅般的庞然大物。

第 二 章
打 点 行 囊

我在自己的旧行李包中塞了一两件衬衣,往胳肢窝里一挟,便动身去霍恩角①转太平洋。离开了我的老曼哈托故乡,我按时到了新贝德福②,那是十二月里一个星期六晚上。听说那条去南塔克特③的小班轮已经开走,而在下星期一之前无法前往,我失望极了。

凡是想走出海捕鲸这条吃苦受罪的路的新手总是先在这新贝德福停留,由此上船出海。至于我,倒是不妨在这里交代一下,我并没有这打算。我已经打定主意,一定要上一条南塔克特的船,因为有关这名声在外的古老岛屿的一切无不给人以一种美好热闹的感觉,使我感到特别可亲。再说,虽然新贝德福近来已逐渐垄断了捕鲸业,因此在这方面可怜的老南塔克特如今已远远落在它后面,然而南塔克特毕竟是新贝

---

① 在南美洲极南端。
② 在美国马萨诸塞州东南部。
③ 马萨诸塞州科德角以南四十八公里处的岛屿。其捕鲸业于十八世纪美国独立前夕达于鼎盛,曾为一百二十五艘以上捕鲸船的基地。一八一二年战争后为新贝德福及其他港口所替代。

德福的伟大先驱——它之于新贝德福犹如提尔之于迦太基①——第一头美国鲸鱼就搁浅死在那儿。当初那些红种人,那些原始的捕鲸人正是从那儿坐上独木舟出发去追赶那大海怪的吗?而据传说所算,那第一艘多帆单桅小船,载着一些从别地运来向鲸鱼投掷用的鹅卵石(传说中是这么说的),也正是从那儿冒险出海,用投鹅卵石的办法去发现鲸鱼是否已近得足以冒从船头横杠猛掷一枪的风险。

眼前我在新贝德福还要过上一夜一白天,直到过完明天晚上才能上船去目的地,我在上船以前的吃住就成了个亟待解决的问题。这天晚上看来叫人心神不宁,不,简直是黑暗阴森,寒冷彻骨,叫人打不起精神来。这地方我一个人也不认识。我用手指急切地掏摸了一下口袋,发现只有几个银币——这时我正扛着我的行李包站在一条荒凉的街道中心,朝北看阴沉沉,朝南看黑漆漆;我对我自己说:以实玛利呀,随你凭你的聪明才智决定在哪儿过夜吧;你,我的亲爱的以实玛利,千万要打听一下价钱,千万不可太挑剔。

我步履踟蹰地在街上走,走过了那块"交叉镖枪"的招牌——但是那客店看来房价太贵,是个寻欢作乐的地方。再往前走是"箭鱼客店",那儿灯烛辉煌,从窗子里射出一片红光,那股热烈的暖意仿佛要把屋前的积雪和坚冰消融了似的。此外,到处冰雪都有十英寸厚,冻成了一条坚硬无比的柏油路——当我把双脚踩到坚如燧石的凸处时,我觉得走这路实在累人,因为我的靴底走过许多难走的路,磨得所剩无几,再不堪这样的磨难了。我停下来,看了一阵那照到街上的明亮的灯光,听着里面叮当作响的碰杯声,我又想:这地方太贵,又是个寻欢作乐的地方。我终于告诉自己,以实玛利啊,往前走吧,听见了没有?离开这门口,你的补过的靴子挡着人家的路。于是我向前走去,这时我已是凭本能走那些通往水滨的街道,因为那边无疑有最便宜虽不见得是最快活的客栈。

---

① 提尔在今黎巴嫩南部省沿海城镇,据公元前十四世纪的埃及文献记载,曾属埃及。埃及人在腓尼基的势力衰竭时独立,使提尔成为贸易中心。公元前九世纪在北非建子城迦太基。迦太基有后来居上之势。

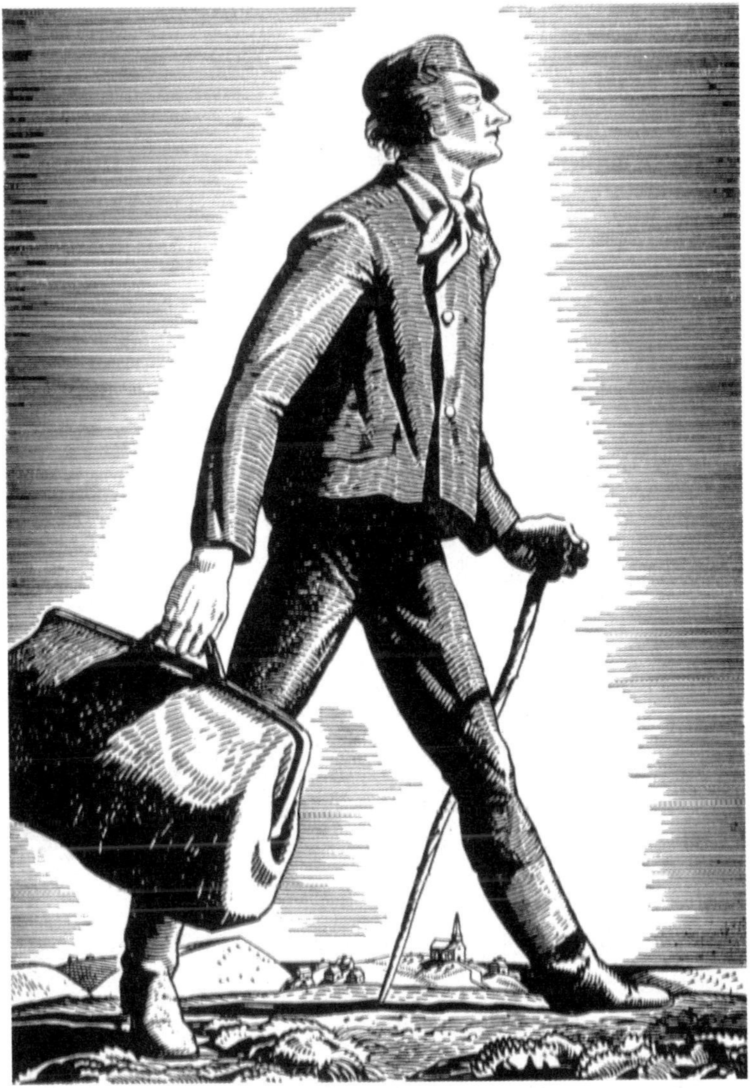

好荒凉的街道！两边都是漆黑一片，不像是一所所屋子，东一处西一处能见到一支烛光，像是在坟墓中移动的烛光。在夜晚的这一刻，在一星期的最后一天，城市的这一部分几乎已见不到行人。不过接着我就来到一所低而宽的建筑，里面有烟雾弥漫的烛光。那屋子的门开着，像在邀人进去。屋子不像有人精心照料，倒像是个公用场所；因此我一进去，头一脚就被门廊上一个垃圾箱绊了一跤。哈哈！我想，这地方污秽满处飞舞，难道桶里的垃圾是从那个上帝毁灭掉的城市蛾摩拉①来的？可是那"交叉镖枪"，还有那"箭鱼"？——看来，这挂的必定是"陷阱"的招牌。我站起身来，听见屋里有人大声说话，便朝里走，推开了第二道内门。

屋里像是伟大的黑人议会在陶斐特②开会。一排排坐着的黑人足有一百张脸转过来看我，而他们的对面，有一位执掌命运的黑天使正在讲坛前拍打着一本书。原来这是座黑人的教堂③，布道人讲的经文正是关于墨黑的幽暗④那一处以及幽暗中的人哭泣哀号，咬牙痛悔的光景。嘿，以实玛利啊，我赶紧退出来，一边自言自语：招牌挂的是"陷阱"，接待果然糟糕。

再往前走，我最后到了离码头不远，外面挂着一盏灯发出昏黄的光的所在，又听得空中孤零零地吱呀一声；抬头一望，见到门上头有一块招牌在来回摇晃，上面用白漆画的隐约像是鲸鱼喷出的一股高高的笔直的雾一样的水沫柱子；下面写着"鲸鱼客栈：——彼得·考芬⑤"。

棺材？——鲸鱼？——在这一点上，听来可不大受用，我不由得想。不过，据说考芬在南塔克特是个常见的姓，而这个名叫彼得的人是从那儿移居来的。由于灯光昏暗，这地方当时显得很寂静，这所破败的

---

① 见《圣经·旧约·创世记》第18、19章。
② 见《圣经·旧约·耶利米书》第7章32节。上帝在惩处犹大国的子民时曾提到他们行他眼中看为恶的事，在陶斐特建造高坛，好在火中烧死自己的儿女以祭祀火神摩洛克。
③ 当时新贝德福的十四座教堂中至少有一座是黑人的。
④ 作者系指《圣经·新约·犹大书》第6—13章。这里前后引的几处都是有关上帝对犹大国子民不听教导，肆意为恶因而受上帝严惩的故事。
⑤ 考芬是棺材一词的音译。

小木屋本身就像是从某一火灾区用大车装运来的,是劫后残存;而那招牌摇晃时发出的吱呀声像是在诉说贫穷,我心想:这正是我要找的房租便宜、还有头等代用咖啡喝的所在。

这所在真也有点怪——一座有山墙的老屋,一边活脱像害着半身不遂症,可怜巴巴地歪斜着。屋子在一个荒凉的尖角里,那儿欧罗克利顿①暴风不住地狂吼,吼得比当年把可怜的使徒保罗的船打坏时还凶。然而对于两脚安安静静地架在壁炉架上烤火,准备上床的人来说,这欧罗克利顿就成了十分适意的和风。一位古代作家(我有他的著作仅存的孤本)曾经说过:"在判断欧罗克利顿这暴风问题上,要看你是从一扇玻璃窗后往外看,一切冰雪全在窗外;还是隔着没有玻璃的窗框,冰雪窗内窗外都有,而死神是惟一装玻璃的人;这两者可是天差地别。"脑里有了这一段话我就想,说得一点儿不错——你这老古董呀,道理讲得真不赖。不错,这双眼睛就是窗子,我这身体等于这屋子。真遗憾,他们没有把那些裂缝窟窿堵上,有些地方还应该用棉绒填死。不过现在来做这种补救太晚啦。这大千世界已经造就,收尾工程已经结束,泥块木屑已经在一百万年以前用车推走啦。可怜的拉撒路②啊,你头枕着栏石,牙齿作对儿厮打,浑身哆嗦得把身上的破衣烂衫都抖掉啦。他尽可以用破布头塞住耳朵,一根玉米芯子咬在嘴里,可这也仍然挡不住那狂暴的欧罗克利顿呀。老财主穿着大红绸子晨衣(他后来穿了件更红的外衣)说,欧罗克利顿!——才不在乎哩!多美的一个天寒地冻的夜晚啊!猎户星座清晖四射!北极光真棒!随人家去谈论他们的永远像暖房般东方的夏日天气去吧;我只想享用我自己的煤炭制造我自己的夏天的特权。

但是拉撒路怎样想呢?他能将他的冻得发青的双手伸向了不起的北极光来取暖吗?难道和这儿比起来,拉撒路不更愿意待在苏门答

---

① 见《圣经·新约·使徒行传》第27章。欧罗克利顿是地中海上的一种东北飓风,保罗的船就在离克里特的腓尼基之后被它吹得搁了浅。"船头胶着不动,船尾被浪的猛力冲坏。"

② 意指穷人,参看《圣经·新约·路加福音》第16章20—28节。

腊①而不待在这儿吗？难道他不更乐意直挺挺躺在赤道线上吗？当然啰，老天在上，只要能赶走这天寒地冻，哪怕进地狱的火坑都行。

然而拉撒路此刻就该躺在财主门前的栏石上，这可比一座冰山靠上摩鹿加群岛②的一个岛还要稀罕。可是财主呢，他也像俄国沙皇一样住在一座用冻结了的叹息盖成的冰宫③里；由于他是戒酒协会的会长，他只喝孤儿们的温热的眼泪。

好啦，别再哭哭啼啼诉冤屈啦，我们要去捕鲸啦，这类事情以后还有的是。让我们擦去冻僵的双脚上的冰，去看看这"鲸鱼客栈"是个何等去处。

第 三 章
鲸 鱼 客 栈

跨进了这有山墙的鲸鱼客栈，你就发现自己是在一条又宽又矮、零零落落、有老式护壁板的通道里，那护壁板叫人想起某些废弃不用的旧船的舷墙。通道一边挂着一幅极大的油画，这油画经过烟熏火燎，已面目全非，难以看清，以致你在那不均匀的交叉光线中看它，只有勤加研究多次有系统地去察勘并仔细询问各位街坊邻里，才有可能弄明白作画的目的是什么。这些莫名其妙的重重叠叠的层次和阴影，乍一看，你几乎以为是某一个新英格兰逐巫时期的自命不凡的青年画家在力图表现中了妖术拨弄的混乱情景。但是经过多方认真设想，往往是反复思考，特别是打开通道后边的那扇小窗子，你终于得出结论：表现混乱这种想法虽然想入非非，却怕是不无道理。

然而最叫你大惑不解的是一大长条看来柔软、威猛、停留在画面中

---

① 印度尼西亚第二大岛，气候炎热（高地除外），极潮湿。
② 与苏门答腊同属印度尼西亚。
③ 在俄国首都圣彼得堡，每年都要构筑冰宫以供冬季狂欢之用。

心的黑色东西,下面有飘浮在说不上来是什么的泡沫堆之上的三道暗蓝色的垂直线条①。这真是幅潮湿、沉闷的画,能叫一个神经衰弱的人心神为之不宁。但是它又有一种难以确定、只实现了一半和难以想象的崇高意境,令人为之驻足不去,直到最后你不由得发誓要弄明白这幅奇异的画是什么意思。一个绝妙的却是误导的想法不时在你脑中闪现——那是黑海上的半夜狂风。——那是人画的四大元素②的非自然战斗。——那是狂风扫过的荒野。——那是北方乐土的冬日景色。——那是被冰封的时间之流的解冻。然而所有这些幻象最后都臣服于画幅中间那令人心悸的某种东西。只要这东西弄清楚了,其余的一切将迎刃而解。但是且慢,这东西是不是有点儿像一条特大的鱼?甚至就是那大海怪吗?

事实上,这位艺术家的构思似乎是这样(这是我本人的最后设想,这设想部分地根据许多长者集合起来的意见,这些人都和我谈过这幅画):它画的是一艘经常绕过霍恩角的船在大飓风中挣扎,将沉未沉,三根桅杆上的帆都已吹走,海面上看得见的只有那三根吹走了帆的桅杆;一条暴跳如雷的鲸鱼使尽全身之力要一跃过船,却眼见得肚腹要被三个桅顶所戳破。

通道的那一面墙上挂满了一排见所未见的奇形怪状的棍棒和长矛。有的长着密密麻麻的闪闪发光的牙齿,像骨头锯子;另有一些缀着一绺绺人的头发;其中一根形似镰刀,好长的柄弯成半圆形,令人想起长柄刈草刀新刈过的草地留下的痕迹。眼望着它,你会浑身发颤,不知道是什么凶人恶煞才能使这吓人的砍杀家伙来干那收获死亡的活儿。和这些混杂在一起的有生了锈的捕鲸用旧长矛和镖枪,它们全都已经断折变形。其中有些还是颇有来历的武器。这一根长矛奈桑·斯韦恩曾用来在日出日落之间杀死了十五头鲸鱼;如今这枪已弯得不成样子

---

① 画的是一条大鲸跃出海面,落到三根桅杆顶上。英国浪漫主义大画家约瑟夫·透纳曾画过四幅以海上捕鲸为题的油画。梅尔维尔曾在手稿的旁注中称:"这部作品中说的是透纳鲸鱼的画意。"
② 中世纪对魔鬼的信仰中有四大元素之说,即"火、风、水、地"。见英国十六世纪剧作家马洛的《浮士德博士》(第一幕第三场)。亦称四行。

了。这一支镖枪曾在爪哇海面上投中一头鲸鱼，却让它带枪逃走了，好几年之后在布兰科岬①外海被擒杀后才取出来。枪是投中在鱼的尾部附近，它在鱼体内像根针似的不停地移动了足足四十呎，最后是在鱼的弓起的背部找到的，已成了拔瓶塞的螺丝锥模样。

走完了这昏暗的通道，再穿过低矮的拱形过道——它过去准是从一个巨大的中央烟囱中开出来的，因为四周都是火炉——你就进了大堂。那是间更为昏暗的屋子，头上的屋梁低而笨重；脚下是旧得起裂纹的地板，以致你几乎以为自己踩上了一条旧船的船尾座位，特别是在这样一个狂风怒吼、刮得这只停在一个角落里的破旧方舟②快要散架的夜晚。屋子一边是一张又长又矮、像个柜子模样的桌子，上面摆着一些裂了缝的玻璃盒子，里边装着从大千世界的天涯海角捡来的满是灰尘的稀罕物件。再往前的一个房间角落里有个阴森森的去处，那是个酒吧——当初想布置成露脊鲸脑袋的形状，只是粗糙了些。不过，不管怎么样，那儿有一块大得无比的拱形的鲸鱼下颚骨，其宽度几乎可以通过一辆马车。酒吧里头是一些寒碜的橱柜，排列着旧的圆酒瓶、长颈瓶和其他瓶子。就在这一口就能把人吞了的嘴巴里，一个干瘪的小老头在忙碌着；他活像那遭天谴的约拿③，人家也真的管他叫约拿。他向水手们高价兜售酒疯与死亡。

他用来斟上他的毒药的那些玻璃酒杯可恶极了。从外面看，它们是地道的圆筒——看内里，那绿色的混账杯子往下越收越小，成了个骗人的圆锥体。这些犹如拦路强盗似的杯子上粗粗地刻上一圈圈平行的格子线。酒斟到这条线上，你只需付一个便士；到这条线，加一个便士；如此这般，一直到斟满酒杯——那叫霍恩角满量；你灌这么一家伙得付一个先令。

---

① 大概是指秘鲁沿海的布兰科岬，以布兰科为名的海岬有好几处。
② 《圣经》中诺亚为全家人避洪水而造了一只方舟。见《圣经·旧约·创世记》第6、7章。
③ 《圣经·旧约·约拿书》中，约拿因违反上帝旨意，坐船出逃。上帝使同船的人将约拿抛入海中，被大鱼吞入腹中。约拿在鱼腹中向上帝忏悔，苦苦哀求。上帝终于开恩，命鱼将约拿吐在草地上。

我进客栈的时候,正看见有一些年轻水手聚在一张桌子边,就着那昏黄的灯光在察看各式各样水手自制的手工艺品①。我找到了客栈掌柜,向他要一间房,得到的回答是他的客栈已经满啦,张张床都有人。"噢,慢着,"他一拍脑门子,添了一句,"你愿不愿意和一个镖枪手共盖一条毯子?我看你是要上船捕鲸去,先试试两人合被这种事岂不很好。"

我告诉他,我从来不喜欢两人合睡一床;再说我要这样做时,也先得看那镖枪手是怎么个人;不过,如果他(掌柜的)真的别无他法,而那镖枪手又肯定不叫人讨厌的话,那么,与其在这么一个寒风呼号的夜晚再到这个陌生城市的别处去投宿,我不如就在这儿和一个本分人将就一夜吧。

"我也是这么想。好吧,请坐。用晚饭吗?——你要吃晚饭吗?晚饭马上就得。"

我在一张高背长靠椅上坐下,椅子各处尽是乱刻乱画的痕迹,跟炮台公园里那些长椅一个样。椅子一头坐着一个水手,他一边想着心事,一边还在用他的大折刀往上添花样。他弯下身子,在他的两腿之间的那点儿地方卖力地划着。他是在试试自己的手艺,看能不能刻出一艘扯着满帆的船。不过依我看,他没有多大进展。

最后我们有四五个人被招到隔壁房间去吃饭。房间冷得跟冰岛一样,没有生火——掌柜说他生不起。一共只有两支一副倒霉相的牛油蜡烛,各有一个裹尸布似的挡风罩围着。我们只得扣好水手穿的紧身短上衣,用快冻僵的手指端着那滚烫的茶凑到嘴边。不过饭食的量倒是大极了——不仅有肉有土豆,还有汤团。老天爷!晚饭有汤团!一个穿绿色车夫外套的年轻人正在用狼吞虎咽法来对付这些汤团,吃相好不难看。

"小伙子啊,"掌柜开口了,"你今晚上管保要做噩梦啦。"

"掌柜的,"我小声说,"他不是那个镖枪手吧?"

"才不是哩,"他说,那滑稽模样简直要叫人喷饭,"那镖枪手皮肤

---

① 水手们各逞自己的手艺,用鲸骨巧妙地雕刻成各种小玩意,作为一种消遣。

黑黑的。他从不吃汤团——他除牛排以外不吃别的,而且爱吃半生不熟的牛排。"

"真的,好怪啊,"我说,"这镖枪手在哪儿?他在这儿吗?"

答话是:"他快来啦。"

我不由得对这个"皮肤黑黑的"镖枪手开始起了疑心。不管怎样,我下了决心,万一我们俩真的要睡在一起,他必须要在我之前脱衣上床。

吃完了晚饭,大伙儿回到酒吧间里。我呢,打算做个旁观者来消磨这黄昏,除此之外,我不知还有什么可干。

不多一会儿,只听得外头一阵吵闹声。掌柜的腾地站起来,叫道:"那是逆戟鲸号上的水手。今天早上,我就看到它在附近海面上发信号:出海有四年啦,满载回来。这下好啦,小伙子们!这下我们有斐济岛①最新新闻可听啦。"

一阵水手靴子发出的噔噔声从通道里传来;门被打开了,果然进来了一伙野性不改的海员。他们外穿值班人穿的粗毛上衣,脑袋裹着厚羊毛围巾,全都穿得破破烂烂,打着补丁,络腮胡子上结着冰凌,活像一群从拉布拉多②冲来的熊。他们刚下船上岸,这是他们进的第一所屋子。难怪他们进门便直奔那鲸鱼嘴——酒吧,正在那儿照应的满脸皱纹的小老头约拿飞快地给他们每人都斟了一个满杯。其中有一个说是得了重伤风,头疼;约拿听了便为他调了一杯杜松子酒和糖浆,好似沥青般的饮料,一口咬定说,不管是伤风还是感冒,不管毛病得了有多长时间,也不管是在拉布拉多沿海得的,还是在一座冰岛附近迎风得的,这东西都是天字第一号的良药。

那白酒很快上了他们的头,新登岸的水手,哪怕是不折不扣的海量,也总是这样。他们开始嘻嘻哈哈,打打闹闹,由着性子来。

然而我注意到了,其中有一个和大家有些不同,虽说他看来不想让自己清醒正经的脸扫了同船伙计的兴,可他大体上管住了自己,不像同

---

① 西太平洋岛屿,现为独立共和国。
② 北美洲哈德逊湾与大西洋之间的一个半岛,气候十分寒冷。

伙那样大声吵闹。这人立刻引起了我的兴趣。由于遵照海神的旨意,他不久就会成为我的同船伙计(虽然以本书内容而论,他只不过是和我同睡的伙计),我想斗胆在这儿描写他几句。他足有六呎高,宽肩膀,胸脯像潜水箱。我很少见过这样强壮的人。他的脸晒得成了深棕色,衬得他的白牙亮得耀眼。而在他的双眼的深深的阴影中飘忽着某些似乎并不能给他多大欢乐的回忆。听他的口音,你立刻知道他是个南方人;从他的出众的身材看,我想他一定是个弗吉尼亚州阿勒根尼山脉一带的魁伟的山地人。在他的伙伴们纵酒狂欢到了顶点的时候,这人乘人不注意时溜走了。从此直到他成为我同船出海的伙计之前,我再也没见到他。然而只过了几分钟,他的伙伴们就发觉他走了。他们发出一阵呼喊:"布尔金敦呢!布尔金敦呢!布尔金敦哪儿去啦?"看来,大家由于某种原因特别喜欢他。他们一齐蹿出了这家客栈,追他去了。

这时已是九点钟左右,经那些酒客一闹之后房间里静得几乎瘆人。就在那些水手进来之前,我刚有了个小小的主意;现在我开始为这主意感到得意了。

没有人喜欢两人合睡一床。哪怕是你的亲兄弟,你也不乐意这样做。我不知为什么,睡觉时愿意一人独处。而到了要和一个一无所知的陌生人,在一个陌生的城市的一个陌生的客栈里同睡一床,而且这个陌生人是个镖枪手,你的不乐意更不知要增加多少倍。难道因为我是个水手,我就不如别人,得和人同睡一床,天底下没有这样的理嘛。岸上的单身国王一人睡一床,海上的水手也一样应该一人睡一床。当然啰,他们大家同住在一套房间里,但是每人各有自己的吊床,各盖自己的毯子,尽可以光着身子睡。

我越咂摸这个镖枪手,想到要和他一床睡,心里就越烦。既然他是个镖枪手,他的棉麻衬衣也好,羊毛衬衣也好,都不可能十分干净,质地上等就更谈不上了。我开始浑身起了鸡皮疙瘩。再说,夜也深啦,正经的镖枪手都该回家准备上床啦。想想看,要是他到了半夜一骨碌进到我的被窝里——我又怎么能知道他从什么臭地方回来?

"掌柜的!同那个镖枪手睡一床的事,我改变主意啦。——我不跟他同睡。我准备试试在这儿长椅上睡。"

"随你的便；对不起，我没有桌布给你当褥子用，这椅子板硌得要命。"他摸摸那些木节子和缺口，"不过等一等，鲸骨佬；我在酒吧间里有把木匠用的刨子——我说，等一下，我会叫你躺得舒服的。"他说着话就找来了刨子；先用他的旧绸手帕掸了掸长椅，使劲刨平我的床位，一边龇着牙，笑得像只猿猴。刨花四处飞散，直到最后刨子的刃碰上了一个啃不动的节子。掌柜的差点儿把他的腕子拧伤了。我告诉他，看在老天面上，歇手吧——这床对我够软和的啦；反正随你怎么刨，松木板也不会变成鸭绒垫子。掌柜又龇牙笑了笑，把刨花归在一起，扔进了房间中央的大火炉里。他又忙他的活儿去了，由着我想自己的心事。

我这时打量起这长椅来，发现它比我短了一呎；不过这可以接一张椅子来补救；可是它还窄了一呎，而房内另一条长椅却比刨过的高四吋——这就没法把它们拼起来睡。于是我把那第一条长椅移到挨着墙那块空地方，使床与墙之间留下一条空隙，这样可以勉强容我躺下。但是我很快发觉从窗台底下飕飕吹进来一股寒风，因此这个打算也无论如何行不通，特别是有另一股从那扇东倒西歪的门外吹进来的风和窗缝里进来的风碰个正着，两股风合起来正好在我打算过夜的地方四周形成了一阵阵的小旋风。

我心想，让魔鬼把这镖枪手抓走吧，可是且慢，难道我不能先下手为强——把他的门从里面闩上，跳上他的床蒙头大睡，随你怎么死劲儿敲门也不醒？这主意似乎不坏；不过再三考虑之后，我还是放弃了。谁知道第二天早晨会闹成什么样，说不定我一头钻出房间，那镖枪手正在通道里等着，把我一拳揍个仰面朝天！

这样，我又往四下里打量了一下，发现要想将就着过一夜，除了和人同睡一床之外，别无他路可走。我开始想，到头来也许是我对这个不相识的镖枪手怀有没有道理的偏见。我心想，再等一会儿吧，他一准快回来啦。那时候我要好好打量打量他。说不定我们会成为同床的好伙伴哩——这谁能说得准。

但是尽管其他的寄宿客人都陆续回来，成单成双，三个一伙的都有,就是不见那镖枪手。

"掌柜的,"我说,"他是怎么个人——他老是回来得这么晚吗?"这时已经将近十二点了。

掌柜又哧哧一笑,笑得很干涩,可又似乎有什么我不明白的事让他觉着好笑。"不,"他答道,"他平常总是早起——是个早睡早起的主儿——对,早起的鸟儿能逮到虫吃,他就是这种鸟——可是,你知道,今晚上他出去叫卖去啦,我不明白有什么事把他耽误得这么晚,除非他没有能把他的脑袋卖掉。"

"没有把他的脑袋卖掉?——你是在说什么胡话来哄我呀?"我火冒三丈,"掌柜的,你是真的想说,这个镖枪手在这天主保佑的星期六晚上,不,该说是星期天清早,在全城到处叫卖他的脑袋?"

"一点儿不错,"掌柜说,"我还告诉他,在这儿他卖不掉,市场上存货太多啦。"

"存的是什么?"

"当然是脑袋啰;难道这世界上脑袋不是太多了吗?"

"我告诉你吧,掌柜的,"我相当平静地说,"别想编这种瞎话来哄我——我可不是没见过世面的。"

"也许,"他拿起一根细木棍儿,削成一支牙签,"不过,要是让那镖枪手听到你在说他的脑袋的坏话,我想你多半要吃不了,兜着走。"

我听了掌柜的这些莫名其妙、乱七八糟的胡话,不由得怒从心上起:"我要砸碎他的脑袋。"

"脑袋已经砸碎啦。"他说。

"砸碎啦,"我说,"你是说已经砸碎啦?"

"当然,我猜这就是他卖不掉的缘由。"

"掌柜的,"我走到他跟前,冷静得就像一场暴风雪中的赫克拉山①,"掌柜的,别再削木棍儿。你跟我之间有话要说说清楚,而且即刻要说清楚。我上你店里来要一个铺位;你回答我,你只能给我半个铺位;另半个铺位是一个镖枪手的。这镖枪手,我还没有见着,你呢,一股

---

① 冰岛西南的一座火山,一八四五年曾爆发过一次。

劲儿给我讲顶顶莫名其妙、叫人火冒三丈的故事,这些故事让我对你要我和他合睡一床的人不放心——掌柜的,合睡一床是种关系,一种最亲密不过,最秘密不过的关系。现在我要求你老实交代,告诉我,这个镖枪手是个什么样的人,我和他同床过夜是不是在各方面都是万无一失。不过首先请你收回你说过他卖他的脑袋的话;要是这话是真的,那便是最好的证据,证明这镖枪手是个十足的疯子,我可不想同一个疯子睡一床;而你,先生,我是说你,掌柜的,你,先生,既然你明知故犯地引我那么干,你就有了被公诉犯了刑法的资格。"

"好啊,"掌柜吸了一口长气,说,"像你这么个时不时乱说一气的人,这番说教可说得真够长的。不过,别激动,别激动,我说的这个镖枪手,是刚从南海一带来到此地,他在那儿买了好多个涂了香油的新西兰头颅(你要知道,那是宝贝),在这儿卖得只剩了一个,他今晚叫卖的就是这一个,因为明天是星期天,在大家上教堂的日子,你在街上兜售人脑袋可不成。他上星期天就要上街卖,用一根绳子串了四颗脑袋,活像串的是四个洋葱头似的,在他正要出门的时候,我把他叫住了。"

这么一讲,那莫名其妙的神秘事儿就真相大白了,它说明掌柜的丝毫没有糊弄我的意思——不过,话说回来,对于一个在星期六,深更半夜干贩卖死了的偶像崇拜者的脑袋这种食人生番的勾当,一直干到神圣的安息日的清晨,我对他能有什么好印象?

"掌柜的,可以断定,这镖枪手是个危险人物。"

"他按时付房租,"这就是回答,"好啦,夜已经很深啦,你还是蹲窝去吧——那是张挺棒的床;赛儿和我结婚那天晚上,我们睡的就是那张床。那床足够大,够两个人在上面伸腿踢脚的。这可是张了不得的大床哪。我们另换新床之前,赛儿一直让萨姆和小强尼睡在我们脚后头。哪知道,有一晚上,我做梦,翻腾了一阵,不知怎的,把萨姆折腾到了地板上,差点儿摔断了他的胳膊。从此以后,赛儿说,这床容不下我们啦。跟我来,我马上给你一个亮。"说着他就点燃了一支蜡烛,伸向我,要给我领路。我呢,犹犹豫豫地站着;他一看角落里那时钟,便叫起来:"我敢起誓,这已经是星期天啦——今晚上你见不着那镖枪手啦;他不知在哪儿宿上啦——来吧;快来,你到底来不来呀?"

我把这事儿琢磨了一阵,终于跟他上了楼。我被领进一个冷得像冰窖似的小房间,里面果然放了一张奇大无比的床,大得几乎够四个镖枪手并排睡的。

"好,"掌柜说,把蜡烛放在一个出海用的样子古怪的箱柜上,这箱柜既当脸盆架又当房中间的桌子用,"好吧,请舒舒服服躺下吧,晚安。"我正打量那张床,听他一说便转过身来,可他已经不见啦。

我揭开被罩,弯下身去看床。床虽算不得十分考究,倒也还耐看。我接着打量房间;除了这床和房中央的桌子,只有一个粗柜架,四处墙壁加上一块用画着一个人在刺一头鲸鱼的纸包着的护板;火炉不用时,就用它遮住火炉。此外看不见有属于这房间的其他家具。至于不该属于这房间的东西则有一张捆好了扔在一个地板角落里的吊床;一只无疑装着那镖枪手的衣服的大水手包,这包就代替了岸上用的衣箱;在壁炉上头的架子上有一包形状古怪的骨制鱼钩,靠着床头是一支长长的镖枪。

可是那箱柜上放着的是什么?我拿起来,凑近烛光看了看,摸了摸,嗅了嗅,想尽各种办法要对它做出一个满意的结论。我看它除了像一块放在门口的蹭脚垫,其他什么也不像。它的四边缀着丁零响的小饰穗,就像印第安人穿的鹿皮靴上染了色的豪猪刺。这蹭脚垫的中央开了个窟窿或一道缝,跟你在南美洲看到的套头披巾一个样。可是有哪个头脑正常的镖枪手会穿上这么个蹭脚垫,又有哪个会打扮成这样了在一个基督徒的城市里串街走巷?我穿上它试了试,原来它有船上平时少不得、暴风雨时又嫌累赘的船具那么沉,它毛茸茸的,厚得异乎寻常,我还觉得它有点儿潮湿,似乎这个神秘的镖枪手在哪个下雨天穿过它。我走近墙上嵌的一小块镜子看了看,那德行真是我一辈子都没见过。我忙不迭地脱下它,动作急了,脖子都抽起筋来。

我在床沿上坐下,琢磨起这叫卖头颅的镖枪手和他的蹭脚垫来。在床沿上想了一阵之后,我站起来脱下自己的紧身短罩衣,然后站在房间中央出神。接着我脱下上衣,只穿着衬衣又思量了一小会儿。可是这时衣服脱得只剩内衣，便觉得全身发冷。我想起掌柜的说的镖枪手今晚压根儿不回家的话，夜又这么深，我就不再瞎嘀咕，一口气脱了裤子、靴子，吹灭了蜡烛，钻进被窝里，把自己交给了老天爷照管。

那床垫里到底塞的是玉米芯子还是碎陶瓷片，我说不上来。反正我翻来覆去，折腾上好半天，怎么也睡不着。好不容易我迷迷糊糊睡着了，正要进入甜蜜的梦乡的时候，只听得过道里一阵沉重的脚步声，看到门缝底下有一丝光亮透进房间来。

老天爷保佑我，我心想，准是那镖枪手，那该死的人头贩子来啦。但是我躺着一动不动，打定主意一言不发，除非对方先说话。这陌生人一手擎着蜡烛，一手拿着所说的新西兰头颅，走进房间来。他一眼也不望这床，径自把蜡烛放在地板上一个角落里，离我有好一截路。然后他动手解起我前面提到过的在房间里的大衣袋的打了结的绳子来。我心急火燎地想看到他的脸，可他有一阵子没有转向我这边来，一心在解衣袋的口。然而他办完了这事，转过脸来啦——啊呀，老天爷啊！这样一张脸，吓死人啦！它黑里透紫，又带焦黄，东一处西一处地贴着带点儿黑的大方块。我猜的一点儿不错，他真是个能吓死人的同床伙伴；他刚跟人家斗殴过，身上有很重的刀伤；眼前这样子，显然是经过外科大夫治疗过。不过正在这时候，他恰好转脸对着烛光，我看清了：他脸上那些黑块块根本不可能是贴疮口的膏药。那是一种不知什么东西，涂在脸上的。一开头，我闹不明白那是什么；但是不一会儿我开始有点儿明白了。我想起一个白人讲的故事，那也是个捕鲸人；他落到了食人生番手里，他们就给他文了脸。我得出结论：这镖枪手，在他出远洋的过程中准是有过类似的险遇。我就想，这归根到底又算得了什么！这不过是他的外表；一个老实人，不管皮肤怎样，还是个老实人。但是他的面容又怎么说呢，我是指撇开文过的方块块不说，那周遭叫人毛骨悚然的肤色又是怎么回事呢。当然啰，也可能只是在热带太阳晒久了晒成这肤色；然而我从没听说过一个白人给毒日头晒成黄里透紫的肤色。不过，话说回来，我从没有去过南海，也许那儿的太阳会对皮肤造成这种不同寻常的效果也未可知。就在所有这些念头在我脑中电光般闪过的时候，这镖枪手一直没有发现有我这个人。但在费了些周折打开了衣袋以后，他开始在袋里掏摸什么，不一会儿掏出了一把北美印第安人用的轻便斧子似的东西，一只带毛的海豹皮夹子；他把它们放在房中央的箱柜上，然后拿起那新西兰头颅——够叫人汗毛直竖的东西——塞进衣袋里。接着他脱下帽子，一顶新的海獭皮帽子。我惊得差点没喊出声来。我发现他没有头发，至少是没有称得上头发的东西，只有一个头皮髻簇在他的脑门子上。这下子，他的透紫的光头活脱脱是个发了霉的骷髅。要不是这陌生人站在我和房门之间，我会比我吃一顿好饭还快地冲出房去。

尽管有他这么挡着道，我还在打主意看能不能从窗口溜出去，但房间是在二层楼后面。我不是个胆小鬼，可是怎么来看待这个叫卖脑袋的紫色魔头，我真没了主意。无知是恐惧的爹。既然被这陌生人弄得狼狈不堪，蒙头转向，我得承认我现在真是害怕他，跟害怕深夜闯进我的房间的魔鬼本人一模一样。说实在的，我害怕他，都到了鼓不起勇气来对他说话，要他就他身上那些叫人捉摸不透的事做出令人满意的答复。

而他在这时继续脱他的衣服，末了，终于露出了他的胸膛和胳膊。那些不脱衣服看不见的部分原来也实实在在布满了他脸上的那种方块，他的背部也无处不是那种黑方块。他像是在三十年战争①中打过仗，上身遍处是伤地逃了出来。更有甚者，他的两条腿也尽是花纹，活像一伙墨绿色的蛤蟆爬到小棕榈树干上。如今已很明显，他一定是个讨厌的蛮子或诸如此类的家伙，在南海上了一条捕鲸船，就这样最后到了这个基督徒的国家。这想起来都叫人打寒颤。还是个头颅贩子——谁知那是不是他的亲兄弟们的头颅哩。他说不定会看中我的头颅哩——天哪！你看那把短斧子！

可是已经没有时间打寒颤啦，因为这蛮子此刻在做一件吸引了我全部注意力的事，而且使我相信他真是个异教徒。他走近他先前挂在椅子上的那件粗布厚外衣，或许是斗篷，或许是厚呢大衣跟前，在口袋

---

① 奥地利哈布斯堡王朝与德意志各诸侯之间为争夺欧洲控制权的五十年（1610—1660）斗争中长达三十年（1618—1648）之久的战争。当时不少欧洲国家都被卷入了。

里掏摸了一阵,终于掏出了一个奇形怪状的小小驼背人像,其颜色同生下来三天的刚果婴儿一般无二。我想起了那涂香油的头颅,我最初几乎以为这黑色偶像是用类似方法腌制保存起来的真正婴儿。后来发现它压根儿并不柔软,而且像磨光的黑檀木一样闪闪发亮。我下了结论:它一定只是个木制神像无疑,后来事实证明果然如此。这时,这蛮子走到了空空的壁炉面前,拿开了纸包的壁板护板,在搁柴的两根炉算之间安好驼背神像,犹如安好十柱戏里一根柱子一般。火炉烟囱墙和所有的里面的砖上全是烟灰,我看了心想,这壁炉做他的刚果偶像的神龛或小教堂正合适。

　　这下子我眯紧眼睛死盯着那半隐半现的神像,心里七上八下,不知下一步要发生什么。他先从那粗布厚外衣的口袋里掏出两把刨花,小心地放到偶像面前;然后把一小块船用面包放在刨花上,再用灯火点燃刨花,烧起了一阵祭祀之火。接着,他许多次飞快地将手指伸到火里,每次都更快地缩回来(他的手指看来烫得不轻),最后,他到底把面包捡了回来;然后他吹了吹面包上的热气和灰,很有礼貌地向那位小黑人让了让,可是那小鬼看来对这种干巴巴的饭食一点儿也不稀罕,嘴唇一动也没动。伴着所有这些古怪的举动而来的是致祭人发出的喉音很重的声响,他好似用唱歌的声音在祷告,要不就是在唱一首异教的赞美诗之类的东西;他在唱时脸部极不自然地抽搐。末了,他吹熄了火,随随便便地拿起偶像,放回到那件厚外衣的口袋里,就像一个猎人把一只死山鸡扔进袋子里一样丝毫不当回事儿。

　　所有这些怪异的仪式增加了我的不放心的感觉。看到他露出了要结束他这一套例行公事,准备上床和我同睡的明显迹象,我想:是时候啦,要不在吹灭蜡烛之前,把事情挑明,把施在我身上很久的妖法打破,那就一切都来不及了。

　　我正琢磨怎么开口发话,哪知道就这么点儿时间,事情却有了变化。他拿起了桌上的短斧子,察看了一下斧头,然后把它伸向烛火,嘴凑近斧柄,他喷出了大团的烟雾。紧接着烛火灭了;这不开化的生番,嘴里衔着烟斗斧,腾地上了床,和我同睡啦。我脱口叫了一声,此刻我已不由自主;他哎呀一声,对这突如其来的人声感到骇异,便用手摸着找我。

我结结巴巴地说了点什么,自己也不知道在说啥,我离开他翻过身去贴着墙。接着我也顾不得他是谁,是什么样的人,变着法儿要他安静,让我起来把蜡烛点上。可是他的喉音很重的回应立刻让我明白了,他不懂我在说些什么。

"该是(死)的,你是谁?"他终于说话了,"你贝(不)说,妈的,我杀了你。"他一边说着,那闪亮的烟斗斧在黑暗中开始在我身子上边挥动。

"掌柜的,看在上帝分上,彼得·考芬!"我嚷道,"掌柜的!值班的!考芬!天使们呀!救命啊!"

"你说话!告诉我你史(是)谁,要不,妈的,我杀了你!"那生番吼着那同样的话,一面吓人地挥舞那把烟斗斧,把滚烫的烟灰洒落在我四周,弄得我担心自己的衬衣要起火啦。可是谢天谢地,这时掌柜的拿着蜡烛走进房来,我腾地跳下床来,走到他面前。

"好啦,不用怕,"他又龇牙笑着说,"这季奎格不会伤你头上一根头发。"

"别再龇牙笑啦,"我吼道,"你为什么不跟我打招呼:这该死的镖枪手是个食人生番?"

"我以为你知道啦;——我不是告诉你,他在全城到处叫卖头颅吗? 好啦,再上床睡觉吧。季奎格,听着——你明白我,我也明白你——这个人跟你一起睡——你明白?"

"我大大明白。"季奎格咕噜道,他在床上坐着,抽着他的烟斗。

"你常(上)床。"他用他的烟斗斧朝我指了指,把衣服扔到一边。他这么做,不光显得很懂礼貌,而且真的是那么和善友好。我站在那儿看了他一阵。尽管文得一身花纹,他总的说来是个干干净净、像模像样的生番。我心里自言自语,自己大惊小怪这么半天,算个什么——对方是个和我一样的人;我有理由见他害怕,他也有同样多的理由见我害怕。与其跟个基督徒醉鬼一块儿睡,还不如跟这个头脑正常的生番同床。

"掌柜的,"我说,"告诉他,把他的短斧子,还是烟斗,还是其他什么名堂收起来;告诉他,别再抽烟啦。总而言之,我准备跟他一块儿睡。可是我不乐意和我同睡的人在床上抽烟。这太危险。再说,我又没有保火灾的险。"

这番话转达给了季奎格之后,他当即照办,再一次有礼貌地用手示意让我上床——自己转到一边,仿佛在说,我不会碰一下你的腿。

"晚安,掌柜的,"我说,"你可以走啦。"

我上了床,这辈子从来没有睡得这么香过。

第 四 章

百 衲 被 子

第二天天将亮醒来,我发现季奎格的胳膊正搂着我,那样子真是亲热得了不得。你看了差点儿会以为我是他老婆。我们的被子是拼凑缝成的,尽是怪里怪气、五光十色的小方块和小三角;而他那只胳膊则刺满了花纹,斑驳陆离,犹如克里特岛上无尽无休的迷宫①,没有两块花纹颜色深浅完全相同——我想这大概是因为他出海时没有一定之规地让胳膊暴露在太阳底下和在阴影地里,衬衣袖子捋的高低各个时候也没有个准头——他的这条胳膊,我说跟那百衲被的随便哪一块简直一模一样。说实在的,我刚醒时,他那胳膊部分压在被子上,一眼看去,很难分出个彼此来,两者的色彩融合在一起。我之所以肯定是季奎格搂着我,而不是被子裹在我身上,只是凭我感觉到的分量和压力。

我的感受很奇特。让我试试来做个说明。我记得分明:儿时有过一次颇有点相似的经历;那到底是实在的事情还是一个梦,我始终也拿不准。事情是这样的:我看到一些驴蹄草一类的植物正像几天前一个

---

① 指希腊神话中囚禁着人身牛头怪的克里特岛迷宫。

小个子扫烟囱工人那样攀着烟囱往上爬,便去斩断它;我的继母也不知为什么,总是用鞭子抽我,要不便是不让我吃晚饭就叫我上床。她一见我在割那草,便扯着我的腿,把我从烟囱里拉出来,撵着我上床,虽然那时光才下午两点,日子是六月二十一日,那在我们西半球是一年中白天最长的日子。我难受极啦。可也没有法子,只得走上楼梯去三楼我的小房间里,尽量慢条斯理地脱衣服以拖延时间,痛苦地叹口气,钻进被窝里。

我躺着,丧气地计算了一下,我要在整整十六个钟头以后才能指望再活过来。在床上呆十六个钟头!想到这儿,我腰背部分都生疼。再说这时正是大天白日;阳光照进窗口,街上一辆辆马车响得好不热闹,屋里一片嘻嘻哈哈的人声。我越来越受不了啦——我终于起床,穿上衣服,脚上只穿袜子,悄无声息地下了楼,找到我的继母,一头跪倒在她跟前,求她发个善心,用拖鞋狠狠抽我一顿,惩罚我的不轨行为;要不,随便怎么惩罚我都行,但求不要让我在床上躺上这么长的时光,叫我受不了。然而她是个顶好顶顶认真的继母,我还得回我的房间去。我躺在那儿非常清醒,有好几个钟头,比我以往任何时候,甚至比后来最最倒霉的时候还要觉得难受。最后我准是迷迷糊糊地睡过去了,心惊胆战地做着噩梦,然后慢慢地醒过来,似睡非睡。我睁开眼睛,当初阳光照耀的房间这时已被外界的黑暗所包裹。我立时觉得全身一震;什么也看不见,什么也听不到,可是似乎有一只鬼怪的手放到我的手里。我的胳膊挎在被子外面,而那只手的主人,一个无名无姓、无法想象、寂静无声的人形或是鬼怪似乎就在挨我的床很近的椅子上坐着。我躺在那儿似乎有不知多少个世纪,吓得魂灵出窍,动弹不得;既不敢抽回我的手,可又始终在想,要是我哪怕能挪动它一下,那可怕的妖术便会不攻自破。这种意识最后是如何从我身上消失的,我不知道;不过早上醒来,这一切我还能心惊胆战地从头到尾记得;以后多少天来,多少个星期来,甚至多少个月来,我总是失魂落魄地转着那该死的念头,要想找到这怪事的解释。不,就是直到此时此刻,我依然常在想琢磨出个所以然来。

撇开那吓得魂灵出窍不说,单说我手心里有一只鬼怪的手引起的感觉,其怪异是和我在醒过来的时候看到季奎格的那只异教徒的胳膊搂着我所体验的感觉是非常相像的。然而随之昨夜发生的一幕幕确切不移的现实情景又在脑际清楚地重现了;随后我躺着,想的只是那可笑的狼狈相。因为尽管我尽量想挪动他的胳膊——解开他的新郎式的拥抱——而他,虽说睡着了,却仍然搂得我紧紧的,好像只有死才能把我们俩分开。这时我已尽力想弄醒他——"季奎格!"——可他应的是一声呼噜。我翻过身去,我的脖子就像是套在马颈圈里;突然我感到一下轻微的摩擦。将被子掀到一边,便发现这蛮子身边放着那把斧子,它像是一个长着斧子脸的娃娃。我心里想,这光景真是尴尬:大天白日,在一所陌生屋子里,和一个食人生番躺在一张床上,身边是一把战斧!"季奎格!看在老天爷分上,季奎格,醒醒吧!"末了,经过一阵阵摇撼,一番番不停的大声开导,说是用搂妻子那种架式搂一个男伴很不体面,我总算从他嘴里引出一声哼哼,他当即抽回胳膊,像一条刚从水里上岸的纽芬兰狗似的抖着身子,从床上坐起,坐得像长矛一般笔直,眼望着我,一边擦着眼睛好像他已全然想不起来我怎么来到他的身边。不过看来他脑子渐渐开了点窍,朦朦胧胧地记起和我曾有过一番交道。我躺在床上,静静地瞅着他,这时心中已没有太大的顾虑,只是一门心思地细细端详这古怪的家伙。末了,他对自己的同床人的品格似乎有了定论;他看来接受了眼前的事实;他跳下床来,用某些手势和声音让我明白:如果我赞成的话,他想先穿衣服,然后把整个房间留给我一人,让我穿衣服。我心里在说,季奎格呀,在当前的情况下,这称得上是个极文明的表现。不过说实在的,这些蛮子随你怎么看,天生就有一种体贴入微的心性;他们在本质上讲究礼貌的程度简直令人赞叹不已。我对季奎格特别说上这番恭维话,因为他待我如此彬彬有礼,如此体贴照顾,而我却犯了大不敬的罪,从床上直瞪瞪望着他,看他从头至尾盥洗穿着的动作,一时间我的好奇心战胜了我的教养。话说回来,季奎格这样的人不是天天都能碰到的,他以及他那套活法很值得另眼相看。

他穿戴时从头开始,先扣上他的老高的獭皮帽,接着他找到了他的靴子——那时裤子还没有穿上——下一步,天哪,他干吗要那样做,我可说不上来——他手里拿着靴子,头上扣着帽子,拱到了床底下;听他呼呼直喘以及使劲儿的种种声响,我估摸着他是玩儿命似地在穿靴子;虽我从来没听说过有哪条规矩,要求一个人穿靴子时必须不让人看见。但是你要明白,季奎格是个处于过渡状态的生物——既非毛毛虫,也非蝴蝶。他开化的程度正好让他以一种最为稀奇古怪的方式来表现出他的粗笨。他受教育的过程还没有终结。他是个尚未毕业的大学生。他要不是经了点教化,他十有八九压根儿不会干穿靴这种麻烦事;反过来说,如果他不仍然是个蛮子,他做梦也不会想到钻到床底下去穿靴。最后,他终于爬出来啦,帽子凹陷,压扁了,压到了眉梢;他开始一瘸一拐,吱嘎作响在房里走动;看样子像是不大习惯于穿靴子,他的那双潮湿打皱的牛皮靴子——多半还不是定做的——穿着硌脚,在这么个严冬早晨初次穿了出门,真让他吃足了苦头。

我一看,窗子上没挂窗帘,街道又窄得厉害,对面的屋子居高临下,看我们的房间可以看得一清二楚,同时我越来越觉得季奎格这种全身只是穿靴戴帽,在房间里来来去去的模样太不雅观,我就变着法儿求他快点儿穿衣,首先尽快穿好裤子。他照办了,动手盥洗。只要是基督徒,到了每天早晨这一刻,人人都已洗完了脸;季奎格却叫我吃惊,他满足于将盥洗限于他的胸膛、双臂和双手。随后他穿上坎肩,从盥洗架中间台面上捡起一块硬肥皂,在水里浸了浸,在脸上抹起肥皂沫子来。我盯着他,看他的刮脸刀放在哪里。嘿,瞧,他从床角落里拿出他的捕鲸用的镖枪,抽掉它的长木柄,从鞘里拔出枪头来,将它在他的靴子上蹭了几下,大步走到挂在墙上的一小块镜子前,开始使劲刮,其实不如说削起他的脸来。我心想,季奎格呀季奎格,杀鸡哪用得上牛刀。后来我才知道那镖枪头是用上等的好钢做的,而且那长而直的双面刃总是磨得锋利无比。

他的其余的盥洗手续很快就告完成。他得意洋洋地走出房间,穿上他的那件领水员的大外套,手拿着他的镖枪,有如大元帅手里的指挥棒。

第 五 章
早 餐 桌 上

我随他之后很快梳洗完毕,下楼到了酒吧间,和乐呵呵张着嘴的掌柜颇为热情地打了招呼,虽说他在我的同床伙伴问题上大大作弄了我。

然而哈哈乐上一乐总是一大快事,这样的快事往往极其难得,所以又是一件憾事。因此,不管什么人,要是他本人能提供笑料,让谁能开上个玩笑,那就请他千万别退缩,千万高高兴兴地自己借此乐一乐,也供别人如此这般地取乐一番。一个人身上要有足以使人开怀大笑的地方,那就可以肯定,此人身上定有比你想的也许更大的价值。

这时,酒吧间里挤满了前一夜住进来的房客,这些人我还不曾有机会好好打量。他们差不多全是捕鲸人;大副啦,二副啦,三副啦,船上木匠啦,箍桶匠啦,铁匠啦,镖枪手啦,管理员啦;一伙在风吹日晒中卖力气的人,须发蓬乱没经过修剪的人,一色的短外套代替早晨穿的长袍。

这些人中,每一个都已在岸上待了多久,一眼便能看出个大概。这一个小伙子脸蛋儿带着太阳晒过的梨子的颜色,身上闻起来似乎还有麝香味;他远航印度洋回来,上岸绝没有三天。他身边那一个肤色看来浅了几分,你不妨说他有点儿东印度缎木①的味道。那第三个人的脸色还留有热带的茶色,可又略略消退了一点;他不用说已在岸上逗留了好几个星期。然而谁有像季奎格那样的脸颊呢?那脸上有色彩斑驳的条纹,像安第斯山脉的西麓,形成反差的气候带一带接一带地排列在一面坡上。

"嗨,开饭啦!"掌柜的这时叫起来,打开了一道门,我们便进门去

---

① 产于东印度的硬木树种,木质坚硬,有一种缎子般黄褐色光泽,常用于制作上等橱柜等。

吃早饭。

有人说：见过世面的人，举止态度会显得落落大方，待人接物沉着冷静。不过，未必总是如此。新英格兰大旅行家雷德亚德和苏格兰大旅行家孟戈·帕克一进上流社会的厅堂，就成了所有人中最局促不安的人。然而我看像雷德亚德那样单是坐一架狗爬犁横穿西伯利亚或者空着肚子、孤身一人在黑非洲腹地长途徒步跋涉（那是可怜的孟戈一生业绩的概括）——这类旅行我以为未必便是修炼高雅的社交风度的最好方式。然而这类事情总是到处可见。

以上这些想法是由下述情景引起的：大家在桌边坐定之后，我正打算听一些有关捕鲸的有趣故事；可哪想得到，几乎人人都保持肃静。不仅如此，而且大家露出一脸尴尬的样子。而这是些什么人呢？一伙老水手，其中许多人曾经在大洋之上心不惊胆不怯地跨到巨鲸身上——鲸鱼对他们可是毫不留情的啊——眼也不眨一眨地同它们搏斗，最终杀死了它们；可现在呢，大家坐在一张正好交谈的早餐桌上——大家干的是同一个营生，大家的趣味也相近——腼腆地你望着我，我望着你，犹如绿山①中从不曾走出羊圈的羊一般。这些难为情的狗熊，这些羞羞答答的捕鲸勇士，成了这等模样，真叫人纳罕！

可是谈到季奎格——没什么好奇怪的，季奎格正坐在他们中间，而且在桌子上首。神情冷静自若。当然啰，论他的出身教养，我实在没有什么可夸的。凭他带着镖枪上餐桌，而且不顾礼节将它当做刀叉，伸到桌子对面，险些儿伤着好些人的脑袋，然后把牛排拉到自己面前，即使对他五体投地的崇拜者也难以为之辩解。而这一桩桩事情他做来冷静自若，且谁都明白，在大多数人眼里，事情做得冷静自若就是做得文雅体面。

我们不想在这儿一一列举季奎格的古怪脾性，例如他怎样不爱喝咖啡，不爱吃刚出炉的小面包，又如何一门心思地对付那烧得半生不熟的牛排。够啦，早餐吃完之后，他和其余的人都撤到公共起居室里，点燃了他的斧头烟斗，在我走出门去散步的当儿，他戴着他的片刻不离的

---

① 在美国佛蒙特州北部。

帽子静静地坐在那儿消化那顿饭,抽着烟。

第 六 章
街 头 所 见

如果说当初我乍一瞧见像季奎格这样的怪人出现在一座文明城市的上层社会而感到惊讶的话,那么初次在大白天新贝德福街道上溜达了一回以后,我的这种惊讶很快便烟消云散了。

任何一个大海港靠近码头的大街常会把一些奇形怪状,难画难描的海外来的人送到你的眼前。哪怕在百老汇和切斯特纳大街上,有时候地中海来的水手会和吃惊不浅的太太小姐们摩肩接踵。摄政街照样有印度人和马来人光顾;而在旧时孟买的港口,活蹦乱跳的美国佬往往吓着了土著居民。不过,要和新贝德福相比,利物浦的瓦特街和伦敦码头区的瓦平都不在话下。那两个地方,你只看得到水手们。而在新贝德福,地道的食人生番在街角站着和人聊天;不折不扣的蛮子,其中许多人赤身露体。一个生人看了只有瞪眼的份儿。

不过,除了斐济人、东加托波亚尔人、埃罗曼戈亚人、邦南人和布利格人,除了那些在马路上摇来晃去无人理睬的捕鲸船上的野人之外,你还会见到比这更叫人稀罕,肯定更叫人发笑的家伙。每星期都有几十个佛蒙特州和新罕布什尔州的新手到这个城市来,个个如饥似渴地想到渔业上来获取名利双收。他们大多年轻轻的,体格魁伟,过去以伐木为生,如今想丢下斧头拿刺鲸枪。其中许多人绿①得像他们家乡的绿山地区一样。在有些事情上,让人觉得他们是出世不久的娃娃。你瞧!那一个拐过街角走来啦。他戴顶獭皮帽,穿一件燕尾服,腰间束一条水手皮带,佩一把带鞘的刀。嘿,这边又来了头戴防水帽、身披毛葛大氅

---

① 英语俗话中,绿有"新手""初出茅庐"一类的意思。

的家伙。

一个城里出生的公子哥儿跟一个乡下长大的少爷简直没法比——我说的是一个十足的土少爷——这种人一到三伏天就怕晒黑他的一双手,会戴上麂皮手套去割那两英亩的草。万一土少爷想要扬扬他的大名,加入了捕鲸这个了不得的行当,那他一到海港,你就等着瞧笑话吧。在定做他的出海行头时,他指定他的坎肩要钉按钮,帆布裤上加吊带。嗳,可怜的乡巴佬呀,到你连同吊带按钮以及你的一切都落到了暴风雨的手掌心里的时候,天知道那些吊带在头一阵呼啸而来的狂风中绷得有多惨。

可是别以为这座名城让人见识的只有镖枪手、食人生番和乡巴佬。情况完全不是这样。不过,新贝德福终归是个怪地方。要不是咱们捕鲸人,这一块地方说不定直到今天还像拉布拉多的海岸一般荒无人烟。就这样,它的一些偏僻地区看起来还是那样瘦骨伶仃,叫人吃惊。城市本身也许可以算是全英格兰居住起来最可心的地方。不错,这是一块富得流油的土地:但不像迦南①,这块土地还盛产玉米和葡萄酒;街道上并无牛奶满地流淌;到了春天,人家也不用新鲜鸡蛋来铺砌它们。不过,话虽如此,就在全美国你也找不出比新贝德福的贵族味儿更足的屋宇,更豪华的公园和私人花园。它们是打哪儿来的呢?它们是如何被安置到这方曾是贫瘠得有如火山熔岩的土地上来的呢?

只要到前边那座巍峨的邸宅去瞧瞧它周围树立的当做标记的铁镖枪,你的问题就有了答案。不错,所有这些气象万千的房屋和繁花似锦的园林都来自大西洋、太平洋和印度洋。它们没有一件不是用镖枪射得,从海底拖到岸上这儿来的。请问,魔术大师亚历山大先生能变出这样的戏法来吗②?

听人说,在新贝德福,父亲嫁女儿,陪嫁是鲸鱼,他们的侄女成婚时,每人得的是几头海豚。只有在新贝德福,你才能见到灯火辉煌的婚礼;因为据说那儿每户人家都有一池池的鲸油,每晚都可以毫不在乎地

---

① 《圣经·创世记》中所说上帝赐予亚伯拉罕的宝地,在今巴勒斯坦西部。
② 十九世纪四十年代末在纽约的巴尔摩歌剧院、尼勃洛剧院、阿尔哈姆布拉剧院以及中国博物馆等处演出的德国魔术师,曾使纽约观众如醉如痴。

点着鲸鱼蜡烛到天明。

到了夏天,这城市又是另一番风光;到处是漂亮的枫树——长长的马路,翠绿和金黄相间。一进八月,美丽丰饶的七叶树高高挺立,犹如一只只枝型烛台,献给路人挺拔的尖塔式的花簇。艺术真是无所不能的啊;它能在新贝德福的许多区域中,在造物主创造世界最后一天所丢弃的寸草不生的垃圾般的石头堆上引发出层层鲜艳的花坛来。

至于新贝德福的女人们,她们就像身上佩戴的红玫瑰那样争奇斗妍。但是玫瑰只在夏天开放,而她们的宛如娇艳的石竹花般的脸蛋儿则像九天之上的阳光一样四季常新。你能到哪儿去找这样花朵似的美人儿,你在哪儿都不能,除非是在塞勒姆①,人家告诉我,那儿的年轻姑娘吐气闻来像麝香,她们的水手情郎们在离海岸数哩之外就能闻到,好像他们靠近的是香气四溢的摩鹿加群岛,而不是清教徒似的沙滩。

第 七 章

教 堂 遐 想

就在这同一个新贝德福,有一座捕鲸人的教堂。那些不久就要出海去印度洋或太平洋的喜怒无常的渔夫,星期日少有不上那地方去一次的。我自然少不得也要去。

第一个早上散步归来,我又出去完成这一特殊任务。天气原是晴朗凛冽而有阳光,此刻却变为雾蒙蒙的,下起好大的雨夹雪。我穿上俗称熊皮的绒布外套,便迎着那强劲的暴风雨艰难地往前走。进了教堂,我发现有一小伙散坐在各处的水手、水手的妻子和寡妇们。室内寂静无声,只有暴风雨的尖厉嘶叫时不时打破这寂静。每个肃静地做礼拜

---

① 塞勒姆,美国马萨诸塞州东北部,临塞勒姆湾。

的人各坐一处,仿佛有意躲着别人,似乎每人沉默的哀痛都与世隔绝,也无从彼此沟通。这时牧师尚未到来,那些犹如无声的岛屿似的男男女女坐着,目不转睛地望着好几块围有黑边、嵌在布道坛两旁墙里的大理石碑。其中三块镌有下面的字样,不过我不敢说自己抄录得一字不错:

神 圣 悼 念

约翰·塔尔伯特
一八三六年十一月一日殁于巴塔戈尼亚海面
荒岛附近,落海而死,年方十八。

其姊特立此碑留念

神 圣 悼 念

罗勃特·朗、威利斯·埃勒里、
奈桑·科尔曼、沃尔特·坎尼、
赛斯·梅赛和塞缪尔·葛雷格

以上诸人为埃利扎号上一小艇的水手
一八三九年十二月三十一日在太平洋
近海渔场为一鲸鱼曳去失踪

他们的幸存船友谨立

神 圣 悼 念

故伊齐克尔·哈代船长

一八三三年八月三日于日本近海在其艇艏为
一抹香鲸所害

他的未亡人特立此碑留念

我掸掉银装素裹的衣帽上的雨雪,在靠近门口处坐下,一侧身却见季奎格就在近旁,吃惊不小。他的面容受眼前这种庄严肃穆的景象所感染,莫名其妙的眼神中有一种难以置信的好奇。这蛮子似乎是在场的惟一注意到我进来的人,因为他是惟一一个不识字因而不看墙上那些冷冰冰的碑文的人。那些碑上提到的海员是否有亲戚家人在场,我无从得知;不过在捕鲸业中,未尝记录的灾祸不知有多少,因此面前有好几位妇女即使不在衣饰上,也在面容上显然多少露出无尽的哀思,由此我可以断定:我眼前必然聚着一些断肠人,她们一见那惨淡的碑石,本未平复的旧创口便又在重新滴血。

唉,那些有亲人葬在这如茵绿草之下的人们,你们站在花丛中可以说:啊,这里,这里长眠着我所爱的人,你们哪知道萦回在这样一些人心头的凄怆,在那围着黑边的大理石下面并无骨灰,有的是一片痛苦的虚无!在那些寂然不动的碑文中含有多少绝望!在那几行像是要销蚀一切信仰的文字中有多少寂灭虚无和多少负情弃义,这些文字拒绝给予那死无葬身之地的可怜人以再生的机会。那些碑石树在这里和树在埃莱芬塔岛上的石窟①里也差不多。

有哪种生物数量统计中包括了人类中已故者;为什么有一句普遍流传的谚语,说死人不会开口,哪怕他们肚子里装的秘密比古德温沙洲②装的还多;为什么我们在昨天离开人间到另一世界去的人姓名前加一个有意无情的"故"字,而如果只是去了这现世的天涯海角,怎么就不那样称呼他了;为什么人寿保险公司要付给未亡人死亡赔偿金;六千年前左右就已死去的古人亚当偏又得了什么永久的动弹不得的瘫痪症,什么致命的无可救药的昏睡症;我们既然认定死者安居于不可言说的极乐之中,可为什么仍然不以此为安慰;为什么生者要殚精竭虑使所有死者不做一声;为什么一有谣言说哪座坟墓有一声响便会使全城为之惊恐不已。所有这些事情都不是没有意义的。

---

① 埃莱芬塔是印度孟买港内的一座小岛,岛上有六座石窟,供奉专司破坏的印度教三个主神之一的湿婆。
② 这些沙洲靠近伦敦泰晤士河入海口,位置极为险恶,当年船只多有失事者。

然而信仰有如豺狼,它的食物来自坟冢,即使从那些死了的疑问中它也能获取它的至关紧要的希冀。

我是怀着什么样的感情,在从南塔克特出海的前夜,看那些大理石墓碑的,就着那黯淡而惨淡的日子的幽暗光线来默察那些走在我前头的捕鲸人的命运的,这实在无须多说。是啊,以实玛利啊,你可能也落得个这同一的命运。不过,也不知怎么,我又变得高兴起来啦。干船上活儿的一些叫人开心的好处,极好的提升机会,似乎一条平常小船单凭光提级不加薪就能使我出人头地。是的,干捕鲸这营生,死人是常事——把人胡乱一卷,一句祷文不念就把他发送了。可那又怎样呢?依我看,我们在生死这件事上是大错特错了。依我看,人们称之为我在这世上的影子是我的真正的实体。依我看,在看待精神上的种种,我们太像是牡蛎透过水面观察太阳,以为重重的水是最稀薄不过的空气。依我看,我的肉体不过是我的更高的存在的渣滓。说实在的,谁要拿走我的躯壳,我会说请拿吧,它不是我。因此为南塔克特三呼万岁吧;平常小船也好,平常小人也好,要来就来吧,因为诸神之首朱庇特本人也不能推开我的灵魂。

第 八 章

讲 坛 种 种

我就座不久,便有一位颇有气派的人走进来;受狂风暴雨吹打着的门一下子开了,迎接他,全体会众肃然起敬地很快看了他一眼,足可证明这位老先生便是本堂牧师。不错,他就是有名的梅布尔神父,捕鲸人就是这样称呼他的,他是他们十分喜爱信服的人物。他在年轻时当过水手和镖枪手,不过以后许多年来他将全身心奉献给了神职。在此书谈到的时间,梅布尔神父已进入了健康的老年的严冬季节;这种老年似乎溶入了第二个繁花似锦的青春年华,因为从他的重重皱纹中闪耀着某种新吐蕊的花卉的柔和的光彩——春草即使在二月雪底下也会露头。以前听说过他的身世的人第一次目睹梅布尔神父时,无不对他感到极大的兴趣,因为在他身上有某种嫁接过来的神职人员的特性,这种特性与他过去的海上冒险生涯有因果关系。他进门时,我注意到他没有拿雨伞,而且肯定也不是坐他的马车来的,因为他的帆布帽子滴着融化了的雪水,他的引水员的宽大布上衣由于吸足了水,沉甸甸地似乎要压得他瘫在地上。不过,帽子、上衣,还有套鞋,一样挨一样地脱下了,挂在邻近一个角落里的一小块地方;换上一套法衣之后,他静静地向讲道坛走去。

讲道坛非常高,大多数老式讲道坛都是如此;如果用常规的阶梯登上这样的高度,由于阶梯与地板成钝角,势必使教堂本来就很小的空间大为缩减。因此看来建筑师是照梅布尔神父的指点行事,把讲坛修成没有阶梯而代之以一架垂直的边梯,跟在海上从小艇登上大船的道理一个样。一位捕鲸船长的妻子捐献给教堂一对漂亮的羊毛编的红色舷门索作为梯子两边的扶手,梯子本身有个挺好看的顶子,染成桃心木颜色。整个儿设计考虑到教堂的状况,两者的搭配倒也一点儿不显得俗气。梅布尔神父在梯子脚边停了片刻,然后双手握住索子两边作装饰用的绳结,抬头望了一眼,带着一种地道的水手式的却又不失庄重的灵巧劲儿,手换手攀着索子登上讲坛,宛如登他当年的大桅楼。

这边梯的垂直部分像通常的绳梯那样,是用布包着的索子做成的,只有踏级是木板,因此每上一级都有一个关节。这些关节尽管对船只来说极为方便,可是就眼前的讲坛来说似乎不必要;这一点在我第一眼看讲坛时就没有逃脱我的注意。因为我没有料到梅布尔神父在登上讲坛后会慢慢转过身来,身子俯过讲坛,把梯子一级级用心地收上去,直到整个梯子放进讲坛里,让他自己高踞于他的小小的攻不破的魁北克①中。

我对此事琢磨了半天,始终没有完全弄明白其中的奥妙。梅布尔

---

① 要塞名。

神父诚恳庄重,是远近出了名的,我不能设想他会耍些舞台上的花活儿而招来恶名。不,我心想,其中必然大有道理;再说,它必然是某一看不见的事物的象征。这么说,它会不会是通过这一使自己人身隔绝起来的行动来表示他精神上暂时退出外界种种世俗的牵扯和纠葛呢?对,因为备足了精神食粮之后,我看出这个讲坛对上帝的信徒说来是一座自给自足的堡垒——一座崇高的内部有一口永不枯竭的水井的艾伦勃雷茨坦①。

然而边梯并非此地惟一借鉴牧师过去的航海生涯的古怪特色。讲坛两旁的大理石纪念碑之间作为讲坛背景的墙上装饰有一大幅画,画上一艘船正迎着狂风暴雨在乌黑的岩石和雪白的浪涛的背风面海岸外破浪前进。但是在飞溅的浪沫和滚滚乌云之上高高浮着一片小岛似的阳光,从中映射出一张天使的脸庞;这明晃晃的脸又将船的颠簸的甲板罩在一鲜亮的光圈中,有点儿像那镶在纳尔逊②倒下的胜利号舰板上的银盘子。那天使像是在说:"多了不起的一条船,前进,前进吧,你这条了不起的船,努力掌好舵;瞧吧!阳光正在穿出云层;乌云已在消散——静谧的一碧如洗的天空眼看就要出现啦。"

说到讲坛本身,它也并非毫无大海的风味,那绳梯和那幅画便足能证明。它的嵌板的前身活像一个扁平的船头,《圣经》就放在突出的涡卷形的托板上,那是仿照一条船的形似提琴头的尖端做的。

还有什么比这更意味深长的呢?——因为讲坛从来就是这尘世的为首的部分,其余的一切都在它之后;讲坛引领着这世界。从那儿可以首先看到象征上帝的突发的怒气的暴风雨,而船头正首当其冲。从那儿可以首先求来上帝的和风,使它成为催动舟船的顺风。是啊,这世界正是一艘出海航行的船,航行尚未完成;而讲坛是这船的船头。

---

① 莱茵河上的要塞名。
② 荷拉旭·纳尔逊(1758—1805),杰出的英国海军将领。一八〇五年在摧毁法国西班牙联合舰队的特拉法尔加战役中,战死在胜利号旗舰上。

第 九 章
借 古 传 道

　　梅布尔神父站起来,以一个毫不装腔作势的权威人士的温和口气命令散坐各处的人彼此靠拢。"右舷过道的往左舷靠——左舷过道的往右舷靠!大家往船中间靠!"

　　长椅之间响起了一阵水手靴子低沉的橐橐声和较为轻悄的女鞋的挪动声,然后一切又归于静寂,人人都把目光定在布道人身上。

　　他定了定神,然后在讲坛前跪下,把他的一双棕色的大手交叉抱在胸前,抬起闭着的眼睛,做了一个祷告,其至诚的程度足以使人觉得他是跪在海底做祷告。

　　祷告完毕,他开始用庄重的长腔(这长腔像是在海上大雾中失事的船上不断响起的钟声)朗诵以下的赞美诗;朗诵到最后几节时他改变了声腔,放开嗓门,怀着激奋欢乐的情绪洪亮地吟唱——

　　　鲸鱼的骨架和威力,
　　　　　罩我在令人心悸的阴影里,
　　　阳光下上帝的波涛翻卷而去,
　　　　　将我留在末日的谷底。

　　　我见到地狱张开血盆大口,
　　　　　那里有说不尽的痛苦辛酸;
　　　只有亲身感受到的人才能道出——
　　　　　啊,我陷入了绝望的深渊。

　　　大祸临头,我呼唤我的上帝,
　　　　　这时我几乎不信他会将我庇佑,

可他俯耳倾听我的哀诉——
　　鲸鱼只得就此罢休。

他飞一般地赶来将我搭救，
　　仿佛跨一匹海豚，灿烂辉煌；
上帝，我的救星，电光一闪照亮了
　　你的威严却又是明亮的面庞。

我的歌要唱出这可怖的
　　而又欢乐的时刻，垂之久远。
我将荣耀归于我的上帝，
　　他对众生既怜惜又有无上威权。

　　差不多所有的人都跟着唱起这首赞歌来，歌声嘹亮，盖过了暴风雨的呼啸。接着静默了一会儿，布道人缓缓翻着《圣经》的书页，最后，他一手压在要讲的一页上，说："亲爱的船友们，请看《约拿书》第一章最后一节——'耶和华安排一条大鱼吞了约拿'。

　　"各位船友，这《约拿书》①只有四章——四个故事——如果《圣经》是根伟大的缆绳，那么《约拿书》只是其中一些最细的股线中的一股。然而约拿放到深海中的线探测到了多么深的灵魂深处啊！这位先知给我们带来多么丰富的教益啊！在鱼腹中作的祷告发出了多么高贵的心声！它多么像滔天巨浪，它是多么喧闹的壮丽！我们感觉到洪水漫过我们的头顶，我们随约拿一起沉到了长满海草的水底，我们周围尽是海藻和海底的污泥！可是《约拿书》到底教给我们的教训是什么？船友们，这教训是双股的；一股教训是对我们大家有罪孽的人说的，另一股是对我这样的永生的上帝属下的领水员说的。作为罪人，这是对我们大家的一个教训，因为它是一个关于约拿的罪孽，铁石心肠，突然醒悟的恐惧，迅速的报应，悔改，祈求，最后获得解救和欢喜的故事。这位亚米太的儿子和众生中所有罪人一样，他的罪孽在于任意违抗上帝

---

① 参见本书第34页注③。

的命令——如今不必问是怎样一个命令,也不必问命令是怎么交代的——他发现这命令是严酷的。不过话说回来,所有上帝要我们办的事对我们来说都是难办的——记住这一点——所以他往往是命令我们去做,多于尽力说服我们去做。而如果我们服从上帝,我们必须违抗我们自己。服从上帝之难正在于此。

"由于他犯了违抗上帝的罪,约拿企图逃出上帝的掌握,从而进一步对抗上帝。他以为一艘人造的船就会把他载到不受上帝而只受这尘世的君主统治的国土。他鬼鬼祟祟地在约帕的码头上逡巡,找到一条去他施的船。这里也许隐藏着一个至今未受到注意的含义。从一切记载看来,他施可能不是别处,正是现代的加的斯①。这是学者们的看法。船友们,加的斯在何处呢?它在西班牙;在古代,大西洋几乎还是个未知的水域,约拿要去加的斯,那大概是他当时所能走的一条离约帕最远的水路。因为约帕就是现代的加法,船友们,那是在地中海的最东岸,在叙利亚;而他施或加的斯是在西边两千多哩的地方,一出直布罗陀海峡便是。所以约拿打算从世界这一头跑到那一头,逃出上帝的掌握,船友们,这你们还看不出来吗?该死的家伙!啊,可鄙之极,该受最大的蔑视;他把帽檐儿拉得低低的,贼眉鼠眼,鬼鬼祟祟,想逃出上帝的手心,他在船码头上东窥西探,像一个十恶不赦的强贼急于要漂洋过海。那一副慌慌张张、做贼心虚的神气,要是当年有警察,就凭他使人怀疑他做了坏事这一点,约拿在踏上甲板之前便会遭到逮捕。他是个逃犯,这一点太明显啦!没有行李,连一只帽盒、手提箱或者一只旅行袋都没有——没有朋友送他到码头,说声再会。末了,躲躲闪闪地寻找了很久,他找到了正在装最后一批货的去他施的船;正当他走上船去见舱房里的船长的时候,所有的水手一下子都停了吊装货物的手,去看这陌生人的一双贼眼。约拿看到了这一点,想装出从容自若的样子,然而他做不到;他的尴尬的笑容毫无用处。凭着对这个人的敏锐的直觉,船员们断定他不是个好人。他们中的一个以一种半开玩笑其实很认真的

---

① 西班牙安达卢西亚地区加的斯省省会和主要海港,坐落在加的斯湾的狭长半岛上。公元前一一〇〇年由腓尼基人创建。

态度跟另一个咬耳朵说：'杰克，他抢了一个寡妇家。'又有人说：'乔，你看出来了吗，他犯了重婚罪。'还有人说：'哈雷你这小子，我猜他是古老的蛾摩拉那个越狱的通奸犯，要不，就是所多姆潜逃的杀人犯中的一个。'还有一个跑去看船停靠的码头的一根柱子上贴的告示，告示中悬赏五百金币缉拿一个杀死父母的凶手，有形容凶手的相貌的一段文字。他读完告示，看一下约拿，又看一下告示；这时和他有同感的船员围住了约拿，准备将他擒住。约拿吓得直哆嗦，想鼓足勇气，装出一脸无所畏惧的神气，可他偏偏越装越像个胆小鬼。他不肯老实承认自己受到了怀疑，而这一点本身就让人十分不放心。于是他尽量装得若无其事；那些水手们发现他并不是告示上形容的那个人，便放他过去，他便下到了船舱里。

"'谁在那儿？'船长正在桌旁忙着，一面嚷，一边匆匆忙忙填写给海关的报单——'谁在那儿？'嘿，这并无恶意的问话把约拿吓成了什么模样啊！一时间他几乎又想转身便逃。但他终于定了定神。'我想搭这条船去他施；还要多久才开船，船长？'直到这时船长始终忙得没有抬头看约拿一眼，虽说人此刻就在他面前。可是一听到这心虚胆怯的声音，船长开始打量起他来。'下一次涨潮我们就开船。'他慢条斯理地回答，一边还盯着他看。'不能早点儿，船长？''对于随便哪个堂堂正正的乘客来说，这是够早的啦。'嘿，这下约拿又挨了一下刺。不过他马上引开了船长的注意。'那我就搭你的船，'他说，'船钱是多少？我现在就付。'因为船友们，这一点是〔在《圣经》上〕特别写明的，好像就怕人忽略了故事里这一点，在开船之前'他就给了船价'①。把上下文串起来一看，那意味就深长啦。

"再说约拿的那位船长，船友们，他本是个谁犯了罪一眼就能看穿的人，可惜贪财使他的洞察力只能对准囊无分文的人。船友们呀，在这世上，有钱买路的罪犯可以自由自在地旅行，无须佩有护照；而有德无钱的人则哪条路也走不通。约拿的船长有心要掂掂他的钱袋的分量，再公开对他下断语。他要他付三倍于通常的船钱，对方居然答应了。

---

① 见《圣经·旧约·约拿书》第 1 章第 3 节。

这下船长心里有了数，约拿是个逃犯，同时他打定主意只要他留下金子就帮他逃走。而当约拿大方地掏出他的钱袋来的时候，小心谨慎的船长心里还在嘀咕。他敲响每一块金币，看有没有假的。他自言自语，没有一枚假的；于是他记下了作为乘客的姓名。这时，约拿开口了：'船长，请指给我住的客舱，我行路累啦；我要安息。''您看来真像是累啦，'船长说，'那是您的房间。'约拿进了房，想把房门锁上，可是锁孔里没有钥匙。船长听他傻乎乎地在那儿掏摸，便低声笑了，嘴里咕哝着，大意是说囚犯的牢房从来不许从里边锁上。约拿连衣服也不脱，也不顾满身尘土，就往铺上一倒；他发现这小小客房的天花板快要碰到他的额头了。空气憋闷，约拿大口喘气。在这小如洞穴、处于船的水线以下的房里，约拿似乎已经预感到鲸鱼将他吞在肚中最紧窄的下腹处那种喘不过气来的滋味。

"轴心用螺丝拧定在舱壁上的吊灯在约拿房中微微晃动。装完了最后几包货物，船被压得侧向码头，它以及那微微晃着的吊灯和火焰仍然都同房间保持一个持久的斜角；尽管事实上灯始终是笔直挂着，它却突出了周围那些虚假的水平线。这灯使约拿惊恐不安；他躺在铺位上，担惊受怕的眼睛骨碌碌地转着打量这地方。这个迄今为止一切顺利的逃亡者却不知道该把自己慌乱的眼神定在哪儿好。那灯与地板、天花板以及舱壁的角度不正常，这越来越使它害怕。'唉，我的良心也是在体内这么斜挂着！'他呻吟道，'它上下笔直放着光，可是我的灵魂的外壳却扭曲成了一团。'

"他像一个通宵痛饮狂欢之后快快上了床的人，脑袋仍在天旋地转，可良心还在刺得他发痛，犹如罗马赛马场上的马，越冲刺得快，那马镫上的钢刺戳得它越狠；又像一个身处困境的人，痛苦使他急得团团转，不住地乞求上帝毁了他，直到这一阵发作过去；最后在悲苦的漩涡中，他像一个流血过多快死的人，觉得自己落入了一种昏昏沉沉的状态中；因为受伤的是良心，血是止不住的；于是约拿在铺位上苦苦挣扎了一会儿之后，被像头怪物似的沉重苦难投进了沉沉的睡乡。

"终于到了涨潮的时刻，船解了缆，这艘无人欢呼的驶向他施的船离开了那冷清清的码头，侧着身子向大海滑去。我的朋友们，这船是有记录可查的第一艘走私船！那私货就是约拿。可是大海不答应,它拒绝承载那邪恶的乘客。一场可怕的风暴来啦,船像要崩裂似的。然而当水手长要大家都来减轻船的分量,当大包小箱、瓶瓶罐罐从船上稀里哗啦被扔到船外去,当风在尖啸,人在喊叫,约拿头顶上每块船板都给人踩得轰轰响的时候,约拿不管船上搅得天翻地覆,依旧睡他的可恶的觉。他看不见那黑沉沉的天,扑腾腾的海,感觉不到那摇摇晃晃的船体,也听不见或者说没有留神那大鲸从老远的海上张着大嘴追着他,劈浪而来。嗳,船友们,我已经说了,约拿已经下到了船的舷侧的铺位上呼呼大睡。可是吓慌了的船长走到他身前,冲着他的像是死过去的耳朵尖声大叫:'起来！你这下贱的东西,还在睡觉！'这一声惊心动魄的喊叫吓得约拿从昏睡中醒来。他摇摇晃晃站起身,跌跌撞撞到了甲板上,抓住一根护桅索,朝海上望去。哪知就在这一刻,一个巨浪像头豹似的跳过舷墙扑到他身上。接着一浪又一浪打进船里,由于找不到迅速排水的出口,便从船头到船尾呼啦啦地淌过来,淌过去,弄得那些船员还没有沉到海里,就已经快被淹死了。当吓得脸色发白的月亮从漆黑的天空的深沟里露出脸来时,目瞪口呆的约拿看到矗立的船头斜桅直指天空,可是不一会儿又猛一下沉下去,沉到那苦难的深渊。

"恐惧一阵接一阵叫喊着掠过他的灵魂。他的那种卑躬屈膝的神色已把他的从上帝治下的逃亡者的身份暴露得最清楚不过。水手们注意着他,对他的怀疑越来越变得肯定。最后,为了彻底检验这怀疑是否属实,他们决定把整个事儿交给老天爷来判定,抽签来看看降临到他们头上的这场特大暴风雨到底是冲着谁来的。签说明祸首是约拿。这点弄明白之后,他们就怒不可遏地逼问约拿:'你到底是干什么的？你打哪儿来？你的国家呢？你是哪族人？'但是我的船友们,请注意可怜的约拿的举动。急得什么似的海员们只问他是什么人,打哪儿来;而他们得到的不仅是对这两个问题的回答,还有对他们未曾提出的问题的回答,而这不打自招的回答乃是上帝的严厉的手逼着约拿说出来的。

"'我是希伯来人,'他叫道,接着说,'我敬畏创造海洋和陆地的主,天上的上帝！'哼,约拿啊,你果真敬畏他吗？嗳,你当初也许真还敬畏过他？紧接着,他作了一个彻底的交代;海员们听了越来越惊骇,不过他们仍然可怜他。因为约拿最明白不过逃亡的罪行严重,还不敢乞求上帝饶恕,所以当可怜的约拿大声要求他们把他抓起来扔到海里去,因为他知道落到他们头上的这场暴风雨是由他而起时,他们都不忍心地背过身去,企图另想办法救这条船。然而一切都无济于事,那激愤的大风呼啸得更凶了;不得已,他们一手伸向上帝求告,一手无可奈何地抓住了约拿。

"现在你们看,他们像提升船锚似地举起约拿,将他抛进了大海。约拿沉了下去,随之也就把狂风收走了,东方顿时油然浮出了一片宁静,海面水波不兴,平滑如镜。约拿陷入了无人控制的动乱的漩涡中心,几乎没有注意到他什么时候落进了张开了等着他的大嘴里;那鲸鱼闭上了所有像许多白色门栅般的牙齿,把他关进了牢里。于是约拿从鱼腹里向主祈祷。我们来听听他祈祷些什么,从中吸取一个重要的教训。约拿尽管罪孽深重,却并不哭哭啼啼求主直接解救他。他觉得他受的惩罚虽然可怕,却是罪有应得。至于解救他的事,他全听上帝的。他呢,不管自己受多大的痛苦与折磨,依然仰望着上帝的圣殿;做到了这一点,他就心满意足。船友们啊,这才是真心实意的悔罪,不是吵吵闹闹要求宽恕,而是对处罚深怀感激。上帝对约拿这种表现满意到什么程度,可以从他最终从大海和鱼腹之中救出约拿这一点看得出来。船友们哪,我向你们讲约拿的事,不是要你们照样去犯他的罪孽,而是要你们以他的悔罪为楷模。莫作孽,不过要是已经作了孽,千万要像约拿那样悔罪。"

他说这些话的时候,外面的暴风斜雨的尖厉呼啸更为这位布道人增添了新的威势。他讲着约拿遇到的海上风暴,自己似乎也受着风暴的颠簸。他那厚实的胸膛有如随巨浪而起伏,他的挥舞的手臂犹如各种自然力量在交战;从他黝黑的额头发出的隆隆雷声,他的眼中射出的电光使他的那些淳朴的听众无不怀着一种从未有过的恐惧之心仰望着他。

这时,他默默地再次翻过《约拿书》的书页,神色中出现了一种宁静。最后,他闭上眼睛,一动不动地站定,一时间像是在与上帝以及和自己作心灵的交流。

接着,他又探身向着大家,低垂着头,露出一副深沉却又不失大丈夫气概的谦恭神态,说了如下的话:

"船友们,上帝只用一只手放在你们头上;他却用双手按住我的头。我凭着我的愚顽的悟性向你宣讲了约拿给所有罪人,因而也是给你们,尤其是给我(因为我是个比你们更大的罪人)的教训。要是我能从这桅杆顶上下来,坐在你们坐的舱盖上,像你们一样聆听,同时你们中间哪一位来向我宣讲约拿作为永生的上帝的一个领水员教给我的另一条更为可怕的教训,那我会有多高兴啊。作为上帝涂油敕封的领水员,一个先知或者说讲真话的人,应当谨遵上帝的吩咐去向一个邪恶的尼尼微人的耳里灌输逆耳的真理;而约拿却怕招来敌意而企图从约帕乘船而去,逃避他的使命,他的职责,他的上帝。然而上帝无处不在,他永远到不了他施。我们已经看到,上帝借鲸鱼来惩处他,将他一口吞到了活地狱里,阵阵疾风把他刮到了'海中央';在那儿,漩涡吸他到一万噚①的深处,'海草缠绕他的头',灾祸的水的世界淹没了他。然而当大鲸在大洋最底下的骨骼上停住的时候,甚至从铅锤都沉不到底的深处,'从地狱的肚腹中',上帝也听到了那位被吞食了的悔罪的先知的呼喊。上帝当即和鲸鱼说了,鲸鱼从大海的彻骨的寒冷与黑暗中冲天而起,向着温暖宜人的太阳,向着有无限风光的空中和大地,'把约拿吐在旱地上'。当主第二次指令他时,他尽管受了打击,遍体鳞伤——他的像两片贝壳似的耳朵中依旧嗡嗡响着大海的种种声音——却遵照全能的主的命令行事。那么,是什么命令呢,船友们?面对虚伪宣讲真理!就是这个!

"船友们,这就是第二条教训;永生的上帝手下的向导,谁不把它当回事,谁就会大祸临头;谁迷上了这个世界而忘了传播福音的职责,谁就会大祸临头!谁在上帝使海水酿成狂风的时候,想在水上浇油,谁就会大祸临头!谁想去讨好别人而不愿惊吓他们,谁就会大祸临头!谁把自己的好名声看得比行善还重,谁就会大祸临头!谁在这世上不愿蒙受耻辱,谁就会大祸临头!谁在作假可以救命时不愿意守真,谁就

---

① 噚是英制测量水深的长度单位,合 6 呎或 1.829 米。

会大祸临头!不错,谁要是如伟大的使徒保罗所说的,向他人传播福音时自己却是个被遗弃的人,谁就会大祸临头!"

  他俯下身子,神不附体地过了一会儿;然后又一次仰脸对着他们,眼里现出深深的欢悦,同时以至高无上的热忱叫道:"可是,船友们呀,每一灾祸的背面必有一种幸福,而幸福之高超过灾祸之深。难道船桅顶之高不是有过于内龙骨之深吗?谁能挺身而出,吾行吾素,而与现世的傲岸的诸神和首领对立,谁就有直薄云天而又出自内心的幸福。谁在这卑鄙险诈的世界之船在其脚下沉没时还能用自己的强壮的臂膀支撑自己,谁就会有幸福。谁在真理这方面毫不宽容,杀尽、烧光、消灭一切罪孽(尽管这些罪孽是他从议员和法官的袍子底下揪出来的),谁就会有幸福。谁承认除了他的主上帝之外不存在其他律法或主,谁承认他只向上天效忠,谁就会有幸福——至高无上的幸福。谁在喧闹的暴民这座大海的滔天巨浪怎样冲击下也不在那稳定的世代的基础上动摇,谁就会有幸福。谁要是在他临终时能用他的最后一口气说——我的父啊!——我认识您主要是凭您的惩处的杖;凡人也好,神人也好,我现在要死啦,这样的人就会有永恒的幸福和美满。我力求成为您的仆人,远过于我想成为这俗世或我自己的仆人。然而这算不得什么,我将永生留给您;因为人算得什么,岂可活得比他的上帝的命更长?"

  他不再说下去,而是缓缓挥手祝福,然后双手蒙住脸,长跪不起,直到所有的人都走了,留下他一个人在教堂里。

第 十 章

得 一 知 己

  我从教堂回到鲸鱼客店,发现季奎格孤身一人在那儿;他在神父为大家祝福之前一些时候就离开了教堂。他坐在炉火前的一张长椅上,双脚搁在炉沿上,一手拿着他的那个黑人小偶像,凑近了,死死盯着它的脸,用一把大折刀轻轻刮它的鼻子,同时自顾自地哼着一种异教徒的曲调。

可是我这一回来就打扰了他,他收起了偶像;过不一会儿,他走到桌边,拿起了一本大书,放在自己膝头,数起书页来。依我想,好像每数五十页必停一停,小心在意,极有规律;停下后茫然望望四周,发出一声拖长了的表示惊奇的唿哨声,然后接着数下一个五十页。每次他似乎都是从一数起,像是五十以上他不会数似的,而且只在发现合起来有那么多个五十页,才引得他对书页数量之巨大表示惊诧。

我坐下来,津津有味地观察他。他虽是个蛮子,脸破相破得极难看——至少我认为极难看——然而他的面容中有些使人颇觉可亲的东西。人无法掩藏灵魂。透过他刺在身上的怪异的花纹,我想我看到了一颗纯朴正直的心的迹象。在他的大而深陷的、漆黑的、无所畏惧的眸子里,闪着敢与千百个恶魔相斗的眼神。此外,在这个异教徒身上有着某种崇高的气度,这气度连他的粗野举止也不能完全破坏。他看来像个从不对人胁肩谄笑、也从不受人恩惠布施的人。他的前额突出,不知是不是由于他剃了光头,这前额才显得特别无拘无束而又开朗,而且比不剃光头显得更为气度宽广,这一点我可不敢断定;不过有一点可以肯定,他的头颅从颅相学观点看,实在不同凡响。说起来也许有点儿可笑,他的头颅令我想起常见的华盛顿将军的半身塑像上的头颅。它在眉际以上形成长长的逐渐后缩的斜坡,而双眉则同样非常突出,犹如两个上部林木茂密、伸入海中的海岬。季奎格可算是食人生番中长成的乔治·华盛顿。

在我多少装作望着门窗外的暴风雨,其实正如此细细端详着他的时候,他却始终不曾注意到我的存在,连一眼都懒得望我,似乎只是全神贯注于数那本奇书的页数。想到昨晚我们两人睡得何等亲近,特别是想到早晨醒来发现他的一条胳膊亲热地搂着我,我觉得他此时的冷漠十分奇怪。话说回来,蛮子都是些怪人,有时候你简直不知如何看待他们。他们开头总是非常吓人,他们那种沉着而淳朴的全神贯注的神态似乎出于一种苏格拉底式的智慧。我还注意到季奎格从不和客店中其他海员来往,即使来往也极少见。他谁也不主动接触,看来不想扩大他的相识的圈子。所有这一切在我看来非常古怪；可是，细想一想，这中间有着某种近乎崇高的东西。眼前这个人离家大约有两万哩（这是说如果按照途经合恩角①的路程计算的话，而经合恩角也是他回家惟一可走的途径），置身于对他来说其陌生程度无异于木星人的人群之中，却能处之泰然，保持着高度的安详，日与他们为伴而无丝毫怨艾，始终不失自己身份。不用说，这里有高妙的哲学意味，虽说他无疑从未听说过有哲学这样一种学问。不过要当真正的哲学家，我们凡人也许不应该意识到自己在这般生活，这般追求。当我一听到某某人自称是位哲学家时，我就能断定他一定是像那个消化不良的老妇人那样，把"自己的消化器官破坏了"。

我坐在那间当时冷冷清清的房间里；炉火低燃，已到了最初烧得很旺，烧暖了空间之后的温火阶段，火光的亮度正好让人看得见它；黄昏的阴影和鬼魅聚集在门窗周围，往里瞧着我们孤零零不言不语的两个人。屋外暴风雨一阵紧似一阵地轰响。我开始有一些异样的感觉，感觉身内有什么在溶化。我的破碎的心和疯狂的手不再去反对那虎狼世界。这个使人安心的蛮子已经改变了它。他坐在那儿，他的漠然无动于衷本身象征着一个其中并无暗藏着的表面文明的伪善和貌似和善的欺诈的天地。尽管他野性十足，模样儿好不刺眼；然而我却开始感到有一种神秘的力量吸引我向他靠拢。而那些这般吸引我的东西正是大多数其他人避之惟恐不及的。我心想：既然基督徒口中的善心已被证明不过是空洞的表面文章，我倒想交一个异教徒的朋友试试。我把长椅朝他挪了挪，作了一些友好的手势和其他表示，同时想尽一切办法和他交谈。一开头，他并未留心到这些企图接近他的姿态，但当我提到昨天晚上他善意接待我的种种，他马上用手势问我：我们是否还要同睡一床。我告诉他是这样；他知道了像是很高兴，也许还有点儿得意。

接着我们一同翻阅那本书，我努力向他解释印书做什么以及书中不多几张插图的意思。就这样，我很快引起了他的兴趣，由此我们转而千方百计疙里疙瘩地交谈起这个有名的城市有些什么景致可以观看。

---

① 位于南美洲最南端的一个小岛的海岬，属智利。

紧接着我提议两人一块儿抽几口烟;他便拿出烟袋和斧子烟斗,不声不响地请我抽上一口。于是我们坐着你一口我一口地抽起他的野蛮烟斗来,并且按时在两人之间递过来递过去。

如果说在这个异教徒的心中本还存着对我冷漠的冰块的话,那么,经过这阵子抽得愉快而融洽的烟,冰块很快就溶化了,我们成了好朋友。他似乎十分自然地喜欢上了我,无须别人嘱咐,正如我喜欢上他一般;烟抽过以后,他把他的前额抵住我的前额,拦腰抱住了我,嘴里说我们俩,按他的家乡用语来说,从此结了婚,意思是我们成了知心朋友;如有必要,他乐意为我去死。换个本国人,这种突然迸发的友谊的火焰未免来得太早了,此事要多加提防;但对这个淳朴的蛮子来说,这些老规矩就不适用了。

吃过晚饭,又聊了一阵,抽了一阵烟,我们便一起回房。他拿出他的涂了香料防腐的头颅送给我;又取出他的大得无比的烟荷包来,手伸到烟草底下,掏出三十块左右银元,摊在桌上,然后机械地把它们分成同等的两份,把其中一份推给我,说那是我的。我正要责备他;可是他把银元倒在我的裤兜里,从而使我作声不得。我让钱留在兜里。接着他着手做他的晚祷,取出他的神像,揭走了纸包的护板。从某些手势和其他迹象看,我想他非常希望我和他一起做晚祷;但明知下文会是怎样,我还是思谋了一阵,考虑如果他邀请我,我是照办还是不照办。

我是个真正的基督徒,出生并成长于万无一失的长老会教会的怀抱中。我怎么能和这个野蛮的偶像崇拜者共同礼拜他的那块木头呢?可是礼拜是什么?我想。难道你,以实玛利,真的以为天与地(异教徒和一切都在内)的宽厚仁慈的上帝可能忌妒一小块无足挂齿的乌黑的木头吗?不可能!可是礼拜是什么?执行上帝的旨意——这就是礼拜。上帝的旨意又是什么?你希望别人如何待你,你便如何待人——这便是上帝的旨意。眼下,季奎格就是这个"别人"。你希望这个季奎格如何待你呢?不用说,和我一起做我的独特的长老会式的礼拜。因此,我一定得和他一起做他的礼拜。所以我一定得变成偶像崇拜者。于是我点燃了那些刨花,帮着树起那纯朴的小小偶像,和季奎格一起用烤煳的面包祭他,在他面前拜了两三次,亲吻他的鼻子;完成了这些仪式之后,我们便脱衣上床,自问对得起自己的良心,对得起这个世界。不过在入睡之前,我们又聊了一会儿天。

这到底是怎么回事,我不知道;不过朋友之间要说些吐露心事的话,没有比在床上枕边更合适的地方啦。据说夫妻就在枕边彼此向对方敞开心扉;有些老年夫妇常常卧床回首话当年,一直话到天亮。因而同样,我和季奎格躺着,在我们的心灵的蜜月之中——宛如一对亲热的爱恋着的夫妇。①

第十一章
竟 夜 长 谈

我们就这样躺在床上,聊一会儿天,打一忽儿瞌睡,反复进行,而季奎格时而将他的棕色的、刺了花纹的腿亲密地架到我的腿上,时而又收了回去。我们之间的关系是如此亲密,自由而随便;由于聊天聊得如此起劲,以至最后两人残存的睡意全消,虽说离天亮还有些时候,我们却跃跃欲试地想起身啦。

---

① 企鹅古典文学丛书中《白鲸》的编者和评注人哈罗德·皮佛教授在本章末的评注中把以实玛利和季奎格的遇合和《鲁滨孙飘流记》中鲁滨孙和星期五的遇合作了意味深长的对比,指出前者实是对后者的一次批判。季奎格和星期五同为食人生番,本性都极善良。而美国佬以实玛利和英国约克郡人鲁滨孙·克罗索都自认为非英国国教徒。

然而两书在写两次类似的遇合时,在处理文明的白人和食人生番的关系上可以说截然相反。鲁滨孙·克罗索与星期五的遇合结束了二十八年的荒岛上的孤独生活,标志着前者闯一条人生新路的行程的终结。两人的关系是按前者的要求决定的。只是在把星期五改造成为一个和自己一样的人以后,鲁滨孙才声称"我开始真的爱上了这家伙"。而以实玛利则从一开始就承认那位文身的蛮子和他是一种互为伙伴的关系。本章描写了两人平等的人格和平等的交往。这在世界文学名作中都是罕见的。而在以后《如此斋戒》中写以实玛利也想试着教化季奎格时,梅尔维尔几乎是在讽刺地模仿《鲁滨孙飘流记》的有关章节。我们不妨说,梅尔维尔笔下的季奎格这个人物反映了作者的创作个性和思想境界。

是的,我们已经完全醒了,因而我们对侧卧的姿势已经感到疲倦;我们一点儿一点儿地坐起来,衣服叠好放在身子周围,人靠在床头,收起各人的膝盖并紧,两人的鼻子俯在膝盖上,活像我们的膝盖骨是暖床用的长柄炭盆一般。我们感到又愉快又安逸;而且,室外其实是被窝之外的气温越寒冷(因为房内没有生火),我们挨在一起就感到越愉快,越安逸。我以为之所以感到愉快安逸是因为要真正享受身体的温暖,你的某些小的局部必须要感到寒冷。这个世界上的种种情状无一不是由对比而生。孤立存在的事物是没有的。如果你得意洋洋地声称全身无处不舒服,而且已经舒服了很长时间,那么,你就再也不能说自己舒服了。而如果你像季奎格和我躺在床上那样,你的鼻尖或是你的头顶固然有点儿凉,那么你的总的感觉是实实在在地暖洋洋的,舒服极了。由于这一原因,卧室内决不应该生火。卧室内生火是富人花钱受罪的方式之一。因为这种享受的高潮只有在你和你的舒适感以及外面冷空气之间仅隔一条毛毯时才会到来。那时候你躺着,犹如一颗北极水晶的心中一颗温暖的火花。

我们蹲伏在那儿有好一会儿,接着我忽然心血来潮,想睁开我的眼睛。因为白天也好,夜晚也好,醒着也好,睡着也好,当我躺在被褥之间时,我习惯于闭上眼睛以便心神集中地享受躺在床上的安逸。因为除非闭上自己的眼睛,否则从来没有人能确切感受到自我;似乎黑暗才真正是我们的本质的一部分,虽然光明与我们的肉体更为投合。等我睁开眼来,脱离了我的那个自我创造的愉快的黑暗,进入没有点灯的半夜十二点外部的强加的粗鄙的幽暗中,我感到恶心得难受。对季奎格的暗示:既然我们已经非常清醒,那就不妨点起盏灯来,我也全然不想反对;再说,他有一种强烈的欲望,想点起他的斧子烟斗静静地抽上几口。虽说昨天晚上我对他在床上抽烟非常嫌恶,但是今天我已看到爱一旦动摇了根深蒂固的偏见以后,这偏见会变得何等富于弹性。因为到了此刻,我所喜欢的事莫过于季奎格在我身边,哪怕是在床上抽烟了,因为当时他看来充满了那种宁静的家庭中的欢快情趣。我再不过分担心房子的火灾保险问题。我所感觉到的只是和一个真正的朋友共盖一条毛毯,轮流用一只烟斗抽烟的那种浓浓的、彼此心照不宣的舒适感觉。

我们肩头披着毛茸茸的上衣，斧子烟斗彼此递来递去，直到最后在新点亮的灯光下，慢慢出现的一重蓝色的缭绕的烟雾像华盖似的罩在我们头上。

把这蛮子送到了遥远的境界中去的是不是这盘旋起伏的华盖，我不知道，不过他此刻说到了他出生的岛屿；我呢，急于想听到他的身世，便求他讲下去，说个明白。他则乐于照办。虽然他当时说的话有不少我还听不大懂，但随着我对他的不成句的英语渐渐熟悉起来，我现在已经可以从他吐露的情况中讲出个大概，由此也许可以了解他的全部身世。

第十二章

概 述 身 世

季奎格出生在科科沃科，那是在西南方的一个遥远的岛屿。在任何地图上都找不到它，实实在在的地方无不如此。

这个新孵的小鸡似的孩子穿着草编的衣服，在家乡的树林子里领着一群见草便啃的山羊到处乱跑，看上去跟一株翠绿的小树差不多。可是即使在当时，季奎格野心勃勃的灵魂中就已隐伏着一个强烈的欲望，他不满足于见识一两艘捕鲸船算是那基督教世界的样板，而要看看那个世界本身。他的父亲是个大酋长，是个国王，他的叔父是大祭司；而在他母亲娘家方面，他有几位姨娘都是万夫莫敌的武士的妻子。他的血管中流着高贵的血——王者才有的素质；可惜这素质为在他无人教导的青年时期养成的食人习性所毁损。

一艘赛格港的船开到了他父亲的港湾里，季奎格要求搭它到基督教国度去。然而船上的水手已经配齐，故而拒绝了他的请求；他的国王父亲虽然运用了他的全部影响仍然无济于事。但是季奎格起了誓。他一个人驾了条独木舟，划到远处一个海峡，他知道那船离开了岛必然要驶过那海峡。海峡一边是珊瑚礁,另一边是一段舌形低地,上面长满了低矮的红树丛,一直长到了水里。他把水上的小舟藏到树丛中,船头向海,自己坐在船尾,手低握着桨;等到那艘船驶过,他让小舟像闪电般蹿出去,靠到船边,脚往后一蹬,蹬翻的小舟沉入水中,他自己攀着链子上了船,背朝天全身扑在甲板上,一手抓着甲板上一个扣环,发誓宁可让人剁成几块也不松手。

船长吓唬他,要把他抛到海里,在他的光秃秃的手腕子上吊一把弯刀,都不管用。季奎格不愧是国王的儿子,他寸步不让。船长终于为他的不顾一切的魄力以及他要见识基督教世界的发狂似的欲望所动,松了口,告诉他可以在船上安身。可是这个有出息的年轻蛮子——这位海上的威尔士王子,正眼也不望船长的房舱一下。人们把他安置在水手中间,把他变成了一个捕鲸人。可是季奎格就像沙皇彼得满足于在外国城市的船坞里当劳工一样,干些看来低贱的活儿他毫不在意,只要因此能学到能耐来教化他的无人指点的同胞便成。因为说句掏心窝子的话——他这样告诉我——他这样做是出于一种深切的愿望,要到基督教徒中去,向他们学本事,好使他的人民比他们目前更幸福;不止更幸福,而且比他们目前更优秀。然而可惜!捕鲸人这个行当很快使他相信,即使基督教徒也可以是卑劣而邪恶的,比起他的父亲属下所有的异教徒来都要邪恶不知多少倍。最后他终于来到了老赛格港,看到了水手在那儿干些什么;接着他到了南塔克特,又看到了他们怎样在那地方花掉他们的工资;从此可怜的季奎格断了学本事的念头。他心想,随你走到哪儿,这都是个邪恶的世界,我还是到死都当个异教徒吧。

因此他骨子里是个偶像崇拜者,却生活在这些基督教徒中间,穿他们的衣着,努力说他们的莫名其妙的用语。因此虽说他离家已经有些日子了,行为却依旧那么古怪。

我婉转地问他:他最后离家时,他的父亲已是年迈体衰,如今尽可假定他已去世,他自己是否有意回去,接位加冕。他的回答是不回,目前还无意回去;说完又添了一句:他怕基督教义,或者说基督教徒们已使他没有资格去登以前那三十位异教国王的未尝受玷污的纯洁王位。不过他说,过些时候等他觉得自己受了洗礼,他就会回去。不过眼下他打算在船上四海为家，痛痛快快干一些年轻人干的荒唐事。人家教他当了镖枪手，因此如今有倒钩的枪代替了国王的权杖。

我问他眼前就他的未来动向有何打算。他回答，再去航海干他的老本行。说到这儿，我告诉他：我自己想干的是捕鲸，我打算在南塔克特登船出海，因为那是个富有冒险精神的捕鲸人上船最吉利的港口。他当时就决定和我一同去那个岛，同上一条船，同值一个班，分属同一条小艇，吃同一样伙食；一句话，有福同享，有难同当；他紧握着我的双手，准备投入水陆两个世界的平常生活中去。对这一切我欣然同意；因为此刻除了我对季奎格感到的深情之外，他还是投枪捕鲸的老手，对我这样一个当过商船水手，熟悉海洋但对捕鲸的门道一窍不通的人来说，必定大有用处。

他的故事讲完，烟斗里最后一口烟也就灭了。季奎格搂住了我，脑门子抵着我的脑门子，然后吹熄了灯，我们各自翻过身去，不一会儿便睡着了。

第十三章

借 车 上 路

第二天是星期一。早晨，我在把那涂了油膏的脑袋处理给一个理发师，得了一个挂假发的木架子以后，付了我的和伙伴的房钱饭钱，不过用的是伙伴的钱。笑容满面的掌柜以及寄宿客人们对于我和季奎格之间突然萌发的友情似乎感到异乎寻常地新奇有趣——特别是鉴于彼得·考芬讲的那些关于他的荒唐不稽的故事曾使我如此惊慌，而此刻我正和这同一个人相亲相伴。

我们借了一辆独轮手推车，装上我们的行李，包括我自己的寒碜的行囊和季奎格的帆布袋子和吊床，便出发上了摩斯号，一条停在码头边去南塔克特的定期航行的帆船。我们一路走，人家一路傻瞪着我们——主要倒不是看季奎格,因为他们街上常有食人生番走过,已是司空见惯,而是看到他和我如此亲密地在一起。但是我们不管他们,只顾轮流推着小车赶路,季奎格不时停下来调整他的镖枪尖上的套子。我问他为什么要在岸上带着这麻烦的家伙,是不是所有的捕鲸船都不备它们自己的镖枪。对此他回答的大意是:我说得很有道理,不过,他特别钟爱他自己的镖枪,因为它的用材非常可靠,在多次生死搏斗中经受了考验,深深刺进过鲸鱼的心脏。总之,内陆的割麦工和刈草工尽管无人要求他们自带工具,却喜欢提着自己的镰刀到农夫的草场上去;季奎格更是如此,他出于他本人的种种原因,乐意用他自己的镖枪。

他从我手里接过了手推车,给我讲了一个他头一次看到独轮手推车的好笑的故事。那是在赛格港。他的船主人借给他一辆独轮手推车,推着他的沉甸甸的箱子上寄宿处。他装得对这家什并不陌生(其实他对怎样确切推手推车一窍不通),把箱子放到车上,用绳索系紧,然后扛起车子大步走上码头。"咳,"我说,"季奎格呀季奎格,你应该比这聪明些才是。人家哈哈笑了没有?"

就此,他又给我讲了一个故事。据他说,他家乡科科沃科岛上的人在举行婚宴时要把没有长熟的椰子的香气四溢的汁挤到像一只大口碗似的着色的大葫芦瓢里;这大口碗成为举行婚宴的席子上的了不起的中心装饰品。这时候,一艘好大气派的商船到了科科沃科,它的司令官——据各方面说是个挺有气派又极挑剔的绅士,至少就船长们来说是如此。司令官被邀出席季奎格的妹妹,一位刚满九岁的美丽小公主的婚宴。嘿,等到所有婚礼的客人在新娘的竹屋聚齐之后,这位船长大摇大摆地进来了,就了大祭司和季奎格的父亲国王陛下之间的上座,面前正好是那大口碗。做了感恩祷告之后(因为那些人和我们一样,也有做他们的感恩祷告的规矩。不过,季奎格告诉我,他们跟我们不一样的是我们低头向着菜盘子,他们却相反,学鸭子的样,抬眼望着赐给所有肴宴的伟大的神。)我刚才说到做了感恩祷告之后,大祭司伸出他的圣化了的正在做圣事的手指在碗里蘸了蘸,然后将这神赐了福的浆汁在各人之间传递,这样,这岛上古已有之的开席仪式就开始啦。船长见到自己正坐在大祭司下首,而仪式已经开始,再想自己是一船之长,不消说是在这小小岛国的国王之上,特别是又在国王自己家里,于是船长便旁若无人地在这大口碗里净了双手;我想大概是把它当做一只特大的洗手指的杯子了。"这下子,"季奎格说,"你想会真(怎)样?——我们的人啊,笑得前仰后合!"

最后,我们付了船钱,安放好行李,站到帆船甲板上。升帆之后,船朝阿库什奈特河下游驶去,船的一边是新贝德福一层高过一层的街道,披着冰雪的树木在清冽寒冷的空气中全都晶莹透亮。城市的码头上,木桶一只摞一只,大山小山似的堆着,而那些漂泊天涯的捕鲸船终于靠了岸,一艘挨一艘平平安安、无声无息碇泊在那里;而从另一些船上则传来木匠和箍桶匠干活儿的声响,夹杂着炉火熔化沥青和铁砧的闹声,这一切都说明新的航行即将开始;说明一次险恶之至的长年航行结束之后,第二次即将开始;第二次结束后,第三次又将开始;如此循环不已,以至无穷。尘世一切俗务,其了无穷尽以至难以忍受,大抵如此。

船驶到更为开阔的水域,拂拂微风之清新使人精神为之一爽;小小的摩斯号船头吐着急速的泡沫,仿佛年轻的马驹子喷着鼻子,说:我吸着鞑靼的空气多痛快!我将大路的泥土远远抛到后边!——那条公路上到处坑坑洼洼留下被奴役者的足印蹄痕,使我不由得为不让留下痕迹的海洋的宽大胸怀所倾倒。

在这同一吐着白沫的船头,季奎格似乎和我在一同畅饮和摇晃。他的深褐色鼻翼鼓向两边,他露出磨得尖利的牙齿。我们不停地飞呀飞,离岸越来越远,摩斯号乘风急驶;它的船头躲闪腾挪,好似苏丹王前面一名奴仆。它侧向一边,我们也随之冲向一边,每一股绳都像钢丝一般鸣响;两根高高的桅杆有如陆上狂风中的印度藤杖。我们站在乘风破浪的船头斜桅边,饱尝这令人头晕目眩的场面,以致有一阵子不曾留心到乘客们向我们投来的讥笑的目光;这帮傻头傻脑的家伙,见到两个同类居然如此同气相求竟觉得骇怪,似乎一个白人比一个受了白人洗礼的黑人更神气似的。然而他们中间倒真有一些傻瓜笨蛋,看这些人那种初见世面的样子,你可以断定他们还没有脱离稚气。季奎格发现其中一个乳臭未干的家伙在他背后学他的怪样。我心想这笨蛋倒霉的时候到啦。只见这孔武有力的蛮子扔下他的镖枪,双手一提就把他提了起来,也不知他从哪里来的这般力气和灵巧,往空中把那身子一抛,抛得老高,然后等他筋斗翻到半中间,轻轻地把他的屁股一拍,那家伙便落地站住,肺都快炸啦;季奎格呢,转身背对着他,点起他的斧子烟斗,递过来让我抽一口。

"船昌(长)! 船昌!"那蠢货奔到船长跟前嚷道,"船昌! 船昌! 来了个魔头。"

"喂,您哪,"船长这位瘦高挑的海上行家大步走到季奎格跟前,大声说,"你这么干是什么意思? 你说不定会送了那小伙子的命,你知不知道?"

"他说些啥?"季奎格斯斯文文地转过来问我。

"他说,你差点儿送了那人的命。"我指着那还在哆嗦的初出茅庐的家伙说。

"送了命——呃,"季奎格叫起来,他的刺了花纹的脸扭曲出一个鄙夷不屑的阴森森的表情,"哼,他这听(顶)小的鱼——呃——季奎格不送这样——小鱼的命——呃,季奎格送的——是大鲸鱼的命!"

"听着,你,"船长吼道,"你要是在这船上再生麻烦的话,我就宰了——呃——你,你这食人生番,你留点儿神。"

然而就在这时候,船长自己的眼睛倒该好好留神啦。主帆受到的异常压力使它脱离了调整迎风的角度的链子,那坚固异常的桅杆下桁从一侧横跨甲板后部飞到了另一侧,那个受到季奎格粗暴对待的可怜后生被扫到了海里,所有的人都慌成了一团;谁要想抓住下桁使它不动,那只有疯子才干。几乎就在秒针的嗒声间,它从右飞到左,又飞回右,而每一瞬间它都可能迸裂成为碎片。谁也没有干什么,谁也事实上干不了什么;甲板上的人奔到船头去,站在那儿望着下桁,好像它是一头怒不可遏的鲸鱼张开的下颚。就在这万般惊骇中,季奎格熟练地跪下来,从横扫的下桁底下爬过去,抓住一根绳索,把一头拴死在船舷上,趁下桁在他头上扫过的一刹那,把另一头甩了过去,接着一抽,像活索似的套住了它;就这样下桁再扫过来时给刹住了。大家全都得救啦。帆船驶进了顶头风;在人们都去收拾船艄的小艇的时候,季奎格却光着膀子,在船边纵身一跳,犹如一道长虹似的下了海。有三分钟左右,只见他的两条长胳膊笔直往前伸,像条狗似的泅着,两个结实的肩膀轮流出现在冰凉的白沫中。我盯着这顶天立地的男子汉,可不见有人得救。那个初出道的家伙已经沉了下去。季奎格从水里笔直蹿了上来,往四周望了一眼,像是要把情况看个明白,然后潜下去不见啦。又过了几分钟,他又升了上来,一条胳膊还伸了出去,另一条夹着个没了命的人形。小艇很快下去把他们救上来。那个可怜的蠢材居然救活了。全体水手交口称赞季奎格是个大英雄,船长则求他宽恕。从那一刻起,我让自己像海贝似的吸附在季奎格身上;嗯,直到他最后一次纵身入海再也没回来。

自古至今,有这样不知不觉的人没有?他看来不曾想过自己完全该得舍己救人协会的奖章。他只要了些水,淡水,好洗净身上的咸水;之后,他穿上干衣服,点着了他的烟斗,斜靠在舷墙上,温和地瞅着周围的人,好像在跟自己说:"这是个彼此依存、合股经营的世界,到处都是如此。我们食人生番必须帮助这些基督徒。"

第十四章

南 塔 克 特

此后一路上,再没有什么值得一提的事;于是我们顺顺当当、平平安安地到了南塔克特。

南塔克特!拿出你的地图来好好看一看。看它在这世上占着一个何等地道的角落,看它如何离开了陆地,比埃迪斯东灯塔[①]还要孤单。你看——它不过是座小山包,一胳膊肘大的沙地;全是沙滩,没有背景。如果沙子能代替吸水纸吸水的话,这儿的沙子你用二十年也用不完。一些有气魄的人会告诉你:杂草在这儿不会自然生长,要人工移植才

---

① 该灯塔修在埃迪斯东小岛上,岛在英国普利茅斯西南康瓦尔海岸十四哩外。

行;他们进口加拿大蓟草;他们要个木橛子堵油桶的漏洞,得到海外去找;他们说:拿几块普通木头在南塔克特,可以像拿真正的耶稣受难的十字架碎片在罗马一样到处炫耀;那儿的人在他们家门前种上一些伞状毒菌,好在夏天躲到它们的荫下;甚至说一片草叶顶一个绿洲;走上一天要能遇上三片草,那就算见识了一个大草原啦;还说南塔克特人穿的流沙鞋子,有些像拉普兰人①的雪靴;还说他们的所在被封闭、束缚,各方面都被大洋环绕围困,成为一个道地的孤岛;说有时甚至发现小蛤小蚶黏附在他们的桌椅上,以为它们是海龟的背壳。不过这些过甚其辞的说法只是说明南塔克特并非伊利诺亥州。

现在再来听听历来传说红种人如何在这个岛上定居的神奇故事吧。这传奇故事是这样的:古时候,有一头鹰朝新英格兰海岸扑下来,用爪子攫走一个印第安婴儿。孩子的爹娘放声哀哭,眼看着他们的孩子被叼走,消失在远远的海面上。他们打定主意要朝同一方向追下去。他们乘一条独木舟出发,驶过一段危险的航程,发现了这个岛。就在那里他们找到了一口空象牙棺材,里面是那个可怜的幼小的印第安人的骸骨。

由此看来,这些出生在沙滩上的南塔克特人到海上讨生活又有什么可奇怪的呢!他们先是在沙子里逮蟹和厚壳蛤;慢慢胆子大了,他们拿着网蹚水出去抓鲭鱼;经验多了,便坐船到更远的海面上去抓鳕鱼;末了,组织起大队巨型船只出海去探索那水的世界,不断地绕着这个世界航行,在白令海峡②窥秘;并且在所有大洋上一年四季向那经过大洪水存留下来最最强大的也是最骇人最像大山的生物永久宣战。那是咸水中的乳齿象,它们自己也感觉不到全身有着倒海移山的威力,它们惊慌时比进行凶猛无畏的攻击时更能叫人魂飞魄散。

就这样,这些赤身裸体的南塔克特人,这些由海上蚁家里出来的隐士活像多少个亚历山大大帝似的侵夺了、征服了这水的世界;他们瓜分了大西洋、太平洋和印度洋,如同那三个海盗国家瓜分了波兰一般。让美国将墨西哥的领土并给得克萨斯州、让加拿大吞了古巴;让英国人蜂拥而来抢

---

① 分布在挪威、瑞典、芬兰和俄罗斯西北部科拉半岛的一个寒带地区。
② 介于亚洲西伯利亚东北部和北美阿拉斯加之间的太平洋极北的一个海峡。

走印度全境，把他们的火烧旗在太阳之下挂出来；这有水有陆的圆球的三分之二是南塔克特人的。因为海洋是他们的，归他们所有，有如帝国归皇帝所有。其他的水手只有过路的权利。商船无非是可伸可缩的桥梁，兵舰不过是能漂洋过海的堡垒；甚至海盗和非法武装人员，虽说和拦路抢劫的强盗在大路上横行一样，在海上横行，他们到底不过抢些其他船只，那不过是陆地派生出来的分支，跟他们自身一样，而并不从深不可测的海洋本身取得生活的资料。南塔克特人，只有他们在海上生活繁衍；只有他们，用《圣经》语言来说，坐船在大海中干他们的营生，来回耕耘海洋，把海洋看做自己的特殊田园。这儿是他们的家，这儿是他们的营生，这营生连一场诺亚时代的洪水也打断不了；虽然在中国，这样一场洪水却会毁掉千百万人的生命。他们在海上过日子，犹如草原鸡活在草原上。他们时而在浪涛中隐没，时而攀登到浪尖上，犹如登上阿尔卑斯山捕捉小羚羊的猎手。他们长年不见陆地，因此有朝一日他们终于上了岸，闻到陆地的气味像是另一个世界的，比地球上的人闻月球的气味还要觉得怪。与陆地无缘的海鸥一到太阳降落，便夹紧翅膀，由浪涛摇着入睡；同样，不见陆地的南塔克特人一到夜幕降临，便收起风帆，放头便睡，而就在他们枕下，成群的海象和鲸鱼匆匆游过。

第十五章

美 味 杂 烩

夜色已深，小小的摩斯号才停靠妥当，季奎格和我才上了岸；因此当天我们除了找个地方吃晚饭过夜，什么正事也办不成了。鲸鱼客栈的掌柜曾向我们推荐去他的表弟荷西·赫赛开的油锅客栈去，声称他的客栈是南塔克特全城管理得最好的旅馆之一；而且他还向我们保证，他所说的荷西表弟凭他的杂烩大大有名。总而言之，他明白无误地暗示，如果我们到油锅客栈去尝尝家常菜，那是最好不过的啦。他要我们上那儿先要挨着右侧一座黄色仓库走到一座白色教堂,再往左拐,然后一直贴左侧走下去,到了街角,拐个三十四五度①的弯,再靠右,到了这时候,就向碰上的第一个人打听客栈在哪儿。他这种曲里拐弯的指点最初让我们摸不着头脑,特别是一开头时。季奎格坚持说那座作为我们出发点的黄色仓库应该在我们的左侧,而我记得彼得·考芬说是它在右侧。不管怎样,我们在暗地里摸了一阵,时不时地敲开一位安分居民的门问路,最后终于找到了那地方,错不了。

一个旧门前,立着一根旧中桅,桅顶横桁上吊着两口用锅耳扣住的漆成黑色的奇大无比的木锅,来回打秋千似的摆动。横桁的背面两角被锯掉了,因此这旧中桅颇有点像绞架。也许我当时这样的印象有些神经过敏,但我不由自主地用一种模糊的疑虑的眼光直瞪瞪地看着这绞架。当我抬眼望那剩下的两角时我的脖子抽起筋来;不错,留下两只角,一只吊季奎格,另一只吊我。我心想,这可不是好兆头。一踏上我的头一个捕鲸港,我就住进一家掌柜姓考芬的客店,在那捕鲸水手去的教堂里墓碑面对着我,到了这儿又来个绞架!而且还有一对大得出奇的黑锅!难道这两只黑锅是在转弯抹角地提醒我要想着陶斐特②。

那客店门廊上站着一个脸长雀斑、一头黄发、身穿一件黄衫的女人。见到了她,我才从这些胡思乱想中清醒过来。一盏暗红的灯在她头上摇曳,很有点儿像一只受了伤的眼睛。她正像放连珠炮似的在责骂一个穿紫色羊毛衬衣的男人。

"给我滚,"她对男人说,"要不看我收拾你!"

"来吧,季奎格,"我说,"那准是赫赛太太,没错儿。"

事实果然如此;荷西·赫赛先生不在家,由十分能干的赫赛太太操持他的全部店务。我们说明了我们要食宿的来意之后,赫赛太太暂时停下了眼前的责骂,领我们进了一个小房间,让我们在一张桌前坐下。桌上杯盘狼藉,显然刚才有人用过膳。她转过身来,冲着我们问:"是要蛤蜊还是要鳕鱼?"

---

① 原文是"三点",那是航海术语,一点等于十一度十五分。
② 参看本书第30页注②。

"鳕鱼怎么做,太太?"我极有礼貌地问。

"蛤蜊还是鳕鱼?"她照问不误。

"一只蛤蜊当晚饭? 一只冷蛤蜊;你是不是这意思,赫赛太太?"我说,"冬天招待我们吃这菜,未免凉了点儿,也潮了点儿,你说呢,赫赛太太?"

然而赫赛太太急着要继续责骂那穿紫衬衣的男人;他呢,正在进口处等着。看来我的话她没有听,进耳的只有蛤蜊一个词,她便急匆匆走向通厨房开着的门,吆喝了一声"两份蛤蜊",说完人就不见了。

"季奎格,"我说,"你说我们能不能两人合吃一份蛤蜊当晚饭?"

哪知道厨房里飘来的热乎乎、香喷喷的蒸汽证明我们那种分明叫人丧气的想法是虚妄的。不过,一到那热气腾腾的杂烩上了桌,那谜就令人愉快地解开了。嗳,亲爱的朋友,听我说,那杂烩用的是一咬一包汤的小蛤蜊熬的,蛤蜊个头比榛子大不了多少;杂烩中有敲碎的船用面包以及切成小片的咸猪肉,加上黄油,撒足了胡椒和盐,熬得杂烩又香又浓。经过那风霜凛冽的航行,我们已是胃口大开,尤其是季奎格,见了面前正是自己爱吃的美味海鲜,杂烩又是可口之极,我们犹如风卷残云一般,不一刻便打发了个干净。背往后一靠,这时我想起了赫赛太太报菜时"蛤蜊还是鳕鱼"那种问法,转开了何不试它一试的念头。我走到厨房门口,用很重的语气说了"鳕鱼"这词儿,即刻回去坐下了。过不了一会儿,那香喷喷的蒸汽又飘了出来,可是细辨香味却不一样。不多久,美味的鳕鱼杂烩又摆在我们面前。

于是我们又干起活儿来,我一边用匙子在碗里捞,一边心里想,这东西不知对脑瓜子有什么影响? 俗话中不是有个形容人愚钝的说法,叫长一颗杂烩脑袋的人①吗?"哎呀,季奎格,你碗里不是有条活鳗鱼吗? 你的镖枪在哪儿?"

天下最腥的地方莫过于油锅啦,真是名不虚传;因为锅里老盛着滚烫的杂烩。早饭是杂烩,中饭是杂烩,晚饭还是杂烩;直到你开始留神有没有鱼骨头戳穿了你的衣服。房前的那块地铺的是蛤蜊壳。

---

① 意思跟中国人说的"一脑袋糨糊"差不多。

赫赛太太脖子上戴的是打磨好的鳕鱼脊椎骨;而荷西·赫赛的账本儿呢,是用上等陈年鲨鱼皮作封面钉的。连牛奶里也有股鱼腥味儿,这腥味儿是怎么来的,我一时闹不明白,直到有一天早晨,我偶然出去在海滩上一些渔船之间散步,发现荷西的花奶牛吃的是剩下的鱼杂碎,每只蹄子都踩在砍下的鳕鱼脑袋上;那模样啊,我跟你说吧,实在不大雅观。

晚饭吃罢,我们拿到了一盏灯,听赫赛太太交代好了我们到卧室去的最近的路线;可是正当季奎格在我前头跨上楼梯的时候,那位太太却伸出胳膊,要他把镖枪交给她,说是她不准镖枪进她的那些客房。"那为什么?"我问,"每个正经捕鲸人都跟他的镖枪一起睡——你为什么不让呢?""因为这么做危险,"她答道,"打从史蒂格斯那年轻人出亨(航)不吕(利)回来出了事以后,我就不让,我就不让。他出海四年半,回来只有三桶忧(油),接着我们发现他在我一楼后间死啦,是用自己的镖枪往腰里戳死的。打那时候起我就不准我的客人晚上把这种容(凶)器带进他们的房间。所以季奎格先生(她已经知道了他的名字),我要把这兵器留下,替你保留到明天早晨。喂,你们哪,明天早饭的杂烩,要蛤蜊还是要鳕鱼?"

"两样都要,"我说,"再给我们来两条熏鲱鱼换换口味。"

第十六章

这 一 条 船

躺在床上,我们做好了第二天的打算。让我惊讶和担起不小的心事来的是,季奎格此刻告诉我:他一直在不断地请教约觉——他的又黑又小的神——而约觉已经有两三次要季奎格照他的话办,并且着力坚持我们两人万万不可一同上港湾里的捕鲸船队去,一同选定我们要上的船。约觉热切的要求是:挑选船只的事该全由我一人去办;这是约觉对我们的一片好意,而且为此约觉已经看中了一条船,只要事情由我来办,我以实玛利万无一失地会上这船,要做得活像一切都纯属偶然。当前我必须立刻上这条船当水手,不问季奎格是不是也上。

我忘了提一句,在许多事情上,季奎格对约觉作的判断的英明以及对事件的令人惊讶的预测怀有极大的信心,并对约觉甚为敬重,认为他是那种好样儿的神;大体说来,约觉也许真是出于一片好心,不过他的发自善心的算计哪一件都达不到目的。

这一次,季奎格的,或者不如说约觉的关于挑选我们的船只的打算,我一点儿也不喜欢。我原来满指望有季奎格的聪敏,我们会挑中一艘对我们、对我们的运气最合适的捕鲸船。可是我的一切抗议在季奎格身上毫无效果,我也只得默然同意,随即决意打起精神,使足力气去办这件事。其实这是区区小事,这样使劲本可在顷刻之间解决。第二天一早,我便把季奎格和约觉留在我们的小小卧室里,因为那天似乎是季奎格和约觉的大斋日或斋期,或是禁食、受辱和祈祷日;至于这斋日是怎么回事,我尽管多次在这上面下过功夫,却始终学不懂他的礼拜仪式以及三十九条信条①。好吧,随季奎格咬着他的斧子烟斗绝食去,随约觉去烤他用刨花燃起的祭火去,我赶到了码头上。来回溜达了很长时间,多次随意找人问询之后,我打听到有三条船要出海三年,一条是魔鬼闸号,一条是美食号,还有一条是披谷德号。魔鬼闸的出典我不知道,美食则一望便知;至于披谷德,你一定还记得那是马萨诸塞地方印第安人中一个有名的部落,如今已像古代米提②人那样灭绝无存。我对魔鬼闸号张望窥探了一阵,从它那儿又蹿到美食号,最后登上了披谷德号。我四下里打量了一会儿,然后决定:这就是我们要上的船。

据我所知,你当年也许见过许多怪模怪样的船只——方船艄的横帆船,山地的日本人的木船,黄油箱一般的帆桨两用船,如此等等③。

---

① 英格兰教会在一五六三年由其主教会议制定的正式信条。
② 与波斯人有血缘关系的印欧人种之一,大概于十七世纪进入伊朗东北部。
③ 这第三种船是荷兰人运货或捕鱼用的。所说的三种船都有四边可以招风的帆。帆绷在一根帆桁上,桁与桅成一锐角。

但是请你相信我,你还从没见过像披谷德那样难得一见的旧船。这是一艘老式船,如果你想形容它,那就是它相当的小。它的模样老派稳实。它走过四大洋,长年经过大风大浪,也见过风平浪静的光景。它的旧船身形容枯槁,像一个既在埃及也在西伯利亚打过仗的法国榴弹兵①的脸色。它的船头像是长着一部胡子般令人肃然起敬。它的桅木砍自日本海滨某地,在那里它的原来的桅杆被一阵狂风打入海中——这几根桅杆笔直挺立,犹如科隆那三位老国王②的脊梁。它的旧甲板敝败不堪,仿佛起了皱纹,有如贝克特③在那儿流血赴难的坎特伯雷大教堂中受朝圣者礼拜的铺路石板。怪的是在所有这些古色古香的物件之外,偏又有些精彩的新玩意,它们与半个多世纪中它所经历过的异乎寻常的事件有关。老法勒船长④在到他自己的一条船上当船长之前在披谷德号当过多年大副;如今他已退休,是披谷德号的主要股东之一。这法勒老头儿在他任大副期间,在披谷德号原来的奇形怪状之外添了不少花样,在船身上到处镶镶嵌嵌,无论是用的材料还是设计都十分古怪,除了托基尔·哈克⑤的雕刻的扣环或是床架之外,没有任何物件可与其古怪相比。它的装束像任何一个野蛮的、脖子上挂光润的沉甸甸的象牙饰物的埃塞俄比亚皇帝。这船是件战利品,算得上船中的食人生番,它用追猎得的敌人骸骨把自己装扮起来。它的四周的没有木板镶嵌的开阔舷墙加上抹香鲸的长长的利齿作装饰,活像是一道阔得出奇的下颚,镶的鲸牙是作钉子用的。船上的旧麻绳啦、索子啦,就拴在

---

① 指拿破仑手下南征北战的兵士。
② 这三位国王的遗骨在十二世纪从康斯坦丁堡迁至科隆,安放在一银制的颅骨匣中,存入科隆大教堂唱诗班房一个神龛中。梅尔维尔日记中记道:"我们上大教堂去,教堂中正在做礼拜——见到了科隆三国王墓——他们的颅骨。"
③ 托马斯·贝克特(1118—1170),曾任英格兰国王亨利二世的枢密大臣,后任坎特伯雷大主教,接受罗马教廷的纲领与法律,在教士犯罪判刑问题上与亨利化友为敌,终被宫廷骑士长杀死。
④ 按英文译音,法勒(希伯来语是"分"的意思)应译贝莱格。《圣经·旧约·创世记》第 10 章 25 节。法勒是希伯的儿子,起名法勒,"因为那时人就分地居住"。
⑤ 按冰岛传说应为托凯尔·哈克尔(臭嘴托凯尔),克努特的继父,十一世纪入侵英国。他把自己的功业"刻在自己的封闭式的床架上和他的高脚椅子的搁脚凳上。"(见 1861 年英译本《被烧死的尼亚尔的故事》,即冰岛英雄传说中的杰作《尼亚尔传》)

牙上,这些绳索不是绕在陆地出产的低劣木板上,而是熟练地盘在一根根海产象牙①上。它们不屑于与好不神气的舵旁绞轮为伍,宁愿在那儿当舵柄的点缀;而这舵柄是一大块,用捕鲸船的世代相传的敌人的长而窄的下颚雕成的,雕得好生奇怪。当舵手在暴风雨中用这舵柄来掌舵时,感到自己像一个鞑靼人勒紧马嚼子要让他的暴烈的坐骑停下来一般。这是艘高贵的船,可不知怎么又显得极其忧郁!所有高贵的事物都有这种忧郁的意味。

　　此刻我在后甲板上四处张望,想找个当家的人,好向他自荐,这次出海可否有我一个。开头什么人也见不着;但我不由得注意到有一顶古怪帐篷,或者不如说一间棚屋,搭在主桅稍后的地方。看来像是停在港口时临时架起来用的。它形似尖锥,约有十呎高,从露脊鲸上下颚的中部和顶部取出的一片片又长又大的黑色软骨搭成。骨片宽阔的一头立在甲板上,骨片拼成一圈,束在一起,彼此斜立,越往上靠得越拢,到顶上结成尖簇,那些蓬松如毛发的纤维来回飘动,仿佛是波托沃塔米印第安人的老酋长头上的顶髻。帐篷有个三角形的出入口正对着船头,这样,帐篷里的人对前头的动静全都能看在眼里。

　　末了,我终于找到了一个半藏半现在这怪异棚屋里的人,看他的模样,像是个当家人。时当正午,船上的活儿都暂时停了下来,这人也卸下了当家的负担,享受片刻的休息。他坐在一张老式栎木椅子里,椅子上爬满了稀奇古怪的雕镂图案,它的结实的座位则是用搭棚屋那种有弹性的材料编结而成。

　　我所见的这个人已经上了年纪,长得并无十分特别之处,肤色棕黑,粗壮有力,老水手大多如此。他穿一件领水员常穿的蓝布衬衣,按教友会会员衣服式样裁剪的那种,袖子卷得高高的。惟一引人注目的是他的双眼四周有密如蛛网、细极了的皱纹,这是不断在许多次狂风巨浪中航行,总是迎风观望的结果;因为迎风观望使两眼周遭的肌肉收缩在一起。这种眼纹在一个人要沉下脸来时很起作用。

　　"这位是披谷德号的船长吗?"我走到帐篷门前问。

---

① 指鲸鱼牙齿。

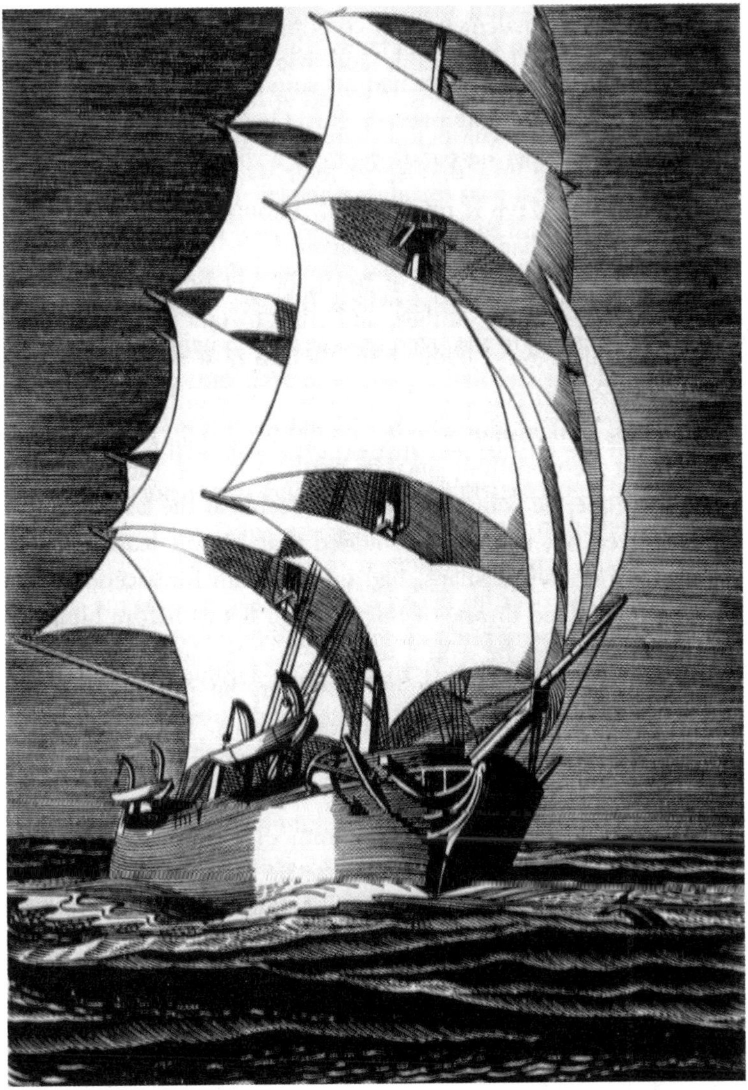

"就算是吧,你找他有什么事?"他问道。

"我想在船上干活儿。"

"你想在船上干活儿?我看你不是南塔克特人——上过烟囱船(汽轮)吗?"

"没有,长官,从来没有过。"

"我敢说,你对捕鲸一窍不通,对不?"

"一窍不通,长官;不过,我管保很快就会学会的。我走过好几趟商船,我想……"

"去它的桑(商)船。别用这种话来吓唬我。瞧见那腿没有?你要再跟我说一句桑船,我就叫你的腿跟你的屁股分家。桑船,哼!我料想你准是在那些桑船上干过一阵子,觉得自己了不起啦。可这算得了什么!喂,你现在想出海捕鲸去,有什么打算,呃?这叫人有点儿起疑,是不是呢?——你当过海盗吧?有没有抢过你上一位船长,呃?——是不是想等到了海上干谋害船上长官们的勾当?"

我矢口否认干过这类勾当。我看出这老海员尽管说话旁敲侧击,半开玩笑,那都是装出来的;他骨子里是个原封不动的教友派①的南塔克特人,一肚子在岛上长大产生的偏见,除了科德角和马撒葡萄园②来的人之外,对外乡人一概不大信任。

"可你怎么想起要干捕鲸这一行呢?我先得把这闹明白,才会考虑用不用你。"

"好吧,长官,我想看看捕鲸是怎么回事。我想见识见识这世界。"

"想看看捕鲸是怎么回事,呃?你见过埃哈伯③船长吗?"

---

① 基督教的教友派,亦称贵格教徒。派中同道彼此以"朋友"相称,对宗教信仰分外虔诚。一六五〇年为英格兰人乔治·福克斯在莱斯特郡所创立。贵格派(战栗者)是谑称。据说福克斯曾在法庭上要求法官每称到"主"(上帝)时,应全身战栗。于是法官称他为贵格派。

② 科德角位于美国东北部马萨诸塞州东南一钩状半岛,马撒葡萄园是离科德角不远的岛名。两地与南塔克特的人在十八、十九世纪以从事捕鲸和渔业闻名。

③ 埃哈伯这个名字在《圣经·旧约·列王纪上》第 16—22 章中译为亚哈。以色列王亚哈及其妻子行上帝认为是恶的事,不信上帝而信原始宗教偶像。于是上帝通知手下的先知除了他们。

"谁是埃哈伯船长呀,长官?"

"嘿,嘿,我猜你不认识他。埃哈伯船长是这条船的船长。"

"这么说,我弄错啦。我还以为我此刻是在跟船长本人说话咧。"

"你是在和法勒船长说话——年轻人,你是在和他说话。我和比勒达①船长一块儿负责作好披谷德号出海前的准备,备齐它需要的一切,包括水手。我们是船股东又是经纪人。不过我要说,如果确如你说的那样,你要知道捕鲸是怎么回事;那么,年轻人,在你打定主意要当水手并给自己断了退路之前,我有办法让你明白,你好好看看埃哈伯船长,你会发现他只有一条腿。"

"你说什么,长官?难道另一条腿给鲸鱼咬掉啦?"

"给一头鲸鱼咬掉啦!年轻人,朝我走近点儿:腿是给一头抹香鲸,攻击过捕鲸艇的鲸鱼中顶顶凶恶的一头咬掉的,它嘎巴嘎巴嚼一阵子便吞下去啦,嘿,嘿!"

我被他说话的那种劲头吓着了,也许还对他最后说的那句透露着真切的悲伤的话打动了,不过我还是尽可能地镇静自若地说:"不用说,你的话是真的,长官;可我又怎么知道你说的那头鲸鱼是不是特别凶狠呢,虽说这祸事是明摆着的,简单明了,我推断也能推断个大概。"

"听着,年轻人,听你说话,你是个刚出道的;你没有说一句瞎话。不错,你以前出过海,这是实话吧?"

"长官,"我说,"我记得我跟你说过,我在商船上走过四趟——"

"别提那个!记住我说过关于桑(商)船的话——别惹我发火——我不爱听这个。让我们彼此交代个明白。捕鲸是怎么回事,我已经给你提了个醒;你是不是还想干?"

"我想干,长官。"

"好极了,现在我问你,你敢不敢把一杆镖枪朝活蹦乱跳的鲸鱼的喉咙里投,接着人朝它扑过去?回我的话,快!"

"敢,长官,非这么干不可的时候,我敢;这是说,到了不是鱼死便

---

① 比勒达这个名字见于《圣经·旧约·约伯记》。约伯为人正直,敬畏上帝,远离恶事;却偏偏备受磨难,全家惟有他一人得以保全。约伯在痛苦之极时,有他的三个朋友前来安慰他,其中之一便是约书亚人比勒达。

是我死的时候我敢;我看这种情况不一定出现。"

"这又说得好。你再听着,你不仅要上船捕鲸,要亲身体验一下捕鲸是怎么回事,而且你还要借此见识见识这世界,对不?这是你自己说的不是?我想是的。那么,好,走上前去,看一看船头的上风舷,然后回来告诉我,你在那儿看到些什么?"

听了这个古怪要求,我有点莫名其妙,愣了一下,不知该是一笑置之还是认真对待。可是法勒船长把眼梢的鱼尾纹皱得紧紧的,一脸怒容,吓得我赶快照办。

我走上前去,朝船头上风舷外望去,看到船随着涨潮向下锚的地方摇摆,这时正向汪洋大海这边侧过去。一眼望去,浩渺无际,可是十分单调,让人不想逼视,连一点点变化也看不到。

"说吧,有什么可报告的?"法勒见我回到他面前,便说,"你看到些什么?"

"不多,"我回答,"除了水面没有别的;不过,水天相接好大一片。我看要起大风啦。"

"嗯,你现在是不是还想见识见识这世界,呃?你是不是还想绕过霍恩角再多见识一些这世界,呃?从你现在站着的地方难道你就不能见识这世界?"

我有点动摇了,不过捕鲸我非去不可,我也乐意去;再说披谷德号不比任何别的船差,依我看是最棒的——我把这些想法一股脑儿向法勒说了一遍。他见我如此坚决,便表示愿意收我当水手。

"我看你不如马上办手续吧,"他接着说,"跟我来。"说着,他领我下甲板进了房舱。

一个顶顶不寻常,叫人吃惊的人坐在船艄肋板上,他就是比勒达船长,他跟法勒船长两人是这条船的最大的股东;在这些港口,剩下的股份有时候分属于一伙领年金的老人、寡妇、没有了父亲的孩子以及受大法官监护的未成年人;他们每人拥有的股份所值不过相当于船上一段木头、一呎木板或者几个钉子。南塔克特人有了钱就投在捕鲸事业上,就跟你把钱投在国家批准利息优厚的股票上一个样。

这比勒达和法勒以及别的许多南塔克特人都是教友会会友。原来在岛上定居的全是这一教派的人；直到今天，它的居民一般都在很不寻常的程度上保留着教友会的特点，只不过由于后来五方杂处，多多少少地有了反常的改变。虽然同是教友，有的却在水手和猎鲸手中也称得上最最嗜血成性的。他们是好勇斗狠的教友派，是双料的教友派。

因此他们之中就有这样的人，他们用《圣经》上的人名作自己的名字——这在岛上是稀松平常的事——而且从小就自然而然地养成了称呼人家"您"啊"您"的习惯。这种教友派用语听起来好不庄重，有种装腔作势的味儿。尽管如此，和这些不合时尚的特点古怪地掺和在一起的是他们后来那些大胆妄为、不受约束的冒险生涯所形成的千百种勇猛剽悍的性格，足以和北欧海上之王或和史诗中的罗马异教人物相比而无愧色。当所有这些统一在一个人身上，这个人既有超群出众的自然伟力，又有囊括全球的头脑和负载万物的心，这个人曾经许多次在静寂和孤独中，在远在天边的大海上，在这儿北方从未见过的星群下值班守夜，因而在接受发自大自然的贞洁的、自觉自愿、推心置腹的胸臆中的或甜蜜或野蛮的新鲜感受的同时，作背离传统的独立思考，从而用大力，但也得益于偶然的机遇，去学习一种豪迈简练、遒劲而又高雅的语言；于是这个人成了在全国人口花名册中独一无二的人物——一个专为崇高的悲剧而设置的叱咤风云、万众瞩目的人物。从戏剧角度看，即使由于出身或其他种种情况，他在心底里生就了某种似乎是有点专横、颐指气使的病态性格，那也完全无损于他的为人。因为所有伟大的悲剧人物之所以伟大，正是由于某种病态。野心勃勃的年轻人啊，凡人中的伟大其实无非是一种病态。不过迄今为止，我们还不曾和这样一个人打过交道，和我们打过交道的基本上是另一种人，但这另一种人，如果真是特别的话，那也仍然来自为个别情况所改变了的教友派性格的另一方面。

比勒达船长和法勒船长同是家道殷实、退休了的猎鲸人。不过前者不同于后者之处在于后者对所谓的大事毫不在意，而且说实在的，把这些大事看做小而又小的小事；比勒达船长则原来就是根据南塔克特教友会中最严格的一派教育出来的。而所有他后来的海上生涯，他所见到霍恩角那边所有那些可爱的赤身露体的岛民——这一切都没有使这个土生土长的教友派有一星半点的变化,甚至没有变动一下他的背心的一个角。不过,说是一成不变,可敬的比勒达船长到底还是缺少点儿大家都有的一致性。虽说经过认真考虑,他拒绝拿起武器来对付大陆的入侵者,他自己却无限制地到大西洋和太平洋四处入侵。再者,他固然誓死反对流血争斗,却又穿着紧身上衣,泼洒过大桶大桶的鲸血。至于到了一生中只能静心默想的晚年,虔诚的比勒达如何向自己交代这些事情,我就不得而知了。但他对此看来不大在乎,而且多半早已得出下面这个明智的合情合理的结论:一个人信的教是一回事,而这实际的世道完全是另一回事。这世道是给人好处的。他从小住棚屋,穿难看而又难看的吊在脚上的衣衫,如今往上爬到穿鱼肚色的宽背心,当镖枪手,从镖枪手到小艇领班,到大副,船长,末了成为一位船东。我在前面已经提示过,比勒达一到六十岁这个受人尊敬的年纪,便退出了航海营生,结束了他的冒险生涯,安安静静地享用他出力挣来的进项,度他的余年。

不过我不得不遗憾地说,比勒达是个出了名的不可救药的又贪又啬的家伙;当初在出海的日子里,他是个心肠铁硬、脾气暴躁的工头。南塔克特人告诉过我一个今天听起来无疑是挺奇怪的故事,说是当年他管带凯特古特那条老捕鲸船的时候,每当返航到家,他手下的水手一个个都是精疲力尽,累垮了,十之八九得抬上岸来送进医院。作为一个虔信上帝的人,尤其是作为一个教友会会友,往最轻里说,他也真算得是个狠心人。虽然人家说,他从来不骂他手下的人,不过不知怎的总叫他们干多得异乎寻常的活,而且是不折不扣的重活苦活。他当大副的时候,只要他那对淡褐色眼睛盯上了你,你就会觉得心慌意乱,赶紧得抓起什么,一把锤子或是一个穿索针来发疯似的干活,干什么都行,反正得干。在他眼皮子底下,偷懒耍滑,想也甭想。他这个人不多不少就是专讲功利的性格的化身。他个儿又高又瘦,全身没有一点多余的膘,没有累赘的胡须,下巴上只长一撮柔软的、颇为经济的绒毛,跟他的宽边帽上磨损的绒毛一样。

当我随着法勒船长走进船舱时看到坐在船艄肋板上的那一位就是这么个人。两边甲板之间的地方并不宽敞,比勒达老头在那里坐得笔直,他的坐姿从来如此,从不往什么上靠,以免磨损他的上衣后摆。他的宽边帽放在身边,两腿僵硬地交叉,他的淡褐色上衣扣子一直扣到下巴底下,眼镜架在鼻尖上。他似乎正专心致志地在看一大厚本书。

"比勒达,"法勒船长叫道,"比勒达,你又在看书,呃?你看这些圣书已经看了三十年啦,这我是知道的,错不了。你到底看到哪儿啦,比勒达?"

比勒达好像已经听惯了这位老伙计的这种亵渎上帝的粗话,并没有去注意他眼前的侮慢态度,他静静地抬起眼睛,看到了我,便用询问的眼光望着法勒。

"他说他是咱们的人,比勒达,"法勒说,"他要上船干活儿。"

"你这样想?"比勒达语调空洞地说,把脸转向我。

"是这样。"我不在意地说;他真是个十足教友会会友。

"你看他怎么样,比勒达?"法勒说。

"他能行。"比勒达瞅着我说。说完他又接着喃喃地念起他的书,声音听得挺清楚。

我觉得他是我所见过的老教友会会友中顶顶古怪的一个;在见了像他的朋友和老伙计法勒这样说话吵吵嚷嚷的人之后,就更觉得是这样。不过我并不作声,只是留神地望望四周。这时,法勒打开了一只箱子,取出船上的用品,在一张小桌后面坐下,面前放了一支笔和墨水。这下我心里开始琢磨:是时候啦,我得替自己定下上船出海的条件。我已经知道,干捕鲸这一行,东家是不付工资的;不过所有人手,包括船长在内,每人都可以从获利中拿到一份钱,叫做份子。这份子的多少要看自己在全船人中间干的是什么活儿,它有多重要。我也知道自己在捕鲸这一行中是个新手,我的份子不会很大;话说回来,我出海是个老手,掌握船的航向,捻接一根断了的绳索这类活儿我都能应付,从听大家说的话里可以断定人家至少应该给我第 275 号份子,也就是这次出海挣的钱中的二百七十五分之一,不管到头来这钱是多少。虽说人家说这份子是长了点儿,反正比没有强;万一这次出海运气不错,挣的钱差不多会够买新衣来替换出海穿破的旧衣,更不要说三年吃的牛肉饭食和住宿了,这些我都不用花一个子儿。

大概有人会想:这么个穷办法很难积攒大家业——说得不错,这实在是个穷办法。不过我这个人从来没想过挣大家业,只要这世道能让我在投宿这家挂"雷云"这个吓人招牌的客店过夜时有饭吃,有张床睡,我也就知足了。大体说来,我想第 275 号份子算得上是公平交易。不过说起来我究竟是个膀大腰圆的汉子,要是拆账时给我来个第 200 号,我也不会感到惊讶。

然而有一件事让我对拿个大一点儿的份子有点儿没有信心:我在岸上就听说什么法勒船长和他的那个莫名其妙的比勒达是老朋友,说什么他们既然是披谷德号的大股东,其他的零星小户船东也就把全部船务交给了他们两个经管。我不知道雇用船上人手的事基本上就由这吝啬的比勒达老头儿说了算,特别是现在,我发现他这人就在披谷德号船上,挺自在地待在房舱里,念他的《圣经》,活像就在自己家火炉边。此刻法勒正在用大折刀修削笔尖,却怎么也修不好。比勒达老头儿按说是办用人手续的有关一方,却对我们始终毫不在意,依然在嘟哝着念他的书给自己听,"不要为自己积攒财宝在地上①——"

"喂,比勒达船长,"法勒打断他念诵,"你说,咱们给这年轻人一个什么份子?"

"你知道得最清楚,"他阴沉地回答,"第 777 号份子不会太多吧? ——'地上有虫子咬,能锈坏,然而积攒在——'②"

积攒,哼,我心想,我就这么个份子! 第 777 份! 好啊,比勒达老头儿,你是咬紧牙关不让我这个人在地上积攒好多份子,因为地上有虫子咬,能锈坏。这份子真是少得可怜。乍一听,777 这数字倒是够大的,能欺哄一个陆地上过活的人,但是略想一想就会明白,777 这数字虽然相当大,然而如果你拿它来除,你就会发现,777 分之一个铜板跟 777 个金币比,相差就大啦;这就是我当时的想法。

---

① 《圣经·新约·马太福音》第 6 章第 19 节。作者故意让比勒达念《圣经》中这样一句话显然有嘲讽的意味。这里"积攒"这个词和上面所说的"份子"是同一个英文词。作者把"积攒"写成斜体字,显然意在讥刺。

② "地上有虫子咬,能锈坏,"是紧接着他前面念诵的那一句《圣经》"不要为自己积攒财宝在地上"之后,也是语意双关。

"嗨,见你的鬼,比勒达,"法勒叫道,"你不是想宰这个年轻人吧!他怎么也不止拿这一点儿。"

"777号份子,"比勒达眼皮也不抬一抬地又说了一遍,说完又接着嘟哝,"'因为你的财宝在那里,你的心也在那里。'"

"我要写下来让他拿第300号份子,"法勒说,"你听见了吗,比勒达!我说,第300号。"

比勒达放下了书,郑重其事地转向他说:"法勒船长,你有颗慷慨大度的心;不过你必须掂量掂量你对其他船东所负的责任——他们中好多人是寡妇孤儿——我们要是给这个年轻人的工钱太丰厚了,我们也许就是在夺那些寡妇、那些孤儿嘴里的面包。法勒船长,给777号份子。"

"好你这个比勒达!"法勒腾地站起来,咚咚地在舱里来回走上了,"比勒达船长,你这该死的,如果我过去在这些事情上听了你的话,我早就有颗沉甸甸的良心了,重得能把绕霍恩角航行的最大的船压沉啦。"

"法勒船长,"比勒达沉稳地说,"你的良心吃水十吋也好,十呼也好,反正我说不上来;不过,法勒船长,你至今还是个不思悔罪的人,我十分担心你的良心怕是漏啦;到头来会让你沉下去,一直沉到地狱的火坑里,法勒船长。"

"火坑!火坑!好啊,你侮辱我;真叫我忍无可忍,你侮辱我。对随便什么人说他注定了要下地狱,这可是骂人恶毒到了家。又是挨锚钩,又是下火海!比勒达,你再对我说一遍,惹我发火,我会——嗯,我会,我会活活把一只山羊连毛带角一口吞下肚去。你,到舱外去,你这个说黑话,一副倒霉样儿的混账东西——立刻给我出去!"

他一边这么吼着,一边朝比勒达冲过去,比勒达这时身子一斜一滑,动作快得出奇,躲过了他。

这两个负责的大船东吵得这么吓人,让我感到惊慌。看来这条船的东家中有些问题,船只是暂时归他们指挥,我便有了五成心思想放弃上这条船的打算。我这时看得明白:比勒达一心想在法勒的怒气发作之前赶快溜走。我便退到舱门旁边给比勒达让条出路。谁知道叫我吃惊的是他又安安静静地在肋板上坐了下来,一点也没有打算退缩的样子。看来他对这个不思悔罪的法勒以及他的为人已习以为常。至于法勒,他发泄了怒气以后,似乎再没有什么情绪。他也坐了下来,活像一头绵羊,只是身子还有点抽搐,好像激动尚未全消。"嘘!"他终于吹了声口哨,"我想,风已经吹向背面啦,比勒达,你磨起镖枪尖来一向精得很,修修这笔尖好不好?我的大折刀要磨啦。谢谢你,谢谢你,比勒达。还有你,年轻人,你不是说你的名字叫以实玛利吗?好,以实玛利,这就给你写下来啦,拿第300号份子。"

"法勒船长,"我说,"我还有个朋友跟我在一起,他也想上船干活——明天我领他来行吗?"

"当然行,"法勒说,"领他来让我们看看。"

"他要什么份子?"比勒达唉声叹气地说,他本来又已经一头埋在书本里,这时抬起了眼睛。

"嗯,这你不用管啦,比勒达,"法勒说,接着转过来问我,"他捕过鲸鱼吗?"

"他宰的鲸鱼我数也数不清,法勒船长。"

"好,这么说,领他来吧。"

我签了合约就走啦;不消说,这一早晨,我干得真不赖,约觉给季奎格和我准备的环绕霍恩角的船正是这披谷德号。

可是我还没走远就想起我还不曾见到我要在他手下干活的船长。不过,事实上有许多时候,一条捕鲸船的船长要到万事俱备,全体船员都上了船之后才会出现,走上指挥岗位;原因是有时候出这样一次海,前后要花很长时间,回港上岸探亲的假期又是短得不能再短,而船长要有家室或有这类需要操心的事要料理的话,他就对进港的船很少过问,而是交给船东照管,直到整装待发的那一天。话又说回来,在把自己无可挽回地交到船长手里之前能见一见他,那是最好不过。这样一想,我便转过身来问法勒船长,我能不能见一见埃哈伯船长。

"你找埃哈伯船长有什么事?手续都办妥啦?我们已经雇了你啦。"

"说的是,不过我想见见他。"

"不过,我想你眼前见不着他。我不大清楚他究竟有些什么事,反正他待在家里不出来。要说有什么病吧,看脸色又不像。说实在的,他没有病;不,不对,他也并不健康。反正,年轻人,他并不是每次都肯见我,所以我想他不会见你。埃哈伯船长,他是个怪人——有些人这样以为——但他是个好人。嗯,你会喜欢他的,会很喜欢他;不用害怕,不用害怕。埃哈伯船长,他是个了不起的,不信上帝又像上帝似的人物。说话不多,可一说起来,你最好是用心听着。你听好了,这我给你有话在先。埃哈伯不是平常人,埃哈伯念过不止一家大学堂,也在食人生番中呆过,比海浪更深奥的稀罕事儿他常见,他那支烈火般的长矛投中过比鲸鱼更威猛、更奇怪的敌人。他的长矛呀,在咱们全岛上数它最锋利,百发百中!啊,他可不是比勒达船长;他也不是法勒船长;他是埃哈伯,伙计,古时的埃哈伯,你知道,那是戴上王冠的国王啊!

"而且是个心狠手辣的国王。当这位十恶不赦的国王让人杀了以后,有多少条狗哪,都来舔吃他的血!①"

"到我这儿来——来,来,"法勒说,他的眼里有种意味深长的神气几乎叫我心里一激灵,"听着,小伙子,到了披谷德号上,这千万说不得。到哪儿也别说这个。埃哈伯船长,这名字不是他自己起的。那是他那疯疯癫癫的寡妇娘一时心血来潮,有了这莫名其妙的傻主意;他娘死时,他才生下十二个月。可那住在该黑德②的名叫提斯提格的老婆子说这名字将会证明是未卜先知的一着。我先给你打个招呼,其他像她那样的蠢货也许会告诉你同样的话。那是瞎话。我很了解埃哈伯船长这个人;好多年前,我跟他同船共事,当过他的副手;我知道他是怎么个人——一个好人——不是比勒达那种笃信上帝的好人,而是嘴里骂骂咧咧的好人——有点像我——只是他身上还有

---

① 本书的中心人物埃哈伯,以及其他一些人物:以实玛利、法勒、比勒达等,用的都是《圣经》中人物的名字。埃哈伯即《圣经·旧约·列王纪上》中以色列王亚哈(因亚哈与英译《圣经》的原名发音相去较远,故改译为埃哈伯)。其事迹可参看《列王纪上》第17章29节起至第21章止。第21章22—24节中上帝的先知指出:"你(埃哈伯)卖了自己,行耶和华眼中看为恶的事。耶和华说,我必使灾祸临到你,将你除尽。……凡属亚哈的人,死在城中的必被狗吃,死在田野的,必被空中的鸟吃。"
② 马萨诸塞州东南马撒葡萄园岛的西部尖端的旅游胜地,当时为一渔村。

许多别的东西。嗯,嗯,我知道,他从不嘻嘻哈哈;这一点,打从那趟返航路上我就明白了。那一次,有一阵子他精神不大正常;那是因为他的那条被咬掉的腿的流血的伤口疼得钻心的缘故,这谁都可以看得明白。我也知道打从上一次出海他让那头混账鲸鱼咬掉了一条腿那时候起,他变得喜怒无常——喜怒无常到了极点,有时简直到了暴戾的程度;不过,这一切会过去的。年轻人,我要一次向你说个明白,让你放心,与其跟一个哈哈笑的坏船长出海,还不如跟一个喜怒无常的好船长出海要好些。好啦,再见吧——别为了他刚好有个邪恶的名字,就错看了埃哈伯船长。再说,我的孩子,他有妻子——结婚还不满三个航程——一个可爱的听天由命的姑娘。你想想,这老伙计和那可爱的姑娘还生了一个孩子哩:既然如此,你还能认为埃哈伯是个十足的无可救药的祸害吗?不,不能,我的小伙子,尽管他伤残了,吃了大亏,埃哈伯自有他的人性!"

　　回去的路上,我一肚子的心事;我无意之中听到的有关埃哈伯船长的种种说法,使我对他的遭遇产生了某种难以名状的痛切感。当时我不知怎的也说不出来为了什么(除非是为了他惨痛地失掉了一条腿)对他产生了同情,为他感到悲伤;然而同时,我对他也感到一种奇怪的畏惧;不过确切地说,这种我无法形容的畏惧并不是畏惧;我不知道它到底是什么。但是我感觉到它,它并不使我想躲开他;不过当时我对他还很不了解,因而对他身上那种近似神秘的东西感到不耐烦。然而我的心思终究被引到了其他一些方面,因此捉摸不透的埃哈伯在我脑海中暂时消失了。

第十七章

如 此 斋 戒

　　季奎格的斋戒,或者说禁食和自辱,要持续一整天,因此我有意在夜幕降临之前不去打扰他;因为我十分尊重每个人所信的宗教向他提出的要求,不管他信的有多么可笑。哪怕是一大群蚂蚁在顶礼膜拜一只毒菌也好,或者是我们地球上某些地方的其他人仅仅因为那死了的地主还拥有巨额地产并以他的名义出租,便以一种在其他星球上决无前例的奴颜婢膝姿态拜倒在他的遗体面前也好,我也不忍心去轻贱他(它)们。

依我说,我们这些长老会基督徒在这些事情上应该仁爱为怀,而不要因为其他人,诸如异教徒等等,在这些问题上有些近乎痴呆的自以为是的想法而以为自己有多么高明。眼前就有这个季奎格,他对约觉神以及他的斋戒确有一些荒唐之极的念头;可是那又怎样?我想,季奎格认为自己知道在做些什么;他看来心满意足,那就让他这样好了。我们去和他争论只会落得一场空;我说,那就由他去。我们大伙儿,长老会教徒也好,异教徒也好,老天爷对我们不分彼此,一样怜惜,因为我们由于各种缘故全都碰得头破血流,需要好好医治。

到了傍晚,我已有了把握,他的种种礼拜仪式必定已告结束,于是我上楼敲他的房门;但是没有应声,我推门,门却是在里边扣上了。我打钥匙孔里轻轻叫了声"季奎格",仍没有动静。"喂,季奎格!你怎么不说话?是我,以实玛利呀。"然而依然寂静无声。我不免担起心来。我已等了他好长时间。我怕他中了风。我从钥匙孔中望进去,可是门冲着房间里面一个偏僻角落。从钥匙孔所能看到的不过是幅扭曲了的靠左的景象。我只见床的一张踏脚板和一溜墙壁,别无其他。我发现李奎格的镖枪的木柄靠在墙上,觉得奇怪。昨天晚上,客店老板娘明明在我们上楼进房之前从他手里收走了他的镖枪。这可怪了,我心想:不过不管怎么说,既然镖枪在那儿,而他绝少不带着它出门的,因此他一定在里面,决不会错。

"季奎格!季奎格!"——寂静无声。一定出了什么事了。中风!我死命地要撞破那扇门,可是门顽强抵抗。我奔下楼梯,一头撞见了那收拾房间的女仆,即刻把我疑心的事讲了。她嚷道:"是呀!是呀!我琢磨肯定是出了什么事。吃过早饭,我去收拾房间,房门却锁着,一点儿声息也听不见;而且从此以后一直鸦雀无声。不过我心想,说不定你们两个都走啦,为了防人拿走你们的行李,锁上了门。是呀,是呀,太太——老板娘!出了人命啦!赫赛太太!有人中风!"她一面这么叫,一面奔向厨房,我跟在后面。

赫赛太太不一会儿就来了,一手还拿着芥末罐,一手拿着醋瓶子,她本来正在干着整理餐桌上调味品架子这活儿,嘴里责骂着她手下的那个黑人小厮。

"到柴房去!"我喊道,"怎么个走法!看在上帝面上,快跑,找件家伙来撬开房门——找斧子!——找斧子!——他中风啦,保管没错!"这么说着,我又像没头苍蝇似的空着双手奔上楼梯,赫赛太太这时候把芥末罐和醋瓶子插到了她正在整理的调味品架子里。

"年轻人,你怎么啦?"

"拿斧子来!看在上帝分上,快去请医生,是医生就好,我来撬门!"

"听着,"老板娘即刻放下醋瓶子,腾出一只手来,说,"听着,你嘴里说的是撬开我的哪一扇门,对吗?"说完,她一把抓住我的胳膊,"你是怎么啦?你是怎么啦,船上伙计?"

我尽可能地镇静但飞快地把事情的经过原原本本讲给她听。她一边不知不觉地用芥末罐拍打着她鼻子的一边,一边思忖了一下,然后叫起来:"我把镖枪收好以后再没去看过。"她跑到楼梯头下面的小间去一看,回来告诉我:季奎格的镖枪不在那儿啦。"他自杀了,"她嚷道,"倒霉的斯蒂格斯自杀了,这回又出事啦——又是一床被子报销啦——上帝可怜他的穷娘亲吧!——这下我的这个家完啦。那可怜的小伙子有没有姊妹?那姑娘在哪儿?——喂,蓓蒂,上油漆匠斯瑙尔斯那儿去,让他给我做个告示牌,上面写'此处不准自杀,客堂里不准抽烟!'这下倒不如把两件事一起解决了。自杀!愿上帝宽恕他的鬼魂吧!那上面是什么声音?喂,年轻人,住手!"

她跟了上来,正好在我再次想撞开房门时赶上了我。

"我不许你这么撞,我不能让我的房屋这样给糟蹋。去找个锁匠来,离这里大约一哩路的地方有一个。你住手!"她把手伸到口袋里,"这儿是把钥匙,我想能开这门,试试看。"她把钥匙插进锁里,打开了;

可是,唉!季奎格在里面反插的门闩纹丝不动。

"非撞开它不行。"我说,我在门道里后退几步,正要使劲撞过去,老板娘一把抓住了我,一口咬定我不能损坏她的房屋;但我挣脱了她,对准目标,身子猛一下撞了过去。

只听得惊天动地的一声,门撞开了,门把手砰的碰到墙上,白灰一直溅到天花板上。天哪!原来季奎格就蹲在房间正中央,沉着冷静;约觉就顶在他的头上。他目不斜视,像一尊雕像那样蹲着,几乎没有一点儿动作的表示。

"季奎格,"我走到他面前说,"季奎格,你怎么啦?"

"他以前并不总是整天坐着,对不对?"老板娘问。

然而我们说了那么些话,却没有法子叫他吐一个字;我差点儿想要把他推倒在地,改变一下他的架势,因为它看来如此勉强,既不自然,又不舒服,几乎叫人受不了;特别是十有八九他已经这么坐了有八至十个钟头以上,一日三餐都被取消了。

"赫赛太太,"我说,"无论如何他还活着,如果你不介意的话,请你让我们俩单独待一会儿,我一个人会把这桩怪事闹明白的。"

送走老板娘,关上了房门,我竭力想使季奎格坐到椅子上,可是毫无结果。他坐在那儿,由你说尽了种种好话,他始终一动不动,也不吐一个字,连看我一眼也不看,似乎他眼前没有我这个人,根本没有。

我心想这可能是他的斋戒的一部分,不知在他出生的岛上是不是都这样蹲着不吃饭的?一定是的,这想来一定是他的信仰的一部分;既然如此,那就让他这样待着吧;迟早他会站起来的,这毫无疑问。他不能老这样下去;谢天谢地,他的斋戒一年只有一回,而且我不相信它来得那么准时。

我下楼去吃晚饭。又坐了很久,听了几个刚作了一次葡萄干布丁航行(指的是坐上一条双帆纵桅船或是横帆双桅船在限于赤道线以北的大西洋中捕鲸的短期航行)归来的水手滔滔不绝地讲他们的故事,一直讲到将近晚十一点,我才上楼睡觉,心想到了这时候,季奎格的斋戒肯定已告结束。可是错了,他还在我当初看到他的地方,一吋也没有移动。我开始有点儿气恼他了;在一个冰凉的房间里蹲了这么一整天再加半夜,头上顶一块木头,实在是无聊而又无理性。

"季奎格,看在老天爷分上,站起身来走动一下吧,站起身来吃点儿晚饭。要不,你会饿得晕过去,会送了自己的命的,季奎格。"可是他一声回应也没有。

于是对他断了念头,我便打定主意上床睡觉;毫无疑问,过上一大段时间,他会跟着上床的。不过,在上床之前,我把自己那件厚重熊皮上衣给他披上,因为那个晚上冷得厉害,而他身上只穿着平常穿的圆筒形上衣。上床好一会儿,我辗转反侧,始终没有一丝睡意。我已把蜡烛吹灭,一想到季奎格——离我不到四呎远——孤身一人在这又冷又黑的夜晚,那样不舒服地蹲着,我就好不难受。想想吧,我和他在一个房间里,我整夜躺着,他这个异教徒却睁着两眼,蹲着完成这莫名其妙的瘆人的斋戒,那是什么滋味!

不过到头来我到底还是睡着了,直到天亮我什么也不知道。醒来睁眼一看床那边,季奎格蹲在那儿,活像他是给钉死在地板上。然而一到第一线阳光照进窗来,他站起身,浑身关节僵硬,格格作响,脸上却是喜滋滋的;他一瘸一拐地走向我的床,又一次把他的脑门子抵着我的,说是他的斋戒结束了。

我先前曾经说过,我对任何人信的宗教,不管是什么教,都不加反对,只要那个人不因为别人不信他的教而去杀或者侮辱别人就行。然而如果一个人信教信得真是如痴如狂,如果信教对他成了一种实实在在的折磨,说到底,如果它使得咱们这个地球成了一家住进去叫人受罪的客店;那么,我认为那就到了把那个人拉到一边好好和他理论一番的时候了。

而这正是我和季奎格此刻所进行的。"季奎格,"我说,"上床来躺下听我说。"我于是长篇大论起来,从原始宗教的兴起与进展讲起,讲到目前的各种宗教,其间我着力向季奎格说明所有那些四旬斋、禁食大斋以及在寒冷难堪的房间里蹲上好长时间都是毫无意义的蠢事,对健康有害,对灵魂无益;总之,违背显而易见的卫生法则和常识。我还告诉他:他在其他方面都是个十分通情达理、识见超群的蛮子,如今却对这种荒唐可笑的斋戒糊涂得可怜,这真叫我痛心,万分的痛心。再说,我争辩道,禁食会搞垮身体,从而会搞垮精神;而一切产生于斋戒的思想必然是有气无力的。这就是为什么消化不良的宗教家多半对他们的来世怀有如此阴郁的想法的原因。总之,季奎格,我有点离开了正题说:地狱最初就是由一个没有消化掉的苹果馅包子生发出来的;其后通过由斋戒培养出来的遗传性消化不良症一代代传了下来。

随后,我问季奎格他本人有没有得过消化不良症;我要把我对吃人的想法讲得明明白白,好让他记在心里。他说不曾得过;只是有一次,那是个难以忘怀的场合,他的父王打了一个大胜仗,到了午后两点钟左右,就有五十个敌人被杀了,就在这天黄昏,这五十个人全都被烧熟吃了。

"别说了,季奎格,"我哆嗦着说,"那就够啦。"因为他虽然没说出来,我已知道他的意思。我见过一个到过那个岛的水手,他告诉我那里的风俗就是这样:打了一场大胜仗的人就在院子或者花园里把杀死的人烧烤一番,然后把他们一个个地放在大木盘里,嘴里塞些欧芹菜,配上面包果或者椰子,做成烩肉饭一样的东西,分送到胜利者的所有朋友家中去,以表他的心意,这些礼物活像是许多只圣诞节的火鸡。

说到底,我想我的有关宗教的话并没有给季奎格留下多深的印象。因为首先,他似乎对在这个重大问题上说的话听不进去,除非话说得合他的心意;其次,我的话他只能听懂不过三分之一,尽管我努力把意思说得简单明了;最后一点,他无疑认为自己远比我更了解真正的宗教。他用一种居高临下的关切和怜悯的眼睛望着我,仿佛他觉得像我这样一个通情达理的年轻人竟然对传播福音的异教徒的虔诚一窍不通实在是件大憾事。

末了,我们起身穿上衣服;季奎格异乎寻常地猛吃了一顿各种杂烩的早餐,结果是:尽管他斋戒禁食一整天,老板娘依然赚不了多少钱。我们出了门,消消停停地走着,用大比目鱼骨剔着牙齿,上披谷德号船去。

第十八章

画 押 上 船

正当季奎格手里拿着他的镖枪,我们顺着码头一端走向那条船的时候,法勒船长从他的小房里用粗暴的嗓音招呼我们,说是他没想到我的朋友是个食人生番,而且宣称他不让食人生番上这条船,除非事先拿出有关证件来给他看。

"法勒船长,你这是什么意思?"我说,一下跳上了船舷,留下我的伙伴一个人在码头上。

"我的意思是,"他回答道,"他必须出示有关证件。"

"不错,"比勒达船长从小房门口法勒背后探出头来,用他的空荡荡的嗓音说,"他必须出示他已改信基督教的证件。这个黑暗的儿子,"他转向季奎格添了一句,"你眼下上不上哪一个基督教堂?"

"自然上啰,"我说,"他是第一公理会会友。这里我想交代一句:上南塔克特的船出海的文身蛮子,有许多到头来都改信了基督教。"

"第一公理会,"比勒达叫起来,"什么!他上裘特隆诺梅·科尔曼执事的会所去做礼拜?"这么说着,他取出他的眼镜,用一块大黄印度绸手帕擦了擦,然后十分小心地戴上,走出小房间,直挺挺地从船舷探出头去,细细打量了季奎格好一会儿。

"他当会友有多久啦?"他打量完后转向我问,"我猜不太久吧,年轻人。"

"不久,"法勒说,"他还不曾正式受洗哩,要不然,他脸上的魔鬼般的蓝色会被洗掉一些。"

"老实告诉我,"比勒达叫道,"这个没教养的家伙是不是常去裘特隆诺梅执事的讲道会听讲?我从没有见过他,我可是每一个主日必到的。"

"我不知道裘特隆诺梅执事,也不知道他的讲道会,"我说,"我只知道这个季奎格一出生便是第一公理会会友。他本人就是个执事,一点儿不错。"

"年轻人,"比勒达板起脸说,"你是在跟我开玩笑——你给我说说清楚,你这家伙。你说的是哪一个教会?回答我。"

这下我被逼得无路可走啦,我只得回答:"长官,我指的是你和我,还有那边的法勒船长以及这边的季奎格,我们大家和每一位母亲的儿子,每一颗灵魂都信的同一古老的天主教教会,是这整个礼拜世界的伟大的永存的第一公理会,我们大家同属于它,只不过我们中间有的人有些与这伟大信仰毫不相干的古怪念头而已;在这伟大信仰上,我们大家是手携手的。"

"捻接,你是说手捻接着手,"法勒走近我说,"年轻人,你看来当前桅手还不如去当传教士合适。我还没听人布道布得比你更棒的。不要说裘特隆诺梅执事,连梅布尔神父也不如你,而谁都认为神父是个人物。上来吧,上来吧;我说,有关证件的事算啦,告诉夸霍格——你叫他什么来着?告诉夸霍格上来吧。有这人铁锚作证,他手里的镖枪可不一般!看上去像是件好家伙,而他使它正合适。我说,夸霍格,嗯,你叫什么就是什么,你可曾当头站在一条捕鲸小艇上?你可曾射中一条鱼?"

季奎格一声不吭,野性十足地跳上舷墙,从舷墙上跳到吊在船边的一条捕鲸小艇头上,然后撑着左边的膝盖,做出投枪的姿势,如此这般地叫道:

"船长,你瞧见前边水面上一小滴柏油似的东西了吗?你瞧见它了吗?好吧,就当它是鲸鱼的一只眼睛好啦!"然后他瞄准了它,将镖枪投了出去。那镖枪越过比勒达老头儿的宽边帽,横跨船的甲板,正落在远在视线之外那一滴闪闪发光的柏油上。

"看,"季奎格静静地拉绳子收回镖枪,说,"那要是鲸鱼眼睛,哼,那鲸鱼就死定啦。"

"快,比勒达,"法勒对他的合伙人说,后者对那镖枪贴近他飞过的情景吓得有点儿失魂落魄,身子向房舱过道缩去,"快,我说,你这个比勒达,去取船舶文书来,我们一定要雇下海奇豪格①,不,我是说夸霍格,派在船上的一只小艇上。夸霍格,听着,我们给你第90号份子,这可是比至今为止从南塔克特出去的任何一位镖枪手挣的还多。"

于是我们下到房舱里。使我大喜过望的是季奎格被录用了,和我同在一条船上干活儿。

一切初步手续办妥之后,法勒准备好合约只等签字,他转向我说:"我猜这夸霍格不会写字,对不对?喂,夸霍格,我说去它的!你是签字还是画个押?"

季奎格,他已经参加过两三回这种仪式,听到这个问题毫不为难,拿起给他的笔,在该他签字的地方照着他胳膊上刺的古怪的圆形图案,一模一样地在合约上画了一个;由于法勒一口咬定,把季奎格叫做夸霍格,结果是合约上出现的花押大体有如下列:

夸　霍　格
画　✠　押②

这时候比勒达船长坐着,热切地定定地望着季奎格,最后庄重地站起来,在他的浅褐色镶着宽边的上衣的大得无比的口袋里掏摸着,拿出一摞小册子来,挑了一本题为《末日来临或曰切勿迟延》的册子放在季奎格手心里,用自己的两只手握住他的双手和书,一对眼睛热切地望着对方的眼睛,说:"黑暗的儿子啊,我对你必须尽到我的责任;我是这条船的合伙所有人,对船上大伙儿的灵魂自然关心;如果你抱住你异教徒那一套不放,而这一点正是我所十分担心的,那么我求你,千万别再当贝尔的奴隶,摒弃那个贝尔偶像,还有那毒龙。趁

---

① 刺猬一词的音译。法勒急不择言,本已把季奎格误为夸霍格,现在更急于雇用他,蹦出一个熟悉的词儿"刺猬"来。

② 作者先是说圆形图案,这里画出来的与圆形相去甚远。美国以绘插图闻名的画家洛克韦尔·肯特曾为本书绘制大量插图。他在此处改为一个 ∞ 无限的符号,耐人寻味。

上帝尚未发怒赶快回头吧;我说,照看好自己吧。啊!上帝啊!远远躲开那地狱火坑吧!"

比勒达老头儿讲的话里还残留着一些水手的语言,跟《圣经》以及家常话语混杂在一起。

"打住你的话头,打住,比勒达,别糟践咱们的镖枪手啦,"法勒叫道,"虔诚的镖枪手从来当不了出色的水手——成了虔诚的镖枪手就丢了那种鲨鱼性子;没有了一点儿鲨鱼性子的镖枪手一文不值。还记得当年的纳特·斯凡因吗,他曾经是纳塔克特和马撒葡萄园两地最勇敢的小艇领班;他入了会,从此再没有出息过。他为自己的有愧的灵魂提心吊胆,他见了鲸鱼就退缩,就躲避,怕给鲸鱼伤了,要下火海,见阎王。"

"法勒呀法勒!"比勒达抬起眼睛,举起手说,"你本人跟我本人一样,亲身经历过许多危急时刻;你法勒明白怕死是什么滋味,你怎能装出这副不信上帝的样子胡说八道。法勒呀,你说的是违心话。告诉我,那一回在日本海面上遇上了台风,披谷德号的三支桅杆倒在海里,当时埃哈伯是船长,你当他副手,难道你们没想到死,没想到末口审判吗?"

"听听,听听,"法勒在房舱一头大步跨到另一头,双手深深插到他的口袋里,叫起来,"你们大家听听。想不想到那事儿!在无时无刻不在想这船要沉的当儿!想死,想末日审判!船上全部三根桅杆倒下来,撞得船边震天价响,前前后后海水冲到我们身上。那时候想没想到死和末日审判?想不到!没有工夫想死。埃哈伯船长和我想的是活,怎样才能把全船的人手救出来——怎样才能安好应急用的桅杆——怎样驶到靠得最近的海港去,我当时想的就是这个。"

比勒达再也不说什么了,他扣上上衣领扣,大踏步走到甲板上,我们跟着他走。他站定了,静静地看着几个帆工在补中桅帆的腰部。他时不时地弯下身去捡起一块布头,一段抹上柏油的麻绳。这些东西他要不捡,说不定就成了垃圾。

第十九章

预 言 生 疑

"伙计们,你们当了那条船上的水手啦?"

正当季奎格和我刚离开披谷德号,从海滨溜溜达达走回来,一路上各人想着各人的心事的时候,忽然听得一个陌生人冲我说了上面这句话。这人在我们面前停住,用他的粗壮的食指指了指那条船。他的穿着敝旧,短外衣褪了色,裤子上打了补丁,脖子上围了条破布头儿似的黑手巾。天花留下的麻子从四面八方汇总到他的脸上,使这脸犹如经过激流冲刷过后干涸的河床,沟沟坎坎,纵横交错。

"你们当了它的水手啦?"

"我想你是说披谷德那条船。"我想拖延点儿时间,好多打量打量他。

"嗳,披谷德号——就是那条船。"他抬起他的整条胳膊,然后飞快地向前方笔直伸出去,一根食指像安上的刺刀,正戳向那目标。

"不错,"我说,"我们刚签了约。"

"那上面有没有提到你们的灵魂?"

"提到什么?"

"噢,你们没有灵魂,"他急忙说,"不过那不算什么,我认识许多没有灵魂的人——祝他们走运;他们没有灵魂倒更安逸些。一颗灵魂就像一辆大车上的第五只轮子。"

"伙计,你在叨咕些什么呀?"我问。

"不过他有足够多的灵魂,可以补其他人这方面的不足。"这陌生人脱口说了出来,在他这个字上有些激动地加重了语气。

"季奎格,"我说,"咱们走;这家伙是从什么地方逃出来的,他讲的人和事我们不了解。"

"站住!"这陌生人叫起来,"你说得不错——你还没有见过老雷公,是不是?"

"谁是老雷公?"我问,又为他的毫无理性的热切神情吸引住了。

"埃哈伯船长。"

"你说什么! 我们船的船长,披谷德号的?"

"嗳,我们水手中间一些老伙计就是这样叫他的。你们还没有见过他,对不对?"

"我们是还没有见过他。他们说他病啦,不过正在复原,不久就可以全好啦。"

"不久全好!"陌生人笑了,笑声里有种既认真又挖苦的意味,"听着,如果埃哈伯船长全好啦,那我的这条左胳膊也就全好啦,可不会在他全好之前。"

"你知道他些什么?"

"关于他,人家告诉你些什么,先说说这个!"

"关于他,人家说的不多;只是我听说他是个出色的猎鲸人,对他的水手是个好船长。"

"说得不错,说得不错——这两点说得都挺对。话说回来,他一下命令,你就必须得雷厉风行。他抬腿就吼,吼了就走。——这么说埃哈伯船长正合适。可是多年前他在离霍恩角不远的地方的遭遇没有人讲过一句;那时候,他三天三夜躺着跟死人一样;也没有人讲过一句他在圣塔①圣殿前和那个西班牙人那场殊死的恶斗? 关于这,什么也没有听说吧? 没有听说他冲着银葫芦②吐口水吧? 没有听说在上次航行中果然如预言所说那样失去一条腿吧? 所有这些以及别的事儿,你们都没有听到一星半点儿? 不,我想你们听不到,又怎能听到呢? 谁知道这些事情? 我想不是整个南塔克特都知道。不过,话说回来,关于那条腿以及他怎么失掉的,说不定你们听人讲过;嗯,我敢说,你们听说过。没有错儿,这差不多人人听说过——我是说人人知道他只有一条腿,另一

---

① 秘鲁港口。一八四一年六月二十三日,著名的捕鲸船阿库希奈特号绕过霍恩角后到达的第一个太平洋港口。

② 指圣餐用的高脚银酒杯。

条给一头大鲸鱼咬掉了。"

"朋友,"我说,"你在胡诌些什么,我不知道,也不大在乎,因为你的脑筋看来出了点儿问题。不过,如果你说的是埃哈伯船长,说的是那条船,披谷德号,那么,让我告诉你,他怎样少了一条腿的事我全知道。"

"全知道,呃——当真?——全知道?"

"当真。"

这个叫花子模样的陌生人手指指着、眼睛盯着披谷德号,站了一会儿,像是陷入了噩梦似的沉思中;接着身子一悚,回过头来问:"你们被船上录用了,是不是?名字已经上了合约?好吧,好吧,签了名就得算数,要发生的事总归要发生;不过,话说回来,要发生的事居然没发生,也不是没有过。不管怎么说,这都是命中注定,老天安排了的;我琢磨总得有些水手跟着他干;这些人不去,就得有别人去,上帝哀怜他们吧!早上好,伙计们,早上好,捉摸不透的老天爷保佑你们;对不起,我拦住了你们。"

"听着,朋友,"我说,"你要是有什么要紧事要告诉我们,请说吧;不过要是你只想作弄我们,那你是找错了人;我想说的就是这些。"

"这说得很好,我喜欢听一个人这样说话;他需要的正是你们——你们这种人。早上好,伙计们,早上好!噢!你们上了船以后告诉他们,我决定不参加他们一伙。"

"嘿,我的好伙计,你这样作弄不了我们——作弄不了。一个人要装得自己掌握着了不起的秘密,那是世界上顶顶容易的事。"

"早上好,伙计们,早上好。"

"早上好,"我说,"去吧,季奎格,让我们离开这个疯疯癫癫的人。噢,且慢,敢问你尊姓大名?"

"以利亚。"①

以利亚!我想了想,我们两人便走了,一路对这个衣衫褴褛的老水

---

① 《圣经·旧约·列王纪上》第 21 章 19 节。希伯来先知以利亚曾痛斥国王埃哈伯"出卖了自己,行耶和华眼中看为恶的事。耶和华说,我必使灾祸临到你,将你除尽。"

手各发各的议论;最后我们认定此人不过是个企图吓唬人的招摇撞骗的家伙。但是我们走了也许还不过一百码,恰好快要拐个弯儿时,我回头一看,正看到以利亚走在我们后面,虽然彼此之间有一段距离。不知为什么,见了他我心中一惊,决定不让季奎格知道他在我们后面跟着,只管和我的伙伴拐弯儿,急于想看看这个陌生人是否也跟着我们拐弯儿。他果然跟着拐了弯儿;这一来,我觉得他是在盯我们的梢,至于有什么目的,由我怎么想也想象不出来。这光景加上他的那种含含混混、遮遮闪闪、又像暗示又像点明的言辞,不由得使我生出种种隐约模糊的猜想和担心,而所有这些都跟披谷德号有关,跟埃哈伯船长、他的被咬掉的一条腿以及霍恩角的风波有关,也跟那银葫芦以及我前一天离船时法勒船长讲到他的话有关,也跟提斯蒂格老婆子的预言、我们即将出发的这次航行以及其他许许多多影影绰绰的事情有关。

我打定主意要弄明白:这个衣衫褴褛的以利亚是否真的在跟踪我们,有了这个打算以后我和季奎格就穿过街道,到了对面以后再走回头路。然而以利亚继续往前走去,似乎没有注意到我们。这让我松了口气,我终于再一次觉得自己是在内心宣告他是个招摇撞骗的家伙。

第二十章

全体出动

过了一两天,披谷德号船上忙碌异常。不但旧篷帆都在缝补,而且来了新篷帆,一匹匹的帆布,一卷卷的绳索;总之,一切都显示出船上的准备工作即将在匆忙中结束。法勒船长几乎从不上岸,总在他的小房间里紧盯着各个人手干活儿;比勒达则到各家铺子去采购供应品;那些雇来在舱里干活儿或整理索具的人都要干到天黑以后很久才罢手。

季奎格签了合约的第二天,这条船的水手们住的所有客店都得到了通知:他们的箱子必须在晚上以前送上船,因为何时开船现在说不准。季奎格和我便把行李送上船，打定主意，人则要在岸上待到最后一刻。但是看来他们在这种情况下惯于早早就发通知，船又过了好几天才启航。不过，这也不足为奇，披谷德号在完全装备停当之前，还有多少事儿要周全考虑，确实很难一下说清。

谁都知道，当家的要操心的事有多繁杂：床铺啦、刀叉锅盆啦、铁锹铁钳啦、餐巾以至坚果夹子等等，哪样又少得了。捕鲸也是一样，它要求在远离食品杂货商、叫卖小贩、医生、面包师、银行家的情况下在茫茫大海上生活三年。这道理对商船来说固然相同，但在程度上却大不一样。且不说捕鲸航行持续时间要长得多，捕鲸所需的各种特殊用品种类繁多，而要在那些常去的偏远港口补充这类用品根本不可能；你还得记住，在所有船只中捕鲸船面临各种风险最大，尤其是要使此行得利所决不可少的东西遭到毁灭或损失的可能性极大。因此，要有后备小艇、备用桅桁圆木、备用曳鲸索、镖枪以及其他备用东西；除了后备船长和后备捕鲸船之外，几乎一切都得有备用的。

我们到达本岛时，披谷德号的重头储备工作几乎已告完成，包括备足它需要的牛肉、面包、水、燃料、铁箍桶板。然而先前已经提过，种种大小零散物品又连续被取运上船，花了一段时间。

取运工作的主持人是比勒达船长的姐姐，一位瘦瘦的老太太，她精神坚毅不倦，心地却很善良。她看来下定决心，只要她能够，她要做到披谷德号一旦到了海上之后绝不至于发现短了任何东西。有一次，她拿来了一罐放在食堂管事的配膳室里的泡菜；又一回是一把大副办公桌上用的鹅毛笔，好让他用来记航海日志；还有一次，拿来一卷法兰绒，供某一个害背部风湿的人包扎腰部之用。从来没有一个女人比她更配得上称查利丹（慈善）这个名字的了——大家都叫她查利丹姑妈。这位慈善为怀的查利丹姑妈正如天主教慈善修女团的团员那样东奔西走地忙碌，随时准备全身心地使与她的至爱的弟弟比勒达有切身利害关系的这条船上全体人员获得平安、舒适和安慰。她自己也有好几十块辛苦积攒起来的银元的船股。

可是到了开船前最后一天，大家看到这位好心肠的女教友会会友一手提一只长柄油勺，另一只手拿着一根柄更长的刺鲸长矛上船来，都不由得吃了一惊。至于比勒达本人也好，法勒船长也好，一点儿也没落在她后面。就说比勒达吧，他随身拿着一张所需物品的长长的单子，每一样物品到了船上，他便在单子上这物品名下做个记号。法勒呢，每隔一会儿，他便从那鲸骨搭成的小房间里跑出来，不是冲着下面舱口的人们吼叫，便是冲着上面桅顶装配索具的人吼叫，末了是吼叫着回自己的小房间。

在这些筹备出海的日子里，季奎格和我常到船上走动。我去一次，问一次埃哈伯船长怎样了，什么时候他到船上来。人家回答这些问题时总是说：他日见康复，哪一天都可能上船来，而法勒和比勒达两位船长尽可以应付筹备船只出海的一切必须做的事。如果要我说句痛快的老实话，我心底里非常明白，只要我还不曾瞧上一眼那船长，我对自己是否参加这次如此之长的远洋航行始终是半心半意的，要知道这个人在船一开到茫茫大海上就是它的说一不二的独裁者。然而一个人一旦成了局内人，即使他感到有什么事不对头，有时候甚至对自己也会不知不觉地把这种疑心掩盖起来。我大体上就是这种情形。我一句话不说，甚至尽量连想都不想。

最后，上面终于发话了，说是第二天某一时辰，肯定要开船。于是第二天一早，季奎格和我就出发了。

第二十一章

上　得　船　来

我们走近码头的时候，还不到六点钟，天色灰蒙蒙的，有雾，不算晴朗。

"如果我没看错的话，有几个水手跑在前头，"我对季奎格说，"那不可能是些影子；我猜，太阳一出，船就要开啦。快走！"

"停停！"有人从后面走近我们，叫道。他两手搭在我们两人肩头，挤到我们中间,身子微微向前俯,在半明半暗的晨熹中,先看看季奎格,然后再看看我。原来这人是以利亚。

"上船去?"

"把手拿开,行不行?"我说。

"听着,"季奎格抖抖身子,说,"走开!"

"这么说,不是上船去啰?"

"我们是上船去,"我说,"可这关你什么事?以利亚先生,你知道吗,我认为你有点儿失礼?"

"不,不,不,我可没有觉着。"以利亚慢慢地惊讶地望望我,再望望季奎格,眼神中显得完全莫名其妙。

"以利亚,"我说,"请你离开我们吧。我们要到印度洋和太平洋去,耽误不起。"

"是这样吗,你们?回来吃早饭吗?"

"他疯啦,季奎格,"我说,"走。"

"喂。"我们刚走了几步,站着不动的以利亚向我们叫了一声。

"不理他,"我说,"季奎格,咱们走。"

但是他又悄悄赶上我们,突然一手搭到我肩膀上说:"你们刚才看到似乎有人朝那条船走去吗?"

我为这个清楚明白、实实在在的问题所动,回答道:"是的,我想我看到四五个人;不过天色太暗,拿不准。"

"是很暗,很暗,"以利亚说,"早上好。"

我们又一次摆脱了他;可是他又一次轻悄悄地走到我们身后,又碰了碰我的肩膀,说:"看看你现在能不能找到他们,好不好?"

"找到谁?"

"早上好!早上好!"他再一次走开,一边说,"我本要提醒你们——不过不说也罢,不说也罢——反正大家都是一家人——今天早晨霜挺重,你说是不是?再见。我怕有一段时间见不着你们啦,除非是在大陪审团面前。"说了这些疯疯癫癫的话以后,他终于走了,叫我有一阵子对他的这种胡言乱语简直摸不着头脑。

末了,我们踏上了披谷德号的甲板,发现四下里寂静无声,不见一个人走动。房舱进口被人从里面上了锁;货舱口都上了盖,堆着大卷的绳索。向前走到船头楼,我们发现小舱口的滑盖开着,露出了灯光。我们走下去,只看到一个上了年纪、穿一件破破烂烂粗呢上衣的索具工。他直挺挺地躺在两口箱子上,脸朝下压在抱着的胳膊上,睡得香极了。

"季奎格,我们刚才看到过的那些水手,他们能到哪儿去了?"我满腹狐疑地望望那睡着的人,说。然而看来当初在码头上,季奎格根本没见到我说的那几个水手;因此要不是以利亚提出了那个要不然就很费解的问题,我还会以为在这事上是我自己的眼睛花了。但是我把这事搁下了,再来看这沉睡的人,用开玩笑的方式向季奎格提出我们不妨就在这人身边坐下,同时也要他照办。季奎格用手按了按他的屁股,像是要试试这屁股是否够软的,于是若无其事地坐了下去。

"天哪,季奎格,别坐在那上面。"我说。

"喔,亭(挺)霍(好)一个座位,"季奎格说,"我家乡用的(叫醒人的)办法,他脸不会痛。"

"这是脸!"我说,"你要说他的脸?倒是张一团和气的面孔,不过,你听他呼吸多吃力,简直是在一吞一吐。下来吧,季奎格,你身子太沉,把这可怜人的脸压扁啦。卜来,李奎格!瞧着吧,他眼见得要把你扭下来啦。他居然没有醒,真叫人莫名其妙。"

季奎格挪动一下,挨着那人脑袋坐下,点着了他的斧子烟斗。我坐在那人脚边。我们把烟斗在他身上递过来,递过去。同时,经我追问,季奎格断断续续、结结巴巴地告诉我,在他的国度里,没有各种各样长短沙发,所以国王、酋长以及一般的所谓大人物按照习俗把一些下等人养得肥肥的,拿来当有绒垫的睡椅坐;而要使一户人家在这方面配备得舒舒服服,你只需买上八到十个懒汉,放在各处靠窗或挨着墙壁的地方。再说,这对出门也很方便,要比可以折叠成手杖的藤椅好得多;有时,一位酋长会把他的侍从叫来,要他在一棵亭亭如盖的大树下充当一张长沙发,也可能是在一块潮湿的沼泽地。

每一次季奎格从我手里接过斧子烟斗,总是一边讲着这些事儿,一边在那沉睡的人的脑袋上挥舞那斧子的一头。

"季奎格,这是干什么呀?"

"亭(挺)容易,宰了他!亭容易!"

就在我们直接被熟睡的索具工所吸引时,季奎格正在追忆一些关于斧子烟斗的异想天开的故事;听来这东西有两种用途,斧子一头曾经砍过敌人的脑袋,烟斗另一头则曾安抚过自己的灵魂。浓烈的烟气这时已经充满这窄小的空间,开始对索具工产生了刺激作用。他喘气时声音有些发闷,接着鼻子似乎不太通畅;其后他翻了一两回身,然后坐起来擦擦眼睛。

"喂!"他终于开口了,"你们这些抽烟的是什么人?"

"是船上水手,"我回答,"船什么时候开?"

"嗳,嗳,你们是这条船上的,对吗?它今天开。昨天晚上,船长上来啦。"

"哪个船长——埃哈伯?"

"不是他又是谁?"

我正想再问他几个有关埃哈伯的问题,可这时候甲板上响起了杂乱的声音。

"嘿!斯塔勃克起来啦,"这位索具工说,"他是大副,活泼好动,是个好人,虔诚的教徒;现在大家都动起来啦,我得干活儿去了。"他说着话,上了甲板;我们走在他后面。

这时已是云开雾散的日出时分。不一会儿,水手们三三两两地上船来,索具工开始行动,大、二、三副们更是在紧张操作,好几个在岸上的人忙着把最后到的各种物品运上船。同时,埃哈伯船长仍是待在他的舱房里,不见踪影。

第二十二章

圣诞快乐

末了,将近晌午时分,船上的索具工最后退下,披谷德号驶离了码头区,万分体贴的查利丹送来了她的最后的礼物——给她的妹夫、二副斯德布一顶睡帽,给管事一本备用《圣经》——之后坐一艘捕鲸小艇走了。在这之后,法勒和比勒达两位船长走出房舱,法勒向大副说:

"好,斯塔勃克先生,所有事情是不是都已办妥啦?埃哈伯船长已经准备就绪——我刚跟他谈过话——再不要岸上送什么上来了吧,呃?好,那就召集全船人手。叫他们到这儿船尾集中——该死的家伙!"

"不管事情有多急,不需要说粗话,法勒,"比勒达说,"但是斯塔勃克老伙计,快去,照我们说的去做。"

怎么回事!已经到了出海航行的最后时刻,法勒船长和比勒达船长却在后甲板上自作主张地行事,倒像他们将是海上的联合指挥官,一如船停在港口时那样。至于埃哈伯船长,至今还不见他的踪影,只听人说他在房舱里。不过,话说回来,大家想的是:让船开航,顺利行驶到海上,这些事儿完全不必要他出场。说实在的,这也算不上是他的正经业务,而是领水员的事;据说埃哈伯船长还没有完全康复,所以他待在下面。这一切看来挺自然,特别是在商船队中,许多船长在船起锚后有好长时间不露面,却在舱里和岸上的朋友坐在桌旁饮酒作乐告别,直到他们同领水员一道最后离船。

然而已经没有时间来多想这个问题,因为法勒船长正来了劲头。看起来发号施令大半是他而不是比勒达。

"到船尾这儿来,你们这些私生了,"看到水手们还在主桅边磨磨蹭蹭,他嚷起来,"斯塔勃克先生,撵他们到船尾来。"

"把那边的帐篷收了!"这是第二道命令。我在前边已经提过,这个鲸骨帐篷只有在船停港期间才支起来;而在披谷德号上,大家知道,收起帐篷是起锚以后的第二件要做的事,三十年来始终如此。

"转动绞车!混账东西!——给我使劲干!"这是第三道命令。水手们真的使劲转起那手推杆来。

到了眼下这出海时分,领水员的岗位一般是在船的前部。要知道在这一点上,比勒达除了其他职务之外,还是这港口的具有执照的领水员；法勒也一样。人家猜他之所以要当领水员是为了好为他有股份的所有船只省去南塔克特收的引水费，因为他从来不为别的船当引水员。比勒达此刻正在船头全神贯注于那只拉近来的锚，还时不时地唱上两句声音悲凉的赞美诗给起锚机旁的水手们鼓劲；而水手们却敞开嗓子，真情实意地在合唱关于蒲布尔巷①的姑娘的歌儿。可不到三天之前，比勒达曾告诉过他们，在披谷德号上，尤其在开船的时候，不准唱下流歌曲；他的姐姐查利丹则在每个水手的铺位上放了一册精美的瓦茨小本②的赞美诗。

同时，法勒船长在督导船的其他部位的工作时则是张口便骂，骂得难听极了。我差点儿以为他会在锚终于起来之前凿沉这条船。想到刚要开始航行就碰到一个恶鬼当领水员，想到我们俩所冒的风险，我不由自主地在我的手推杆上停下了，并且叫季奎格也照办。然而我又安慰自己，心想虔诚的比勒达说不定多少是个大家的救星，尽管他曾提出要我拿第777号份子；正在这时，我突然觉得自己屁股上给人狠狠捅了一下，回过头去，只见法勒船长这恶鬼正把自己一条腿从我近旁收回去。这是我挨的第一脚。

"难道在桑（商）船上锚是这样起的吗？"他吼道，"给我使劲干，你这胆小鬼；给我使劲，摔断你的脊梁骨！我说你们大家为什么不使劲呀——给我使劲干！夸霍格！使劲干，你这红胡子；使劲干，戴苏格兰帽子的；使劲干，穿绿裤子的。使劲干呀，你们大家，干得你们眼珠子突出来！"他一边说，一边绕着绞盘走，东一下西一下由着性子踢人；不动声色的比勒达则不断领着大家唱赞美诗。我心想，法勒船长今天准是喝了什么酒。

锚终于起来了，帆也张了，我们离了岸。这是个短促寒冷的圣诞节。当短短的北方冬日融进了黑夜，我们发现船只几乎已进了冬天的海洋，滴水成冰的浪沫使我们陷入冰封之中，犹如披上擦得锃亮的铠甲。舷墙上一排排的长齿在月光中闪闪发亮。船头上挂着的巨大的弯

---

① 蒲布尔巷是英国利物浦港的一个水手光顾的污秽、淫荡、犯罪率高的小区。
② 艾赛克·瓦茨于1719年出版了《依新约圣经行文仿作的大卫王赞美诗》。

弯的冰柱像是一些巨象的白森森的牙。

作为领水员的细高挑比勒达带领值第一班。这条老旧的船驶进蓝色大海的深处,船上到处是凛冽的寒气;在狂风呼啸、索具砰砰作响声中,时不时地能听他唱出的沉稳的歌声——

滔滔洪水之外是甜美的田野,
它满身披着生命的绿色。
在犹太人眼中古迦南也是这样,
约旦河在它中间滚滚流过。

那些美妙的词句在当时听来真是比什么时候听来都美妙。它们充满了希望和期待得以实现的欢喜。尽管是在狂风怒号的大西洋上凛冽的冬夜,尽管我的双脚是湿的,我的外衣更湿,我在当时似乎觉得前面仍有许多可以躲避风雨的快乐天地,草地和林间空地永远洋溢着春的气息,一到春天草便蓬勃生长,直到仲夏依然未遭践踏也不枯萎。

终于我们驶到了海上,不再需要这两位领水员。那条随船同行的有帆小艇开始靠到我们船边。

此时此刻,看到法勒和比勒达的心情怎样的不平静是令人感到好奇而绝不是不愉快的,尤其是比勒达船长,因为他还极不愿意离开这条船,万分不愿意让它绕过风急浪高的霍恩角和好望角,从事如此漫长如此险恶的航行;要知道他在这船上投了几千元辛苦挣来的钱,在这船上,当船长的是其年纪几乎和他相当的老伙计,他重操旧业,再一次去历尽那生死关头的无情熬煎。比勒达极不愿意去向一项无论哪一方面都使他感到兴味无穷的事业告别——可怜的比勒达老头儿有很长时间恋恋不忍离去,激动地在甲板上大步行走,跑下房舱去再道一次别,然后又来到甲板上望望上风头,看看那一望无际的水面,彼岸是那远得看不见的东方大陆,再望望这边的陆地,望望上空,望望左右;到处望又不知望哪处才是;末了,他茫然地将一根索子绕到轴上,哆哆嗦嗦地抓住了粗壮的法勒的手,举起一只防风灯,露出一副悲壮的神色,眼望着法勒的脸站了一会儿,仿佛在说:"不管怎样,法勒老伙计,我受得了;是的,我受得了。"

至于法勒本人呢,他对此的态度倒更像一个哲学家;可是尽管有他的哲学,灯光迫近了的时候,他的眼里依然有泪珠在闪烁。而且,他也是从房舱跑到甲板,时而在舱下说句话,时而跟大副斯塔勃克说点儿什么。

然而他终于向着他的老伙计,用一种送君千里终须一别的眼神说:"比勒达船长——喂,老伙计,我们得走啦。放下主桅下桁!小艇,过来!靠拢大船!小心,小心!——喂,比勒达——说再见吧。斯塔勃克,祝你走运——祝你走运,斯德布先生;祝你走运,弗兰斯克先生——再见,祝你们大伙儿走运——三年后的今天,我会在南塔克特准备好一顿热腾腾的晚饭等着你们。好啦,开吧!"

"上帝祝福你们,他的圣灵会保佑你们,伙计们。"比勒达老头儿几乎前言不搭后语地喃喃说道,"我希望你们会遇上好天气,这样埃哈伯船长很快就会在你们中间走动啦——他所需要的就是好太阳,你们要走过热带,好太阳有的是。你们几位长官,追猎鲸鱼时要小心;你们几位镖枪手,别让小艇不必要地冲撞;好雪松木板今年里已涨了足足百分之三。也别忘了做祷告。斯塔勃克先生,当心别让箍桶匠浪费备用的桶板。啊!缝篷帆的针在那绿色橱柜里!伙计们,在主日里别捕鲸捕得太凶,可也别错过好机会,老天爷送来的上好礼物不能不要。斯德布先生:你多留心那糖蜜桶;我怕它有点儿漏。弗兰斯克先生:如果你们在那些岛上停留,要防止未婚男女私通。再见,再见!别让那奶酪在舱底下放得太久,斯塔勃克先生,它会坏的。黄油要省着点儿吃,它是两毛钱一磅买来的,你要小心,万一……"

"走吧,走吧,比勒达船长;废话少说——下船!"法勒说着,把他赶到了船沿,于是两人下到了艇里。

大船和小艇分手了,寒冷潮湿的夜风在两者之间吹过;一只海鸥尖叫着在头上飞过,两船的船身猛烈颠簸;我们发出了三声心情沉重的欢呼,像由着命运似的向着那寂寞的大西洋盲目驶去。

第二十三章
无 意 平 安

几章前我曾提到过一个叫布尔金敦的人,那是在新贝德福的客栈里碰到的,高个子,是刚上岸的海员。

在那个透心凉的冬夜里,披谷德号迎着冰冷的恶浪,勇往直前的时候,我一眼望见掌着舵的竟是这个布尔金敦!这个人在仲冬时节刚从一次四年之久危险的航行归来,居然耐不得安闲又赶来登上了另一次大风大浪的旅程,我看着他,心中既同情,又敬重,又害怕。陆地对他的双脚来说似乎是滚烫的。天下最奇妙的事是不可言说的,深切的悼念不能形之于墓碑上的诗文,这短短的一章便是布尔金敦的没有碑石的坟。我只想说一点。他的一生遭际犹如这条受风浪拨弄的船,无可奈何地沿着背风陆地急驶。港口是乐于救援的,港门富于怜悯心;进了港口便有平安、舒适、融融炉火、晚餐、温暖的毯子、诸多朋友,对我们凡夫俗子最亲的一切。然而在狂风中,港口、陆地乃是这条船的最可怕的威胁;它必须拒绝一切招待;只要让陆地一碰,哪怕是轻轻一擦它的龙骨,便会使它全身大震。它用尽全力,鼓足全部风帆离开海岸;在离岸的同时,抗拒那会送它回家乡的风;它再一次去寻找那风急浪高的海上的一片汪洋;为了避难,偏偏无望地冲向危险;它的惟一的朋友便是它的最凶恶的敌人!

你现在明白了吗,布尔金敦?你是否已看到了那绝难忍受的真理:深邃认真的思想无非是灵魂的大无畏的努力,以保持的它的海洋的公然的独立;而天与地的最猛烈的狂风则阴谋将它抛到那背信弃义、奴颜婢膝的岸上?

然而无边无岸,如上帝一般无限的最高真理仅仅存在于一片汪洋之中,因此宁可在狂风怒号的大海中丧生,也不愿被投到背风处靦颜苟活,即令那便是平安也罢!因为谁愿意如蟋蚁般畏畏缩缩地爬到陆地上去!无上的恐怖啊!难道这一切熬煎都如此无用吗?布尔金敦啊!鼓起勇气来,鼓起勇气来!咬紧牙关忍受吧,神一般的人!从你的葬身海洋的浪花中蹿起——你这神化了的人笔直蹿起来!

第二十四章

为 捕 鲸 辩

如今季奎格和我已干上了捕鲸这个行当,而捕鲸这个行当又不知怎的在陆地居民中被看成既不风雅也不体面的营生;因此我万分急切地要叫你们——陆地居民们相信,这样看待我们猎鲸人是不公道的。

首先,大家认为,捕鲸这一行当被看做同一般所谓自由职业不在一个水平上,几乎是多余的。如果要介绍一个陌生人进入任何一个有各色人等的都市社会,向大伙儿说他是个镖枪手,你只会稍微提高一点儿常人对他的长处的看法。要是他想仿效海军军官那样,在名片上自己的姓名后面加注 S. W. F.(猎捕抹香鲸业那三个英文词的第一个字母),那么,这种做法会被人认为头等的自高自大,荒唐可笑。

毫无疑问,这个世界不肯看重我们捕鲸人的首要原因是:他们以为我们这个行当顶多算是屠宰业的一种;凡是积极从事这营生的会遭人说各种各样的坏话。我们是屠夫,这不假。然而那些照例受到世人满心赞颂的一切军事长官也都是屠夫,而且是最最嗜血成性的屠夫。至于说到我们这个行当的所谓污秽问题,你们很快就会得知某些至今鲜为人知的事实,这些事实大体说来将使捕抹香鲸业至少厕身于这个干净世界上顶顶清洁的职业之中。再说,就算有关的指责是对的,那乱糟糟的滑得打跌的捕鲸船甲板怎又比得上那些陈尸遍地、恶臭难言的战场,而惟有那许多从战场上归来的军人才会享受太太小姐们的热情赞颂?如果那种以风险论英雄的想法大大提高了职业军人的常见的傲气,那么我向你保证:许许多多正步走向炮队的满不在乎的老兵,一见到抹香鲸的偌大尾巴把头上的空气扇成一股股旋风时便会吓得飞快退缩。因为人所能理解的恐怖与上帝的恩威结合相比又算得了什么呢!

然而尽管这世界轻视我们捕鲸人,它却在无意之中对我们表示了最深的敬意,不,简直是无限的崇拜!因为在全球燃点的所有小蜡烛和灯盏,与燃点在许多圣殿前的巨蜡一样都得归功于我们!

你们还不妨从另外一些角度来看这问题,把它放在各种各样的天平上来衡量,看看我们捕鲸人以往和现在是何等人。

为什么德·威特当权时代①的荷兰曾经任命将军来指挥它的捕鲸船队?为什么法国的路易十六愿意花他自己的钱,在敦刻尔克装备捕鲸船,并且从我们这南塔克特岛礼聘好几十户人家去敦刻尔克落户?为什么一七五〇年到一七八八年之间的英国付给它的捕鲸人员一百万镑以上的奖金?最后,我们美国的捕鲸人的总数如今比全世界其他结伙的捕鲸人加起来还要多,这是怎么回事?他们的船队数目达七百艘;人员达一万八千人;每年消耗四百万美元;船队以航行开始时的价值计,总值两千万美元;每年运回我们港口的丰厚收获总值七百万美元。如果捕鲸这一行没有点儿油水,又哪来所有这一切呢?

但是,这还不到事情的一半,请再看下去。

我敢说,一个全球在胸的哲学家即使绞尽脑汁也无法指明近六十年来有任何一个作为一个总体而言的和平力量能比高屋建瓴、势如破竹的捕鲸业更为有力地作用于整个大千世界。随你怎么看,它总是生出了一些本身便是异乎寻常的事件,而就事件所引发的问题而论更是有着持续的重要的影响;因此捕鲸业可以看做那位从自己胎里便孕育出她的儿女的埃及母亲②。要把所有这些一一尽数历举将是一件永远做不完的毫无希望的工作。让我们略举数端。许多年来,捕鲸船成为搜寻出地球的最僻远最不为人所知的部分的先锋。它探测了没有画成

---

① 扬·德·威特(1625—1672),荷兰州长,致力于发展工商业。
② 指埃及神话中艾息斯(胎内自孕而生)和奥息里斯(两个胚胎使之受孕而生)的母亲。见 H·布鲁斯·弗兰克林著《诸神的觉醒》第3章。

地图,连库克或温哥华①也不曾航行过的海洋和群岛。如果说美国和欧洲的战舰可以平安地驶进一度是蛮荒的港口,那么它们应该鸣礼炮向原来为它们指明道路并最先为它们和那些蛮子作了沟通的捕鲸船致敬。它们尽可由着自己心意祝贺那些进行探测航行的英雄们,你们的那些库克啊、克鲁津什腾②啊;不过要我说,数以十计不为人所知的船长曾从南塔克特登船出海,他们和你们的库克和克鲁津什腾一样伟大,甚至更为伟大。因为他们曾经赤手空拳,无人救助,却在异教得势、鲨鱼密集的水域中,在不见记录的岛屿的沙滩上和那些原始的稀奇古怪、惊心动魄的物事苦斗过,而这些库克,尽管有他的海军陆战队和滑膛枪,却不敢自愿挺身去碰上一碰。凡是在旧时南海航行中被人大事渲染过的事,对我们的英勇的南塔克特人来说不过是些一生之中的平常故事。温哥华用长长三章来形容的险遇,在这些人眼中,连在船只的通常航行日志中记上一笔的价值都没有。唉,这世道!啊,这世道!

在捕鲸业打开了绕过霍恩角的航线之前,欧洲与西班牙的一长串富饶的太平洋属地之间除了殖民性质商业之外,并无正常商业,除了殖民性质的交流之外,几乎没有正常交流。是捕鲸人首先打破了西班牙王朝对于那些殖民地的刻意防范的政策;如果不是篇幅所限,我们本可以把那些捕鲸人如何最终促成秘鲁、智利和玻利维亚从早期西班牙的压迫下解放出来,以及永久的民主政治得以在这些地区建立的情形交代个一清二楚。

澳大利亚等于是地球那一边的伟大美国,它是由捕鲸人交付给文明世界的。它在被一个荷兰人歪打正着地发现以后,除了捕鲸船到此停留之外,所有其他船只都把它看做疫病流行的蛮荒之地而长久躲着它。捕鲸船乃是这块如今是了不起的殖民地的真正的母亲。尤有甚者,澳大利亚的第一块殖民地在其草创时期,那些外来移民曾多次有幸得到来此停泊的捕鲸船慷慨相助,赖船上的面包而免于饥饿。波利尼

---

① 詹姆斯·库克船长曾在十八世纪七十年代从事一系列远航,探测太平洋。乔治·温哥华曾随库克进行后者的第二、第三次太平洋航行,并将美洲西北部海岸画成地图。
② 亚当·约翰·克鲁津什腾(1770—1846),俄国海军军官,曾指挥一支考察队勘测太平洋,从事环球航行。

西亚①的无数岛屿都承认这一事实,并对捕鲸船致以商业上的敬意,因为这些船只为传教士和商人的到来廓清了道路,而且在许多情况下把最初的传教士送到了他们的最早的目的地。如果说日本这个把大门关得死死的国家终于变得好客起来,这要归功于捕鲸船,仅仅是捕鲸船;因为它已驶到了日本的大门口。

然而如果面对着这一切,你一定要说捕鲸业从审美观点来说实无丝毫高贵可言,那么,我随时准备和你斗上五十个回合,每回都要杀得你人仰马翻,丢盔卸甲。

你会说:写鲸鱼并没有产生名作家,记叙捕鲸业也没有产生名史家。

写鲸鱼并没有产生名作家吗?记载捕鲸业也没有产生名史家吗?谁留下了这大海怪的最初的记录呢?还不是了不起的约伯!谁写作了捕鲸航行的最初的记叙文呢?此人非别,乃是赫赫有名的阿尔弗烈德大王②,他用御笔记下了那个当时从事捕鲸的挪威人奥瑟的话。谁在议会中宣读了我们的热情洋溢的颂词呢?不是埃德蒙·伯克③又是谁!

说得不错,不过话说回来,捕鲸人本身究竟是些穷鬼,他们的血统不高贵。

他们的血统不高贵吗?他们有比皇家血统更高贵的东西。本杰明·弗兰克林的祖母是玛丽·毛雷尔;她后来嫁到了福尔求家,南塔克特的老殖民世家之一,这家人以后好几代都是捕鲸船上的镖枪手,都是高霏的弗兰克林家的近亲。他们直到今天还在投装有倒钩的铁镖枪,从世界的这一头干到世界的那一头。

又是你有理;不过不知怎的,大家都认为捕鲸不体面。

捕鲸不体面?捕鲸是帝皇家事业!根据古英格兰成文法,鲸鱼被

---

① 大洋洲在太平洋中部三大岛屿群之一。
② 阿尔弗烈德大王(849—899),英格兰西南部的撒克逊人的韦塞克斯王朝国王。他曾在其著作中插入了一段挪威捕鲸人口述捕鲸情景的话。
③ 埃德蒙·伯克(1729—1797),英国政治家。在就与美洲的殖民地和解所做的演说中,他提请议会注意新英格兰的捕鲸人的功绩以及他们的捕鲸业所取得的进展。

定为"王家鱼种"①。

噢,这只是名义上说说而已!鲸鱼本身从来不登大雅之堂。

鲸鱼从来不登大雅之堂么?一位罗马将军大胜凯旋回来,在进入这个世界的京城时人们为他举行了盛大仪式;在铙钹齐鸣的行列中,从叙利亚海滨运回的一副鲸鱼骨架成为最引人注目的东西。②

既然你这么说了,就算是这样;不过,随你怎么说,捕鲸并无真正的尊严可言。

无尊严可言么?我们这个行当的尊严,老天爷可以作证。鲸鱼座是南方的一个星座!不多不少!在沙皇面前你要把你的帽子摘下,那你面对季奎格也要脱帽致敬!不多不少!我认识一个人,他一辈子捕了三百五十条鲸鱼。我把这个人看得比古代那个自夸攻下了三百五十座城池的伟大的首领还重。

至于说到我,万一有一天,在我身上发现了至今未被发现的长处;万一我在这小小的却是噤若寒蝉的世界上还配有一点我自问还可以追求的真正的声名;万一此后我还能做任何大体说来做比不做要好的事情;万一我死后,我的指定遗嘱执行人,确切些说我的债主,在我的书桌上找到任何珍贵的手稿,那么我要在这里事先将所有的光荣与功绩归之于捕鲸,因为捕鲸生涯便是我的耶鲁学院和我的哈佛大学③。

第二十五章

附　言

为了争捕鲸业的尊严,我乐于只提出一些有根有据的事实。然而

---

① 英王爱德华二世在他的一三一五年法令中,以后又在一三二四年法令中宣布鲸鱼为一个王家鱼种。
② 关于这一点,以后几章中还有阐述。——作者注
③ 美国两所历史最悠久、声名最卓著的高等学府。耶鲁学院系今耶鲁大学的前身。

在列出这些事实之后,一位辩护士却完全压下了一些并非不合情理的臆测,而这些臆测又足以充分说明他的奋斗目标是值得称道的——这样一位辩护士岂不是应该受到责备?

众所周知:国王和王后(连现代的国王和王后都在内)加冕时,要为他们举行某种稀奇古怪的仪式,为使他们以后履行自己的职责受一次锻炼。我们知道,既有所谓的皇家盐窖,那就会有皇家餐桌上的盐瓶。至于他们究竟怎样使用盐——谁知道呢?不过我确切知道国王在他举行加冕典礼之时,他的脑袋是隆重地抹上油的,抹得甚至像一盘色拉。难道他们这样抹油是为了使头颅内部的脑瓜子好使,就像人家给机器抹油一样?这一皇家规矩的庄严实质大有斟酌的余地,因为在平常人的生活中,一个人头发上抹油,抹得油香扑鼻,是让人瞧不起的。事实上,一个成年人,除非为了治疗,是不抹发油的;如果抹了,那他大概在头上什么地方长了疮。按常理说,这种人就其总体而言,不会有多大身价。

不过这里惟一要考虑的是:加冕时用的是什么油?当然,肯定不是橄榄油,也不会是植物性发油和蓖麻油,也不会是熊油,或一般鲸油,或鳘鱼肝油。那么,除了用未经制炼的、未受污染的、在所有油中最为珍贵的抹香鲸油以外,还能是什么呢?

你们想一想,忠心王室的不列颠人!我们捕鲸人提供给你们的国王们和王后们的是加冕用的材料!

第二十六章

骑 士 与 随 从

披谷德号的大副是斯塔勃克,他是土生土长的南塔克特人,世代是教友会会友。他身材修长,秉性热诚,虽说长在冰雪严寒的海滨,但他的肌肉坚硬得像回炉的面包,因而颇适合于耐高纬度的炎热。

即使到了东印度群岛,他的热血也不会像瓶装的艾尔酒①那样变质。他一定是出生在普遍干旱饥馑的年月或者是碰上他的州向来闻名的禁食的日子。他只经历了三十个左右干燥的夏天,可是这些夏天却已吸干了他所有的多余的体质。然而他的消瘦似乎一半是为焦虑忧烦所消损的征象,另一半则是身体有什么毛病的表现。这不过是这个人的浓缩现象。他绝不是病容满面,恰好相反。他的纯净紧绷的皮肤是一件十分合身的衣服;他贴切地穿着这身衣服,由于内在的健康和力量而容光焕发,像一个复活过来的埃及人,这个斯塔勃克看来做好了准备来忍受未来的漫长岁月的磨难,并且永远像现在那样地忍受;因为不管极地的冰雪也好,酷热的太阳也好,他的内部的生命力犹如一只名牌航海计时器,有保证地在任何气候条件下出色运作。注视他的眼睛,你仿佛可以看到他在过去一生中从容不迫地应付过来的千万重危难的残存至今的影子。他是个沉着坚定的人,他的生活大部分是一出足以表明他的为人的行动的哑剧,而不是平平淡淡的话语的篇章。然而尽管他头脑冷静,意志坚定,他身上却有某些品质有时会影响并且在有些情况下会胜过其余的一切。用一个海员的标准来衡量,他是非凡的认真,而且生来有一种自然的虔诚,但是久处狂暴的海上,孤寂生涯有力地促使他趋向于迷信;不过这种迷信在某些组织结构中不知怎的似乎更出于聪明才智而非愚昧无知。他善于根据外部的兆头和内心的预感行事。如果说有时候这些东西使他的钢铁意志不得不屈服的话,更多得多的是由于他对他的远在科德角家中的年轻妻子和孩子的思念,这种思念使他的原来粗犷的性格有所改变,使他更进一步地接受那种潜在的影响,这种影响在有些心地正直的人中能遏制住那种拼命三郎式的蛮劲的爆发,这种蛮劲在另一些人中往往表现于捕鲸过程的特别危险的风波中。斯塔勃克曾说:"我的船上不要不怕鲸鱼的人。"他的意思似乎是说,最为可靠而有益的勇气来自对面前的风险的正确的估计;不仅如此,与一个胆小鬼相比,一个天不怕地不怕的人是危险得多的伙伴。

---

① 一种颜色很深、酒味很厚很苦的啤酒。

"是啊,是啊,"二副斯德布说,"斯塔勃克这人哪,是在捕鲸这个行当中你能找到的最小心谨慎的人啦。"不过我们不久就会知道斯德布或者是任何一个捕鲸人嘴里出来的"小心谨慎"这个词是什么意思。

斯塔勃克不是个见危险就上的勇士;在他身上勇气不是一种情感,而只不过是一件对他有用的东西,在一切实实在在的生死关头它总是在你手边的东西。此外,他也许以为在捕鲸这个行当中勇气是一条船上万分要紧的必备物品之一,犹如船上的牛肉和面包,那是不能糊里糊涂随便浪费掉的。因此夕阳西下时他就没有放下小艇捕鲸的兴致,也不愿意跟和他死斗不休的鲸鱼死斗不休。斯塔勃克认为:我是到这性命交关的大洋上来杀鲸鱼来养家餬口的,而不是被鲸鱼所杀来活它们的命的。斯塔勃克知道得很清楚,有成千上万的人这样送了命。他亲生父亲落了怎么个下场?在那无底深渊之中他又到哪儿去找他哥哥的残肢断臂?

他心上有了这些记忆,再加上前面已经说过的某种迷信,这个斯塔勃克的勇气虽然还鼓得起来,可实在也只有到了万不得已的时候才能显示出来。像他这样一个人,有着像他那样可怕的经历和记忆,要说以上所说的种种不在他心中产生一种潜在的影响,那是不合乎情理的,这种影响一旦条件适宜就会冲破束缚,将他的勇气消灭干净。他也许是勇敢的,但那主要是这样一种勇敢,它见之于某些无所畏惧的人,一般来说在与海洋、风暴、鲸鱼或者人世间通常的非理性的恐怖力量的冲突中可以坚定不移,然而它无法抵御那些由于更属于精神上因而也更可怕的恐怖力量,这种力量有时能通过一位发怒的大人物的皱紧的眉头来威胁你。

如果在这未来的叙述中有什么地方透露了可怜的斯塔勃克的刚强意志的彻底沉沦的话,我实在是不忍心这样去写的;去揭露灵魂中勇气的消沉,这太让人难过了,不,简直叫人震惊。人也像合资公司或国家一样有时看来可耻可鄙;世界上会有坏蛋、蠢材和谋杀犯;人会有卑劣难看、形容枯槁的脸相;然而理想中的人是那样高尚,那样光彩夺目,他是那样伟大光荣,他的任何见不得人的毛病,大家都应该赶快用他们的最贵重的袍子去掩盖好。我们在内心所感到的白璧无瑕的大丈夫气概,它是如此深藏于我们心中,以致当一切外在的性格都似乎消失之后,它仍完完整整保持着;它对眼前那种丧失了勇气的人赤裸裸的形象感到泣血锥心。即使神灵本身对这种不知羞耻的现象也难以完全咽下他对纵容这种现象的星宿的责难。不过我所说的这种令人肃然起敬的尊严并非帝王将相的尊严,这种无上尊严与庙堂官爵无干。你将见之于挥镐打桩的人。这种平民的尊严从上帝那里向四面八方无边无际地辐射出去,从上帝本人!伟大的至尊无上的上帝!一切民主的中心和四周!他的无所不在,我们的神圣的平等!

这么说,如果我从此把高贵的品质(虽然是晦暗的)归之于最卑贱的海员、叛教者和为人所不齿的人,在他们头上编织悲剧的荣光;如果连他们中间那些最糟糕的,也许是那些堕落至深的有时也会登上崇高的宝座;如果我给那个工人的臂膀添上一抹灵光;如果我给他的犹如夕阳西下的厄运罩上一道虹霓;您这位公正不阿的平等之神啊,既然您把人道的大氅覆盖了我的同类,那么,您就应在指责我的凡夫俗子之前为我证明我做得对!请为我证明我做得对,您这伟大的民主之神!您不曾拒绝赋予班扬①这个黑囚犯以洁白的诗才;您也曾经给穷愁潦倒的老塞万提斯的断臂②披上锻打了两次的纯金叶子;您也曾从卵石堆中把安德鲁·杰克逊③扶起来,抛到一匹战马上,使他青云直上,位过至尊!您在全世界纵横驰骋,从高贵的平民中选拔出最优秀的斗士;啊,上帝啊,为我证明我做得对吧!

---

① 约翰·班扬(1628—1688),英国散文作家,名著《天路历程》的作者。王朝复辟以后他违反政府禁止不信奉国教的人自由传教的法令,于一六六〇年被捕入狱,一六七二年获释。一六七六年他再次入狱。说他黑皮肤大概是指他是补锅匠出身,据说有吉卜赛人血缘。

② 米盖尔·塞万提斯(1547—1616),西班牙大作家,名著《堂吉诃德》的作者。他于一五七一年参加对土耳其作战的列邦托战役中受伤,左臂残废。梅尔维尔和英国诗人劳伦斯·斯特恩都认为他的左臂已被截去。

③ 安德鲁·杰克逊(1767—1845),美国第七任总统,出生于卡罗来纳的偏远乡间,十四岁时父母双亡,贫困不堪。后来他在一八一二年战争中战功卓著。

第二十七章
骑 士 与 随 从

斯德布是二副。他是土生土长的科德角人;因此根据当地习惯,人家叫他科德角佬。一个整天嘻嘻哈哈的人,既不是胆小如鼠,也谈不上勇往直前;遇上危险,能够不为所动;一到追猎鲸鱼的紧急关头,能够一心一意地沉着应付,不辞艰苦,活像一个雇来干一年的刚出道的小木匠。他脾气好,人随和,无忧无虑,他指挥起他的捕鲸艇来,好像跟鲸鱼打一场生死相搏的遭遇战就跟吃顿晚饭差不多,他手下的伙计们都是他请来的客人。他对自己在艇上的座位讲究布置得舒服,其讲究的程度与驿站马车车夫讲究自己的车座相仿佛。到了迫近鲸鱼,掷出那致命的一枪的关头,他运用起他的毫不留情的投枪来冷静而又随便,犹如吹着口哨的补锅匠使用他的铁锤一般。他能在鲸鱼就在他身边被激怒发威时,嘴里还哼着陈旧的小曲儿。日子长了,这个斯德布已经习惯于把意味着死亡的鲸鱼嘴当安乐椅看待。他把死究竟看成了什么,谁也说不上来。他至今是不是想到过死,大概也是个问题;不过,正如一个好水手一样,力一在吃了一顿好饭之后,他也曾在这方面转过脑筋,那么,毫无疑问,他是把它当做值班人的一声号令,叫人们爬卜桅杆楼去干点儿什么,至于到底干什么,那只有到服从命令查明情况以后才知道,而不是在此之前。

是什么使斯德布成为这样一个如此随随便便、无所畏惧的人,给生活的重担压得直不起腰来,却依然高高兴兴地走在这到处是死亡贩子的世界上?到底是什么造成了他的那种几乎是邪恶的好脾气;这东西必定是他的烟斗,也许还有别的什么,因为他的短而黑的小烟斗跟他的鼻子一样,它们同是他的脸的固有特征。他从吊床上翻身下来,如果他有鼻子,那么他准衔着烟斗。他随时准备着一长溜装好烟的烟斗,插在床边一个架子上，随手可取；他一上了床，便一只又一只地抽个遍，抽完第一只便用它来点燃第二只；抽到了最后一只，便再给所有的都装上烟，以备接着再抽。斯德布起身穿衣时，第一件事不是给两条腿套上裤子，而是把烟斗放进嘴里。

依我说，这种接连不断的吸烟至少必定是他的古怪脾气的一个原因；因为谁都知道：这地面的空气，不管是海上的还是陆地的，都是不计其数的死于那些叫不出名字的疾病的人所吐出来的，因而它被严重地染上了病菌。正如当年霍乱病流行时，有些人来来去去常用一块抹上樟脑的手帕捂住嘴；斯德布抽烟，大概也起到了一种消毒剂的作用，以防止各种致命的疾病。

三副是弗兰斯克，土生土长的马撒葡萄园岛上的提斯伯利人。这个小伙子长得矮矮胖胖，满面红光，一讲到鲸鱼就爱和人争吵不休；他不知怎的似乎认为这种大海怪一贯地和他个人作对，因此对他来说，只要遇上了鲸鱼就必须消灭它，这是个有关自身荣誉的问题。他已对鲸鱼的伟岸身躯和神秘举止造成的许多奇异景象完全丧失了崇敬之心；对遇上鲸鱼时生怕有面临危险的可能的心态已经全然麻木，以致在他看来，令人惊叹的鲸鱼不过是放大了许多倍的老鼠或者说水老鼠而已，只要施展小小计谋，再加费上些时间和力气，便可宰了它，烹了。他的这种愚昧无知、全不自觉的无畏精神使他对待鲸鱼的态度显得有些淘气。他追踪鲸鱼为的是好玩；三年绕过霍恩角航行则不过是开了三年之久的叫人开心的玩笑。木匠用的钉子有精粗之分，人也可以如此划分。小伙子弗兰斯克就是根精制的钉，造来就为了要咬得紧、耐得长久。在披谷德号船上大家管他叫顶梁柱，因为以形状来说，他挺像那在北极捕鲸船上被称为顶梁柱的那短而方的木柱，四周插上成辐射形的木头，就可以用来保护船只不受摧枯拉朽的大海冰块的猛烈撞击。

大副斯塔勃克、二副斯德布、三副弗兰斯克——这三个都是船上的重要人物。按照通常惯例，他们分别担任披谷德号的三艘小艇的领头人。在埃哈伯船长很快就要组织起来的追猎鲸鱼队伍的伟大战斗序列中，这三个领头人便是三个连队的连长。他们每人都有犀利的捕鲸长矛,他们就好比是枪骑兵中选拔出来的三个好手,正如镖枪手挑出来就是投掷镖枪的一样。

在这种闻名的捕鱼业中,每位船副或者领头人跟过去的哥特骑士一样,总是配有他的小艇舵手或镖枪手,这些人在某些场合下,当大、二、三副手里的镖枪在攻击中扭曲得或弯得不能用时便送上新镖枪。这两种人的关系一般都十分亲近和友好,因此我们在这里交代一下谁是披谷德号上的镖枪手,每人分属于哪一位领头人,似乎并非多余。

第一个要说的是季奎格,他是大副斯塔勃克选中了的随从。不过季奎格大家已经认识了。

其次是个从盖海德(马撒葡萄园岛最西端的一个海岬)来的纯种印第安人塔希特戈,那地方还有一个最后残余的红种人村庄,邻近的南塔克特岛的许多最勇猛的镖枪手便来自那地方。在捕鲸业中,人们通常管他们叫盖海德人。塔希特戈的又长又细的黑头发,他的高高的颧骨,圆圆的黑眼睛——以一个印第安人来说,这对眼睛大得像是东方人的,那亮晶晶的眼神又像是南极人的——所有这一切足以说明他是那些高傲的武士猎人纯血统后裔;这些猎人为了捕捉新英格兰的大角麋鹿,手拿强弓,把大陆上的原始森林搜了个遍。不过今天塔希特戈已经不再是在林区嗅野兽的踪迹,而是在追踪海里的大鲸鱼,儿孙的百投百中的镖枪正好代替了父辈的决无虚发的箭。只要看一眼他的蛇一般灵活的手脚的茶色肌肉,你就几乎会相信一些早期清教徒的迷信之说,并有五分相信这个印第安野小子是空中力量王子①的一个儿子。塔希特戈是二副斯德布的随从。

镖枪手中第三个是达果,他是个巨人般的黑人蛮子,通体漆黑,走路像头狮子,看上去像个亚哈随鲁王②。他耳上戴两只大金环,水手管它们叫螺栓耳环,说是可以套住中桅帆的升降索。达果年轻时自愿来

---

① 据约翰·华纳·巴勃所著《往事追忆》(1829),十九世纪三十年代末,马撒葡萄园岛的切尔马克地方尚有二百三十个左右的印第安人居住。"空中力量王子"是从英文直译,想必是一位印第安人酋长之类的称谓。
② 亚哈随鲁是波斯国王。见《圣经·旧约·以斯帖记》第1章。

到他家乡一个荒僻的海湾里的一条捕鲸船上当水手。除了非洲、南塔克特和主要是捕鲸人光顾的异教盛行的海湾之外，他从来没有去过世界上任何别的地方；到如今他已经在对雇用怎样的人手异常挑剔的船东的船上过了许多年出生入死的捕鲸生活。达果保留了他的野蛮人的所有德行，身子骨笔直得像长颈鹿，他只穿袜子，晃着那六呎五吋的伟岸身躯在甲板上走来走去。你抬头仰望他，自有一种体格上自愧不如的感觉；一个白人站到他面前，便像一杆向要塞中的敌人请求停战的白旗。说也奇怪，这个有帝王之相的黑人，亚哈随鲁·达果，偏是小个儿弗兰斯克的随从，后者在前者旁边一站，简直就像只国际象棋的棋子。至于披谷德号上其余的人手，就以眼前美国捕鲸业所雇用的海员而论，美国出生的还不到二分之一，虽然几乎所有的官长都是在美国出生的。在这一点上，美国的捕鲸业和美国陆军、海军和商船队以及雇用来开凿美国的运河和铁路的工程队伍是一样的。我说是一样，因为在所有这些工种中，土生土长的美国人总是从事大量脑力劳动，世界的其他地方的人则大量从事体力劳动。捕鲸海员中有不少的人来自亚速尔①；向外发展的南塔克特的捕鲸人常去从那些山岭起伏的岛上吃苦耐劳的农民中招募他们的水手。同样，从赫尔或是伦敦启航的格陵兰②捕鲸船在设得兰群岛③停靠以补足他们的人手。在回程的路上，又把他们送回那里。要说是什么缘故，谁也说不上来，反正岛上的人是最出色的捕鲸手的坯子。在披谷德号上，差不多所有人手都是岛上来的。这是些与世隔绝的人，我这样叫他们，是不顾大家同住在一片大陆上这一事实，而是指他们各自生活在自己的单独的小天地里。不过现在呢，大家在一条船上成了一伙，还算什么与世隔绝者！这是从各个海岛上，从地球的各个角落里来的人组成的一个安纳卡西斯·克鲁茨④代表团，在

---

① 北大西洋中的群岛，为葡萄牙领土，由十个主要岛屿组成。
② 北冰洋和大西洋之间世界最大的岛。
③ 英国苏格兰的群岛。
④ 安纳卡西斯·克鲁茨（1755—1794），普鲁士人，后改入法国籍，姓名为让·巴蒂斯特·德·克鲁茨，曾于一七九〇年法国大革命期间率领一群多国籍的人到法国国民议会去，声称他的这个代表团代表人类对法国革命的支持。

披谷德号上伴着埃哈伯老头儿在法庭上鸣这世界的不平,结果却是没有多少人能从这法庭上生还。小比普这黑小子,他就没有回来!这可怜的亚拉巴马州来的小伙子!你不久便可以在披谷德号的不祥的船头楼上看到他打着他的手鼓;作为永生的前导,他被唤到又大又高的后甲板上和天使们一起同台合奏,在荣光中他的手鼓时而给懦夫鼓劲,时而向英雄欢呼!

第二十八章
埃 哈 伯

离开南塔克特后好几天中,甲板上仍然见不到埃哈伯的身影。大、二、三副三人定时轮流值班,看不到有什么异常现象;似乎这条船的指挥官只是他们三个;只不过有时他们从房舱出来时,发出的命令是如此突如其来,如此专横,叫人不能不感到:他们分明不过是代人传令。不错,他们的最高主子和独裁者就在那儿,虽然在不准进入房舱去一窥那神圣隐秘场所的人中至今还没有谁见过他。

每回我在下面值完班走到甲板上来,我总是立刻往船艄瞧上一眼,看有没有我不相识的脸;因为我最初有关这个未谋一面的船长的隐约的不安心情此刻在封闭的大海中,变成了近乎精神上的躁动。有时,衣衫褴褛的以利亚的那些可恶的、前言不搭后语的话不请自来地以一种我以前从未想到过的微妙力量在我耳边回响,这更是奇怪地加强了这种躁动感觉。在别样心情下,我对码头上那位粗鲁笨拙的预言家的那些一本正经道来却是异想天开的话几乎可以一笑置之,现在我却难以招架。不过说我的感觉是恐惧也好,不安也好(姑且这么说吧),反正只要我四下里看看船上的一切,便不由得要想自己的这种感觉实在没有任何道理可言。因为尽管镖枪手们以及船上的人要比我以前经历中所熟识的商船上的温顺的伙计们要更野蛮、更有异教色彩、人种更混杂得多，我仍然把这点归之于，并且正确地归之于那种斯堪的纳维亚的职业①的独特到了极点的本性，而我全身心投入的正是这个职业。再说，尤其是船上大、二、三副三位长官的表现起了特别有力的消除我的说不出个所以然的担心的作用，使我产生了对航行的每一方面的信心和欢快。你想找三个比他们更好、更合适、每人各有一套的船上长官和人手可不大容易，而他们每一个都是地地道道的美国人：一个南塔克特人，一个马撒葡萄园岛上人，一个科德角人。由于船冲出海港的时候正是圣诞节，有一段时间我们遇到的是寒冷彻骨的北极气候，虽说我们一直是在朝南航行，逃离这种气候。船每驶过纬度的一度一分，我们就离这冷酷无情的冬天远一度一分，把这受不了的气候的一切抛在后面。一天早晨，天气虽不那么压抑，但仍是灰蒙蒙的阴暗的乍暖还寒时节，船遇上了顺风，像撒气似的在水面一蹿一跳，以快得叫人揪心的速度行进。我听到值午前班的讯号，登上甲板。当我眼光对着船尾栏杆一瞄，身上顿时掠过一阵预兆似的寒战。眼前的现实越过心中的恐惧，埃哈伯船长就站在后甲板上。

他看来身体并没有通常疾病的迹象，也不见有从什么病复原的迹象。他活像一个从火刑柱上放下来的人，火焰虽说烧伤了所有他的四肢，却没有毁了它们，也丝毫没有影响它们的久经风霜的结实程度。他的整个高大魁伟的形象像是用实实在在的青铜在一个无可更改的模子里铸成，犹如切利尼雕刻的《帕尔修斯》像②，从他的花白头发里钻出来一条细长棍子般的青白色印痕，它自上而下穿过他的干枯的茶色的半边脸和脖子，最后消失在衣服之中。它像闪电有时破空而出，在一棵大树的高大挺拔的树干上劈出的一道垂直的缝；这电击没有伤及一根枝丫，只是剥去了树冠和没入泥土前的根部之间的一道树皮，划出了一条细沟，树仍然生意盎然，翠绿如旧，只是遭了电殛。这道印痕究竟是生来就有还是受了重伤留下的伤痕，谁也说不清。在这次航行中，大家似

---

① 想必是指八至十世纪的北欧海盗，但北欧尤其是挪威人以航海为业者甚多，"斯堪的纳维亚的职业"也可泛指一般航海。
② 切利尼（1500—1571），意大利佛罗伦萨金匠，雕塑家。他的《帕尔修斯》雕像（1545—1554）也许是米开朗琪罗之后佛罗伦萨最出色的雕刻作品。

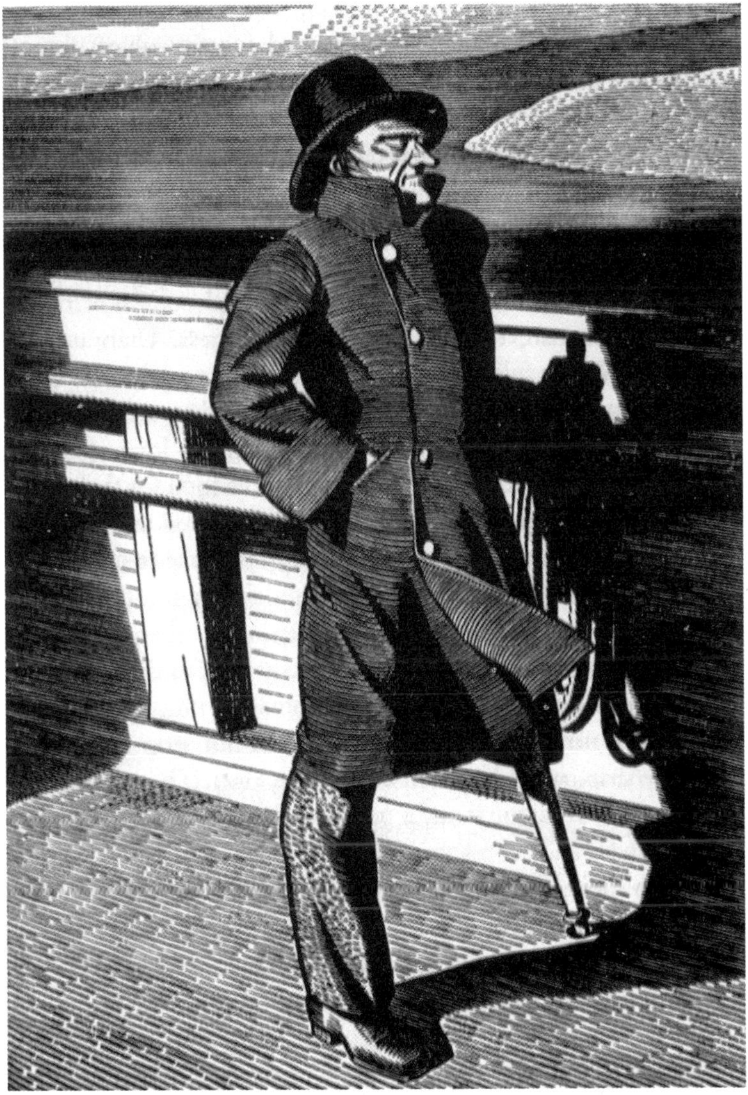

乎有某种默契，自始至终对此绝口不提，也极少有任何暗示，大、二、三副更是如此。然而有一次，水手中一个盖海德的印第安老头儿，塔希特戈的一个长辈，出于迷信一口咬定在满四十岁之前埃哈伯并没有这道伤痕，而他不是在一次激烈的生死搏斗中，而是在海上与暴风雨抗争中受的伤。这个荒诞不经的说法似乎被一个曼克斯的老头儿用推断间接否定了。这个像是从坟墓里走出来的人在此之前从没有从南塔克特坐船出海过，以前也从来没有见过埃哈伯这狂人。但是古老的海上传说，远古的迷信使大家都认为这老头儿有异乎常人的眼光。因此当他说如果埃哈伯有朝一日寿终正寝（可他又咕哝说：这事儿不大可能发生）的话，谁给他做法事送终，谁就会发现他有一道从头到脚的胎记，白人水手们听了他的话没有一个出来认真反驳过他。

　　埃哈伯的整个瘆人的面目以及那道青白色的印记对我产生了如此强烈的印象，以致一开头我在短时间中几乎没有注意到：这种傲慢的凶狠神气在不小程度上是由于他下身那条煞风景的白色假腿。此前就有人告诉我，这象牙色的腿是在海上用抹香鲸的颚骨打磨成的。"嗳，他的腿是在日本海面上断的，"那个盖海德的印第安老头儿曾经说，"但是像他的断了桅杆的船一样，他当时换上了另一根桅，无须回家去取。他有大把的桅。"

　　他所保持的那种古怪的姿势，给我印象极深。披谷德号的后甲板两侧，靠近后帆的护桅索的地方，在船板上各钻有一个半吋的孔。埃哈伯船长的鲸骨腿就插在那孔里稳住。他举起一条胳膊抓住一根护桅索，站得直挺挺的，眼睛从颠簸个不停的船头笔直朝前望去。那眼光透露出一种固定的无所畏惧、一往无前的献身精神，其中自有一种说不完道不尽的刚毅果敢，一种矢志不移、坚忍不拔的顽强意志。他一句话不说，他的属下也不对他说什么；虽说从他们的细微之极的姿势和神情中可以看得明白：他们惴惴不安地甚至痛苦地感觉到这位上司时时在注视着他们。不仅如此，不幸致残、喜怒无常的埃哈伯一站到他们面前，脸上自有一种甘为大家受难的神情；在遭受重大伤残之后，他依然保有王者的不可名状的傲视一切的尊严。

　　在初次居高临下的视察之后，他很快退回到他的房舱里。但在那个早晨以后,他每天都出现在大伙儿面前;不是站在钻孔里,便是坐在他自带的一只鲸骨凳子上,或是在甲板上艰难地行走。当天色变得不那么阴沉,甚至开始有点儿晴和的意味之后,他越来越抛弃了离群索居的习惯。看来只要船一离开家乡,使他如此与大家隔绝的仅仅是冬天海上的死寂荒凉。随着时光流逝,他几乎持续不断地待在舱外。尽管他说了一些话,做了一些大家看在眼里的事,但他在终于是阳光普照的甲板上,看来就像一根多余桅杆那样不必要。不过披谷德号现在只是在赶路,而不是正规巡航;差不多所有需要督导的捕鲸准备工作,大、二、三副完全可以愉快胜任,因此现在除他自己的事之外,绝少有什么或竟没有什么要埃哈伯亲自处理或使他精神振奋的;从而他可以在这一段时间里驱散堆积在他的额头的一层又一层的阴云,正如凡是阴云都喜欢在最高峰上积聚,自古以来都是如此。

然而不久,我们赶上的愉快的假日天气以一种温暖的如鸟啼般婉转的劝导力量,慢慢地诱得他跳出了他的阴郁心境。因为当四月五月这两位脸蛋红红、蹦蹦跳跳的姑娘回到了冬天愁云惨雾的树林老家时,哪怕是最光秃秃、硬邦邦、雷击过的老橡树也至少会抽出几枝嫩绿的新芽来欢迎如此满心欢悦的来访者。于是埃哈伯终于对姑娘般的逗人天气的引诱做出了一点儿反应。不止一次他的目光中微微露出一丝笑意,这换了别人早已化成粲然一笑。

第二十九章

埃哈伯上,斯德布随上

过了一些日子,冰和冰山都已到了船后头。披谷德号此刻正乘风破浪驶过基多①的明媚春天。海上的春天几乎常驻在热带的永恒八月

---

① 拉丁美洲厄瓜多尔的首都。

的门口。那些凉爽中有暖意，清朗，空气中响着银铃飘着香味，丰满殷足的日子就如一只只盛着波斯美酒的水晶杯，堆积起玫瑰香水凝成的雪——又将雪碎成片片。那星光灿烂、肃穆的夜晚犹如一个个身穿珠光宝气的丝绒衫子的高傲贵妇待在家里孤零零的却不改其傲，怀念着她们的已经远去从事征战的公侯，那些戴着金盔的太阳！对于一个睡着的人，要在这样迷人的白昼和这样诱人的夜晚之间选择其一是很难的。然而这不见衰减的天气的魔力不仅赋予外部世界以新的魅力和效能，它还作用于你的内心，特别是当黄昏的静穆柔和的时刻到来的时候。此时，记忆把它的水晶球像纯净的冰一样射向杳无声息的薄暮的诸多形象。所有这些微妙的因素，它们越来越有力地作用于埃哈伯的身心。

老年人总是醒着的；似乎和生命联结在一起的时间越久，人就和貌似死亡的任何东西越少打交道。在那些海上指挥官中，须髯斑白的老人离开他们的房间去查看夜色笼罩下的甲板查得最勤。埃哈伯也是如此；只是最近这些日子，他在露天待的时间极长，以致确切地说，他更多的是去查看自己的房舱而不是从房舱去查看甲板。"像我这样的老船长，走下这窄窄的小舱口，走到我掘下的圹似的床位，就好比往下走进自己的墓穴。"他会这样自言自语。

因此，几乎每二十四小时，当晚间值夜的各班定下之后，留在甲板上的那伙人就为在底下呼呼大睡的那伙人守夜；如果要从船头楼把一根索子放下来，水手们不会像在白天那样随手把它往下一扔，而是相当小心翼翼地放下去，放到指定的地方，怕不小心吵醒了他们的熟睡的伙伴们。每当这种长时间的宁静开始出现时，不做一声的舵手便习惯性地望着那房舱的小舱口；不多一会儿，这老头儿便会出现，手抓住铁扶手一瘸一瘸地走上来。他到底还是知道要多少体贴人家；因为处在这种时候，他通常不去巡视后甲板，因为他一巡视，他的那几位倦极了的副手休想在离他的鲸骨脚六吋的范围之内得到安息；鲸骨脚每往地上一顿所引起的震动和声响足以使他们在睡梦中听到鲨鱼牙齿嘎嘣嘎嘣地咬嚼的声音。不过有一次他的脾气大发作，再也顾不上对大家的照顾；他迈着沉重的脚步从船上后栏杆走到主桅下。脾气古怪的二副斯德布从下面走上来,用一种有点儿迟疑、带点儿祈求的玩笑口气说,如果埃哈伯船长乐意在甲板上走,谁也不能说不;不过也许可以想个办法把声响消了;他含含混混、犹犹豫豫地暗示不妨在鲸骨脚头上包一团麻花。唉!斯德布啊,那时候你还不了解埃哈伯这个人。

"难道我是颗炮弹吗,斯德布?"埃哈伯说,"要不,为什么你要这样把我包起来?不过你爱怎么说就怎么说吧,我已经忘啦。下去钻到你自己的夜间墓穴里去吧,那儿像你这样的人都钻在尸布袋中间睡觉,末了,把你塞在一个尸布袋里拉倒。下去吧,狗东西,钻你的狗窝去!"

这个突然之间变得如此不把人当人的老头儿最后竟然说出这样意想不到的话,斯德布听了一时气得说不出话来;随后他气愤愤地说:"我听不惯人家这样对我说话,长官;请你口气放尊重些,长官。"

"闭嘴!"埃哈伯咬牙切齿地说,猛地抬脚要走开,仿佛要避免做出某些一时冲动的动作来。

"闭不了,长官,话没有说完,"斯德布鼓足勇气说,"我不会乖乖地让人叫我狗东西的,长官。"

"那就叫你十遍驴、骡子、蠢驴,给我滚,否则,我就把你清出这世界!"

这么说着,埃哈伯走到他跟前,脸上一副盛气凌人要动手的模样,吓得斯德布不由得倒退了几步。

"我从没有受过这样的气而不狠狠回敬的,"斯德布一边走下房舱的小舱门,一边嘴里咕哝,"真是怪事。停一停,斯德布;这下,我真不知道该不该回去揍他一拳,还是,怎么说呢,当场跪下来为他祈祷?不错,我当时心里想的就是这样;不过这样做在我是破天荒第一次真的祈祷。真是怪事,怪极了,他这个人也怪;随你怎么看,他大概可以算是和斯德布一块儿出海的最怪的老头儿啦。他对我发了多大的火啊!——他的眼珠子像两盆火药!他难道是疯啦?不管怎么说,他心里一定有心事,一块甲板折了,那准是上面压了重东西,两者是一个道理。如今他一天二十四小时,躺在床上的时光超不过三小时;就是在床上他也没睡着。那个绰号叫面团娃的管家告诉过我,每天早上他总是发现老头儿的吊床睡衣皱成一团,被子床单推在床脚一头;床罩几乎打成了结,枕头烫得吓人,仿佛枕的不是脑袋而是一块烤得滚烫的砖?一个火暴脾气的老头儿!我猜他这人有一颗岸上人所说的良心;那是一种脸部神经痛,比牙痛还要糟糕;嗯,嗯,我不明白那是什么病,但是上帝保佑着我不得这病。这个人一身都是谜;他每天晚上都到后舱去,不知道要干什么?那是面团娃跟我说的,他是这么疑心的;我倒想知道,他去那儿为的是什么?谁跟他在舱里有约会呀?你说这怪不怪?不过,事情也难说得很,这还是那老把戏——就在这儿打个盹吧。真该死,一个人哪怕生下来只为了睡大觉,那也是值得的。再说,现在想起来,娃娃呱呱坠地头一件事就是睡觉,这也有点儿怪。真该死,不过世上所有的事,要是你去想它们,都是怪事。然而想事不是我的原则。别想事,这是我的第十一诫①;能睡就睡,这是我的第十二诫——啊哟,这又来啦。可是那是怎么回事?他不是管我叫狗东西吗?去他的!他骂我十声驴子,接着又骂我蠢驴,骂了好一阵子!他不如再踢我几脚再告罢休。说不定他真踢了我,只是我没有注意到。不知怎么,当时我给他那副眉眼吓蒙了。那鲸骨脚活像是一根白骨。我这是怎么啦?我站都站不稳了。惹得那老头儿发火简直让我魂不守舍。老天爷呀,我一定是在梦里——怎么回事啊?怎么回事啊?——不过惟一的办法是躲着它;这么着,还是再躺进吊床去;到了明天早上,再看在白天对这套鬼把戏又有什么想法。"

第三十章
抽烟有所思

斯德布走后,埃哈伯靠在船舷上站了一会儿;随后,按照他最近的

---

① 参看《圣经·旧约·出埃及记》第9章3—17节。以色列人出埃及后来到西奈旷野。第三日晨,上帝呼唤摩西上西奈山,将刻有十条戒命的石板授予摩西。十条戒命中前四条是宗教戒律,后六条是民事戒律。

习惯做法,叫来一个值班的水手去到下面把他的鲸骨凳子还有他的烟斗拿来。他凑近罗盘柜上的灯点着了烟斗,把凳子放到甲板的迎风一边,坐下,抽起烟来。

在古斯堪的纳维亚时期,据传说,丹麦的那些爱好航海的国王的宝座是用北极鲸的大牙做的。眼前看着埃哈伯坐在那三脚骨凳上,又怎能不把他想作凳子所象征的王室呢?因为埃哈伯就是船上的可汗,海上的国王以及那些大海怪的伟大主宰。

他嘴里急促地不断地吐出一口口浓烟,浓烟又随风吹回到他脸上;就这样过了一会儿。"怎么回事?"他取出烟斗,自言自语,"这抽烟居然排解不了苦恼。我的烟斗啊!要是连你也没有了法力,那我的日子就难过喽!我这是不知不觉地在吃苦,不是在享受——我一直在迎着风抽烟,我好蠢,迎着风抽,而且还一股劲儿猛抽,活像那快死的鲸鱼,它最后喷的水最猛,最容易伤人,我喷烟也是。我要这烟斗有什么用?要这东西是为了求得闲适,为了吐出柔和的白烟缭绕在柔和的白发上,而不是像我的那种一绺绺铁灰色头发之上。我再不抽烟啦——"

他把还烧着的烟斗扔到了海里。烟斗火在海浪中嗤的一声灭了;同时,船急急驶过沉没的烟斗所溅起的水泡。埃哈伯戴上了边沿耷拉着的帽子,蹒跚地在甲板上来回走。

第三十一章

南 柯 一 梦①

第二天早晨,斯德布对弗兰斯克说:

---

① 原文为玛伯王后,使世人在梦中得到现实中所向往而得不到的东西的精灵的产婆。典见莎士比亚的《罗密欧与朱丽叶》第一幕第四场。故朱生豪先生译为春梦婆。

"这样一个怪梦,顶梁柱,我可从来没有做过。你知道老头儿的那条鲸骨腿。哼,我梦见他用那条腿踢我,当我想回敬他的时候,说来不信,我的小老弟,我的腿踢飞啦!这下好!埃哈伯像一座金字塔,我呢,活脱脱是个傻子,不停地踢他。不过,弗兰斯克,更加古怪的是——你知道所有的梦都这么古怪——就在我大冒其火的时候,我也不知怎么,似乎是在跟自己说,埃哈伯踢的那一脚,究竟算不得多大的侮辱。'嗨,'我心想,'这有什么好吵的!那不是真腿,不过是条假腿罢了。'真腿踹一脚跟假腿踹一脚,这其间的区别可大啦。弗兰斯克,这就是为什么用手打一下比用手杖打一下要难受五十倍。真正的肢体——才能给人真正的侮辱,我的小老弟。听着,我一直在暗自思量:我在用我的蠢脚尖一股劲地踢那该死的金字塔的当儿,我一直在跟自己说:'他的腿又算什么呀,无非是一根手杖——鲸骨手杖。你说,这真是天大的矛盾。真的,'我心想,'那一脚不过是闹着玩——说实在的,他不过是给了我一鲸骨——并不是恶狠狠地踢我一脚。再说,'我心想,'看一看吧,踢到我身上的部分——是脚——他的脚又有多大一点儿;如果一个大脚农夫踢我一脚,那就是天大的侮辱。而这一回的侮辱不过是假脚末梢那一点儿。'然而接着来的才是那梦的顶可笑的地方,弗兰斯克。在我猛踢金字塔的当儿,一条长着獾毛的老雄性人鱼,驼着背,抓住我的肩膀,把我旋了一圈儿。'你在干什么?'他说。去他的!哥儿们,其实我自己吓了一跳。这样的一张脸!不过,不知怎的,接着我就稳过神来啦。'我在干什么?'我终于开了口,'这跟你又有什么相干,我倒想要知道,驼背先生?你想要挨一脚吗?'老天爷,弗兰斯克,我刚说完这话,他立刻将屁股转向我,撅起来,拉起当布片用的一大片海藻——你猜我看到了什么?——我的天,伙计,他的屁眼里塞满了解缆针,针尖朝外。我想了想后又说:'我想我不踢你啦,老伙计。''聪明的斯德布,'他说,'聪明的斯德布。'他不停地嘟嘟囔囔说着这话,活像一个烟囱里出来的女巫似的咬自己的牙龈。我看到他不像要停下来不再说'聪明的斯德布,聪明的斯德布'的样子,就想,看来不妨再踢那金字塔几脚。可是我刚提起脚来，他便吼道：'不许踢！''喂，'我说，'又有什么事啦，老伙计？''你听着，'他说，'我们来辩论一下这侮辱的道理，埃哈伯船长踢了你，对不对？''不错，他踢了我，'我说，'踢在这儿。''很好，'他说，'他用他的鲸骨脚踢的，对不对？''对，是这样。'我说。'那好，'他说，'聪明的斯德布，你有什么可抱怨的？他踢你难道不是好心好意？他用来踢的可不是一般的松木假腿呀，是不是这样？不，踢你的是一位大人物，而且用来踢的是一条美丽的鲸鱼骨腿，斯德布。你这是天大的面子；我认为这是天大的面子。听着，聪明的斯德布。在古代英格兰，那些顶顶了不起的王公认为，王后打你一记耳光，让你当上最高爵位的骑士，那是无上光荣，不过，你可以自夸的是，让埃哈伯踢了几脚，斯德布，又封你为智者。你要记住我说的：让他踢那几脚，把那几脚看做是给你的面子；同时绝对不可回踢他；因为你会不由自主地要回踢，聪明的斯德布。你有没有看到这金字塔？'说完这话，也不知是怎么回事，他就古里古怪地像游泳似的游到了空中。我打起呼来，翻了个身，发现我自己睡在自己吊床里！这下你说说，你认为这梦做得怎样，弗兰斯克？"

"我说不上来，不过我觉得这梦有点儿荒唐。"

"也许是，也许是，不过他让我当上了智者，弗兰斯克。你可看见埃哈伯站在那儿，侧眼看着船艄？你知道，弗兰斯克，你最好是随那老头儿去，不理他；由他说什么，千万不可同他顶嘴。喂，他在嚷些什么呀？听！"

"桅顶上的人！大家都睁大了眼睛瞧！这儿附近有鲸鱼！万一看到一头白鲸，给我憋足了劲儿叫！"

"你觉得这命令下得怎么样，弗兰斯克？不觉得这中间有点儿古怪吗，伙计，呃？一头白鲸——你注意到没有，伙计？你瞧——这风里有点儿特别。准备好等着它，弗兰斯克。埃哈伯心里搁着要刺刀见红的事儿。但是，别作声，他到这边来啦。"

第三十二章

分 门 别 类

　　我们已经一往无前地驶进了深海,而且不久我们便将流落在不见海岸、不见港口的汪洋大海之中。在此之前,在披谷德号的长满海藻的船体和有藤壶①依附的大海怪的躯体并肩破浪行进之前,先把一件事办好,很有必要;这件事对于透彻理解领会以后要讲到的有关这大海怪的各种更为特殊的说明和指南是必不可少的。

　　我现在乐于向各位陈述的是把各属的鲸作一番比较系统的交代。不过这绝不是一项轻而易举的工作。从一团乱麻中理出个头绪来,这不多不少正是我此处所要讲的。请听听最优秀和最近的权威人士是怎样说的。

　　一八二〇年,斯考斯比船长②说过:"动物学的分支中,其牵涉之广莫过于称为鲸类学这一支。"

　　一八三九年外科医生皮尔③说过:"即使我有这能力,我也无意于去钻研将鲸类动物分为群和族的真正方法。……在研究这种动物(抹香鲸)的史学家中,存在着极度的混乱。"

　　"在深不可测的海洋中不宜从事我们的研究。""有一道难以穿透的帷幕挡住了我们取得关于鲸类动物的知识。""一个荆棘丛生的领域。""所有这些不完整的表述起的只是折磨博物学家的作用。"

　　以上讲到鲸鱼的话来自那些动物学和解剖学的泰斗,伟大的居维

---

① 海中甲壳类动物,常固着于海滨岩石、船底或大型软体动物身上。
② 威廉·斯考斯比曾在一八〇三至一八二二年间每年都去格陵兰,先是在他的父亲的捕鲸船上,后任一些英国船只的船长。他一生中绘制了格陵兰海岸的海图。
③ 皮尔是《抹香鲸博物志》的作者。以下四句简短引语,均录自该书书名页的前页。

叶以及约翰·亨特和莱松①。然而世界上真正的知识虽然极其有限,成书的著作却有的是;鲸类学以及关于鲸鱼的科学在较小的程度上也是如此。许多人,小人物和大人物,新人和老人,陆地人和航海人都曾写过鲸鱼的书,有的长篇大论,有的语焉不详。姑且提几个:《圣经》的作者,亚里士多德,普林尼,阿尔德罗迈迪,托马斯·布朗爵士,格斯纳,雷,林耐,朗德列修斯,威洛贝,格林,阿丹第,西鲍尔德,布里松,马登,拉塞佩德,庞奈泰雷,德玛雷斯特,居维叶男爵,弗雷德里克·居维叶,约翰·亨特,欧文,斯考斯比,皮尔,贝内特,J·罗斯·布朗,《蜜琳·考芬》的作者,奥姆斯丹德和亨利·T·契弗牧师。②可是所有这些人物所写的其最终概括的目的在于什么,有前面的引语便足以说明。

在这些写鲸鱼的作者名单中,只有那些名列欧文之后的人才见过活的鲸鱼,而曾是职业猎鲸镖枪手和捕鲸人的只有一个。我指的是斯考斯比船长。在论格陵兰鲸或露脊鲸这个单独的题目上,他是现存的最高权威。但是斯考斯比毫不了解大抹香鲸,也从没有就此说过什么;而与抹香鲸相比,格陵兰鲸几乎不值一提。在这里,我们不妨这么说:格陵兰鲸篡夺了海上的王位。它甚至连最大的鲸鱼也算不上。然而由于它提出的王位要求远远在先,也由于直至大约距今七十年之前,抹香鲸还具有传奇色彩或者是人们完全没有听说过,因而人们对它一无所知(时至今日,这种无知仍然统治着除了少数几处科学机构以及捕鲸渔港之外的一切地方),格陵兰鲸所篡得的王位并未有丝毫动摇。只要看一看过去的人诗人几乎都提到或点到这人海怪的地方,便可明白:

---

① 乔治·居维叶(1769—1832)和勒内·莱松(1794—1849)均为法国动物学家。约翰·亨特(1728—1793)是一本谈鲸鱼解剖的书的作者。

② 这一张名单中有的是世界名人,有的则连不列颠百科全书中也查不到。如果一一加注,徒然分散读者的注意力。且在后来本书的评注人中不止一人指出作者开这样一张名单有"哗众取宠"之嫌,殊少真正科学研究意义。"梅尔维尔(这方面)的学识,部分得之于经验,部分得之于热衷研究(贝内特和皮尔两人的著作),部分得之于纯粹的极高的兴致——以致这种学识无时无刻不偏向于想象力的发挥。毕竟想象力是虚构文学作品中可以纵横驰骋,得其所哉的惟一一种品质。"(哈罗德·皮佛评注)

在他们看来,格陵兰鲸乃是海中之王,绝无一个对手。但是作出新的宣告的时机今天终于到了。这里是查灵的十字架①;全体良民,你们听着:格陵兰鲸已经失去了王位——如今当政的是伟大的抹香鲸!

现存的只有两本书说是将活生生的抹香鲸介绍给你,其实说的和做到的相去十万八千里。这两本书是皮尔的和贝内特的著作;两人当时都是英国南海捕鲸船的外科医生,两人都是一丝不苟、言行可靠的人。在他们的著作中可以找到的有关抹香鲸的原始材料势必是很少的;然而就事论事,这些资料质量很高,尽管大多限于科学描述。但迄今为止,科学上的或诗意的抹香鲸均不完全存在于任何文献中。与所有其他被猎捕的鲸鱼大不相同的是它的生活未见之于文字。

目前,各类的鲸需要有某种通俗而又完备的分类,哪怕眼下只是粗略的大概分类也好,将来自会有后来者在所有各个门类加以填补。鉴于没有更适合的人自告奋勇来做这项工作,我不揣谫陋,姑来一试。我不敢说能做得完全;因为任何人事正因为要求做得完备,它必然不可避免地会有缺陷错误。我不想自以为是地对各种鲸鱼做出详尽的解剖式的描述,甚至——至少在这里——多所描述。我在此处的目的仅在于勾勒出鲸类学系统化的草图来。我是建筑师,而不是营造人。

然而这是一项繁重的工作,决非通常的邮局拣信员所能胜任。随着那些鲸鱼摸索到海底,用自己的双手在这世界的难以言说的基石、它的肋骨和骨盆中间探测,这是桩听来吓人的活儿。我是何人,岂敢试图去钩那大海怪的鼻子!约伯所遭的斥责足可以吓住我。"它(大海怪)岂肯与你立约?……人指望捉拿它是徒然的!②"但是我周游过各个图书馆,航行过各大洋,我曾用我眼前这双手对付过鲸鱼,我对此是认真的,我要试它一试。有一些初步说明先得解决。

第一,鲸类学作为一门科学,尚处于不确定和有待裁决的状态,这是一开头就为事实所证明了的。这个事实是:在有些场所,鲸鱼是不是鱼尚是一个需要讨论的问题。林耐一七七六年在他的《自然的体系》

---

① 即查灵克罗斯,原为英王爱德华一世为纪念其妻所立十字架之地,在伦敦旧城中心,英王室的公告均在此地张贴。
② 见《圣经·旧约·约伯记》第41章4—9节。

中宣称:"我在此把鲸鱼同鱼区分开来。"但是据我所知,直至一八五〇年,鲨鱼和河鲱鱼,鳕白鱼和鲱鱼,违抗林耐的明白无误的命令,仍和大海怪(鲸鱼)们在同一海洋而分庭抗礼。

林耐申述要把鲸鱼逐出海洋的根据如下:"由于他们有暖热的双心室的心,他们的肺,他们的能活动的眼睑,他们的内凹的耳朵,雄性生殖器深入雌性生殖器(交配)并从乳房啄奶",最后,"根据自然法则,它正当地、理所当然地要同鱼区别开来①"。我把这一切送交我的朋友西米翁·麦赛和查莱·考芬看。两人都是南塔克特人,都是我一次出海航行中的同桌餐友;他们意见一致,认为以上申述的理由极为不足。查莱说了一些不中听的话,暗示那是蒙人的。

不妨明言,搁下一切争论不谈,我采取的是老派的立场,认为鲸鱼是鱼,要求神圣的约拿来支持我②。这一基本点解决之后,下一个问题是:在体内哪些方面鲸鱼有别于其他的鱼。以上林耐已经向你们说了那些方面。不过,简要说来,有以下这些:有肺,血是热的;而其他的鱼没有肺,血是凉的。

其次,我们如何根据鲸鱼的一望而知的外表来界定它,从而一劳永逸地鲜明地来标定它呢?说得简要些,鲸鱼是一种会喷水、有水平鱼尾的鱼。这样一说,鲸鱼就宛然纸上了。不管如何紧缩,这个界定是周密思考的结果。海象在喷水这一点上与鲸鱼颇为相像,但海象不是鱼,因为它是两栖的。不过这个界定的后半一有前半的配合,就显得尤其令人信服。几乎所有的人都已经注意到岸上的人所熟悉的所有的鱼都有根竖立的或者说上下的而不是扁平的尾,而在喷水的鱼中,虽然它们的尾巴的形状与普通的鱼相似,却无一例外地处于水平状态。

我决不想要根据以上对鲸鱼是什么的界定,来把任何其他被最有见识的南塔克特人视为与鲸鱼同类的海洋生物排除于这种大海怪的族群之外;也决不想在另一方面把迄今为止被权威人士认为异类的生物

---

① 此句原文为拉丁文。
② 梅尔维尔当然是错的,鲸鱼是海中的哺乳动物。本书编者皮佛教授在评注中称梅尔维尔故意把林耐这位大博物学家与《圣经》中的约拿作对,开个玩笑。

与鲸鱼相联系①。因此,所有较小、喷水和有扁平尾的鱼都必须包括在鲸类学的这一大纲之内。现在先将全体鲸鱼分成六个大类。

一、根据身体大小,我把鲸鱼首先分为三卷(下分为章),这就包括了不论大小的全体鲸鱼。

1. 对开型鲸鱼;2. 八开型鲸鱼;3. 十二开型海豚。

我以抹香鲸代表对开型,逆戟鲸代表八开型,海豚代表十二开型。

对开型。 其中包括下列各章:Ⅰ. 抹香鲸;Ⅱ. 露脊鲸;Ⅲ. 脊鳍鲸;Ⅳ. 座头鲸;Ⅴ. 剃刀脊鲸;Ⅵ. 长箦鲸。

第一卷(对开型),第一章(抹香鲸)。这种鲸鱼,古代英格兰人含混地称之为喇叭鲸、真甲鲸和砧头鲸;今天法国人称之为卡夏洛;德国人称之为波茨鱼以及字母繁多的词:巨头鲸。它无疑是地球居民中最魁伟的,能遇到的所有鲸鱼中最难对付的,在体形上最有气派的,最后一点,远比其他同类更有商业价值;因为只有从它身上可以取得鲸脑这一贵重的物质。它所有特性将在其他许多场合加以阐明。此刻我在这里主要谈的是它的名字。从语言学的角度考虑,这是荒谬的。几个世纪以前,当抹香鲸的固有特异之处几乎完全不为人所知,而它的油还只是偶然从泅到沙滩上搁浅的鱼上取得时,常人都以为那得自当时与英国人称之为格陵兰鲸或露脊鲸相同的一种动物。当时还以为这种鲸脑乃是格陵兰鲸的令人欢欣鼓舞的贡献,这从字面上在鲸脑这个词(Spermaceti)的第一音节(Sperm)②上已经表现出来了。在那个时候,鲸脑极其稀缺,不是用来点灯,而是只用作油膏或药剂。它只能像如今你买一两大黄根那样从药房里买到。后来随着时间的流逝,鲸脑的真正性质逐渐为世人所知,商人却仍然沿用原名;我以为这无疑是要利用鲸脑这名称可以奇特地表示它的珍稀性来抬高它的身价。于是 Sperm 这个词终于加在作为鲸脑的真正来源的那种鲸鱼的名称

---

① 我知道至少许多博物学家把被称为拉马丁鱼和杜贡鱼(即南塔克特的考芬家人叫做公猪鱼和母猪鱼的)的鱼都包括在鲸鱼一类之中。然而这些公猪鱼爱管闲事,极为可鄙,大多潜伏在河道入海口,以水草为饵食,特别是它们并不喷水,因此我取消了它们作为鲸鱼的资格,并发给它们脱离鲸鱼王国的护照。——作者注

② Sperm 指精子、精液。

之前。

第一卷(对开型)第二章(露脊鲸)。从一个方面说,它可以称得这类大海怪中资格最老的一种,最早为人所经常猎捕。它产生出一种通常称之为鲸须(骨)的物品以及专门称为"鲸油"的油,那在生意场上是次品。在渔夫中间,它被不加区分地统称为:鲸鱼,格陵兰鲸,黑鲸,巨鲸,真鲸,露脊鲸。起的名字虽是如此之多,关于这个鲸族的身份却有些不明。那么列在我的对开型的第二章中究竟是些什么样的鲸鱼呢?它是英国博物学家们称为北极露脊鲸的鲸,英国捕鲸人口中的格陵兰鲸,法国捕鲸人口中的普通长须鲸,瑞典人口中的格陵兰鲸。过去两个多世纪,丹麦人和英国人在北极海猎捕的就是这种鲸鱼;美国渔夫长期在印度洋、巴西沿海、美国西北部沿海以及世界其他各处追捕的鲸鱼也是它;他们称这些地域为露脊鲸洄游场。

有人硬说他能说出英国人口中的格陵兰鲸和美国人口中的露脊鲸之间的区别来。然而在两者的所有重要特征上他们的意见恰恰是一致的;他们也提不出一个决定性的事实作为一个显著的不同点的根据。正是由于根据最无定论的区别而无休止地一分再分,博物学史的某些部门才弄得如此复杂,令人头痛。对于露脊鲸,以后还要作较为详细的描述,以便通过比较来说明抹香鲸。

第一卷(对开型)第三章(脊鳍鲸)。我把一种有着脊鳍鲸、高喷鲸和朗约翰鲸各种名称的巨怪归之于这一目名下。这种鲸鱼几乎在每一海洋都可见到,横渡大西洋的航线上的纽约邮船的旅客常常老远就可以眺见的喷水的鲸鱼一般都是这一种。在长成后的体长以及鲸须上,脊鳍鲸与露脊鲸相似,但腰围不如露脊鲸粗壮,颜色较浅,近似橄榄色。它的大嘴唇由一道道大皱纹绞结而成的斜褶组成,形状很像锚链。脊鳍鲸身上最引人注目因而也是它的最大特征的东西往往是它的鳍,它由此而得名。这鳍有三至四呎长,从背部后半垂直长成一只角的形状,顶部尖端锐利。即使这家伙的其他部分一点儿也看不见,单是这鳍有时也可以清楚地看到突出在海面上。当大海相当平静,略见球面波纹时,这犹如日晷针似的鳍矗立水上,将它的影子投在微微起伏的海面;大鳍周围的一个水圈有些像日晷盘,它有时针,微波成了刻在水上表示钟点的线。在那个亚哈斯的日晷①上,日影常是往后退。脊鳍鲸不爱群居。它似乎是痛恨鲸鱼的鲸鱼,正如有痛恨人的人一样。它极其靦覥,总是独来独往,往往在最最偏僻最最凶险的水面上露相。它喷起的水柱只有笔直的一支,像是在荒漠的平原上一根高高的对准人类的投枪;它具有出奇的泅水能力和速度,为目下追捕它的人所不及;这种大海怪像是被它的种族所逐出的不可征服的该隐②,它的记号便是它背上那块鳍。由于它嘴上有须,脊鳍鲸有时被归入露脊鲸一种,在理论上列入须鲸类,即有须的鲸类中。在所谓须鲸类中,看来有好几种,但大多鲜为人知。阔鼻鲸,钩鼻鲸,矛头鲸,拳头鲸,低颚鲸和突嘴鲸都是这几种鲸鱼在渔人口中的品名。

说到须鲸这一名目,极为重要的是要提出一点:虽然这一品名便于指点出某几种鲸鱼,但要以此来对这种大海怪作明确的分类则不可能。十分明显,各种鲸鱼所特有的须、峰、鳍或牙固然比任何其他个别的部分或体型特点似乎更宜于作为鲸类学的正规区别的一个基础,但它们并不是以须鳍峰牙安身立命的。那么,这又是怎么回事呢?鲸须、鲸峰、背鳍和牙齿这些特点散见于各种各样的鲸鱼,难以区别,它们并不与身体的其他更为重要部分的结构性质有任何关联。因此,抹香鲸和座头鲸都有峰,但两者的相同之处仅止于此。再说,这种座头鲸和格陵兰鲸都有须,然而两者的相同之处同样仅止于此。至于鳍和牙也是如此。在不同种类的鲸鱼中,它们形成不规则的组合;或者以其中单独一项而论,它的独立存在也无规律可循,因而在这种基础上不可能形成一般的分类法。遇上这块礁石,每个鲸鱼学者都已碰得头破血流。

不过,也许可以设想:至少在鲸鱼身体内部,在它的解剖中,我们可以找到正确的分类法。不行,以格陵兰鲸来说,有什么解剖出来的东西比它的须更令人瞩目呢?但是我们已经知道,根据它的须是不可能对格陵兰鲸作正确的分类的。而如果你进到各种大海怪的内脏里去,嘿,

---

① 《圣经·旧约·以赛亚书》第38章第8节:上帝为了增加得了不治之症的希西家的寿命,使亚哈斯的日晷上的日影往后退。
② 《圣经·旧约》中亚当和夏娃有两子,该隐和亚伯。该隐因上帝接受亚伯的贡物而不选他的,愤而杀亚伯,于是上帝将他逐出定居地,并在他额头刺了记号。

你会发现在那里找不到有以上列举的外部特征五十分之一那么显著的内部特征供鲸类学体系化学者之用。余下的还有些什么办法呢？只有把鲸鱼的全部庞大身躯作为一个整体而大胆对它们进行分门别类这一条路。这就是此处采用的书目提要体系的方法；这也是惟一可能成功的方法，因为只有它才是切合实际的。现在继续列下去。

第一卷（对开型）第四章（座头鲸）。这种鲸鱼常见于北美海岸。它也常在那里被捕获，拖进港口。它像小贩一样背着个大包袱，你也可以叫它象鲸或城堡鲸。反正它的通俗名称并不能充分体现它的特色，因为抹香鲸也有个峰，不过要小一点儿。它的油不很值钱。它有须。它是所有鲸鱼中最爱玩儿、最快活的，一般说来比任何其他鲸鱼更能制造出逗人开心的泡沫和白花花的水。

第一卷（对开型）第五章（剃刀脊鲸）。除了它的名字之外，这种鲸鱼鲜为人知。我在霍恩角外不远处见到过它。它性好隐居遁世，捕鲸人和哲学家都抓不住它。它虽说不是胆小鬼，可它除了背部以外从不以其他部分示人；背部露出时呈长而薄的山脊形。随它去吧。我所知道的就这么多，任何其他人也不会知道得更多。

第一卷（对开型）第六章（长箦鲸）。又是一位隐居遁世的高人，腹部呈硫黄石色，这无疑是在它深潜时有时擦过地狱的瓦背的缘故。它绝少为人所见，至少除了在僻远的南海之外，我从没有在别处见到它；就在南海，它出现时也总是离我极远，远得难以考察它的面目。它从不被人追捕，它会拖走好长一段曳鲸索。关于它有一些惊人的传说。冉见啦，长箦鲸！我讲不出更多关于你的真相，就是年纪最大的南塔克特人也无更多的话可说。

第一卷（对开型）至此结束，现在开始写第二卷（八开型）。

八开型①包括中等体躯的鲸鱼，它们当中现在可以以数字排列的有：Ⅰ.逆戟鲸；Ⅱ.黑鲸；Ⅲ.独角鲸；Ⅳ.杀手鲸；Ⅴ.长尾鲸。

---

① 这一卷鲸论为什么不称作四开型的道理是很明白的。这是因为八开大小的鲸鱼虽然体躯较对开型为小，但在形状上是相同的，只有比例上的差别。而在书籍装订人手中的缩小了的四开本却并不保持对开本的形状，而八开本则与对开本形状相同。——作者注

第二卷（八开型）第一章（逆戟鲸）——这种鱼的洪大响亮的呼吸声，或者说是吹气声给陆地上的人提供了一句谚语①；它是出了名的深水居民，但它通常却不列入鲸鱼一类。博物学家大多承认它是鲸鱼的一种，因为它具有这类大海怪的一切重大特点。它的体型属于中等八开型，体长从十五到二十五呎不等。腰围与之相应，尺寸也差不多。这种鱼汹水时成群；虽然它身上有大量的油，宜用来点灯，但人们并不经常猎捕它。有些捕鲸人看到逆戟鲸来了，就认为宝贵的抹香鲸就在后头。

第二卷（八开型）第二章（黑鲸）。我用的这些鱼的名字都是捕鲸人通常用的，因为一般说来这些是最好的名字。遇上意义含混或者缺乏表现力的名字，我会加以说明并建议另用一个名字。现在涉及这所谓黑鲸，我就要这样办，因为几乎所有的鲸鱼照例都是黑的。因此，如果你愿意，不妨叫它鬣狗鲸吧。它的贪吃是出了名的；由于它的嘴唇内角向上弯这个条件，它的脸上永远挂着靡菲斯特②式的笑容。这种鲸鱼平均有十六至十八呎长，在几乎所有不同纬度的海洋中都可见到。它在汹水时，会非常别致地露出它背上的有点像罗马式鹰钩鼻的鳍。捕抹香鲸的渔夫在没有更有利的事可做时，有时也会去猎捕鬣狗鲸，以维持家用灯油的供给——正如某些省吃俭用的主妇在独自一人、无人陪伴的时候，会舍不得点有香味的蜡烛而点有股气味的牛油蜡烛。它的油非常稀薄，但有些鬣狗鲸可以出到三十加仑以上的油。

第二卷（八开本）第三章（独角鲸），也叫尖鼻鲸。这是又一种名称古怪的鲸。这个名称的由来我想大概是原本错以为尖鼻子的特别的角。这家伙约有十六呎长，而它的角平均有五呎长，有的角则达十呎以上，甚至达十五呎。严格说来，这角其实是加长了的长牙，从嘴里长出来，较之水平线略为凹陷一些。但这牙只长在左边，造成一种不良效果，使人觉得它有点儿像一个笨拙的左撇子。至于这长矛似的角到底

---

① 这句谚语是"吐气吹气，有如逆戟"。
② 魔鬼，典出欧洲中世纪浮士德传说，参看歌德的《浮士德》。

有什么用处,这很难说。它不像是能派剑鱼或镰鱼的刀锋似的背那种用场;不过有的水手曾经告诉我说,独角鲸把它当做耙用,把海底翻过来找食吃。查理·考芬说它被用来刺破坚冰,因为独角鲸升到北极海面,发现水面是一片坚冰,便用角往上顶,顶破了钻出来。但是这两种猜测都无法证实。我个人的意见是,不管独角鲸的偏左的角的真正用处是什么——不管它是什么——在读宣传小册子时用角作文件夹肯定是很方便的。我曾听人把独角鲸叫做长牙鲸、角鲸或一角鲸。在生物界的几乎所有领域中,它必然是独角现象的一个奇特的例子。从一些远离俗世的老年作家处我得知,这种海上独角兽的角在古时被看做一种上等解毒剂,因此用它制成的药售价昂贵之极。它也被提炼成一种易于挥发的盐,供晕过去的太太们作嗅盐,一如公鹿的角被用来制作鹿茸。原先它本身被当做一种珍宝。《黑字》①告诉我:马丁·弗罗比休从他那次航行归来,贝斯女王②在他的威风凛凛的船在泰晤士河上顺流而下时,确曾从她的格林威治宫窗口向他潇洒地挥舞她的戴着珠宝的手。《黑字》上说:"马丁爵士从那次航行回来时,曾跪下把一支异乎寻常的独角鲸的长角献给女王。此后很长一段时间这支角就悬挂在温莎城堡。③"一位爱尔兰作家④断言,莱斯特伯爵曾同样跪下献给女王另一只角,那是陆上的独角兽的角。

独角鲸形状像豹,非常好看。它的身体的底色为乳白色,缀以圆的和椭圆形的黑斑。它的油质优异,清纯,但量甚少。很少有人猎捕它。它大多出现在极地周围的海洋中。

第二卷(八开本)第四章(杀手鲸)。有关这种鲸,南塔克特人知之甚少,而自命为博物学家的人则一无所知。由我远距离观测所得,我可以说它大小和逆戟鲸相仿。它很凶残——是一种斐济鱼。它有时咬住对开本的鲸鱼的嘴唇不放,像水蛭一般吊在那里,直到那大家

---

① 指哈克路伊特所著《英国主要航行、航程与发现》(1598—1600),其中记录弗罗比休探测西北航道经过。
② 指伊丽莎白女王。
③ 引文与《黑字》中原文有些差异。
④ 此处据皮佛教授注,系作者虚构。

伙急死为止。杀手鲸从未遭人猎捕。我从未听说过它有怎样的油。对于人家为它起的名字,你不妨表示异议,理由是它的意思不明确。因为波拿巴①也好,鲨鱼也好,我们大家都是杀手,无论是在陆地还是在海上。

第二卷(八开本)第五章(长尾鲸)。此公以其尾巴出名,它用尾巴来甩打它的敌人。它骑到对开本鲸的背上,泅水的时候一路抽打着大鲸好让自己前进,好比有些校长先生用此办法往上爬一样。对于长尾鲸,我们知道得比杀手鲸还少。即使在无法无天的海上,两者都算得上是匪徒。

第二卷(八开本)到此为止,以下为第三卷(十二开本)。

十二开本中包括一些较小的鲸鱼。Ⅰ.乌扎海豚;Ⅱ.阿尔及尔海豚;Ⅲ.粉嘴海豚。②

那些没有专门研究过这个题目的人可能会觉得奇怪,怎么把通常不超过四五呎长的鱼归到了鲸鱼门下;鲸鱼这个词在一般人的心目中总是意味着巨大。然而上列的那几种十二开本的鱼按照我对鲸鱼的界定,即一种喷水、尾巴扁平的鱼的界定来衡量,都是鲸鱼,一点儿也错不了。

第三卷(十二开本)第一章(乌扎海豚)。这是普通的海豚,全球到处都有。名字是我自己封的,因为世界上不止有一种海豚,必须设法加以区别。我这样称呼它们,因为它们总是欢天喜地地在浅滩之间洄游,在广阔的海面上不断向空中腾跃,仿佛庆祝七月四日③的人群中朝天抛的帽子一般。海员一见到它们便高兴得欢呼雀跃。它们照例兴高采烈地随轻快的浪头而来,迎风而去。这些小家伙始终是逆风生存着的。它们被人看做是好兆头。如果你看到这些活泼可爱的鱼而不发出三声欢呼,那么,老天保佑你,你这个人身上简直没有多少活气可言。一头吃饱吃好的胖乌扎海豚可以提供给你足足一加仑的好油。而从它的嘴提炼出来的清纯的汁液尤为名贵,为珠宝首饰和钟表制造商所必备。

---

① 指波拿巴·拿破仑。
② 这一项的三种鲸,英文词都是海豚。
③ 美国国庆日。

水手们把它抹在细的磨刀石上。你知道,海豚肉很好吃。你也许永远也想不到一头海豚会喷水。事实上,它喷的水柱极为细小,不容易为人看清。不过,下次有机会时好好看一看它;你看到的将是一头具体而微的伟大的抹香鲸。

第三卷(十二开本)第二章(阿尔及尔海豚)。这是海盗,凶狠之极。据我所知,只有在太平洋才见得到它。它比乌扎鲸略大一些,但总的身材结构是一样的。惹怒了它,它会变成一条鲨鱼。有好多次我放下小艇去抓它,却至今还没见到有人抓住它。

第三卷(十二开本)第三章(粉嘴海豚)。这是海豚中最大的一种,迄今所知,它只在太平洋上出现。至今只有捕鱼人才给了它一个英文名字——露脊鲸海豚,那是因为它大多出现于邻近这种对开本的地方。在形状上,它与乌扎海豚有所不同,没有那么滚圆,腰围没有那么粗;说实在的,它长得干净利落,颇有绅士风度。它没有背鳍(其他海豚大多有背鳍),它有一根可爱的尾巴,眼睛为印第安人的多愁善感的蓝褐色。但是它的粉嘴毁了这一切。虽然它的直至边鳍的整个背脊是深黑色的,却有一道分界线像船身的吃水线一样清楚地从头至尾将全身分为黑白分明的上下两部分,上部是黑的,下部则是白的。白色部分包括头的一部分和嘴的全部,这使它活像是在粗麦粉口袋里犯了偷嘴大罪刚逃出来一般。满嘴是面粉,那模样着实可恨!它的油和普通海豚的差不多。

*　　　　*　　　　*

本体系到十二开本即告结束,因为海豚是最小的一种鲸。以上所述,凡是值得注意的鲸鱼都谈到了。不过还有一些不确定的、漏网的、半属传闻的鲸鱼,我作为一个美国捕鲸人只是耳闻并未亲见。我现在按船头楼上对它们的叫法列举如下,这对于后世的有志于完成我在这里开始的工作的人也许会很有用。如果有一天,下列的各种鲸鱼,有被捉到或注意到的,可根据它的体型是对开本、还是八开本或十二开本随时将它归入这一体系中去。它们有酒糟鼻鲸、平底船鲸、蠢货鲸、霍恩角鲸、领头鲸、炮筒鲸、排骨鲸、包铜鲸、象鲸、冰山鲸、廓格鲸和蓝鲸等等。冰岛、荷兰和古英格兰的权威人士可能曾提出过别的冠以各种各样稀奇古怪的名字的不确定的鲸鱼的名单。但是我略过所有这类名单不提,因为它们过于陈旧;再说我不由得要怀疑这些名单徒具虚名,大谈其大海怪却毫无实际内容。

最后,我一开头就申明这一体系不可能在这里一劳永逸地臻于完善。各位也看得分明,我信守了我的诺言。然而如今我留下我的未竟的鲸类学体系有待完成,就像科隆大教堂①一样,起重机还架在教堂的未完工的塔顶上。因为小小的工程固然可以由最初的建筑师来完成,宏伟的建筑、真正的建筑总是留给后代来了结。上帝不让我完成任何工作。这整部作品不过是一堆草稿——不,不过是草稿的草稿。啊,时间啊,精力啊,金钱啊,耐心啊!

第三十三章

斯贝克辛德

说到捕鲸船上的官长们,这里倒是个挺合适的地方来讲一点儿船上人员内部的特色,这特色来自官长中有为捕鲸船之外任何其他船只所无的镖枪手这么一个等级。

人家把镖枪手这个行当看得异常主要,从一个事实便可想见:两个多世纪以前,在原来旧日荷兰的捕鱼业中,一条捕鲸船的司令员这一职位并不完全属于今天称为船长这个人,而是由他和一个叫做斯贝克辛德的官长分掌。这个词直译是切割鲸膘的人;然而多少年来的习惯用法使它慢慢变成和镖枪手长同义。当年船长的权威限于船只的航行和一般管理,而统辖猎鲸部门以及一切有关事物的则是斯贝克辛德或镖枪手长说了算。在英国格林陵捕鱼业中,在念别了的斯贝克辛翁尼尔

---

① 德国的有名的科隆大教堂于一二四八年开工兴建,因故历经数百年而未完工。后又遭兵燹,已完工部分被毁。一八二四年开始重建。一八八〇年正式举行揭幕典礼。

这个名称下,仍然保留了这位旧日荷兰的官长,不过他的往昔的威风却是可悲地被削弱了。如今他的级别不过是高级镖枪手,因而也就成了船长手下一个低而又低的下级。话又要说回来,一次捕鲸航行成功与否大半依靠镖枪手的表现是否出色,而在美国捕鱼业中,他不仅是捕鲸艇上的一位重要官长,而且在某些情况下(进了捕鲸渔场后晚上值班时),他要负责指挥全船甲板上的一切。因此海上最高政治行为准则要求让他和桅杆前干活儿的水手名分上分开住,而且在某些方面树为他们业务上的上级;尽管他们从未把他亲热地看做社会地位和他们同等的人。

如今,在海上,官长和水手的最大区别是:前者住在后艄;后者住在前边。因此,在捕鲸船上也好,商船上也好,大、二、三副的宿舍和船长的在一起;从而在大多数的美国捕鲸船上,镖枪手住在船的后舱。这就是说,他们在船长房舱里用餐,他们睡的地方可以和船长舱房间相通。

一次南方的捕鲸航行历时是很长的(那是人们所从事的所有航行中最最漫长的,比其他的要长得多得多),它所特有的风险,大伙儿之间利益的一致,所有的人,不论地位高低,大家赚的钱不是靠固定工资,而是靠大家的运气,加上他们大家的警觉、勇气和吃苦耐劳的工作;虽然这一切在某些情况下固然会使纪律不如一般商船上那么森严,然而不管这些捕鲸人多么像一户古老的美索不达米亚人家,在一定的原始条件下可以生活在一起,至少后甲板上拘泥于形式的外表极少有明显放松的时候,至于彻底抛弃,那是绝不可能。说实在的,在许多南塔克特船上,你会看到船长在后甲板上得意洋洋地走来走去,耍尽了威风,那光景任何海军也未见得能胜过他们;不,耍威风还不够,他们还迫使别人对他们诚惶诚恐,低首下心,活像他们穿的是帝王身上的紫袍,而不是领水员穿的粗劣不堪的布衣。

虽说在所有这些人中披谷德号的喜怒无常的船长可说是最不爱摆这种浅薄之至的架子的人了;虽说他要求于众人的尊敬仅是心照不宣,令出即行的服从;虽说他并不要求大家在走上后甲板之前脱掉他们的鞋子;虽说有时候由于与某些以后我要详细交代的事件有关的特殊情况,他对大家或是居高临下,或是语带威吓,或是用其他异乎寻常的口吻说话;然而即使是埃哈伯船长,他也绝不敢无视人在海上要遵守的那些至高无上的规矩和习俗。

此外,我们也许最后还可以看出:他有时好像用这些规矩习俗作烟幕将自己掩盖起来,偶尔还利用它们来达到原定的正当目标之外的一个更与他私人有关的目的。他的头脑中的某种君王思想在别种情况下在相当大程度上是不会流露出来的;而通过那些规矩,这同一君王思想便化作一种难以抗拒的独裁行径。因为随他一个人的智能如何优越,若没有某种无时不在的外部策略和阵地,尽管这些策略阵地本身多少是渺小卑鄙的,这智能无论如何也不可能化为实际现成的对其他人的无上权威。就是这一点永远使上帝的帝国的真正王孙不去登那世界的竞选讲坛,把这种风气所能给予的最高荣誉留给那些与其说是由于他们无可置疑地优于那浑浑噩噩的众生,倒不如说是由于他们无比地劣于无所作为的神的隐蔽的屈指可数的选民而驰名的人。当极端的政治迷信包围着这些真正的王孙时,大德行便在小事物中韬光养晦,以致在一些皇家的事例中权力居然交给了白痴似的低能儿。不过,有如沙皇尼古拉①那样,当地理意义上的帝国犹如一个环状的皇冠箍住了皇帝的头脑时,平民百姓便只有奴颜婢膝地匍匐在那势不可挡的中央集权面前的份儿。悲剧作家喜欢把那种凡夫俗子的不可一世的气概形容得大气磅礴、势吞山河,却忘了眼前提到的对他的策略来说至关重要的东西。

但是我的船长埃哈伯仍然在我眼前来来去去,一副南塔克特人的凛然不可侵犯的神气和毛发蓬乱的模样,在这段涉及皇帝国王的插话中,我不可隐瞒我只是在和像他那样的一个可怜的捕鲸老头打交道这一事实;因此,一切外表堂皇的服饰和屋宇都于我无缘。埃哈伯啊!你身上将会显出的至大至刚之处定是得之于苍天,求之于深海而展现于缥缈的空中!

---

① 沙皇尼古拉一世,在位期间一八二五年至一八五五年,是一个典型的独裁者。

第三十四章
船 长 桌 上

　　正午时分,那个叫面团娃的管事从房舱口探出苍白的长面包似的脸来,宣布他的主子老爷的晚饭已经预备好了;主子老爷此刻则坐在后艄背风处的小艇里,刚观测了太阳,正在他的鲸骨腿的上半部放着的光滑的形似大奖章的小桌上默默计算着船只所在的纬度,这小桌是专为每天要办的这项工作而设的。从他完全没有为这声招呼分心看来,你会以为喜怒无常的埃哈伯并没有听到他的仆役的话。谁知他一下子抓住了那根后桅索晃到了甲板上,用一种平板的并不高兴的声音叫:"斯塔勃克先生,吃饭啦。"然后他就消失在房舱里。

　　到得他的苏丹的脚步声的最后的回声消失以后,首席埃米尔(宰相)斯塔勃克完全有理由假定他已经坐了下来;于是斯塔勃克跳出了他的入定状态,在甲板上走了几转,又认真地瞄了罗盘一眼,多少带点儿喜气说:"斯塔布先生,吃饭啦。"便下了房舱口。第二埃米尔在索具周围溜达了一阵,又轻轻摇了摇主帆索,看这条要紧的索子是否扣得牢靠,他同样也唱起了那老调,快快地说了句:"弗兰斯克先生,吃饭啦。"踩着前边两位的步子下去了。

　　可是第三埃米尔这时看到后甲板上剩下他一个人之后,似乎顿时感到自己从某种莫名其妙的约束中解放了出来;因为他向四面八方丢着彼此心照不宣的眼色,踢掉了自己的鞋,就在土耳其大王的头顶上①跳起狂风般却又无声无息的水手舞来,然后他把后桅楼当做帽架,以灵巧的手法将自己的帽子扔在里面。他下房舱口时一面还耍着各种把戏,一直耍到从甲板上看不见他了为止。和一切其他程序正好相反,他

---

① 土耳其大王,指苏丹,即埃哈伯船长,头顶指船长房舱顶上的后甲板。

是用音乐殿后。然而在跨进下面房舱门口之前,他停了停,换了一副完全不同的嘴脸,不随人俯仰、嘻嘻哈哈的小弗兰斯克到了埃哈伯国王面前,成了一个贱民或奴隶的角色。

有些船上的官长每当身处光天化日的甲板上,遇有颜面攸关的时候,会表现得无所畏惧,不受威慑地面对他们的上级;可是十有八九,同是这些官长,一进同一个上级的房舱,和他一起吃通常的饭时,看到他就坐在餐桌的上头,马上就现出一副满面春风,且不说是那种诚惶诚恐、低首下心的神气。这种变化令人感到奇异,有时简直显得可笑之极。这在海上讨生活的极不自然的气氛所形成的怪事中决非一般。那么为什么会有这不同神气的变化呢?是一个问题吗?未必。世上有巴比伦国王伯沙撒①;当伯沙撒而要当得彬彬有礼而不是傲慢无礼,这其中必定有某种世俗的伟大存在。有人以正当王者的睿智的风范主持有邀请来的客人参加的私人晚宴,这个人当时的无可争议的权威和个人的威望,这个人的王者的尊严便超过了伯沙撒的,因为伯沙撒本不是最伟大的。谁请自己的朋友吃一顿饭,谁便尝到了做俄国沙皇的滋味。这是一种不可抵御的变出社交中的皇权的妖法。现在如果在这种考虑之上再添一位船长的正式的无上权威,那么你便可凭推想找出方才提到的海上生涯的特性的原因了。

埃哈伯像一头在白珊瑚滩上不言不语的有鬃毛的海狮雄踞在镶有鲸骨的餐桌上,周围是他的好勇斗狠的但仍怀有敌意的幼狮。每一位官长都等着轮到给自己端上饭菜的时刻的到来。他们在埃哈伯面前犹如一群小孩子,然而在埃哈伯身上却看不见一星半点儿盛气凌人的影儿。大家的专注的眼神不约而同地盯着那老爷子的刀上,看他切割面前的那道主菜。我敢说在这一刻他们死也不会去触犯天条,说一句哪怕是最不相干的话,连天气这般谁也不会得罪的话题也不会谈。不会!当埃哈伯伸出他的夹着一片牛肉的刀和叉,示意斯塔勃克将他的菜盘子移到他面前,这位大副接受这片牛肉,活像接受施舍一般,然后斯斯

---

① 一八五四年在巴比伦的铭文中发现有伯沙撒的记载。他是巴比伦国王拿沙尼度(公元前555—公元前539)的长子。公元前五五〇年国王流亡国外,把王位和大部分军队交给伯沙撒。

文文地将它切成小块；万一刀子碰上了盘子发出摩擦声便会吓得身子一悚；他嚼起肉来不出一点儿声音，咽下去时也不敢粗心大意。这光景犹如法兰克福①的加冕宴会上德国皇帝郑重其事地和七位选帝侯共进晚餐；因此，不知怎的，在船长舱中进餐往往带有庄严肃穆的味道，吃时寂静无声；然而埃哈伯老头儿在餐桌上并不禁止谈话，只是他自己一声不吭。如果有只老鼠在底下货舱中突然出了点儿花样，这对快要噎住了的斯塔布简直是根救命稻草。至于可怜的小弗兰斯克，这年纪最小的儿子，他是这户人家的叫人厌烦的家庭会餐中的娃娃。他得到的是腌牛肉中的小腿骨，而他应得的不过是鸡爪子。弗兰斯克要胆敢随意拣菜吃，那必然与头等盗窃罪一般无异。如果他真的在那餐桌上随意拣菜吃，毫无疑问，他在这个规规矩矩的世界上，再也抬不起头来啦。可是，说也奇怪，埃哈伯从来不禁止他这么做。弗兰斯克要是真的这么做了，埃哈伯多半儿连注意都没注意到这一点。如果弗兰斯克大胆地用了点黄油，埃哈伯更是不会注意。不知是弗兰斯克认为船东不许他吃黄油是因为黄油会叫他的干净开朗的脸上长起疙瘩来，还是他认为如此漫长的航程，又是在不见市场的水域，黄油特别珍贵，因而不是他这种下级吃的食物；不管是前者还是后者，反正，唉，弗兰斯克，他是没有黄油吃的了！

再说，弗兰斯克是最后一个在餐桌上坐下来的人，又是头一个站起来的人。想想看！弗兰斯克的吃饭时间给卡得太紧啦；斯塔勃克和斯德布有走在他头里的特权；反过来，他们又有回上面漫步在后头的特权。就说斯德布，他比弗兰斯克只高一级，如果他这一天胃口不好，不一会儿便现出吃饱了的迹象，那么，弗兰斯克这一天吃不到第四口饭便得起身了；因为斯德布要是在弗兰斯克头里走上甲板，那简直是犯了天条。因此弗兰斯克有一回私下承认过，自从他升到了当官的高位那一刻起，他就或多或少地不知道吃饱饭是怎么个滋味。因为他吃到嘴里的东西填不饱他的肚子，因此饥饿之感在他是永垂不朽的。弗兰斯克

---

① 美因河畔法兰克福被德意志国王和波希米亚国王、神圣罗马帝国皇帝查理四世定为帝国选举中心（1356 年）。一五六二年以后，皇帝不由教皇加冕。加冕典礼便在美因河畔法兰克福举行。

心想,平安和满足已是和我的肚子永远无缘啦。我是一个官长,可我多么希望过那当初在桅杆前当水手,在船头楼里手里常拿着一块老式腌牛肉的日子啊。眼前就是那升官的报应,就是死要面子活受罪,就是生活的疯狂性!而且,假如说披谷德号上有哪一个平常水手对当官的弗兰斯克记恨在心,那么,他只消在吃饭时间走到船后艄去,通过房舱的天窗瞧一眼弗兰斯克如何在威风凛凛的埃哈伯面前呆若木鸡地坐着,便足够他出那口恶气了。

埃哈伯和他的三位副手组成了可以称做披谷德号船长舱中的首桌。他们以先到的后走的次序退出以后,桌上的帆布由脸色苍白的管事做了一番清扫,或者说匆匆恢复旧观。然后那三位镖枪手被请来赴宴,他们是这席残羹的承袭人。他们把这气派非凡的船长室暂时变成了仆役的食堂。

和船长餐桌上那种难受的拘束和道不明、看不见的压抑气氛比起来,镖枪手这些下等人的无忧无虑、自由自在的宽松气氛和近乎狂放的民主精神成为一种奇怪的反差。他们的主子大、二、三副吃饭时似乎生怕咬嚼出了声,而那些镖枪手吃得津津有味的大嚼让人老远都能听见。他们吃饭像爵爷们,把肚皮填得足足的,犹如印度的货船整天装着香料。季奎格和塔希特戈的胃口就有这么好,为了要填补上一顿饭消化后的空虚,我们的脸色苍白的面团娃不得不端上一大块像是从一整头公牛身上斩下来的腌脊肉。万一他动作不够痛快,万一他不是连蹦带跳快步张罗的话,塔希特戈自有他的不客气的让他加快速度的办法,那就是用叉子像使镖枪那样往他背上捅一下。有一回,达果一时性起,一把捞起面团娃的身子,将他的脑袋按到一只空的大木盆里,好叫他长点儿记性;塔希特戈则手拿餐刀,在他脑袋上画了个圈,做出要剥他头皮的架势。那位脸像面包的管事是一个破了产的银行家和一个医院护士的产物,天生是个吃不起惊吓,动不动就打哆嗦的小东西。他一天到晚要应付那又黑又吓人的埃哈伯,还定时要打发那三个撒野的蛮子,面团娃过的是成天胆战心惊的日子。通常他在端上镖枪手们要的一切之后,便逃出他们的手掌心,躲到隔壁的食品储藏间去,战战兢兢地隔着储藏间门上的百叶窗偷偷看他们,直到这一顿饭完全结束。

　　看着季奎格和塔希特戈相对,他的锉刀般的牙齿对着那印第安人的,真有意思。达果坐在地板上,和他们成品字形;他要是坐在凳子上,他的插着灵车羽毛的脑袋就会跟低低的短纵梁相撞。他的大得无比的手脚动一动,那间低矮的房舱架子就抖一抖,活像一头非洲大象装运在一条船上那样。尽管如此,这个大个子黑人不但举止优雅,而且饮食极有节制。他相当小口地吃饭,而他的魁梧、宽厚、仪表堂堂的身子却是精力弥漫,简直不可思议。不过,毫无疑问,这个高贵的蛮子吃得强壮,喝够了充盈在天地之间的精气,他的张大了的鼻孔吸足了世上至高无上的生命力。巨人并不是靠牛肉或是面包长成或滋养的。可是季奎格呢,他吃起来嘴唇粗野地吧嗒吧嗒地出声,好不难听,弄得战战兢兢的面团娃差点儿要看看他自己的皮包骨的胳膊上有没有咬嚼的齿痕。而当他听到塔希特戈高声叫他过去听自己的意见时,这个头脑简单的管事便突然全身一阵抽搐,几乎把储藏间里挂在他四周的陶器都打碎了。这几个镖枪手口袋里随时都装着磨镖枪头和其他武器的磨刀石,到了吃饭时,他们有意示威似的磨他们的餐刀;那嗤嗤的声响哪能让可怜的面团娃的神经安定得下来。他怎能忘记:就拿季奎格来说,当初他在家乡的岛上,肯定会在吃喝玩乐时一不小心便犯下人命案子。唉,面团娃呀!一个要侍候食人生番的白人管事日子可真不好过。他的胳膊上要搭的不是餐巾,而是圆盾。不过谢天谢地,时问一过,这三位海上武士到底得站起身来离开。在他的想入非非、容易上当的耳里听来,他们每走一步浑身雄赳赳的骨骼都喀喀作响,犹如摩尔人鞘里的弯刀。

　　不过,尽管这些蛮子在房舱里吃饭,名义上也住在那里,但是他们习惯好动不好静,除了吃饭时间之外,很少在房间里待着,直到晚上才经过房舱到他们的宿舍里睡觉。

　　在这一件事情上,埃哈伯似乎和其他美国捕鲸船长没有什么不同。他们这种人倾向于认为船上的房舱理所当然地属于他们,至于任何其他人在任何时候获准进入,那纯粹是出于照顾。因此,说实话,披谷德号上的大、二、三副和镖枪手们,说得更确切些,是住在房舱之外而不是房舱里。因为他们进房舱就跟从一扇临街的门进屋差不多,进屋时门暂时朝里,接着它又面朝外了;而从长久说来,这门是待在露天地里的。再说,这样子,对他们也没有多大损失;在房舱里,他们没有伴儿;在交往上,埃哈伯是无法接近的。尽管名义上算是个基督徒,其实他是基督教外之人。他在这个世界上就像移民后的米苏里州的最后一只灰熊。春夏过去之后,这林子里的野洛甘①就藏身在一个树干空洞中,吮着自己的脚掌熬过一个冬天。埃哈伯也是如此,在他的潦倒的暮年,他把自己的灵魂关在他的躯干的空洞中,气愤愤地吮着那惨淡光景的脚掌过日子。

第三十五章
桅 顶 瞭 望

我和其他水手们轮流上桅顶瞭望,我第一次上去是在气候比较宜人的季节。

在大多数美国捕鲸船上,几乎在船离开港口的同时便派人上桅顶瞭望,哪怕船离正式猎捕鱼场还有一万五千哩或者更远的时候也是如此。在航行了三四年或五年以后,船离家已经很近的时候,只要船上还有什么可以装油的空地方,哪怕是一个瓶瓶罐罐,也要派人在桅顶守到底:一直守到第三层帆在港内如林的帆樯中收起才会放弃再捕一头鲸的希望。

现在,在桅顶值班,不管是停在港内也好,漂洋过海也好,都是件非常古老有趣的活儿,所以我们不妨在这里谈得细一点儿。我以为最早站桅顶的是古埃及人,因为在我全部研究中没有发现比他们更

---

① 印第安人的一位酋长,他原来和他领地殖民的白人友好相处,一七七四年因全家为白人屠杀,愤而反抗。他有一篇演说,说明他何以拒绝签署条约以结束战争。这篇演说收入美国中学生教科书,供背诵之用。

早的人。毫无疑问,他们的先人——古巴比伦人的通天塔的建造者①想以此立起在全亚洲或全非洲最高的桅顶,然而(在加上最后的桅杆顶之前)他们的那根巍峨的石桅杆,在上帝暴怒的可怕飓风中,可以说是被扫到了海里;因此,我们不能把通天塔的建造者列于埃及人之前。把埃及人说成站桅顶的民族,这是有考古学家中一般看法作根据的,这看法是最早的那些金字塔是为观测天象而建造的;这一理论得到下面的事实的极为有力的支持:这些建筑物的四面都有别致的梯形结构,借此那些古代天文学家的腿可以登上去,经过一段艰难漫长的路程,到达塔巅,大声报告观察到新的星星,正如现代船只上的瞭望者大声报告一艘船或一头鲸鱼刚刚出现一样。一个待在桅杆顶上的勇士的极好例子是圣斯泰利蒡斯②,那是古代一位著名基督教隐士,他在沙漠里建造了一根高高的石柱,在石柱顶上度过了他整个下半辈子,所需的食物用一只滑车从地上吊上去;雾也好,风霜雨雪也好,雹子雨夹雪也好,都赶不下他来,他无畏地面对一切,坚持到底,真正做到死在他的岗位上。至于现代登桅顶的人,我们只能举出一些没有生命的人,只是一些石人、铁人、铜人;他们虽然足能经受一场狂风,却完全不能胜任发现任何奇怪事物向下报告的工作。这些雕像中有拿破仑,他站在离地约有一百五十呎高的旺多姆圆柱③上,抱着双手。至于如今是谁在统治下界,是路易·菲力普,还是路易·布朗,还是路易这魔鬼④,他都无所萦怀。伟大的华盛顿高高地站在巴尔的摩的摩天主桅⑤之上,像是海格立斯双柱中的一根⑥,这

---

① 见《圣经·旧约·创世记》第11章。塔并未建成。
② 即五世纪的叙利亚人圣·西米翁。他在柱上生活了三十五年以上。
③ 指巴黎旺多姆广场上的拿破仑雕像,原来穿罗马式长袍的像于一八一四年被毁,重建的像是头戴三角帽称帝后的拿破仑。
④ 路易·菲力普,一八一四年加冕为法国国王;路易·布朗(1811—1882),法国空想社会主义者;路易这魔鬼指法国第二共和国总统路易·拿破仑,在作者一八四九年访问法国时,他已开始转而采取独裁统治。
⑤ 华盛顿雕像柱建成于一八二九年。它比英国的纳尔逊像柱和法国的拿破仑像柱都要高。
⑥ 在直布罗陀。希腊神话中的大力士神海格立斯曾在直布罗陀海峡杀了三头六臂巨人革律翁。

主桅标志着凡人不可企及的人的崇高壮丽的巅峰。安置在金属绞盘上的纳尔逊海军上将也是站在特拉法加广场的桅顶之上,即使在伦敦烟雾弥天的时候,仍然在指示人们,此处隐藏着一位英雄人物,因为有烟处必有火。但是伟大的华盛顿也好,纳尔逊也好,拿破仑也好,都无言回答他们俯视下的意乱神迷的芸芸众生向他们发出的急切呼求,求他们指点迷津;不过,我们不妨揣测:他们的精神将穿透未来的浓雾,照耀出必须绕过的浅滩和礁石。

把陆上的桅顶瞭望者拿来和海上的相比拟,不管在哪一方面似乎都有些不伦不类。然而事实并非如此;这一点已由南塔克特的惟一史学家奥贝德·麦赛所说的一件事清楚表明了。这位可敬的奥贝德告诉我们,在捕鲸业初期,还没有定期开船出去干这营生的时候,南塔克特岛上的人就在海岸上竖起高高的圆木,瞭望哨就攀着钉牢的楔子往上爬,有点像鸡上鸡埘一样。几年前,新西兰的海湾捕鲸人采用了这同一个办法,发现了鲸鱼便通知靠近海滩的万事俱备只等信号的小船。不过,这种惯用的办法现在已经过时了。我们还是言归正传,回到航行在海上的捕鲸船的真正的桅顶来吧。

那三个桅顶楼从日出到日落都有人守望,水手们按时轮流上去,跟掌舵一样,每两小时替换一次。在热带风平浪静的天气中站在桅顶,那是舒服极了;而对一个充满梦幻、喜欢沉思的人来说,这尤为惬意。人站在上面,离寂静的甲板有一百呎高,那桅杆仿佛就是大得无比的高跷,人踩着高跷在汪洋大海上阔步行走,在你脚下,在你两腿之间,似乎就游着海上最为巨大的怪物,甚至有点儿像古代船只在罗得港著名的大铜像①的双脚之间驶过。人站在上面,似乎消失在大海的无穷无尽之中,除了波浪,四下里一平如镜。船像是出了神,懒洋洋地起伏前进;贸易风仿佛倦了,不紧不慢地吹;一切都像要把你消融在倦怠之中。在热带捕鲸生活中,大多半时间你沉浸在一种至高无上的太平无事的状态之中,听不到任何消息,看不到任何报刊;你永远也不会上那些号外

---

① 罗得港是希腊罗得岛主要城市,位于岛的最北端,有高逾三十米的太阳神大铜像。传说中像的双腿站在两道防波堤中,形成港口的入口处,为世界七大奇迹之一。

中把平常琐事渲染得如火如荼的报道的当,不必要地大惊小怪;你听不到国内的种种苦难;发行证券的公司破产,股票价下跌;你也决不会为了下一顿饭而发愁——因为今后三年有余的所有饭食都已妥妥帖帖地贮存在大桶里,而且你的菜单是不变的。

一个南海捕鲸人在长达三四年的航行中,在桅顶上值的一个个班的时间加起来往往要有整整好几个月长。人生一世,要拿出这么大的一部分时间来消磨的地方却是如此可悲地缺乏安居之感,如此不能使人感到此身有个归宿,哪怕是一张床,一张吊铺,一辆灵车,一个岗亭,一座讲坛,一张榻或任何其他可以容人暂时独处的小小的适意场所,这真是令人深为惋惜的事。在桅顶你最通常的落脚处是上桅顶,那是两根平行的细木棍(几乎是专为捕鲸人而设的),人就站在那叫做上桅横桁的木棍上。波涛起伏,人也随之颠簸,初出海的人觉得像站在公牛的两只角上一样心惊胆战。当然啰,遇上比较凉快的天气,你不妨带着你的屋子登上去,这屋子就是那件瞭望服。不过,正经说来,最厚实的瞭望服并不能比赤身裸体多起点屋子的作用。因为灵魂是胶着在它的肉体的临时住房之内,因而要随意在房内行动,或者想走出房去,那是犹如一个糊里糊涂的香客想在冬天翻过白雪皑皑的阿尔卑斯山一样,要不招致送命的极大危险是不可能的。所以说,瞭望服算不上是栋房子,它只不过是个封套,或者说包在你身上的一层额外的皮。你没法在你的身体里放一个书架或一个立柜,同样,你也没法把你的瞭望服变成一个方便的小屋子。

关于这一切,令人极为遗憾的是南海捕鲸船的桅顶上并没有安装有小帐篷或看台,俗诂叫"乌鸦窠"的那种令人艳羡的东西,而一条格陵兰的捕鲸船的瞭望哨就有这设备以抵御冰冻的海上的酷寒天气。在斯里特船长炉边闲话的、题为《冰山中的一次航行:搜捕格陵兰鲸鱼,不意重新发现古代格陵兰这块消失了的冰岛殖民地》的出色的书中,为所有的桅顶瞭望人作了一番冰川号上有了当时新发明的"乌鸦窠"的有关情况的引人入胜的介绍。冰川号是斯里特那艘船的名字。他称它为斯里特的"乌鸦窠"以颂扬自己,因为他是"乌鸦窠"的原始发明人和专利权持有人。这位船长毫无那套虚伪的可笑的做作,认为我们既然可以给儿子起自己的名字,(因为我们做父亲的是儿子的原始发明人又是专利权持有人),我们就应该同样可以给自己制作出来的任何器械起自己的名字。斯里特的"乌鸦窠"的形状有些像一只大酒桶或大烟斗,上头是开的;一边备有一块可以移动的屏障以便在有飓风时可以为头部挡风。由于它是安装在桅顶上的,你只能从它底部一个小活门钻到它里面去。在后边,也就是靠船艄的一边是一张舒适的椅子,椅子底下有一口放雨伞、鸭绒被和上衣的小橱,前边有个皮架子可以放话筒、烟斗、望远镜和其他海上用品。斯里特船长亲自登上桅顶在他的这个"乌鸦窠"瞭望时,据他说他总是随身带一支来复枪(也安放在架子上)以及火药筒和子弹,那是用来一枪打死密布在这一水域中散兵游勇般的独角鲸以及流浪汉式的海中独角兽,因为由于海水的阻力你不能从甲板上向它们射击,但自上而下打它们便是大不相同的事了。现在可以看得很清楚,斯里特船长像在书中那样详尽地描写他的"乌鸦窠"的种种细小的方便之处,那是出于对自己的得意之作的热爱。但是尽管他如此细致地描述其中许多方便之处;尽管他就他在这个"乌鸦窠"中进行的试验作了极富科学性的交代,描述他如何用配备在那里的一个罗盘来抵消罗盘柜中所有磁铁的所谓"局部引力"所造成的误差,一种由于近乎在一个水平面的船板上有铁器而产生的误差,而以冰川号来说,也许是由于在它的水手中有许多身体垮了以后改行的铁匠而产生的误差;我说尽管船长在此处用笔非常周详,富有科学性,然而斯里特船长心里很明白:他虽然卖弄学问,大谈"罗盘的偏差","罗盘的方位测定"和"近似的误差",可其实他并没有在这类深奥的关于磁力的思考中浸沉到如此地步,以致对在"乌鸦窠"一边放得好好的,灌得满满的而又一伸手就是的方瓶子连偶尔碰一下都不碰。虽然,总的说来,我十分景仰,甚至深爱这位勇敢、正直、学问渊博的船长;但是一想到他戴着连指手套和风帽,在高高的离桅尖不到十五到二十码的鸟窠里琢磨数学问题时,这方瓶子必定是他的何等忠实的朋友和慰安者,我就对他绝口不提那方瓶子一事大不以为然。

然而我们南海捕鲸人却没有像斯里特船长和他的格陵兰船员在桅顶上住得那么适意;不过我们大多是在那些迷人的海域航行,我们所享

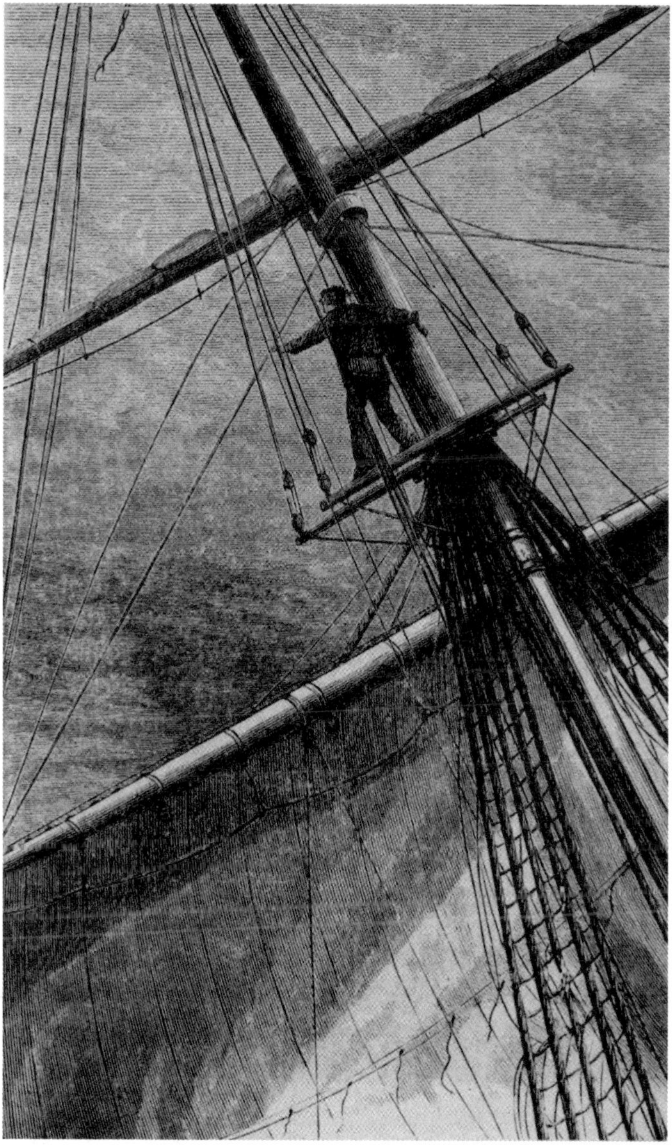

受的大不相同的宁静足可以抵消那方面吃的亏。拿我来说,我就喜欢非常悠闲地攀上索具,在顶上歇一歇,跟季奎格或在那儿碰上任何别的下了班的人聊一会儿天;然后再往上登一小段,懒洋洋地把一条腿跨在中桅帆桁上,先瞧一眼那水上牧场的景致,最后才终于攀到了最终的目的地。

让我在这里彻底坦白交代吧,让我老实承认,我的守望实在马虎。我心胸间萦绕着整个宇宙的问题,而在这令人思绪纷呈的高度要完全由我自己管束自己,我又怎能认真对待我的责任呢,这责任就是执行所有捕鲸船上长期有效的命令:"时刻留神天气,一有变故立即呼叫。"

再让我在此处出于至情地正告你们,你们这些南塔克特的船主们!干你们这行时时需要警惕的捕鱼业,千万不可录用细眉凹眼、性喜胡思乱想的小伙子,那些头脑中装满了斐多①而不是鲍迪奇②,来到船上找活干的人。我说千万要提防这种人。宰杀鲸鱼你首先要发现鲸鱼,而那种柏拉图式的凹眼睛的年轻人能拉着你绕地球十圈,也决不会叫你挣上一品脱鲸油。这类忠告决非多余。因为今天看来,捕鲸业为许多浪漫忧郁成性、整天心神恍惚、讨厌世俗的种种忧烦心事而在水手和鲸油中追求情趣的年轻人提供了一个庇护所。恰尔德·哈罗德③曾多次置身在一条不走运的失望的捕鲸船的桅顶上用愠怒的词句呼喊:

汹涌前进,你这深不可测的靛青色的大洋,前进!
有千条捕鲸船在你身上往来追逐,却劳而无功。

这种船的船长往往斥责那些心不在焉的青年哲学家,怪他们对捕鲸航行缺乏足够的"兴趣",隐隐约约地提醒他们,一切雄心壮志于他们已

---

① 斐多(约公元前417—?),哲学家,苏格拉底的学生。柏拉图的《斐多篇》记录了苏格拉底同他的友人在狱中毕命前关于死和生命不朽的对话。
② 纳撒尼尔·鲍迪奇(1773—1838),美国航海人和数学家,著有《新美国实用航海学》一书,印行六十余版而不衰。
③ 英国大诗人拜伦的长诗《恰尔德·哈罗德游记》的主人公,这两句诗见长诗第7章第179节。

然无份,因为在他们的内心深处,他们宁愿看不到鲸鱼。但是这一切都是痴人说梦;这些柏拉图式的年轻人有个想法,就是他们的视觉有毛病,他们患有近视症;既然如此,睁大了眼睛瞭望又有何用?他们把自己的望远镜忘在家里啦。

"怎么啦,你这猴子,"一个镖枪手对其中的一个小伙子说,"我们已经巡航了将近三年,你还没有打到一头鲸鱼。只要你在这船上,鲸鱼就变得像母鸡牙齿一样稀罕。"也许它们真是少得稀罕;也许在远方地平线上,鲸鱼多得成了堆;可是这个心神不属的青年被波涛与思绪的混合韵律催了眠,进入了空虚的不自觉的幻想所引起的服了鸦片似的四肢无力状态中,最后终于失去了自己的本性,把自己脚底下的神秘的海洋看成那人与自然中无所不在的深蓝无底的灵魂的视觉形象,看成自己捉摸不到的种种奇怪、隐约可见、一滑而过的美的事物;某种不可辨认的形体露出的朦胧可见的一鳞半爪,在他看来都是那些飘忽不定的思想的体现,这些思想只有不断在灵魂中闪过才能在灵魂中占有一席之地。在这种着了魔似的心情中,你的精神渐渐退落到它的来处,消融在时空之中;像泛神论者克雷默①撒在海里的骨灰那样终于成为全世界每一处海岸的一部分。

此刻,除了那轻轻摇晃着的船所赋予你的摇动的生命以外,你没有其他生命;而船的生命是大海赋予的,大海的生命又是上帝的不可思议的潮汐赋予的。但是趁你现在在睡梦中,只消挪动你的手或脚一下,彻底放走你所掌握的;那时候,你的本性便会吓得回到你的身上。你将翱翔在笛卡儿的旋风②之上。说不定到了中午,天气无比晴和,你一声沉闷的尖叫,你就通过透明的空气落进了夏日的海洋,永远也冒不了头啦。你们这些泛神论者啊,好好听着吧!

---

① 托马斯·克雷默,英国坎特伯雷第一任新教大主教,被罗马天主教会判有传播异端邪说罪,于一五五六年被烧死。
② 笛卡儿(1596—1650),法国数学家和唯物论哲学家。他认为地球系统的形成是由于宇宙物质的旋转所致,而宇宙是物质在一系列漩涡或旋风中运动而形成。基督教的宇宙创造说被说成是一套力学理论。

第三十六章

后 甲 板 上

(埃哈伯上,众随后上)

烟斗事件之后不多久,一天早上,吃过早餐不多一会儿,埃哈伯照往日习惯,踏着房舱舷梯到了甲板上。大多数船长通常总在这时候走一走,正如乡绅们吃了早饭要在花园里走几圈一样。

不一会儿,就传来了他的坚定的鲸骨脚步声;他照老规矩走了几个来回。他踩的一块块的甲板早已对他的脚步十分熟悉,到处留下了他一个个凹下去的特殊脚印,像化石一般。你要是凝目注视一下他那个皱纹深陷的额头,那么你还会看到尤为奇怪的脚印——他的一个不眠不休、永远在踱步的思想的脚印。

不过,在刚才所说的那一天,这些脚印显得更深了,正如那一个早晨他的急躁不安的脚步留下了更深的痕迹一般。埃哈伯已经整个沉浸在他的思想中,以致他前后不差地或在主桅边或在罗盘柜边每拐一个弯儿,你就几乎可以看到这思想在他的脑海中也随着拐了个弯儿;他每走一步,这思想也在他的脑海中跨一步;这思想已经完全占有了他,以致它几乎成了外部每一动作的内心的模子。

"你注意到他没有,弗兰斯克?"斯德布悄声说,"他心里的鸡雏在啄破它的壳。它快出来啦。"

时间一点儿一点儿过去;——埃哈伯时而把自己关在房舱里,时而又在甲板上走,从脸上看,显得对自己的目的依然和以前一样执著。

到了一天快要过去的时候,他突然在船舷边停了下来,一面把他的鲸骨腿插到镟孔里,一手抓住一根护桅索,命令斯塔勃克把大家召到船艄来。

"长官!"大副吃了一惊便叫了一声,他惊的是在船上,除了有万分紧急的事变外,绝少发出或简直从来不发出这样的命令。

"叫大家到船艄来,"埃哈伯又说了一遍,"在上面桅顶的,下来!"

全船的人手都已到齐,大家面带奇怪的、不免有些提心吊胆的神色瞅着他,因为他的脸正有些像暴风雨快要来临时的天色;埃哈伯急速地瞥了船舷外一眼,又瞅了瞅水手们,然后从他站着的地点起步,又旁若无人地脚步沉重地在甲板上来回走起来。他低着脑袋,帽子半耷拉着,继续走,也不管水手中间在低声揣测些什么;终于斯德布小心压低了嗓门向弗兰斯克说,埃哈伯把他们叫来,必定是让他们来见识一下他走路的本事。然而过了没有多久,他猛地停下来,叫道:

"你们要见到了一头鲸鱼,你们怎么办?"

"招呼大家去逮它!"约莫有二十个人的怪声怪气的声音做出了这冲动性的反应。

"好!"埃哈伯叫道,他看到自己的突如其来的问题居然如此有吸引力地激起了他们由衷的兴奋,口气中不禁大为赞许。

"那么下一步怎么办,伙计们?"

"放下小艇去追它!"

"那时候你们是个什么劲头,伙计们?"

"不是鲸死便是艇亡!"

大家每吼一声,老头儿的脸上高兴和赞许的表情便增添一分怪异和狂热。同时,水手们开始你看看我,我看看你,仿佛心中不由得纳闷:自己听了这种似乎无所指的问题怎么会变得这么兴奋。

可是埃哈伯在他那个镟孔里转了半圈,一手伸得高高地抓着护桅索,抓得紧紧的,几乎使足了劲,然后向他们说了一番话,大家听了更是摩拳擦掌,急不可待。这番话是:

"你们所有这些爬桅顶的人以前都听过我发出的有关一头白鲸的命令。你们听着!瞧见这枚一两重的西班牙金币没有?"说着,他把一枚锃亮的大金币对着太阳举起来,"伙计们,这是个西班牙金币,值十六块大洋。瞧见了没有?斯塔勃克先生,把那边那个大铁锤递给我。"

在大副去取锤子这段时间里,埃哈伯一言不发,只把金币在他外套的下摆上擦,像是要把它擦得更亮,同时不出字音地低低哼着什么曲子给自己听,发出的是一种压低了的含混的怪声,似乎这就是他体内生命力之轮的单调的嗡嗡声。

他从斯塔勃克手里接过锤子,一手高举着它,朝主桅走去,另一只手亮着金币,提高了嗓门叫道:"我的孩子们,你们中间有哪个给我打到一头白脑袋、皱额头、歪下巴的鲸鱼,有哪个给我打到这头白脑袋,右尾部有三个枪窟窿的鲸鱼——你们听好了,有哪个给我打到这一头鲸鱼,他就能得到这个一两的金币!"

"好啊!好啊!"水手们叫道,他们眼看着金币被钉到桅杆上,便挥舞雨帽,对此欢呼。

"听好,那是头白鲸,"埃哈伯扔下锤子,接着说,"一头白鲸。伙计们,你们要睁大眼睛找它,要留神看有没有白水;只要看见有个水泡泡,就高声叫喊。"

整整这段时间里,塔希特戈、达果和季奎格怀着比别人更强烈的兴趣和好奇心在一旁看着,一听提到皱额头、歪下巴时不觉吃了一惊,好似每人都各自想到了某一件往事似的。

"埃哈伯船长,"塔希特戈说,"这头白鲸准是有些人叫它莫比·迪克的那头。"

"莫比·迪克?"埃哈伯叫道,"塔希,这么说,你是认得这白鲸的啰?"

"长官,它在沉下水去以前,是不是总要有点儿古怪地扇几下它的尾巴?"这个盖海德人有心地说。

"它喷起水来也怪,挺浓挺密,哪怕在抹香鲸里也是少见的,特快,对不对,埃哈伯船长?"达果说。

"它有一、二、双(三),——啊!它皮上还有好几支铁枪,船长,"季奎格断断续续地叫道,"全都拧——扭——曲,像他——他——",他结结巴巴找不到他想说的词儿,他的一只手转呀转,像在打开一只瓶子的软木塞——"像他——他——"

"螺丝锥!"埃哈伯叫出来,"对,季奎格,刺在它身上的几支镖枪全被拧得七歪八扭;对,达果,它喷的水大得像一整捆麦子,白得像咱们南塔克特一年一度的盛大的剪羊毛季节后的一大堆羊毛;对,塔希特戈,它的尾巴一扇一扇活像被狂风撕破的三角帆。伙计们,一点儿不错!你们见到的正是莫比·迪克——莫比·迪克——莫比·迪克!"

"埃哈伯船长,"斯塔勃克说,他,斯德布和弗兰斯克始终用一种越来越惊讶的眼光望着他们的上司,但是最后似乎有了一个可以解释这种诡异心理的想法,"埃哈伯船长,我听说过莫比·迪克——不过咬掉你的腿的并不是莫比·迪克。"

"谁告诉你这个的?"埃哈伯叫道,接着他停了停,"对,斯塔勃克;对,我的全船伙计们;打断我的这根桅杆的是莫比·迪克;莫比·迪克害得我如今站在这里,一条腿只剩下一截断头。对,对,"他一声呜咽,可怕而又响亮,像是一只被打中了心脏的大角鹿发出的,"对,对!是那头该死的白鲸废了我,让我从此永远变成了一个可怜的装假腿的水手!"然后他双臂往外一甩,用无限怨毒的口气喊道,"对,对!我要追它到好望角,到霍恩角,到挪威的大漩涡,不追到地狱之火跟前我决不罢休。伙计们,这就是雇你们上船来要干的活儿!在东西两个大洋中追猎那头白鲸,在地球的四面八方追猎它,直到它喷出黑血来,直到它的尾巴摆平为止。伙计们,你们有什么说的,你们愿意从今以后一起动手干吗?我看你们都像是好样儿的。"

"对,对!"镖枪手和水手们喊道,他们走得离这个处于亢奋状态中的老头儿更近了,"睁大眼睛留神那白鲸,握紧镖枪对准莫比·迪克!"

"上帝祝福你们,"他说话已是一半呜咽,一半喊叫,"上帝祝福你们。管事!多拿些酒来。斯塔勃克先生,你拉长了脸干什么呀;你打不打算追捕那白鲸呀?你对白鲸有没有兴趣呀?"

"埃哈伯船长,我对它的歪下巴,对死神的血盆大口有兴趣,只要它跟我们要干的正事顺道就行。不过,话说回来,我上这儿是来捕鲸鱼的,不是来给我的指挥官报私仇的。埃哈伯船长,就算你能宰了它,你报了仇,这能出多少桶油?在咱们南塔克特市场上,这为你挣不了几个钱。"

"南塔克特市场!去它的!但是你走近些,斯塔勃克。你是想要一份低一点的拆账报酬呀。如果金钱成为衡量的标准,如果那些会计已经清点了地球这个他们的大账房（他们用一个接一个的一镑金币把地球围起来，每一金币等于四分之三吋）；那么，我可以告诉你，我报了仇，会给这里带来极大的好处！"

"他在捶打自己的胸膛啦，"斯德布悄声说，"这是为什么呀？依我看，这听起来雷声大，其实雨点小。"

"向一头没有灵性的畜生报仇！"斯塔勃克叫道，"它伤了你不过是出于顶顶盲目的本能！这是疯狂！跟一头没有灵性的东西发火。埃哈伯船长，这怕是有伤天理吧。"

"你听好了——你是真要一份低一点的拆账报酬呀。凡是肉眼看得见的东西，伙计，都是跟硬纸板做的面具一样。但是就每一事件来说——每一个活生生的行动，每一个不容置疑的行为——就在那里，某种未知但仍可理喻的事物会从不可理喻的面具后面推出事物面貌的原型来。如果有人要戳穿，那就戳穿面具！除非冲破墙壁，否则囚犯如何才能到外面去？对我来说，白鲸就是那堵墙壁，一堵逼近我的墙壁。有时我也想，墙外什么也没有。不过这就够啦。它赶着我做苦工，把活儿拼命往我身上压。我看到它全身力大无穷，还有不可思议的歹毒心肠支撑着它。这不可思议的东西正是我憎恨的主要东西。白鲸是代理人也好，白鲸是主犯也好，我要把我的憎恨发泄在它身上。伙计，别跟我讲什么有伤天理；太阳要侮辱了我，我照样要揍它；因为太阳可以这样干，我也就可以那样干；自从世上存在着一种公道以来，嫉妒就主宰着所有的人和物。不过，伙计，连这种公道也不是我的主子。谁能管住我？真理没有个边。别这样看着我！傻瞅着我比恶狠狠地瞪着我还要难受。好吧，好吧，你满脸通红也好，脸色煞白也好，我发出的热已把你烧成熊熊怒火。然而，斯塔勃克，你听好，人在火头上说的话，过去了也就完了。世上有些人，他们的温情的话语乃是小小的侮辱。我无意激你发火。随它去吧。瞧！瞧那边有带茶色斑点的土耳其人的脸蛋——那是太阳所绘的活生生的吐着气息的图画。那些异教的豹——谁也不在乎、谁也不礼拜的东西，它们活着、追求着，却对它们所感觉到的灼热的生活不作任何解释！那是水手们，伙计，水手们！在这头鲸的问题上，他们难道不是和埃哈伯一条心么？瞧斯德布！他在笑！再看那边的智利人!他一想到它就狂笑,表示轻蔑。要在那普世的风暴中屹立不倒,你一株未生根的幼树根本办不到。斯塔勃克,这是什么?好好琢磨琢磨吧。那不过是帮着对鲸尾投一枪罢了;对斯塔勃克来说,这不是了不得的功业。还能有什么别的呢?全南塔克特最好的镖枪手,当每一个桅前的水手都抓着块磨刀石时,他不用说是不会从这么不起眼的一次猎鲸中退缩的吧?唉!我看明白啦,你是给拘束住啦!大浪把你抬起来啦!说呀,说出来就行!——唉,唉!这么看来,你不说话就等于你说了话。(旁白)从我张大了的鼻孔里喷出来的,他已经吸进肺里去啦。斯塔勃克已经是我的人啦;如今他已不能反对我了,除非他造反。"

"上帝保佑我吧!——保佑我们大家吧!"斯塔勃克低声喃喃道。

然而在他对大副受了蛊惑后的默认感到欢欣鼓舞时,埃哈伯却没有听到他的带有先兆性的对上帝的祈求,没有听到底舱里发出的压低了的笑声,没有听到风吹索具发出的预兆不祥的振动,也没有听到篷帆的中心一下子鼓起时扑打桅杆发出的空洞的噗噗声。斯塔勃克的垂下的眼睛又一次闪出生命的顽强的光芒;舱底下的笑声消失了;风还在吹,吹得帆鼓鼓的;船依旧起伏颠簸。啊,你们这些忠告和警告!既来了,你们又为什么不留下?不过你们的与其说是警告,不如说是预言,你们这些幽灵!然而虽说有外部预言的成分,更多的却是自我对往事的验证。因为外界对我们的压力并不大,是我们的存在的内心需求,它们仍在驱使我们去干。

"拿量杯来!拿量杯来!"埃哈伯叫道。

他拿到了倒得满满的酒杯,转向镖枪手们,命令他们拿上他们的武器。然后他让他们挨着绞盘,手执镖枪,在他面前列成一行,大、二、三副拿着长矛站在他一边,船上其余的水手围着他们站成一个圆圈;他站在那儿,用锐利的目光对他手下的水手一个个瞅过去。而迎着他的是一双双狂热的眼睛,就像草原狼群的血红的眼睛瞅着领头狼的眼睛,彼此对视之后,领头狼就带着大家沿着野牛走过的路往前冲去;天啊!哪知道这一下掉进了印第安人布下的陷阱里。

"喝了往下传!"他叫道,把那个装得沉甸甸的大肚子酒瓶递给身边最近的一个水手,"现在是光让水手们喝。转圈儿传下去,传!伙计们,小口吸——大口灌都行。这酒可跟魔鬼的蹄子一般凶。好,好,传得好。它叫你天旋地转,叫你醉眼蒙眬。干得好,快底朝天啦。这般来,那般走。把它递给我——这瓶空啦!伙计们,你们好似那无情岁月,那么充盈的生命给一口口地喝个精光。管事,来,再满上!

"留神听着,我的勇士们。我把你们召集到这绞盘周围;你们大、二、三副,拿了长矛站在我身边;你们镖枪手,拿着你们的兵器站在那儿;而你们,坚强的海员们,绕着我围成一圈,好让我来多少恢复我以前的打鱼的先人们的一个高贵的习俗。伙计们啊,你们还会看到这样子——嘿!管事,你回来啦?来得不利索的都不是好样儿的。递给我。好啊,这酒壶此刻又满啦。你该是圣·维杜舞这小鬼①吧——给我滚,你这打寒颤的东西!

"过来,你们大、二、三副!把你们的长矛在我面前交叉。干得好!让我来碰一碰这轴心。"他一边这么说着,一边伸出胳膊握住了平伸的成辐射形的三根长矛的交叉点;在握着的同时,又突然神经质地拉扯它们;同时全神贯注地从斯塔勃克望到斯德布,又从斯德布望到弗兰斯克。那模样好像他有某种无名的内在的冲动,要把他自己富有吸引力的生命的蓄电池中积累起来的火一样的激情电击到他们身上。这三位副手在他的坚毅、始终不变、富有神秘意味的面容之前畏缩了。斯德布和弗兰斯克的眼光从他身上移到了旁边,斯塔勃克垂下了他的诚实的眼睛。

"这没有用!"埃哈伯叫道,"不过,也许,这样也好。因为一旦你们接受了这全力的电击,我自己的电源,它也许就会从我身上泄光,说不定还会使你们倒毙。你们大概不愿意这样。放下长矛吧!现在你们三位副手,我派你们当我那边的三位异教亲人——三位最最尊贵的绅士和贵族,我的勇往直前的镖枪手——的执杯人。瞧不上这活儿?伟大

---

① 圣·维杜舞是一种痉挛性的病症,病人消沉、易怒、感情极不稳定。埃哈伯的断腿根部常生剧痛,这损害了他的神经系统,因此常有神经质的发作,说话走路都有神经质的表现。

的罗马教皇为乞丐们洗脚时,还不是把他的三重冕当大口水罐用?啊,我的可爱的大主教们!你们的降尊纡贵定会教你们勉为其难的。我不向你们下命令,你们自觉会这样做。你们镖枪手们,斩断你们的绳索,拔掉枪杆!"

三个镖枪手默默无言地服从命令站好,各人面前手拿着约莫三呎长、倒钩在上的铁矛头。

"别用那锋利的铁矛头戳我!斜过来,斜着拿!知道这高脚杯的脚吗?把枪头的插枪杆的接口朝上!好,好,现在你们执杯人朝前走。那几个镖枪头,拿好了!我斟酒的时候要举好!"他紧接着从一位副手旁慢慢地走到另一位跟前,将镖枪接口斟满了酒壶里的烈酒。

"现在你们站着,三个对三个。举起那凶险的圣餐杯!你们如今已参加了这个再也分不开的同盟,用那些杯子吧。喂,斯塔勃克!这盟已经结成啦!那表示许可的太阳正等着最后批准哩。喝吧,你们几个镖枪手!喝吧,发誓吧,你们这些站在捕鲸艇头的伙计们——杀死莫比·迪克!我们要不捕到莫比·迪克,宰了它,上帝便要猎捕我们大家!"那三只安着倒钩的长长的钢杯已经举起啦。在喊叫和诅咒白鲸声中,烈酒被嗖的一声同时喝尽。斯塔勃克脸色苍白,转过身去,打着冷颤。酒壶再一次也是最后一次被灌满,在发狂似的水手中一个个地传递;埃哈伯用他空着的那只手挥舞致意,大家都散去了,他回到了自己的房舱中。

第三十七章

夕 阳 西 下

房舱,靠着船尾窗,埃哈伯一人独坐,眺望窗外。

我行驶到哪儿,我就在哪儿留下一条白色混浊的痕迹;苍白的海水,更加苍白的脸颊。心存嫉妒的浪头在两旁汹涌,要淹没我的航道;

随它们淹没好啦,不过首先我要驶过去。

远处,在那永远是满的酒杯边,暖浪红得像葡萄酒。金色太阳正要沉入蓝色的大海——它从正午就开始缓缓西下——此时已在沉落;我的灵魂则在上升!她已经倦于跋涉那无尽的山丘。我头上戴的皇冠是不是太重了?这顶伦巴第的铁制皇冠①,它缀满了许多珠宝,耀眼生光;而我这个戴着它的人看不到它的远射的光华,却不祥地感到我戴的这令人眼花缭乱的东西主凶。那是铁(这一点我知道),不是黄金。再说,它已经开裂了——这我感觉到了;那锯齿形的裂口磨得我好疼,我的脑筋仿佛在撞击这坚硬的金属;对,我的头颅是钢铁做的;就是在脑浆迸裂的恶战中也无须戴上那种钢盔的头颅!

我的额头是不是在发烧?喔!以往,日出东方会激励我上进,夕阳西下则令我感到镇静。如今再也不是这样。这可爱的光,它照亮不了我;所有可爱的事物在我都是痛苦,因为我永远不能享受。我空有崇高的悟性,却缺乏低等的享受能力;我遭到了最最微妙、最最恶毒的天谴!在天堂之中遭到天谴!晚安——晚安!(挥手,他从窗边走开。)

这事情并不太难办。我以为至少会碰上一个顽固的人;然而我的只有一个齿轮的圆环能配合他们所有各不相同的轮子,而且轮子能转。或者说,如果你赞成的话,像是许多火药堆成的蚁冢,它们都堆在我的面前;而我就是他们的火柴。啊,好难啊!要把别的东西点燃,火柴自己必须烧成灰烬!我敢于做的事,我就要去做;而我要去做的事,我就会去做!他们以为我疯了——斯塔勃克就这样以为;其实我已成了恶魔,我是疯上加疯!这种荒乎其唐的疯狂不过是要理解它自身的一种镇静!曾有预言,说我要成为缺胳膊少腿的人;可不是,我失了这条腿。如今我预言,我要令咬断我腿的家伙缺胳膊少腿。现在的事是预言者要成为实现这一预言的人。这是你们诸位大

---

① 据传,康斯坦丁教皇的皇冠,其金冠里有一内衬,系由钉死耶稣所用铁钉中的一只制成。神圣罗马皇帝中查理曼和查理五世即用它来加冕。皇冠现在意大利伦巴第区蒙扎大教堂。

神所从来没有做到的。我嘲笑你们,嘘你们,你们这些玩板球的家伙,拳击师,哑巴柏克和瞎了眼的本迪戈之类的家伙①!我不会说中小学生对暴徒说的那种话——别揍我,去找和你个儿差不多的人干去!不,你把我一拳打倒在地上,我又站起来啦;你呢,跑啦,藏起来啦。从你的棉花包后面站出来!我没有长枪能打到你。来啊,埃哈伯向你致意啦;来啊,看你能不能叫我动摇。叫我动摇?你没有能耐叫我动摇,还是动摇你自己吧!人家已经把你看穿了。叫我动摇?我的目标已定,通向目标的道路已经用铁轨铺设好了,我的灵魂将顺着轨道飞奔。越过没有探测过的峡谷,穿过崇山峻岭的打通了的腹地,钻过激流的河床底下,我毫不迷误地向前冲!这条铁路一无阻碍,也没有一个拐角!

第三十八章

暮 色 降 临

斯塔勃克身子靠在主桅上。

我的灵魂遇到了比它强大的对手;它被人,被一个疯人控制了!这一个打击叫我真难忍受,一个心智健全的人竟在这样一块战场上放下武器!可是他钻到了我的心灵深处,把我的理性消灭个精光!我自以为我看清了他的见不得上帝的目的,可是我感情上却必须帮助他达到这个目的。我乐意也好,不乐意也好,有种莫名其妙的东西已把我和他绑在一起,用一根我无法切断的索子拉着我。可怕的老头儿!他叫嚷,是谁支配着他;——哼,对所有在他之上的人,他要当

---

① 吉姆·柏克是英国一八三三年拳击冠军,出生于澳大利亚本迪戈地方的威廉·汤普逊是一八三九至一八四五年的英国拳击冠军,本迪戈是其绰号。

一个民主派;瞧瞧,对所有在他之下的人,他是多么作威作福!唉!我对自己这份糟心的差使看得明明白白——心存反叛,行动上服从;更糟的是,恨他,又有点可怜他!因为我看出在他的眼神里有种瘆人的苦痛,我要有这种苦痛,我的生命就会枯萎。话说回来,希望还是有的。时空如此宽广。那头可恨的鲸鱼有着如此广阔的水域可以任意遨游,犹如那小小金鱼有它自己的玻璃缸。他的悖逆天意的目的,上帝也许会把它推到一边。我的心要不像铅那样重,我就要让它高高飞翔。可是我这口钟已经停了;我的心是决定一切的钟摆,我已经没有上发条的钥匙。

(船头楼传来了一阵欢笑喧闹声)

天哪!跟这么一伙异教徒水手,一伙从小绝少教养的人一同出海!这些生在弱肉强食的海上什么地方的人。那头白鲸正是他们的德莫高贡①。听!那罪恶的纵酒喧闹声!这狂欢是在船头。船艄却是寂静无声!我看这正勾画出了生活的面貌。首先穿过晶亮大海的是破浪前进的快活的战斗的势如破竹的船头,为的只是拖着后面阴郁的、在靠船艄的房舱中想心事的埃哈伯同行。那房舱盖在船尾后的水波之上,随后便是豺狼般的奔涌的水声。那拉长的嚎叫声使我毛骨悚然!安静下来吧!你们这些大呼小叫的狂欢人,值班守望去!啊,生活!在这样一个时刻,灵魂被打倒,受知识管束——好像野生的、没有经过培养的东西硬要叫人吃下去——啊,生活!直到现在我才真正感觉你身上的潜在的恐怖!然而这不是我!那恐怖已经与我无干!我怀着人的柔和的感情,然而我还要和你斗争,你冷酷的鬼怪般的未来!啊,你们这些天佑的力量,站到我身边来,抓住我,回护我吧!

---

① 德莫高贡 Demogorgon 是远古神话中的早期神祇;Demon 是恶魔,而 gorgon 则是希腊神话中三个蛇发女怪之一。

第三十九章

第 一 夜 班

前 桅 楼

（斯德布独自一人在补转帆索）

咳！咳！咳！咳！嘿！清一清我的喉咙！——这事儿我一直琢磨到了现在,而这咳一咳便是最后结果。为什么这样？因为笑一笑是对一切古怪东西最聪明也是最容易的回答;不管以后发生什么,有一种安慰始终存在——这种靠得住的安慰便是:事事命中注定。他和斯塔勃克的谈话,我没有全部听到;不过尽管我眼神不济,还是看得出来,斯塔勃克当时的神气就跟我那天黄昏的感觉一个样。不用说,老头子也是憋得他够呛。这我看得出,我知道;只要有点儿脑子,不用花什么力气就能预先说出来——因为我的眼光一落到他的脑壳上,我就看到了。好啊,斯德布,聪明的斯德布——那是我的衔头——好啊,斯德布,那又怎么样,斯德布？眼前的无非是个臭皮囊。我不知道以后可能出些什么事,反正不管会发生什么,我总会笑着迎它。在你所有的吓人嘴脸中都隐伏着这样一种出以戏谑的蔑视！我觉着可笑。法拉！替拉,索替拉！① 此刻不知我的小娇娘在家里干着什么？哭得泪人儿似的？——我敢说,是在给最后到来的镖枪手开晚会,花枝招展,像快速帆船扯的三角旗,我也一样快活——法拉！替拉,索替拉！啊——

      我们今夜心情轻快地为爱情干杯,
      快活的昙花一现的爱情
      犹如酒杯边泛起的泡,

---

① 乐曲简谱符号。

一碰到嘴唇便化作云烟。

好响亮的声音——谁在叫我？是斯塔勃克先生吗？是，是，长官——（旁白）他是我的上司，如果我没有弄错的话，他也有他的上司。——是，是，长官，我手上的活儿完了就来。

第四十章
半夜，船头楼

镖枪手和水手们

（前帆升起，发现值班的人有站着的、溜达着的、靠着的、以各种姿势躺着的，大家齐声合唱。）

别了，你们西班牙姑娘们，再见！
别了，你们西班牙姑娘们，再见！
　我们的船长已经下了命令——

南塔克特水手甲

喂，哥儿们，别自作多情啦，这有碍消化！提提神儿吧，跟我唱！
（他唱起来，大家跟着唱）

我们的船长站在甲板上，
　手里拿着个望远镜，
瞭望着那些威武的鲸鱼
　在每一处浅海喷水。
啊，哥儿们，桶在你们的艇里，
　站到你们的转帆索边，

我们要逮一头美美的鲸鱼,

　　哥儿们,左手右手一起上!

好,高兴起来,我的小伙子们,当勇士们投枪刺鲸鱼时,愿你们永远不要泄气!

后甲板传来大副的声音

打八下钟,前边的!

南塔克特水手乙

别唱啦!打八下钟啦!打钟的,听见了没有?你,比普,你这黑小子,打钟八下!让我来通知值班的。我有个能叫值班的人听见的嗓门——一张大桶般的嘴。(把头伸进小舱口)右舷值——班——的——!下边听着,打八下钟啦!快爬上来!

荷 兰 水 手

今晚睡得好香啊,老弟,这一晚真痛快。我看多亏了咱们老头子的酒;有的醉得像死了过去,有的受了刺激。我们唱歌,他们睡觉——嗨,躺在那儿,活像底层的大桶。现在又要把他们叫起来啦!喏,拿起那只铜唧筒来叫他们。告诉他们别再做和他们的姑娘私会的美梦啦。告诉他们是复活的时候啦。他们得亲最后一次嘴。来受末日审判。就是这么回事——就是这样。吃阿姆斯特丹黄油是吃不坏你们的喉咙的。

法 国 水 手

喂,哥儿们,在开到布兰凯特湾靠岸之前,咱们来跳它一两个舞。你们说怎么样?接班的人来啦。大家准备跳吧!比普!小比普!打起你的手鼓来!

比　　普

(睡眼惺忪,心里有气)

手鼓不知在哪儿。

法 国 水 手

那就打你的肚皮,摇你的耳朵好啦。我说,哥儿们,跳吧,寻快活是正经,乌拉!真该死,你不肯跳还是怎么啦?现在排好队,一路纵队。马上来个双拖步?跳它个痛快!来呀!来呀!

冰 岛 水 手

我不喜欢你们这种舞池,伙计;我嫌它太有弹性,我跳惯了冰舞池。对不起,扫了你们的兴;我不想跳,请原谅。

马 耳 他 水 手

我也一样,你们的姑娘在哪儿?只有傻瓜才会自个儿左手搀着自个儿右手,再对自个儿说"你好吗?"舞伴呢?我一定得有舞伴!

西 西 里 水 手

对,要有姑娘,要有草坪!——有了这两样,我就跟你们一块儿跳,变成一只蚱蜢!

长 岛 水 手

喂,喂,别苦着脸,爱跳的人有的是。依我说,到什么山上唱什么歌,唱得好时大家都会来。啊,音乐响起来啦,现在跳吧!

亚 速 尔 水 手

(敲着手鼓,登上小舱口)

比普,你的手鼓来啦,还有系绞车的柱子,爬上去吧!哥儿们,大家来吧!

(有一半的人随着手鼓声跳起来,有些人走下舱去,有些人在一卷卷索具中间或躺或睡。咒骂声此起彼落,好不热闹。)

亚速尔水手

（跳着舞）

使劲打呀,比普！使劲敲呀,敲钟的！猛敲,狠敲,拼命敲,不要命地敲,敲钟的！敲出火星来,把钟敲个粉碎！

比　　普

你是说钟？——又敲坏了一个,完啦,是我把它敲碎的。

中　国　水　手

那就让你的牙齿捉对儿哒哒敲吧,使劲儿敲,把你自己变成一座宝塔。①

法　国　水　手

狂——欢吧！举起你的大铁圈,比普,让我打圈中蹿过去！撕那三角帆！把你自己也撕了！

塔　希　特　戈

（静静地吸着烟）

那是个白人,他管这叫乐子:哼！我才不流那种汗哩。

曼克斯的老水手

我不知那些找快活的小伙子想没想自己是在什么上面跳舞。我要在你的坟墓上头跳舞,我真会——这是你的姘头在发狠时对你发出的顶恶毒的咒骂,比拐弯时碰到的顶头风还恶。基督啊！想想那刚出道的海军,那刚出道的水手吧！好,好,这整个世界也许真像你们学究们爱说的,只是一场舞会;所以把它变成一个舞厅也是理所当然。小伙子们,跳吧,你们正年轻,我也曾年轻过。

---

① 宝塔每层四角往往有风铃。"变成宝塔"也许是变出许多铃铛来的意思,存疑。

南塔克特水手丙

喘口气儿吧！——嘘！这比在风平浪静的海上拉过一头鲸鱼来还要累——给我来一口吧，塔希。

（大家停止跳舞，扎成了一堆堆。这时天色变了——起风了。）

印 度 水 手

老天呀！哥儿们，眼看着得收帆啦。天上来的满潮的恒河水变成了风啦！湿婆大神①啊，您绷起了您的黑脸啦！

马 尔 他 水 手

（半躺着身子，摇着他的帽子）

现在轮到海浪——轮到雪帽子来跳舞啦。它们眼看要抖它们的帽缨子啦。要是所有的海浪都是女人的话，我愿意下海，和海浪跳个够！跳起舞来，溜几眼那暖烘烘、野性十足的胸脯，那藏在粗壮的胳膊后面熟透了快要裂开的葡萄，世上哪有像这么美的事儿——天堂也未见得比得上！——

西 西 里 水 手

（半卧着）

别跟我说这个！听着，小伙子——手脚勾搭快如闪电——水蛇腰扭呀扭的——时而卖弄风情——时而心慌意乱！嘴唇！心！屁股！全都在摩擦；不停地接触又分开！你啊，留神，别也要去尝一尝，要不然会撑破你肚皮的。唉，该不是些异教徒吧？（用胳膊肘推着）

塔 希 提 水 手

（半躺在一张席子上）

---

① 印度教中司毁灭死亡之神。

好啊,我们的舞女神圣的祖裸啊!——她们跳的是赫瓦①——赫瓦舞!啊!低低的帐幕、高高的棕榈的塔希提!我依然是躺在你的席子上,只是不见了那软和的泥土!我的席子啊,我曾见人在林子里把你编织!第一天我从那儿把你拿来时你还是翠绿的,如今你已经敝旧不堪。唉!——你和我都经不起这种变化!有一天我要被移植到天上,那又会怎么样?当泉水从巉岩上奔泻下来、淹没村庄时,我在那长矛般的皮罗希提峰巅能听到它的咆哮声吗?——那洪水,万马奔腾的洪水!挺直脊梁,跟它对着干!(一跃而起)

葡萄牙水手

滔滔海水冲击着船边有多凶啊!哥儿们,准备好收缩帆篷吧!风刮得像刀枪剑戟在交锋,眼见它就要混战一场啦。

丹麦水手

噼啪,噼啪,老船呀!只要你还能噼啪,你就能撑持下去!干得好!大副在那儿让你和风对着干。他的胆量不比卡特加特②的小岛上的要塞小,那要塞修在那儿是为了用风吹雨打的大炮和波罗的海战斗;海盐在炮上都结成块啦!

南塔克特水手丁

你要知道,他有上司的命令。我听得见埃哈伯老头儿对他说,他任何时候都必须战胜大风;这有点儿像用一支手枪打破一个水槽口一样——领着你的船直冲进去。

英国水手

妈的!不过这老头儿可是个了不起的老家伙!我们是他手里的一

---

① 当地一种祈求和平的祭奠上的舞蹈。
② 卡特加特海峡是在丹麦的日德兰半岛之西、西兰岛之南以及瑞典之东的一个海峡,峡内有丹麦的三个岛。主要港口有瑞典的哥德堡和丹麦的奥胡斯。

些小卒子,去逮他要逮的鲸鱼。

大　　家

是啊!是啊!

曼克斯的老水手

那三根松木摇得多凶哪!松树要是给搬个家,换了种泥土,是最难成活的,可在这儿除了水手们的该死的泥土没有别的。掌舵的,把稳了。今儿个这种天气,勇敢的心在岸上也会打战,在海上装了龙骨的船身也会碎裂。咱们的船长有他生来的痣;哥儿们,瞧那边,天上也有块痣,你们瞧,样子多瘆人,除此之外是漆黑一片。

达　　果

那又怎样?谁怕黑就是怕我!我是从漆黑一片中挖掘出来的!

西 班 牙 水 手

(旁白)他要用威势吓唬人,哼!——旧恨让我容易记新仇。(走向前来)镖枪手呀,你们这拨儿人无可否认是属于人类黑暗的一面——而且还是极端黑暗的一面。请勿见怪。

达　　果

(虎着脸)

不怪。

圣·约哥的水手

那西班牙人不是疯了就是喝醉了。不过喝醉不可能,除非咱们老头儿的烈酒在他这一个人身上发作的时间特别长。

南塔克特水手戊

我看到的是什么呀——闪电吗？不错。

西 班 牙 水 手

不对,是达果龇了龇牙。

达　　果

　　（跳起来）
给我闭嘴,矮冬瓜！白皮白心肝！

西 班 牙 水 手

　　（对他迎上去）
一刀捅死你这东西！个儿大,胆儿小！

大　　家

干架喽！干架喽！干架喽！

塔 希 特 戈

　　（吐了口烟）
下面在干架,天上也在干架——天上的神和地上的人——都爱干架！哼！

贝尔法斯特水手

干架啰！干得好！感谢圣母,干架啦！一块儿干吧！

英 国 水 手

干架要讲个公道！夺下西班牙人的刀子！赛拳吧！赛拳！

曼克斯老水手

各就各位,预备!按拳击赛要求。该隐就在这样的赛场中打倒了亚伯。干得好,干得对!不对?那么,请问上帝,为什么您创造了这拳击赛场?

大副的声音从后甲板传来

扬帆索旁的人手!扯上上桅帆!准备收中桅帆!

大　家

大风来啦!大风来啦!我的好人儿呀,快!(各人散开)

比　普

(缩在绞车下面)

好人儿?求主帮帮这种好人儿吧!喀里,喀喇!三角帆架完啦!砰嘭——哪!上帝啊!比普,腰弯得更低些,这下顶桅帆飞过来啦!这比在树林里刮起旋风还可怕!真像一年的末日!这时谁还敢去爬树摘栗子?可他们还是去啦,他们在那儿,一路上骂骂咧咧,而我在这儿没有去。他们走在去天堂的路上,前景光明。老天爷,死劲顶住,多大的风啊!不过那边的那些家伙比这风还可怕——他们是你们的白毛风。白毛风?白鲸,嘘!嘘!他们刚才聊的那些话,我全都听到了;还有那头白鲸——嘘!嘘!不过只提了一回!而且只在今天黄昏——它可吓得我全身叮当响,活像我的手鼓——那老头儿,真是条蟒蛇,让他们发了誓去猎那头白鲸!啊,你的大大的白人上帝,高高在上边什么地方,在那里的黑地里,可怜可怜在这儿地上的这个黑人小娃娃吧;保佑他躲开所有那些没心没肺、天不怕地不怕的人吧!

第四十一章
莫 比 · 迪 克

我,以实玛利,是这伙水手中的一个;我跟着他们一块叫喊,我的誓言已经同他们的融合在一起;因为我内心的恐惧,我叫喊得越响,我的誓言越是板上钉钉,定而不移。我心里有一种野性的神秘的同情的感觉,埃哈伯的那种万难抑制的仇恨似乎就是我的仇恨。我恨不能多长两只耳朵,把那头杀人不眨眼的怪物的历史听个一清二楚;我和所有其余的人都立下了誓言,要狠狠整治这怪物,报仇雪恨。

过去相当长一段时间,这头离群索居的白鲸虽然只是有间隔地但却时常出没在主要有捕抹香鲸渔人光顾的蛮荒的海洋上,然而并不是所有这些渔人都知道有这么头白鲸;相对而言,只有其中的极少数曾经见到过它,认识它;至于既认识它又和它交过手的实在没有几个。专门有关莫比·迪克的特别消息之所以长期不能在全世界整个捕鲸船队中传开,有许多直接的或间接的原因,诸如捕鲸船只数目巨大,它们散乱地分布在整个水域,其中有许多跋涉远洋,冒险搜索,因而甚至在一连整整一年或更多的时间里,碰不上一艘随便什么船可以互通消息,而每一次单独的航行历时之长大异寻常,每次从本国启航的时间又无定规等等。不过,话说回来,有好几艘船曾经报告,说是它们在某一时间,某一地点曾和一头异常巨大和凶恶的抹香鲸遭遇,后者使攻击它的船和人吃了大亏之后,便逃之夭夭;这也是难以怀疑的事实。在有些人看来,所说的那头鲸必然正是莫比·迪克;这种假定未尝没有道理。然而近些时候,捕猎抹香鲸的船只遭到攻击对象极其凶狠、狡猾和歹毒的还击的事屡见不鲜。而那些同莫比·迪克搏斗过的人是在偶然糊里糊涂不知情的情况下和它交手的;因此他们也许大多满足于把它造成的特殊的恐怖更多归之于捕猎抹香鲸这行当通常所具有的风险,而不是某一个别的缘由。大家听了埃哈伯在和这头鲸鱼的那场遭遇战中惨败以后的看法多半也是如此。

至于那些早先听说过这头白鲸、后来又碰巧见过它的人,最初几乎没有一个不是勇敢无畏地放下小艇去捕杀它,就像他们猎它的其他同类一样。可是在这样的攻击中他们终于吃了大苦头,不止是拧了手腕子或脚踝,断了胳膊腿或是被咬掉了四肢的一肢,而且还有人断送了性命。这些一再发生的灾难性的反击日积月累地把它们的恐怖都算在莫比·迪克名下;它们极大地动摇了许多勇敢的捕鲸人的意志,而白鲸的故事终于从这些人嘴里传了开来。

各种各样荒诞无稽的流言也免不了给那些危及性命的遭遇战的真实情况添油加醋,而且不止于此,它们还增加了情况的恐怖色彩。因为不仅一切惊心动魄的事件本身自然会生出异想天开的谣言来,正如一棵雷击的树会生出真菌一样;而且航海生涯与陆上生活大不相同,荒乎其唐的谣传有的是,只要有足够的现实作依据便行。进一步说,正如就这方面而论,海上远胜于陆地;同样,捕鲸业比起任何其他一项海上营生来,有时在散布稀奇古怪,惊骇恐怖的谣传来也是高人一等。因为捕鲸人作为一个整体未能摆脱所有海员世代相传的愚昧和迷信,岂止如此,在所有海员中,他们无论怎么说都是最为直接地经历到海上令人胆战心惊的一切;不仅面对面地目睹海上最伟大的奇观,而且还要亲手与张着血盆大口的巨鲸搏斗。更何况单船航行在如此僻远的水域上,哪怕你行驶了一千浬,经过了一千个港口,你也进不了一户像样的人家,更不要说在那样的地方受到亲切的接待。在这样的经纬度上,干着这样的营生,捕鲸人所身受的影响无一不会使他们的幻想孕育出许多骇人听闻的故事来。

这样看来,难怪有关白鲸的那些添油加醋夸大其词的谣传,由于在极其广大的水域中传播,在数量上日见增加,而且到了最后竟吸收了各种各样闪烁其词,令人毛骨悚然的流言以及尚未完全成形的使人联想到神怪力量的说法。这些流言和说法最终赋予了莫比·迪克以与人们所目击的任何事物毫无关涉的新的恐怖因素。因此在许多情况下它最终竟引起了这样的恐慌,以致在听到过白鲸的故事或至少是流言的人以及在猎鲸人中,极少有人甘愿冒和它的血盆大口遭遇的风险。

然而还有另外一些更加紧要的实际因素在起作用。抹香鲸的早年的声威,与其他种类的巨鲸有着令人丧胆的区别的声威,即使在今天也还没有从作为一个整体的捕鲸人的心目中消失。直到今天,他们之中,还有些人尽管机警勇敢足可以与格陵兰鲸或露脊鲸较量,却由于或缺乏这方面的经验,或能耐不够,或心虚胆怯,也许就不敢和抹香鲸作对。不管怎样,反正有的是这样的捕鲸人,特别是不挂美国国旗的船只上其他各国的捕鲸人,他们从未和抹香鲸交过手,而他们仅有的关于鲸鱼的知识限于在北部洋面以原始的方法追猎过的那些不入流的鲸鱼;这些人在舱口一坐,就像娃娃们坐在炉火边听故事一样,有滋有味却又胆战心惊地听人讲在南海捕鲸的新奇的近乎荒诞不经的故事。至于要知道了不起的抹香鲸翻江倒海的气势,那只有到船头上去和它斗上一斗才会有真情实感的体会。

它的如今已得到考验证实的伟力似乎在当初古代传说时期早已有所显示;我们发现一些书本博物学家——奥拉逊和鲍威尔生①——声称:抹香鲸不但使其他海洋生物见之惊慌失措,而且凶残到难以置信的地步,它竟不断地使人类流血丧命。甚至直到晚近的居维埃时期,这些以及类似的印象仍未磨灭。因为在他的《博物史》中,这位男爵本人宣称所有鱼类(连鲨鱼在内)一见了抹香鲸,便"吓得晕头转向",因而"往往在慌不择路之际,一头撞到了岩石上,由于用力太猛,撞得当场毙命"。不管捕鲸业的一般经历会对这类报告作怎样的修正,报告中所形容的十足的凶残,以至鲍威尔生的渴血之说,以及报告中的迷信因素,随着捕鲸业的一定程度的兴衰荣枯,依然活在猎鲸人的心中。

因此,为关于抹香鲸的种种流言和凶讯吓破了胆的不在少数的捕鲸人在围绕着莫比·迪克回顾起早期捕抹香鲸业时说,当初很难诱使

---

① 应为奥拉夫逊和鲍威尔生。他们在《冰岛游记》(1805年在伦敦出版)中写道:有一种鲸鱼"竟把整条船连同它的水手吞进嘴里,把船毁掉,把人一个个活活吃下肚去"。一旦尝到人肉的味道之后,它"会在原地等上整整一年指望再吃到人"。

长年捕惯了露脊鲸的渔人改而从事这一场新的风险更大的战争;这些人认为去猎捕其他种类的鲸鱼固然有盼头,不过要去追逐像抹香鲸这种鬼怪,把镖枪对准它们,则不是凡人所能做到的。非要去尝试一下不可,则无异于想早早命归西天。在这方面,尽有些值得注意的文献可供查考。

尽管如此,还是有些人即使面对这种局面,仍然跃跃欲试地要追捕莫比·迪克;还有更多的人只是偶然听到一些关于它的隐约模糊的故事,既无某一场灾祸的具体细节,也无随之而生的迷信说法,他们仍然有足够的锐气,只要它来挑战,决不在战斗面前抱头鼠窜。

在有着迷信倾向的人中,最终和这白鲸连在一起的一个无稽说法是那种认为莫比·迪克无处不在的虚妄的观念;说是它竟在同一个时刻在相反的两个纬度为不同的人所遭遇。

既然这样的人如此轻信,那么这一观念未尝不能多少表现出一点儿属于迷信范围的可能性。因为海洋潮水的秘密至今还没有为即使最有学识的研究家揭示出来;因而抹香鲸在海面下的隐秘行止,它的追捕人至今仍在很大程度上无法加以说明;由此便时不时地产生出最最莫名其妙,彼此矛盾的关于这种行止的猜测,尤其是它在潜至深海以后竟能以迅雷不及掩耳的速度泅到相距遥远的不同地点,究竟用的是什么神秘方式的推测。

有一点是美国和英国捕鲸船所深知而且已为斯考斯比在许多年前写入权威文献中,这就是有一些在太平洋极北部捕获的鲸鱼,从它们体内发现在格陵兰海洋中投入的镖枪的倒钩。另有一种说法也很难予以反驳,那就是在某些情况下,人们宣称在前后两次攻击同一鲸鱼之间,时间不可能相隔许多天。因此有些捕鲸人根据推断,认为长期以来对人类构成问题的西北航道①,对鲸鱼则从来不是个问题。所以在这一点上,在活生生的人的真实的活生生的经历中,古代有关葡萄牙内地斯

---

① 北美大陆和北极群岛之间的航道,东起巴芬岛,西至波弗特海,长一千四百五十公里;主要海峡深三百零五米,有许多未标明的浅滩和沙洲;一年中有九个月水道全为浮冰所覆盖,其中一半水道全年为浮冰所阻塞。

特雷洛山①(据说靠近山顶的地方有一个湖,湖面上会漂浮一些海上遇难的船只的碎片)以及更为神奇的关于叙拉古的阿雷都沙的喷泉②(据信喷泉的水通过一条地下水道来自圣地)的故事——在捕鲸人的现实经历中,有些事几乎可以完全与这些天方夜谭式的说法相比拟。

既然不得不对这样的奇迹慢慢熟悉起来,又知道了在受到屡次勇猛攻击之后,白鲸依然得以生还,有些捕鲸人便将自己的迷信更推进一步,声称莫比·迪克岂止是无处不在,它更是长生不死的(因为所谓长生不死,无非是时间上的无时不在),这也就不足为奇了;他们说它即使身体两侧中了一簇簇的长矛,却仍能不受损伤地泅走;又说它即使受伤后喷出黏稠的血液,这种景象也只不过是一种苦肉计和障眼法而已,因为在千百浬之外并未被鲜血染红的波涛中,人们又一次看到它的洁白如故的喷水。

然而即使不算这些荒诞不经的揣测之辞,这头海怪的血肉之躯和无可争辩的性格中仍有许多东西足以以异乎寻常的力量激发人的想象。因为使它如此有别于其他抹香鲸的,在很大程度上倒不是它的特大的躯干,而是在别处已经提到的——它的特别的有皱纹的雪白脑门子和一个金字塔形的白而高的背峰。这些才是它的特异之处,也是它在无边无际,地图上没有标出的海洋中老远就向认得它的人显露它自身的标记。

它的身体的其余部分布满了条纹、斑点以及跟它的身躯同样颜色的大理石纹,因而到后来它得了白鲸这个特别称号。看它在正午时分滑行在深蓝色的海面,身后留下一道奶酪似的泡沫的银河般的轨迹,在阳光下闪耀着金光,这时你就会觉得这称号和它的生动的形象真是名副其实,再贴切不过了。

---

① 奥尔努瓦女伯爵的《西班牙航行记》(1691)中称,斯特雷洛山上湖中常出现一些遇难船只的断桅、锚和篷帆等,而大海离此尚有三十六哩以上,湖则在一座很高的小山之上。女伯爵的回忆与她所创作的童话一样无稽。
② 阿雷都沙是希腊神话中的一个半神半人的少女,河神阿尔菲斯爱上了她,于是月亮女神阿特米丝将她变成了喷泉。她被逐出阿卡狄亚(希腊的一个山地牧区,后喻为世外桃源)之后,流过海洋之下,出现在叙拉古(西西里东南的一个港口城市)港中一个岛上。

然而使这头鲸鱼生来令人望而生畏的主要不是它的异乎寻常的伟岸身躯，也不是它的令人瞩目的颜色，也不是它的伤残的下巴，而是它在攻击猎捕人时一而再地表现出来的无与伦比的又乖巧又歹毒的心计，这是有确切的案例可查的。尤为可恨的则是它的那种奸险的退却，这种退却比起一些其他动作来也许更令人为之丧胆。因为在它的得意洋洋的追捕者面前泅过时，它装出一副担惊受怕的模样，可是人家说就在这样做时，它有好多次突然掉过头来，扑向追捕人，不是把他们的小艇打得粉碎，便是赶得他们气愤难消地逃回到船上去。

　　追捕它的人中已有好几个丧了命。可是虽然类似的惨剧在岸上极少传开，而在捕鲸业中算不得有什么特别之处；但在大多数场合下，它咬断了人家胳膊腿或要了人家的命以后，人家还不完全以为自己遭的是一种无灵性力量的打击，这正是白鲸凶残的罪恶的预谋。

　　因此，当那些幸存者在被咬嚼过的小艇的碎片中，在被撕裂的同伴们的正在下沉的肢体中，游出这鲸鱼的雷霆万钧的怒气所喷发的白色浆乳，到了阳光之下，阳光静静的宛如在对着初生婴儿或新婚少妇微笑——一种几乎叫人气得发狂的对比；这时候，你就会明白，那些火气本来比别人大的捕鲸人的心头被激起的令人丧失理智的熊熊怒火会达到什么地步。

　　鲸鱼四周有三条小艇正在往来冲击，人和桨都在漩涡中打转；一位船长从撞破的船头抓来一把刀子，向鲸鱼冲去，犹如一个阿肯色州人在决斗中把刀刺向对方一般，盲目地想用六时长的刀刃要水下六呎的鲸鱼的命。这位船长便是埃哈伯。接着莫比·迪克猛一下转过它的镰刀似的下巴，扑向埃哈伯的下身，咬走了他的一条腿，活像刈草机割掉了草地上的一片草叶。没有一个缠包头布的土耳其人，没有一个被雇佣的威尼斯人或马来人会用比它更狠毒的手段对他下手。因此，自从这次差点儿送命的搏斗以来，埃哈伯对这头鲸鱼怀下了一种疯狂的报复之心，对此很少有理由可以怀疑；到后来，他终于有了一种丧失理性的病态心理，不仅把他的所有身体的伤残，而且把他的心智和精神上的愤激情绪都算在它的账上；这样一来，报复心就更加厉害了。白鲸成为所有那些恶毒力量的偏执狂的化身；有些深沉的人感觉到这种力量一直在腐蚀他们的内脏,直到最后他们只剩下半颗心半拉肺活着。这难以捉摸的恶从一开始就存在,连现代基督教徒也把阴阳两界的一半划给这种恶掌管;古代东方的拜蛇教①徒敬奉魔鬼的铸像;——埃哈伯并不像他们那样向蛇顶礼膜拜②,而是把恶意这个观念精神错乱地化作那可恶的白鲸;他不惜以自己的伤残之躯与白鲸为敌。凡是一切最最使人痛苦发狂的东西,一切足以引发出困难危险的东西,一切包容有恶意的成分的真理,一切足以使人力竭神枯的东西,生命和思想中一切深藏的对魔鬼的信仰,一切邪恶,在疯狂的埃哈伯看来显然都体现在莫比·迪克身上,因而可以实际加以攻击。他把自从亚当以来所有人类所感到的全部恼怒与愤恨都集中在那头鲸鱼的白色背峰之上;于是他的胸膛仿佛就是一尊迫击炮,他的滚烫的心便是一颗炮弹,他就用这炮这炮弹来轰它。

这种偏执狂未见得精确到是在他失去一条腿的那一刻陡然生发的。当时他手拿刀子冲向那头海怪的时候,他不过是在发泄一种突如其来的狂热的生理上的仇恨;而当他被咬掉大腿的时候,他所感到的大概只是肢体撕裂的肉体的苦楚,仅此而已。然而由于这次冲突,他不得不掉过船头回家,一天又一天,一周又一周,一月又一月,埃哈伯和疼痛同躺在一张吊床上,在仲冬天气,绕过那荒凉的寒风怒号的帕达哥尼亚海岬;就在这时候,他的伤残的身体和犹如刀割的灵魂才彼此融合,渗透,使他丧失了理智。只是在那时,在那场遭遇战之后的归程中,他终于得了偏执狂。这一点从下面这一事实也可以大致加以肯定,这就是:一路上,他成了个胡言乱语的疯子;尽管少了一条腿,在他的埃及人一般的胸膛中,却依然迸发出牛一般的蛮力,而在昏迷状态中这种蛮力更是变本加厉,以致他的三个副手甚至在航行中他躺在吊床上说着胡话的时候,也不得不用绳子将他紧紧绑住。他穿着疯人穿的紧身衣,随着

---

① 二世纪的一个诺斯替的教派,教徒礼拜蛇为真正的上帝的一个代理人,因为在伊甸园里耶和华不把知识传给亚当和夏娃,只有蛇将知识告诉他们。
② 据安德鲁诺顿的《福音书的真实性的种种证明》第 2 部 221 页中所说:造物主因蛇在伊甸园所犯的罪,将其逐出该园,贬到下界地上。从此蛇成为与启示录中的蛇相等,成为**魔鬼**,对人类和创造他们的上帝同样深怀恶意。

船在狂风中的猛烈摇撼而滚来滚去。后来船到了比较合适的纬度,张开了辅助帆,飘浮过风平浪静的热带水域,老头儿的昏迷状况看来已随着霍恩角的滔天巨浪一同消逝,他从他的阴暗的小房间出来,进到阳光明媚空气清新的世界。他尽管脸色苍白,却保持了坚毅沉着的外表,再一次镇静自若地发号施令;他的副手们感谢上帝,这场可怕的神经错乱症总算过去了;不过即使在这时候,埃哈伯内心的胡言乱语还在继续。人的疯狂往往是一种狡诈而极其阴险的毛病。有时你以为它已经远走高飞,其实它也许只是摇身一变,成了一种更加不易辨认的形态。埃哈伯的十足的疯狂并没有消退,而是收敛得越来越深。好像那水势并未减缓的哈得孙河,这个高贵的北方佬正在流经狭隘而深不可测的高地峡①。正如在他的偏执狂处于收敛状态时,他的处于扩张状态的神经错乱症一丁点儿也没有消失;同样,在神经错乱症处于扩张状态时,他的了不起的天生的智力一丁点儿也没有丧失。这个以前是活生生的行动主体如今成了活生生的工具。如果这样一个异想天开的比喻可以成立,他的特种神经错乱就是压倒了并且占领了他的通常健全的头脑,然后把它的所有的大炮集中起来向它自己的疯狂的目标瞄准;所以就这一个目的来说,埃哈伯远不是丧失了他的力量,而是现在有了比在他神志清醒时所能用来达到一个合理的目标的力量高出一千倍的力量。

　　这已经是很可观了,然而埃哈伯的更大更深更阴暗的一面还没有点到。但是要使大家懂得那些深奥的道理是徒劳的,而所有真理偏偏都是深奥的。从我们目前所在的这个有尖顶的克吕尼宫中心盘旋而下——不管它有多么宏伟奇妙,现在先离开它;——你们这些高贵与忧伤都高人一头的灵魂,走你们的路,到那些古罗马人的巨大的澡堂去;端坐在那里,在人的地上的奇异的高阁底下,是人的雄伟气魄的根,他的整个令人生畏的本质——埋藏在古代文物底下,安置在残破的躯干之上的一件古董!正是这样,大神们指着一个破碎的王位以嘲笑那个沦为阶下囚的国王;正是这样,他像一个雕有女人像的柱子,以他的凝固的额头承受着一代代堆积起来的柱子的顶盘,耐心地坐在那里。你

---

① 高地峡位于纽约州东南部的卡茨基尔山脉,北以哈得孙河为界。

们盘旋着往下走吧,你们这些骄傲和忧伤都高人一头的灵魂!去问问那骄傲而忧伤的国王!是一家人的貌似!不错,的确是他生下了你们,你们这些遭流放的年轻王室贵胄!只有从你们的那些板着脸的先人那里才能获得那年代久远的国家机密。

如今埃哈伯在他的心中已经多少看到了下面这点:所有我的手段都是神志清醒的产物,所有我的动机和目的都是神经错乱的产物。然而却没有能力来取消、或改变、或规避这一事实。他同样也知道他在人类面前久已掩饰这一事实,在某种程度上他至今仍然如此。不过他的掩饰是以他的认识能力为条件,而不是以确定的意志为条件。尽管如此,他掩饰得如此巧妙,以致当他最后拖着一条鲸骨腿踏上陆地,没有一个南塔克特人不以为他不过是自然致伤,而且伤及骨头,结果遭受了这样痛心的飞来横祸。

至于所称他的无可讳言的在海上神经错乱一节,大家同样把它归之于同一性质的原因。从此以后,直到披谷德号此行开航之日,对于始终使他阴沉着脸的变本加厉的坏脾气,大家也是这种看法,这座事事求稳当的岛上有心计的人也极不可能因为他有这样凶险的征象而不相信他宜于从事一次新的捕鲸航行,相反,他们倒是倾向于这样一种想法,认为正由于这些原因,他更加适合并热望从事血腥猎捕鲸鱼这个需要满腔激愤、在汹涌波涛中讨生活的事业。如果能够找到一个有深仇大恨内外煎熬着,有某个刻骨铭心的念头日夜咬啮着的人,那么这样的人就是向所有畜生中最最可怕的凶猛畜生投出他的镖枪,举起他的长矛的最理想的人选。即使这样的人由于种种原因被认为体格上已难胜任这项工作,他仍然是能激励鞭策他的属下去从事攻击的百中挑一的人选。但是话虽如此,埃哈伯有着他的那股永难熄灭的怒火关在心中燃烧着,由于这个丧失理性的秘密,他登上这次航程,使他全身心投入的目的只有一个,那就是逮住这头白鲸。要是在岸上的他当初那些老搭档中有哪个多少猜到一些他的心事,这个人定会大惊失色,凭着他的天良会想方设法使那条船摆脱这样一个大魔头的掌握!他们力求开船得利,这利要以白花花的银元来计算。他则一心要豁出命去,不折不扣地报这非人力所能及的仇。

就是这头发花白、不敬上帝的老头儿一路咒骂着追捕那条跟吞食约伯的那条鲸差不多的白鲸,追遍全世界,而且还统率着一船水手。这些人主要由叛教的混血儿、漂泊无依的光棍和食人生番组成;他们在道德上是无力的,这是由于斯塔勃克虽然为人正直,但有德无能;由于斯德布整天嘻嘻哈哈,遇事满不在乎,轻举妄动;再加上弗兰斯克的十足的庸庸碌碌。这样的一船水手,由如此几个官长带领,看来是冥冥中的厄运特意挑选来帮他实行他的出于偏执狂的报复。事情怎么会是这样,他们居然对他的愤怒做出了这样充分的回应——究竟是什么邪法使他们如此鬼迷心窍,以至于有些时候看来他的仇恨几乎就是他们的仇恨,白鲸既是他的也同样是他们的不共戴天的仇敌。这一切是怎么发生的呢——那白鲸在他们心目中究竟是什么,或者说,他们下意识地以及模模糊糊地不知不觉地认为这白鲸也许是在海洋世界中浮游的大魔鬼——要说明这一切,就要比以实玛利探讨得更深。那个就在我们心中干活儿的地下矿工,从他的老在变换的闷住了的镐声中又哪能听出他的坑道要伸向哪儿呢?又有谁不感到有一条不可抵御的胳膊在拉着他呢?有哪一条由大船拖着的小艇能停着不动呢?我本人决心听天由命;而在大家一窝蜂要去找那鲸鱼交手的时候,我在那畜生身上除了看到最最惨烈的灾祸之外,看不到别的。

第四十二章

白 鲸 之 白

白鲸在埃哈伯的眼里是什么,已经有所触及;至于它有时候在我心目中是什么,至今还没有说过。

关于莫比·迪克,除了那些偶或不由得要在任何人心中唤起某种惊惶的较为明显的因素之外,还有一种心理感应,或者不如说是一种对它的朦胧的无名的恐惧,有时这种恐惧的强烈程度压倒了其余的一切;但它又是如此神秘,如此难以表述,以致我对把它讲得明白易懂这一点,几乎不抱希望。在所有各方面中使我震惊的是白鲸之白。可是我在这里又怎能指望把我要说的意思说清楚呢;不过,我还是必须作一番解释,哪怕不免有些含混杂乱也罢,要不,所有以前各章说不定等于白费力气。

虽说白色使自然界许多物质更增它们的纯净的美,活像把它独有的特殊品格赋予那些物质,例如大理石、日本山茶花和珍珠就是如此;虽说一些国家各以不同方式承认这一颜色有其王者一般高贵的气度,就连古代勃固①的野蛮尊贵的君主们也把"白象之王"这一称号置于其他一切夸大其词的统治称号之上;而现代的暹罗②国王则把这同一的其白如雪的四足兽展现在他们的御旗上;还有汉诺威公国③绣着一匹雪白的战马的国旗,以及那继承了凯撒统治罗马的威权的奥地利大帝国的国旗也是这同一王者之色。白色的这种尊荣地位也适用于人类本身,它赋予白人以驾凌于一切有色人种之上的理想的主人权势;除此之外,白色甚至还被用来代表喜悦,因为在罗马人眼里,一块白色石头意味着一天的欢乐;在凡人的其他情感和象征方面,白色被定为许多令人感动的高贵的事物的标志——它代表新娘的贞洁,老人的慈祥;在美洲的红种人中间,呈上贝壳串珠的白腰带,那是最庄严的誓约;在许多地区,白色在法官所穿的貂皮袍上意味着正义的无上威严,它增加了国王和王后每天由乳白色的骏马拉着跑的气派;甚至在最受尊崇的宗教的深层奥秘中,白色也被用来象征神灵的白璧无瑕和无上权力。在波斯的拜火教徒眼中,一只白色双枝烛签上的火焰被认为是祭坛上最神圣之物;而在希腊神话中,雪白的公牛被认定是伟大的主神朱庇特的化身;高贵的易洛魁人④则把在仲冬以神圣白狗祀神看做他们的神学中远比其他一切仪式更为

---

① 缅甸勃固省省会,曾是孟王朝的国都。
② 即今泰国。
③ 在德国北部,建立于十二世纪。
④ 北美洲说易洛魁语的印第安人,有数十个部落,结成易洛魁联盟。

神圣的节日,因为这毛色纯白的素来忠实的动物被认为可作他们所能找到的最最纯正的使者去向至上的神作一年一度的报告,报告他们对神如何忠诚的种种信息;一切基督教的教士们都把他们穿在法衣里面的圣衣的一部分称之为白麻布长袍(all)或白麻布上衣(tunic),虽则那两个英文词都是从拉丁文词白色派生出来的;一向在举行圣礼时讲究气派排场的罗马天主教却专用白色来纪念基督的受难日;在圣约翰心目中,白袍是给赎了罪的人穿的,二十四位长老穿着白衣站在那伟大的白色宝座之前,宝座中坐着基督,白得有如羊毛①。但是尽管有这一切累积起来的与所有甜美、光荣、至高无上的事物的关联,在这种颜色所蕴含的内在的意念中却仍然潜藏着某种难以捉摸的东西,它在心灵中引起的惊惶,远过于红色令人想起鲜血而造成的恐惧。

　　正是这种难以捉摸的品质,在一旦脱离了那些比较善良的联想而和任何本身就是可怕的东西相结合时,便会将恐怖感提高到了极限。看一看那南北极的白熊和热带的白鲨鱼,使它们成为超越寻常的恐怖对象的岂不正是它们的那种平滑的雪花般的白色?赋予它们的迟钝而又凶残的外貌以这样一种可恶的温良假象(这甚至比凶恶还要可恨)的正是这望而生畏的白色。因此,不是那长着一口白森森的牙齿和一身纹章的猛虎,而是那遍体雪白的熊和鲨鱼,更能使人闻风丧胆②。

---

① 见《圣经·旧约·启示录》第4章第4节。
② 说到极地熊,乐于对此进行更深层次的研究的人士可能会说:单独而论,使这一猛兽的难以忍受的可怖之处大为增加的并不是白的颜色;因为分析起来,可以这样说,可怖性的增加只能是由于下述情况,即这野兽的胡作非为的凶残正存在于绒毛的天使般的纯洁可爱之中。因此极地熊在我们心中把这两种截然相反的感情结合在一起,造成一种极不自然的反差而使我们感到恐惧。然而即使这一切假想都是真实的,那岂不是说,少了这白色,你就不会感到如此强烈的恐惧了吗?
　　至于白鲨鱼,在它情绪正常的时候去观察,说来也怪,它的那种白色的滑行时犹如鬼魅般闲适姿态跟那极地的四足兽身上的同一品质正相吻合。这一特性在法国人替它起的名字上有极生动的体现。罗马天主教为死者所作的弥撒以 Requiem eternam(永久的安息)开始,因而 Requiem 就指这种弥撒本身(安魂祭)以及任何其他哀乐(安魂曲)。法国人为了暗喻这类鲨鱼的白色的悄无声息的死一般的沉静以及它于温文尔雅之中取人性命的习性,叫它作 Requin。——作者注

请想一想那信天翁吧;当这种白色的幽灵在所有人的想象中飞翔时,围绕着它的那些惊叹心情和灰色恐惧的云彩是从哪儿来的呢? 首先施展这魔法的不是柯勒律治①,而是大自然这个上帝的伟大的不会讨好的桂冠诗人②。

在我们西方的史籍和印第安人的传说中,最有名的是大草原上的白驹;那是一匹雄赳赳气昂昂的乳白色的战马,眼睛大,脑袋小,胸脯平而直,它的高大的睥睨一切的身姿,其气派可与一千位帝王相等。它是当年大群大群的野马中选出来的国王,当年这些野马的牧场是以洛基山脉和阿勒琴尼山脉为樊篱的。它像一团火焰,像那众望所归的星星每晚领着无数星群那样带领马群向西奔驰。它的有如

---

① 柯勒律治(1772—1834),英国浪漫主义大诗人,著有长诗《老水手之歌》,诗中讲了一个水手误杀信天翁以致全船遭难的故事。从此信天翁常被喻为招致灾难的鸟。
② 我还记得我生平第一次见到信天翁的情景。当时不停地刮着暴风,在接近南极海的水面上。我从下面的午前班值班岗位上走上来,到了云雾迷漫的甲板上,我看到一只羽毛洁白如洗,长着一只十足像罗马人的鹰钩鼻的喙,颇有帝王气派的鸟一头栽在主舱口盖上。它时不时地拱起它那奇大无比,犹如长在天使身上的翅膀,仿佛要去拥抱一只神圣的方舟。它拍打着翅膀,全身为之发抖。它虽然身子并未受伤,却像一个帝王的阴魂在超自然的灾祸中那样发出叫声。从它的难以形容的古怪的眼神中,我自以为已窥测到使上帝为之关注的秘密。我像亚伯拉罕在天使们面前那样,躬身致意;这白鸟是如此之白,翅膀是如此之宽,它终生被放逐在海洋上,以致使我忘掉了那些关于传统,关丁城市的难堪的扭曲的记忆。我长时间注视着这神奇的飞禽。我说不明白,只能提示当时心中闪过的念头。不过我最后还是苏醒过来,转身问一个水手那是什么鸟。他回答说:Goney。Goney! 我以前从来没听到过这鸟名:想想看,这了不起的大鸟,岸上的人们竟然完全不知道! 从来都不知道! 这简直不能想象! 后来我才明白,有些海员把信天翁叫Goney。由此可见,当我看到在我们甲板上那只鸟儿的时候,柯勒律治的那首异想天开的诗歌和我的那些神秘的印象绝不可能有任何关联。因为我当时既没有读过这首诗,也不知道那鸟儿是信天翁。然而我既这么说了,也就间接地为这首诗和这位诗人的煊赫声名多少添了一点儿光来。

因此我要指出这鸟儿全身白得如此神奇之中正隐藏着那魔力的秘密,这一真理由于下面的事实变得更加明确有据;由于用词不当,便有了一种被称为灰信天翁的鸟儿,这鸟我常常看到,却从不曾在我心中唤起那种看到那只南极的鸟儿时的感情。

但是这神秘的鸟儿是怎么抓到的呢? 你不必小声问,我就会告诉你:鸟儿在海上漂浮时,被一个奸诈的家伙用钩和线钓上来。最后,船长把它当了一回信差:把一张皮货签裹在它的脖子上,签上写着船所在的时间和地点,然后把它放走。可是我毫不怀疑这皮货签本是给人看的,却随着这白鸟飞到收着翅膀、祈求和赞美的小天使群中时,被带到了天上! ——作者注

闪闪发亮的瀑布般的鬃毛,有如一道弧线在天空划过的彗星的尾巴为它提供了比金银匠所能提供的更为华丽的服饰。它是未尝衰落的西方世界的一个最尊严的天使长般的幽灵,在早先的猎手们眼中它再现了原始时代的荣光,当时亚当就像这匹非凡的骏马一般,昂首挺胸,无所畏惧,像一位大神似的走着。不论是在侍从和将帅们簇拥下,率领着川流不息地行进在有一个俄亥俄州那么大的平原上无数步兵大队之前;还是在它的四周围的臣民正在天际嚼草的时候,这白驹总是疾驰而过检阅着它们,它的发热的鼻孔衬着它的一身凉爽的乳白色显得发红;不管它以什么面目示人,在最勇猛的印第安人看来,它始终是他们战战兢兢、诚惶诚恐地崇敬的对象。同时毫无疑问,根据这匹神驹的富于传奇性的记录,主要正是这精神上的白色使它具有了神性;而这神性中又隐含着既令人崇拜,又唤起某种无名的恐惧的东西。

然而另有一些事例,说明这种白色有时会失去存在于白驹和信天翁身上所有的从属性和奇异的荣光。

患白化病的人身上到底有些什么东西如此特别地使人嫌恶和刺激人的眼睛,以致有时连他的亲人也觉得可憎!那是他身上的那种白色,一种由白化病人这个词儿表达出来的东西。白化病人身体长得好好的,跟旁人一样,并没有什么实质上的缺陷,然而仅仅这遍体皆白这一点就使他变得比最难看的流产胎儿更为异样的丑恶。为什么该是如此?

而在另一些方面,大自然在起它的最不易感觉到却同样恶毒的作用时,并没有忘了把这种驾乎一切之上的可怕属性作为它的一种力量。南海上那挥舞铁拳的鬼怪似的狂风,由于它掀起滔天白浪,被称为白风。而在历史上也不乏事例,说明人类作恶的本领也没有忽略了如此得力的一位助手。当年根特①的铤而走险的白帽党人,在他们雪白的头罩——他们党的标志——掩盖下,在市集上杀了他们的镇长;这白头

---

① 比利时东佛兰德省省会,是比利时最古老的城市之一。

罩多么强烈地增加了傅华萨①的文章的效果啊!

全人类的世代相传的共有经验也未尝不在某些事例中为这白色的超自然性作证。死者的容貌中使目睹的人看在眼里最为骇怕的正是那脸上残留的大理石般的苍白色;这苍白色既是阴间惊愕失色的象征,又在同样程度上是这阳间凡人心惊胆战的象征。我们用来包裹死者的尸衣富有表现力的颜色正是借用了死者的苍白的脸色。甚至在我们的迷信中,我们也不曾忘了使我们的幽灵穿上一件雪白的罩袍;所有鬼魂都在乳白色的雾中冉冉升起——不错,这些恐怖事物固然使我们震惊;然而让我们也不要忘记,就连那位恐怖之王②在化身为《圣经·福音书》的作者时,骑的也是灰白色的马。

因此,不管在人的其他种种情绪中白色在人眼里象征着多么庄严多么祥和的事物,没有人会否认在其最深刻的意象化的意义上说,白色在心灵中唤起的是一个特殊的幽灵。

不过即使这一点已被毫无异议地确定下来,凡人们对此又作何解释呢?对它进行分析似乎是不可能的。那么,我们能不能引用那些事例中的几个,其中白色这东西(虽说暂时完全或大部分地撇开和它有直接关联,却有意用来使它不带可怕色彩的所有东西)到底还是在我们心中起着和妖术同样——不管如何有所改变——的作用。我们能不能因此希望发现一个把我们引向所追究的潜在原因的偶然的线索呢?

让我们来试上一试。不过在这类事情上,敏感只为敏感所吸引,而不靠想象,谁也无法随另一个人进入这些领域。尽管毫无疑问,下面要提出的想象性质的印象中,至少有些可能为大多数人所同意,然而当时就完全意识到这些印象的人恐怕寥寥无几,因而今天已不大可能想起

---

① 让·傅华萨(1333? —1400),法国宫廷史官和诗人。他的《见闻录》极有文学性,成为西欧封建时代的重要文献材料。其第二卷叙述了十四世纪佛兰德的大事——一三八一年根特的白帽党人起义反抗佛兰德伯爵及其在布鲁日的宫廷。
② 恐怖之王这里指《圣经·新约·启示录》第6章第8节中预示世界末日情景的四骑士当中的第四个骑士死亡。"我就观看,见有一匹灰色马,骑在马上的名字叫做死,阴府也随着他。"

他们来。

为什么对当时的特殊性质只有泛泛的认识,而偏偏有无师自通的想象力的人来说,只要一提圣灵降临周便会在心里想到拖着步子行进的朝圣者的长长的、惨淡的、不言不语的行列呢?他们垂头丧气,戴的风帽上有新下的雪。或者为什么偶一提及一个白衣修士或白衣修女①便会在那些目不识丁,没见过世面的美国中部各州的新教徒的心灵中唤起那样一个没有眼睛的雕像呢?

再说,除了传说中囚在地牢中的武士和国王(这些传说并不能对此做出解释)外,是什么使伦敦塔中的白塔②对没有出国旅行过的美国人的想象比它的比邻的其他多层建筑——拜沃德塔,甚至还有血塔有远为强烈的刺激作用呢?而那些更加巍峨的塔,如新罕布什尔州的白山山脉,在情绪不正常时,只要一提这个名词就会在心灵上投下巨大的魅影,而想到弗吉尼亚州的蓝岭,心中便充满了一种柔和的露水一样的遥远的梦幻感觉?或者为什么不管人在哪一个经纬度上,白海这个名字总会对他的心理加上那种鬼魅般的压力;相形之下,黄海这个名字则使人宁静地去想在海上过的风和日暖的长长的午后时光,接着又想那夕阳西下的宛如涂着漆的绚烂却又睡意蒙眬的时光?或者,举一个完全不是从现实中来,纯粹是为耽于幻想的人说的例子,在读中欧那些古神话故事时,就会出现哈茨山森林③里那个"高个子、脸色苍白的男人",他的毫无变化的苍白杳无声息地飘忽在绿树丛中——为什么这个幽灵比布洛克斯堡④的所有那些吵闹不休的小精灵更为可怕呢?

---

① 十二世纪在卡迈尔山上建立的一个天主教的托钵僧团,僧尼外穿白色长袍和肩衣。
② 白塔是英国伦敦塔中的中心建筑,建于威廉一〇六六年征服英国之后,在国王亨利三世时刷白。下文的拜沃德塔在内间壁之内,血塔在外间壁。白塔与拜沃德塔同为中央监狱。
③ 德国东部的哈茨山脉,林木茂盛,习称哈茨森林。
④ 即布罗肯山,哈茨山脉的最高点。夕阳西下时高山投影于下方云海之上,俗称这一现象为"布罗肯幽灵"。

欲哭无泪的利马①之所以成为你所见到的最最奇怪、最最悲惨的城市并非仅仅由于把大教堂变成瓦砾场的地震的记忆,它的大海怒涛的冲击,从不下雨的连眼泪都没有一滴的干旱的天空,辽阔的土地上那些歪歪倒倒的尖塔,拧着的墙帽,东倒西歪的十字架(活像停泊了大批船只而倾侧的船场)以及郊区大街上你倒在我身上我倒在你身上的一片片屋墙(犹如一副乱扔在桌上的扑克牌)。因为利马已经戴上了白色的面纱,而这片志哀的白色有着更深一层的恐怖的色彩。这片白色使与皮萨罗同样古老的城市的废墟历久常新,排除了满地荒芜通常会长出的蔓草的悦目的绿色;笼罩在它的残破的壁垒上的是能使肢体的扭曲固定不变的中风病人的那种僵硬的苍白色。

我知道这种白色现象并不被认为是夸大本来就很可怕的东西的可怖性的首要因素,这一点常人都明白;同时在一个缺乏想象力的人看来,那些形象并没有什么可怕的,而在另一个人看来,其可怕几乎全在这一白色现象,特别是在这现象以近乎寂静无声或无所不包的形态显现出来的时候。关于我说的以上两点,下面讲的事例也许足以分别加以说明。

第一个例子:一个正在靠近外国海岸的水手,要是在夜里听到波涛的吼声,便开始警觉起来,不免有点儿心惊肉跳,使他的各种官能都处于准备不测的状态;然而在完全类似的情况下,如果他被从吊床上叫起来去看他的船正半夜航行在乳白色的大海中——仿佛从周围的海岬冲来一伙伙白熊在他四周游着,这时候他就会感觉到一种静悄悄的迷信的恐惧。这一片变白了的海水犹如一个裹着白色尸衣的幽灵,在他眼里就如真正的鬼魅一般令他胆战心惊;尽管船还在向前驶,他尽可放心:对方还发现不了他,可他的心和舵一同沉了下去;直到脚下又是碧蓝的海水时,他才定下心来。然而哪一个水手会告诉你:"长官,触礁固然叫人害怕,可还不如这可恶的白色那样叫人提心

---

① 秘鲁的首都,西班牙冒险家弗朗西斯科·皮萨罗于一五三五年所建。一七四六年故城大部为地震所毁。秘鲁独立后利马又于一八二八年第二次遭地震。梅尔维尔于一八四四年在美国军舰上任水手时观光过利马两天。当时全城尚有五十个以上的尖塔(包括大教堂)保存了下来。

吊胆!"

第二个例子:对秘鲁的一个土著印第安人来说,和像一顶雪轿似的安第斯山脉①朝夕相对一点儿不感到恐惧,除非有时会想到在这样高的地方终年积雪的那种荒凉,以及有时会不由自主地设想一个人要是在如此杳无人迹的地方孑然一身迷了路的光景有多可怕。而一个西部的乡下人面对着无边无际,盖着风吹动的白雪,没树、一条枝丫来打破这白色的沉睡的大草原而无动于衷;这和秘鲁的印第安人基本上是一样的。然而一个水手则不同,他眼里是南极海上的景色,有时候由于风雪交加,像耍魔术似的恶作剧起来,眼见有舟毁人亡的可能,他只有浑身哆嗦的份儿,哪有什么彩虹在他的绝境中来燃起希望,给予抚慰,面前是仿佛渺无边际的教堂墓地,一根根冰冻的纪念碑似的瘦树和一个个支离破碎的十字架,在冲他咧着嘴笑。

但是依我看,你写这关于白色的惨淡的一章不过是一个胆小鬼挂出的一面白旗;以实玛利,你就向妄想忧郁症投降吧。

请告诉我,这一头强壮的小马驹,它生长在佛蒙特州的平静的山谷里,远离一切猛兽——为什么在一个阳光明媚的日子里,你在它背后抖动一块生野牛皮(好使它看不见牛皮,只闻得到野兽的气味),它就会惊得跳起来,喷鼻子,瞪眼睛,吓得发了疯似的用蹄子刨地呢?在它的北方翠绿的家乡,它想不起来有任何野兽用角来伤它,因而这奇怪的野兽气味不可能令它回忆起与以往的危险遭遇有关的任何事物;因为这头新英格兰的小马驹对千里之外的俄勒冈州的黑野牛能知道些什么呢?

不,由此你可以在一头哪怕是蠢如鹿豕的野物身上看到了解世上妖魔的本能。虽则此地离俄勒冈有数千里之遥,它只要一闻到那气味,那角牴口撕的野牛群就如在目前,同在刹那间就将被牛群踩得稀烂的草原上被遗弃了的野马驹子所感到的一样。

如此说来,乳白色大海的隐隐的波涛声,高山上霜花的萧瑟的窸窣声,大草原上风吹干了的积雪的凄凉的移动声,所有这些对以实玛利来说,正如同一张牛皮袍子的抖动之于吃惊的小马驹是一样的!

---

① 南美洲的最大山脉。这里的轿是指驮在象或骆驼背上供数人乘坐的凉亭状的座位。

虽然两者都不知道那神秘的信号所指点的无名物在什么地方；然而对于我和对于小马驹一样，那些东西在某一处必然是存在的。尽管这个看得见的世界的许多方面似乎是由爱形成的，那些看不见的领域却是由恐惧形成的。

但是我们还没有解决这一白色的妖术问题，还没有弄明白为什么它对心灵具有如此大的影响力；而更为怪异、更为凶险的是：我们已经看到白色既是精神世界，不，它简直就是基督徒的神祇的面纱本身的最富意义的象征；然而假如它果真如此，它又是强化人类最为可怕的事物的因素。

当我们看到银河的白色深渊时，是不是可以说它以它的不确定性来掩盖宇宙的毫无心肝的空虚和无比广大，因而从背后捅我们一刀，令我们想到灭亡？或者是不是可以说实质上白色与其说是一种颜色，不如说是显而易见的无色，同时又是所有颜色的混合体；是不是由于这些原因，一大片茫茫雪景才显得如此漠然空无一物却又满含深意——是不是由于这些原因，它才是一种无色而又是全色的无神论，我们在这无神论前为之退避三舍？而当我们想到自然哲学家的另一种理论：所有世间其他色彩——每一种堂皇的或可爱的色彩——夕照天空与树林的绚丽色彩，噢，还有蝴蝶身上镀金的天鹅绒色，年轻姑娘们的蝴蝶般的脸颊；所有这些都不过是巧妙的欺诈，并非各种物质所真正固有，而是从外部堆砌上去的；因此所有神化了的自然界绝对是犹如娼妓那样涂脂抹粉，其娇媚动人之处所掩盖的不是别的，正是内部的收藏尸骨的坟场；如果我们进一步想到那神秘的制造出娼妓涂抹的每一种颜色的美容术，即伟大的光的原理，其本身始终是白色或无色，如果不经中介而施诸物质之上，则所有物体，即使是郁金香花和玫瑰花，所着上的也只能是它自己的无色之色——每想到这一切，瘫痪在我们面前的宇宙就如一个麻风病人；在拉普兰①一意孤行的旅行家，他们不肯戴上有色或着色眼镜，于是那可怜的不信神的家伙整天望着把周围目光所及的一切像尸衣一般包裹起来的一望无际的白色而瞎了眼。而患白化病的鲸鱼是所有这些事物的象征。至此，你还会对那风风火火的追捕鲸鱼感到奇怪吗？

---

① 包括挪威、瑞典、芬兰北部和俄罗斯的科拉半岛的北欧极寒地区。

第四十三章

听！

"喂！卡巴科,你听见那声音没有?"

这是中班值班时分:月色皎洁,水手们站成一线,从中甲板的一只淡水桶那儿伸展到船艄的饮水桶处。他们就这样传递一只只小木桶去加满那饮水桶。他们中大部分水手站在后甲板的禁区内,小心翼翼地不说话,脚不出声。小木桶在悄无声息中从一只手递到另一只手里,惟一打破这沉寂的是一张帆偶尔发出的拍击声以及船骨不断前进发出的单调的哼声。

正是在这安静的气氛中,站成一线的人中有个位置在靠近后舱口的,名叫阿契的对身边的一个卓洛人①小声说了上面那句话。

"喂！卡巴科,你听见了那声音没有?"

"阿契,你接桶成不成?你说是什么声音?"

"声音又响啦——就在舱底下——听见了吗——一声咳嗽——听起来像是一声咳嗽。"

"去他妈的咳嗽！桶回来啦,快递过来。"

"声音又响啦——听！——这一回听起来像是有两三个人在睡梦中同时翻身！"

"去你的！别说啦,成不成,哥儿们?那是你晚饭吃的三个面饼在你肚子里发胀翻身——不是别的。看着那桶！"

"你爱说什么说什么,哥儿们;反正我的耳朵特别灵。"

"嘿,你是那种在离南塔克特有五十哩的海上能听到老教友会老女教友手里的织衣针的声音的人;你就是那种人,你说是不是?"

---

① 一半是西班牙血统,一半是秘鲁印第安人血统的混血儿。

"咧着嘴乐吧,咱们等着瞧会出什么事儿。卡巴科,你听,后舱里一定有什么人是咱们在甲板上还没有见过的;而且我猜咱们那个老头子多少知道一些其中的内情。有一天在早班上,我听得斯德布告诉弗兰斯克说,看样子会出些这一类的事儿。"

"嗨!接桶!"

第四十四章
航　海　图

埃哈伯船长手下的水手发狂似的赞同他的目标之后的第二天晚上,刮起了狂风;如果你在风停后随船长走下去,进了他的房舱,你就会看到他走到船尾横木上的一只柜子前,从中拿出一大卷皱巴巴的发黄的航海图,摊在他面前那张用螺丝拧在地板上的桌上。然后你会看到他对着它坐下来,聚精会神地研究进入他眼帘的一条条的航线和标得颜色深浅不同的一块块海域;手中的铅笔慢而稳地在以前空白的地方勾出新的航道。他时不时地查考身边的一堆堆旧航行日志,其中记载着不同船只以前各次出海时在什么季节、什么地方曾经捕获过或见到过抹香鲸。

就在他这样工作时,他头上的沉甸甸的锡铁合铸的吊灯不断地随着船的摆动而摇晃,始终把线条移动的光和影投在他的布满皱纹的额上,直到后来几乎成了这样:在他把一道道线条和航道标在皱巴巴的航海图上的同时,有一枝看不见的铅笔也在他前额这张有深刻印痕的海图上描着线条和航道。

不过埃哈伯在房舱中独自一人琢磨海图的这种情景,并非只有今晚如此。几乎每天晚上,他都要拿出海图来,抹掉一些铅笔记号,代之以一些新的。因为对着所有四大洋的海图,他要从潮水与涡流的迷宫中走出一条路来,好使他魂牵梦绕、日思夜想的那个打算更有把握实现。

在不大熟悉这种大海怪的习性的人看来,要在这个星球的没有遮拦的海洋上去搜寻出一头特定的鲸鱼,似乎是毫无希望、近乎可笑的事。可是在埃哈伯眼里,事情并非如此。他了解所有潮汐水流的组合,从而可以算出抹香鲸的食物的动向;还可以回想起在某些纬度追猎它的有案可查的正常季节,由此得出合乎情理,几乎近于肯定的揣测:在哪一天到达这一个或那一个地点对追捕这一猎物最合时机。

抹香鲸在特定海域出现都有定期,许多捕鲸人对此极有把握,以致他们相信我们能在全世界范围内观测研究它;如果整个捕鲸船队的一次出海的行程可以做到周密部署,彼此呼应,那时便会发现抹香鲸的洄游正如成群的鲱鱼和大队的燕子的迁移一样固定不变。根据这一提示,一直有人尝试要编制出抹香鲸的细致的洄游图来①。

此外,抹香鲸从一个就食场转至另一个就食场时,凭着某种万无一失的本能,或者不如说凭着上天赋予的一种秘密的智能,大多能顺着如人们所说的水脉游去,丝毫不差地依着一条特定的大洋航线继续前进,没有一条船在按着任何海图的航线行驶时,能有十分之一的它们那种奇妙的精确度。尽管在这些情况下,任何一头鲸鱼行进的方向都像测绘员笔下的平行线么直,尽管前进的路线严格遵循它自己的躲不开的笔直的轨迹,然而它洄游的那些日子里,谁也作不得主的水脉一般都有几浬宽(时而更宽一些,时而窄一些,因为水脉据信时涨时缩);但在它谨慎小心地在这神奇的水域中滑行时从不超出捕鲸船桅顶瞭望人的视野。总之,在特定的季节中,在这宽度之内,顺着这一航路,你可以很有把握地搜索那些迁居的鲸鱼。

因此,埃哈伯不但可以指望在得到确证的时间内,在出了名的各个

---

① 以上所述有幸于一八五六年四月十六日得到华盛顿国家气象台的莫瑞中尉签发的一项官方通告的证实。根据该通告,似乎正在完成绘制这样一张海图,而且通告中已经发表了其中部分海图。"海图将大洋分成经纬度各五度的若干区;每区垂直划分代表十二个月份的十二栏,又有三道横线将每区划分为三小区,最上面一个小区标明在每区这一个月中逗留的天数,另两个小区标明看到抹香鲸或露脊鲸出水的天数"。——作者注

就食场和他的追捕对象遭遇；而且可以指望在从一个就食场驶过大片水域到另一个就食场的过程中，凭着他的本事，在一路上安排好自己与对象相遇的地点和时间，因为这种相遇即使在当时也不是毫无可能。

有一种情况乍一看来似乎会打乱他的近乎失去理智却又是有条不紊的计划。但事实上也许并非如此。群居的抹香鲸到某一就食场去总有它一定的季节，然而一般说来，你不能由此得出结论说，今年去某一经纬度的水域的鲸鱼群必然是上一年度同一季节在那里出现的同一鱼群；尽管有无可怀疑的特殊例证证明确有这样的事。大体讲来，这句话只是在较小的限度内也适用于成熟了的上了年纪的抹香鲸中那些不合群的和隐士。因此举例说，由于上一年莫比·迪克被发现在印度洋上人们管它叫塞舌耳群岛的就食场或者日本海岸的火山湾；不能由此就说，只要披谷德号在以后任何一年的相同季节到了上面两个地方中的一处，它便会万无一失地遇上它。对于其他一些它有时出现的就食场来说也是如此。可是所有这些看来只是它的暂时逗留地或不妨称之为海上客店，不是它的长期居所。前面已经提到埃哈伯实现他的目标的机遇有多大，至于在达到一个特定的时间和地点之前，他会不会有额外先行的巧遇这种前景，只是隐约触及，而埃哈伯一厢情愿地以为，既然每一个可能性都可以变为或然性，也就是说，每一个或然性只要再往前一步便是必然性了。而那一个特定的时间和地点由一个术语——赤道季节连接起来。因为就在那地方，那时候莫比·迪克已经接连有好几年定时被人发现，它在那个水域里逗留一段短时间，就像太阳在一年一转中间总要在黄道十二宫的任何一宫停留一段可以预先断定的时间一样。大多数和这头白鲸生死相搏的遭遇也就是发生在那儿。那儿的波涛铭记着它的所作所为；那儿也是这个一心一意要报仇的老狂人产生了要进行报复的可怕的动机的悲剧地点。但是埃哈伯处心积虑地投入这场坚持不懈的猎捕之中那种细心、面面俱到的精神和全神贯注的警惕性，绝不允许他将所有希望都寄托在上面所说的那个盖过一切的事实上，尽管那事实对他的希望是多么诱人；而在他不眠不休地要实现他的誓言的努力中，他也决不肯安下不平静的心来，推延最后遭遇之前的中间阶段的搜索。

披谷德号从南塔克特出航时正是赤道季节的开始。随你怎么使劲也不能使它的司令官作向南驶的艰巨航行，绕过霍恩角，然后再往下行驶纬度六十度，及时到达赤道太平洋水域进行巡航。他必须等到下一个年头的赤道季节。然而披谷德号的提早出发也许正是埃哈伯私下有意的选择，好造成眼前这样的局面。因为这么一来，他多了三百六十五个日日夜夜可以供他支配，这段时间与其在岸上急煎煎地熬过去，他宁可耗在杂七杂八零敲碎打的搜捕上；万一这头白鲸在远离他定期出现的就食场度起假来呢；万一它的布满皱纹的额头在波斯湾，或者在孟加拉湾，或者在中国海，或者在它的族类所常去的其他水域露面呢？所以除了地中海上的强东风和非洲和阿拉伯地方的干热风之外，任何风，季节风也好，南美大草原风也好，强西北风也好，非洲西部的干燥风也好，贸易风也好，都可能把莫比·迪克刮进披谷德号的四海飘流，迂回曲折，遍及全世界的航行圈子里来。

但是话虽如此，只要看得谨慎冷静些，难道你不觉得这不过是个狂想？你难道以为孤零零的一头鲸鱼，在那一望无际的汪洋大海之中，追猎它的人即使碰上了它，就能单独把它认出来，像在君士坦丁堡的熙熙攘攘的大街上认出一位银髯飘逸，身穿便装的伊斯兰教法典说明官一样？诚然，莫比·迪克的特有的雪白的额头，还有它的雪白的背峰，那是错不了的。再说，埃哈伯还会跟自个儿叨叨：我难道没有把那头鲸鱼在脑海里描摹过，难道不是在细看海图直到半夜以后，我还会沉浸到梦想之中把它描摹一番，它还能逃得了？它那阔大的鳍已经给戳了窟窿，弄得像把扇子，和一只迷途的羔羊的耳朵差不多！由此他的发狂的思想继续奔驰，使他喘不过气来；直到最后，他疲倦已极，头脑昏昏然；然后在甲板的露天地里，他力图使自己的精力恢复过来。上帝啊，这个为未能实现的报复心费尽了心机的人受了多大神志昏迷的折磨啊。他睡觉时还握紧了拳头，醒来发现自己的指甲掐进了掌心而鲜血淋漓。

他在白天被紧张的欲念搅扰了一整天，到了晚上又被弄得他心力交瘁、难以忍受的逼真的梦境逼得跳下吊床来，这些欲念在彼此冲突的种种癫狂状态中不停地在他的熊熊燃烧着的脑海中辗转翻腾，直到他的心脏的跳动成为无法忍受的痛苦。有时候,这些精神上的煎熬把他的躯体从地上抛上天空,于是他体内似乎裂开了一道口子,从中喷出叉状的火焰和电闪,而下面可恶的厉鬼则招手要他跳到它们中间去。当他体内这个地狱在他下面张开大口时,船上便会传来一声发狂似的叫喊;这时埃哈伯便会瞪着两眼,从他的房舱里蹿出来,仿佛他的床着了火一般。然而这些未必是某些潜在的弱点或是对他自己下的决心的恐惧的压制不住的症候,而只是这种决心的炽烈程度的再也明白不过的表现。因为一到这种时候,疯狂的埃哈伯,善使计谋、矢志不移要捕杀白鲸的埃哈伯;使这个埃哈伯进房上了吊床和使他吓得跳下吊床冲出房来的并不是同一个内在的动因。后者是他躯体之内的永恒的活生生的原则或灵魂。而在睡眠时,暂且脱离了使它成为如此的头脑的影响(而在其他时候,他的头脑把它用作头脑的外在的载体或动因),它就自动力求摆脱那贴着他的炽热得炙人的疯狂心态;这灵魂和这心态在此时此刻已不再是浑然一体的了。然而头脑如果不与灵魂相连接便不复存在,因此处在埃哈伯的境地中,他必然是将他所有的思虑和幻想都付诸一个至高无上的目的;这个目的以其意志的异常坚定使自己逆着天神和魔鬼而自行其是,自成一格地独立存在。不仅如此,一旦与它相连接的常人的活力受了惊吓逃出它的自生自长的状态时,这个目的仍能顽强生存和燃烧。因此,从房舱中冲出来的看来是埃哈伯这个人,其实只是个躯壳,一个没有形体的梦游人,不错,他是一道生命的光,但不求有某种颜色,因而本身是无色的;就在这时候,备受折磨的精神则通过一双肉眼射出逼人的光芒。上帝保佑你,老人家,你的欲念已经在你身体中创造了另一个生物,于是这个有着炽烈的欲念的人使自己成了一个普罗米修斯①;一只兀鹰永远啄食着他的心,这兀鹰正是他自己所创造的那个生物。

---

① 本章最后两个段落意在刻画埃哈伯船长的狂热的报复心已经处于一种自行其是,不受理智约束、不顾惜自己甚至全船船员生命以求一逞的癫狂状态。作者在结语中借用希腊神话中普罗米修斯为人间盗取天火,后被锁于悬崖之上由兀鹰啄食他的肝脏的故事,点明埃哈伯的疯狂的报复心成了啄食他的心的兀鹰,终于导致他与白鲸同归于尽的悲剧。

第四十五章

立 誓 为 证

就本书可能具有的叙事性而言，事实上，就它间接述及抹香鲸的很有趣而奇特的一二习性而言，上一章的开头是读者将会在本书中所能发现的重要章节之一；然而其中的要点却仍然需要进一步更通俗化地加以阐明，以便读者充分体会，同时消除由于对整个这一题目的极端无知而在某些人的头脑中引起的对这一事件的主要内容的天然真实性的任何怀疑。

我不想把我的这部分工作做得有条有理，只求能通过个别引证我这个捕鲸人对之有切实或可靠的了解的事例而得出一个我希望得出的印象便心满意足了；我以为从这些引证中自然而然便会得出人们想要得出的结论。

第一，就我本人所知，有三次一头鲸鱼在中了镖枪以后还能全身逃脱，而在经过一个时期之后（其中一例是经过了三年），被同一人手再次刺中送命。当时从它身上取下的先后两支镖枪上面都刻有同一个记号。在先后两次投枪时隔三年（我想可能还不止三年）的例子中，那个镖枪手在这三年中上了一条去非洲从事贸易的船只，他在非洲上了岸，参加了一个探险队，深入腹地，在那里旅行了近两年，常遭遇蛇、野人、老虎、瘴气以及其他在全然陌生的地区的腹地游荡时通常都会遇到的一切危险。同时，那头他初次刺中的鲸鱼一定也是继续它的旅行；无疑它三次周游世界，也曾贴近非洲海岸游过，只是并无目的。这个人和这头鲸鱼，第二次碰到一起，一个战胜了另一个。就我本人所知，与这一次相类似的例子有三个，其中两个我亲眼看到鲸鱼被击中，而且在第二次攻击中，亲眼看到后来从那头死鲸身上取出的两支镖枪上各自刻有同一个记号。在那时隔三年的例子中，我凑巧先后两次都在那小艇上；

后一次,我在那鲸鱼的一只眼睛下面清清楚楚地认出三年前见过的一颗挺古怪的特大的痣。我说是三年,其实我可以相当有把握地说相隔不止三年。以上三个例子是我亲身经历,确实无误;至于从谈起这类事例、信而有征、无可挑剔的人口中听来的那就更多了。

其次,捕抹香鲸业中的人都很熟悉(尽管陆地世界可能对此一无所知):一头特定的鲸鱼在大洋中可以在相距极远的时间和地点被许多人认了出来,历史上这种令人难忘的事例有好几个。至于为什么这样一头鲸鱼会变得如此突出,其缘由当初并不完全是由于它的有异于其他同类的体型特点;因为随便哪一头鲸鱼,不管它在这方面如何特别,一旦把它宰了,熬成了一种特别值钱的油,它的种种特点也就都不存在了。不,其缘由是这样,根据捕鱼业的以性命相搏的经验,这样一头鲸鱼犹如利纳尔多·利纳尔第①一样,自有一种令人毛骨悚然的代表凶险的威严,大多数捕鲸人每当发现它在他们附近海上游弋时,只满足于用手碰一碰他们的猎鲸小艇上的帆布罩表示认识它,却不想追求和它深交。好像岸上某些偶然得识一位脾气暴躁的大人物的可怜虫那样,他们在街上只敢老远不事声张地向他致敬,怕的是和大人物套近乎会被认为太不自量而碰一鼻子灰。

这些著名的鲸鱼不仅每一头都各有各的了不起的名声——不,简直可以说是名扬四海的声誉,不仅生前大大有名,死后也是在船头楼上流传的故事中永垂不朽;而且享有诸如冈比西斯②或者凯撒大帝这类大名人的声望所带来的权利、特权和殊荣。事情难道不是这样吗?帝汶岛③的巨鲸杰克啊,你这出名的大海怪,遍体鳞伤像一座冰山,你长期出没在东方以帝汶命名的海峡中,你喷的水往往从奥姆贝棕榈掩映的海滩上便可以看见,事情难道不是这样吗?新西兰的巨鲸汤姆啊!

---

① 即法国中世纪文学的《武功歌》中的反叛查理曼的骑士雷那德,阿里奥斯托、博亚尔多和塔索所创作的中世纪史诗中的利纳尔多。
② 公元前六世纪波斯阿契美尼德王朝国王,居鲁士大帝二世之子,先任巴比伦总督,即位后远征埃及。
③ 马来群岛之一,帝汶海在印度尼西亚东部和澳大利亚西北部之间。奥姆贝海峡在帝汶岛正北。

你是所有行驶在那"文身的国度"附近可能和你碰面的船只的恐怖的化身。事情难道不是这样吗？日本的国王毛冠啊！人家说你喷出的水在蓝天之上有时近似一个雪白的十字架。事情难道不是这样吗？唐·米格尔，你这智利的巨鲸啊！背上像老龟似的刻着神秘的象形文字。用简单明了的话说，以上是四头巨鲸①，其名声对于研究鲸类历史的人来说，正如马略和苏拉②之于古典学者一样。

然而事情不止于此。新西兰的汤姆③和唐·米格尔在一次次制造了不同的捕鲸船艇毁人亡的惨剧之后，一些勇敢的捕鲸船长最后发起了对它们的搜索，按部就班地猎捕，穷追不舍，终于把它们杀了。这些船长当初起锚出发，心目中已标了这一明确的目的，正如当年率兵穿过纳拉干塞特地方的树林的丘区上尉一样，他立意要捉到印第安部落首领菲立普国王手下的武士长，那杀人如麻的蛮子阿纳旺④。

我不知道还有什么比这里更合适的地方来谈一两件在我看来很重要的事情，以便通过文字材料在一切方面确立关于这头白鲸的整个故事，特别是那一惨剧的合理性。这是那些令人丧气的实例之一，说明真理也会像谬误一样，需要充分有力的支持。陆地上的人对世界上有些明明白白看得见摸得着的奇迹大多一无所知，以致如果就捕鲸业的明显事实不从历史上或其他方面加以指点，他们就许会把莫比·迪克当做荒唐无稽的传说加以嘲笑，更糟也更可恨的是把它看做是个可憎可厌不能忍受的寓言。

首先，虽说大多数人对这头号捕鱼业的一般凶险有些笼统的心血来潮式的概念，但对那些凶险以及凶险发生的频繁程度并没有什么确定而生动的了解。其中一个原因是这一捕鱼业所遭受的实际灾祸以及

---

① 四头鲸中前两头为实有，史有记载；后两头则出于作者的想象。
② 马略为罗马共和国后期的名将，公元前一〇四年和公元前一〇〇年，两次当选为执政官后，与驻亚洲军团指挥官苏拉发生权力之争。苏拉率兵进攻罗马，放逐了马略。
③ 应为新西兰的汤姆，帝汶岛的杰克，作者后来才发觉，在此处作了改正，原文中上一段中一处未改。
④ 早先居住在美国罗得岛州南部的纳拉干塞特地区的印第安部落原与白人殖民者保持良好关系。一六七五年被白人称为菲立普国王的印第安首领梅塔科麦特起而反抗白人压迫，于是爆发新英格兰最为血腥的与印第安人的战争。

死难人员,五十件中还不到一件在家乡的公共档案中有所记载,尽管这种记录为时短暂,过目即忘。就在此刻,一个可怜的人说不定正在新几内亚海岸外被曳鲸索绊住,被一头鲸鱼拖到了海底——你以为这个可怜人的名字会出现在你第二天吃早餐时你读的报纸的讣告栏里吗?绝不会的,因为这里和新几内亚之间的邮递极不正规。事实上,你几时曾听到过从新几内亚传来的直接或间接的可以称之为正规的新闻?然而我可以告诉你,在我去太平洋的许多次的航行中,有一次,我们同三十条不同船上的人说过话,每一条船都有一个被鲸鱼杀死的人,有些船死了不止一个,有三条船,全艇的人都遇了难。唉,看在上帝分上,灯油和蜡烛省着点儿用吧!你点的每一加仑鲸油,都有人至少为之付出了一滴鲜血。

其次,陆地上的人对鲸是有巨大威力的巨大生物这一点的确有某种不确定的概念;然而我发现,当向他们讲起一些有关这双重巨大的具体例子时,他们却意味深长地夸起我会开玩笑;这时我只得扪心相告,我绝不比摩西①在当初记述埃及的瘟疫灾难史时有更多开玩笑的心思。

不过,好在我在此处要肯定的一点有完全不受我支配的证词可以证明。这一点是:抹香鲸在某些情况下有足够的威力和识见,它既恶毒又能见机行事,而且似乎事先已经想到如何对一艘大船加以冲撞,彻底捣毁它,使之沉没;抹香鲸不止有威力和识见这样做,而且它已经这样做了。

第一次是在一八二〇年,南塔克特的埃塞克斯号在船长波拉德指挥下巡弋在太平洋上。一天,它发现了鲸鱼所喷的水柱,便放下了它的艇子追捕一群抹香鲸。不久,好几头鲸鱼受了伤;突然之间,一头特大的鲸鱼逃脱了小艇的围截,离开了鱼群,直接向大船猛冲。它用前额撞击船体,把它撞破到了这种程度,以致不到"十分钟的工夫"船就翻了,沉了下去。从此连它的一块船板也未曾见到。部分船员在几条小艇中经历了风浪的百般磨难,才到了陆地。波拉德船长好不容易才回到了

---

① 参看《圣经·旧约·出埃及记》各章。

家里,不久又上了另一条船当船长,出发去太平洋。老天爷第二次又让他的船触在陌生的岩石上,彻底毁了,从此他断然不再跟大海打交道,也再没有招惹过它。今天波拉德船长是南塔克特的一个居民。我还见过欧文·蔡斯,他是埃塞克斯号悲剧发生时该船的大副;我读过他的朴素而忠实的追叙;我和他的儿子谈过话;所有这些追叙的事都是在惨剧发生的现场方圆几哩之内进行的。①

第二次,也是南塔克特的联合号在一八〇七年亚速尔群岛海岸外遭到类似攻击而全船覆没,但我始终未曾见到有关这次海难的真实详情,只是时不时地听到有人偶然提到它。

第三次,大约十八至二十年前,指挥美国一艘一级海岸炮舰的J——海军准将有一天在桑威奇群岛的瓦胡岛②港内一条南塔克特船上和一伙捕鲸船长共进晚餐。谈话转到了鲸鱼这个话题上,准将听得在座那几位以捕鲸为业的先生们把鲸鱼说得力大无穷表示怀疑。举例说,他断然否定任何鲸鱼能把他的坚固的炮舰击伤,使它漏出哪怕只是一星半点的水来。否定得好,文章还在后头哩。几个星期以后,准将下令他的那艘坚不可摧的炮舰出发去瓦尔帕莱索③。可是中途遭到一头威风凛凛的抹香鲸的拦截,它有要事请求和他密商片刻,这要事原来是

---

① 以下摘自蔡斯追记:"每一个事实都指引我得出如下结论:它的行动决非出于偶然;它对船发动了两次攻击,每次攻击有好几下,其间的间隔很短。根据它们的指向,两次攻击用意都在于给我们造成最大限度的损害;它向前冲,从而使对面相撞的船和鱼的速度相加,造成极大震荡;为了这一效果,正好需要它刚才所做的动作。它的模样可怕已极,显示出了满腔愤恨与恼怒。它直接从那我们不久前进入的鱼群中冲出来,它的三个伙伴已经被我们刺伤,它活像是要为它们吃的亏报仇。"他又写道:"不管怎样,这整个形势总的看来,使我认为我的意见是对的,并为此感到满足;其中每一着都发生在我眼前,当时在我头脑中产生的印象是那鲸鱼决心要有意捣乱(这些印象中有许多我现今已经记不起来了)。"

以下是他放弃该船以后,在一个漆黑的夜晚,在一条无遮无掩的小艇中的反思,当时他可能否见到好客的岸上居民几乎已不抱希望。"漆黑的海洋和汹涌的浪涛倒不算什么,怕被骇人的暴风雨吞没,怕撞上暗礁,以及其他一些在提心吊胆的时刻通常会想到的东西——所有这些恐惧似乎想都不值得一想;我的思想全都给那破船的凄惨模样,鲸鱼的吓人形象和复仇心理盘踞了,直到白昼再次出现。"

又一处:他谈到了"那畜生的神秘莫测、生死相搏的攻击"。……
② 即今夏威夷群岛,瓦胡岛为其第三大岛。
③ 智利中部太平洋海岸的港口城市。

给准将的炮舰一个迎头痛击,使他不得不一面用全部抽水机排水,一面直驶最近的港口,进行侧船修理。我并不迷信,但我认为准将和鲸鱼的这次访谈是出于天意。塔苏斯的扫罗①不也是受了类似一次惊吓才从不信上帝转而成为信徒的吗?告诉你吧,抹香鲸才不受你那一套胡言乱语呢。

接着我来给你讲一讲《兰斯道夫航海记》,说明一个小小的事实,这事实对我这位作者尤其饶有兴味。顺便提一句,兰斯道夫这个人你一定知道,他是本世纪初俄国海军上将克鲁先斯腾率领的有名的探险队的一员。兰斯道夫船长在他的第十七章一开头写道:

"到了五月十三日我们的船准备启航,第二天我们已驶到了汪洋大海之上,在驶往鄂霍茨克②途中。天气十分晴朗,可是冷得难受,我们只得穿上皮衣。有一些日子,简直没有什么风,直到十九日才从西北方吹来一阵大风。一头特大的鲸鱼,它的身子比船本身还大,几乎就在水面平躺着,可是直到这张着满帆的船快要撞到鱼身上之前,船上的人谁也没有发现它,因此船撞鱼的局面已不可避免。我们已被置身于一触即发的危险之中;此时这头巨鲸弓起它的脊背,把船抬出水面至少有三呎。几根桅杆摇摇晃晃,篷帆都落到了一起,我们原在舱下的人都即刻奔上甲板,以为船准是触上了一块礁石;哪知上来一看,那大怪物正游开了,那气派好不威严肃穆。德沃尔夫船长立刻开动抽水机,检查船身在这次意外事故中有没有受到损伤,可是我们发现它十分幸运地完好无损。"

此处提到的指挥这条船的德沃尔夫船长是新英格兰人,他作为一个远涉重洋的船长一生历尽异常的惊险之后,如今就住在波士顿附近的陶塞斯特村。我有幸是他的外甥。我曾专门就那次在兰斯道夫号上的航行问过他。他证实了他所记的每一个字。不过那条船并不大:是一艘在西伯利亚沿海造的俄国船,是我舅舅用他从家乡开来的那条船物物交换买下来的。

---

① 参看扫罗认罪和敬拜耶和华一事,见《圣经·旧约·撒母尔记上》第15章。
② 萨哈林岛(库页岛)以北,西伯利亚港口。

在列昂奈尔·瓦费①(他是当年的戴比尔的一个老搭档)的航行记这本豪气不可一世,讲述老式险遇(也充满了实实在在的奇遇)的书中,我发现有一件小事和以上所引兰斯道夫所记的如此相像,我不由得要把它安插在这里以作为一个例证,万一有此需要的话。

当时列昂奈尔似乎正在驶向他所称的约翰·费迪南多,即今天的胡安费尔南德斯群岛②。"在驶向该处途中,"他写道,"大约在清晨四时左右,我们已离开美国本土一百五十里格③的时候,我们的船受了剧烈的一震,震得我们的水手惊慌失措,不知身在何处,出了什么事;大家都以为死到临头。这一震实在来得太突然、太猛,我们都想准是船触了礁;然而待惊愕稍稍平息之后,我们放下水砣测量水深,哪知水砣碰不着海底……这一下突然的震动震得炮从炮架上蹦了起来,好几个水手被震得掉下了吊床。头枕在炮筒上躺着的戴维斯船长被掀出了房舱!"列昂奈尔接着把震因归之于一场地震,声称就在差不多这个时候发生的一场大地震确曾在这片西班牙属土地上造成了极大的破坏,言外之意他的判断是不错的。然而我却不甚怀疑,这次在破晓前的黑暗中发生的震荡终究是由于一头未被发现的鲸鱼从底下将船拱离海面所致。

我还可以用好几个从不同渠道了解到的例子来说明抹香鲸的力大无比和凶恶异常。从不止一个的实例得知,它不仅能把捕鲸艇赶回到他们的大船边,而且追逐大船本身,在身中甲板上投来的多支镖枪后久久不退。在这方面英国的浦西·豪尔号就有它的一个故事可讲。④ 说到抹香鲸的力气,我可以说,有这样一些例子:在风平浪静的时候,用一根绳索扣住了一头急游着的抹香鲸,绳的另一头从艇上转移到船上拴紧;那鲸能像马拉车一样拉着那巨大的船身在水里往

---

① 威廉·戴比尔(1651?—1751),横行于西班牙属美洲的西海岸和菲律宾的海盗,后曾率领一支海军探险队去澳大利亚和新几内亚。列昂奈尔·瓦费作为一外科医生,曾随戴比尔去西印度群岛、非洲和太平洋上各处。
② 南太平洋上的一群小岛,位于智利的瓦尔帕莱索地区以西六百五十公里。
③ 一里格在英美合三浬或三哩。
④ 据贝内特的《捕鲸航行记事》,该船于一八三五年遭遇了一头斗志极旺的大鲸,它把四条捕鲸艇赶回该船,身中船头投来的镖枪而受伤了。

前走。再说,人们常常观察到,一头鲸鱼中枪受了伤后,只要容它有时间养足了力气,那么它接着行动起来,倒不像是愤怒得发了狂,而是存心想方设法,不顾一切地要毁灭追捕它的对方。在这样做的时候,它也未尝不善于表现它的性情:它一遭攻击,往往张大了嘴,接连好几分钟张着,处于一种骇人的剑拔弩张状态。但是我只想再举一个例子作最终的说明;这是个突出而极有意义的例子,你看了就不会不明白:不仅是本书所记的最最令人骇异的事件已为当今明明白白的事实所证实,而且这些奇事(犹如所有奇事一样)不过是陈年旧事的重演而已;所以我们第一百万次随着所罗门说阿门——日光之下,并无新事,真是一点儿不错。①

公元六世纪,查士丁尼当着皇帝、贝利萨留当着将军②的时候,有位基督教徒任君士坦丁堡长官,名叫普罗科匹厄斯③。许多人都知道,他著有当代历史,那是一部在各方面都有不寻常价值的著作。据最有权威的人士称,他历来被认为最为可靠、不事渲染夸张的史学家,只有一两处是例外,而这一两处与这里所说的事毫无关涉。

在普罗科匹厄斯所著的历史中,他提到他在君士坦丁堡长官任内,在邻近的普罗旁提斯或玛尔摩沙海中曾捕获一头大海怪,该海怪在五十多年时间中在那一带海域多次损毁船只。一桩在确凿历史中有记载的事实是无法轻易加以否定的,也没有理由加以否定。到底这海怪确切的种属是什么,书中没有提到。但鉴于它毁损船只及其他一些事情,它必定是一头鲸鱼;而我非常倾向于认为它是一头抹香鲸。我来告诉你其理由何在。长久以来我一直以为地中海以及与之相连的深水区是从来没有抹香鲸出没的。就在今天,我依然断定,以现状而论,这一海域不是,也许永远不可能是它们习惯群居的栖息之

---

① 《圣经·旧约·传道书》第 1 章:"已有的事,后必再有。……日光之下,并无新事。"
② 贝利萨留(约 505—565),罗马晚期查士丁尼一世兼任拜占庭皇帝时拜占庭的名将。
③ 普罗科匹厄斯,生卒年代不明,拜占庭历史学家。著有《战争》八卷、《建筑》六卷和《秘史》。《战争》记波斯战争二卷,记汪达尔战争二卷,哥特战争三卷,另《大事记》一卷。

所。然而最近进一步的查究已经向我证明:时至现代,已有抹香鲸在地中海出现的个别事例。我从权威方面得知,英国海军的戴维斯中校在北非海岸发现过一头抹香鲸的骨骼。既然一艘战舰能轻轻易易地通过达达尼尔海峡,一头抹香鲸当然也能通过同一途径从地中海游到普罗旁提斯去。

就我所能了解到的来说,在普罗旁提斯,没有小鲱鱼之类特别的鱼秧子供露脊鲸作为食料。但是我完全有理由相信,抹香鲸的食料——鱿鱼和乌贼鱼——就深藏在该处海底,因为那里的海面发现过一些大家伙,但不是这一种类中最大的。如果你把所有这些说法好好集合起来稍加推断,你便会看得清楚,常人便可推断,普罗科匹厄斯所称的半个世纪中捣毁一位罗马皇帝的不少船只的海怪十之八九是一头抹香鲸。

第四十六章
心 中 揣 度

虽则埃哈伯为他的目标的熊熊烈焰熬得心力交瘁,他在全部思想和行动中所念念不忘的始终是最后捕获莫比·迪克;虽则他似乎为了这个欲念已准备牺牲所有世俗的利益;但就天性和积习而言,他已和一个好勇斗狠的捕鲸人的生活方式结了不解之缘,要他完全撒手不管随这次航行而来的各种操作简直是不可能的。即使事情并非如此,那至少在他心里少不了有别的对他更有影响的动机。哪怕考虑到他的偏执狂,以为他对白鲸的报复心理可能会在一定程度上扩大到所有抹香鲸身上,以为他觉得这些家伙杀得越多,那么下一头遇上的鲸鱼会证明是他恨之入骨,一直在追捕的那一头的机会也随之而大大增加;这样来揣度他未免过于细密。不过,假如这种假定真的可以排除,也还有另外一些考虑,它们虽不和他压倒一切的狂热要求并不完全一致,但也决非对他毫无影响。

埃哈伯必须使用各种工具方能达到他的目的;而在这世上所能运用的工具中,人是最容易越轨闯祸的。举例说,不管在一些方面他对斯塔勃克所占的优势有多大的吸引力,这种优势并不能控制完整的精神的人,正如单纯的体力的优势并不意味着心智上处于统治地位;因为心智对于纯粹精神方面只存在着肉体关系。只要埃哈伯保持对斯塔勃克的头脑的吸引力,斯塔勃克的肉体和斯塔勃克的受强制的意志都是埃哈伯的。尽管如此,他仍然心里明白这位大副从心底里憎恶他的追求;只要他大副能够,他恨不得使自己和这件事脱离关系,甚至挫败它。要等白鲸出现,说不定要等很长时间。在这段长时间中,斯塔勃克随时都可能发脾气,公然对抗船长命令,除非谨慎小心地随机应变地对他施加某些寻常不起眼的影响。不仅如此,埃哈伯要向莫比·迪克的复仇的疯狂心态也自有它的机敏之处,这种机敏如今表现得最为意味深长的是在他的聪明过人的识见上;他预见到:这次追捕白鲸本就带有一种古怪的想象所自然赋予的邪恶色彩,眼下这种色彩应当设法消除,并且必须使这次航行具有的十分恐怖的内涵隐藏起来,不为人所注意(因为人的锐气很少能在悬念中消磨很长时间而又无法采取行动以求一快)。当他的大、二、三副和水手在值漫长的夜班时,他们总得有些比莫比·迪克更切近的事物可想。因为不管那些野蛮成性的船员如何热切而冲动地欢呼他宣布的追猎行动,所有水手虽然脾性各色各样,却多多少少有些反复无常,叫人难以放心——他们在多变的户外天气中生活,也就沾上它的变幻莫测的性质——一旦要他们去追逐任何遥远而渺茫的目标,不管你如何许愿,说这种追逐最终会充满生气和激情,最要紧的还是需要有可以让他们暂时散心分神的活儿穿插其间,使他们保持健康的心气以便作那最后的冲刺。

另一件事埃哈伯也不曾忽略过去。在感情奔涌的时刻,人们不屑去考虑一切卑下的念头;然而这种时刻不能长驻。埃哈伯心里想的是,人生来有其永恒的本性,那就是卑劣。就算这白鲸能使我的那些野蛮的水手一时热血沸腾,甚至玩弄他们的野性能在他们身上生出某种慷慨的豪侠心肠,他们固然出于天性爱好,乐于追猎莫比·迪克,可他们也还是得吃饭以满足更为一般的日常口腹之欲。即使是当年那些高歌猛进、骑士气概十足的十字军战士也并不以长驱直入两千哩的土地为圣灵葬所而战斗为满足,他们照样掳掠、盗窃,捎带捞些借上帝之名的其他好处。如果要他约束他们只致力于一个最终的浪漫的目标——那一个最终的浪漫的目标的话,不知会有多少人会骂骂咧咧地掉头而去。埃哈伯心想,我可不能让这些人断了一切挣钱——嗳,挣钱的指望。眼下他们也许不把钱瞧在眼里;但是过上几个月,他们要看不见挣钱的前景,那时候,就是这同一个一声不响的钱会在他们心中一下子造起反来的,正是钱会很快把埃哈伯赶下台。

此外出于切身利害,埃哈伯还有个动机,那便是要事先有所准备。他大概是一时冲动,不免过早地泄露了披谷德号的这次航行的首要的却又是纯属私人的目的以后,此刻已经意识到,这一来,他就间接地使自己随时可能面对一个无言可答的罪名:假公济私。他的水手可以拒绝继续服从于他,甚至强横地夺了他的指挥权,只要他们想这样做;而他们只要这样想,就有能力这样做;而且无论从道义上或法律上看,可以完全不受惩处。即使仅仅是暗示这种假公济私的指摘,即使这种印象尽管遭到压制却仍在渐渐得势,这种情况的可能后果必定已经使埃哈伯十分焦灼地要保护好自己。这种保护只能来自他自己的头脑、心和手,加上对他的水手可能受到的每一种哪怕是最细微的气氛上的影响随时揣量,密切注意。

由于所有这些原因,也许还有一些过于微妙,不是在这里三言两语所能说得明白的原因,埃哈伯心里十分明白:他仍然必须在很大程度上继续忠于披谷德号这次航行名义上的表面上的目的,照着一切例常的规矩办事;而且不仅如此,他还得勉强着自己对他这一行通常要干的营生表现出大家都看在眼里的强烈兴趣。

不管怎样,如今不时能听到他在招呼三支桅杆顶上的人,督促他们要仔细瞭望,发现哪怕一只海豚也要报告。这种警惕性不久就有了回报。

第四十七章

编 缏 遐 想

一个多云闷热的下午,水手们懒洋洋地在甲板上来去,或是茫然望着铅灰色的海面。季奎格和我不紧不慢地编织着一条人家叫做剑缏的缏子,好给我们的小艇添一根捆绑用的绳子。整个景象是如此肃静沉闷,可又有种似乎要发生什么事的感觉,空气中似乎在施展这样一种制造幻想的妖法,以致每一个沉默的水手似乎都已融入他自己的看不见的自我之中。

在忙着编缏子的时候,我是季奎格的听差或者说小厮。我在一长排经线之间不断地来回穿织纬线,我自己的手就是梭子;季奎格呢,他打横站着,时时用他的结实的橡木剑插到几股线之间,漫不经心、随随便便地把几股线都绞在一起;他的眼睛则无所用心地望着海面。我说,这时候整条船、整个海面都落入一种如此奇异的梦幻境界(只有那断断续续、沉闷的橡木剑声打破了这片宁静),似乎这就是时间的织机①,我自己就是一只梭子,机械地在命运之神手下织呀织。眼前是固定的一股股经线经受那惟一的一种来回不已、始终不变的震动,这震动仅足以使横穿进来的另一些线和这些经线绞成一股。这经线就像是必然性。我呢,我心想,用自己的手投我自己的梭,把我自己的命运织成不可更改的绳索。同时,季奎格冲动地毫不动心地砸着的剑,有时是斜砸在纬线上,有时是弯的,有时重,有时轻,随其性之所至。这种斜、弯和用力的不同就造成最后编出来的缏子的形状存在着相应的差异。我又想,这蛮子手里的剑就这样决定了经线和纬线的形状和式样;这轻巧而冷漠的剑一定就是机遇——对,机遇,自由意志和必然性——其间完全

---

① "时间的织机"是英国作家托马斯·卡莱尔译歌德的《浮士德》第一部第二场 501—509 行中的英文用语的直译。

可以兼容——彼此交织在一起。这笔直的经线是必然性,决不偏离它的终极的方向——它的每一轮番的震动其实正是为了靠拢这个方向。自由意志仍是在把它的梭子自由投向已定的线之间,而机遇呢,虽说它的活动被限制在必然性的直线之内,而在横向运动中受自由意志的修整;它既受两者的轨范,又轮流支配两者。事情到底如何,由它最后一举而定。

＊　　　＊　　　＊

正在这样编呀编的时候,我忽听见一个声响,它吓了我一跳。声响听来是如此奇怪,拉得如此之长,如此富于一种非人间的狂野的音乐性,以致那个自由意志的线团从我手里掉了下来。我抬头看了看天上的云彩,那声响正是从云端里犹如一只翅膀落下。原来在那桅顶横木上的是盖海德来的疯子塔希特戈。他的身子直往前俯,手像指挥棒般伸出去,一下接着一下地急促地叫着。不用说,在这一刻海上到处都会听到这同一个声音;它可以来自成百个登得同样高的捕鲸人,可是很少有人有这么大的肺活量,能把这听熟了的声音喊得像印第安人塔希特戈那么抑扬顿挫,那么动听。

他高高的在你头顶,身子一半悬在空中,急得发狂似的向天际望去,你会以为他是个看到了命运之神的阴影的某个先知或者预言家,正发狂似的宣布着它的到来。

"瞧,它在喷水!瞧!瞧!瞧!它在喷水!它在喷水!"

"哪个方向?"

"在下风头,大约两浬远的地方!有一群哪!"

即刻大家乱成了一团。

抹香鲸喷起水来就跟时钟嘀嗒一样准,一样呆板。捕鲸人靠的就是这点才把抹香鲸从鲸鱼的其他类别中分辨出来。

"它在甩尾巴啦!"塔希特戈这时又叫起来,于是鲸鱼群不见了。

"快,管事!"埃哈伯叫道,"看时间呀!看时间!"

面团娃急忙下去,看了看表,向埃哈伯报告了确切到几点几分的时间。

船开始避开风,在风之前缓缓起伏行驶。塔希特戈报告说,鱼群已沉下去,朝着下风头游走了,我们自信准能在船的正前方会再见到它们。要知道,抹香鲸有时表现出一种少有的鬼聪明,它用脑袋向一个方向试探之后,却潜至海面之下,掉过身子,飞快地向着相反的方向游去了——不过这种狡诈它此刻用不上;因为没有理由认为塔希特戈发现那条鲸鱼时在任何方面惊动了它;事实上它也不可能知道我们就在附近。一个被选来当船上的瞭望哨——那是从没有派在小艇上作业的人中选的——这时接替了在主桅顶上的印第安人。船前船后的水手都下来了;索桶已被固定在各自的地方;吊钩已经探出在外;主桅下桁已经卸下;三艘小艇已被送到船外海面之上,就像三只草篮子挂在高高的悬崖上。翻到舷墙外面跃跃欲试的小艇水手一手攀住栏杆,一脚踏在舷墙上,看来像是战舰上的一长列水兵正准备投到敌舰上去战斗。

但是正在这个紧要关头,突然听到一声叫喊,大家的眼光立刻都离开了鲸鱼,人人都心里一惊,瞪着眼睛看脸色阴沉的埃哈伯,有五个仿佛刚刚在虚空中现身出来的幽灵围住了他。

第四十八章
初 次 放 艇

那几个幽灵(说是幽灵,因为当时看来真像幽灵),正在甲板那一边飞快地来来去去,却没有一点声息。他们解开吊在那儿的小艇的绳索带子。那小艇因为吊在右舷后部,大家就管它叫船长用艇,其实一直认为它是船上的备用艇之一。此刻站在小艇头部的是个高大黑脸汉子,一颗白牙恶狠狠地突出在钢铁般的嘴唇外面。他身穿一件阴森森皱巴巴的中国黑棉布外套,黑棉布大脚裤。可是说来也怪,凌驾在这一片黑色之上的是一块闪闪发光的白色包头布,它包住了这人的一圈圈盘在头上的发辫。这人的伙伴们容貌没有他黑,是某些马尼拉土著特有的生动的虎黄色——这种土著以机灵有如恶魔闻名,而根据一些正直的白人海员所称,这些人是他们的主子——一个魔头所雇佣的海上谍报人员和密探。这主子的账房则据说又在别的地方。

　　正当全船的人莫名其妙,怔怔地望着这几个陌生人时,埃哈伯冲着戴白色包头布、在这些人中领头的老人喊道:"大家准备好了吗,费达拉?"

　　"准备好啦。"费达拉回答,说话带些嗞嗞声。

　　"那就放下艇子,听见了吗?"埃哈伯跨着甲板叫,"我说,那就放下艇子。"

　　他的说话声犹如打雷一般,水手们顾不得惊骇,奋力跃过了栏杆;滑轮在滑车里转动,三艘小艇落到了海面,激起一阵浪花;水手们则像山羊一般,流露出任何其他行当中看不到的熟练而自然的骁勇,从起伏的船边跳到了下面颠簸着的小艇里。

　　他们刚把小艇划出大船的隐蔽处,第四艘小艇便从上风头绕过船尾驶来,现出了那五个陌生人在为埃哈伯划着艇子。埃哈伯笔挺地站在艇艄,大声指挥斯塔勃克、斯德布和弗兰斯克三人的艇子远远散开,好控制住大片水面。但是三艘艇子上的人手的眼睛全部看定了黝黑的费达拉和他的水手,没有听从给他们的命令。

　　"埃哈伯船长?"斯塔勃克问。

　　"你们散开,"埃哈伯喊,"你们四艘小艇,都使劲划。弗兰斯克,你再朝下风头划些!"

　　"是,是,长官,"这位小头目愉快地叫道,把他的大舵桨扭转过来,"使劲扳啊!"他冲着水手喊,"扳啊!——扳啊!——接着扳!哥儿们,它就在前头喷着水哪!使劲扳啊!——千万别理那边那些黄脸皮家伙,阿契。"

　　"啊,我才不在乎他们哩,长官,"阿契说,"我早就知道啦。我在舱下就听到他们啦。我已经告诉了眼前的卡巴科。卡巴科,你说是不是?弗兰斯克先生,那是些藏在船里偷渡的家伙。"

　　"扳桨啊,扳桨,我的好人儿;扳桨啊,我的孩子们;扳啊,我的小宝贝们,"斯德布拉着长腔向他的水手说着好话,水手中间有些人显得有些不自在,"你们干吗不使足劲划啊,小伙子们?你们在瞧什么?是瞧那边艇上的家伙?嗨!他们不过是五个来给我们帮忙的人手——管他们是从哪儿来的呢——人越多越好。扳桨啊,喂,扳哪;别理那些恶鬼——魔鬼也是好人手哪。哦,哦,你这一下行喽;这一扳值一千英镑,这一扳可通吃!好啊,为这一金杯抹香鲸油欢呼吧,我的英雄们哪!伙计们,咱们三呼万岁——大家心里好不痛快!慢着,慢着;别急躁——别急躁。你们干吗不扳桨呀,你们这些坏蛋?咬呀,你们这几条狗!哦,哦,哦,轻点儿,轻点儿!对啰——对啰!桨要扳得时间长,扳得狠。使足劲扳呀,使足劲!让魔鬼把你们抓了去,你们这些流氓,这些地痞,你们全都睡着啦。别再打鼾,你们这些睡不够的家伙,扳哪,扳,你扳不扳?扳哪,你能不能扳?扳哪,你到底肯不肯扳呀?冲着你吃的鲂鱼和姜汁饼,你到底扳不扳?——扳,铆足了劲儿扳!扳,扳到眼睛突出来!瞧瞧这个!"他从腰带上拔出一把尖刀来,"谁是娘养的儿子,谁就拔出刀来,用嘴咬着扳桨。对,就这样——就这样。喂,你们干活儿呀;这还差不多,我的钢嚼子。让鱼吃上一惊,我的银匙子!让它吃上一惊,鱼头钉!"

  以上拉拉杂杂记下了斯德布对他的水手的一些开场白,因为他对他们全体人说话有他的独特的方式,而在培养他们对待划船的虔诚态度更有其特色。然而你千万不可以为从上面这个他说教的样板看,他向他的教徒说着说着会不由自主地变得激情满腔。完全不是这样;他说话的主要特色正好在于说的话凶狠到了极点,而用的腔调却又像开玩笑又像发脾气,而发脾气看来只是有意在给开的玩笑添点作料,因此没有一个桨手听了这样稀奇古怪的咒语以后不豁出命去划船,然而却又只是为了开心而划船。再说,他本人从头至尾如此消消停停、懒懒散散的模样,如此漫不经心地掌着他手里的舵桨,嘴张得那么大(他有时会张大了嘴),以致他的水手只要一瞧这么一位打着呵欠的指挥官,就会感受到一种强烈对比的力量,就会像着了魔似的拼命干。再说,斯德布是个出奇的幽默角色,他的嘻嘻哈哈的含意有时含混得叫人捉摸不透,以至于在服从他的命令这一点上,能叫所有的手下人丝毫不敢马虎。

这时,斯塔勃克遵从埃哈伯的一个手势正从斯德布的船头斜掠过去;斯德布借着两条艇子有一两分钟彼此靠近的时机,跟他的大副打招呼。

"斯塔勃克先生!喂,左舷的那艘艇子!跟你说句话行不行?"

"说吧!"斯塔勃克回答,说话时连头也不转过来一时,同时放低了声音还在热切地督促着他的水手。他铁青着脸,跟斯德布完全是两副面孔。

"长官,你对那几个黄脸皮的家伙怎么看?"

"开船之前变着法儿偷偷地让他们上的船。"(向他的水手们小声说:伙计们,用力啊,用力!)然后他提高了嗓门,"斯德布先生,这事儿真叫人糟心!(我的儿郎们,往前冲呀,往前冲!)不过你放心好啦,斯德布先生!诸事会顺利的。不管有什么事儿,叫你手下的水手使劲划。(伙计们,冲啊,冲!)前边有大桶大桶的鲸油等着咱们哪,斯德布先生,你出海就是为的这个啊。(伙计们,扳啊!)抹香鲸油哪,咱们玩命就是为的抹香鲸油哪!这至少是咱们的责任哪,尽了责也就得了利,两者是一码事啊!"

"是,是,我也是这么想,"两艘小艇分手时,斯德布自言自语道,"我一瞧见他们,我就这么想。是啊,他老爱往后舱跑,就是这缘故;面团娃早就起了疑心。他们就躲在那下面。归根到底是为了白鲸。好吧,好吧,事已如此,又有什么法子,随它去吧!好!用力啊,伙计们!今天并不是逮白鲸!用力啊!"

至于在从甲板上放下小艇的那个节骨眼上出现了那几个怪异的陌生人这一节,在船上有些人中间引起一种迷信的惊骇,不能说没有道理。不过阿契当初恍惚中的发现早已在他们中间传开了,虽说那时候大家并不把它当真,但它到底让大家对这件事多少有了点儿心理准备。它使他们的惊诧不至于走向极端。如今又见了这一切,再经斯德布对那几个人的出现作了如此自信的说明,大家也就暂时解除了种种迷信的揣测;虽说打一开头就让人捉摸不透的埃哈伯在这件事上到底起了什么作用,仍大有作各种各样异想天开的猜测的余地。以我来说,我不禁默默想起了那个天色未明的南塔克特的清晨所看到的那些偷登披谷德号的神秘的人影以及那个来历不明的以利亚所说的那些哑谜似的暗示。

此时,埃哈伯处于他的几位副手能听见他说话的距离之外,已朝上风头一边驶得极远,仍然位于其他小艇的前方;这一情况说明帮他划船的水手多么有力气。他的那些虎黄色的家伙看来全都是生来的钢筋铁骨;他们像五个杵锤有节奏地一俯一仰地使劲划,把艇子一下又一下在海面上往前送,犹如一艘密西西比河上的轮船仗着一只卧式锅炉的冲力前进一样。至于费达拉,他扳的是镖枪手的桨;他已把黑外套扔在一边,光着膀子,上半身全部露在船舷上面,衬着远处起伏波动的水面,显得轮廓鲜明。埃哈伯则在艇子的另一头,他的一只胳膊向后一点,像个击剑家要平衡任何往前冲的势头。他沉着稳当地掌他的舵桨,一如在白鲸伤残他之前上千次放艇时的表现。突然间,那条往外伸出的胳膊做了个特别的姿势,然后一动不动,那艇子上的五支桨不约而同地直竖起来。艇子和人都在海上纹丝不动。那在后头散开的三艘艇子也在半路上停下了。原来那群鲸鱼纷纷沉到了海里,这就叫人老远看不清它们游动的迹象,只有埃哈伯靠得近,已经观察到了。

"各人看好自己的桨!"斯塔勃克叫道,"你,季奎格,站起来!"

这个蛮子纵身一跳,异常灵巧地跳上船头高起的三角形座位上,笔挺地站着,两眼全神贯注地朝最后发现鲸鱼的地方望去。艇艄同样也有一块与舷沿相并的高台,斯塔勃克就站在上面,冷静而熟练地随着那一叶小舟颠簸抖动而保持平稳,一声不响地瞅着那一片蔚蓝色的汪洋大海。

不远处,弗兰斯克的艇子也是一动不动停在那儿,它的指挥官满不在乎地站在艇艄的圆柱顶上;圆柱是根嵌在龙骨里的大粗木头,比艇艄的平台高出约两呎。它是用来索子时往回拉的。木柱的顶只有一个人的手掌大小。弗兰斯克站在柱顶上,就像退到了一条快沉没的船的桅杆顶上。可是这小个子顶梁柱人虽矮小,志气却又高又大,因此他站的那个柱顶使他感到太不称心。

"远处我一点儿也看不到;给我把一根桨倒竖起来,让我站到桨上头。"

达果一听这话，两手各撑着一边舷沿，稳住身子，很快地到了艇艄，然后挺起身子，自愿让自己的高高的肩膀把弗兰斯克驮起来。

"就跟桅杆顶一样棒，长官。你乐意踩上来吗？"

"我乐意，我的好汉子，多谢你啦；只是你要再高五十呎，那就更棒啦。"

这个黑巨人两脚稳稳地踩在艇子的两块平行木板上，背弯下一点儿，一只手掌平放托住弗兰斯克的脚，又把弗兰斯克的一只手搁在自己插着羽毛的脑袋上，要他一纵身，再加自己灵巧地一送，便让这小个子稳稳当当地落到了他的肩头。弗兰斯克就这样站着，达果则举起一条胳膊，在他胸前一挡，好让他有个依托，稳住自己的身子。

一个捕鲸人甚至在海上风浪最为险恶、潮流横逆之极的当儿，也能在他的艇子里保持身板笔直的姿态，而且毫不在意，似乎已习以为常，令人惊叹；这在一个新手眼里，在任何时候都是一种奇观。至于在这种风急浪高的形势下令人目眩地在艇艄圆柱上站定，那更是叫人稀罕了。然而看到小弗兰斯克跨在巨人般的达果的肩上，那简直是怪上加怪；因为这位高贵的黑人以一种谁也想不到的沉着从容、满不在乎，以及野蛮中显得威风凛凛的气度保持着人梯的姿势，他的仪表堂堂的躯体随着大海的每一个起伏而起伏，十分合拍。有着淡黄色头发的弗兰斯克在他的宽阔的背上活像一朵雪花。后者骑在前者的肩上，但前者却比后者更有威仪。尽管小弗兰斯克活泼好动，情绪激昂，又好表现，时不时地急得跺脚；但那个黑人随他怎样折腾，他的伟岸的胸膛连气都不多喘一口。这时我仿佛看到了激情和虚荣在活生生的气度恢宏的大地上跺脚，而大地依然保持着她的潮涨潮落，春去秋来，毫不为之所动。

同时，二副斯德布对这种远察鲸鱼踪迹显得毫不关心。鲸鱼群大概是一如往常地作了一次试水，而不是仅仅出于惊吓而暂时沉到海底；如果事情确是如此，那么，斯德布已经决定按照他的老习惯，点上一烟斗烟来消磨这段叫人心焦的等待时间。他从帽箍上取下烟斗（他总是把烟斗像一根羽毛似的斜插在帽箍上），装上烟丝，用大拇指尖把烟丝顶结实。可是他刚把火柴在自己的粗得像砂纸一般的手掌上点着了火，他的镖枪手塔希特戈突然从原来站得笔直的身姿闪电般坐到他的座位上,两眼像两颗凝然不动的星星瞪着上风头,急得要疯了似的叫:"坐下来,全都坐下来,用力划啊!——它们就在那儿!"

在一个岸上人的眼里,这时不要说鲸鱼,就连一条鲱鱼的踪影也看不见,看到的只是一片青白色的海水起了些骚动,水面上星星点点地飘着些气泡,正向下风头吹散开去,犹如滔天白浪中迸射出乱纷纷的飞沫。周围的空气突然间似乎受了刺激而振动起来,跟一块块烧得通红的铁板上面的空气差不多。鲸鱼就在起伏盘旋的大气之下,一部分则在薄薄一层水面之下洄游。在所有其他迹象一时还看不到的时候,鲸鱼喷出的这些气泡像是走在它们前头的信使和派出的飞骑。

这时所有四艘小艇都向着那一块水空都在骚动的地方疾速追去。这鱼群所在之处艇子看来难以追上;它们飞也似的向前,不断向前,像一堆混杂的水泡被山上直泻下来的一道激流飞速带了下去。

"扳啊,扳啊,我的好儿郎们。"斯塔勃克用尽可能低的却又使足了劲的小声对手下的水手说,同时他的犀利凝注的目光投向艇头正前方,几乎像在从不出错的柜上罗盘的两根看得见的指针。他对手下水手不多说话,他的水手也不对他说什么。只有他的另有一功的低低的说话声,时而是严厉的命令,时而又成了柔和的恳求,每隔一阵就令人吃惊地打破艇子的静寂。

大嗓门小个子的顶梁柱弗兰斯克又是多么的不同啊。"张开嘴说话啊,我的好人儿。吼啊,扳啊,我的棒小伙儿!把我送到它们的黑脊背上去,哥儿们;你们只要做到这一点,我就把我在马撒葡萄园岛上的农庄签字画押送给你们,哥儿们,连老婆孩子都算上。使劲送我上鱼背啊——上鱼背!哎唷,老天哟,老天!我急得要发疯啦,疯啦:瞧,那白的海水!"他这么一路喊着,一路把头上的帽子一把摘下,扔在地上,然后用脚一上一下地踩;随后再捡起来,往老远的海上扔出去。末了,他竟蹿到艇艄去,活像一匹草原上来的发起疯来的马驹子蹦起落下,跳个不停。

"瞧那个家伙。"斯德布像个哲学家似的慢声慢气地说,他就在弗兰斯克的艇子后不远处跟着,嘴里无目的地衔着他的没有点燃的短烟斗,"这个弗兰斯克,他的毛病又发作啦。发作?是的,让他发作——

这话正合适——就是要让他们发作。让他们快活，快活个够。晚饭给他们吃布丁，就这样；——快活这词儿正合适。扳啊，娃儿们——扳啊，小伙子们——全都扳啊。可你东冲西撞瞎忙乎个什么呀？伙计们，轻轻的，轻轻的，稳稳的。只是要扳，不停地扳，这就够啦。把你们的脊梁骨全迸断，把你们的刀子在嘴里一咬两半——这就好。别紧张——喂，我说，你们干吗不松口气哪，绷得你们的肝儿肺儿全炸啦！"

至于那个不可思议的埃哈伯跟他的那些虎黄色的水手说些什么——那些话最好不要在这儿重谈，因为你们生活在《福音书》的圣洁光辉下的国度里。只有邪恶的海里那些不信神的鲨鱼才乐意听眉毛如旋风，血红的两眼杀气腾腾，嘴唇边冒着白沫的埃哈伯在扑向他的猎物时说的那种话。

这时，所有的艇子都在疾驶。弗兰斯克反复点名提"那头大鲸"（他宣称有一头巨怪不断用尾巴招惹他的艇头，他管这巨怪叫"那头大鲸"）。有些时候，他说得活龙活现，真有那么回事儿似的引得他的水手中有一两个回过头来，提心吊胆地瞄上一眼。然而这样做是不合规矩的；因为桨手必须摘了眼睛，用串肉扦穿过脖子；常规要求桨手在这种紧要关头必须在五官之中只有耳朵，四肢之中只要胳膊。

这真是一场瞬息万变，惊心动魄的景象！那无所不能的大海的一望无际的波涛，它汹涌澎湃，越过四艘艇子的八面舷墙，像巨大的木球滚过无边无际的草地木球场一般，发出空洞的吼声；小艇落在刀一般锋利的浪尖上那一瞬间那种短暂的悬在半空的熬煎，这煎熬像是在吓唬你，要把艇子劈成两半；接着倏忽间又把你深深地沉到水底下的谷地里；然后是又推又送要让你登上对面的小山顶；过了山顶是坐在雪橇上似的一头滑下坡去——所有这些加上艇上的首领和镖枪手发出的叫声和桨手的抖抖索索的喘息声以及披谷德号鼓足篷帆，居高临下地在给它的小艇压阵，活像一只发狂的母鸡在追着它的咯咯尖叫的鸡雏似的，称得上是奇观——所有这一切真是惊心动魄。一个离开妻子的怀抱，一下走进热火朝天的第一场战斗中的新手；或者是新的鬼魂迎面碰上阴曹地府的第一个陌生的幽灵——这两者当时的感情体验都不可能比初次投入那被猎捕抹香鲸掀起的那种天翻地覆鬼哭神号的阵势中的人所感受的更奇怪更强烈。

　　这场追捕激起的腾跃的白水这时由于投在海面上的阴沉沉的云影渐趋昏暗而越来越看得分明。鲸鱼喷出的水雾已不再混在一起,而是到处都分向左右两边;鲸鱼们似乎也在分道扬镳。四条小艇也划得越离越远了。斯塔勃克追赶着三头向下风头游去的大鲸。我们的小艇此刻已扯起了帆,乘着那还在越刮越紧的风,飞速前进;那艇子像疯了似的穿过水面,以致背风一面的桨手只能使足了劲扳得快一些,才勉强使桨不至于脱出桨架。

　　不久我们便驶进了一大片迷漫的雾气之中,看不见大船,也看不见艇子。

　　"用力啊,伙计们,"斯塔勃克把布帆更往后拉拉,一边小声说,"大风刮来之前,我们还来得及打到一条鱼。瞧,白水又来啦!——靠过去!冲呀!"

　　不多一会儿,只听得我们的艇子两边各发出一声呐喊,一声紧接着一声,说明别的艇子已经在加速前进。可是一听到这些呐喊,斯塔勃克闪电般地小声命令:"站起来!"接着季奎格紧握镖枪,一跃而起。

　　这时候,尽管没有一个桨手面临眼见得就要到来的生死关头,他们的眼睛却望定了艇艄大副紧张已极的脸色,心里明白那紧要关头已在眼前;他们还听到像有五十头大象在身下垫的草上滚动的巨大声响。同时,艇子还在雾中轰隆前进,浪涛在我们周围翻滚,发出惹恼了的蛇群抬起头来所发的那种嗞嗞的声音。

　　"那是它的背峰。瞧,瞧,对准它投!"斯塔勃克低声说。

　　艇子里飞出呼的一声短促的响声,那是季奎格投出的枪。接着艇艄似乎盲目地往前一拱,艇头像是撞在暗礁上,一切乱成了一团。帆绷破了,落了下来;附近一股烫人的蒸气冲天而起;我们脚底下有什么东西像地震似的在摇撼翻腾。所有水手被乱七八糟地抛进了狂风吐出的凝结的水乳之中,几乎喘不过气来。狂风、鲸鱼、镖枪全都搅到了一起,而那头只遭镖枪擦伤的鲸鱼终于逃脱了。

　　小艇到处都进了水,但几乎没有损伤。我们在艇的四周游来游去,把漂在水上的桨捡回来,横绑在舷边,连滚带爬地回到自己的位置上。

就这样我们坐在深可及膝的海水里。水淹没了每一块船肋和船板，以致从上往下望，这艘吊在半空的小船仿佛是从大洋底上长出来托着我们的珊瑚艇。

风力越来越强，简直是在咆哮。海浪推出一个个圆盾，一个冲着一个。狂风怒号，分成两股，像一片白色的烈焰卷过大草原，在我们周围发出爆裂的声响。我们在这烈焰中燃烧，却没有烧成灰烬，成了逃出死神虎口的幸存者！我们呼叫其他三艘艇子，可是在那样的风暴中，呼叫这些小艇就跟通过烟道快要落到烈焰熊熊的大火炉里的煤块儿差不多。同时，飞溅的浪沫、结绳架、雾气随着夜色加深变得更昏暗了；大船不见一点踪影。涨潮的大海使一切救援小艇的企图成为不可能。桨已经不能用作船的推进器，此刻它们只能起救生工具的作用。斯塔勃克割断防水火柴箱的绳子，经过了多次失败，好不容易点亮了灯罩里的灯，然后把它缚在一个标杆①上，把它交给了季奎格，让他作为旗手，代表绝望中的希望。他于是就这样坐着，在救助无门，生死悉听天命的境地之中举着那个低能儿似的烛火。他于是就这样坐着，作为一个没有信仰的人的标志和象征，在无边绝望之中，不抱希望地举起了希望。

到了天光破晓的时候，我们一个个满身透湿，冷得直哆嗦，对大船小艇都已不存希望，大家抬起了眼睛。海上依然布满了雾，蜡烛烧尽了的灯笼在小艇底上了无生气。突然间，季奎格一跃而起，一手兜着他的耳朵。大家全都听到一阵隐约的绳索帆桁的吱嘎声（在此以前，风暴把这种声息一概吞没了）。这声响越来越近，一个巨大而又朦胧的形体把浓雾隐约分开了。大船终于居高临下浮现在我们眼前，和我们之间的距离比大船长度长不了多少，我们在吃惊之余纷纷跃入海中。

在波浪上飘游时，我们看到了被抛弃了的艇子。一刹那间，它在大船船头底下颠簸翻腾，犹如直泻的山泉底下的一叶小舟。接着那庞大的船体把它压在下面，不见了，直到它从船尾挣扎着出来才又露面。我

---

① 一根有三角旗的木杆，用来插在已死的鲸鱼身上，一方面可以标出浮在海面的鲸鱼的位置，另一方面表示这个鲸鱼已有主。

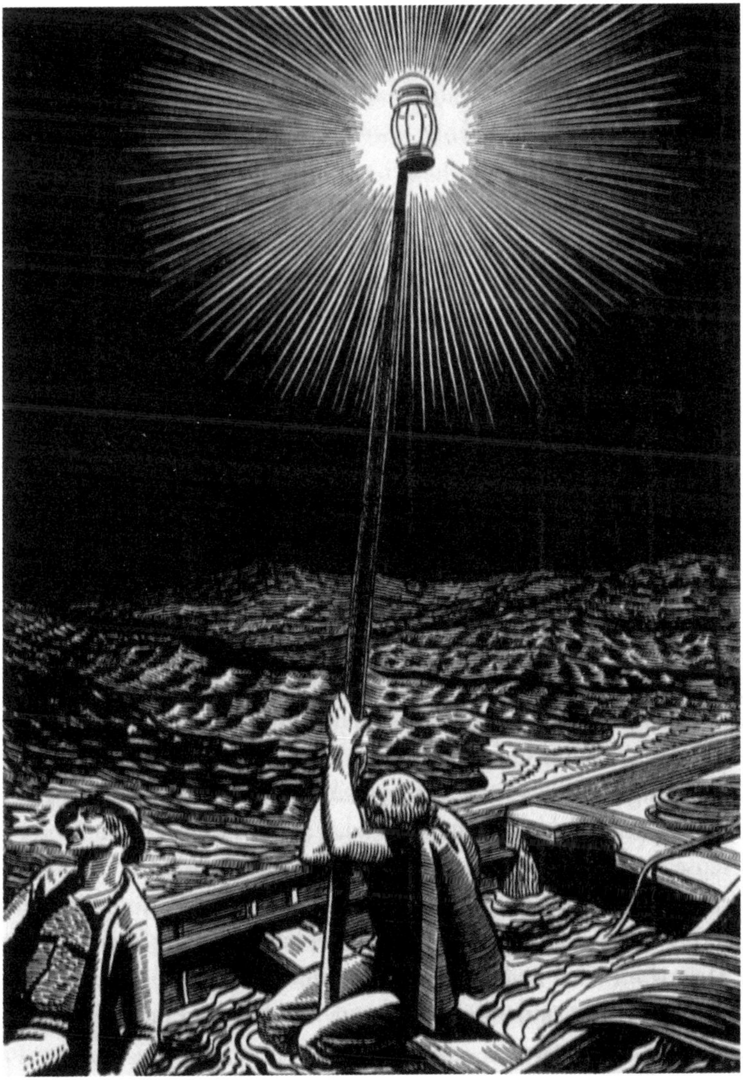

们再次向它游去,海水则冲着我们一头撞到小艇上。我们最后终于被吊起,安全地上了船。在大风刮到之前,其他几艘艇子已经放弃了它们追捕的鱼,及时回到大船上。原来大船已经对我们不存希望,只是还在巡弋,指望能侥幸发现些能说明我们艇毁人亡的征象——一支桨或一根镖枪杆。

第四十九章

毒 如 蛇 蝎

一个人如果把这整个宇宙看做一个莫大的实际的玩笑(尽管他对这大玩笑所含的机智只有模糊的认识),而且相当肯定:这玩笑开的不是别人,正是他自己;那么,在我们称之为生活的这无奇不有的大杂烩中就会有某些古里古怪的时刻和场合。然而其中并没有令人丧气的事情,也没有什么看来值得争辩的。一切事故,一切教条、信仰以及派别,所有看得见和看不见的难处,也不管有多棘手,他一概照单全收,吞了下去,好像消化力极强的鸵鸟把子弹和燧石都吞下肚去一样。至于那些小小的困难和烦恼,看来会突然发生的灾祸,要命和不要命的危险;所有这些加上死亡本身,在他看来,无非是那看不见也闹不清的老丑角狡猾而不失善意地给了你几下,嘻嘻哈哈地在腰里赏了你一拳而已。我所说的这种特别的怪异心境只有在一个人处于某些极度困苦的时刻才会出现;它来时这个人的心态正十分认真,以致在此之前他会看成是无比重大的事,到了这个时候只不过是一般玩笑的一个部分而已。没有比捕鲸这一危险营生更能滋生这种得过且过的亡命徒式的乐天哲学了;如今我正是用这种哲学眼光来看待披谷德号的整个这次航行以及作为它的目标的大白鲸。

当他们把我最后一个拉到甲板上,我还在抖掉外套上的水的时候,我就忍不住地问:"季奎格,季奎格,我的好伙伴,这种事常发生吗?"他跟我一样也是浑身透湿,但并不十分激动地告诉我,这种事的确常有。

"斯德布先生,"我转过身来对这位贵人说,他扣好了他的油布上衣正在雨中从容地抽他的烟斗,"斯德布先生,我想我曾经听您说过:在您见过的所有捕鲸人中,咱们的大副斯塔勃克先生是最最小心谨慎的人。因此我想,在雾蒙蒙的大风天气张着满帆去全力追捕一头飞快奔游的鲸鱼,这算不算是捕鲸人的考虑得最周到的行动呢?"

"当然是。有一次在霍恩角附近海上,船漏了水,我照样下令放下艇子去捕鲸。"

"弗兰斯克先生,"我再转身对就在近旁站着的这小个子顶梁柱说,"你在这些事情上有经验,我可没有。你能不能告诉我,弗兰斯克先生,要一个桨手玩儿命似的倒着向前划,往虎口里送,这是不是一条不可更改的规矩?"

"你能不能少来点夸大其词?"弗兰斯克说,"不错,这是规矩。我倒真想看看一艇的水手倒着划到一头大鲸的面前是怎么个光景。哈,哈!大鲸也会对他们另眼相看,记住这点!"

这下有三个亲身经历的公正的人说的话,我对整个事件算是有了个慎重的交代。因此想一想在海上遇上狂风、翻船、接着在洋面上露宿在这一营生中是常有的事;想一想在这和鲸鱼照面的最紧要的生死关头,我不得不把自己一条命交托在艇上掌舵人手里,而这个人就在这一刻往往急躁冲动到了死命跺脚恨不得把艇子跺个窟窿的程度;再想一想我们这一艘艇子所遭的这一次难主要应归咎于斯塔勃克冒着狂风的袭击,一味要追捕他的那头鲸鱼的缘故,而这个斯塔勃克偏偏还是捕鲸业中出了名的,做事瞻前顾后的人,而我又正好是这个异常谨慎的斯塔勃克艇上的人;最后想一想我竟牵涉在追猎那白鲸的见鬼的勾当里:把所有这些事情归总起来考虑之后,我跟自己说,我还是下舱去给我的遗嘱打一个草稿吧。"季奎格,"我说,"过来,你就是我的律师,遗嘱执行人和遗产收受人。"

在各色人等之中,水手居然想起要立什么遗嘱,留什么遗言,这听来也许太奇怪,可世界上就是没有人比水手更喜欢这消遣了。在我全部航海生活中,这是我第四次干这事了。这一回,立遗嘱的仪式进行完毕之后,我心里觉得轻快得多,心上去了块大石头。再说,我此后所过的日子都会像拉撒路复活①后过的日子一样好。以后不管再活多少个星期,多少个月,全都是额外净赚的。我活过了自己的大限,我的死亡和丧葬都锁到了我的箱子里。我平静而满足地望着我的周围,像坐在自己家族的有栅栏围护的惬意的地下灵堂中一个静静的鬼魂。

好啦,我下意识地卷起自己的长工作服的袖子,心里想,这下我要冷静专注地投向死亡和毁灭,落在最后头的家伙便归魔鬼来收拾了。

第五十章

埃哈伯的艇子和水手。费达拉

"谁能想得到这呀,弗兰斯克!"斯德布叫道,"我要是只有一条腿,你决不会看到我在一艘艇子里,除非是要用我的木头脚趾来堵锚链孔。啊!他真是个了不起的老头儿!"

"说到底,这也没有特别好奇怪的,"弗兰斯克说,"如果他的一条腿打臀部以下全给咬掉了的话,那又是另一回事啦。那样一来,他就成了废人啦。可你要知道,他的腿膝盖以上保住了,另一条腿多半儿是好好的。"

"这我不知道,我的小人儿;反正我还没见他跪过。"

*　　　　　*　　　　　*

一个捕鲸船的船长亲自冒着生命危险去进行猎捕,这样做对不对,这在干这一行的人中间往往是个争论不休的问题;因为船长的生命安

---

① 见《圣经·新约·约翰福音》第11、12章。有注家指出,此处暗指以实玛利和拉撒路一样得到耶稣的眷顾,有了再生的权利,为披谷德号最后船毁人亡,惟有以实玛利幸存留下了伏笔。

全对本次航行的成功具有无比的重要性。帖木儿①的士兵们往往含着眼泪争论:他该不该以他的千金之躯亲冒矢石,参加激烈的战斗。

可是这问题在埃哈伯身上,其性质就不太一样了。试想一个两腿完好的人一处危险之中路都还走不利索;再想一想,哪回追捕鲸鱼不是遭遇异乎寻常的极大困难;真所谓每时每刻都包含着一个危险;在这种情况之下,任何一个伤残人跨进一艘小艇去追捕鲸鱼,岂非是不智之举?一般说来,披谷德号的合伙船东一定会清楚地认识到它的不智。

埃哈伯明知道,虽然他的家乡朋友听说在追捕鲸鱼过程中的某些没有多大风险的情况下,为了亲临猎捕现场,亲自下达命令,他上了小艇,固然会不以为意;但是如果得知埃哈伯船长竟然有条专用小艇,在追捕时由他正式统领,尤其是另外有五个人拨给他作他的艇子的水手,这种自告奋勇的做法,他明知披谷德号的船东们连想都没有这样想过。正因如此,他并没有向他们开口要多添一艘艇子的水手,连有这样的打算的暗示也没有作过。然而他在私下就这事自行采取了周密的行动。直到阿契把他的发现公开之前,水手们绝少往这方面去想过;虽然,船一离开港口不久,大家就拾掇好供那几条捕鲸艇通常使的用具;而在拾掇完之后一些时候,还有人发现埃哈伯不时亲自动手为大家认为是备用艇中的一艘做桨架栓,甚至关怀备至地削小木扦子,那是为鲸鱼中枪后把曳鲸索拉出好远时把索子卡住在船头槽里用的。所有这些大家都看在眼里,特别是他关切地注意到让人在那艘艇子的底部另加了一层护垫,仿佛是要使底部能更好地经受他的鲸骨假腿尖端的压力;还有,他在使大腿板(也有人叫它做系缆角,那是一块平放在船头供用力向鲸鱼投枪或直刺时顶住膝盖用的)做得正好合适时流露出焦急心情。大家看到他时常站在艇子里,把他惟一的一个膝盖顶在那系缆角的半圆形的孔里,拿起木匠用的凿子这儿挖掉一点儿,那儿削得直一点儿;我敢说,当时所有这些事情就已经唤起了大家浓厚的兴趣和好奇心。不过几乎每一个人都以为埃哈伯的这种不寻常的周密准备只是为了好

---

① 信仰伊斯兰教的突厥人征服者。在十四世纪六十年代以后的三十年间率领精于骑术的弓箭手征服了从蒙古到地中海间每一个国家。

最后追猎莫比·迪克；因为他早已透露了他要亲自逮住这伤人害命的畜生。然而尽管有这种设想，他们怎么也没有想到会指派任何人手到这条艇子上去。

如今见到了他手下那几个幽灵般的水手，剩下的一点疑惑很快也消失了；因为在捕鲸人心中，疑团要不了多久就会消释。而且，时不时地总有一些来路不明、出生在陌生国度的家伙会从一些莫名其妙的角落和垃圾坑里爬出来，到四海为家的捕鲸船上来当水手；而这些船本身也常收容一些抱着船板、一小块破船体或桨以及在捕鲸艇、独木舟、吹失了方向的日本木船上在海面漂流，无处可依的人；即使是魔王本人也可能爬上船沿，走到房舱里和船长聊起天来，这也不会在船头楼里造成什么压制不住的轰动。

然而话虽如此说，那几个幽灵似的下属水手不久便在大伙中间安了了身，但不知怎么总和大家有所区别，而那个扎包头布的费达拉却直到最后还是个人们心头的哑谜。他是打哪儿到这个体面社会里来的；到底凭着什么说不清道不明的关系他居然很快就显得和埃哈伯的特殊的命运联结上了，岂止如此，甚至有了某种有所暗示的影响；天知道，说不定还有权支配他？所有这些问题，谁都不知道。但是有关费达拉，人们无法保持一种漠然置之的态度。他这种人，生活在温带的文明和善的人只有在梦里才见得到，而且就是在梦里也只能依稀见到；然而这一类人常常在不变的亚洲人社会中出现，特别是在亚洲大陆以东的东方人聚居的岛屿上出现——那些与世隔绝、历时久远的停滞的国家中，甚至到了现代今朝依然保留着许多人类最早的老祖宗的原始痕迹；仿佛犹在当年，地球上第一个人的所作所为都能清楚地回忆起来，而所有的人都是他的子孙，可谁也不知他来自何处，他们自己则把彼此都看成真正的鬼怪，于是仰问日月，为什么要造出他们来，造出来又为的什么，虽然当时根据《创世记》所载，天使们确已和人的女儿结为伴侣；非正统的犹太教教士还说，就连魔鬼也沉溺在世俗的恋爱中。

第五十一章
怪异的喷水

一天又一天,一周又一周过去了,总是一帆风顺,披谷德号缓缓巡游了四个水域,每个水域都有好几个渔场:亚速尔群岛海面,佛得角海面,由于在普拉塔河①河口因而被称为普拉塔的水域,以及卡罗尔群岛海面,位于圣赫勒拿岛以南尚未有人提出所属要求的一个水域。

就在驶过这些后来的水域的一个月色皎洁、平静的晚上,海上的波浪犹如银轴滚滚而过;它们的轻柔、弥漫于整个海面的波动似乎造成了一种银色的寂静,而不是寂寞:就在这样一个寂静的夜晚,在离船头冲击出的白沫老远的前方可以看到一根喷出的银色的水柱。经月光一照,宛如天上的仙景,仿佛有一个插着羽毛,浑身熠熠生光的神,从海底下冒出头来往上升一般。费达拉首先发现了这股喷水。因为每逢这种月色皎洁的晚上,他总爱登上主桅顶,值上一个瞭望班,就跟在白天一样守时。然而晚间尽管发现了鲸鱼群,一百个捕鲸人中难得有一个有胆量敢放下艇子去逮它们。于是你不免要想,那些水手们看到这个老东方人在这种不寻常的时刻高踞在桅顶,他的包头布和月亮像一对伴侣出现在同一个天空,不知有何感触。但是经过一连好几个夜晚在桅顶呆了同样长的时间而一声不吭之后,在这么长时间保持肃静之后,每一个躺着的海员听了他的令人毛骨悚然的喊声,报告发现了那月光映照下的银白色的喷水,都惊得跳下床来,活像有什么长翅膀的精灵落到了索具上,召唤那些凡人水手。"它在那儿喷水喽!"哪怕是末日审判的号角吹响了,大家也不见得比此刻哆嗦得更凶。然而他们并没有感到恐怖,而是感到痛快。因为虽然这是个十分不寻常的时刻,而这一声

---

① 在乌拉圭和阿根廷之间的南美洲大河。

呐喊却是如此惊心动魄，如此激动人心，以致船上几乎每一个人都本能地巴望能放一回艇子。

埃哈伯在甲板上有些歪斜地快步走着，命令升起上桅和最上桅帆，张开每一张翼帆，让船上最棒的人掌舵。所有的桅顶都派了人瞭望以后，这条做好了一切准备的船开始乘风疾驶。从船艄吹来的和风有种奇怪的往上翻腾的趋势，它把那么多的帆都吹得鼓鼓的，使你脚底下的随波起伏、似乎有种浮力的甲板像是空气一般要飘起来；同时船仍然在向前急驶，仿佛船上有两股对抗的势力在冲突——一股要往天上直飞，另一股则赶着船驶向一个水平方向的目标。那天晚上，你要是观察了埃哈伯的脸，你会觉得他身上也有两种不同的东西在交战。他的那条好腿在甲板上发出活泼的回声，他的假腿每响一下就像在棺材板上钉了一颗钉子。这老头走路既主生也主死。然而尽管船走得飞快，尽管每一双眼睛都似箭一般急切地看准前方，可是那个晚上再也没见那银色的水柱。水手个个发誓说他们看见喷了一次水，可再也没看见第二次。

这一次半夜喷水的事后来几乎已经忘了。哪知道，过了几天，嘿！就在同一个沉寂的时刻，又有人报告喷水，又是大家全都看到了；但是升起了帆去追赶，它又一次消失得无影无踪，跟从没有这回事儿似的。从此一晚又一晚都是如此，到后来谁也不理睬它啦，可心里对此不免纳闷。向着清朗的月光或星光（视当晚情况而定）神秘地喷水，然后销声匿迹整整一天，或两天、三天；而且不知怎的，每次重喷总是明显地在我们前方离我们越来越远；这单鲸喷水看来是永远要引诱我们向前。

在披谷德号的水手中有几个人发誓说，这无法接近的大鲸喷水不管在何时何地发现，不管时间是如何久远，也不管前后两次在经纬度上如何相距千里，都是出自那同一头鲸，而这头鲸就是莫比·迪克；这样说倒也不违水手中古老的迷信，并与披谷德号上处处都带有的神秘不可思议的色彩相一致。有一段时间，人人对这忽隐忽现的鬼魅现象还有一种特殊的恐惧感，仿佛它在心怀叵测地招引我们向前，以便有一天那巨怪一个转身扑向我们，让我们在最最遥远的蛮荒之极的海上船毁人亡。

这种一时的恐慌，如此朦胧却又如此惊心，它和当时云淡风轻的天气形成一种反差，产生出一种奇妙的力量，有人觉得在这一片蔚蓝平和的海水之下隐伏着一种魔法。就这样，一天复一天，过了好多日子，我们继续航行，航行在平和得令人感到厌烦，感到寂寞的海面上，似乎全部空间对我们这次复仇之行都表示厌恶，使它所包含的生命在我们骨灰罐一般的船头所到之处，为之退避三舍。

但是最后我们终于掉头往东，从好望角刮来的风开始在我们四周咆哮，船随着那一望无际、波涛汹涌的大海起伏。船头镶着鲸骨尖牙的披谷德号迎着狂风不得不猛低下头，发了疯似的刺向那黑黢黢的波浪之中，直到浪沫犹如雪片一般吹进船舷来，像是下一场阵雨；这时，没有生命的荒凉真空消失了，然而代之而起的则是一片较之以前更为惨淡的景象。

船头附近，一些奇形怪状的生物在我们面前窜来窜去；而在我们后边，大群古怪的海上大乌鸦密集地飞着。每天早上，只见它们一排排地栖息在我们的支索上，随我们怎么驱赶，它们仍顽固地赖在支索上，好长时间不走，看来它们认为这是条无人居留、任意漂流的船只，是注定了要荒废的，因而正好做无家可归的它们的栖息之所。暗黑的海洋则一起一伏，一起一伏，始终无休止地一起一伏，仿佛它的无比巨大的浪潮是一颗良心；这伟大的世俗的灵魂一直在为它所滋生的长期罪孽和苦难感到痛苦和悔恨。

好望角，人家是这样叫你的吧？还不如像过去那样称你为暴风雨角①。因为长时间受到在此之前所遇到的那狡诈的宁静的引诱，我们发现自己已经进入了风波险恶的海洋，在这儿，罪人化为那些鸟儿和这些鱼儿，它们似乎遭受天谴要永远地游，前边看不见有任何地方可以安身，或是扑打着那黑色的夜空，看不到天边的一块陆地。然而那一道喷出的孤单的水柱有时仍然可以看到，它的散发出羽毛般的水沫的喷泉直射天空，沉静，雪白，从无变化，仍如以前那样招引我

---

① 非洲的这个西南端在一八四七年葡萄牙探险家巴托罗缪·迪亚斯经过时称之为暴风雨角。后葡萄牙国王约翰二世改称为好望角，表示希望能由此而发现东印度群岛。

们向前。

在这一段天昏地暗、日月无光的时间里,埃哈伯几乎不间断地在漫着水的危险的甲板上指挥一切,表现出一种十分阴郁的矜持神情,比平时更少和他的副手说话。在这样的波涛汹涌的日子,船上头样样东西都已绑扎得严严实实,大家都已无事可做,只有被动地等着狂风的降临。到了这个时候,船长也好,水手也好,实际上都成了宿命论者。埃哈伯把他的鲸骨腿尖端戳在戳惯了的窟窿里,一手紧紧抓着一根护桅索,一站好几个小时,死死瞪着上风头;这时只要偶尔刮来一阵夹着雹霰或雪的大风,他的睫毛便几乎会被冻结在一起。同时,水手们被冲激船头涌到船上来的险恶的波涛从船的前头赶到船的腰部,靠着舷墙站成一排;为了更好地防止给涌来的波浪冲走,他们每个人都钻进一个绑定在栏杆上的单套结里,像是腰带松了似的摔过来倒过去。绝少有人说话。这条沉默的船,像是掌握在一伙抹上颜色的蜡塑水手手里,一天又一天地劈开又疯狂又快活的恶魔一般的波涛飞速前进。到了夜晚,耳听着海洋的尖声呼啸,大家依然一声不吭;水手们依然在单套结里摔来倒去;埃哈伯依然不言不语,迎着风涛站立。哪怕是大自然似乎感到累了,要求休息的时候,他也不想到自己的吊床上去同样休息一下。斯塔勃克永远也忘不了一天晚上他下到房舱去看晴雨表时所看到这老人的模样:他闭着眼睛,笔挺地坐在那张用螺丝拧在地板上的椅子里;他刚从一场暴风雨中退下来不多久,没有摘下的帽子和上衣上还缓缓滴着雨水和开始溶化的雹霰。他身边的桌子上摊着一幅前面已经提到过的潮流海图。他一手抓得紧紧的风雨灯还在摇晃。他的身子虽然挺直,脑袋却已往后倒去,因而他的闭着的眼睛正对着挂在屋顶一根横梁上晃悠着的舵位指示器①。

斯塔勃克不由得一激灵,心想:你这可怕的老头儿!在这阵狂风中睡着了,可你还眼睛对准了你的目标毫不放松。

---

① 房舱里的罗盘针称为舵位指示器。船长有了它,便不用到甲板上去就可以知道船行驶的方向。

第五十二章

信 天 翁 号

好望角的东南方,那遥远的克罗泽兹群岛附近是巡弋等候捕露脊鲸的渔人的好场所;只见前面孤帆高悬,那是名为信天翁号的船。它慢慢驶近,我正高高地守在前桅顶上,把来船看得一清二楚;对于远洋捕鲸业的一个新手,一个久离家乡的海上捕鲸人说来,这景象是多么不寻常啊。

浪涛犹如一些漂布匠,把这条船漂得就像一头冲上海滩的海象的骨架一般白。这形如鬼怪的船的下部四周是一道道铁锈红色的长长的沟痕。它的桅桁和索具像是结了白霜的粗树枝。它只张着底下的帆。那三个桅顶上的瞭望人长着那么长的胡子,看了真叫人心都凉了。他们身上穿的似乎是兽皮,经过了将近四年的海上航行,穿着已经破烂不堪,缀满补丁。那些瞭望人站在钉在桅杆上的铁箍里,随着深不可测的大海摇来摆去。那船在我们后艄缓缓驶来,我们两条船上六个站在高空的人彼此离得如此之近,从一条船的桅顶几乎一纵就可以纵到对方的桅顶上;尽管如此,对面那些神色凄惶的渔人在驶过我们的时候,眼色温和地瞟着我们,却没有对我们的瞭望哨说一句话;倒是听得下面后甲板上有人在打招呼:

"喂,伙计们!你们发现白鲸没有?"

可是那位倚在灰白色的船舷上的不相识的船长正要把喇叭放到嘴边说话的时候,不知怎么,喇叭竟掉到了海里;这时正赶上风刮得紧了,没有了喇叭,他死命喊叫也听不见。同时他的船不停往前走,拉开了两船的距离。披谷德号上的水手们初次听人提到白鲸的名字,便想尽各种不出声的办法向对方表示他们所观察到的不祥的喷水事件;埃哈伯一时间怔了怔,看来他差点儿要放下小艇去接那位不相识的船长过来,无奈风急浪高，不容他这样做。但是抓住他在上风头这个机会，他又拿起了他的喇叭。他从这条不相识的船的外貌看，知道它是条南塔克特的船，不久就将回家。他高声喊道："喂！这是披谷德号，正在从事全球航行！告诉他们把所有将来的信往太平洋方面寄！这一次要三年，如果到时我没有回家，叫他们把信捎到——"

正在这时，两条船的航道交叉到一起，于是一群群在几天以前还在我们船边悠闲地游着的从不招人惹事的鱼忽地蹿到了对方的船两侧前后，聚集在那儿，它们的鳍活像在哆嗦。虽说这类似的情况，埃哈伯在长期航行中肯定常见不鲜，但在任何抱住一个目的不放的狂人眼里，芝麻绿豆般的小事也可以随心所欲地成为别有用心。

"你们要从我身边游走，是不是？"埃哈伯眼望着海水喃喃自语。他的话虽然只有几个字，语气中却流露出比这疯老头儿以前任何时候流露过的更多的深沉的孤立无援的悲哀。然而他却转过身来对着一直在尽量使船顶着风以减低航行速度的掌舵人，像一头老狮子似的喊道："转舵迎风开！让它周游世界！"

周游世界！这一声喊得好不令人振奋自豪。可是这样周游是为了什么？只是在历尽无数艰险之后回到我们起步的地方，那里有我们所留下的亲人，他们无时无刻不在我们面前。

假如这个世界是个望不到边的平原，假如一直往东航行，可以不断到达新的远方，发现比基克拉泽斯①和所罗门王群岛②更为美妙和稀奇的景色，那么，这航行还有个指望。可是如今我们在追求那些梦想中的遥远的神秘莫测的地方，或是在艰难困苦之中追捕那鬼影似的魔头；只因为它时而在人心中浮现，便满世界地追逐它，这样的目标不是领我们在迷宫中一无所获地打转，便是让我们半路上在大海中沉沦。

---

① 希腊的一个州，由爱琴海上大约三十个岛屿组成，曾是青铜时代的文化中心。其中最重要的岛是提洛，传说是希腊神话中的大神阿波罗的出生地。
② 太平洋西南部的群岛。十六世纪西班牙探险家为寻找《圣经·旧约·创世记》中提到的出产纯金的俄斐时所发现，因名之为所罗门群岛，但该群岛并不产金。

第五十三章
联　欢　会

表面上看来,埃哈伯没有放下小艇到我们刚才说的那条捕鲸船上去,是因为当时的风浪表明要有暴风雨。不过即使不是这样,从他在以后类似场合中他的所说所为来判断,他大概也是不会上那船的。假如确实如此,那是因为在招呼后,他已经得到了他提出的问题的否定的答复。因为他关心的不是跟什么不相识的船长来往,连五分钟的交往都不想,除非对方能提供他一心想获得的某种信息。这一点是我后来才认清的。然而不在这里说一说两条捕鲸船在远洋,特别是在同一个巡弋水域相遇时在习俗上彼此如何相待,那么,以上这一切的估计怕还没有说到点子上。

假如两个陌生人走过纽约州的松林沙地或者同样荒凉的英格兰的索尔兹伯里平原①,假如这两个人在如此荒无人烟的地方碰了头,他们怎么也不会不彼此打个招呼说声好,不能不停下来说上一会儿话,交换些消息,说不定还会坐下来一块儿歇一歇。这么说起来,要是两条捕鲸船在无边无际的海上的松树沙地或索尔兹伯里平原这样的天涯海角——比方说,孤零零的范宁岛②或遥远的国王的磨坊③附近——彼此见了面,那么,我说,在这种情况之下,两条船不仅应该彼此招呼,而且应该进行更加亲近、更加亲热友好的接触,这比陆地上两个行人相遇的交往更不知要自然多少倍。更何况两条船的船东都是一个海港的人,它们的船长和大、二、三副们以及不少水手们是彼此知根知底的熟人,因而有各种各样的家常体己话可说,这样的接触岂不更是天经

---

① 在英格兰的威尔特郡,为英国最著名的开阔平坦地区之一。
② 夏威夷群岛以南约一千五百哩的莱恩群岛中的一个岛,盛产水果。
③ 吉尔伯特群岛中的一个岛名。

地义。

对于那离乡多年的船来说,这艘外航船说不定有家乡捎来的信,最不济它总有几份比自己船上卷宗夹里已经被手指头翻得稀烂、字迹模糊的老报纸新上一两年的报纸吧。倒过来说,礼尚往来,这外航的船会得到关于它也许正要去的渔场的最新的捕鲸情报,这对它是最重要不过的了。即使是两条同样离乡多年的捕鲸船,彼此在渔场遭遇了,多多少少也是如此。因为其中一条可能有第三条此时已离得很远的船上转过来的信件,而其中有些信件正是要捎给它此刻相遇的这条船上的人的。此外,他们可以交换捕鲸的新闻,惬意地聊上一阵子。因为作为水手,双方情感彼此相通,而且既干的是同一个营生,吃的苦一样,冒的风险相同,由此而来的特有的性情脾气也必然投合无间。

只要双方说的是同一语言,例如像美国人和英国人那样,那么,国籍不同也不会有多大影响。当然,英国捕鲸船为数甚少,这种两船相遇的事不常有,即使相遇了,往往彼此之间不免有一种忸怩之感,因为英国人总有些矜持拘谨,而美国佬呢,他决想不到除了自己以外,任何别人身上会有这种感觉。再说,英国捕鲸人在美国捕鲸人面前有时会装出一副到过各国、见过大世面的优越神气,把又高又瘦、身上有一股说不出的土气的南塔克特人看成一种海上乡下人。然而英国捕鲸人的这种优越感究竟从何而来的呢,这实在难说得很,只看下面这点就够了:美国佬一天总共宰的鲸比英国人十年总共宰的还要多。不过,这在英国捕鲸人身上只是一个无伤大雅的小缺点,南塔克特人对此并不十分计较;这多半是因为他们心里有数,自己身上也有一些毛病。

由此可见,在所有单独航行在海上的船只中,数捕鲸船最有理由注重交际——而他们也确实注重交际。有些航行在大西洋中部的商船彼此相遇往往像百老汇大街上两个花花公子一样,彼此在公海上擦身而过,连个招呼也不打,而且说不定还对彼此船上的装备吹毛求疵地挑剔个没完没了。至于两条战舰碰巧在海上相遇,它们首先是一连串点头哈腰、降旗致敬的莫名其妙的礼数,根本看不出其中有多少发自内心的善意和手足般的友爱。要讲到运奴隶的船只彼此碰上了,嘿,它们行色匆忙之极,只求尽快地彼此脱离接触。至于两条海盗船上绘着交叉的大腿骨的旗照了面,它们的第一声招呼便是"多少个骷髅?"——就跟两条捕鲸船一招呼便是"多少桶鲸油?"这问题回答了之后,海盗们立时就分道扬镳,因为双方都是头上长疮脚底流脓的坏蛋,彼此都不想多看对方的可恶的尊容。

回过头来再看看那虔诚善良、诚实正派、不事虚饰、殷勤好客、乐于交往、坦荡自然的捕鲸人吧!只要是好天气,当一条捕鲸船遇见了另一条时干些什么呢?它就举行个联欢会,这名词所有其他船只连听都没有听过;万一它们居然听到了,也只是龇牙一乐,重复一些"喷水的""熬油的"一类开玩笑但并不难听的绰号而已。为什么所有的商船海员,还有所有的海盗,军舰上的官兵,奴隶船上的水手都对捕鲸船有种鄙夷不屑的感情;这是个难以回答的问题。因为就以海盗来说吧,我倒想知道他们干的行当是否有什么特殊体面的地方。有时候他们的结局确是不同寻常地高人一头,不过高的只是吊在绞架上。再说,一个人被人用这种古怪的方式拔高了,他的崇高的地位就少了个正当的基础。因此,我可以肯定,一个海盗吹嘘自己高高在捕鲸人之上,他的这种说法没有坚实的基础。

但是联欢会又是怎么回事呢?你说不定会翻各种字典,一栏栏查看,翻得食指累得动不了,也找不到那个词。约翰逊博士①的学问从不曾达到这个水平。诺亚·韦伯斯特的方舟②也装不下这个词。然而如今许多年来,大约有一万五千货真价实的美国佬经常使用这个极富表现力的词。不用说,它需要一个定义,而且应当收进辞书。为此,容我这位饱学之士为它作个界定。

联欢会。名词——两艘(或两艘以上)捕鲸船的一次交际性聚会;通常是在一个巡弋渔场上举行。两船在彼此招呼以后,派小艇水手互访;两位船长在这段时间内聚在一艘船上,两位大副则在另

---

① 塞缪尔·约翰逊(1709—1784),英国诗人,散文作家,伟大的词典编写人。一七五五年出版了他的两卷本英文词典,收词四万,是辞书编纂史上一大里程碑。
② 诺亚·韦伯斯特(1758—1843),美国辞典编纂家。其所编《英语大词典》奠定了美国英语的地位。由于他名诺亚,作者戏称他的词典为《圣经》中的诺亚方舟。

一艘。

　　说到开联欢会,还有一个小小的事项,不可在这儿忘了。各行各业都各有特殊的细枝末节,捕鲸业也是如此。海盗船、军舰或是奴隶船的船长总是坐自己的艇子到各处走,他照例坐在船尾板上,座位舒适,有时还有软垫;他往往亲自掌舵,漂亮的舵柄装饰着花哨的丝穗和缎带。而捕鲸艇艄没有座位,压根儿没有沙发之类的东西,也根本没有舵柄。看来真是该让捕鲸船长坐在有滑轮的椅子里让人在海上推来推去,像坐在特制的椅子里害痛风症的老太爷一样。至于说到舵柄,捕鲸艇上不容有这类娘儿们用的玩意儿。由于开联欢会,艇上水手必须全体出席,其中包括本艇的舵手或镖枪手,而船长属下便是赴会的掌舵人;船长呢,既无他的座位,只得像棵松树那样戳在那儿,让人送了去会客。于是往往你会发现这位站着的船长感到自己处于两条船上的人众目睽睽之下,深知为了保持自己的尊严,双腿必须站得直挺挺的重要性。做到这一点可不是一件容易的事,因为他后面那支巨大的突出的舵桨时不时地杵着他后背的腰部,前边有后桨拍打他的膝盖。因此,他处于前后夹攻之中,只有两边仗着两条伸直的腿还有活动的余地。但只要小艇突然猛跳一下,就往往几乎能让他栽个仰面朝天,因为底部的长度没有相应的宽度就不成其为底部。两根柱子凑成一个钝角,并不能将它们竖起来。在众人眼盯着你,看得一清二楚的情况之下,要一个叉开腿站着的船长用双手抓住什么东西来稳住自己,哪怕只稳一丁点儿,那是绝对不行的,我说,那绝对不可以。事实上,平时为了摆出架势,表示劲头十足,一切都在自己掌握之中,他总是双手插在裤兜里。不过这双手一般都很大很厚实,插在裤兜里是起个类似压舱的石块的作用。不过也有过这样的情形,千真万确的情形:在比如说突然狂风大作的时候,情况异常紧急,船长也会一把抓住一个挨他最近的桨手的头发,而且抓住死死不放。

第五十四章
"汤—霍"故事

（按在黄金客栈所讲的复述）

好望角和它周围的所有水域就像一条康庄大道的某一个出名的十字路口一样,在那儿你可以比在任何其他地方遇见更多的旅客行人。

在招呼过了信天翁号没有多久,我们又碰上了另一艘驶在回家路上的捕鲸船汤—霍①号。这船上的水手几乎全都是波利尼西亚②人。在两船碰头后举行的短短的联欢会上,汤—霍号给我们讲了有关莫比·迪克的重要消息。原来有些人对白鲸只有一般的兴趣,听了汤—霍号讲的故事以后,这种兴趣被提高到了如醉如狂的程度。似乎故事本身隐约牵涉到了白鲸成为对某些人执行某种神奇的所谓上帝的判决的化身。这一说法加上故事本身的一些特殊情节构成了不妨称之为后面要讲的悲剧的秘密部分;它们始终没有传到埃哈伯或者大、二、三副的耳朵里,因为这个故事的秘密部分连汤—霍号的船长自己也不知道。那是那船上三个结了盟的白人水手的私有财产。听说其中的一个把这故事讲给塔希特戈听时,严禁他外传,犹如加了一条大主教的保守秘密的禁令一般。哪知第二天晚上,塔希特戈睡后说梦话,透露了故事中的不少情节;这样,他醒来以后就不得不把其余的也说了出来。然而这事对知道了全部详情的那些披谷德号上的水手的影响至深且巨,而且在这事情上他们受到这样一种不妨称之为怪异的心计所支配,以致他们始终保守住这个秘密,不使它流传到披谷德号主桅以后的上层人物中

---

① 这是早年捕鲸船上人在桅顶上初次发现鲸鱼后发出的呐喊声,至今的捕鲸船在猎捕著名的加利巴戈斯甲鱼时还在用这呼号声。——作者注
② 波利尼西亚为大洋洲的一部分,大致在美国夏威夷州之南,新西兰以北,复活节岛以西。新西兰的土著毛利人的祖先便是波利尼西亚人。

间去。我现在把这条隐秘的线索和在船上公开讲说的故事正确地串联起来,讲一讲这桩怪事的全部经过,备作传世的记录。

为了保持我的风趣,我将照着有一次我在利马向一伙散步闲聊的西班牙朋友讲这故事的那种调子来讲。那是在一个圣徒节的晚上,我们在黄金客栈的铺着镀上一层厚厚金黄色的瓦的外廊上抽着烟。在这些颇有骑士风度的出色男子中,有两位年轻先生,佩得罗和塞瓦斯蒂安更是我的老熟人,因此他们在我讲述过程中偶尔提出一些问题,我当时便做了回答。

"先生们,在我初次听到我就要讲给你们听的事件两年前左右,南塔克特的捕抹香鲸的汤—霍号就在你们这儿的太平洋上巡航,离这宝贝黄金客栈也就是往西航行不多几天的路程,位置是在赤道以北一点儿。一天早上,按照每天的例规,正用水泵打水时,发现从舱里打出来的水比平时要多。先生们,大家以为是一条箭鱼捅穿了船底。可是那位船长有着一些特殊理由,认为有千载难逢的好运气在这一水域等着他,因而极不愿意离开那地方,再说,当时大家认为那漏洞根本不成其为危险;尽管如此,在风急浪高的天气里,大家还是尽量往舱下低处找,但没有找到它。船仍在继续巡游,海员们隔很长时间才悠闲地用水泵抽一次水;谁知好运气没有来,又过了好几天,漏洞不仅还是没有发现,而且扩大了许多。这一来,船长开始有点儿急了,升上了所有的帆,朝群岛中最近的港口急驶,以便在那儿翻过船身进行修补。

"虽说前面要赶的路程不短,但是只要遇上最平常不过的机会,他就不怕他的船会在路上出事;因为他的水泵是最好的,抽水的人手定时间轮换,就算那漏洞扩大了一倍,手下的三十六个船员也能轻而易举地应付过去。事实上,这一段路程,几乎从头至尾刮的都是轻软的和风,要不是玛撒葡萄园岛上人大副拉德尼的粗暴傲慢惹恼了布法罗的大湖人加亡命徒斯蒂尔基尔特,后者死命要报复的话,汤—霍号要太太平平、安然无恙地到达港口,可说是十拿九稳。"

"大湖人!——布法罗①!请问大湖人是什么人?布法罗又在哪

---

① 布法罗是纽约州西部的一个较大城市,濒临伊利湖。

儿?"塞瓦斯蒂安先生从摇椅上铺的草席上站起来问。

"先生,那是在我们的伊利湖的东岸;不过,请您不要着急——这一切你也许过不了多久就会明白的。现在,各位先生,那种横帆双桅船和三桅船,差不多就跟从你们的卡亚俄①开往老远的马尼拉的商船一样大,一样结实。这个湖上人长在我们美国内地,四周都是陆地的区域,从小就受乡下那种一听说大海大家就容易想到海盗抢劫的观念的熏陶。你们知道,我们的大湖区,有伊利湖,安大略湖,休伦湖,苏必利尔湖和密歇根湖,其实它们是互相流通的一个淡水大海,真可谓是浩浩荡荡的汪洋一片,有着许多大洋的最突出的优点,有各式各样的许多人种和风土人情。其中有由罗曼蒂克的小岛组成的群岛,甚至跟波利尼西亚海域也差不了多少。它们和大西洋一样,大部分湖的两岸是两个形成对照的大国。它们提供了一些从东方到我们的许多密布在这些湖畔的移民地的长长的水上通道。东一处西一处有炮台,还有那高高的马基诺要塞②的那些山羊一般的大炮怒目而视。它们曾听得海军舰队上排炮齐鸣赢得的胜利;它们有时把它们的沙滩让给未开化的野蛮人,这些人的抹红了的脸常从他们的生皮制的棚屋里闪现。围着这些大湖的是大片大片的古老的人迹未到的森林,其中有高高矗立的松树,犹如哥特人的族谱中排得密密层层的国王;这些树林中出没着非洲的猛兽和闪着银光,其皮毛可出口制成鞑靼皇帝的袍子的动物;这些大湖既映照着布法罗和克利夫兰这些通都大邑,也映照着温内巴戈人③的村庄。在这些大湖上既有装备齐全的商轮,也有国家的全副武装的巡洋舰船,有汽船,也有山毛榉树的独木舟。湖上也会刮起和海上刮的同样可怕,足可摧折桅杆的狂风。它们虽在大陆之中,却四面不见陆地,因此照样发生船毁人亡的海难;多少半夜的航船出了事,全船尖声呼救的船员无一幸免。

"因此,先生们,斯蒂尔基尔特虽是个内陆人,却出生在茫茫大海

---

① 秘鲁的重要商港。
② 在密歇根州休伦湖中的马基诺岛上。一七八〇年英军建有要塞,一七八三年归属美国。一八一二年战争中为英国占领。一八一五年重归美国。
③ 北美印第安人部落。美国威斯康星州有他们的保留地。

之上,受茫茫大海的抚育,和海员一般大胆粗野。至于拉德尼,虽说他也许从小就爱躺在南塔克特的孤寂的海滩上,受海洋母亲的哺养,以后又在我们的严酷的大西洋和你们的沉静的太平洋上来去;然而他却如刚从使鹿角柄猎刀的地方来的乡下水手一般报复心重,动不动就和人吵闹。不过话说回来,这个南塔克特人未尝没有一些心地善良的特点,而那个大湖人呢,虽说确实是个恶魔似的海员,但只要对他采取刚毅坚定的态度,再则待之以正直的常人之情,承认他同样是个人,即使是最卑贱的奴隶也有这做人的权利;那么,他也是可以潜移默化的。这样一来,这个斯蒂尔基尔特长期以来一直保持温顺,从不惹事伤人。反正至今为止,他一直是如此;然而拉德尼已是命中注定有此一劫,老天让他丧失了理性,而斯蒂尔基尔特呢——不过,先生们,你们就会知道的。

"自从汤—霍号掉转船头向岛上避难所驶去以后,最多超不过一两天,船的漏洞看来又有所增大,不过也只是需要每天抽一两个钟头的水。各位要知道,像咱们大西洋这样平稳文明的大洋,对有些船长来说,哪怕是一路抽着水走完全程,他也毫不在乎。不过话又说回来,要是碰上一个安静的、人人睡意蒙眬的夜晚,甲板上值班的长官恰巧忘了他有责任管好抽水这件事;那十有八九他和他同船的人从此再也想不起它啦,因为全体人手会一步步地安然沉到海底。就在往西离你们各位先生很远的荒野冷落的大海上,几条船的水泵柄都在喀琅喀琅地响成一曲合唱,甚至就这样走上很长一段航程,这也不是什么稀罕事;这是说,只要船是沿着相当容易靠拢的海岸,或是只要这些船还有任何其他合乎情理的退路可供选择就行。只有当一条漏水的船处于极为荒僻的水面上,处于真正无陆地可以投奔的经纬度上的时候,它的船长才会开始有点儿心慌。

"汤—霍号在很大程度上就是这种光景。当第二次发现漏洞有所扩大时,船上好几个人确实表现出有这么点儿担心,其中以大副拉德尼为最。他下令好好扯足上帆,重新用帆脚索绷好,想方设法让帆吃足了风。先生们,这个拉德尼,我敢说,正如任何你们随意能想象出的,不论在陆地或海上都是那种天不怕地不怕、头脑简单的人一样,在有关他自己性命的问题上,他绝不是个胆小鬼,也决不愿意流露出惊慌失措的迹象,因此,当他情不自禁地表现出对船只安全的关切以后,有的水手就宣称那不过是因为他是本船船东之一。那天晚上,大家在用水泵抽水,不断地潺潺涌进来、犹如山泉一般清澈的海水流过各人的脚背的时候,他们彼此之间偷偷地说了一些俏皮玩笑话——各位先生,这股子水从水泵泼到甲板上,顺着甲板通过背风一面的排水口哗哗流出去。

"说到这儿,各位都知道,在咱们这个常规世界上,水上也好,陆地也好,下面这种情况并不少见;那就是,一个人处于对他的同伴发号施令的地位时,如果发现同伴中有一个在大丈夫气概方面非常明显地比他高出一筹的话,他立刻就会对他产生一种按捺不下的憎恶和怨恨;一有机会,他就会去把这个下属拉下马来,打垮他的气焰,打得他片甲不留。先生们,我的这种看法是对是错,且不去管它,反正斯蒂尔基尔特是个高大英俊的角色,长着一颗罗马人一般高贵的脑袋;一部飘飘然金黄色胡子,好比你们上任总督的喷着鼻子的骏马披的马衣穗子一般;加上他的头脑,他的心,他的灵魂;一句话,先生们,如果他生为查理曼①的父亲的儿子的话,那他肯定会成为斯蒂尔基尔特·查理曼。可大副拉德尼呢,丑得像头驴,也像驴一般吃得苦,一般死心眼,一般不怀好意。他不喜欢斯蒂尔基尔特,而斯蒂尔基尔特心里明白。

"这个大湖人和其他的水手在干着抽水的活儿,一看见大副走近来,他只装没看见,毫不在乎地继续嘻嘻哈哈地逗乐子。

"'嗳,嗳,我的快活的小伙子们,这水漏得好;你们谁去拿只小酒杯来接点儿,让咱们尝一尝。老天爷啊,这真值得装瓶当酒卖!哥儿们,听我说,老拉德尼投下的资准保为了这个要泡汤!他最好是把归他的那部分船体割开,拖回家去。事实上,伙计们,箭鱼干的活儿只是开了个头;它还会领着一伙毁船的木匠回来的:什么锯子鱼啦、锉刀鱼啦,什么鱼都有。如今这一大帮子正在船底切呀,割呀,在卖力干哪;我敢说,越干越在行。这一刻,老拉德尼要是在这儿,我会告诉他:快跳下海去把这些家伙赶散吧。它们正在毁他的家业呀,我要这么告诉他。但是他是个头脑简单的老头儿——这拉德尼,长得美人儿似的。哥儿们,

---

① 查理曼大帝(约742—814),法兰克国王,武功文治都极煊赫。

人家说他其余的家产都投资在镜子上。不知他肯不肯赏给我这个穷鬼一个他的鼻子的模型。'

"'你们都瞎了眼啦,水泵为什么停啦?'拉德尼吼道,他装作没有听见这水手说了些什么,'给我死命抽!'

"'是,是,长官,'斯蒂尔基尔特快活得心痒难熬地说,'哥儿们,使劲啊,快使劲!'随着这话,水泵喀琅喀琅响得像五十台救火机在开动;水手们对此毫不怠慢。不多一会儿,就听得大家气喘吁吁,足见大伙儿使足了劲儿把命都拼上啦。

"末了,这个大湖人终于随着大家伙儿离开了水泵,上气不接下气地走到船头,在绞车上坐下来;他的脸涨得通红,眼里布满血丝,他擦着大汗淋漓的脑门子。各位先生,这个害了失心疯的拉德尼也真是个恶鬼,人家身子都累得这份儿上啦,他为什么偏要去招惹人家,这我实在不明白;可事情就是如此。这大副盛气凌人地大踏步走在甲板上,命令这小伙子去拿把扫帚来扫船板上的水,再拿铲子来把一头猪到处乱跑而留下的肮脏东西铲走。

"先生们,一条船出海以后扫甲板是一项家常活儿:除非狂风大作,那是每天傍晚都要做的;大家都知道,哪怕船到了快沉没的时候,这活儿也照干不误。各位先生,海上的规矩一丝一毫不能马虎,海员们爱整洁的本能就是这样;他们中间有的在淹死之前还非得洗了脸才甘心。不过在所有船只上,这扫帚活儿,只要船上有勤务员,那是勤务员的明确规定的分内事。再说,汤一霍号上力气大的水手们都已分班轮流抽水;而斯蒂尔基尔特又是棒水手中间身体最棒的,他照例被指定当一个班的班长;因此理所当然地免予干任何与正当船务无关的鸡毛蒜皮的活儿,他的伙伴都已免了。我唠叨半天所有这些细节,为的是好让各位明白俩人之间争吵的前因后果。

"事情不仅如此,拿铲子的命令分明是要刺痛和侮辱斯蒂尔基尔特,就跟拉德尼往他脸上吐唾沫差不多。只要在捕鲸船当过水手,谁都明白这一点,而且无疑明白得比这多得多。大湖人听了大副发出这个命令时心里透亮。他一动不动地坐了一会儿,紧盯着大副满怀恶意的眼睛,看到了堆在他心里的一摞火药桶,看到了那根火柴慢慢地无声无息地朝着火药桶烧过去。他本能地看到这一切,起了一种反常的容让之心,他不愿意激起一个已经有一肚子气的人爆发出狂热的怒火——要知道,一个无所畏惧的人,即使在受了伤害的时候,只要他有了这个不愿意的想头,就会感到自己不但不愿意,而且厌恶这样做——先生们,这种无以名之的阴影般的感情此刻正偷偷地占据了斯蒂尔基尔特的心。

"因此,他用通常的语气(这语气由于他一时处于体力衰竭的情况下略有点儿嘶哑)回答大副,说扫甲板不是他的事,他不会去干。接着他根本不提铲子,指了指三个例行干扫地活儿的小伙子;这三个人没有被派去抽水,整天不干活儿,要干也是干很少一点活儿。拉德尼对此骂了一声娘,用一种居高临下、蛮不讲理的气派无条件地重复了他的命令;同时朝还在坐着的大湖人走过去,顺手从身边一只桶上抄起一个箍桶的锒头,举得高高的。

"大汗淋漓的斯蒂尔基尔特原本就让干了歇、歇了再干的水泵活儿闹得心里窝着一肚子气,尽管生了最初的无以名之的容让之心,终究受不了大副的那种咄咄逼人的架势;可他还是勉强按捺住心中的熊熊怒火,一言不发,只是像生了根似的坐着纹丝不动,直到最后,被激恼了的拉德尼把锒头在离他的脸仅几吋处晃着,火冒三丈地命令他照他的说的干。

"斯蒂尔基尔特站起身来,慢慢绕着绞盘退,大副举着锒头威胁,紧跟着他。斯蒂尔基尔特不慌不忙地重复说他无意照办。然而看到他的容让不起一点儿作用,他用一只扭曲的手做了个可怕的难以言明的手势,警告这个愚蠢而冲昏了头脑的家伙罢手;可是这毫无用处。就这样,两个人慢慢地又绕了绞盘一圈。末了,那个大湖人自认为已经容让到了自己的性子所能忍的限度,决定再不后退,他便在舱口停住,对那位长官说:

"'拉德尼先生,我决不服从你的命令。拿开那个锒头,否则你要小心。'可是这注定有此一劫的大副照样继续逼近站住不动的大湖人,在离后者的牙才一吋的地方摇着那沉甸甸的锒头,嘴里依旧说着那些不干不净的话。斯蒂尔基尔特丝毫不让,眼光绝不畏缩地像利刃直刺到对方眼里,攥紧放在背后的右手,偷偷地往后缩;他告诉这位迫害他的人说,只要那锒头碰到了他的脸颊,他(斯蒂尔基尔特)就要他的命。可是诸位先生,老天爷已经点名要这蠢货的命了。说时迟,那时快,锒头碰到了脸颊,紧接着大副的下巴颏儿被打烂了;他扑倒在舱口,血像大鲸喷水一般喷出来。

"那叫唤声还没有传到船艄,斯蒂尔基尔特已在摇通到高高的桅顶的后支索,他的两个伙伴正在那儿值班。他们都在运河货船上当过船员。"

"运河货船船员?"佩德罗先生问,"我们在我们的海港里见过许多捕鲸船,可从没有听说过你说的运河货船。请问,运河货船船员是些什么样的人?"

"先生,运河货船船员是我们的伊利大运河①上的船夫。这你一定听说过。"

"没有,先生,在这儿,在这片沉闷、温暖、懒散到了极点、一代代传下来的土地上,你们的龙腾虎跃的北方,我们知道得很少。"

"是么?那么好吧,先生,把我的酒杯再满上。你们的乞恰②真不错。在我们接着往下讲之前,我先来告诉你们咱们的运河船夫是些什么样的人,因为这样的说明也许对你们听懂我的故事有所帮助。

"先生们,在纽约州东西向三百六十哩宽的土地上不停地流着一条河流,河上的生活犹如威尼斯般腐化,往往是无法无天的。这条河流经许多人烟稠密的城市和繁荣发达的乡村;流经绵长、荒凉、渺无人烟的沼泽地和富庶的肥沃无比的耕地;它流过台球房和酒吧;流经神圣不可侵犯的大森林;流过架在印第安河流上的罗马拱门式的渡槽③;流经那些阳光普照和满地阴凉的地方;见过幸福的心和破碎的心;也流经开阔的、景色对比强烈的莫霍克各县;特别是流过一排排雪白的小教堂,

---

① 伊利运河是美国历史上著名的运河。它使哈得孙河在纽约州布法罗市与五大湖(湖名前文已有交代)之一的伊利湖联结起来。
② 秘鲁的一种烈酒,是土著印加人传下来的,以玉米和浆果酿成。
③ 伊利运河先后通过十八道渡槽,跨过沿途的谷地和河流。

教堂的尖顶几乎像是运河的里程碑。那就是你们的地道的阿散蒂①地区,那儿的异教徒呼啸来去,到处都是,甚至就在你隔壁,甚至在教堂投下的长长的阴影下和舒服的背风地里。因为出于一种奇怪的天数,你常常发现大城市中盗贼般的冒险家,他们总是盘踞在法院四周围,所以说,先生们,罪人数在最最神圣的场所附近最多。"

"刚才有没有个修士走过?"佩德罗先生问,向下望着那挤满了人的广场,眼里闪着一种幽默的关切。

"算咱们的北方朋友走运,伊萨贝拉女皇②的宗教裁判所在利马已经不吃香啦,"塞瓦斯蒂安笑着说,"先生,讲下去。"

"等一等!请原谅!"这伙朋友中另一位叫道,"我以我们全体利马人的名义要向你,水手先生,表示:我们没有忽略你对我们的体贴用心,在腐化的比较中,你没有用今天的利马来代替昔日的威尼斯。啊,别又鞠躬又表示惊讶,你知道流行在整个海岸的那句俗语——'腐败有如利马'。这也证明了你的说法,教堂比台球桌子多,而且永远是开着的——'腐败有如利马',威尼斯也是如此;我去过那儿,那个有幸的福音传播人圣马克③的圣城——圣多米尼克④,去他的!你的酒杯!谢谢,我再来满上;好,请你再说下去。"

"先生们,运河船夫,如果就其营生来敞开形容,可以成为戏文里出色的英雄,因为他坏透了,可又坏得风光。像马克·安东尼⑤一样,他懒散地顺着两岸绿草如茵鲜花盛开的尼罗河而下,公然和脸蛋儿红红的克莉奥巴特拉调情,在甲板上晒太阳,晒得大腿成了杏黄色。可是一上了岸,所有这些卿卿我我的儿女情态全都一扫而光。他得意洋洋地装出绿林好汉的模样,头戴的阔边软呢帽配上鲜艳的缎带代表了他

---

① 今为非洲加纳的一部分,曾为一个好斗的名阿散蒂的武士部落所据。
② 西班牙女皇(1451—1504),宗教裁判所十五世纪时在西班牙曾残酷杀害与天主教思想不相容的思想进步人士。
③ 威尼斯有著名的圣马克的教堂,圣马克是该城的守护神。
④ 利马大教堂的保护人。他受教皇之命向阿尔比派宣传天主教义,使其成为多米尼克教派,以后又奉命消灭其他"异端"。多米尼克派一些人成为宗教裁判所的干将。
⑤ 马克·安东尼(公元前约82/81—前30),古罗马三执政之一,曾在埃及与埃及女皇克莉奥巴特拉相爱。

的气派,他坐船途经的乡村里,那些笑脸相迎的天真汉见了他避之犹恐不及,连城里人看到他的黝黑的脸膛,走路神气活现的样子,也是躲得远远的。我一度曾是他自己的运河上的流浪汉,曾得到过这些运河船夫中一人的周济;我衷心感谢他,我不想做一个忘恩负义的人。不过这些好勇斗狠的人往往有一种极为可贵、足以抵消他们的缺点的品质,他的两条强壮的臂膀,既会打劫富人也时而会慨然相助陷于困境的不相识的可怜虫。总而言之,先生们,运河生活究竟野到何种地步,这主要表现在下面这一点上,那就是我们捕鲸这个野行当中有许多运河生活的出类拔萃的毕业生。不为捕鲸船长们信任的全人类的各种人中,除了悉尼人①之外,很少有超过运河生活毕业生的。这一事实并不能冲淡人们对以下一点感到的好奇心,即:对于生长在运河两岸的成千上万咱们的农村娃和年轻人来说,在大运河上见习的生活提供了从安分守己地种一个基督徒的庄稼转而成为一个不顾死活地到最最荒野的海洋去冲波逐浪的惟一过渡方式。"

"我明白啦!我明白啦!"佩德罗先生急不可耐地叫道,他把自己杯子里的乞恰酒泼到衣服的银色褶边上,"一个人无须去旅游了!全世界就是一个大利马。我以前还以为在你们的温和的北方,一代代的人都像群山一样又冷静又圣洁。——但是这故事。"

"诸位先生,我刚才讲到了那个大湖人摇那后支索。他才摇了几下子,就让二、三、四副和四个镖枪手包围住了,把他逼到了甲板上。哪知道那两个运河船夫顺着帆索像倒霉的扫帚星似的一滑而下,来凑这场热闹;他们要把他们的伙伴拉出来,到船头楼那儿去。另有一些水手也帮着他们拉,于是你拉我扯就闹了起来。那个雄赳赳气昂昂的船长站在争斗圈外,手拿一支捕鲸的镖枪,跳上跳下,号召他的下属官长出手对付那个十恶不赦的坏蛋,把他带到后甲板去。他时不时地跑到乱成一团的人堆边缘,想用镖枪拨开众人,挤到中心,把他痛恨的对象抓出来。但是他那一伙不是斯蒂尔基尔特和他的亡命徒朋友的对手;后

---

① 悉尼是澳大利亚的大港口城市。当初澳大利亚是英国的有待开发的属地。大批服刑罪犯被从英国本土运来从事早期开发。

者终于到了船头楼的甲板上。他们在那儿匆匆忙忙地把三四只大桶转到了绞盘旁,和绞盘拉成一线。这几个海上巴黎人①就盘踞在这街垒后面彼此对峙。

"'你们这几个海盗,快出来!'船长吼道,这时管事已把两支手枪给他拿来,他一手拿一支威胁对方,'你们这几个杀人不眨眼的东西,快走出来!'

"斯蒂尔基尔特一纵身跳上街垒,在上面大踏步来回走着,表示他不怕手枪的威胁;他要让船长心里明白,要开枪把斯蒂尔基尔特打死,那等于是一个引起全体船员一场流血哗变的信号。船长心里害怕船员们真的会这样干,不免有所迟疑,但他还是命令这几个造反的立即回去干他们的活。

"'假如我们照办,你能答应不碰我们一下么?'他们的首领追问道。

"'回去干活儿!回去干活儿!——我什么也不能答应;——回到你们的岗位上去!你们在这种时候不干活儿,难道想弄沉这条船吗?回去!'他又一次举起了一支手枪。

"'弄沉这条船?'斯蒂尔基尔特叫道,'好,让它沉了得啦。我们一个人也不会回去干活儿,除非你发誓不碰我们一个手指头。你们说对吗,哥儿们?'他向他的同伴说。回答他的是一阵热烈的欢呼。

"这时,这个大湖人开始在街垒上巡逻,眼睛始终不离船长身上,嘴里不时蹦出这样的话来:'这不是我们的错,我们不愿意山这种事;我叫他把锄头拿开,这是孩子们闹的玩意;这以前他就该知道我的为人;我告诉他,野牛别去招惹它。我揍他的该死的下巴颏儿,怕还折了一根手指头哩;那些剁肉酱的刀在船头楼里吧,哥儿们?看好那些推杆,我的好同伴。船长,还是小心你自己吧;答应我的要求,别充好汉却当了傻子;忘了这回事,我们准备回去干活;对我们好点儿,那我们就是你的水手,可是我们不愿意挨鞭子。'

---

① 这里的巴黎人指一八四八年起来推翻路易·菲力普并建立公社的那些巴黎人。是年六月,工人拒绝返回外省的命令,构筑街垒,和镇压他们的军队进行了四天的激烈的巷战。

"'回去干活儿！我什么也不能答应。我说，回去干活儿！'

"'好，你瞧，'大湖人向他伸出一只胳膊喊，'这儿只有少数几个人是上船时说好要走完全程的；我是其中的一个，这你明白。你也知道，长官，只要船一靠岸，我们就可以撒手不干；所以我们并不想闹事，这对我们没有好处；我们乐意太太平平，相安无事；我们准备干活儿去，可是我们决不挨鞭子。'

"'回去干活儿！'船长吼道。

"斯蒂尔基尔特往四下里望了望，然后说：'船长，我现在跟你把话挑明了，我们不想杀你，为了这样一个下贱的痞子上绞架，我们连碰都不想碰你一下，除非你对我们先动手。不过在你说出你不会叫我们挨鞭子这句话以前，我们连一点儿活儿也不会干的。'

"'不干活儿就给我回船头楼下面去，到舱下去，我要让你们待在那儿，直到你们闲得受不了为止。到舱下去。'

"'咱们下不下？'这位领头的问他的群众。他们中间大多数人反对到舱下去；但是最后还是听斯蒂尔基尔特的话，在他之前先下到了那阴暗的去处，像熊一样嗷嗷叫着进了洞。

"一到那个大湖人的不戴帽子的脑袋和舱口船板持平的当儿，船长和他那一帮子人便跳过了街垒，飞快地把舱口的盖子拉上了。船长派他手下的人守在上面，大声叫管事把那把锁升降口扶梯的大铜锁拿来。然后船长把盖子拉开一道缝儿，对着缝儿小声说了些什么，又关上盖子，把那些人——一共十个——锁在下面，走了；留在甲板上的还有大约二十个人，那是至今为止守中立的。

"整个晚上，全体长官都在船前船后睁大了眼守夜，特别是守船头楼的小舱口和前舱口；守前舱口是怕那些暴动的人冲破舱下的隔壁到上面来。但是黑夜平静地过去了，那些留下来干活的水手拼命抽水，水泵的喀琅喀琅的响声在冷清的夜里全船都听得见，好不凄惨。

"太阳出来以后，船长走到船头，敲敲甲板，叫那些囚徒上来干活；但是他们喊了一声，拒绝了。然后给他们送了些水下去，随后又抓了两把硬面包扔下去。船长又上了锁，把钥匙装在口袋里，走回后舱。这样重复了三天，一天两次。到了第四天早上，船长照例叫他们上工之后，只听得下面乱糟糟地吵了起来,接着是一阵脚步声;有四个人突然从船头楼舱下冒出来,说是他们愿意回去干活。那舱底下闷得厉害,空气污浊,吃食那么少,实在饿急了,也许还加上担心船长来最后一手报复,迫得他们再三思量以后决定投降。这下船长胆子壮了,对舱下其余的人又提了一遍他的要求。可是斯蒂尔基尔特从底下恶狠狠地喊起来,叫他少说废话,该在哪儿待着,就在哪儿待着。到了第五天早上,又有三个造反的摆脱了同伴们死命阻拦他们的胳膊,蹿了上来。只剩下了三个。

"'还是回来上工吧!'船长用一种刻毒的嘲笑口气说。

"'把我们再关上,行不行?'斯蒂尔基尔特叫道。

"'啊,当然行啰。'船长说,于是钥匙咔哒一声响了一下。

"先生们,这时候,他原来的七个同伴背叛了他,使他感到愤怒;船长最后一次招呼时那种讥诮的口气,使他受到了刺激;自己被关在这漆黑一团、坟墓似的绝望的深渊,他简直气疯了;只是在这时候,斯蒂尔基尔特向他的两个运河同乡提出来(他们迄今为止始终和他一条心),等船长下一次叫唤时就冲出洞去,用他们的锋利的剁肉酱刀子(又长又沉、新月形、两头都有柄的家什)从船头到船尾见人就砍;万一鬼使神差,有机可乘,就抢占全船。他说,不管两人和他一起干与否,他反正一个人也要这么干。这是他在这黑窝里过的最后一夜了。但是两人对这计划都不表示反对,都赌咒说不管是这还是任何别的疯事儿,他们都愿意干;总之,除了投降,什么都干;而且他们每人都坚持冲锋的时候一到,要头一个冲到甲板上。可是他们的首领对此坚决不同意,坚决要自己先上;尤其是因为他们两人之间在这点上也各不相让;而两人同时先上又不可能,因为扶梯一次只能容一人。先生们,到了这儿,这两个恶棍各人心怀的鬼胎就非见见天日不可了。

"原来他们听了首领的铤而走险的计划以后,每人都在自己心底里突然有了一个看来是一般无二的鬼主意,那就是,在冲上去时走在头里,成为三个人里的头一个,虽说是十个人里的最末一个投降,但说不定能争取到一个叛逆可能争取到的宽赦,不管这机会是多么小。但是当斯蒂尔基尔特告诉他们,他决心由他打头阵,领他们反到底时,他们就把恶人本性中的机灵和原来私下里打的鬼主意结合到了一起;乘他们的首领打盹儿的时候,彼此打开天窗说亮话,用三句话就说明白了。他们把打盹儿的用索子捆了,又用索子堵了他的嘴,半夜里尖声叫船长来。

"船长心想怕是出了人命,似乎在黑地里闻到了血腥气,他和全体拿了武器的副手和镖枪手赶到了船头楼。在几分钟之内小舱口被打开了,那位首领被捆住了手脚,一路挣扎,被他的背信弃义的结盟兄弟推了上来,后者立刻大邀其功,说是他们把这个要杀人造反的人抓住的。可是三个人全都被逮了起来,在甲板上像拖死牲口似的被拖着,绑起来,像三片肉似的并排吊在后帆索具上,一直吊到了第二天早上。'混账东西,'船长在他们前面来回踱着方步,'你们这几个连兀鹰都不吃的东西,十足的坏蛋!'

"太阳一出,他召集起全体人手,把那些造过反的和那些始终没有参加这次哗变的人分开。他对前者说,他真想狠狠抽他们一顿鞭子;他也认为总的说来他要这样办——他应该这样办——公道人心要求他这样办;不过眼前看在他们及早投降的分上,他只想申斥一顿就放他们过去。于是他就用粗话骂了他们一顿。

"'但是对你们,你们这几个混账王八蛋,'他转过来冲着那三个吊在索具上的人说,'对你们,我打算把你们剁成小块儿,放到炼鲸油的锅里去。'他抓起一根索子,使足了力气往那两个出卖首领的人身上抽去,一直抽到他们叫不出声来,像死了似的脑袋耷拉到一边,就像那画中钉在十字架上的两个贼①。

"'抽你们抽得我手腕子都扭了筋啦!'他终于叫道,'不过我们还有的是索子足可以对付你们这两个不肯投降的臭小子;把堵在他嘴里的东西拿掉,让我们听听他有些什么话为自己辩护。'

"有一会儿,这个已经耗尽了力气的叛逆只是活动了一下撑得麻木了的上下颌骨,接着痛苦地转动转动他的头,用嗄嗄的声音说:'我

---

① 根据《圣经·新约·路加福音》,耶稣被钉在十字架上时,左右各有一个盗贼一同钉在十字架上处死。

要说的是——你们听好了——你要是用鞭子抽我,我就宰了你!'

"'这是你说的吗?我倒要让你看看你把我吓成了什么样子。'——船长挥起索子准备抽他。

"'还是别抽的好。'大湖人嗞嗞地说。

"'但是我非抽不可。'于是索子又一次挥起来,正要抽过去。

"这时斯蒂尔基尔特嗞嗞地说了些什么,除了船长,谁都听不见;让大伙儿大吃一惊的是船长竟然往后陡然一缩,在甲板上快步走了两三趟,然后突然把索子往地下一扔,说道:'我不抽他啦——放了他——把身上的绳子解啦;听见了没有?'

"然而,当二、三、四副正急急忙忙执行这个命令时,一个脸色发白、脑袋缠着绷带的人拦住了他们——原来是大副拉德尼。自从挨了那一拳之后,他一直躺在自己铺位上;但是那天早上,听到了甲板上那一番闹腾,他就悄悄走出来,一直在旁观这整个情景。他那张一向不善于开口说话的嘴巴,只是叽里咕噜了一阵子,大意是船长不敢一试的,他愿意也能够干出来;他抓起了索子,走到了五花大绑的仇人面前。

"'你是个胆小鬼!'大湖人嗞嗞地说。

"'好,我就是胆小鬼,不过尝尝这个。'大副提起索子来正要抽下去;忽然又是一句嗞嗞说出的话,使他举在空中的胳膊停住不动了。他怔了一会儿,终于不再犹豫,说到做到,不去管斯蒂尔基尔特的威胁,随他威胁些什么。然后这三个人被松了绑,大家都回去干活儿,那铁制的水泵又像先前那样在那些憋着一肚子气的海员手里喀琅喀琅响起来。

"那天天一黑,一个值班瞭望员下来后,船前楼传来了一阵吵闹;那两个哆哆嗦嗦的出卖同伙的人跑上来,围住了船长房舱的门,说他们没法和其他水手合伙干活。哄也好,打也好,踢也好,都不能赶他们回去。于是只好按他们自己的要求,将他们安置在船舱以保安全。但在其余水手中间并没有再出现哗变的迹象。看来正好相反,主要是在斯蒂尔基尔特教唆之下,大家决意保持绝对安静,所有命令一概服从,只等船一进港口,便集体离开它。但为了尽快结束这次航行,他们一致同意做另一件事——那就是即使发现了鲸鱼,也不出声。因为汤一霍号尽管船漏了,尽管有其他种种危险,它依然保留着桅顶瞭望哨,它的船长此刻照样乐意放下艇子去逮鱼,就跟初进这渔场时一样。大副拉德尼也十分愿意跳下铺位下艇子,用他的还扎着绷带的嘴去堵那死了的鲸鱼的大嘴。

"至于那大湖人,虽说他已说动了水手们采取这种消极怠工行动,就自己对那伤害他的人如何快意地报私仇的打算却保持在自己的心房里毫不声张(至少保持到报了仇之后)。他值的是大副拉德尼的班。这人活像是一个冲昏了头脑的人非要找死不可;在鞭打了斯蒂尔基尔特之后,他坚决不听船长明确的劝告,一定要继续当他的夜班的班长。斯蒂尔基尔特就根据这一点以及其他一二情况,定出了他有条不紊的报仇计划。

"一到晚上,拉德尼有个不像一个海员的习惯,他喜欢坐在后甲板的船舷上,一条胳膊撑住吊在那儿高出船边一点儿的小艇的舷上。谁都知道,他有时就在这种姿势下打起盹来。在艇和船之间有个不小的空间,下面就是大海。斯蒂尔基尔特计算好了他的时间,他下一次值舵手班的时间是在他被出卖后的第三天后半夜两点钟。于是他就用这一段时间一有空就在下面值的班上十分细心地编织着什么东西。

"'你在干些什么呀?'一个伙计问他。

"'你说在干什么?你说它像什么?'

"'像是给你的行李袋编的拉锁,不过我看它有点儿怪。'

"'嗯,是有点儿怪,'大湖人说,拿起那编织物,往前伸直了胳膊看了看,'不过我想它能成,伙计,我的麻绳不够用——你有吗?'

"'可是船头楼里一点儿没有啦。'

"'那我只好问老拉德尼要啦。'他站起来往后艄走去。

"'你不打算去向他苦苦哀求吧!'一个水手说。

"'为什么不呢?你以为他就不会对我做件好事吗,那归根到底对他有好处的呀,伙计?'他到了大副面前,坦然地望着他,向他要些麻绳来补他的吊床。麻绳到手了——从此麻绳也好,拉锁也好,全看不见啦。但是第二天晚上,当大湖人把上衣叠好,放到吊床当枕头时,上衣口袋里半露出一个编得很紧,铁球一般的东西来。二十四小时之后,他静悄悄地值那掌舵的班,挨着那个哪怕已为他挖掘好坟头也还要打盹儿的家伙很近——于是那个要命的时刻终于就要到啦,斯蒂尔基尔特心里早有了数,大副在他眼里已经是个脑门子给砸烂了的僵挺的死尸了。

"然而,各位先生,一个笨蛋却救了他,替这个一心要当杀人凶手的家伙干了他计划要干的血腥勾当。他没有亲手去报仇,他的仇却十足地报了。因为命运神秘地注定,老天爷似乎亲自从他手里把他要干的那罪行接了过来。

"第二天清晨,在破晓和日出之间那段时光,大家正在冲洗甲板,从锚链那儿取水的那个特内里费①来的蠢货猛一下叫起来:'嗨,它在那儿翻腾哪!它在那儿翻腾哪!天哪!好大一头鲸啊!'原来那是莫比·迪克。"

"莫比·迪克!"塞瓦斯蒂安先生叫起来,"天哪!水手先生,难道鲸鱼也要给它命名吗?你叫的莫比·迪克是谁呀?"

"一头特别白,出了名的,动不动要人命可又总逮不住的恶鲸,先生——不过那说起来话太长。"

"那是怎么回事,怎么回事?"所有的西班牙年轻人一齐拥过来,叫道。

"别,别,诸位,诸位——别,别!此刻我讲不了这个。让我好好喘口气,先生们。"

"来乞恰酒,来乞恰,"佩德罗先生喊道,"咱们这位生气勃勃的朋友看来要晕过去啦——给他的空杯子满了!"

"不必,先生们,请等一等,我接着讲,先生们,此刻猛一下看到了那雪白的鲸鱼离船不过五十码——忘了水手间的协议,那个特内里费人一时间兴奋极了,不由得本能地提起嗓门冲那怪物喊了出来,其实那三个心里有气、站桅顶的人在此前不久已经瞧得明白。这时大家都发了疯似的。'白鲸!——白鲸!'船长、各个副手,还有镖枪手一迭连声地喊,也不顾那些令人胆战心惊的传言,个个都摩拳擦掌要擒这条如此有名如此贵重的鱼;那些固执的水手嘴里不停地咒骂,眼睛却斜瞟着那

---

① 西班牙属加那利群岛中七个大岛之一。

乳白色的庞然大物，好美啊，美得惊心动魄。它被地平线上灿烂的阳光一照，在早晨蔚蓝的海面上宛如一块活的乳白色水晶体，移动着，发出耀眼的光华。先生们，这一连串事件从头至尾包含着一种奇异的天意，好像在那个世界本身被规划好之前它们就已经安排定当了似的。这个哗变主使人正巧是大副那条艇子的头桨手。每当扎住了鱼的当儿，他的任务就是坐在手持长矛站在船头的拉德尼旁边，听他的号令收紧或者放松曳鲸索。再者，当四条小艇一齐放下的时候，大副总是带头划出去；这时候没有谁比使劲划着桨的斯蒂尔基尔特喊得更高兴更响的了。猛划了一阵以后，他们的镖枪手一枪扎在鱼身上，然后拉德尼手持长矛一纵，到了船头。他似乎一向是个在小艇里暴跳如雷的人。此刻他的包着绷带的嘴里喊的是把他搁在大鲸的脊背的顶上。这正中他的头桨手的下怀，把他送得高而又高；一排令人张不开眼的浪沫袭来，把白沫和白鲸混在一起；后来艇子突然间仿佛撞到了一块沉在水下的礁石上，翻了，把站着的大副倒了出去。就在他落到了鲸鱼的滑溜的脊背那一刹那，小艇翻了过来，被大浪冲到了一边，而拉德尼却被抛到大鲸外侧的大海中。他从浪花里挣扎出来，有一瞬间透过一层纱障似的海水可以隐约见到他，他正发狂似的要使自己脱出莫比·迪克的视线。可是那大鲸突然像大涡流似的霍地转过身子，一口咬住了那个泅水人，衔着他上身高高冲出了水面，然后又一头扎下去，潜到了水下。

"这时，在小艇底部初次遭到撞击以后，大湖人便放松曳鲸索，好让艇子往后退，摆脱那个漩涡。他镇静地望着，想他自己的心思。哪知小艇猛地狠狠往下抖动了一下，飞快地使他的小刀口朝索子砍去。他把索子砍断了，鲸鱼给放走了。然而在游开一段距离之后，莫比·迪克又升起来，它已经吞食了拉德尼，可它的牙齿上还残留着他的红呢衬衣的碎片。四艘小艇又一齐追上去，但是那鲸鱼逃脱了它们的追击，最后消失得无影无踪。

"汤一霍号总算及时赶到了港口，那是块没有文明人居住的蛮荒之地。一到那儿，除了五六个前桅的人手外，其余的都在大湖人率领下存心弃船进了棕榈林。后来知道，他们最终抢了蛮人的一条双排的作战用的大独木舟，驶往别的什么港口去了。

"这时船上只剩下数得过来的几个人了。船长要求岛上居民帮助他,费了好大劲才把船翻过身来补窟窿。可是为了提防他们的危险的帮手,这一小伙白人不得不分白天黑夜,无间歇地保持警戒。他们辛苦到了极点,以致船可以再次出海的时候,他们已是处于疲惫无力的状态,弄得船长不敢就带着他们几个挑起这么一副重担来开船。他和几个副手一商量,把船停在离岸尽可能远的地方,把两尊炮从船头布开,装上了火药;他把他的那些滑膛枪架在船尾楼上,警告岛民不可靠近船只,免遭危险。然后他带了一个水手,挑了最好的一条小艇,张起帆,一直朝五百哩外的塔希提乘风驶去,到那儿招雇补充人员。

"行到第四天上,发现了一条大独木舟,看来是靠在一个低低的珊瑚岛上。他把小艇驶开,和它保持距离;可是那原始形态的独木舟向他靠了过来;不一会儿,斯蒂尔基尔特的声音开始招呼他,叫他停住,要不,就要请他下水。船长拿出了一支手枪。大湖人双脚踩在两条并联的作战用的独木舟的两个船头上①,对他轻蔑地笑着,说是船长只要咔哒一声扣上扳机,他就把他埋葬在浪花水泡里。

"'你到底要我干什么?'船长叫道。

"'你要上哪儿去?要干什么去?'斯蒂尔基尔特问,'别说谎话。'

"'我到塔希提去招人。'

"'很好。让我上你的船待一会儿——我不是来干架的。'说完话,他从独木舟纵身跳到海里,游到小艇边,翻过艇沿,和船长面对面地站到一起。

"'抱起你的两条胳膊,长官。仰起脑袋。好,现在我说一句,你就照说一句,"我发誓,斯蒂尔基尔特一离开我,我就把这艇子划到那边那个岛子的海滩上,在那儿待上六天。我要不这样做,让天雷劈我。"'

"'好一位学究,'大湖人笑着说,'再见,先生!'说完之后,他跳进海水,游回到自己的伙伴那儿。

"斯蒂尔基尔特眼望着小艇被送到沙滩上,拉到棕榈树底下之后,才划起独木舟,到了塔希提,这是他自己的目的地。在那儿,他交了好

---

① 原文如此,照译。前面说的大独木舟显系后面说的并联的两条独木舟。

运,凑巧有两条船正要驶往法国,天使其便,船上正要他所率领的那么多的人。他们上了船。从此,即使他们那位以前的船长想对他们进行法律上的报复,他们也已经永远领先了一步。

"大约在法国船出发十天以后,那艘捕鲸艇赶来了,那位船长不得不招雇了一些比较开化,多少对航海有些经验的塔希提人。他租了一艘本地的小船,带领这些人回到他的捕鲸船;他发现船上一切如常,便又重新开始巡游了。

"如今斯蒂尔基尔特在哪儿,先生们,谁也不知道。可是在南塔克特岛上,拉德尼的未亡人还在朝着大海盼望,然而大海是不肯把死者送回来的;她也还在梦中看到那头吃了他的吓人的白鲸。"

"你讲完了吗?"塞瓦斯蒂安先生静静地问。

"讲完啦,先生。"

"那我就要求你告诉我,你扪着自己的良心说,你讲的故事实质上是否真是如此?这故事听来实在神奇。你可是从无可怀疑的人士那儿听来的?这样问有点像是要追究似的,请你多包涵。"

"水手先生,那也请你多包涵我们大家,因为我们大家都有与塞瓦斯蒂安同样的要求。"这伙人流露出极大的兴趣叫道。

"黄金客栈里可有一本《圣经》,先生们?"

"没有,"塞瓦斯蒂安先生说,"不过我认识附近一位牧师大人,他能很快为我找一本来。我去取,只是你想好了没有?这未免闹得太严重了吧。"

"你可不可以请牧师一道过来,先生?"

"虽说利马如今没有宗教裁判所,"这伙人中一个对另一个说,"我怕咱们这位水手朋友会有冒犯大主教的风险。咱们还是退出去,离月光照得分明的地方远些的好。我看咱们犯不着这样。"

"请原谅我逼得你这样紧,塞瓦斯蒂安先生,不过我还想格外麻烦你找一部开本尽可能大的《福音书》来。"

*　　　　　*　　　　　*

"这位是牧师,他给你带来了《福音书》。"塞瓦斯蒂安领了一位高大的庄严肃穆的人回来,面容严肃地说。

"让我脱帽致敬。好,尊敬的牧师,请再过来点儿,进到光亮地里,把《圣经》捧到我面前,我好把手搁在上面。"

"愿上天保佑我,我用人格担保,我讲给你们各位先生听的故事在实质上以及重要细节上都是真的。我知道它是真的,我碰巧就在那条船上;我在船上当水手,我认识全船船员;在拉德尼死后,我还见过斯蒂尔基尔特,并和他说过话。"

第五十五章
谈谈鲸鱼的那些荒乎其唐的画像

不多一会儿,我就要为你不用画布绘出一幅鲸鱼的真像来,要尽可能绘得逼真;所谓真像就是把一头真真切切的鲸鱼拉来停靠在一条捕鲸船旁边,船上的人简直一脚可以踩到他的脊背上;那时候,鲸鱼在捕鲸人眼里的模样就是我所说的真像。因此先来谈谈那些稀奇古怪想象出来的鲸鱼画像倒是不为无益的。这些画像直至今天还在自以为是地要陆上人相信。如今已是证明这类画像一无是处,从而在鲸鱼真像上纠正世人的观感的时候了。

所有这些自欺欺人的画像,其最早出处大概是最古老的印度、埃及和希腊的雕刻作品。因为在那一个富于创造发明但不免有任意发挥之嫌的时代,无论是在庙宇的大理石镶板上,雕像底座上,以及在盾牌上,圆形徽章上,酒杯和钱币上,海豚都画得和萨拉丁[①]的锁子甲一般大小,一颗戴了头盔的脑袋和圣乔治的脑袋差不多。自从那时代以来,这同一种任意为之的风气始终流行不衰,不仅是流传极广的鲸鱼画幅中是如此,连鲸鱼的许多科学图像中也是如此。

[①] 萨拉丁(1137/38—1193),中世纪埃及、叙利亚、也门和巴勒斯坦的苏丹,著名的穆斯林英雄。

现存的最古老的据说是鲸鱼的画像,无论如何应该说是见之于印度象岛①上遐迩闻名的岩穴庙宇中。婆罗门教僧侣们一口咬定说,那个历史久远的庙宇中那些几乎看不到尽头的雕刻中,世上各行各业,人所能从事的职业,凡是能设想到的,都已在该行业真正出现之前不知多少年的时候就已表现出来了。难怪我们这高贵的捕鲸行当也在那里一定程度上见之于形状。这里说的印度鲸鱼像是单独刻在一处墙上,画的是毗湿奴②化身为一大海怪,学者们称之为马兹·亚瓦达。虽然这幅雕刻中刻的是半人半鲸像,因而只刻了后者的尾部,然而就以这小部分而言,也是完全错的。它看上去更像南美大蟒蛇的尖尾巴,而不像一头真正的鲸鱼尾部的气派极大的阔掌。

不过你到老牌的美术馆去看看一位基督教的大画家的鲸鱼画像,就会发现他也不比上古的印度人高明。那就是基多③所绘的珀尔修斯从海怪或者鲸鱼那里救出安德洛墨达的画。这样一种怪物的造型摹本,基多不知从哪儿弄来的?贺加斯也不行,他画的同一场面的《珀尔修斯下凡》④也不见有一点儿长进。贺加斯笔下的海怪的肥硕躯体在海面起伏,露出水的部分最多不过一吋。它背上有座像轿⑤似的东西;它的张得大大的,长着象牙似的嘴巴有浪涛在那里翻滚,大可以把它看成是从泰晤士河上进伦敦塔的逆贼之门。然后有古苏格兰的西鲍尔德笔下的《鲸鱼导言》⑥和旧时《圣经》里的插图和宗教改革前的小祷告

---

① 在印度孟买港湾中的一个岛屿,上有八至九世纪修筑的岩穴庙宇。但庙中并无作者所说的雕像。
② 毗湿奴,印度教的三大主神之第二神,主要是通过他的九种化身来显现。他曾化身为大鱼,向人类的始祖摩奴预告,将有大洪水以毁灭众生。摩奴乃造船,于洪水来时,将船行至山巅得救。
③ 基多指基多·瑞尼,意为瑞尼的画室,基多并非人名。瑞尼以希腊神话中埃塞俄比亚公主安德洛墨达为主题作了一系列的画。梅尔维尔曾于一八四九年在伦敦国立美术馆观赏了瑞尼所作的珀尔修斯从海怪口中救出安德洛墨达的油画。
④ 英国大画家威廉·贺加斯(1697—1764)为莎士比亚的注释家刘易斯·西奥巴尔德的剧作《珀尔修斯与安德洛墨达》所绘的两幅插图之一。
⑤ 象背上驮着的可供数人乘坐的凉亭状座位。
⑥ 罗伯特·西鲍尔德爵士著有介绍苏格兰自然史并附有大量插图的书,其中提到鲸鱼,但并无图像。梅尔维尔这里所指的可能是西鲍尔德的另一本书。

书中的约拿①的鲸鱼。对这些又能说些什么呢?至于那图书装订人打印和烫印在许多新旧书籍的扉页和背面,像葛藤似的盘绕在正在下沉的锚干上的鲸鱼,那倒是挺花哨然而纯属神怪性质的生物;我估摸着那是从古董花瓶上的图形描下来的。②虽然普世都将它定名为海豚,我却认为那个图书装订人心中想画的是鲸鱼,因为当这标徽初次采用时,心目中就是以鲸鱼为对象的。采用它的是古意大利一位出版家。当时约在十五世纪,正是文艺复兴时期,那时候,甚至在较为晚近的年代,海豚通常也是被认作是大海怪的一种。

在有些古老的书籍的各章章头章尾以及其他的小花饰中,你有时会看到勾画鲸鱼的古怪画法。其中各式各样的喷水、喷泉、温泉和冷泉、萨拉托加和巴登-巴登③从不知衰竭的头脑中汩汩涌出。在《科学推进论》④初版本的扉页上,你会看到一些奇形怪状的鲸鱼。

但是撇开所有这些非专业性的给鲸鱼画像的尝试不谈,让我们来看看那些出于内行之手,自命为严谨科学的画像。在老哈利斯⑤所著航海大全中,就有几张从荷兰的一本有关航海的书中移用的刻画鲸鱼的图版;那本出版于一六七一年的书名为《"约拿在鲸腹中"号的一次赴斯匹茨卑根的捕鲸航行,船长佛利斯兰人彼得·彼得逊》。图版中有一张画上,一群鲸鱼像一张张大木排似的浮在各冰岛之间,白熊就在它们的脊背上来回奔跑。另一张图中把鲸鱼的尾部画成是垂直的,犯了天大的错误。

其后是一本由英国海军任命的舰长科尔内特⑥所著的气派很大

---

① 参见本书第34页注③。
② 所指的是十五世纪九十年代意大利出版商阿尔都斯·玛努蒂乌斯在威尼斯创立的阿尔连出版社印在书籍封面和扉页上的驰名标徽——海豚和船锚。
③ 萨拉托加在美国纽约州,有著名温泉;巴登-巴登在德国巴登-符腾堡州,有世界闻名的矿泉疗养地。
④ 英国大哲学家培根晚年巨著《伟大的复兴》已完成的部分中有《科学推进论》,在分析人类知识的学科和对象的基础上对科学进行分类。
⑤ 约翰·哈利斯所著《海陆旅行大全》,两卷,伦敦1795年出版。
⑥ 詹姆斯·科尔内特舰长所著《一次去南大西洋然后绕过霍恩角进至太平洋,目的在于扩展捕抹香鲸业的航行记》,伦敦,1798年版。所指略图是科尔内特亲自画的。

的四开本的书,书名为《绕过霍恩角进入南海的一次目的在于扩展捕抹香鲸业的航行记》。书中有一幅略图,自称是"一七九三年在墨西哥海岸外捕杀,然后被吊上甲板的抹香鲸的按比例的画像"。我不怀疑这位舰长据实画的这幅画是增加他的舰队人员的见识。我对这幅画只提一点,我想指出,画的是一只已经长成的抹香鲸眼睛,如果据所附的比例尺计算,那头鲸鱼的眼睛成了五呎左右长的一扇弓形窗。嗳,我的好舰长啊,您干吗不画个从这只眼睛里往外眺望的约拿呢!

就连那以极度认真的态度为青少年编制的博物志也不能免于同样万万不该出现的错误。请看那部流行一时的《哥尔德斯密斯的生物志》①吧。在其于一八〇七年伦敦出版的节本中,有据称是"鲸鱼"和"独角鲸"的图片。我实在不想说不好听的话,可是那条见不得人的鲸鱼真的很像一头砍去了四条腿的母猪;要说那独角鲸,只看一眼就能叫你目瞪口呆,在十九世纪的今天,居然敢在聪明伶俐的学生大众面前把这样的半鹰半马的有翅怪物说成是真正的独角鲸。

到了一八二五年,一位伟大的博物学家拉塞佩德的伯爵,贝尔纳·热尔曼出版了一本关于鲸的系统化的科学著作,其中有好几张不同种类的鲸鱼的画片。所有这些画片不但不准确,而且关于那张神秘鲸或称格陵兰鲸(亦即露脊鲸)的画,连对这一类鲸鱼有长期经验的斯考斯比都宣称自然界中没有像这样的鱼。

但是,在这类错误中处于登峰造极地位的当推科学家弗雷德里克·居维埃,也就是那位赫赫有名的男爵②的弟弟。一八三六年,他出版了一本《鲸鱼的自然历史》,书中有一幅他称之为抹香鲸的画像。在把这画像给一个南塔克特人看之前,你最好先做好立刻逃离

---

① 奥立佛·哥尔德斯密斯(1730—1774),英国十八世纪中叶多才多艺的文学家,后因挥霍无度,长期负债,不得已接受出版商的各种稿约,写了一些大众读物。《地球和生物界的历史》是他逝世时还未完成的著作,实为卖文之作,于1774年出版,共八卷。

② 这位男爵就是前面曾提到过的乔治·居维叶(1769—1832),法国比较解剖学和古生物学的创建人。著有《鲸鱼的自然历史》,一部科学的系统的有关鲸鱼的著作。初版于1804年。

南塔克特的准备。总之,弗雷德里克·居维埃的抹香鲸不是一头抹香鲸,而是一个南瓜。自然啰,他从来不曾得益于亲自参加一次捕鲸航行(这种人少有这样做的),至于他从哪儿得出那幅画,谁又说得上来呢?也许他也像他的这个领域中的科学前辈德马雷①那样,借用一张中国画而犯了一个真正的为人诟病的错误。从许多画得奇形怪状的杯子碟子上我们可以知道,那些拿起画笔的中国人是些想象力多么活跃的人物。

至于沿街看到的挂在鲸油铺子上面的招牌匠人笔下的鲸鱼,又能对它们说什么呢?这些一般是理查三世②式穷凶极恶的鲸鱼,有着单峰骆驼的背峰,极其凶残,早饭要吃三四个水手包子,也就是满载着海员的捕鲸艇。它们的畸形的身躯在血和蓝色油漆的海水中浮沉。

不过,话说回来,这些画得错误百出的鲸鱼毕竟不值得大惊小怪。请想一想!大多数的科学画像都是以搁浅在海滩上的鲸鱼为蓝本的,而照着这些鲸鱼画出来的形状的准确程度正如按照遭了海难的船骸画出来的船差不多;画中的鱼脊已经伤残,哪里还能正确体现出这种高贵动物本身的身姿的不可一世的高傲气概。虽然大象确曾站好了让人画它的全身画像,而活生生的鲸鱼却从不曾全身浮现在海面上让人为它画像。只有在深不可测的海水之中才能看到它的全部气度与威仪;当它浮出水面时,就跟一艘前列战舰一般,它的伟硕的身躯便无从看到了。一旦离开了水,凡人永远也无法把它的整个身子吊在空中,以便显示他的腾挪起伏的万千雄姿。至于一头乳臭未干的幼鲸和一头完全成熟的理想中的大鲸在轮廓上的只能凭假想所得的不同,那就更不用说了。然而即使以乳臭未干的幼鲸来说吧,把它吊到一艘船的甲板上,你所见到的只是它的模样笨拙、柔软、像条大鳗似的变化不定的一面,至于它的确切的体态,恐怕连魔鬼本人

---

① A. G. 德马雷(1784—1838),曾对居维叶的《鲸鱼的自然历史》作进一步的评注。
② 理查三世(1452—1485)英格兰国王。一四八三年篡夺王位,为人暴戾。一四八五年在与起而反对他的亨利·都铎的战斗中阵亡。

也未必能一见。

然而也许有人会想,从一头搁浅在沙滩上的鲸鱼的赤裸的骨架未必不能得出它的真像的准确的概貌。这根本不可能。因为说来也怪得出奇,从鲸鱼的骨骼上你看不出多少它的笼统的形象。虽说杰瑞米·边沁①的像大烛台一般挂在他指定的遗嘱执行人之一的图书馆里的骨骼正确地传达出一个浓眉毛的功利主义老先生以及杰瑞米的其他主要相貌特征的正确的概念,然而鲸鱼的拼凑好的骨骼却不会给你任何这种概念。事实上,正如伟大的亨特②所说,鲸鱼的一副净骨架与血肉丰满的这一生物之间的关系,恰似一只昆虫之与当初厚厚包裹着它的蛹之间的关系相同。这一特性表现在头颅上最为鲜明,这一点在本书某些部分将会顺便加以说明。在边鳍上更出现一种极其奇特的情况,它的骨骼几乎和人手的骨骼完全一样,只是没有大拇指。这鳍有四根正规的指骨:食指、中指、约环指和小指。但所有指骨都永久包藏在肌肉之中,不能分开;有如人手戴上连指手套一般。斯德布有一次说得很风趣:"不管鲸鱼有时对我们如何不客气,你至少不可能公正地说:它不带上连指手套就和我们干仗。"

由于有以上这些原因,所以随你怎么看它,你都必须承认:这种大海怪是世界上惟一的一种决不可形之于图画的生物。不错,也许有一张图比另一张更为切近本相一些,但没有一张可以在很大程度上代表它的确切本相。因此鲸鱼究竟是怎么个模样,这世上谁也不得而知。要想大致弄清一头活鲸鱼的大轮廓,惟一的办法是你自己出海去捕鲸。不过这样做,你得冒被它永久伤残或沉入海底的不小的风险。因此在我看来,你最好在对这种大海怪的好奇心上不要吹毛求疵,过于挑剔。

---

① 英国功利主义之父、哲学家边沁(1746—1832)临死之前正在写一篇《死者的进一步利用》的论文。他是伦敦大学学院的创建人。他将自己的尸体赠给学院作解剖用,并嘱将遗骸的骨架穿上衣服,加上一个蜡制的头颅交学院保留。

② 约翰·亨特(1728—1793),英国解剖学家,外科医生。引语见自他的一篇论述鲸鱼的身体构造的论文。

第五十六章

谈谈错误较少的鲸鱼图像以及
捕鲸场面的逼真图画

说了那些荒乎其唐的鲸鱼画像之后,我在此处实在难以抑制自己不谈更加荒唐的鲸鱼故事,这些故事见之于一些古今书籍,特别是普林尼、珀切斯、黑克卢特①、哈里斯和居维埃这伙人的著作。不过不谈这些也罢。

描画大抹香鲸的略图见之于书籍的我知道有四张:科尔内特画的,哈金斯画的,弗雷德里克·居维埃画的以及皮尔画的。科尔内特和居维埃已在上一章中提到了,哈金斯②的比前两位的好得多;而皮尔的又比前三者高出甚多,堪称第一。皮尔所画的抹香鲸图全都很好,只有冠于第二章之首的一张所画三头姿态各异的鲸鱼中居中的一头除外。他的卷首插图,几艘小艇围攻几头鲸鱼,虽然无疑是有意要激起一些大人先生们从文明观点出发的质疑,然其总的效果却是画得既正确又活灵活现,令人赞叹。J. 罗斯·布朗的书中画的抹香鲸像③,有几幅鱼的轮廓画得也很准确,可惜刻工糟糕之极。不过那不能归罪于他。

露脊鲸画得最好的是斯考斯比的略图④,只是为了传达作者希望

---

① 老普林尼(公元 23—79),古罗马作家。其所编著的《博物志》第 7—11 卷为动物学,其中介绍了鱼和其他水中动物。塞缪尔·珀切斯(1577—1623),他继续英国地理学家黑克卢特所开始的百科全书式文集的编纂工作,编成《黑克卢特遗作,或珀切斯游记》一书,其中包括英国和其他国家的探险家所写的航海日记。
② 威廉·约翰·哈金斯(1781—1845),英国海军画家。皮尔曾提到"哈金斯先生的精彩画片"。他的集成的鲸鱼略图题为"科尔内特、哈金斯与皮尔所作"。
③ 纽约 1846 年出版的 J. 罗斯·布朗的一次捕鲸巡游的蚀刻版画集共有八幅由 J. 哈尔赛根据布朗提供的速写刻成的钢刻版画。
④ 斯考斯比船长所著的《北极地区纪实》第 2 卷附有十二幅图片,其中两幅画的是露脊鲸。

传达的印象,画的比例太小了点。他只有一张捕鲸场面的画,这是令人遗憾的不足之处;因为要想得出一个从活生生的捕鲸人眼中看到的一头活生生鲸鱼的较为真切的概念,只有通过这样的图画,如果画得好的话。

然而总括起来说,法国的刻画鲸鱼和捕鲸场面的两幅大型版画远胜于各地所能看到的任何其他同类作品,虽则其某些细节并非最为准确;这两幅版画刻得非常精美,所根据的是一位名叫加纳利①的画家的作品。一幅画的是进攻抹香鲸,另一幅是进攻露脊鲸。第一幅画出了一头抹香鲸的雷霆万钧的威势,它刚从海洋深处升起,用脊背把船板被撞成片片的小艇的残骸拱到了空中。小艇头部部分未损,被画成正好平衡地搁在那海怪的脊梁上,就在那说时迟那时快的瞬间,你看见有一个桨手站在艇头,他全身半隐在鲸鱼喷出的激得沸沸扬扬的海水中,正处于犹如从峭壁上纵身下跳的动作之间。整个画面的动作态势逼真精彩,令人击节叹赏。那半空的绳索桶在泛白的海面飘浮;一些散乱的镖枪木柄斜插在桶里随之摆动;在海里奋力游着的水手的脑袋散布在鲸鱼四周,惊怖之状各不相同。而在风急浪高的黑乎乎的远处,那艘捕鲸大船正向现场急扑过来。从解剖学角度看,鲸鱼的细节画得还有大可斟酌之处,但又何必去管这些呢,反正砍我脑袋,我也画不出如此精彩。

在第二幅版画中,小艇正在向一头泅着水的大露脊鲸的侧腹靠拢;它的积满了海草的肥大身躯在大洋中翻腾,犹如从巴塔戈尼亚悬崖上滚下来的一块长满苔藓的巨石。它喷的水柱粗而且直,黑得好像煤炱;你从这冒出如此多浓烟的烟囱中,可以想象底下那口大锅里在煮着多么丰富的一顿晚餐。海鸟们在啄食小蟹、贝壳和其他海里的糖果和通心粉,这些东西往往就聚积在露脊鲸的肮脏不堪的背上。这厚嘴唇的巨怪始终在深海中疾进,身后留下了成吨的白豆腐般的汹涌奔腾的浪花,使得那一叶小舟像靠近远洋巨轮的大明轮似的在波涛中摇晃。因

---

① 应为路易·加纳雷(1783—1857),他在作为英军战俘的八年间开始从事海景油画。其画作以及他在南海历险记事,在当时法国流传甚广。

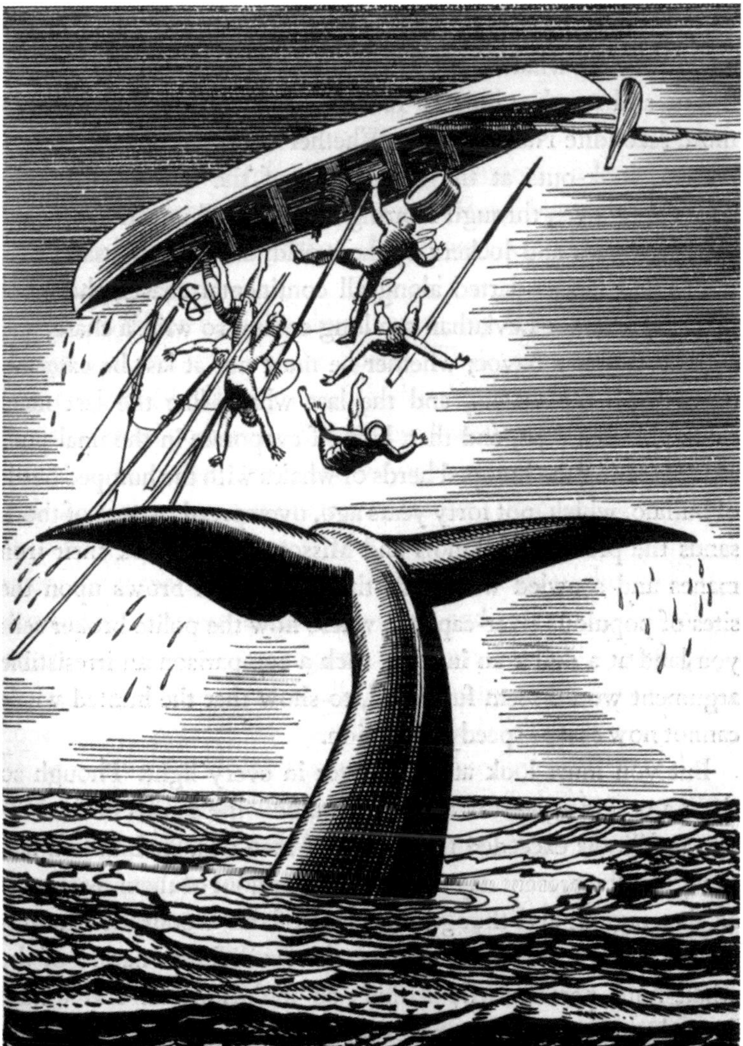

此画的前景是一场杀得天昏地暗的厮斗；而背景呢，则是大洋波平如镜，无力相助的捕鲸船上风帆垂头丧气，一头死鲸好似一座攻克的要塞般软塌塌的，了无生气，一根镖枪杆插在鱼的喷水孔里，杆上懒洋洋地飘着一面攻占者的战旗，这些在艺术上形成鲜明对比，令人叫绝。

这位画家加纳利是何许人，在世还是已故，我不得而知。不过我敢用生命打赌，他不是实地了解他画的内容，便是受了经验丰富的捕鲸人这类高人指点。法国人是描绘紧张战斗场面的好手。不信请去看看欧洲所有油画，除了凡尔赛的凯旋宫①，在哪儿你能找到如此虎虎有生气的描绘动乱的油画画廊，又在哪儿你能挤过乱糟糟的人群，一幅又一幅地观赏法国接二连三的大战场面；其中每一把战刀都闪着北极光一般的寒光，一个个手持武器的帝王奔驰过去，好似一批头戴皇冠的希腊神话中的半人半马的怪物在冲锋？加纳利的这些海战画作未尝不可在这个画廊里占上一席之地。

而法国人的那种善于抓住事物最足以入画的瞬间的天赋，在他们的描绘捕鲸场面的油画和版画中表现得尤为突出。在捕鲸上，他们的经验不及英国人的十分之一，美国人的千分之一，然而他们却为这两个国家提供了惟一足以传达猎鲸人的真精神的一些力作。大体说来，英美的捕鲸画匠似乎全然满足于画出了实际情状的外表，诸如鲸鱼的毫无神韵可言的侧面，就其传神入画的效果而言，与勾勒一个金字塔的侧面一般无二。就连名下无虚，以捕露脊鲸著称的斯考斯比，在为我们提供了一幅刻板的格陵兰鲸的整体像以及三四幅精细的独角鲸和海豚画像之后，请我们看的是一系列捕鲸艇钩、砍肉刀和四脚锚的古典版画；同时以列文虎克②研制显微镜般的辛勤复制了九十六张放大了的北极雪花晶体图，供这个打着哆嗦的世界考察之用。我无意去贬低这位出众的航海家（我把他看做一位老资格的前辈尊崇他）。但雪花既然如

---

① 法王路易·菲力普将凡尔赛宫南翼改为陈列表现各次大战的油画的画廊。小说作者曾于一八四九年十二月参观了凡尔赛宫。
② 安东·范·列文虎克（1632—1723），十七世纪最著名的显微镜学家之一。一生磨制四百块以上的透镜，最大的能放大三百倍。他是有史以来最早用透镜观察细菌和原生动物的人，一六八四年在前人工作基础上准确描述血红细胞。

此重要,他却偏偏忽略了为每一晶体取得一张格陵兰的治安推事发给的宣誓公证书,这不能不说是个疏忽。

除了加纳利的两张出色的版画之外,还有由一个自称是 H. 杜朗的人画的两张法国版画值得一提。其中一张,虽然并不是专门为我们谈鲸鱼像的目的而作,却值得从其他方面说上两句;那一张画的是太平洋上一群小岛的了无声息的正午风光,一艘法国捕鲸船停在风平浪静的港湾里,正在往船上装淡水。那松下的篷帆,背景里长长的棕榈叶子,它们都在纹风不动的空气中有气无力地耷拉着。画的效果从表现顽强拼搏的捕鲸人偶得东方式的憩息这一点来说颇有意趣。另一幅版画则大不相同:捕鲸船顶风停在大洋上,停在鲸鱼活动的正中心,旁边是一头露脊鲸;船正在靠近它,使劲曳着捕鲸索,像在靠一个埠头一般;而一艘小艇正急忙驶开这活动现场,去追逐远处的鲸鱼群。镖枪长矛平放在那里,随时可以取用;三个桨手在把桨插进桨孔;同时一个浪头突然打来,这小艇半竖立在空中,犹如一匹直立的马。船上,一头鲸鱼正在受沸水的煎熬,烟冒得像一村开着几家铁匠铺冒的那么浓。在上风头,一片乌云挟着狂风骤雨涌了上来,像是催那些已经铆足了劲的水手们加紧干。

第九十七章

谈谈油画、牙雕和木刻中的以及刻在铁板、石头、山上和星星上的鲸鱼

在塔山上,在朝伦敦码头区走下去的路上,你也许曾见到过一个短了一条腿的乞丐(或者照水手说的,"小锚人"),他面前手举着一块画板,上面画的是他如何失了一条腿的悲惨场面。画上有三头鲸鱼和三条小艇,其中一条(想来这个当初双腿齐全的主人就在这艇上)正被最前头的鲸鱼一口咬碎。人家告诉我,近十年来,这个人天天都举着这幅

画,向从不轻信的世人展示他的残肢。但是现在已经到了他说明为什么这样做的时候。他的三头鲸鱼无论如何并不见得比瓦平区①公开谈论过的哪头鲸鱼更凶残,再说他的残腿跟你所看到的西部开荒时砍剩的树桩②一般明白无误。可是这可怜的捕鲸人一天到晚、一年到头立在树桩般的断肢上,却从没有发表过一篇"树桩演说"③,而是垂着脑袋低着眼,悲苦地站在那儿,思忖自己是如何缺了一条腿的。

走遍太平洋各地,还有在南塔克特、新贝德福和萨格港④,你会遇见一些捕鲸人自己刻绘的活灵活现的鲸鱼和捕鲸场面的速写,刻在抹香鲸鱼齿上或者用露脊鲸骨制成的撑在太太们用的紧身衣胸部的骨架上,以及其他许多诸如此类的水手在大洋上航行空闲时作为消遣而用现成材料雕刻成的精巧的小玩意儿上。有些水手还有近似牙医用的小巧工具箱,专为干这种消遣解闷的活儿。不过一般说来,他们只用一把小刀子,那在水手手里几乎是万能的工具,有了它,你要什么他都能运用一个海员的想象力为你造出来。

一个人长期脱离基督教义和文明,就不可避免地回到上帝把他送到世上来时的原生状态,即野蛮状态。你们的地道捕鲸人正是如易洛魁部族的印第安人一样的野蛮人。我本人就是个野蛮人,只皈依于食人生番的国王,而且随时准备反叛他。

野蛮人在他居家时的特点之一是辛勤劳作中的出奇的耐心。一个古老的夏威夷土人的战棒或是扁平矛尖就其刻工的复杂多样和精细而论,乃是足与一部拉丁文辞典并驾齐驱的人类的坚忍不拔精神的伟大战利品。因为只要有一小块碎贝壳或鲨鱼的一颗牙齿,就可以完成一件奇迹般的繁复精致的镂空雕刻;这要花费多少年月,下多少工夫啊!

夏威夷野蛮人是如此,白种水手野蛮人也是如此。同是以令人惊叹的耐心,同是以一颗鲨鱼牙齿,水手用他的一把可怜的小刀子,就会

---

① 伦敦的一个区。这一段文字作者想是借题发挥,把地方上的恶霸土豪比做鲸鱼。
② 残肢、断腿的原文为 stump,此词本义为砍去了树干后留下的树桩。
③ 美国早期选举时,政客到处演说竞选,只要有个大树桩,便爬上去大讲一通,俗称"树桩演说"。这里又把政客比做鲸鱼。
④ 萨格港,纽约州加德纳斯湾中长岛东端。

为你雕出一件骨雕来，虽不到专业水平，但其结构之细密精巧，不亚于一个希腊的野蛮人的作品——阿基琉斯①的盾牌；它洋溢着一种原始精神和启示，使人想到那个荷兰野蛮人，一个出色的老头儿，艾伯特·丢勒②的画。

木刻鲸，或者说刻在名贵的小块深色的南海战木板上的鲸鱼侧影，常在美国捕鲸船的船头楼里看到。有的木刻刻画得很精确。

在某些有人字形屋顶的乡下宅子上，你会看到朝大路开的门上有铜制的门环，那是一头尾巴朝上吊着的鲸鱼。遇上看门人是个爱打瞌睡的家伙，那铁砧般的鲸鱼脑袋用来敲门极有分量，最是合适。不过这些负责敲门的鲸鱼极少称得上是鲸鱼的忠实代表。在一些老式教堂的尖塔上，你会看到安着用铁片做的鲸鱼风信标；不过它们高高在上，而且简直可以说是贴着"请勿动手！"的标签，你根本不敢就近逼视以决定它们形似程度的高低。

在地球上一些瘦骨嶙峋的硗瘠地区，高高的碎裂的峭壁下，平地上，散布着许多奇形怪状的岩石堆，你往往在中间可以发现部分淹没在草丛中的鲸鱼化石像，遇上大风天气，在草浪翻滚中，这部分鲸鱼便显露出来。

再说，在山区，旅行者不断地被有如古罗马的圆形剧场般的高地所包围，如果你碰巧站的地方视角合适，你会在偶然一瞥间发现起伏的山岭形成一头鲸鱼的侧影。不过你必须是个地道的捕鲸人才能看到这种景观；不仅如此，如果有一天你想再次回到这种景观中去，你必须弄清楚当时所站之处的确切的经纬度交叉点。因为当初观察山形所得只是一种偶然的遇合，要想站到原来的确切之处必须经过寻寻觅觅才能再次找到。这正如所罗门群岛一样，虽然戴高皱领的孟达纳③一度登上

---

① 荷马史诗《伊利亚特》中的英雄。
② 应为艾布莱希特·丢勒（1471—1528），德国文艺复兴时期最伟大的油画和版画家。他不是荷兰人，作者只是在打趣美国宾夕法尼亚州的荷兰移民，把德国籍（Deutsch—德文）念得和荷兰人（Dutch—英文）一词差不多。
③ 孟达纳于一五六八年费了几个月时间绘制所罗门群岛的地图，但终于放弃了殖民的念头。他第二次远航是在近三十年后，但并未到达所罗门群岛。

过,老菲格拉①曾经记叙过,可它们仍然是个不为人所知的去处。

如果你心里有着鲸鱼这个题目,仰望太空,你不难发现在繁星点点的苍穹上一样有大鲸和追捕它们的小艇的踪迹。这一点和东方各国相仿佛,它们心中想的尽是战争,于是在白云苍狗中也看到大军在战阵中厮杀的情景。于是在北方,我绕着北极星,一圈又一圈追赶鲸鱼,就凭着那些晶亮的圆点首先为我勾出的它的形状。而在南极的灿烂的天空下,我上了阿尔戈斯-纳维斯星座,参加追赶那熠熠生光的鲸鱼星座的捕猎,到了海德勒斯和飞鱼星座的边界。

用快速帆船的锚作我的马笼头的嚼子,用镖枪的木柄当马刺,我要跨上那头鲸鱼跃上天穹的顶点,去看那神话中的上天以及所有上天的那些数不清的篷帐是否真的散布在我的肉眼所看不到的地方。

第五十八章

鲸 鱼 食 料

从克罗泽群岛往东北航行,我们驶进了草原似的大片小浮游生物群,那是些黄色的小极了的小东西,露脊鲸主要就以它们为食料。朝我们四周望去,这些小生物浮游起伏,蔓延开去,不知有多少哩。我们在这生物场中航行,宛如穿行在一望无际的成熟了的金黄色的麦田里。

第二天,发现了一批露脊鲸;这鱼群,似乎知道像披谷德号这样专捕抹香鲸的船不会对它们下手,大张着嘴,懒洋洋地游过这些小生物场。小生物经过鲸嘴中奇妙的百叶窗般的牙齿缝,与在鲸唇边流走的海水分开了。

早晨的刈草人,他们向着近乎沼泽的草原上的又长又湿的草挥动

---

① 西班牙的"有学问的医生"苏瓦雷兹·德·菲格拉著有《孟达纳的航行史》,1613年出版于马德里。

他们的镰刀,肩并肩地缓缓前进;那些海怪呢,更是如此,它们一路游过去,造成一种奇特的像是割草一般的声响,在它们身后留下一道黄色的海中望不见尽头的蓝色长条。①

然而使人竟然想起刈草人来的仅是它们在吞噬着小生物时所造成的声响。从桅顶上望下去,特别是在鲸鱼停下来一动不动那一阵子,它们的黑色的躯体比什么都更像一大块一大块没有生命的岩石。这正如在印度的大片狩猎地上,外来客有时会在草原上隔一段距离走过那些横卧着的大象而不知它们是大象,还以为是光秃秃的变黑了的土堆;那些初次见到这一类大海怪的人往往更是如此。即使最后认清了,它们的无比巨大的体躯也使人难以相信:长得如此魁伟的东西居然在各个部位生来就有某种像狗或马身上一样的生命。

事实上,在其他方面,你很难用看待陆上生灵的同样的感情来看待任何海底的生灵。尽管有些老博物学家一口咬定,说所有陆上的生灵和海底的属于同一种属;尽管用一种笼统、一般的眼光来看,事情可能真是如此;然而一说到具体的则又不然。比方说,海洋里哪有像狗那样秉性聪明善良的鱼? 只有那该死的鲨鱼可以说在任何一般的意义上同狗比较起来都有相似之处。

不过,尽管普通陆地上的人从来都是孤芳自赏,而以一种难以言宣的厌恶的感情来看待居住在海洋中的生物;尽管我们都知道海洋永远是个未知的领域,以致哥伦布航行了无数不相识的世界才发现了他的一个表面上的西方世界;尽管自古以来所有的大火大难绝人多数都不分青红皂白落在千百万到海上去谋生的人身上;尽管只要稍为想一想便可以明白:不管幼稚的人如何大言不惭地谈他的科学技术,不管在个称心如意的未来,科学技术可能如何发扬光大;而海洋始终将侮辱杀戮人类,粉碎人类所能制造的最有气派最为坚固的船只,直到末日来临。然而这些印象的不断重复使人类丧失了对海洋的那种与生俱来的

---

① 这一带海域被捕鲸人称之为"巴西水下沙洲",但它之所以被称为水下沙洲并不如纽芬兰水下沙洲那样,因为那是浅水,是测锤可以到达海底的地方。前者则是因为它的引人注目的草原一般的外貌,这是由于大批浮游物不断地聚集到这块地方所致。于是捕鲸船常在此处猎捕露脊鲸。——作者注

诚惶诚恐的感觉。

我们从书上读到的第一条船①就是漂游在被一种葡萄牙人的报复心②淹没了全世界、连一个寡妇也不剩的海洋上。这同一海洋今天依然波涛滚滚,这同一海洋毁掉了去年遭难的船只。是啊,愚不可及的俗人哪,诺亚的洪水至今未退,它至今还占有这美好世界的三分之二哩。

发生在海洋上的奇迹并不就是发生在陆地上的奇迹,海洋与陆地的不同究竟在哪里呢?当可拉和他那一伙人③脚下的土地像活了似的张了口,从此将他们永远吞没时,难以想象的灾难降临到希伯来人头上;然而时至今日,这活生生的海洋把船只连同船员一块儿吞下去的事情仍然和日落一样每天发生,与诺亚时代一般无二。

海洋不仅对异族的人类是大敌,便是对它自己的子孙也是个罪大恶极的魔头,比那个谋杀自己的客人的波斯主人④还坏;它连自己生下的子孙也不放过,犹如那凶残成性的母老虎在丛林中跳跃腾挪中把自己生的小虎压死;同样,大海也会把力大无穷的鲸鱼冲去撞到岩石上,让它们暴尸在失事的船只的残骸旁边。它不受任何怜悯之心,也不受任何它自己的威力之外的其他威力的支配。这没有主宰的海洋像一匹失去了马背上的主人,呼呼喘着气,喷着鼻子的战马,在全球横行无忌。

想一想海洋有多狡诈吧:它如何让最最令人害怕的生灵在水底下活动,大部分时间不让人瞧见,别有用心地隐藏在蔚蓝色这种无比可爱的颜色之下。再想一想海洋的许多最最残忍的部族偏是出落得色彩缤

---

① 指《圣经·旧约·创世记》中所载的大洪水以及上帝命诺亚造方舟以避洪水的故事。
② 作者指的大概是葡萄牙当年干的从非洲的刚果和安哥拉贩运黑奴的买卖。英国的禁运并未能使黑奴贩运者罢手;直至十九世纪四十年代末,这一买卖始终兴隆不衰。据称西非达荷美一处的黑奴贩运专营税一年达三十万英镑。运抵巴西各口岸的黑奴一年即达五万名。
③ 《圣经·旧约·民数记》第16章32节:摩西刚说完话,他们(反叛摩西的可拉和他那一伙人)脚下的地就开了口,把他们和他们的家眷,并一切属可拉的人丁、财物都吞下去。这样,他们和一切属他们的,都活活地坠落阴间。
④ 据希腊历史学家希罗多德所著《历史》第3卷120—125节:古波斯地方长官奥罗埃底斯把萨摩斯的暴君波利克拉底斯诱来大陆,然后在十字架上处死。

纷,美得眩人心目,例如许多种鲨鱼就把自己打扮得好不漂亮。再进一步想一想,海洋中生灵同类相残,到处莫不如此;自有这世界以来不是你吃我,就是我吃你,始终进行着一场永无休止的战争。

想过了这一切之后,再来看看这个青翠、温和而无比柔顺的大地吧;海洋和陆地,把两者都想一想,你难道没有发觉这与你内心的某种东西出奇地相似吗?因为正如这惊心动魄的海洋包围着这翠绿的陆地一样,人的心灵中也有一个塔希提式的岛屿,洋溢着和平与欢乐,然而它的四周尽是这个似熟悉又不熟悉的生活中的一切恐怖。上帝保佑你们!千万别离开那个岛屿,一离开,你就再也回不去了!

第五十九章

鱿　　鱼

披谷德号缓缓驶过浮游物的草场后,继续朝着东北方向,奔爪哇岛而去。和风推动着船身前进。在这种宁静的环境中,它的三根高而尖的桅杆随着懒洋洋的微风轻轻摇摆,有如一片平原上三棵柔顺的棕榈树。然而在那些银色的夜晚,每隔一大段时间,人们仍会看到那孤零零的诱人的鲸鱼喷水。

可是一天早晨,天空一碧如洗,海面上尽管不显得死气沉沉,却是风平浪静,近乎异常。太阳在水面上洒下一道铮亮的阳光,像是搁上了一根金手指,嘱咐大海要严守秘密,海浪则像穿上了拖鞋,轻轻往前跑,彼此说着悄悄话。就在这目光所及之处万籁无声中,达果从主桅顶上看到了一个怪异的鬼魅。

远处,有雪白的一大堆懒懒地升起,越升越高,终于摆脱了蔚蓝色海面,犹如新从山上滑落下来的崩雪,在我们的船头前闪着亮光。这样亮了一阵之后,它又同样缓缓地沉下去,没了顶。随后再一次上升,寂静无声地放光。达果心想,这看来不像是一头鲸鱼;可会不会是莫比·迪克呢？然后这个鬼魅又沉了下去，可是等到它又一次现身时，它发出一声尖厉的叫喊，把打着盹的每一个人都吓了一跳，那个黑人喊道——"瞧！它又来啦！它跳出海面来啦！就在前边！是那白鲸！白鲸！"

水手听了他的话都冲到桁臂那儿，活像放蜂时蜜蜂纷纷飞向花丛。埃哈伯在烈日下光着脑袋，站在牙樯上，一只手在背后伸得老远，准备挥手向舵手发布命令。他的眼光急切地盯着在高处的达果伸出的一动不动的胳膊所指的方向。

这单独一头鲸鱼无声无息地喷水是不是一步步地对埃哈伯产生了影响，因而使他此刻已打算把这温和安闲的印象跟他要追杀的那一头鲸鱼的初次照面联系了起来；不管是否如此，不管他的急切心情是不是使他忘乎所以；不管到底是什么原因，反正一见到那雪白一堆时他飞快地狠狠一挥手，下了放小艇的命令。

四条小艇很快放到了海上；埃哈伯的小艇打头，大家一阵风似的扑向他们的猎物。不一会儿，它沉了下去；于是各艇都停了桨，我们等着它再一次冒头。嘿！就在它沉下去的地方，它又一次慢慢露头啦。一时间大家都几乎忘了它是莫比·迪克的所有念头，一齐眼睁睁望着一向严守秘密的海洋向人类迄今为止所展示的最为奇异的景观。稠糊糊的、乍看是奶黄色的一大堆浮在水面上，纵横有好几浪①，它从中心向四面八方伸出无数长手背，时而卷拢，时而扭曲，活像一窝南美蟒蛇②在盲目地去抓任何能抓到的倒霉的生物。它没有认得出来的脸或前身，它不像任何可以设想的有感觉或本能的迹象；它只是在随着波涛起伏，一个非人间所有的、无定形的、随机应变的、有生命的鬼魅。

它发出一个低沉的像是吮吸的声响，然后又缓缓沉下水去。斯塔勃克还盯着看它下沉处波动的水面，狂叫起来："我哪怕碰上了莫比·迪克，跟它交手，也不想看到你，你这个白色鬼魂！"

---

① 英国旧时长度单位。一浪等于八分之一浬。
② 南美蟒蛇中最长的可达三十呎。

"它究竟是什么,长官?"弗兰斯克问。

"那是活的大鱿鱼。听人说,捕鲸船万一看到了它,少有能回到家乡港口来讲它的。"

但是埃哈伯一声不吭,让他的小艇掉过头来,回到大船边;其余的艇子默默地随在后面。

凡是捕抹香鲸的人遇见这东西,不管心存什么迷信,有一点是确定无疑的,那就是:见上它一眼是如此不寻常,以致事情发展到了把它看成是祸事的前兆的地步。尽管大家异口同声地说它是海洋中最大的活物,然而由于难得一见,对它的本性和模样,连个最最模糊的概念都很少有人说得上来。虽说如此,大家认为它是抹香鲸的惟一的食料。因为虽然其他种类的鲸鱼都在水面上找寻食物,人从而可以看它们如何进食;抹香鲸却在水底下不知什么地方取得它的全部食料,因此谁也只能想当然地说这食料究竟是什么。有时让人追得急了,它会吐出一支支估摸是鱿鱼的断臂来,有些吐出来的断臂有二三十呎长。大家猜想,有这些长臂的怪物平时就用它们紧攀住海底不放,而抹香鲸呢,它和其他鲸鱼不同,有牙齿可以用来袭击并撕裂鱿鱼。

看起来,我们有一定根据来设想庞托辟丹①主教笔下的大克拉根可以最终就归入鱿鱼一类。这位主教讲它如何时升时沉以及其他种种具体情状,与鱿鱼颇为一致。不过他把克拉根说成如此一个庞然大物,对此必须大打折扣。

根据某些听到过有关这里讲的这种神秘生灵的含糊其辞的传说的博物学家的看法,这生物应归入乌贼一类,的确,以某些外表而论,它似乎应当如此归属,只不过它是这一种族中的阿纳克巨人②。

---

① 埃力克·庞托辟丹是挪威卑尔根的主教,他在所著的1752年出版的《挪威博物志》中首次提到克拉根这种最大的鱼,说它的脊背"或者说它的上部的周围有一哩半长(有人肯定地说比这还长),看上去像一群被漂浮着的海草似的东西包围着的小岛。"

② 《圣经·旧约·民数记》第13章33节:我们在那里看见阿纳克族人,就是伟人,他们是伟人的后裔。

第六十章

曳 鲸 索

要描写后面就会写到的捕鲸场面，也为了使大家对于在其他地方所写的一切类似场面了解更透彻些，我在这里必须讲一讲那根神奇的有时简直可怕的曳鲸索。

原来捕鲸业中用的曳鲸索是用上等大麻做的，上面薄薄喷上一层柏油，而无须像一般索子那样在柏油中浸透；因为平常用的柏油使大麻在编索子的人手里较为柔软，使水手在船上使用索子时更为方便。在曳鲸索上施上通常那么多的柏油会使索子变得僵硬，到了必须收时难以卷紧。可是大多数海员现在已经开始明白：一般说来，柏油并不能使索子更为耐用或结实，不管它如何能使索子紧缩而有光泽。

近年来，在美国捕鲸业中，马尼拉索子几乎已完全代替了大麻作为曳鲸索的原料；因为马尼拉索虽然不如大麻经用，却更结实、柔韧而有弹性；我还要添一句，既然在一切事物中都有个美学问题，马尼拉索就比大麻在捕鲸艇上显得漂亮和匹配得多。大麻像是个肤色深的倒霉鬼，跟印第安人差不多；马尼拉索看上去则是金色头发的白种人。

曳鲸索只有三分之二吋粗。乍看起来，它不像实际上那么结实。实验证明，拧成它的五十一股绳，每一股都能吊一百二十磅重的东西；这样算起来整根索子吃得住近乎三吨的重量。要说长度，普通曳抹香鲸的索子大约有一千二百多呎长。它被一圈圈盘紧放在艇艄的桶里，不过它不像蒸馏器里的蛇式管那种绕法，而是把它盘成一个个圆的像奶酪似的紧叠起来的"绞缆轮"，或者说一层层螺旋形的往上盘，除了个"芯子"不留任何空隙，或者说一团奶酪中间加一根直立的细管子作为轴心。在索子往外撤的当儿，如果当初盘时稍有散乱绞缠现象，那就准保会把哪个人的胳膊、腿甚至整个身子拉走；所以在把曳鲸索收藏到桶里时,大家都是提心吊胆,以防万一。有些镖枪手会花上几乎整整一上午干这活儿,先将索子提得老高,然后经过一个辘轳往下朝桶里盘;这样盘时索子就不可能绞缠扭结。

英国的捕鲸艇里装两只桶,而不是一只;同一根索子盘满了一只桶接着再盘第二只。这样做有它的好处;因为用双桶,桶就小,容易安放在艇子里,艇子也不吃紧;美国桶则不然,它的直径有将近三呎,高度也就相应增加。这对船板只有一吋半厚的小艇未免有些不堪负担;因为捕鲸艇的底有如一层薄冰,只要把装的东西的重量匀开了,它就能承受重压;要是重量集中在一处,它就难以承受。一只美国曳鲸索桶蒙上了镀漆的帆布以后,艇子就像是拉着一个奇大无比的结婚蛋糕要去送给鲸鱼。

曳鲸索的两头都露在桶外;下端打一个活结,然后从底部贴着桶边往上伸,挂在桶边上,和任何东西都无关联。这一头必须如此安排有两重原因。第一,好同近旁另一艘艇子上的曳鲸索系在一起;万一中了枪的鲸鱼沉到海水最深处,会把系在镖枪上的整根索子带走。在这种情况下,鲸鱼自然会像一大杯浓啤酒一样,在两艘艇子之间靠过来靠过去地移动,虽说领头的艇子总会守在附近随时好帮上同伙一把。第二,这种安排对于共同安全是必不可少的;因为如果把索子的底下一头用任何方式同艇子拴在一起,那么万一鲸鱼在几乎抽一袋烟的工夫中把索子拉到了头(它有时候真会这样做),它绝不会就此打住,此时小艇便大难当头,必定无疑会被鱼拖到海底。到了那时候,由你怎么大呼小叫,也叫不回它来。

在小艇放下去猎捕鲸鱼之前,曳鲸索的上端被人从后艄的桶里拉出来,在艇尾圆柱绕一圈,再往前拉过全艇,交叉绕在橹柄和每一个人的桨柄上,这样划桨时索子就会轻轻蹭着桨手的腕子,在叉开对坐在两边的人中间穿过去,直到艇艏尖端,那儿有个包上铅皮的导缆钩或槽,插有一根普通鹅毛笔大小的木杆子以防索子滑脱。通过导缆钩它带点装饰性地兜过艇头又回到小艇里。大约有六十至一百二十呎的索子盘在艇头的箱子上(就称箱索),接着再顺艇舷往后艄走一点儿,这才接在那根连着镖枪的短索子上。在两者接上之前,那短索子还有一些零七八碎的古怪名堂,这里不一一赘述。

就这样,曳鲸索东一绕西一弯地把整个小艇盘在自己怀里,四面八方几乎都照顾到了,真是花样百出。所有桨手都被牵涉进这危险的布局里;在外行的陆上人眼里,他们好似那些变戏法的印度人,四肢上盘着一些最毒的毒蛇,作为有趣的装饰。随你是哪个寻常妈妈的儿子,只要生平第一遭坐到这麻绳的迷魂阵中,在下死命扳着桨的当儿,心里在想:谁知那支镖枪会在哪一刻投出去,所有那些可怕的圈套都会像闪电一般动起来;他处在这种情况下能不全身发冷,从骨子里像一只被惊动了的水母一般打哆嗦?然而习惯这怪东西!又有什么是习惯所办不到的呢?——你在日常餐桌上绝听不到像在一吋半厚的白杉木的捕鲸艇上,已经给刽子手套上绞索的人口中说出的如此快活的俏皮话,如此嘻嘻哈哈的打闹,如此精彩的玩笑以及如此敏捷的对答;而当时小艇上这六个水手完全可以说是正在往死神的血盆大嘴里送,每人脖子里都套着根绞索,好像站在爱德华国王面前的那六个加莱市民①一样。

如今我们也许只要稍为想一想就可以明白,为什么会频繁发生捕鲸时这一个那一个被曳鲸索拉出艇子丧了命的灾难,其中极少有人偶然有所记叙。因为当索子随枪投出时人坐在艇子里跟坐在开足马力的蒸汽发动机的各种轰闹声中差不多;此刻,每一支矛、枪或轮子都擦着你身子飞出去。事实上情况比这还糟,因为处在这样危险的中心,你哪能纹丝不动坐着;那艇子正像摇篮似的晃来晃去,你呢,随着它猝不及防地东摇西摆。你只能凭着某种自行调节的浮力和同时产生的意志力和行动,才不至于落得一个马泽帕②的下场,不至于沉沦到无所不照的太阳也照不透的地方去。

再说,显然只能是暴风雨的前导和预告的万籁无声的宁静也许比

---

① 法国诗人和宫廷史官让·傅华萨(1333?—1400)所著《见闻录》所记:英法百年战争中,一三四六年英王爱德华三世攻占了法国西北部港口城市加莱后声称,如该市市长和另五位当地名人出来就死,则全城可免遭涂炭。于是六人光着脚,只穿衬衣,颈中各套一根绞索,来到爱德华面前;王后菲力帕得知,出来说情,救了他们的命。

② 英国诗人拜伦的长篇叙事诗《马泽帕》中的主人公,一个确有其人的波兰贵族。他与另一贵族的妻子相爱,被对方发现,将他剥去全身衣服绑在一匹野马背上。野马驰过森林河流,回到了它的故乡草原上,终于力竭倒毙。马泽帕则为乌克兰人所救。

暴风雨本身更为动魄惊心;因为这宁静无非是暴风雨的封套和包装,它本身犹如那看来无害的来福枪包含着致命的火药和弹丸以及最后的爆炸。当曳鲸索在实际发挥威力之前,它静静地蛇似的盘绕在桨手们身上,显得恬静悠闲,而这正是它较之这项危险活儿的其他方面更为真正可怕之所在。但是,还多说些什么呢?所有的人都生活在曳鲸索的包围中,人人都生来脖子里就有根绞索;而只有到了突如其来的生死关头,凡夫俗子才会领悟生命中那无声无息、无时无刻不在的微妙的危险。你要是位哲学家,你就算是坐在捕鲸艇里,心底里感到的恐惧也不会比黄昏坐在壁炉前面,身边放的是根拨火棍而不是镖枪时多上哪怕是一丁点儿。

第六十一章

斯德布宰了一头鲸鱼

如果说,在斯塔勃克眼里,那鬼魅般的鱿鱼是件预兆不祥之物,那么,在季奎格眼里,它却是个大不相同的东西。

这位蛮子在吊起的艇子头部磨着他的镖枪,一边说:"你只要一见那求(鱿)鱼,就知道马上就要看到马(抹)香鲸啦。"

第二天天气十分宁静郁热,由于没有特别的事可干,披谷德号的水手实在难以抵挡这茫茫大海引起的睡意。因为我们当时正航行在印度洋的一片不是捕鲸人所谓的有活儿可干的地方,也就是说,这儿比拉普拉塔河口或者秘鲁沿海港湾里那些渔场更难见到小鲸、海豚、飞鱼以及那些较为忙碌的水域里的其他活跃分子。

这时该我值前桅顶的班;我两肩靠着松开的最上面的护桅索,无所事事地、身子好似着了魔地摇来摆去。我陷在一种似梦非梦的境地中,失却了一切意识,更缺乏任何抵制这种心情的定力,终于我的灵魂出了窍;尽管我的身子还像钟摆似的摇摆着,最初使它摇摆的那种力量早已消失了。

在我自己进入一种物我皆忘的状态之前,我已经注意到站在主桅和后桅顶上的海员都已昏昏欲睡。就这样,三个人末了全都毫无生气地挨着那些桅杆摇晃;我们每晃一次,下边那个睡得死死的舵手就点一下脑袋。海上的浪也懒洋洋地点着它们的脑袋。整个汪洋大海都昏昏沉沉,东方向西方点着脑袋,高高在上的太阳也是一样。

突然间,我的闭着的眼睛底下似乎有无数气泡在迸裂,我的一双手像钳子一般抓紧护帆索,有一股无形的好心的力量挽救了我;我心里猛一惊,醒了过来。嘿!只见在离我们船的背风面不到二百四十呎的地方,一头巨大的抹香鲸正在水里像一艘底朝天的快速帆船似的滚动,它的阔大油亮的黑色脊背在太阳光下像一面镜子似的闪光。然而它把大海当做它的一条卧槽,懒洋洋地在其中起伏,时不时地安然喷着水雾,活像一位发福的乡绅在一个温暖的下午抽着他的烟斗,不过你这可怜的鲸鱼呀,这是你抽的最后一斗烟啦。此时,这条睡意蒙眬的船以及船上每一个睡着的人仿佛经法师的魔杖一点,猛一下都惊醒了。就在这大鱼缓缓地有规律地向空中喷射闪闪发亮的海水时,有二十多个人从船的各处和桅顶三个人同时喊出了那惯常的呼号。

"放下小艇!贴风行驶!"埃哈伯喊道。按着他自己的命令,他抢在舵手转动舵轮柄之前已经放下了舵。

水手们这一声陡然的呼叫准是惊动了那头鲸鱼,它趁小艇还没有放下之时便大模大样地掉头游到下风头去了;而它走得是如此安详,游时很少造成水波,以致埃哈伯以为它至今没有受惊动,便发出命令,一支桨也不许用,谁说话都得小声。大家都像安大略的印第安人一般坐在各艇舷沿上,迅速但静悄悄地用桨板划水前进。这安静不允许我们把不发出声息的帆张起来。哪知道,就在我们这样顺水滑过去追它时,这怪物却笔直地把它的尾巴翘到空中有四十呎高,然后像一座宝塔被吞没似的沉到水下不见了。

"鱼溜啦!"有人喊起来,紧接着这一声宣告,斯德布掏出火柴,点着了他的烟斗,因为这时已经允许大家休息。那鲸鱼经过了好长一段沉水时间又浮了上来;此时它就在抽着烟的斯德布的艇子前面,离它比任何其他小艇都近。斯德布已是指望着逮住鲸鱼立功还船。这一刻,鲸鱼显然终于觉察到了有人在追捕它。一切小心翼翼的噤声都用不着了。大家放下了桨板,哗哗地扳起长桨来。斯德布嘴里继续喷着烟,一边给他的水手鼓劲,发动攻击。

果不其然,鲸鱼的态度大变样啦。它深知自己已经落入危急境地,开始露出了"头游";露出的部分从它嘴里吐出的乱纷纷的泡沫斜探出来①。

"伙计们,赶着它,赶着它!你们自己沉住气;慢慢来——不过要赶着它,像电闪雷鸣一般赶着它,这就行啦,"斯德布喊道,一边说话,一边嘴里噗噗地喷着烟,"赶着它,桨要扳得时间长。使足了劲。塔希特戈,赶着它,塔希,我的好小子——大家都要赶着它,可是要沉住气,沉住气,要像一条黄瓜②。不要慌张,只需没命似的赶它,伙计们;要叫死尸从坟墓中笔直竖起来一样赶它就行——只要赶它就行!"

"哦——嗬!哎——嗨!"那打盖海德来的家伙用这尖叫声回答他,把印第安人当年交战时的呐喊声叫个惊天动地;于是随着那个劲头上来了的印第安人带头把桨使劲一扳,这条处于紧要关头的艇子里每一个桨手都不由自主地往前一冲。

谁知尽管他喊得凶,别的艇子叫的可一点儿也不弱。"嗨——嘻!嗨——嘻!"达果嘴里叫着,身子在座位上前冲后倒地使着劲,像在笼子里来回走的一头猛虎。

"卡——啦!咕——噜!"季奎格在吼,嘴唇喷呀喷的好像在嚼着一口美味鱼排。这样,就任于扳着桨,嘴里不断呐喊声中,小艇破浪前进。同时,斯德布站在艇艄原地不动,还在给他的水手鼓劲往前冲,一边嘴里始终喷着烟。大家犹如一群亡命之徒出着死力划船,末了,终于

---

① 以后在别处你们可以知道抹香鲸的硕大无朋的脑袋的整个内部是些非常轻的物质。表面看来,似乎它是全身最大最有分量的部分,其实它在全身中最轻飘。凭着这点,它可以不费力地把头伸向空中,而且当它以最快的速度游行时,它总是把头伸到空中。此外,鲸鱼脑袋前部的上半极其宽阔,下半则越往前越尖,这样的长相利于破水前进。因此它把脑袋斜探到空中以后,可以说是它把自己从一条船头阔大,行动迟缓的渔船变成了一条纽约港里的尖头领水艇。——作者注

② 这是因为英语中有"冷静得像根黄瓜"的说法。

等到了那声一直等着的口令："塔希特戈！站起来！——投枪！"镖枪投了出去。"全往后退！"桨手们倒划着水。就在这一刻，每个人的腕子上只觉得有什么热乎乎的咝咝拉拉擦着过去了。是那根有魔法的曳鲸索。在这一刻之前斯德布飞快地抓住机会又在圆柱上多绕了两圈；由于索子越来越快地转，麻绳直冒青烟，和烟斗里不断吐出来的一股股烟混在一起。索子一圈圈地松出去，它在松到最后之前，擦着斯德布的双手蹿出去，使手火辣辣地痛；那两手各有一块遇上这种时候就垫在手里，中间絮着棉花的帆布，此时一不小心掉了。这一掉，双手犹如握住了敌人的一把双刃快刀，刀锋割着肉，而敌人一直在使力要把刀从你手里夺回来。

"给索子泼水！给索子泼水！"斯德布向坐在桶边的桨手叫，那桨手一下摘下自己的帽子，兜了一帽子海水①。索子又出去了好几转，已经到了再无可转的地步。此时，小艇已经像一条满身都是鳍的鲨鱼劈波斩浪飞也似的前进。斯德布和塔希特戈俩人对换了位置——在艇头的和艇艄的对换——在这颠簸摇摆的大混乱中办到这一点简直令人瞠目结舌。

从这条不断抖动的曳鲸索在小艇上部绷过全艇这一点看，再从索子绷得紧过大提琴弦这一点看，你还以为这艇子有两道龙骨——下面一道破浪向前，上面一道破空飞去，它既在空中又在水面冲刺，艇艄有一道小小瀑布不停泻下，艇艄拖着一道不断地转的漩涡；只要艇内有人稍稍一动，哪怕一根小指头动一动，这浑身跳动咯咯作响的小艇便会随着那抽风似的舷侧过去，兜底朝天翻到海里。他们就是这样往前冲，每个人都用尽全力贴着座位不动，不让自己被抛到浪沫里；掌着舵桨的高大的塔希特戈俯下身子，几乎折成两半，以便使自己的重心尽可能地低。他们箭也似的一路射过去，似乎已越过了整个大西洋和太平洋，直到后来，鲸鱼终于松了劲，逃得再没有那么快了。

"往里收！往里收！"斯德布冲前桨手叫道。大家转过脸望了望那

---

① 这里不妨提一提（部分是为了说明泼水这一举动必不可少）：当初在荷兰捕鲸业中是用一个拖把洒水，洒在被拉出去的曳鲸索上；在其他许多船上，则用一小水桶或水斗，专放一处备用。不过，最方便的莫过于你自己的帽子。——作者注

头鲸鱼,开始让艇子靠拢它,而同时小艇还在被它拉着朝前走。不一会儿,小艇靠近了它的侧腹,斯德布用膝盖抵住了那粗笨的系缆角,把鱼枪一支接一支地向这头飞逃的鱼投去。全艇人听着口令,时而往后退,躲过大鲸可怕的翻滚折腾,然后再靠上去再投一阵子枪。

此时,血水从这海怪周身各处犹如泻下的山泉一般喷出来。它的受折磨的躯体不是在海水而是在血水中滚动,这红色的水像开了锅似的沸腾,吐着沫子,伸展在后面有好几浬长。斜阳照在这潭殷红的海水上,把反光投在每个人的脸上,大家的脸上便泛出红光,活像红种人。就在这同时,鲸鱼的喷水孔里一直在痛苦地喷着一股股白烟,那位首领则兴奋得嘴里一口又一口猛吐着香烟。他每投出一支鱼枪后立刻拉着枪上的索子往回收,这时枪杆都已弯了。斯德布一次次把枪杆在舷沿上急急地敲几下,将它弄直,再一支支投到鲸鱼身上。

"往回收——往回收!"他眼看着那泄了气的鲸鱼再也发不了威了,这时又冲着前桨手嚷。"往回收——靠拢它!"小艇于是向鲸鱼的一侧靠拢。斯德布在艇艏老远探出身子,慢慢地把他的又长又锋利的矛戳进鱼身,也不拔出来,只是小心地在鱼身里绞了又绞,仿佛那鱼吞了他一块金表,他现在正用枪在细心探测表在哪儿,可又怕在掏它出来之前把表捅坏了。其实他要的这只金表是鱼的性命。而如今它已命在顷刻。因为从它开始昏迷到目前这无以名之、只能叫做"最后的折腾"的过程中,这怪物在它的血水里可怕地翻滚,用密不透风、暴怒似的沸沸扬扬的浪沫把自己包裹起来,弄得处于危急关头的小艇即刻往后退,漫无目标地挣扎了一阵,费了好多手脚才脱出了那天昏地暗的疯狂境地,回到了大天白日的清新空气之中。

到了此刻,鲸鱼折腾得已渐渐没有了力气,于是又一次翻上来让大家看个明白。它辗转反侧,喷水孔一抽一抽地时而扩张,时而收缩,发出尖厉的、仿佛有什么东西迸裂似的痛苦的呼吸声。最后,一注注凝结成块的鲜血直射到空中,像是红葡萄酒的紫色渣滓,然后落下,顺着它的一动不动的两侧流到海中。它的心脏崩裂了!

"它死啦,斯德布先生。"塔希特戈说。

"是啊,两只烟斗都灭啦!"于是斯德布取出了自己嘴里的烟斗,把烟灰叩在水面上,然后眼望着他一手造成的硕大无朋的尸体,站着出了一会子神。

第六十二章
鱼　　枪

前一章里有件小事要交代几句。

按照捕鲸业中不变的惯例,小艇一旦离开了捕鲸船,首领或者说宰鲸人就是临时掌舵人;而镖枪手或是系鲸人就负责扳前桨,大家管它叫镖枪手桨。朝着鲸鱼投第一枪的人必须长一条既有力气又有勇气的臂膀;因为那叫做长鱼枪的死沉的家伙一扔,往往要扔出去二三十呎远。而不管这场追捕时间有多长,有多么费劲,镖枪手必须同时使足了力气扳桨,甚至可以说,要求他给大家立一个干活力大无穷的榜样,不但要桨划得出神入化,还要号子喊得勇猛响亮,要喊个不停。一边直着嗓子不断叫喊,一边全身肌肉绷紧得快要脱骨似的,那是个什么味儿,除了那亲身试过的人谁也说不上来。以我这个人来说,我就不能同时大声喊叫又没命地干活儿。在这种喊着干着的情况之下,背对着鱼,这个声嘶力竭的镖枪手猛地听得一声激动的口令:"站起来,把枪投出去!"他这时得放下桨,把它拴好;然后转过身子,侧身向着中央,从支架上一把抓起镖枪,用他剩下的一点力气把枪投到鲸鱼身上。难怪把整个船队的捕鲸人作为一个总体,如果有五十个投枪的好机会,命中的到不了五个。难怪有那么多的镖枪手挨人咒骂,降级;难怪其中有些人在艇上血管爆裂而死;难怪有些捕抹香鲸的人离家四年,回来只分到四桶鲸油;难怪对许多船主来说,捕鲸只是一宗赔本生意;原因在于出海值不值得全看镖枪手怎样,如果你事先耗尽了他的力气,到了最需要他出力的当儿,你哪能指望他还有力气可出呢!

再说,如果枪投中了,而在第二个紧要关头上,也就是鲸鱼开始逃跑的当儿,艇长和镖枪手同样也开始艇前艇后地跑,冒着就在眼面前自身的、也是其他每一个人的风险。他们对换位置也是在这一刻;此时首领,也就是这小船的头一把手站到了船头他应站的位置上。

然而,所有这一切都是愚蠢的,不必要的;谁对此表示反对,我都不在乎。首领自始至终应该在艇艄;他应该投掷镖枪和长矛,谁都不该要求他去划船,除非出现哪个渔夫都一看就明白的情况。我知道这样办有时会在追捕的速度上有所损失;但是国籍不同的捕鲸人的长期经验使我深信:捕鱼业中的绝大多数的失利,绝不是由于鲸鱼逃离的速度,而是以上所描述的镖枪手的气力耗尽所造成的。

要想保证投枪取得最大的效果,这世界上的镖枪手们必须在纵起身来投掷之前处于一身轻松的状态,而不是出力干着活儿。

第六十三章

支　　架

树枝是从树干上长出来的,枝丫是树枝生的;小说的一章又一章是从大有可谈的话题中生发出来的。

前一页上提到的支架值得单独来谈一谈。它是一根大约两呎高、中间分叉、形态特别的柱子,是笔直插在靠近艇艄的右舷船沿中,为的是好搁镖枪木柄的一头,光秃秃、有倒刺的另一头斜放着探出在艇艄外面。这样投枪手可以随手从支架上拿起这武器就使,像乡下人从墙上摘来福枪一样方便。通常做法是两支镖枪搁在一个支架上,俗称头枪和二枪。

然而这两支枪各有自己的绳子和曳鲸索相连,其目的在于尽可能把它们一支紧接一支投向同一鲸鱼;这样,在投中后往回曳时万一一支拉脱了,还有一支留在鲸身上。这是一种双保险的做法。不过常常有下面这种情况:鲸鱼挨了第一枪以后即刻开始抽风似的拼命逃窜,这时哪怕镖枪手出手犹如闪电，也难以投中第二枪。然而由于二枪早已和曳鲸索连好，而索子是在往前走的，因而这一枪不管怎么投，不管投向何处，反正得投出船去，这在意料之中。否则艇上所有人手都得遭大难。在这种情况之下，那就是被索子拉扯到海里。由于桶里盘得有备用长度的索子，因此镖枪手弄得好能连投两枪；然而在这生死攸关的一击再击之中，未始不包含着出人命的最最悲惨的风险。

尤有甚者，你必须明白二枪投出船去之后，它从此便成了晃荡着的锋利的威胁，它像一匹惊马腾跃在艇子和鲸鱼两者之上，使索子乱成一团，或是将索子切断，闹得鬼哭神号，对人人都是一场无比的惊吓。这时，要想将二枪收住，一般说是不可能的了，除非鲸鱼已是基本上到手，成了一具尸体。

说到此处，再请大家想想：如果四条艇子一同围攻一头不同寻常地强壮、勇猛和机灵的鲸鱼，那又是个什么景象。由于它强壮、勇猛、机灵，由于干这么一桩不要命的买卖随时可能发生的数不清的事故，在鲸鱼四周说不定同时晃荡着八支到十支没有着落的二枪。因为如果头枪没有掷中，又收不回来，每一艘艇子都还有好几支镖枪可以系到索子上去。所有这些细节，我在此处都做了详实的交代；了解了这些，遇上以后描写的场面中好几个十分重要却又异常复杂的段落，读者便可以看得明白了。

第六十四章

斯德布的晚餐

斯德布的那头鲸鱼是在离船相当远的地方被杀死的。当时风平浪静，我们三艘小艇前后连成一列，开始慢慢地把这件战利品拉回到披谷德号。我们十八条汉子，三十六条臂膀，一百八十根大小手指，一小时又一小时地缓缓对付着这死气沉沉、躺着不动的尸体。费了很长时间，它似乎才勉强挪动一下;由此可见,我们所运的鲸鱼的体积有多巨大了。在中国的那条大运河上(人家叫它什么都行),四五个纤夫在小路上可以拉着一条重载的大船,一小时走一哩。可是我们拉着曳着的大商船仿佛装满了大块的生铅,好不容易才往前动一动。

夜色降临了,只有披谷德号主桅索上上下下挂着的三盏灯用昏黄的光照着我们的路;直到快靠近船边时,我们才见埃哈伯把另外好几盏灯中的一盏从舷边放下来。他对那曳着的鲸鱼茫然望了一会儿,然后像通常那样下令把它系在船边过夜。接着,他把手里的灯交给一个水手,回自己房舱里去了,直到第二天早上才重新出现。

在总揽追捕鲸鱼这件事上,埃哈伯船长总还可以说是办了他的例行公事。然而此刻那家伙已经死了,他心里却似乎感到某种隐隐约约的失望,或是不耐烦,或是绝望;好像眼前这头死鲸在提醒他,他要想宰杀莫比·迪克,至今还没有办到。即使有一千头其他的鲸鱼曳到他的船边,那也与他的一心一意、疯狂追求的大业毫不相干。过了一会儿,听披谷德号甲板上发出的声响,你会以为大家是在准备在深海下锚了;他们把沉重的铁链在甲板上拉得叮当响,再从舷窗孔里抛出去。其实用叮当响的链子拴住的是巨大的鲸鱼尸体而不是船。鱼头拴在船艄,鱼尾拴在船头,这时鲸鱼的黑色尸体已是和船身贴在一起。在昏暗的夜色中,上空的桅桁和索具都已看不见了,只见船和鲸鱼两者像驾在辕上的一对其大无比的公牛,一头卧下了,一头还照样站着①。

如果说喜怒无常的埃哈伯此时已悄然引退,那么,至少就甲板上来看,他的二副斯德布则是得胜归来,流露出异乎寻常但仍然是和善近人的兴奋神色。他手忙脚乱,到处张罗,全不是平常模样,以致他的顶头

---

① 有一件小事不妨在这里交代一下:一艘捕鲸船保住靠在船边的鲸鱼的最得力最可靠的办法是拴住它的尾巴。由于这一部分密度大,它对其他部分(边鳍除外)而言,分量要重一些。鱼尾的灵活性(即使在死了以后)使这一部分会沉到水面以下,因此你无法从艇上伸手摸到它以便用链子将这一部分拴住。然而有人心思灵巧,想法克服了这一困难:那就是准备一根结实的细索子,一头拴一个木制浮标,中间悬一重物,另一头则固定在船上。凭着灵活的身手,使浮标在鲸鱼外侧升起,这样就把鱼拦腰兜住,于是链子也就随之可以将鲸箍住。利用链子可以在鲸身上滑动,最后就可以在尾部最细处,在与阔大的尾叶的会合点上收紧,牢牢锁住。——作者注

上司,沉稳的斯塔勃克默不作声退到一边,暂且让他一个人掌管这局面。斯德布之所以如此活跃,有一个小小的附带原因,这原因很快便出奇地显露了出来。原来斯德布讲究吃喝;鲸鱼作为一道美味的菜,他对它有一种近乎过分的爱好。

"我上床之前要来一块鱼排,一块鱼排!达果,你下水去,给我从它的腰部割下一块来!"

在这儿我要作个交代,一般说来,这些粗野的捕鲸人同样遵守一条伟大的军事准则,就是不要求敌人来支付当前的战争费用(至少在收到出售这次出海的收获所得现金之前是如此),不过时不时地你会发现这些南塔克特人中有人特别对抹香鲸身上斯德布所指定的那一部分,即鱼身渐趋细小的末梢实在喜欢得很。

到了半夜时分,鲸肉排已割下来煎好。斯德布由两盏鲸油灯照着,在绞盘旁狼吞虎咽地进了他的鲸鱼晚餐,仿佛这绞盘就是一只餐具柜。而那天晚上享受鲸鱼肉也并不是只有斯德布一个。同时随着他大嚼的还有成百上千头鲨鱼,它们围着这死了的大海怪,啃着它的肥肉,啃得啧啧有声,津津有味。不多几个睡在舱下铺位上的人常被它们的尾巴扫在离他们的心脏只有几吋的船壳上噼啪的声音所惊醒。越过船舷往下望,你可以隐约看到它们(跟此前听到它们的声音一样)在黑黝黝阴森森的水里翻滚;它们肚皮朝天一翻,就咬下一块球状的、有人的脑袋大的鲸鱼肉来。鲨鱼的这种特别的本领令人叹为观止。它们在表面上看来难以下嘴的鲸鱼身上怎么能设法一口口咬下去,咬出大小形状都很匀称的肉来;这始终是大千世界的普遍问题的一部分。它们留在鲸鱼身上的咬印比之于一个木匠在钉螺丝钉之前打的埋头孔最为贴切。

虽然在一场烟雾滚滚的海战的穷凶极恶和恐怖中,可以望见鲨鱼群以一种渴望的眼光仰视着船上的甲板,好似几条围着桌子看人们切割着桌上的红肉①的饿狗,它们随时准备将朝它们扔下来的每一个被杀死的人三口两口吞下肚去;虽然当那些无所畏惧的屠夫们正在围着甲板上的桌子用镀银挂穗的长刀子割彼此的活肉时,鲨鱼们也张着牙

---

① 欧美人把牛羊猪肉称为红肉,鸡鱼肉称为白肉。

如珠宝般的嘴,你抢我夺地在桌子底下啃那死肉;虽然即使你把这整个事儿颠倒过来看,也还是这个样子,也就是无论从哪一方面看,都是令人震惊的鲨鱼式行为;虽然鲨鱼照例是所有横渡大西洋的运奴隶的船的随从,一路跟随着,遇有包裹物件要送到什么地方,或有一个死去的奴隶要好好埋葬,它们可以随时照办;虽然还有一两个类似的关于鲨鱼进行社交聚会以及联欢聚餐的规定条件、地点和场合的事例可以一记;但是除了在晚上围着一头靠海上的捕鲸船拴着的死鲸之外,很难设想有别的时间或场合你会发现有如此不计其数的鲨鱼在一起,情绪如此欢快而热烈。如果你从没有见过这景象,那你应该对崇拜魔鬼一事是否妥当以及对安抚魔鬼这种权宜之计还是暂不做出决定为好。

然而斯德布这时还顾不上离他如此之近的摆开了筵席的大嚼声,而鲨鱼们同样也顾不上他的享用美食的嘴唇的喷喷声。

"厨师,厨师!——那个弗利斯老头儿在哪儿?"他终于叫了起来,两条腿更叉开了些,像是为了自己进晚餐的架势有个更稳固的基础,同时拿起叉子向菜盘子戳去,像用长矛刺鲸鱼一样,"厨师,喂,厨师!——上这儿来,厨师!"

那黑人老头儿从厨房里蹒跚着走出来,还为自己在这么晚的时刻被人从暖被窝里叫起来满肚子不高兴。因为他和许多别的黑老头儿一样,膝盖骨有点儿毛病,他不像洗擦锅碗瓢盆①那样洗擦它。这个人人叫他弗利斯的老头儿,拄着两根用铁箍凑合着敲直了的钳子当拐棍,一瘸一瘸拖着脚步走过来;一到斯德布的"餐具柜"对面,为了表示听从命令,黑老头儿一下站定了。他两手交叉在胸前,拄着他的两条腿的铁拐棍,把本来拱起的背再拱了拱,同时侧过脑袋,好让他的一只听得清话的耳朵发挥作用。

"厨师呀,"斯德布很快叉起一块带点红色的肉送到嘴边,"你不觉着这肉排煎得有点过了头吗?你在煎之前把肉排敲久啦,吃起来有点儿糟啦。我不是总说鲸排要有嚼头才好吗?你看那些就在船边的鲨鱼不是喜欢烤得嚼不动的肉吗?它们吵得有多凶!厨师,你过

---

① 英文中膝盖骨这一词组中的 Pan 也有平底锅的意思。

去告诉它们,欢迎它们文明而有节制地享用,不过必须保持安静。真该死,我连自己的话都听不见啦。厨师,去吧,把我的话告诉它们。喏,把这盏灯拿去,"他从他们"餐具柜"上拿起了一盏,"去吧,去给他们布一次道!"

老弗利斯老大不乐意地接过了给他的灯,一瘸一瘸地走过甲板,到了船舷边;然后一手把灯放低了照着海面,好看得清楚他的那些教徒;用另一只手庄严地挥舞他的铁拐棍,探出头去,咕哝不清地对鲨鱼发起话来。斯德布则悄悄地走到他背后,把他说的听得一清二楚。

"各位同伴:我奉命来跟大家说句话,你们一定得停止这该死的大声喧哗,听见了没有?吃时嘴唇不可发出喷吧声!斯德布东家说,你们尽管吃,把该死的肚子吃撑了为止,可是看在上帝分上,你们一定得停止这该死的吵闹!"

"厨师,"听到这儿,斯德布插嘴了,随着这一声,厨师肩膀上突然挨了一下,"厨师,真该死,布道的时候绝对不能骂人。这可不是叫罪人信教的办法,厨师!"

"谁在说话?那好,你个儿来布道就是。"他气呼呼地转身要走。

"别,别,厨师,你说,你说。"

"那好。各位亲爱的同伴……"

"对!"斯德布叫道,表示赞成,"先给它们来软的,说些好听的试试。"于是弗利斯接着说:

"的确你们全是鲨鱼,生来就贪嘴,不过我要对你们说,各位同伴,这贪嘴——再加上那该死的尾巴这么拍打!你们要是该死的这么拍打,这么嚼出声来,你们想,怎么能听到我的话?"

"厨师,"斯德布抓住他的衣领叫道,"我不许你说那种骂人的话。要像个上等人那样跟它们说话。"

于是布道又继续了下去:

"各位同伴,我不很责怪你们贪嘴;那是天性,谁也没法子改变;不过要管住这种恶习,问题就在这里。你们是鲨鱼,是魔鬼;然而只要把你们心中的鲨鱼管住,嘿,你们就成了天使啦;因为天使无非就是好好管住了的鲨鱼。现在听好了,兄弟们,我说,吃那鲸鱼时要尽量文明些,啃鲸嘴时别叼走你们的邻居的厚嘴唇。不是没有一条鲨鱼有权吃这鲸鱼么？上帝作证，你们在这鲸鱼身上谁都没有什么权利。这鲸鱼是别人的。我知道你们中间有的嘴特别大，比别的鲨鱼大；不过有时候嘴大肚子却小；所以嘴长得大，并不是要你大口吞食，而是要你啃些鲸脂给鲨鱼仔吃。小崽子挤不进去，你抢我夺，就没有吃的。"

"讲得好，弗利斯老头儿！"斯德布叫道，"这就是基督教义，讲下去。"

"讲下去也不管用，这些该死的坏蛋还是会不停地你抢我夺，你拍打我，我拍打你。斯德布东家，它们一句话也不听，对这些你管他们叫该死的馋痨坯，布道根本不管用。它们不装饱肚子不会歇，而它们的肚子是个无底洞。再说等到它们肚子饱了，它们也不会听你的，因为到那时候，它们便沉到海底下去了，到珊瑚礁上去睡大觉啦，什么也听不见啦，永生永世也不会再来听啦。"

"老天在上，我也这么想；所以给它们做结尾的祷告吧，弗利斯，我好回去吃晚饭。"

于是弗利斯冲着暴徒般的鱼群伸出双手，提高了他的尖嗓门，叫道：

"我的该死的同伴们呀！你们打斗吧，越凶越好，尽管往该死的肚子里塞，到肚子炸了为止——然后死了拉倒。"

"好啦，厨师，"斯德布一边接着在绞盘旁边吃他的晚饭，一边说，"站到你刚才站的那地方去，正对着我，好好注意听着。"

"听着呢。"弗利斯说，又照原来的姿势支着他的铁拐棍，伛看背。

"嗯，"斯德布一边大口吃一边说，"我现在要回到这块肉排这个题目上来。首先，你多大年纪啦，厨师？"

"这跟肉排有什么相干。"黑老头儿说，有点儿来气了。

"住嘴，你多大年纪啦，厨师？"

"人家说是大约九十岁吧。"他阴沉沉地嘟哝道。

"你在这世上既然活了快有一百年了，怎么还不知道鲸肉排该怎么个煎法？"说完这句话，他又飞快往嘴里送了一块肉，因此这块肉似乎成了下面的问话的延续，"你是在哪儿生的，厨师？"

"在一艘跨过罗厄诺克河①的渡船上,生在舱口后面。"

"生在一条渡船上!这也真怪。可我是要知道你出生在哪一个地方,厨师?"

"我不是说在罗厄诺克河一带吗?"他针锋相对地叫起来。

"你没有回答我的问题,厨师;不过我来告诉你我要说的是什么,厨师。你得回家去再投一次胎,你还不知道鲸肉排该怎么煎。"

"我要再给你煎一块才是怪事。"他气呼呼地咕噜道,转过身要走。

"回来,厨师——喏,把那夹子给我;就拿那边这块肉排来说吧,告诉我,你认为那块肉排煎得是不是刚合适?我说,你接着,"他把夹子冲着他送过去,"接着,尝一尝。"

黑老头儿用他的干瘪的嘴轻轻地嚼了一阵,咕哝道:"这是我尝过的最好的肉排;嚼得出汁来,真嚼得出汁来。"

"厨师,"斯德布又一次端起了架子,"你入了教会没有?"

"在开普敦曾经有一次走过一个教堂。"黑老头儿没好气地说。

"你这辈子有一次曾经走过开普敦的一座神圣教堂,在那儿你无疑听到过一个神圣的牧师把他的听众称做他的亲爱的同伴,是不是,厨师!然而你来到这儿,告诉我一个像刚才说的那样可怕的谎言,呃?"斯德布说,"你指望上哪儿去呀,厨师?"

"眼见得就要上床去啦。"他嘟哝着,一边说一边侧过了身子。

"站住!停下来!我是说,厨师,你死了以后上哪儿。这是个可怕的问题。好,你的回答是什么?"

"这个黑老头儿死了以后,"黑人慢吞吞地说,他的整个神气举止都变了,"他自己不会上哪儿去;不过会有哪个好心的天使来带他走。"

"带他走?怎么个带法?进一辆四驾马车,像他们接以利亚那样?再说,带他上哪儿?"

"在那上头。"弗利斯用他的铁拐棍朝自己头上一指,神态庄严地停在那儿不动。

---

① 罗厄诺克河发源于美国弗吉尼亚州西南部,阿巴拉契亚山谷,在北卡罗来纳州注入大西洋。

"这么说,你死后指望上咱们的大桅楼啰,是不是,厨师?可你知不知道,你爬得越高,就越冷?想上大桅楼,呃?"

"我没有说要爬那么高。"弗利斯说,气又上来啦。

"你说在那上头,对不对?你自己瞧瞧,那铁钳指着哪儿。不过你也许指望着钻过桅楼升降口爬到天国去,厨师;这办不到,办不到,你除了走正道顺着索具一圈圈往上爬以外,到不了那地方。走正道不容易,可是只能这么办,别的都不行。不过咱们中间谁都还没有到那儿。放下你的铁钳,听我的命令,听见了没有?我发命令的时候,厨师,你要一只手拿好帽子,另一只手搁在心窝子上。什么,这是你心窝子,这地方?——那是你的胃!往上!往上!——是这儿——这下你搁对啦。就这样,别动,注意听着。"

"听着呢。"黑老头儿说,双手放到了指定的地方,花白头发的脑袋无目的地不住扭动,仿佛想把两只耳朵同时转到前面来,然而做不到。

"好啦,厨师,你已经看到你煎的鲸肉排简直糟得不行,我只好尽快把它处理掉;这你自己亲眼目睹,对不对?说到以后,你下次替我在绞盘旁边一个人吃的饭桌上煎鲸肉排时,我教你怎样煎才不至于煎过了头。你一手端着肉排,另一只手夹起一块烧红的煤去烤它;烤好了,就放到盘子里,听到了没有?至于明天呢,厨师,在我们切割鲸鱼的当儿,你一定要守在旁边,捡起那些鲸鱼鳍的尖子,把它们浸在泡菜汁里。至于鱼尾尖了,厨师,把它腌起来,完啦,现在你可以走啦。"

可是弗利斯刚迈出三步,又被叫了回来。

"厨师,明天晚上我上中班的时候,晚餐给我上炸肉片,听见了没有?好,去吧——喂!停住!走之前要鞠躬。再停一下!早饭吃鲸鱼丸子——别忘了。"

"老天爷啊,但愿鲸鱼把他吃了,而不是他吃鲸鱼。他要不是比鲨鱼老爷还鲨鱼,我就交大运啦。"老头儿嘴里嘟哝着,一瘸一瘸地走了。说了这句警句后,他就上吊床睡了。

第六十五章

鲸鱼做菜

你也许会说,这世上的人用鲸油点灯还不够,还用鲸肉做菜吃,而且像斯德布那样,在鲸鱼灯下吃鲸肉排;这似乎太野蛮了,所以必须来讲一讲它的来历以及其中的哲学。

根据历史记载,三个世纪以前,在法国露脊鲸的舌头被认为是一道美味佳肴,价格非常之高。又,在亨利八世①时期,有一位御厨发明了一种酱汁,用来蘸着烧烤小鲸鱼吃,味道鲜美,因而得了一笔不小的奖赏。这小鲸你想来还记得,是鲸鱼的一种,至今它还被看做一样美味。它的肉做成丸子,像台球那么大小,加上各种作料和香料会被误认为鳖肉丸子或是小牛肉丸子。丹姆弗林②的老修士们就非常爱吃它。国王曾为他们拨了一大笔小鲸基金。

事实是:如果鲸鱼不是那么大,那么至少在捕鲸人眼里,它会被大家看成一种上等菜;但是一到你坐下来,发现面前摆着的是一百呎长的一个肉饼,你会大倒胃口。只有像斯德布那样毫无成见的人,如今才会吃上几口鲸肉做的菜。然而爱斯基摩人并不那样挑三拣四。我们大家都知道他们是怎样靠吃鲸鱼过日子的,而且有像陈年上等葡萄酒一样少有的陈年上等鲸油。他们有位顶顶出名的医生,叫卓格朗达,他推荐给婴儿们吃一条条鲸膘,认为鲸膘既多汁液,又多营养。这叫我想起曾经有几个英国人,他们好多年以前被一条捕鲸船不小心地遗落在格陵兰;这些人竟然有好几个月先试着吃鲸膘,吃完了鲸膘又吃扔在海边的一块块发霉的鲸鱼肉为生。丹麦捕鲸人管这种肉叫"鲸鱼渣",它们的确非常像肉渣,呈棕黄色,肉脆,闻起来有点像早年阿姆斯特丹的家庭

---

① 亨利八世,英格兰都铎王朝的第二代国王,在位期间为一五○九至一五四七年。
② 苏格兰法夫行政区丹姆弗林区首府,有十一世纪为凯尔特修士所建的大修道院。

主妇们新炸出来的面包圈或是油炸饼。它们有种挑人食欲的外表,连最能自我克制的生人也不免为之食指大动。

然而还有一个进一步降低鲸鱼作为文明的食品的身价的原因,那就是它过于肥腻。它是海里的那种得奖的大公牛,太肥了就不很入味可口。你瞧它的背峰,要不是金字塔般一大堆脂肪,那准会像野牛的峰一样成为美食。然而鲸蜡本身尽管淡而无味又很肥腻,却颇像长到第三个月的椰子的肉一般白色透明,近乎果冻一般,但太肥了难以作为黄油的代替品。不过许多捕鲸人有办法使它融合在某些其他东西中,然后再吃。在值漫长的夜班时,水手们把船上的硬面包放到巨大的鲸油锅里炸一会儿,这是常有的事。我曾用这办法做出许多次可口的晚餐。

遇上了小抹香鲸,它的脑子被认为是一道好菜。先用一把斧子把脑壳砸开,取出里面肥嘟嘟的灰白色的两瓣(像两份大布丁,像极了)。然后和上面粉,煮成可口之极的糊糊,那香味近乎美食家很欣赏的小牛脑。大家知道,美食家中有些花花公子常吃小牛脑,久而久之居然自己也有了点儿脑子,能够分得清小牛脑袋和自己的脑袋了,要做到这一点,没有异乎寻常的鉴别力可不成。这就是为什么一个花花公子面前放一颗看起来很聪明的小牛脑袋,就不知怎的成了你所能见到的最为可悲的景象之一。这小牛脑袋用一种责备的眼光盯着花花公子,那神气像是在说:"勃鲁脱斯,还有你!"①

陆地上人之所以讨厌吃鲸鱼也许并不是完全因为鲸鱼过于肥腻,看来在一定程度上是出于上面所说的考虑,那就是:一个人怎么可以吃新宰杀了的海洋动物,而且借它的油所发的光去吃它。然而第一个杀了一头牛的人被看做谋杀犯,他也许会被送上绞架;如果他受的是一群牛的审判,那他准会被送上绞架。如果凡是犯谋杀罪的都要被绞死,那么他受绞刑自然是罪有应得。请你在星期六晚上上肉市去看看:一群群活的双足动物瞪着眼睛抬头望着一长排一长排死了的四足动物。这样的景象难道不使食人生番感到愤愤不平吗?食人生番?谁又不是食

---

① 典出莎士比亚剧作《裘力斯·凯撒》第三幕第一场。剧中这句结尾用的是问号,而小说作者引用时用的是惊叹号。他是在挖苦花花公子的"聪明"脑袋与小牛脑袋差不多。

人生番？让我来告诉你，一个斐济人为了即将到来的饥荒，把一个瘦骨嶙峋的传教士杀了，腌了，藏在地窖里；这倒还情有可原。依我看来，在末日审判时，这个有先见之明的斐济人比你这位把活鹅钉在地上，取出它们的喂胖了的肝脏做成鹅肝饼而大嚼的文明而开化了的美食家还更值得宽宥些。

但是斯德布，他在鲸油灯下吃鲸鱼的肉，是不是？这是伤害之上再加侮辱，对不对？那就请看看你的餐刀的柄吧，我的吃着烤牛肉的文明而开化了的美食家，这刀柄是用什么做的？还不是你吃的这头牛的同胞的骨头做的？你大嚼了肥鹅之后用什么来剔牙齿呢？用的是同一家禽身上的一根翎。那位禁止虐待公鹅协会的秘书长又是用谁的翎来写作那些堂而皇之的通告的呢？只不过在一两个月之前，这协会还通过了一个提倡只用钢笔作为书写工具的决议哩。

第六十六章

屠 杀 鲨 鱼

在南海渔场，经过长时间的辛苦作业，到了深夜才把一头抹香鲸曳到了船边。按照惯例，并不立即动手来把它切成一块块，至少通常不这样做。因为这活儿极其辛苦，不是一下子就办好的，它需要大家动手来干。因此通常的做法是把所有的帆都收了，在背风处把舵捆住，然后让大家下舱，在吊床上好好睡一觉到天亮。只有一条保留：在天亮之前，值锚更的人必须照值，这就是四个人值两小时的班，两人值一小时；全体水手轮流值，登上甲板，力求一切平安无事。

可是有时候，尤其是在太平洋的赤道线上，这一安排绝对不够；因为围聚在鲸鱼尸体周围的鲨鱼简直不可胜数，要是一连六小时由着它们大嚼，那么到了第二天早上，鲸鱼就差不多只剩下个骨架了。然而在太平洋的大多数其他区域，这种鱼不太多；它们的异乎寻常的食欲有时可以用锋利的捕鲸铲狠狠驱赶,使之大大降低;但这也不尽然,在有些情况下,这样做,反而刺激了鲨鱼,使之更加活跃。不过,眼下披谷德号船边的鲨鱼并非如此。自然,话又说回来,不熟悉这种景象的人要是在那晚上靠着船边看上一会儿,便几乎会想这汪洋大海简直就是一个大圆奶酪,而那些鲨鱼就是奶酪里的蛆。

然而斯德布在进了晚餐以后布置锚更人员的时候,季奎格和船头楼的一个水手来到甲板上,这刺激得鲨鱼来了不小的劲头。自从决定暂不在船边进行切割鲸鱼这道工序,同时放下了三盏灯,让它们在那混浊的水面上投下一道道长长的光线以后,这两个海员立刻用他们的长捕鲸铲①不停地杀鲨鱼。他们用那锋利的钢刃戳鲨鱼的脑壳,那看来是惟一足以致它们死命的要害。但是在这场浪沫飞溅的混战中鲨鱼竭力挣扎,这两个射手并不能总是得手。这样一来,就把这伙敌人的令人难以置信的凶残暴露无遗。它们不但彼此咬得肚破肠流,而且像可扳的弓背一样,弯过来,恶狠狠咬它们自己的脏腑,直到最后,这些内脏像是被同一张嘴吞了又吞,不知吞了多少次似的,然后又倒过来从裂开的创口排泄出来。不仅如此,连这些家伙的尸体和阴魂都是碰不得的。在它们的可以称之为个别的生命离开了躯壳之后,它们的骨骼和关节间似乎还隐藏着一种原始的或是泛神论的活力。有一头鲨鱼被杀死以后吊到甲板上,准备剥它的皮,这时季奎格伸手去把死鱼的凶恶的嘴巴阖上时,它差点儿把可怜的季奎格的手咬掉了。

"我季奎格不管哪一位神造了它鲨鱼这东西,"这蛮子一边说,一边疼得上上下下甩他的那只手,"斐济的神也好,南塔克特的神也好,反正造鲨鱼的神准是个该死的印第安人。"

---

① 用来切割鲸肉的捕鲸铲是用最好的精钢制成的,大小如一个人的摊开的手掌,形状大致如园艺用的铲,因而得名;只是它的两侧完全是扁平的,上端比下端要窄得多。这件武器无论何时,都保持尽可能地锋利,而用时偶尔还会磨上一阵,和用剃刀时一般无二。一根二十至三十呎长的硬木棍插在它的插孔里,便是它的柄。——作者注

第六十七章

割　　膘

　　那是个星期六晚上,而第二天竟是这样一个安息日! 所有捕鲸人本来就是违背安息日规矩的大师。这镶牙骨的披谷德号变成了一片屠场,每一个水手变成了一个屠夫。你会以为我们是在给各位海神上一万头血淋淋的公牛的供。

　　在由一长串通常漆成绿色、一个人拿不起来的辘轳组成的笨重的家什中,首先要提的是那两部巨大的滑车——这一大串葡萄似的辘轳都吊在主桅楼上,牢牢绑在下桅顶,那是船的甲板以上最坚固的地方。这大缆绳似的索子一头弯弯曲曲地穿过那些令人眼花缭乱的处所通到绞车上。滑车下端的那只大辘轳兜住了鲸鱼。这辘轳挂着一只重约一百磅的吊鲸膘的大钩。这时大副斯塔勃克和二副斯德布站在船边的吊梯上下级上,手拿长铲,开始在鲸身上最靠近他们的两个边鳍的一个之上挖出一个窟窿,好让钩子伸进去。这工作完成以后,再在挖出的窟窿周围开一道半圆形的阔口子,钩子便插了进去,于是大部分的水手发狂似的唱起一支大合唱,然后把绞车围个密不通风,开始干起来。这下子整条船立刻侧向一边,它的每一根螺钉都像一所老宅子在天寒地冻日子里的钉子头那样一惊一乍;它哆嗦,颤抖,它的受了惊吓的桅顶朝天点着头。它越来越侧向鲸鱼一边;绞车气喘吁吁地每转动一下,浪头便回应似的帮着往上推一把。直到最后,只听得快极了的惊心动魄的啪嗒一声,船哗啦啦离开了鲸,往上一跳又往后一倒,滑车胜利地升起在人们眼前,拉上来第一片半圆形的鲸膘脱离了鲸身的一头。原来鲸膘裹着鲸鱼就像橙子皮裹着橙子一样,因此把鲸膘从鱼身上剥下来也像我们有时螺旋式地剥下橙皮一模一样。绞车不停绞着,加着力,鲸鱼便随着一次次地翻身,整片的鲸膘顺着大副斯塔勃克和二副斯德布用铲子同时划出的"槽"的纹路被整整齐齐剥离下来。鲸鱼随着鲸膘被剥下的同时(事实上也是借着那股力量)一直在被提升得越来越高,直到后来它的头都擦着主桅顶了。这时绞车旁的人罢了手;有一阵子巨大的滴着血的鱼身晃来晃去,仿佛是从天上掉下来似的。它晃动的时候,周围的人全得小心翼翼地躲开它,要不然说不定会挨一下耳光,被它扫出去,一头栽进海里。

此时从旁照料的镖枪手之一拿了一把又长又锋利、人称"攻船刀"的武器走上前来,看准机会从那晃动着的鱼身下部熟练地掏了个大窟窿。另一部交替使用的大滑车的钩子伸进窟窿,钩住了鲸膘,为下一个动作做准备。然后,这位手法高明的刀客叫其他所有人手躲开,对鲸身又做了一次颇合科学的进攻,只挥刀狠狠斜刺里划了几下,便把鲸身切成两段;那短的下半段还在钩上,那长的上半段人们叫做"包被"的,已是单独晃悠着,就等着放到甲板上。在前边管绞车的人手这时又唱起他们的歌来。一部滑车剥完了第二片鲸膘,把它吊起了的时候,另一部滑车就慢慢松下来,于是第一片鲸膘就降到了主舱口底下,进了那空无一物的所谓"鲸膘房"里。在这间昏暗的空房里,一双双灵巧的手不断地把这长"包被"卷起来,仿佛那是一大群绞结在一起的蛇。工作就这样进行着:两部滑车一上一下同时开动,鲸鱼和绞盘在转动,绞盘手们唱着歌,鲸膘房里各位卷着鲸膘,大二三副割着鲸膘,船经受着这番操作的压力,所有人手偶尔咒骂一声以发泄人人都感受到的紧张情绪。

第六十八章

包　　被

我对于那颇伤脑筋的鲸皮这个题目曾经下过不小工夫。为此我曾和海上经验丰富的捕鲸人以及陆上学识渊博的博物学家有过争议。我的原先的意见至今不变,然而它仅仅是一种意见。

问题在于鲸皮是什么,它生在什么地方?你已经知道鲸膘是什么。鲸膘是一种质地有如牛肉一般坚实、纹理细密、黏稠度很高的东西,但比牛肉更坚韧,也更有弹性,更紧凑,其厚度从八或十或十二、十五吋之间不等。

说任何生物的皮有这样的黏稠度和厚度,初听起来似乎有些荒诞不经。然而就事实而言,这些不能成为推翻这个假定的论据。因为从鲸身上剥下来的除了这一层稠密的、包被全身的鲸膘,并无其他;而任何动物,那包被全身的最外层,只要是相当稠密,不叫它皮又能叫它什么呢?不错,从一头不受一点损伤的死鲸身上你可以用手刮下一层像白云母薄片一样,几乎像缎子一样又柔又软、极薄而透明的东西。这是就它被晾干之前而言,一干,它就不仅抽缩变厚,而且变得相当坚而脆了。我有好几片这样晾干了的皮,我用它们作我的有关鲸鱼的书籍的书签。前面已经说过,它们是透明的,放在书页上面,我有时高兴地觉得它们起一种放大作用,这也许只是我的幻觉。不管怎样,你不妨说戴着鲸鱼皮眼镜读有关鲸鱼的书,总是件饶有兴味的事。不过我在这里真正要说的是:这一层薄极了的白云母片般的物质包裹着鲸鱼全身,与其称之为鲸鱼的皮,倒不如把它叫做皮外之皮,这一点我承认。因为说伟岸如鲸鱼,却又说它的皮比一个新生婴儿的皮肤还要薄,还要娇嫩,岂不是荒唐可笑。不过这题目不必再多说了。

现在假定鲸膘即是鲸鱼的皮,那么,如果是一头大抹香鲸的话,这层皮就可炼出多达一百桶的鲸油;如果再想一下,这熬成的油,以数量论或不如说以重量论,只是这层皮的四分之三而不是它的全部物质;也就是说:单单这动物的外包皮的仅仅一部分产生的油就是这样一个小湖;以十桶合一吨计,那么一头鲸鱼皮的物质的四分之三就净重十吨,它的躯干之巨大也就可想而知了。

在现实生活中一头抹香鲸有许多令人惊叹之处,而它的看得见的外表是其中决非等闲的一处。它几乎全身无一例外地是密密麻麻斜着交叉又交叉的无数直线条纹,有点像意大利最精美的线雕画。可是这些条纹不像是刻在前面所说的白云母片般的物质上,倒像是透过这层物质所见,刻在肉身上似的。不仅如此,在有些情况下,在目光敏锐、观察细致的人看来,这些直线条纹跟真的版画上的一样,而且提供了进一步悬想各种形象的余地。它们犹如象形文字。这是说,如果你把金字塔墙上的那些神秘的图形称之为象形文字,那么这个词用在这里是最合适不过的了。由于我的记性很好,我还记得在一头鲸鱼身上所见到的象形文字。有一次,我在密西西比河上游河岸的那著名的象形文字石壁上,发现了一块凿有古印第安文的石板,两者的相像使我大感惊奇。鲸鱼身上的神秘条纹正如那些神秘的石板一样始终不可辨认。说起印第安岩石,倒叫我想起另一件事。抹香鲸除了外表所显露的种种现象之外,它往往在水面上露出它的脊背,尤其是它的侧腹;由于经常和外界狠狠摩擦,那些正规的线形条纹大部分都已被擦去,显得凌乱无序。那些新英格兰海岸的岩石,据阿加西①的设想,它们留下了和漂来的大冰山彼此猛烈摩擦过的痕迹;我敢说这些岩石在这方面一定和抹香鲸颇有相似之处。我还以为这样的摩擦留下的痕迹大概是鲸与鲸之间争斗的结果,因为这类伤痕我最常见之于那些成年的大鲸身上。

在鲸鱼的皮或膘这个问题上,我还想再说几句。上面已经交代过,鲸膘是大片大片剥离下来的,人称包被。和绝大多数海上用语一样,包被这个词造得很有意思,可谓神来之笔。因为鲸鱼确实是被鲸膘包裹着的,犹如裹着一条绒毯或被子;说得更确切些,犹如套着一件印第安人穿的从头上套下去把四肢都罩住的粗呢大衣。正因为全身包着这样一条舒适的绒毯,鲸鱼才不论严冬炎夏,不论在哪个海洋,不论在什么时候,也不管遇上寒流还是暖流,总能过得舒舒服服。没有这样一件舒适的大氅,一头格陵兰鲸又如何抵御北方那冷得令人打寒颤的海水。固然,其他鱼类在北极地区的海洋也有表现得异常活跃的。然而请注意,这些是冷血无肺的鱼类,它们的肚腹就是一台冰箱;这些家伙在冰山的背风处取暖,就像旅人喜欢在客店里烤火一样。而鲸鱼和人相同,都有肺和热血。冻结它的血液,它就会死亡。而一定的体温对它犹如

---

① 路易·阿加西(1807—1873),瑞士动物学家和地质学家。

对人一样是不可或缺的,这个大怪物竟能泡在北极海里,只露出嘴唇以呼吸空气而仍然洋洋自得,这不经过解释怎能叫人不为之惊奇纳罕!在那些地方,一个水手要是翻身落水,有时几个月后会被人发现笔直地冻在大片冰块里,像一只苍蝇粘在琥珀之中一样。但是更奇怪的事还在后头哩,实验证明,一头北极鲸的血液的热度高于一个波罗洲黑人在夏天的血液的热度。

依我看来,我们由此可以明白动物身上一种特有的强壮的生命力的罕见价值,它的极厚的体壁的罕见价值以及它的身体内部之宽广的罕见价值。啊,人哪!赞赏鲸鱼并以它为榜样学习吧!你也能在冰中保持你的体温吗?你也能在这个世界中存活而不成为这个世界的一部分吗?在赤道上保持凉爽,在北极保持血液的流动。啊,人哪!要像圣彼得教堂的大穹顶那样,要像大鲸那样一年四季保持自己的体温。

然而嘴上传授这些好处是多么容易,又是多么无用!在建筑物中,有几座有圣彼得教堂的穹顶!在生物中,又有些什么足以与鲸鱼的伟岸相提并论!

第六十九章

海　葬

"把链子收上船!让那尸体往后艄走!"

巨大的滑车此时已干完了要干的活儿。那被砍去了脑袋,剥去了鲸脂的白色鲸身像一座大理石墓似的闪着光;虽然颜色已经变了,它的躯体并看不出来少了多少。它仍然奇大无比。它缓缓地漂开去,越漂越远;它周围的海水被那些吃不够的鲨鱼闹腾得沸沸扬扬,空中有一群群尖叫着的水鸟,它们的尖喙犹如无数匕首刺向鲸鱼,像是在进行侮辱。这无头的白色巨大鬼怪漂得离船越来越远,每远一丈,看来就多一平方丈的鲨鱼和一立方丈的水鸟赶来增添那份死后行凶的热闹。从这近乎静止的船上望去,多少个小时都能看到这令人恶心的景象。在柔和、一碧如洗的天空下,在秀色可餐的海面上,吹拂着欢快的和风,那一大堆死亡的残迹漂啊漂,直至小到看不见为止。

这是一次伤心惨目又是极富嘲讽意味的葬礼!所有的海上的兀鹰都在假仁假义地祭吊死者。这些空中的鲨鱼都恪守礼仪地穿着黑色或斑斑点点的丧服。我敢说,在鲸鱼活着、偶然遇有急难需要帮助的时候,这些东西中少有会帮助它的。可是一到它葬礼的筵席上,它们倒准会一脸虔诚地扑过来叼几口。唉,世上可怕的兀鹰行为!即使力大无穷的鲸鱼也难逃此劫。

然而,事情至此尚未结束。尽管身体遭到如此糟蹋,可是它的冤魂不散,盘旋其上,依然足以威吓生者。偶有一艘战战兢兢的兵舰或慌慌张张的探险船在远处发现了它;由于彼此相距甚远,看不清那些成群结队的水鸟,而那白色的庞然大物浮在阳光下,海浪冲打着它,溅起高高的白沫却明晰可见;于是船上的人即刻用哆嗦个不停的手指,在航海日志上记下了这鲸鱼的已经不再能伤人的尸体:小心!这一带有暗礁、岩石或其他危险物。也许多少年之后,船只依然至此绕行,就像一头蠢绵羊记得当初领头羊在此处一跃而过,于是在原地照旧跳了过去,可是当初是有一根杆子拦着,现在这里空空如也。这就是你们的一切按照旧例的法则;这就是你们的运用传统的结果;这就是你们的从来不曾脚踏实地,如今甚至上不着天的旧信念顽固不肯退位的故事!这就是正统!

因此,大鲸活着时也许对它的敌人曾是真正的恐怖,如今死后它的鬼魂尽管失去了威力,仍能使一些人惊恐不安。

你是不是相信人死了有鬼,我的朋友?除了考克巷的鬼之外还有其他的鬼,而比约翰逊博士①更有头脑的人相信有鬼。

---

① 一七六二年,英国斯密斯菲尔德的考克巷33号闹鬼,据说是鬼要揭发一桩谋杀案。后来发现是一个叫威廉·帕逊斯的人和他的妻女装神弄鬼。约翰逊博士即塞缪尔·约翰逊,英国十八世纪中叶的文坛泰斗。他曾参与调查考克巷闹鬼一案,表示不信。

第七十章

狮身人面怪

　　这里不应忽略的是在剥去这大海怪全身的皮之前,先要砍去它的脑袋。砍抹香鲸脑袋这件事可是一项科学的解剖学的成就,对此鲸外科医生非常引以自豪,而且自豪得颇有道理。

　　请想一想,鲸鱼没有足以称之为脖子的部分。恰恰相反,它的脑袋与身体相接的地方正是它全身最粗的部分。还要请你记住,砍头的外科医生必须在离他的对象大约有八到十呎的上空动这手术;而这对象又是几乎隐藏在颜色污浊而起伏不定,甚至往往汹涌澎湃的大海里的。你还得想到在这些不利的条件之下,他必须砍进肉里有几呎深,而且留下的刀口一直在收缩,你想往里面望一眼都办不到。他必须巧妙地避开一切邻近的有牵连的部分,必须对准脊椎骨伸入头颅的交接点上狠狠砍下一刀,将脊椎骨砍断。明白了这些以后,你对斯德布夸下的海口,说他只消十分钟就能砍下一头抹香鲸的脑袋,难道不感到惊奇么?

　　鲸头割下以后,就被扔在船尾,用一根缆绳缚在那儿,等全部鲸膘剥下以后,如果是头小鲸的脑袋,它就被吊到甲板上静候处理。但是如果是头成年的鲸,就不可能这么办;因为抹香鲸的脑袋占其整体的近乎三分之一,要把这么重的东西吊起来,即使是捕鲸船上奇大无比的滑车,也好比用珠宝店的戥子来称荷兰的牛棚,太不相称。

　　披谷德号的这头鲸鱼在被砍头剥膘之后,它的脑袋被吊靠在船的一侧,大约有一半露出在水面上;这样便可在很大程度上倚仗海水的浮力把它托起来。由于有一股巨大的力量把下桅顶往下拉,这条吃紧的船向鲸头这一边侧得很厉害,于是倾斜的这一边的每一根桁臂都像一架吊车伸出在海上;挂在披谷德号腰部的那颗血淋淋的鲸头犹如拴在裘迪斯腰带上的巨人霍洛弗恩的头颅①。

这最后一个任务完成之后,已是正午,水手们到舱下去吃中饭。原先热闹非凡的甲板到了这时空无一人,一片静寂。这万籁无声的宁静,好似一株普照众生的黄色的忘忧树②,它张开它的无声无息无边无际的叶子,越张越大,盖住了大海。

过了一会儿,埃哈伯独自走出了房舱,上来进了这一片无声无息的世界。他在后甲板转了几圈,站住了,向舷外下面瞧,然后走到那一盘盘绳索中间,拿起斯德布的长铲(长铲在砍下鲸鱼脑袋之后还留在那儿),把它插进那半吊半浮的鲸头中去,把铲子一头像支拐棍似的夹在胳肢窝里,就这样上半身探出船舷,全神贯注地瞧着这颗脑袋。

脑袋是黑色的,仿佛戴着个风帽,在这万籁无声的静寂中悬在那儿,犹如沙漠中的狮身人面怪。"说话呀,你这颗大得无比的令人肃然起敬的脑袋,"埃哈伯自言自语,"脑袋虽然并没有长着胡子,可是东一处西一处沾着苔藓,显出灰白色。说话呀,了不起的脑袋,把你脑袋中的秘密告诉我们。在所有潜水的生物中,你是潜得最深的。这时阳光正照着脑袋的上部,这是颗曾活动在世界的最底层的脑袋。在这最底层,姓名未见记载的人和舰船同在那儿生锈,未尝诉说过的希望和锚同在那儿腐烂。这世界便是一艘舰船,不知几百万的溺死者的尸骨成了它的压舱物沉在那儿。这悲惨的水乡却是你最为熟悉的家。你到过潜水钟和潜水员从未到过的地方;你曾睡在许多水手的身边,而那是彻夜难眠的母亲们甘愿舍弃自己生命去长眠的地方。你曾见过彼此紧拘着的恋人从熊熊燃烧着的船上跳下来,心贴着心双双沉到了汹涌奔腾的浪涛之下;在天国对他们似乎已成虚妄的时候,两心仍坚贞不渝。你曾看到海盗杀死的大副被半夜从甲板上抛进大海,经过好几个小时他才落进那不知餍足的大嘴的更深的夜里;而那些杀害他的人却逍遥自在地继续航行——同时迅雷闪电使现场邻近的一条船心惊胆战,它本可以将一位正直的丈夫送到那伸出了双臂,望穿秋水的人的怀里。唉,脑

---

① 据《圣经》的所谓伪经的《裘迪斯书》:犹太人寡妇裘迪斯用计去亚述敌军营中杀死了其主将霍洛弗恩,并将其头颅带回城中,使本城得以保全。
② 希腊神话中食忘忧树的果实者酣然入梦,忘却人世一切愁苦。

袋啊！你已经看够了一切，足以判清天上的行星，足以使亚伯拉罕①变成不信基督的人，可是你一言不发。"

"有船来啦！"主桅顶上的人得意洋洋地喊了一声。

"是吗？好啊，这倒是让人高兴，"埃哈伯叫道，一下挺直了身子，眉宇间的阴云登时烟消云散，"在这死一般的宁静中这一声喊来得正好，它叫人精神为之大振——船在哪儿？"

"船头右舷三个方位②的地方，长官，它给我们送来了一阵轻风！"

"好啊，越来越好啦，伙计。但愿圣保罗也从那边到我们这儿来，为我的郁闷带来一阵轻风！大自然啊，人的灵魂啊！你们的异体同功真是难以用言语形容！在物质上纹丝不动也不活，而在精神上却有它的巧夺天工的复制品。"

第七十一章

耶罗波安号的故事

船和轻风携手并进；然而轻风快于船，不久披谷德号开始摇晃了。

慢慢地从望远镜中看明，从陌生船上的小艇和桅顶上有人值班一事可以判定那是条捕鲸船。但它老远在上风头，飞快驶过，显然是要奔赴另一个渔场，披谷德号不能指望赶上它。因此打出了信号，看它有什么反应。

这里要交代一下，美国的捕鲸船队中像海军舰船中一样，每艘有每艘的代表本船的信号；所有这些信号汇印成书，信号底下附有各船的船名，每一位船长都有一本。由此，捕鲸船长们在大洋上相遇，哪怕相距甚远，也能很方便地彼此辨认。

---

① 基督教的《圣经》中犹太人的始祖。
② 在罗盘上一个方位等于 11.25 度。

披谷德号的信号终于得到了回应,对方打来的回应信号说明它是南塔克特的耶罗波安①号。它放直了帆桁,迎面驶来,靠在披谷德号的背风一侧,放下了一艘小艇。不一会儿小艇驶近了。斯塔勃克下令将船侧的绳梯放下去,好让来访的船长登船。然而这位不相识的客人从他的小艇尾部摇手示意不必多此一举。原来耶罗波安号上发现过一种恶性传染病,它的叫梅休的船长怕把病传染给披谷德号上的人。因为虽说他和船上水手都没有传染上,而且两船相距有步枪射程的一半远,中间隔着不受侵蚀的滔滔大海和流动的空气;但是这位船长一丝不苟地按本国严格检疫的规章办事,坚决拒绝和披谷德号发生直接接触。

然而这并不妨碍双方的信息交流。耶罗波安号的艇子和对方的船保持有好几码的间隔,由于这时风势很急,刮得小艇的主桅中帆直往后鼓,小艇有被冲开去的趋势,它不得不时而划上几桨,使它始终和披谷德号保持平行。然而事实上,有时一个大浪突然袭来,小艇就被打得往前冲去,但艇上人很快便又使它恢复正常。尽管受到这种以及不时发生的类似干扰,船艇之间的对话一直在进行;可时不时的还有另一种性质很不相同的干扰。

耶罗波安号的小艇上有一个桨手相貌长得好不古怪,虽说在捕鲸这个特野的行当中,个人的刺眼的特点正好形成这行当的整体形象。他是个又矮又小的年轻人,满脸雀斑,一头黄色浓发,裹一件下摆很长、褪了颜色的核桃色上衣,剪裁得颇像犹太教士的服饰,双重袖子卷到腕子上边。他的眼里有种深沉、凝滞、狂热的神经错乱的神色。

这个人一经被人发现,斯德布便叫起来:"就是他!就是他!就是汤—霍号上的水手给我们讲的那个穿上岸穿的外衣的只会吹牛的胆小鬼!"斯德布这里指的是此前披谷德号和汤—霍号相遇时有人讲的关于耶罗波安号以及它的水手中的一个人的一件怪事。根据当时讲的以及后来得知的,似乎这个胆小鬼一跤跌到了青云里,落到比耶罗波安号

---

① 这条船是以《圣经·旧约·列王纪》时代以色列的十个部落的第一个统治者耶罗波安命名。这些部落在所罗门国王死后,脱离了大卫家族的控制。"因此我(耶和华)必使灾祸临到耶罗波安的家,"因为他"行耶和华眼中看来为恶的事。"(《列王纪》第 14 章)

上几乎所有的人都神气的地步。他的故事是这样的：

他原来是那疯疯癫癫的尼斯基乌纳震教派①里的一个红人，一个伟大的先知；有好几次从天国通过一道活板门降到这个教召集的像患了失心疯的秘密会议上，声称他很快就要打开放在他的贴胸口袋里的那第七只碗②；不过据说那碗里盛的不是火药，而是鸦片酊。他一时心血来潮，有了个使徒式的怪念头，离开了尼斯基乌纳去了南塔克特；在那儿，他以一种只有疯子才有的心计，装出一副稳重的正常人的模样，请求上耶罗波安号当个新手去出海捕鲸。人家录用了他。可是一到船离岸望不见陆地的时候，他的神经病就突如其来地发作了。他声称自己是迦百列天使长，命令船长跳下海去。他发布了他的声明，自称海上诸岛的救星，整个大洋洲的代理监督③。他宣告这些事情时那种不可动摇一本正经的样子——他的处于兴奋不眠状态的想象力的大胆发挥以及真正的神经错乱引起的不可思议的恐惧感，两者加在一起在大多数愚昧的水手眼里赋予了这位迦百列以一种神圣不可侵犯的神态。再说，大家都怕他。然而这样一个在船上没有多少实际用处的、特别是不高兴时就拒绝干活的人，那位将信将疑的船长恨不得立刻把他打发了，可是通知他，说船长个人的打算是一到一个方便的港口，便送他上岸。那位天使长登时把所有他的盆啦，碗啦，都倒了出来，说只要这个打算付诸实现，就让这条船和全体人手无条件地归于死灭。他拼命煽动水手中他的信徒，最后这些信徒抱成一团去见船长，告诉他如果迦百列被迫离船，他们一个人也不会留下来干。船长只得打消他的念头。他们还不许船长对迦百列有任何虐待行为，说什么，干什么都由他；这样一来，迦百列便达到了在船上可以为所欲为的地步。其结果便是这位天

---

① 英国十八世纪中叶教友会会员成立的一个教派，正式名称应为基督二次现身信徒联合会。一七七四年，它的八个信徒移居美国（今纽约州的斯克内克塔迪市附近的民斯卡尤那），创立了这个教派。最初俗称"（礼拜时）浑身发抖的教友会会员"，这是"震教"之名的由来。

② 《圣经·新约·启示录》第16章："我听见有大声音从殿中出来，向那七位天使说，你们去，把盛上帝大怒的七碗倒在地上。……第七位天使把碗倒在空中……又有闪电、声音、雷轰、大地震。自从地上有人以来，没有这样大这样厉害的地震。"

③ 英国国教在诉讼事务上协助大主教或主教的代理监督。

使长简直或者说根本不把船长和大、二、三副放在眼里。流行病发生以后,他更是不可一世,管流行病叫瘟疫,说这场瘟疫全操在他一个人手里,能否止住,全看他高兴与否。水手们大多是些可怜虫,对他卑躬屈膝,有的则对他阿谀奉承;大家俯首听命,有时像对神灵一样对他顶礼膜拜。这类事情说起来似乎难以置信;然而虽说神乎其神,却是实有其事。就一个狂热信徒本人的自我欺骗之不可限量而言,读一部狂热信徒史,你会发现,这些信徒的自我欺骗固然已不可限量,但与他居然能欺骗迷惑如此之多的其他人的无限威力相比,还远远不如。不过闲话少说,还是回过头来说披谷德号吧。

"我不怕你们的流行病,伙计,"埃哈伯从船舷向站在小艇后艄的梅休船长说,"上船来吧。"

这时,迦百列跳了起来。

"想想那热病吧,皮肤发黄,肝火旺!小心这吓人的瘟疫!"

"迦百列,迦百列!"梅休船长叫起来,"你得——"可是正在这一刻,一个浪头迎面打来,把艇子远远冲到了前边,它的喧声淹没了一切说话声。

"您见到那白鲸没有?"埃哈伯等艇子退回来时问道。

"想想你的捕鲸艇,它被撞碎,沉下去!小心那吓人的鲸鱼尾巴吧!"

"我再对你说一遍,迦百列——"可是小艇仿佛被恶魔们拖着似的又一次冲向前去。有一阵子大家都不说话,等着一阵接一阵的怒涛翻卷过去。这浪头不是起伏奔腾,而是打着滚往前冲;大海有时就会使这样的性子。同时,挂在船边的鲸鱼脑袋在猛烈地摇来摆去;迦百列看来有点儿胆战心惊地瞄着它,那种胆怯全然不像个天使长的样子。

这一插曲过去之后,梅休船长开始讲起一个有关莫比·迪克的瘆人的故事来。其间迦百列只要一听到它的名字仍然时不时地打岔,而那发了狂的大海也总是和他一鼻孔出气,为他推波助澜。

话说耶罗波安号离家不久,船上的人在和另一艘捕鲸船交谈时就听到了关于莫比·迪克以及它造成的灾害的可靠消息。迦百列听这种消息简直没有个够,并且慎重警告船长,万一发现白鲸,切不可攻击这头海怪。他叽里咕噜大说疯话,宣称这白鲸非别,乃是震教上帝的化身,震教教徒已经收到了《圣经》等等。但是一两年之后,从桅顶上清楚瞧见了莫比·迪克,大副梅赛起劲得了不得,要去和它交锋;船长本人不顾天使长又是谴责又是警告,还是乐于让大副得到这个机会。梅赛说服了五个水手来驾驶小艇,他就领着他们赶了去。经过了许多辛苦和多次危险、失利的攻击之后,他终于把一枪搠进了鲸身子里。同时,迦百列登上了主桅的最高顶,狂挥乱舞着一条胳膊,嘴里对那几个敢于攻击他的天神的造孽的家伙作出一个个很快要遭报应的预言。这时大副梅赛正站在他的艇头,不顾一切地使足了他那种人的蛮力,冲着鲸鱼叫骂;他举起了长矛,机会一到便准备扔出去。嚯!一个大白影子从海里跃起;它的身子飞快地一扫,吓得桨手们一时喘不过气来;说时迟,那时快,那个倒霉的大副,空有满身精力,身子已被扫到了空中,划出了一道弧线落下,掉到了约莫五十码以外的海中。小艇丝毫无损,所有桨手连毛发都没有伤一根,只是大副从此一命归阴。

这里乘便作一说明:在捕抹香鲸这个行当所遭受的一切有人员死难的事故中,以上这一类也许是较为常见的。有时,除了那位因此送了命的人之外,未遭任何其他损伤;通常是艇头被打掉了或是首领站着用来顶住膝盖的板随着人被扫走了。然而最怪的是:不止一次,当尸体被捞回时,身上找不出一处伤痕;而人却是完完全全地死了。

这整个灾难,连同梅赛从空中落水的身形,从船上都看得清清楚楚。迦百列一声撕心裂肺的尖叫:"是上帝让倒的碗哪!是上帝让倒的碗哪!"这一声叫喊使吓蒙了的水手们停止了继续追猎鲸鱼。这场祸事之后,咱们的天使长登时又添了几分影响;因为他的那些没有头脑的门徒认为这件事是他事先特地宣布了的,而不只是作了一个笼笼统统的预言,笼统的预言谁都会作,说上许多回说不定碰巧就说中一回。于是他在船上成了个使人栗栗危惧的人。

梅休讲完以后,埃哈伯问了他一些问题,这些问题使这位素不相识的船长禁不住要问他是不是一有机会就打算捕杀那白鲸。对此埃哈伯回答说"是"。迦百列登时又一次跳起来,眼珠子瞪着这老头儿,一根手指往下指,激动地叫道:"想想那个冒犯天神的人吧——他死啦,在这底下！小心落那个冒犯天神的家伙的下场！"

埃哈伯漠然地转过身去，然后对梅休说："船长，我刚想起我的信件袋里有一封寄给您的一位副手的信，要是我没记错的话。斯塔勃克，去看看信件袋。"

每一条捕鲸船启航时都带上不少的信件，这些信件能否递交到收件人手中，全看两条船在四大洋上有没有碰面的机会。因此大多数的信从没有落到收信人手中，许多信则在两三年甚至更长的时间以后才收到。

不一会儿，斯塔勃克拿着一封信回来了。信显得皱皱巴巴，有股潮气，上面长了暗绿色的霉点，这是长年放在不见天日的房舱箱柜里的结果。这样一封信的信差大可以是死神本身。

"认不出来吗？"埃哈伯叫道，"给我，伙计。嗯，嗯，字迹的确看不清楚——那是什么？"就在他细细查认的时候，斯塔勃克已经取来一把切割用的铲子的长柄，又用他的小刀子把柄的一头稍稍割开了些，把信插在缝里，打算这样送到艇上；这样，艇子就不用再往船边靠了。

就在这时，埃哈伯捧着信，自言自语："哈——先生，对，哈瑞——先生（一个女人写的蝇头小字——我敢打赌是收信人的妻子）——啊——是哈瑞·梅赛先生，耶罗波安号船——啊呀，信是梅赛的，而他死了！"

"可怜的人儿！可怜的人儿！信还是他妻子写来的，"梅休叹了口气，"不过还是由我收下吧。"

"哼，您自己好好收着吧！"迦百列向埃哈伯说，"您很快也要走上这条路啦。"

"让这些咒人的话噎死你！"埃哈伯叫道，"梅休船长，您准备好接信吧。"他把这封要命的信从斯塔勃克手里接过来，插在桨柄一头的缝里，朝艇子送过去。而就在这时，那些桨手有所期待地停止了划船，那艇子就落到大船后艄一点儿，结果像有人使了法术似的，那封信忽然凑到了迦百列急着拿的手边。他一把抓住了它，拿起艇上的刀子，把信戳在刀上，连刀带信扔回到船上。刀和信落到了埃哈伯的脚边。接着，迦百列尖声喝令他的同伙使劲划他们的桨；就这样，那抗命不遵的小艇箭也似的离开了披谷德号。

这一插曲过后,水手们重新干起那鲸鱼外套的活儿,可是一想到这桩荒唐事来,就觉得它暗示着将有许许多多怪事要发生。

第七十二章

猴　　索

在割膘和处理一头鲸鱼这一乱糟糟的过程中,水手们自是跑前跑后地忙个不停。时而这一搭缺人手,时而那一搭要人帮忙。谁在一个地方也待不长,因为在同一个时刻各处都有各种事情要办。这光景和竭力想把眼前的场面作一番描绘的人的处境相仿佛。现在我们要回过头去看一看。前面已经交代过,在对鲸鱼脊背下手之初,先要把鲸膘钩送到大、二、三副原先用铲子在鲸脊上切开的窟窿里。可是怎么能把鲸膘钩那么笨重的大家伙插进窟窿呢?那是由我的好朋友季奎格插的。他既是镖枪手,那就理所应当地要下到鲸脊上完成以上所说的特殊任务。但是这任务十有七八要求镖枪手就在鲸背上待着,直到剥膘这整个操作过程结束为止。各位须知,整头鲸鱼除了正要下手的部分之外,几乎全在水面之下,因此,这位可怜的镖枪手在离甲板约有十呎的下面,一半在鲸背上,一半在水面跌跌撞撞打熬着,他脚下的特大鱼身则像一架水车似的在滚动。眼下这一次,季奎格是一副苏格兰高地人打扮——穿一件衬衣,一双长袜——至少在我眼里,他显得少有地威风:读者马上就会明白,此时观察他,谁的机会也没有我的好。

我是这蛮子的前桨手,也就是掌他的小艇的前桨的人(从前头算起的第二个人),我的愉快的任务是他在死鲸背上忙着抓前挠后的时候侍候他。各位一定见过意大利的风琴手用一根长绳子牵一只蹦蹦跳跳的猴子四处卖艺。从船上往下看,我正是用一根捕鲸人俗称猴索的绳子牵着海水中的季奎格,猴索的一头拴在季奎格围着的结实的帆布腰带上。

这对我们两人来说,都是件既有趣又危险的活儿。因为在接着往下讲之前我先必须说明,这猴索是两头都拴死的,一头拴在季奎格的宽帆布腰带上,一头拴在我的窄皮带上。所以说,我们两个在这一段时间中是有福同享,有难同当,万一可怜的季奎格沉下去起不来,那么不管是按照习俗还是讲义气,我都决不能砍断绳子,而是让绳子拉着我随他之后一同沉下去。因此我们可以说是由一根长线连接在一起的一对暹罗孪生子①。季奎格就是我的分割不开的孪生兄弟,这一由麻绳结成的生死与共的情谊我是怎么也摆脱不了的了。

当时我对自己的处境有一种强烈的玄妙的感觉,我在急切地观察着他的一举一动的同时,似乎分明意识到我自己个人已成了一个两人的合股公司的一部分,我的自由意志已经受到了致命的伤害;另一个人只要出了错,倒了霉,就会连累我这个清清白白的人平白无故地遭灾送命。因此我看到了上天旨意在这上头忽然消失了,因为天意素来公正,不偏不倚;它要在,决不会允许如此不公道的事情。然而再细细一想,我这样处于鲸和船之间,东拉扯他一下,西拉扯他一下,每一下都可能危及他的安全——再进一步推敲起来,我又发现我的处境正和每一个活着的世人的处境一模一样;只不过每个世人大多由于种种不同境遇和一个以上的别的世人发生暹罗孪生子般的关系。如果你的银行垮了,你也就伤筋动骨;如果药剂师给你错配了毒药,你就得屈死。不错,你可以说,只要步步严防,你可能逃脱这些以及其他种种生活中的厄运。但是尽管我小心谨慎地操纵,他有时身子猛地一抖,我就差点儿被拉得滑下海去。再说,我也不可能忘记:我再有多大能耐,我也只能管好这猴索的一头。②

---

① 这里提到的暹罗孪生子是指一对有名的一八一一年在暹罗(今泰国)出生的中国血统的连体双生子章(Chang)和炎(Eng)。他们以展览自己为生。最后他们在美国定居。
② 所有捕鲸船上都有这猴索,但只有在披谷德号上,猴索和执掌猴索的人是拴在一起的。做出这一对原有用法的改进的人不是别人,正是斯德布;他为的是要向身处险境的镖枪手提供尽可能有力的保证,以证明执掌他的猴索的人既忠诚可靠又万分警惕。——作者注

我已经说过,我不时会在鲸与船之间猛一下拉动可怜的季奎格——由于鲸与船两者不断滚动摇摆,他随时会失足落下。不过他面临的险情不止于此。尽管晚间对鲨鱼大开杀戒,可是这吓不退它们;而当初鲸血尚流得不畅而此刻开始从鲸身汩汩流出,这是对它们新的更加强烈的招引——这批穷凶极恶的家伙麇集在死鲸周围,像蜂窝中的蜜蜂一般。

而季奎格正在这伙鲨鱼的中间,他常跟跟跄跄地用脚来把它们踢开。这事说起来叫人简直不能相信:要不是被死鲸这样的猎食对象所吸引,鲨鱼这种杂食各种肉类的动物倒是难得去碰一碰人的。

不过话说回来,既然这些馋痨坯已经尝到了甜头,那么小心提防它们总是上策。为此,除了我时不时拉一拉我那可怜的伙计,叫他不可挨某一头看来特别凶残的鲨鱼的嘴太近,还有另一项措施为他提供保护,那就是塔希特戈和达果吊在船边绳梯上,不停地挥舞着两把他们曾经用来杀死过许多他们够得着的鲨鱼的锋利的铲子。他们这种做法自然是出于好意,没有半点儿私心。他们为的是季奎格的安全和幸福,这我承认;可是他们过于热心,急于对他表示友好,却忘了他和那些鲨鱼同样有时处于近乎为血污的海水所隐没的状态,以致一不小心,他们的铲子更近于砍掉一条人腿而不是斩断一根鱼尾巴。然而可怜的季奎格,我想他只是大口喘着气,使尽全身之力对付那大铁钩——可怜的季奎格,我想他只是向他的约觉祈祷,把自己的性命交给他的天神发落。

我随着海上每一个浪头先收紧后放松手里的索子,一面心想:好吧,好吧,我的亲爱的伙伴和孪生兄弟——说到底,这有什么了不起?你岂不是代表这个捕鲸世界中我们每一个人的宝贵形象?你在其中喘息的深不可测的海洋就是生活;那些鲨鱼是你的敌人,那些铲子则是你的朋友;可怜的小伙子啊,你在鲨鱼和铲子之间的处境真叫人揪心。

可是,拿出勇气来!好运气在等着你哩,季奎格。因为到了此刻,那个嘴唇发乌,眼里布满血丝的精疲力竭的蛮子终于顺着链子爬上来,翻过船舷,全身滴着水,不由自主地哆嗦着;管事走上前来,带着一种仁慈安慰的眼色递给他一杯——一杯什么?热烘烘的白兰地酒吗?不!递给他,天哪!递给他一杯温姜汤!

"姜？我是不是闻到了姜的气味？"斯德布走近前来将信将疑地问,"不错,这准是姜。"他看了看那还没有上嘴的杯子。他接着站了一会儿,一副怎么也不能相信的模样。他沉住气,走到吃惊的管事面前,慢吞吞地说:"姜？姜？面团娃先生！您可不可以开恩告诉我,姜有什么好处？姜！面团娃啊,姜难道是你用的一种燃料？难道它能在这筛糠似的哆嗦着的生番肚子里点起一把火吗？姜！——姜到底是什么鬼东西呀？——海煤？——木柴？——火柴？——火绒？——火药？——我说,姜是什么鬼东西呀？是你给咱们可怜的季奎格这杯东西吗？"

"看来是有个禁酒协会在偷偷摸摸地活动,才会有这事儿,"这时候斯塔勃克从船头走过来,斯德布迎上去,突然又添了一句,"请你看看那杯东西,长官;你愿意的话,请闻一闻。"然后他看了看大副的脸色,接着说,"斯塔勃克先生,这管事居然好意思给季奎格那杯甘汞和泻药喝,人家就在此刻刚从鲸身上下来。这管事是个药剂师吗,长官？我倒要问问他,他是不是打算用这种辣货把一个淹得半死的人救活过来？"

"我不相信能救活过来,"斯塔勃克说,"这东西够糟的。"

"喂,喂,管事的,"斯德布嚷道,"我们来教教你怎样把一个镖枪手救活过来;不是你那药房里的货色;你是要毒死我们,是不是？你给我们的性命都保了险,现在想把我们都谋杀个干净,好把保险金都装到你口袋里,对不对？"

"这不是我的主意,"管事叫起来,"姜是查利丹姑妈送到船上来的,她吩咐我不可给镖枪手们喝烈酒,只能给他们姜汁喝,她就是这样吩咐的。"

"姜汁！你这个姜流氓！拿去,赶快到柜子里另拿些好一点儿的东西来。斯塔勃克先生,我希望我没有做错事。这是船长下的命令——给站到鲸身上去的镖枪手喝掺水的白酒。"

"够啦,"斯塔勃克回答,"可别再揍他,不过——"

"我就是揍谁也从不伤谁,除非是揍鲸鱼或是诸如此类的东西;眼前这个人是个下贱货。你想要说什么,长官？"

"只有一句话,跟他一块儿下去,你想喝什么,就给他拿什么。"

斯德布重新出现时,他一手拿着一个深色酒瓶,另一只手里是一个茶叶罐似的东西。瓶里盛的是烈酒,被递给了季奎格;罐里是查利丹姑妈的礼物,被慷慨地交给了滚滚波涛。

第七十三章

斯德布和弗兰斯克宰了一头露脊鲸,接着就此谈了一次话

我们必须记住:在整个这段时间里,披谷德号船边一直挂着一颗抹香鲸的奇大无比的脑袋。同时我们必须继续让它在那儿再挂上一段时间,直到我们能腾出手来处理它。眼下有更紧急的事儿要处理,我们只得祈祷上天,但愿那滑车能吃得住。

经过了昨夜和今天一上午,披谷德号渐渐驶进了偶尔出现大片黄色浮游生物群的洋面,这是个不寻常的迹象,说明附近会有露脊鲸。一般来说,在这一个特定的时节,很少有这种鲸鱼会潜伏在附近这一带。再说,船上所有人手都不屑于费力去逮这类劣等货色,而披谷德号这次的使命也根本不是四处去逮它们;而且它在此以前已经在克罗泽群岛附近一路碰见过一些露脊鲸,连一艘小艇也没有放下去过。如今,一头抹香鲸已被砍了脑袋,靠在船边;居然下了通知,说是当天只要一有机会,要逮它一头露脊鲸,全船人对此都大为惊讶。

过不了多久,机会果然出现了。在下风头已经看到了喷得高高的水柱,两艘小艇,斯德布的和弗兰斯克的,被派去追捕。小艇越追越远,最后终于连桅顶上的人也看不见了。可是突然间,他们看到远处起了一大堆汹涌的白浪;不一会儿,桅顶上传下来消息说,一艘也说不定两艘小艇已经投中了鲸鱼。又过了一会儿,两条小艇已经看得分明,它们被鲸鱼拖着正朝大船驶来。这怪物游得离船体如此之近,以致大家最

初以为它要对船不客气啦,但是到了离船板不到五十呎的地方,它突然卷进一个大漩涡中沉了下去,完全从视线中消失,活像是钻到船底下去了。"割断绳子!割断绳子!"大船对着小艇叫喊。在这一刹那间,小艇看来要对着船身撞过来,撞得两败俱伤。然而桶里的索子还有的是,而那头鲸鱼沉得并不很快,艇上人已经撒出了好长的索子,同时使足了力气往后曳,好赶到大船前头去。有几分钟时间,这场斗争的形势危急万分;小艇上人一方面继续朝一个方向放松那绷紧了的索子,而朝另一个方向继续划他们的桨,这两个方向一用力,小艇就有灭顶的危险。其实他们所竭力争取的不过是往前几呎而已。他们咬紧牙关不放松,终于他们争取到啦;这时候可以感到一阵有如闪电一般急速的震颤沿着大船龙骨传过去,原来是那条拉紧的曳鲸索在船底下擦过,猛一下从船头底下露了出来,抖动着格格地响,甩下无数水滴,像碎玻璃屑一般落到水面上;同时索子前头的鲸鱼也露出在水面上。两条小艇又一次可以自由地飞速前进。那再也没了力气的鲸鱼降低了它的速度,盲目地改变它的方向,拉着那两条小艇绕过船艄;这样,小艇兜了整整一个大圈子。

同时,他们把曳鲸索越收越紧,终于造成了鲸鱼受到两条小艇从两翼夹攻的形势。斯德布和弗兰斯克两人你投一枪,我投一枪,彼此呼应;就这样,战斗围绕着披谷德号一圈又一圈地进行,而原来围着抹香鲸的尸体转的大群鲨鱼这时闻到了露脊鲸每一个新伤口流出来的鲜血就急忙赶来痛饮,犹如那以色列人一见到击破的岩石间喷发的山泉便急不可待地痛饮一般。[1]

末了,鲸鱼喷的水低而粗了,它可怕地打了一个滚儿,经过一阵呕吐,终于肚皮朝天,死了。

于是两位艇长忙着用绳索拴住鲸鱼尾巴,并采取一些其他措施,准备把这大家伙拖过来。随后两人之间进行了如下一番谈话:

"我闹不明白老头子要这一堆废油脂干什么。"斯德布说,他一想到自己不得不来对付这种下贱货,心里不由得愤愤不平。

---

[1] 见《圣经·出埃及记》第17章6节。

"干什么？"弗兰斯克一边在艇艏把一些后备的曳鲸索卷好，一边说，"你难道从来没听说一条船只要有一次右舷挂过一颗抹香鲸脑袋而同时有一颗露脊鲸脑袋挂在左舷，这条船便从此永远不会翻；这，斯德布，你难道从来没有听说过？"

"为什么不会翻船呢？"

"我说不上来，不过我听费达拉这个橙黄皮肤鬼子这么说过；看样子，他精通行船的一切符咒法术。但是我有时觉得他的法术对这条船终究不会有什么好处。这家伙我实在不喜欢，斯德布，你有没有注意到他的一颗长牙仿佛经过雕刻，雕成了蛇头似的形状，斯德布？"

"去他的！我从来不瞧他一眼；不过要是我有机会在黑夜里碰上他贴近船舷站着，而四下里又没有人，弗兰斯克，你瞧那下面——（他用双手做了个特别的姿势，指向大海）对，我会的！弗兰斯克，我认为费达拉是个乔装打扮的魔鬼。你信不信他是被偷偷弄上船藏起来这个荒唐无稽的故事？我说，他就是魔鬼。你之所以看不见他的尾巴，是因为他把尾巴收起来不让人看见；我猜他是把尾巴卷起来塞在他的口袋里。该死的东西！啊，此刻我想起来啦，他老是在找麻絮要填满他那双靴子里大拇趾地位的空当。"

"他在靴子里睡觉，对吗？他没有吊床可睡；有几个晚上，我见他躺在索具圈里。"

"一点儿不错，那是因为他有条该死的尾巴；他把它盘起来，你明白吗，藏在索子眼里。"

"老头子干吗要这么把他放在心上呢？"

"我猜是要彼此交换什么，或是做一笔交易。"

"交易？——什么交易？"

"嘿，你还看不出来，老头子一心要杀那白鲸，那魔鬼呢，想哄他拿他的银表，要不，就是拿他的灵魂来交换，或者其他这类东西；那时候，他就会把莫比·迪克交出来。"

"呸！斯德布，你是在开玩笑；费达拉哪能办得了这个？"

"这可说不准，弗兰斯克，可那魔鬼实在叫人好奇，而且我告诉你，这家伙居心不良。人家说，有一回，他溜溜达达上了一艘老旗舰，一路摇着他的尾巴,装得像个绅士,一副逍遥自在的样子,向人打听老总督是不是还在舰上。嗯,他在舰上,接着问魔鬼有何贵干。魔鬼摇着他的爪子,说:'我要找约翰。''有什么事?'老总督问。魔鬼听了火啦,说:'这跟你有什么相干?我用得着他。''把他带走吧。'总督说——这下我的老天爷,弗兰斯克,魔鬼还没有用完约翰,约翰已经得了亚洲霍乱。这头鲸鱼,我一口就能把它吃了。不过要留神——你那一头准备好了吗?那好,往前划,让我们把鲸鱼靠到船边。"

"我想我听到过和你刚才讲的差不多的故事,"弗兰斯克说,这时候,两条小艇子终于慢腾腾地拖着鲸鱼驶向船边,"不过我已记不起来在哪儿听到的。"

"是从三个西班牙人那儿听到的吧?那三个嗜血成性的大兵的历险记?你是不是从那本书里读到的,弗兰斯克?我猜是这样吧?"

"不对,从来没见过这么本书,倒是听说过。但是现在,斯德布,请你告诉我,你说,你刚才讲的那个魔鬼是不是就是你说的披谷德号上的那个?"

"难道我不是帮你杀死这头鲸的同一个人?难道那魔鬼不是永远活着,谁又曾听说过那魔鬼死啦?你几时见过有哪个牧师为魔鬼服丧?如果魔鬼有进将军官舱的钥匙,你以为他会打舷窗里爬进去吗?你倒说说看,弗兰斯克?"

"你看费达拉有多大年纪,斯德布?"

"你看到前边那根土桅吗?"他指着人船,"好,主桅就是个数字'1';现在你就是把披谷德号船舱里所有的箍都拿来,一个接一个排列在桅边,那也是白搭;就是这样形成的一个数字①也远远顶不上费达拉的年纪。哪怕天底下所有的箍桶匠也拿不出那么多箍来,凑成一个和费达拉的年纪相当的数字。"

"不过,斯德布,我刚才听你在吹牛,说是只要碰上个好机会,你就要把费达拉扔到海里。如果他的年纪真有所有你的那些箍加起来那么多,如果他真能永远活下去——那么把他从船里扔出去又有什么

---

① 这样,主桅是1,箍是0,1之后有好多个0,那就是一个天文数字。

用——请你告诉我？"

"反正让他在水里好好泡一泡。"

"可是他会爬回船上来。"

"再让他在水里泡一次，不断地叫他泡在水里。"

"要是他起了个念头，要叫你泡在水里呢——不错，要淹死你呢——那时候你怎么办？"

"我倒要看看他有没有这胆量；我非揍得他鼻青脸肿，叫他好久好久都不敢在将军舱里露脸，更别说到他住的最下一层甲板去，或者这一带的上层甲板来，那是他老爱偷偷往那儿溜的地方。这该死的魔鬼，弗兰斯克；你以为我怕这魔鬼吗？谁怕他呀？除了那位老总督不敢把他抓起来，给他戴上他该戴的脚镣手铐；老总督反而让魔鬼四处去绑架人，还跟他签合约；凡是魔鬼绑架来的人，都由他替他烤熟。这还算是总督哩！"

"你以为费达拉要绑架埃哈伯船长吗？"

"我以为？你不久就会知道，弗兰斯克。不过我现在就要去严密监视他。只要一发现有形迹可疑的事儿，我会一把抓住他的衣领，对他说——听着魔王，不许你这么干；他要敢哼一声，老天在上，我就抓住他藏在口袋里的尾巴，拉到绞盘跟前，一阵拧，一阵扯，叫他的尾巴只剩下一个桩——明白吗？到那时候，他发现自己的尾巴短得不像话，只好偷偷溜走，落个两腿之间少了根尾巴这种丢人现眼的下场。"

"你拧下根尾巴来做什么用，斯德布？"

"做什么用？等回到家乡，把它卖了再买根赶牛用的鞭子呗——还能有什么用？"

"斯德布，你说的话，你这一路说的那些话，到底作不作数？"

"作数也好，不作数也好，我们反正回到了大船边啦。"

上面招呼两条小艇把鲸鱼拖到左舷边去，那儿已经准备好了拴鲸鱼尾巴的链子和其他必需用品，好把鱼拴在船边。

"我说得不错吧？"弗兰斯克说，"不用多久你就会看到这头露脊鲸的脑袋挂在抹香鲸脑袋对面啦。"

弗兰斯克说的话果然很快就应验了。当初披谷德号深深地侧向抹香鲸脑袋那一边;如今,两颗脑袋的重量彼此抵消,船身又保持平稳了,只是你尽可以肯定,这下船压得够沉的。所以说,当你把洛克①的脑袋挂在这一边时,你就偏向这一边;但是如今在那一边挂上了康德②的脑袋,你就倒回来啦,不过这光景很不妙。因此,有些脑瓜永远在作调整,以使船走得平稳。唉,你这个蠢材啊!把这些大脑袋一股脑儿扔到海里,你不就轻松正常啦。

当露脊鲸靠到了船边,通常采取的一些处理它的身躯的最初步骤和处理抹香鲸的相同;只是后者的脑袋是整个砍断,而前者的嘴唇和舌头则单独割下,连同那整块附着在人称之为"天灵盖"上的有名的黑色骨头一起挂在甲板上。不过对于眼下这一头却没有这么办。两头鲸鱼的尸体都扔在船后,挂着两颗脑袋的船则颇有点像驮着一对压得死沉的篮子的骡子。

费达拉就在此时泰然自若地瞅着露脊鲸的脑袋,时而望望那脑袋上的深深的皱纹,再望望自己手上的掌纹。这时正好埃哈伯也站在那儿,那个袄教徒就隐在他的影子里。如果袄教徒也有影子的话,那么,他的影子就在埃哈伯的影子里并又加长了这个影子。全船水手一边干着活儿,一边七嘴八舌地对至今发生的种种事情作着一些海阔天空的猜测。

第七十四章

抹香鲸脑袋——对照观

现在,这儿有两头巨鲸,它们的脑袋凑在一起;让我们加入它们之中,把我们的脑袋也凑在一起。

在对开式的这些特大型鲸鱼中,抹香鲸和露脊鲸远比其他的鲸令

---

① 约翰·洛克(1632—1704),英国哲学家,十八世纪法兰西唯物主义学派的先导。
② 伊曼纽·康德(1724—1804),德国哲学家,德国古典唯心主义学派的创始人。

人瞩目。鲸鱼中惟有它们这两种经常为人所猎捕。在一个南塔克特人眼里，它们是已知的鲸鱼种类中的两极。鉴于它们的外表区别主要可以从它们的脑袋观察到，鉴于此刻披谷德号两边各挂着一颗它们的脑袋，加以我们可以两边随意来去，只需跨过甲板便是，我倒要请问：您到哪儿去找比这更好的机会来研究鲸类学？

首先，这两颗脑袋的总的区别给你一个鲜明的印象。两颗脑袋的确都够大的。然而抹香鲸的脑袋具有一种数学意义上的对称，而露脊鲸的脑袋不幸缺乏这一点。抹香鲸的脑袋更显得有性格；瞧着它，你不由得要承认它在整体的气派上要优越得多得多。以眼前这颗抹香鲸脑袋而论，这种气派由于脑袋顶上那种椒盐色而更有所增加；这颜色说明了它年事已高，阅历丰富。总之，它就是捕鲸人行话中所称的"花白头鲸"。

现在我们再来看一看这两颗脑袋最为近似之处吧——那就是眼睛和耳朵这两个至关紧要的器官。如果你仔细搜寻，在脑袋两侧尽后边，尽底下，接近这两类鲸鱼的嘴角的地方，你终于会找到一只没有睫毛的眼睛，你一见它还以为是一匹马驹子的眼睛哩；它与脑袋之巨大太不相称。

从鲸鱼的双眼处于如此偏侧的地位判断，显然它看不见正前方的任何物象，正如它看不见正后方的任何物象一样。总之，鲸鱼眼睛所处的地位与人的耳朵所处的地位相当；因此你不妨设身处地想象一下：如果你的耳朵成了你的眼睛，你得从两旁考察物象，你会有怎样的感受。你会发现你的视野只限于和横直线成三十度角这一片。如果你的不共戴天的敌人在光天化日之下手举匕首正对着你走来，你会看不到他，正如你看不到他从后面偷袭你一样。总之，你可以说是有两个后背；而同时你也可以说有两个前方（侧前方），因为说到底，一个人的前方是什么形式的——其实不是他的眼睛又是什么？

进一步说来，我现在所能想到的大多数其他动物，它们的两只眼睛的配置足以使它们的视力无形中合成一体，产生出一幅供大脑接收的画面，而不是两幅。鲸鱼眼睛的特殊位置使两眼被高高耸立的许多立方呎的头颅实体所隔开，犹如一座大山隔绝了谷地里的两泓湖水一般。

这样一来,两只眼睛作为各自独立器官所得出的印象自然也就各不相干。因此一头鲸鱼必然在一侧看到一幅清晰的图画,另一侧看的是另一幅;两幅图画之间对它来说必然是漆黑一片的虚无。一个人可以说实际上是从一座两个窗框连成一扇窗户的岗亭中看世界。而对鲸鱼来说,这两个窗框安在两个地方,分明形成两扇各不相干的窗子,可惜的是这损害了视觉形象。鲸鱼眼睛的这一特点是捕鲸业中人始终不可忘记的一件事,也是读本书以后一些场景的读者必须记住的。

这一鲸鱼的视觉问题可能会引起一个古怪的令人为之大惑不解的问题。然而就此我只能点到为止。人的眼睛只要在亮光中睁着,他不能不机械地看到在他面前的事物,这一视觉动作是不由自主的。但是任何一个人的经验都会告诉他:虽说他一眼望出去便可将一切不分青红皂白尽收眼底,他却不可能对任何两样东西——不论它们有多大或多小——在同一个瞬间十分注意地考察它们,也不管它们是否并列而且连接在一起,而如果此刻你把这两件东西分开,并使它们的周围是一片伸手不见五指的黑暗;这时候你为了要用上全副心力看清其中的一件东西,另一件东西势必会被完全排除于你当时的意识之外。这种情况在鲸鱼眼中又是如何的呢?固然,它的两只眼睛本身会同时各有所视;然而它的脑子难道会比人脑更面面俱到,两者兼顾以及更为灵巧,以至它能在同一个时刻注意地考察两个不同的视觉对象:一个在它的一侧,另一个则在相反的一侧?如果它能做到这一点,那么这岂不是鲸鱼的一个奇迹,等于人能够同时完成论证欧几里得的两个不同命题?这一比拟,即使加以严格考察,也没有不合适的。

说起来,也许那是个无谓的心血来潮的想法,不过我始终认为有些鲸鱼在遭到三四条小艇围攻时表现出来的行动上异乎寻常的摇摆不定,以及这种鲸鱼常有的心虚胆怯,容易大惊小怪——我以为所有这些间接地出之于在意志上的不知所措,无所适从;它们的分割的截然相反的视觉功能必然导致以上这类现象。

然而鲸鱼的耳朵之奇特绝不亚于它的眼睛。假如你对它们这个族类全然是个外行,你也许会花上几个钟头搜遍这两颗脑袋也发现不了它们的耳朵在哪儿。它们的耳朵根本就没有外页;它的耳孔之出奇的细小,可以说你连一株鹅毛笔也不容易插进去。它处于眼睛稍后一点儿的地方。观察抹香鲸与露脊鲸的耳朵,你可以发现这是它们的一个重要的不同点。前者的耳朵有一个外孔,而后者的耳朵则有一层薄膜将其完全而均匀地蒙住,从而从外面看去一无所见。

如鲸鱼这样的庞然大物,居然通过如此的小眼睛看世界,通过比野兔的耳朵还小的耳朵听霹雳惊雷,这话说来岂不令人觉得稀奇?然而如果它的眼睛大得有如赫舍尔①所制的大望远镜,耳朵比大教堂的门廊还要宽敞,那会使它目光更远大,听觉更灵敏吗?完全不然——既然如此,你又何必去"扩大"你的头脑呢?使它更加精细灵敏才是正道。

现在让我们利用手头有的杠杆和蒸汽引擎来把抹香鲸的脑袋翻个底朝天,然后自己登上楼梯到最高处,往下看那嘴吧。如果此刻的鲸鱼不是身首异处的话,我们大可以提上一盏灯,下到它的犹如肯塔基州特大溶洞②的胃里去走一遭。但是我们暂且在这颗牙齿前停步来看看我们周围的风景。啊,这真是多么美多么高洁的一张嘴啊!从地板到天花板都铺着、还不如说贴着一层闪闪发光的白膜,其光泽犹如新娘的婚纱。

现在再请你走出来瞧这吓人的下巴,它看来好像一只奇大无比的鼻烟匣子的又长又狭的盖子,盖子开合的绞链不是安在一边而是在打横的两头中的一头。如果你把盖子撬开,想探进脑袋去瞧瞧,你就会发现它的两排牙齿,像是城堡大门上安的令人心惊胆战的吊门:一落下来,那就一命呜呼啦!捕鲸业中有多少可怜的人亲身经受了吊门落下被利齿拦腰刺穿的大难。然而比这更可怕的是:在多少呎的海面下,你见到一头怒气冲冲的鲸鱼洄游在海面与海底之间,一只奇大的下巴有大约十五呎宽,笔直地翻下来与身子成直角,活像船上撑开三角帆的一根横木。这鲸鱼并没有死,它是打不起精神来;也许是情绪不好,得了

---

① 威廉·赫舍尔(1738—1822),英国天文学家,曾于一七八九年建成有四十八吋镜面、焦距为四十呎的天文望远镜。
② 该溶洞于一七九九年被去肯塔基州移民所发现,洞中有各种奇形怪状的石灰岩,有湖、地下溪流、由蜿蜒曲折的通道相连的巨大岩室,已测知的通道(上下五层)达一百五十哩。

忧郁症;它懒洋洋地松开了下巴的绞链,现出一副落魄的难看模样,成了它的全体族类的一个奇耻大辱。毫无疑问,这些同类准是在希望它得了牙关紧闭症才好。

在大多数情况下,这下巴——一位熟练的工匠可以不费力地使它张开——被卸下来,吊在甲板上,目的是把它的象牙一般的牙齿拔下来,这可使捕鲸人得到一批又白又硬的鲸骨原料,供他们闲时制作各种奇形怪状的工艺品,包括手杖啦、伞柄啦、马鞭的把手啦,等等。

费了好长时间的力气,终于将这下巴吊上来,拉到甲板上,那光景就和提上一只锚差不多。过了一段时间——干完其他的活儿以后不几天,季奎格、达果和塔希特戈这几个地道的牙匠便动手把鲸牙拔下来。季奎格用一把锋利的切割用铲子把牙龈切开,接着把下巴颏用绳子缚住在一只只圆顶螺栓上,上头安好一部滑车,他们就这样拔下那些鲸牙,仿佛密歇根州的牛群把伐木剩下的树桩从荒野的林地里拉出地面一般。通常一头鲸共有四十二颗牙;上了年纪的鲸的牙已经磨掉了许多,但并未腐烂,也不像咱们人牙经过人工镶补。那下巴颏随后被锯成厚片,像准备盖房用的木料一样堆起来。

第七十五章

露脊鲸脑袋——对照观

现在走到甲板对面,让我们花些时间来好好看看露脊鲸脑袋。

以总的形状而论,不妨把那高贵的抹香鲸脑袋比做一辆古罗马的战车(尤其是从正面看去,它是那么阔大而浑圆);而那露脊鲸的脑袋总的看来却寒碜得颇像一只特大的大头鞋。两百年前,一个古荷兰航海家曾把它的形状比做鞋匠用的一个木楦头。而就在这只楦头或鞋里,幼儿故事里的那个老妇人带上一大堆孩子,或者说,她和她所有的儿孙完全可以舒舒服服地住在里面。

可是当你进一步走近这颗大脑袋,它的模样开始随着你的视角的变换而有所不同。如果你站在那脑袋顶上,对着那两只f形的喷水孔看,你会以为这整个脑袋是一只奇大无比的低音大提琴,而那些喷孔正是大提琴共鸣板上的孔。然后你再定睛观看那大脑袋顶上形似梳子的奇怪冠状物的硬壳——这一簇绿色藤壶①般的东西,格陵兰人把它叫做露脊鲸的"皇冠",南方捕鲸人则称之为它的"圆帽";你如果单看着它,你会以为这脑袋是一棵巨大的橡树的树干,树杈上有个鸟窝。反正随你怎么说,当你望着栖息在这顶圆帽上的活蟹,几乎免不了会产生这样的想法;除非你的幻想真的已经停留在奉赠给它的"皇冠"这个技术性雅号上,如果确是这样,你就会兴味盎然地想:这个力大无穷的海怪怎么居然成为头戴冕旒的海上之王,而这绿色"皇冠"则是专为它用这种奇异的方式拼凑而成的。然而这鲸鱼真要是位国王的话,那它便是个有一肚子气要发作的家伙,与这冕旒好不相称。瞧那耷拉着的下嘴唇!正噘着嘴生大气哩!这噘嘴生大气的东西,按木匠的丈量法计算,前后约长二十呎,上下约五呎,能产五百加仑以上的油。

但是可惜得很,这头倒霉的鲸鱼的嘴唇竟然裂成两半。那裂缝有一呎左右宽。大概它的妈妈在一个重要的时刻正顺着秘鲁海岸而下,偏偏来了一场地震,把海滩震出了一个口子。我们像跨过一个滑溜的门槛一般跨过这嘴唇,然后滑进嘴里。请你相信,如果我这时是在马基诺的话,我会把这认作是印第安人的棚屋。我的天!这就是约拿进入鲸腹走过的路吗?它的顶约十二呎高,两边斜下来形成一个很锐利的角,活像有一个正规的柱子撑在那儿,而那呈肋状、拱形、毛茸茸的两边向我们显出了那些奇异的、偏斜的、形似短弯刀的鲸鱼肋骨,恐怕一边有三百根,它们从脑袋上部或者说天灵盖下来形成威尼斯式的软百叶窗;这已在别处约略提过了。这些鲸骨边上都长有绒毛般的纤维,露脊鲸张开大嘴,游过遍布小浮游生物的海面进食时就用这纤维来把流进嘴来的海水过滤一遍,经过纤维的繁复结构,小鱼被留了下来。按天然

---

① 藤壶是一种海产甲壳动物。

长成的序列,那些位于中间的软百叶窗的鲸骨上有某些稀奇古怪的标记,有曲线、有坑洼、有山脊;有些捕鲸人可以据此推算出鲸鱼的年纪,正如看年轮可以算出橡树的年纪一样。虽然这一准则的确凿性难以证实,但它使你感到有其足以类推的或然性。反正随你怎么说,我们只要接受这一点,我们就得承认露脊鲸的年纪要比乍一看去得出的你认为合理的年纪要高得多。

在古代,有关这些软百叶窗,似乎流行过一些古怪之极的设想。珀切斯①的著作中有一位航海家称它们为神奇的长在鲸嘴里面的"胡子②";另一位则称之为"猪鬃";第三位是黑克卢特著作中的老先生,他说了如下的文绉绉的话:"在其上牙床两侧长有两百五十根鳍状物,彼等于鲸嘴两侧各成拱形位于其舌头之上。"

众所周知,这些所谓"猪鬃""鳍状物""胡子""软百叶窗"或者你高兴叫它什么就是什么的东西是供太太们撑起紧身衣胸部的鲸骨架或其他硬衬的材料。然而这方面的需求早已越来越小。鲸骨走红是在安妮女皇时代,当时最时髦的是用鲸骨箍来撑大女人的裙子。当这些古代美人快活地来来去去,你也许会说,这跟在鲸嘴里走动差不多;就算是吧,可是如今我们遇上一场阵雨,还不是一样不假思索地飞奔进鲸嘴受保护,因为雨伞也是用鲸骨撑开,撑成一个帐篷。

但是让我们现在暂时忘却软百叶窗和胡子这一切,站在露脊鲸嘴里,重新看看四周的光景。所有这些鲸骨柱子秩序井然地排列在那儿,难道你不会想象自己是在哈勒姆③的大风琴里,凝望着它的上千个声管吗?作为风琴下面的地毯,我们有一块顶顶柔软的土耳其地毯——那就是鲸舌,它仿佛是粘在鲸嘴的地板上。这舌头又肥厚又柔嫩,在吊它到甲板上来的时候很容易被撕成片片。此刻这一条舌头正在我们面

---

① 塞缪尔·珀切斯(1577—1626),英国游记和探险作品编纂人。他继续英国地理学家黑克卢特开始的文集编纂工作,编成《黑克卢特遗作,或珀切斯游记》一书。
② 这令我们想起露脊鲸确有一种胡子或者说嘴唇上面的小胡子似的东西,它由少数一些分散的白毛组成,位于下巴颏的两头的上部。有时这一撮撮毛赋予它本来庄重的面容以一种近乎匪气的表情。——作者注
③ 荷兰北荷兰省省会,在十八世纪曾制造出有五千声管的大教堂风琴。

前;我眼睛一瞄就看出这是条六桶的货,也就是说,它能出大约六桶油。

在此之前,你一定已经看得很清楚,我一开头要说明的真理是什么——那就是抹香鲸的脑袋和露脊鲸的脑袋大不相同。概而言之:露脊鲸的脑袋中没有大量的鲸脑,没有一颗象牙般的齿,没有抹香鲸那样的又长又细的下巴骨。而抹香鲸的脑袋则没有那种百叶窗似的软骨,没有特大的下唇,几乎没有可以称得上是舌头的东西。还有,露脊鲸有两个露在外面的喷水孔,抹香鲸只有一个。

最后,乘这两颗令人肃然起敬的戴着风帽似的脑袋还在一起的时候,再看上最后一眼吧;因为不久,其中一颗便将沉入海中,不留一点儿记载;另一颗,过不了多久也会跟着去的。

你可曾把抹香鲸脑袋上的神情看在眼里?那正是它临死时的神情,只是那些脑门子上长长的皱襞有的似乎已在消退。我感觉到,由于对死亡有如哲人般无所萦怀,它的宽广的额头洋溢着大草原般的静谧。可是看看那另一颗脑袋的神情吧。它的下唇纯属偶然地被船壁碰得变了形而紧裹着下巴,看了令人惊讶。难道这整个脑袋不是在面对死亡时表现出巨大的现实决心吗?在我看来,这露脊鲸是个斯多噶派;而这抹香鲸则是个柏拉图主义者,它在晚年也许已经皈依斯宾诺莎了①。

第七十六章
破 城 之 槌

在你此刻丢下抹香鲸脑袋之前,我要请你作为一个通达的生理学

---

① 据皮佛教授的详注本:这个比喻的要旨是把斯多噶派的实际道德准则与柏拉图主义者的思辨的理想主义(认为学识即德行)作一对比。然而即使在柏拉图看来,心与物也是不同的;而在斯宾诺莎眼中只有"一无限之物,有限的存在是其局限"。他称全宇宙只不过是上帝的一种显示。

家特别关注一下它的正面形象,它的长得紧凑集中的相貌。我要请你现在好好研究一下,专门着眼于使自己对这脑袋所具有的古代用来撞破城门的大槌般的威力有一个不事夸张的明智的估价。这一点至关紧要,因为你必然要在你自己头脑中圆满地解决这个问题,否则那就是对自有文字记载的历史以来所能见到的也许是最最惊心动魄又不折不扣地真实的事件之一始终是个非信徒。

你注意到抹香鲸在处于通常的泅水姿态时,它的脑袋的正面几乎完全呈一垂直平面与水面相交;你注意到它的面部下半部大大向后倾斜好使那接受帆的下桁似的下巴颏的长长的槽更加缩后一些;你也注意到它的嘴全然是在脑袋底下;说实在的,这非常像你自己的嘴全然长在你的下巴下面一个样。更有甚者,你注意到鲸鱼没有外露的鼻子;它的鼻子,也就是它的喷水孔,是在他的脑袋顶部;你注意到它的眼和耳在它的脑袋两旁,处于从它的面部算起整个身长将近三分之一的地方。由此你一定已经明白,抹香鲸的脑袋的前部是一堵什么也看不见的死墙,既无一项器官,也无任何一种突出在前面的软组织。至此,你便要更进一步地想:只是在面部最底下、往后倾斜的部分才有少许一点儿骨头的遗迹,而直到你离它的脑门子二十呎的地方你才接近它的真正的头颅部分。所以这整个没有骨头的一大堆就像一团棉絮。最后,虽说很快就要交代:这一堆中间有一部分是极其珍贵的鲸脑油,但是此刻要告诉你的是包裹着这看来柔弱的头颅使之几乎刀枪不入的东西的性质。我曾经在前面某个地方向你们描写过鲸膘包住了鲸身,正如橘皮包着橘子一样。鲸的脑袋也是如此,但是又有下面的不同:包着脑袋的物质虽然并不太厚,没有骨头,却坚韧得使从来不曾碰过它的人难以想象。再力大无穷的人投出的最尖利不过的镖枪,再锋利的长矛遇上它也会无可奈何地反弹回来,就好像抹香鲸的脑门子是用多少块马蹄铺就的。我相信它没有任何感觉。

再请你想想另一件事:两个喝得醉醺醺的西印度群岛大汉偶然在码头上彼此冲撞了起来,水手们怎么办?他们不是用什么铁器或木头在眼见得两人就要相碰的当儿从中拦隔他们。不,他们用的是一大团用最厚和最坚韧的生牛皮包住了的麻絮和软木。柔能克刚,橡木棍和铁撬都吃不住的挤压它都吃得住。这本身足以说明我所要指出的一个显而易见的事实。但是还要作一点补充,也是我偶尔产生的一种假想:普通的鱼身上都有一个能够任意胀缩的供沤水用的鳔;而就我所知,抹香鲸并没有这样的东西,但它仍能时而使脑袋沉到水面以下,时而又高高地浮到水面上,这如何解释呢;那就要请你想一想它的脑袋的外包层的伸缩自如的弹性以及脑袋内部的独一无二的性质。我已经说过,我曾偶然想到了一种假设,这就是那些神秘的肺部细胞的海绵体很可能与外部空气有某种至今还不清楚也未猜想到的关系,使它对大气的胀缩易于感应。如果这一设想不错,那就请想一想由最难以触摸和最具破坏力的元素所形成的无坚不摧的威力吧。

现在请注意,真确地推动着这堵刀枪不入、不受伤害的无知觉的墙以及内部最具浮力的组织的是在后面游着的充满不可阻挡的生命力的庞然大物,只有把这庞然大物比作用索子曳着的堆积如山的木头才恰如其分,但它却又如蝼蚁一般听命于一个意志。因此,当我此后向你详细交代这一巨大海怪身内无处不在的种种专长和凝聚的威力时,当我向你展示它的某些比较起来略逊一筹的心计时,我相信你就会抛掉一切无知妄说,就会准备信守以下的立场:哪怕听说抹香鲸撞穿了达里恩地峡①,打开了一条联结大西洋和太平洋的通道,你连一根眉毛也不会耸一耸。因为除非你承认了鲸鱼的威力,否则你实际上只是个没见过世面的人,一个迎风洒泪见月伤心的可怜虫。清楚明白的实际只有经得起考验的巨人才有缘得见;少见世面的人要想见到它,岂非难上加难?请问,当初那位孱弱的青年揭起了赛斯②神庙中人人敬畏的女神的面纱,又落得个什么下场?

---

① 为巴拿马地峡的一部分。
② 赛斯,埃及西部省古城,位于尼罗河三角洲,是战争和织布女神的主神殿所在地。德国大诗人席勒有《赛斯的戴面纱的神像》,写一青年为了探秘,去赛斯揭开了司繁殖的女神的面纱,惊得倒地不起。

第七十七章

海德堡大桶①

这下该谈到掏鲸脑窝了。不过为了正确理解,你必须多少知道一点儿对它进行手术的部分的奇异的内部结构。

你不妨把抹香鲸的脑袋看成是一个椭圆形的立体,从一个斜面上把它分成上下两块楔形石②,底下那一部分是形成头盖骨和牙床骨的骨结构,上面那一部分则是一堆完全与骨头无关的油腻腻的东西;它的宽阔的前端就是鲸鱼的宽广的垂直的所谓前额。前额中间在水平面上再把上部的楔形石一分为二,得出两个几乎相等的部分,这两部分生来便由一堵厚厚的腱肉一般的物质组成的内壁隔为两半。

下面那部分称为脂肪组织,是一个奇大无比的贮油的海绵体,它由坚韧而有弹性的白色纤维在这整个空间来回穿梭织成千万个彼此可以渗透的蜂窝。上面那一部分通称脑窝,我们不妨把它看做抹香鲸的海德堡大桶。这只出了名的大酒桶神秘地深嵌在脑袋前部,因此它的巨大前额布满了由无数线条交织而成的无数奇怪的图形,作为这个奇妙的大桶的标志和装饰。更有甚者,正如那海德堡大桶常年装满了莱茵河谷地酿造的头等美酒一样,那鲸鱼桶里也是装满所有上好油脂中最最名贵的油脂,即被人看做宝物,处于绝对纯净、清澈、芳香状态的鲸脑。在抹香鲸全身任何其他部位都找不到不羼一丝杂质的这种名贵物质。在鲸鱼活着的时候,这物质全然是一种流体,但在鲸鱼死后,它一遇空气即告凝固,生发出美丽的晶体嫩芽,有

---

① 此桶在海德堡城堡的地窖中,三十一呎长,二十一呎高,能贮葡萄酒四万九千加仑。
② 楔形石不是个欧几里得几何学的名词。它纯粹属于海洋数学范畴。我不知以前有任何人对它作过界定。楔形石是个立体,它与楔子不同之处在于它的尖端是由一边出现一个锐角而不是两边共同向中间收缩形成的。——作者注

如河上初结起一层脆弱的薄冰时的光景。一头大鲸的脑窝通常能出五百加仑的鲸脑油。可惜的是，由于难以避免的种种情况，有很大一部分是撒了，漏走了，滴掉了，要不就是在干把它取出来这项棘手活儿时无可挽回地损失了。

我不知道海德堡大桶的内层是用什么上好而昂贵的材料镀成的，不过要论肥厚程度之高，大桶的镀层与抹香鲸的脑窝的珍珠色丝质内膜根本不可同日而语。后者像是一件精美轻便的女式大衣的衬里。

你将会发现抹香鲸身上的海德堡大桶包括了它的脑袋的整个顶部的全部长度；而由于这脑袋占这生灵的全长的三分之一（这在前面已经提过），再以一头中等大小的鲸全长为八十呎计，那么当这大桶竖着吊起来挂在船沿时，其深度为二十六呎有余。

在切下鲸的脑袋时，操作者所用的工具总是被放在靠近随后要用强力打开那鲸脑油室的地方。因此操作者必须异常小心，一不留神，下手快了或是慢了就会侵入这一神圣不可侵犯的处所，使其中的宝物白白流失。正是这脑袋被切开的那一头最后要被那割膘用的特大滑车吊出水面，保持原态势不动，滑车上的粗麻绳在船里这一部分堆成理也理不清的一大堆。

说了这么多之后，现在谨请大家注意从抹香鲸的海德堡大桶中取油这一过程，这是一个奇妙的过程，而以这一次来说，又几乎是一个要命的过程。

第七十八章

水缸水桶

塔希特戈敏捷得像一只猫似的往上爬，始终保持着笔挺的身姿。他踩着横空伸出的主桅桁臂走出去，一直走到下面正好是吊着的"大桶"的地方。他手提着一只叫做鞭子的轻便滑车,滑车只由两个部件组成,靠单滑轮转动。他固定好滑车,从桁臂上把它放下去,然后甩动索子,使它的一头落在甲板上,有人将它接住抓紧。这印第安人则顺着索子的另一头,双手替换着在空中往下滑,直到熟练地落在鲸鱼脑袋的顶部。这时他所处的地位仍比其余的人手高出许多,他在这高处向大伙儿兴高采烈地叫喊,像是土耳其寺院中一个报时人从塔楼顶上通知全镇的良民:祈祷时刻到啦。从下面给他送上来一把锋利的短柄铁铲,他便勤快地寻找在"大桶"上面下第一铲的合适地方。他干这活儿格外小心谨慎,像在一所古屋中搜寻宝物似的敲着墙壁,看黄金砌在哪儿。等到这小心翼翼的搜查结束之后,一只结实的铁箍木桶,跟从井里打水的木桶一模一样,安到了"鞭子"的一头上,另一头则横跨甲板,由两三个机警的人手掌握。然后这几个人把木桶吊上去,吊到那印第安人手边;另一个人则给他送上去一根特长的竿子。塔希特戈把竿子插进桶里,把桶送下去,直到它完全消失在"大桶"里;然后他通知水手转动那叫做鞭子的小滑车;于是木桶又上来啦,桶口冒着沫子,活像挤牛奶姑娘手里的鲜奶桶。桶从高处被小心地放下来,下面自有指定的人手接住这装得满满的容器,迅速地往一只大木盆里倒。如此再往上提,开始第二个回合,直至那口深水缸被掏空为止。掏到后来,塔希特戈不得不越来越使劲儿地把那长竿子往鲸脑里杵,越杵越深,直到那竿子杵进去有二十呎左右。

此刻,披谷德号上的人手这样掏着已有好一会儿,好几只木盆已经装满了这香喷喷的鲸脑油;哪知冷不丁一件怪事发生啦。是塔希特戈这个印第安野人粗心大意,不顾死活,一时松了抓住吊着鲸鱼脑袋的大滑车的链子的那只手;是他站的那地方滑得叫人打跌;还是魔鬼本人有意要弄出这等事来,却又不说明它凭什么这么干;事情到底是怎么起的,现在已说不出个所以然来;反正到了十八回或是十九回提上那吊桶时,突然间——我的天!可怜的塔希特戈——就像水井里轮流上下的两只吊桶似的,一头栽下去,掉进了那只海德堡大桶,只听那油池里可怕的一声响,便连个人影儿也看不见了!

"有人掉下去啦!"达果嚷起来,他是在大家都慌了神之后第一个清醒过来的人。"把吊桶晃到这边来!"他把一只脚放到桶里,好让他的滑溜的手抓那小滑车抓得更牢些。提升小滑车的人几乎在塔希特戈落到鲸鱼脑袋的底部之前,就把他往上一直送到高高的脑袋顶上。同时,出现了一阵可怕的骚动。大家朝舷外看去,发现原来毫无生气的脑袋就在海平面底下起伏波动起来,仿佛这脑袋在此刻忽然有了个了不得的好主意似的;而其实只是那可怜的印第安人通过他的挣扎不自觉地显示了他已经沉没的危险深度。

就在这一刻,在鲸鱼脑袋顶上的达果正在将不知怎的和割膘用的大滑车搅到了一起的小滑车分开来的时候,忽听得呼喇喇一声响,吓得大家不知所措;原来两只吊起鲸鱼脑袋的特大钩子中的一只给拉脱了,大脑袋陡地天崩地裂般地一震,歪到了一边;于是船就像喝醉了酒似的摇晃起来,好似让冰山撞了一下。这时,整个鲸鱼脑袋的重量都系在另一只剩下的钩子上,它随时都有绷断的危险,这一危险由于鲸鱼脑袋的剧烈晃动而更加增大了。

"下来,下来!"水手们向着达果喊,可是这黑人一手抓住那沉重的大滑车,这样,即使鲸鱼脑袋掉下去了,他还可以悬在空中;另一只手松开了那条出事的索子,死命把吊桶朝那"油井"里面捅,指望着那陷身在鲸脑油里的镖枪手能抓住它,随它被吊上来。

"看在老天爷分上,伙计,"斯德布叫起来,"你是在往炮筒里捅火药啊?——快住手!这是在用铁箍的桶撞他的脑袋啊,这怎么帮得了他?快住手,听见没有?"

"走开,别靠近滑车!"只听见晴天霹雳似的一声吼。

几乎就在同时,那颗大脑袋掉到了海里,随着炸雷般的一声响,好像尼亚加拉大瀑布下那块大石板轰然掉进了漩涡①。船身登时一轻松,侧了回来;而那皮肤锃亮的印第安人却更沉了下去。大家透过溅起的水沫的雾气,看到达果死死抓住了那像钟摆似的滑车来回摆动,时而在水手们头上,时而在水面上,不由得都屏住了气;而可怜的塔希特戈

---

① 一八五〇年六月二十五日尼亚加拉瀑布的一块大石板落到瀑布下面漩涡急流的峡谷中。

被活埋在油里,沉到了海底!哪知道,叫人有眼看不清的雾气刚散,一个手提着把战刀的赤裸的人一眨眼工夫便飞过了船舷。接着扑通一声响,我的勇敢的季奎格已经潜到海里救人去啦。大家呼的一下拥到了船边,每人都眼睁睁地数着那泛起的波纹,过了一会儿又一会儿,既不见沉水人,又不见那潜水人。这时有几个人跳进了靠在船边的一条小艇,多少划出去一点儿。

"哈!哈!"达果冷不防地从大家头上这时已是静静地摆动着的踏板上喊了出来;我们从船边向远处望去,见有一只胳膊笔直伸出在蔚蓝色的波浪之上;这看来叫人骇怪:一只胳膊从一座坟上的青草中伸了出来。

"两个!两个!是两个!"达果高兴得又一次喊起来;不一会儿,便看到季奎格一手大胆地伸出去划着,另一只手揪住了那个印第安人的长头发。两人被拉进了等着的小艇,很快送到了甲板上;然而塔希特戈过了很久才活过来,季奎格看来一下子也缓不过气来。

那么,这次奋不顾身的救人行动是如何完成的呢?原来,季奎格钻到了缓缓沉下去的鲸鱼脑袋底下,用他的快刀从侧面给脑袋底部戳了个大窟窿;然后丢下了刀,把他的长胳膊伸进去,一直往窟窿里伸,往上部伸,揪住了我们的可怜的塔希特戈的头,把他拉了出来。季奎格说,他初次探手进去,抓到的是一条腿;他心里明白,抓住腿拉可成不了事,而且还可能出大乱子;他把腿塞了回去,巧妙地一送一拨,使那印第安人翻了个筋斗;于是试第二次时,合了那照例灵验的老办法,头在前出来啦。至于那颗大脑袋,它的油反正已掏得差不多了。

因此,靠着季奎格的大无畏精神和了不起的接生手术,塔希特戈才被成功地救活过来,或者不如说像胎儿那样被接到世上来,尽管当时的情势十分不利,重重障碍看来难以克服;这是一个绝不可忘却的教训。接生术应当与击剑、拳击、骑马、划船等在同一科目下讲授。

我知道,那个盖海德佬这番怪异的险遇在有些陆地上人看来必然难以置信,虽说他们本人很可能亲眼见过,亲耳听过这类在岸上并非少有的事故:一个人失足掉到了缸里,而且失足的理由远不如那个印第安人的充分,要知道后者所站的那抹香鲸的这口井的井栏实在是滑溜到了极点。

不过说不定还是有人会聪明地质问：这怎么可能呢？我们以为鲸鱼的脑袋的组织是种通风透气的海绵体，它是全身最轻最像软木塞的部分；而你却叫它在一种比它本身比重大得多的物质里沉下去。看来我们抓住了你的把柄啦。错了，倒是我抓住了你们的；因为到了可怜的塔希特戈失足落下时，脑壳里的比较轻的物质已经几乎掏空了，剩下的主要是这口井的一层紧密的腱质井壁——我在前文中曾经说过，那是一种仿佛焊接或是压在一起的双层物质，比海水的比重要大得多。一块这种物质在海水里沉得几乎像铅块一样快。不过，这一物质很快下沉的势头在目前情况下被脑袋的其他并未割开的部分在很大程度上抵消了，因此它事实上下沉得很慢，似乎有意停滞，好给季奎格一个好机会在可以说是游走不定的状态中来表现他的高超的接生术。是的，这是一次流动的接生，事实就是如此。

话说回来，要是塔希特戈在那脑袋里送了命，那倒也真是死得其所；在最洁白最优美的芳香的鲸脑油中咽气，盛棺、入殓、殡葬于鲸鱼的密室和神圣的内殿之中。我所能立时想起的只有一个人的死比他更为甜美——那是一个俄亥俄州采蜜人的令人垂涎三尺的死；他在一棵中空的大树桠里找蜂蜜，发现其中有大量贮藏。他那时身子探进去探得过了，竟让蜜吸了进去，因而被蜜饯而死。请想一想，又有多少人也曾如此失足，落入柏拉图的装满蜂蜜的脑袋之中而甜美地死在那里？

第七十九章

大　草　原

仔细端详这大海怪脸上的皱纹，或是摸摸它脑袋上隆起的头骨，这是相面先生和颅相学家还从没有干过的事。这种看相要看出点名堂来,正如拉瓦特①看直布罗陀的岩石上的皱纹,或如伽尔②登上梯子企图改变万神庙③的穹隆顶一般毫无希望。然而拉瓦特在其名著中不仅对人的各种面相加以论述,而且仔细研究了马、鸟类、蛇与鱼的面相并详细描写了从中能够看出的表情的变化。伽尔和他的门徒司布蔡埃姆也曾对人类之外的一些动物的颅相特征有过一些指点。因此,虽然在运用上述两位的半科学论点于鲸鱼上,我自愧作个先驱还不够资格,但我自应尽我的一份力量。各种事情我都试一试;至于有什么作为,那要看我的能耐了。

从面相学的角度看,抹香鲸是种畸形动物。它没有正常的鼻子。由于鼻子在面相中处于中心地位,最为引人注目;由于鼻子也许最能修饰以至最终控制面部的综合表情,因此全然没有了作为外部附加物的鼻子势必会对鲸鱼的面貌有很大的影响。在营造庭园建筑时,人们认为尖顶、圆顶、纪念碑或是某种样式的高阁对于园景的完整是必不可少的;同样道理,一张脸要是没有犹如构筑精美的高高隆起的钟楼一般的鼻子,这张脸在面相上便是残缺不全的。如果将菲迪亚斯④雕刻的朱庇特大理石神像的鼻子敲掉,那剩下的将令人何等伤心惨目!然而鲸鱼这大海怪是如此雄伟巨大,其身躯的各部分是如此庄严匀称,没有鼻子这个缺陷在朱庇特雕像上将是不堪入目的,而在鲸鱼身上连小毛病也算不上。岂仅如此,它使鲸鱼更为壮观。鲸鱼有了鼻子,反而会显得不大得体。假如你登一小舟绕着那偌大的鲸鱼脑袋而行,观察它的面相,你对它的高贵的印象决不会因想到它没有鼻子可供你揪而受到破坏。想揪对方的鼻子,那是个坏念头,然而即使你面对着皇位,上面坐着那位无上威风的皇家小吏,你脑子里往往也会冒出这坏念头来。

---

① 约翰·卡斯帕·拉瓦特(1741—1801),瑞士神学家,曾企图发现人的性格与其面部特征之间的关系。著有《有助于知人、爱人的看相断片》(1775—1778)。
② 法朗士·约瑟·伽尔(1758—1828),曾与其徒约翰·卡斯帕·斯柏查姆在维也纳行医。他们声称按照自己的设想——头脑的种种属性分属于脑的各个不同器官,发现有二十六种官能分别与头颅的各个不同部分的隆起的头骨有关。
③ 万神庙在罗马,初建于公元前二十七年,后经重建改建。它的有名的穹隆顶直径为43.3米,为直至现代以前最大的穹隆顶。
④ 菲迪亚斯(活动时期约在公元前490—公元前470),希腊雅典的大雕刻家。

从某些方面看,抹香鲸的相貌最显得仪表堂堂的,也许是它的头部正面。那模样真是超群拔俗。

一个人的俊美的额头在思索时就像清晨破晓时的东方。在安静的牧场上,公牛的皱起的额头自有一种庄严的气度。那顶着大炮上山道的巨象的额头真是威风凛凛。不管是人的还是兽的,神秘的额头就像是德意志皇帝盖在他们的谕旨上的大金御玺。它所表示的是:"主啊,这是我今天亲手所盖的。"但在大多数的生灵,不,在人本身,额头往往不过是雪线边上的一长条高地。像莎士比亚或者梅兰希顿①的额头那样升得那么高又降得那么低,连眼睛都显得犹如山中湖泊那般清澈、永恒、潮汐不生,这样的额头究竟是难得一见的。而从前额的皱褶之中你似乎在追踪那些好似多叉鹿角的思想,看它们下到泉边饮水,犹如高原的猎人追踪麋鹿在雪上的足迹。但在伟大的抹香鲸身上,它的额头所固有的那种气度非凡、天神一般的尊贵得到了如此大的发挥,以至你从正面凝神看去,会比观察自然界任何生物更加有力地感受到神和神的可怕的威力。因为这样看,你看不出一点儿特别之处,看不出任何明明白白的五官;没有鼻子、眼睛、耳朵或是嘴巴,没有面庞,所有正常的五官它都没有;除了那一片宽广犹如苍穹般的前额,上面谜也似的交织着无数条纹;它漠然地扑下来,大船、小艇、水手也就随之在劫难逃。即使你从侧面看去,这神奇的额头也毫不为之减色,尽管这样看,它的威严气势不再向你直逼而来。从侧面你清楚地看到前额中间那道横着的有似半弯新月的凹陷纹路,这纹路在人身上便是拉瓦特所说的天才的标记。

可是这怎么说得通呢?抹香鲸中有天才?抹香鲸有没有写过一本书,发表过一篇演说?没有,它的伟大的天才在于不去做任何特别的事来证明自己是天才。更有甚者,它以金字塔式的沉默来宣告自己是天才。而这令我想到如果年轻的东方世界知道有大抹香鲸这一物的话,它在这个世界的天真祆教徒的思想中会被作为神明奉祀。他们把尼罗河中的鳄鱼奉若神明,因为鳄鱼没有舌头;抹香鲸也没有舌头,至少是

---

① 菲力普·梅兰希顿(1497—1560),德意志基督教新教神学家,教育家。

它的舌头极小,小得伸不出来。如果此后有任何一个有高度文化教养、富有诗意的民族能引得古代五朔节诸神①回来赢得他们的继承权,使他们重登那座如今已是无人光顾的山上,那个如今已是利己主义者的天堂中的宝座,那么,毫无疑问,伟大的抹香鲸将被抬至朱庇特大神的高位,将君临一切。

尚博良②解读了花岗岩上形似褶裥的象形文字。可是世上没有一个尚博良来解读每一个人和每一生物脸上的埃及。看相术和其他每一种科学一样,无非是一个转瞬即逝的荒唐故事。如果说威廉·琼斯③认识三十种文字,却不识纯朴之极的农民的脸上的更为深奥更为微妙的含意,那么,目不识丁的以实玛利又怎么能指望认识抹香鲸额上的古巴比伦的迦勒底人令人眼花缭乱的文字呢?我只得把这额头放在你面前。你能认识便去认识吧。

第八十章

脑　　壳

如果说,从看相术的眼光看,抹香鲸是个人面狮身巨象;对颅相学家来说,它的脑子就是个几何学上不可能使之变方的圆形。

在一头长大了的鲸鱼身上,一个脑壳量起来至少有二十呎长。卸下它的下巴骨以后,这脑壳的侧面有如一个倾斜得适中的斜面体平放在一个水平底座上。可是在实际生活中——就如在别处看到的那样——这斜面体的棱角都已经填平了,几乎让横置其上的好大一堆脂

---

① 五朔节在每年五月一日,中古以至现代欧洲传统春季节日。各地习俗不同,但庆祝活动一般包括游行,选"五月王"和"五月后"等。
② 让-法朗索瓦·尚博良(1790—1832),法国历史学家,语言学家,科学的埃及学的奠基人,解读埃及象形文字的主要学者。
③ 威廉·琼斯爵士(1746—1794),英国的东方学家。

肪组织和鲸脑油变成了方形。脑壳上部形成一个大坑,盛放那一大堆东西,而在大坑的长长的底部之下是又一个空穴,长和深都不过十吋,那里安置着鲸鱼的大小不过一捧的脑子。这脑子在鲸鱼活着的时候离它的看似前额的地方至少有二十呎;它深藏在外部结构之后,就像魁北克的庞大堡垒群之中的一个核心要塞。它是鲸鱼身上的一个密封的珍宝箱,以至我知道有些捕鲸人断然否认抹香鲸除了那看起来很像脑子的有好几个立方码的鲸脑油外还有任何其他的脑子。按照他们的想法,把这个神秘的、存在于各种古怪的褶皱、通道和迂回曲折之处的鲸脑油看做它的智力中枢,似乎更符合鲸鱼威力超群的通常概念。

　　由此显而易见,根据颅相学的观点认定的一头完好无损的活鲸鱼的脑袋纯粹是想当然而已。至于它的真正的脑子,你既见不到也感觉不到它的任何迹象。鲸鱼也像其他所有力大无穷的生物一样,在常人面前只以一个冒充的额头相示。

　　如果你取出了它脑壳中的大堆的鲸脑油,然后从后面看它的高高在上的后脑勺,你就会惊讶地发现它与在同样情况下,从同一视角看的人的脑壳是何等相像。事实上,把倒过来的鲸鱼脑壳缩小到和人的脑壳同样大小,放在一大盘人脑壳中间,你便会不由自主地把它和人脑壳混淆莫辨。你看到了脑顶的一部分有一道道的凹陷,便会用颅相学的用语说:此人不知自尊,也不知敬重别人。有了这些否定的想法,加上它的躯干伟岸,力大无穷的这些肯定的事实,你便能对它的神乎其神的威力为自己得出最真实虽然不是最令人欢欣鼓舞的概念来。

　　不过,如果你认为以真正的鲸脑的比较容积而言,它不足以充分说明问题的话,我倒有另一个主意供你考虑。你要是细看几乎任何一种四足动物的脊梁,你都会惊讶地发现它的脊椎很像一根由比例缩小了的骷髅串起来的项链,每一小骷髅都跟正常的脑壳基本相似。德国人以为脊椎绝对是没有发育完全的脑壳。但是我看最早注意到这种令人好奇的形似的未见得是德国人。一位外国朋友有一次曾给我看一个被他杀死的敌人的头盖骨,并指出以上所说的相似处。当时他正要以半浮雕方式把这头盖骨镶嵌在他的独木舟的尖船头上。因此,我觉得颅相学家们忽略了一个重要任务,他们没有把他们对小脑的研究一直进行到脊椎管。因为我相信一个人的人品在很大程度上体现于他的脊梁上。不管你是什么人,我与其相你的头颅,宁愿摸摸你的脊梁。一根细麻秆似的脊梁从来撑不起一颗堂堂正正的高贵的灵魂。我为我的脊梁洋洋得意,它犹如那根用来撑起我要向全世界打出的旗帜的坚实的无畏无惧的旗杆。

把颅相学的有关脊椎的分支理论应用于抹香鲸身上。它的头盖穴是和第一节颈椎骨相连的;而在这节颈椎骨中,脊椎管的底部横达十吋,高达八吋,是个底朝下的三角形。脊椎管在通过其余的脊椎骨时越往上越尖,不过有好长一段它始终是相当的粗。不消说,脊椎管里也是那种古怪的纤维质的东西——脊髓,和脑子里的差不多,并且直接和脑子相沟通。更有甚者,脊髓离开脑窝有许多呎之后,其粗细不减,几乎与脑子里的相同。在所有这些条件之下,按照颅相学来测量以及画下鲸鱼的脊梁,难道这有什么不合情理之处吗?因为用这种眼光看,鲸鱼的真正的脑子比较看来固然小得出奇,而它的脊髓比较看来却是出奇的大,后者可以补前者的不足而有余。

但把这种操作提示还是留给颅相学家去做吧。我不过暂借这种脊梁理论于一时,来说一说抹香鲸的背峰。这个好大气派的背峰,如果我没有弄错的话,是从较大的一节脊椎骨长出来的,因而可以说是脊椎骨的某种外露的凸出部。以它所处的相对地位而论,我应当把这高高的背峰称之为抹香鲸展现它的坚定不移、不可征服的品质的器官。至于这大海怪的不可征服,你以后尽有机会领教。

第八十一章

披谷德号与处女号相遇

命中注定的日子终于到了,我们遇上了处女号,船长德里克·德·第尔,不来梅人。

荷兰人和德国人当年曾是世界上最伟大的捕鲸民族,如今已居末位;不过在相隔遥远的经纬度上,你仍然会偶尔在太平洋上东一处西一处地看到他们的国旗。

不知出于什么原因,处女号看来很急于向我们致意。在离披谷德号还有一段路的时候,它便掉过头来迎风停下,放下一条小艇,它的船长像有什么事要找我们,他急不可待地站在艇艏,而不是站在船艏。

"他手里拿的是什么?"斯塔勃克指着那德国人手里摇着的东西嚷道,"一只灯油壶!——这可不能!"

"不是,"斯德布说,"不,不,那是一只咖啡壶,斯塔勃克先生;这个德国佬是赶来给我们煮咖啡的。你没有瞧见他身边那只大洋铁壶吗?——那是他的开水。啊,他真不赖,这个德国佬。"

"去你的吧,"弗兰斯克叫道,"那是灯油壶和油罐。他没有油啦,他来讨点儿油。"

不管一条鲸油船在捕鲸渔场上要向别人借油这件事有多稀罕,也不管这件事反过来说明送煤送到纽卡斯尔①这句俗话有多站不住脚,其实这类事确实会发生;而在眼下,德里克·德·第尔船长无疑如弗兰斯克所说的,是提着灯油壶而来。

他登上甲板时,埃哈伯跟他打了个招呼,压根儿没有注意他手里拿的是什么。德国船长英语说得结结巴巴,词不达意,但很快还是表明了他对白鲸一无所知;他即刻把谈话转到了他的灯油壶和油罐上,说到了他晚上不得不摸黑进他的吊床——他已用尽了从不来梅带来的最后一滴油,却还连一条飞鱼也没有逮住,无法进行补充;说到最后,他点明了他的船真如捕鲸业行话所说的是条"干净"船(也就是说,一条空船),名副其实地是处女号。

他的需要得到满足后,德里克走了;他还没有靠上他的船,就听到两船主桅顶上的瞭望哨几乎同时发出了发现鱼群的信号。德里克急如星火地要去追捕,不让小艇停下,他把灯油壶和油罐交到船上,就掉转

---

① 纽卡斯尔是南非盛产煤的城市,把煤送到煤都去,本有"班门弄斧"、"关公门前使大刀"的意思。现在产鲸油的船竟要借油,说明煤都也可能会缺煤。

艇头,直奔那些活生生的灯油壶去了。

此时那些猎物已在下风头露面,他和其他三艘从后面飞快跟上来的德国艇子已经远远抢在披谷德号的艇子的前头。露面的有八头鲸,正是不大不小的一群。它们已经觉察到面临危险,便并排排成一列,顺风加速游去。它们紧紧挤在一起,有如八匹一排上了套的马,在身后留下了又大又宽的水迹,仿佛有一卷又大又宽的羊皮纸在海面上不断摊开来。

在这急速展开的水迹之后好几十呎的地方,游着一头拱起背峰、特大的老公牛似的鲸鱼,它游得比较缓慢,全身长着淡黄色的外皮,好像患着黄疸病或别的什么病似的。这头鲸是不是属于前面那一群,是个疑问;因为这类年高德劭的大海怪居然如此从群,实不常见。然而它始终跟在它们后面,尽管前边的鲸鱼激水前冲造成的后推力对它起了阻滞作用,因为它那张大嘴遇到的白浪冲撞力很强,正如两股迎面而来的潮水相撞时一样。它喷的水缓而不高,很吃力,吐时像有什么阻塞似的,上升不久便散了,随之而来的是他体内一阵奇怪的隐秘的骚动,看来像有什么东西从它沉在水下的尾部排泄出去,使后面的海水咕噜噜地往上冒泡。

"谁有几片止痛药?"斯德布问,"我怕它是胃痛病发作啦,天哪,想想看,这胃痛区就有半英亩地大! 逆风叫他闹肚子啦,哥们儿。从船后刮来的逆风,就我知道的,这是第一次;哎哟,你瞧,以前有鲸鱼这么摇摇晃晃前进的吗? 它准是丢了它的舵把啦。"

正如一艘超载的印度船,甲板上满是吃了惊的马匹,歪斜着身子勉强地颠簸起伏地沿着印度斯坦海岸行驶,这头老鲸拱着它的老迈的身子,时不时地翻过来侧过去,暴露出它游水无一定之规的原因在于它的右鳍只剩下一段不自然的残桩。是它在战斗中失了右鳍,还是生来就是如此,那就难说了。

"老伙计,请你稍等一等,我来给你那受了伤的胳膊打一针。"冷酷的弗兰斯克叫起来,指着他近旁的曳鲸索。

"小心别让它给你打上一针,"斯塔勃克嚷道,"快划,要不,它会让那个德国佬逮去。"

所有的小艇在争逐中联合起来,一心一意地盯住了这条鱼,因为它不只是最大因而也是最值钱的一头,而且它离他们最近;再说,其他那几头正在飞快逃走,一时几乎赶不上它们。到了这一刻,披谷德号的艇子已经超过那后放下来的德国小艇,但是由于德里克的艇子抢先得太多,在这场追逐中它还是一马当先,只是那些美国艇子每时每刻都在逼近它。后者担心的是德里克离目标已经近在咫尺,他可以乘它们还没有赶上并最后超过他之前,投出枪去。至于德里克本人,他看来颇有先下手为强的把握,偶或用讥嘲的手势对着其他的艇子摇摇他的灯油壶。

"这条忘恩负义的狗!"斯塔勃克叫道,"他居然用不到五分钟之前我给他加满了的破罐儿来奚落挑惹我!"接着用他平常的低沉有力的声腔说,"快划,灰狗们!盯住它!"

"哥们儿,我跟你们说吧,"斯德布冲着他的人嚷,"我认为发火不算什么能耐;不过我恨不得把这个德国坏种吃了——使劲划,行不行?你们愿意这流氓把我们打败?你们爱喝白兰地不?我奖给立头功的人一大桶白兰地。干吧,干吗不使上你吃奶的力气干?是谁抛了锚啦,怎么我们一步不动——我们停下来啦。嘿,艇子底上都长出草来啦——我的天,桅上都长出芽来啦。哥们儿,这不成,瞧那德国佬!伙计们,要紧的是:你们打算不打算抖一抖你们的威风?"

"瞧它吐的口沫!"弗兰斯克跳上跳下地喊,"多大的背峰啊——喂,让艇子冲上这一大块肉去——多像段木头似的躺在那儿!哎哟,我的儿郎们,蹦上去啊——晚饭吃烤薄饼和蚶子,我的儿郎们——烤蛤蜊加松饼——喂,加劲划呀——这鱼能出一百桶油——可别让它跑了!——可别,别!——瞧那德国佬——喂,我的儿郎们,你就不为你吃的布丁使点儿劲呀——好大的一头鲸,真大呀!你不喜欢鲸脑油?让它跑了,可就是跑了三千大洋啊,哥们儿!——一家银行的钱!——整整一家银行!英格兰银行!啊,使足劲!豁上命!——那德国佬此刻在干什么啦?"

就在这一刻,德里克正在举起灯油壶,还有他的油罐来扔向那些赶上来的小艇;这也许一方面是为了延缓那些对手的进程;同时也为了借望后投掷的反作用的力来加快自己的艇子的速度。

"这不懂规矩的荷兰狗子!"斯德布嚷道,"快划,哥们儿,拿出像装着五万红毛鬼子的战船的劲头来。塔希特戈,你说该怎么样,你是不是那种为了当年盖海德的光荣两肋插刀的汉子?你自己说说看?"

"我说,豁出命去划。"那个印第安人叫道。

披谷德号的三艘小艇遭了那德国佬的奚落,奋力却又是稳步划成几乎是三艇相并的态势;在这种态势下,眼见得已与德国佬十分接近。一、二、三副三人显出首领在靠近猎物时显出的那种高雅潇洒的骑士风度,骄傲地站起来,偶或精神振奋地喊:"它这下泄了气啦!这白毛风万岁!打倒德国佬!追迫他去!"以此来给后面的桨手鼓劲。

可是德里克最初抢先的优势太大了,以致虽说他的对手们一往无前,他还是会在这场比赛中得胜。哪知道天降报应,他的中间桨手一桨插到水里太深了,一时拔不出来,桨片给风咬住啦。这手脚不利落的家伙死命想把桨拔出来;而因这一桨,德里克的艇子几乎翻了个底朝天。他火冒三丈地痛骂他的手下人;乘这千载难逢的机会,斯塔勃克、斯德布和弗兰斯克三人一声吼,死命往前一冲,斜刺里掠到了德国佬的后面。再一刹那,四条艇子已成两条对角线横在那鲸鱼的身后。那些艇子的两边是鲸鱼激起泡沫四溅的浪头。

这真是个惊心动魄,既令人十分可怜又令人急得发狂的场面。鲸鱼此时已露出了脑袋,残鳍在一阵痛苦的惊吓中拍打着它的一侧的同时,它在前头一路不停地难过地喷射着海水;它摇摇晃晃地仓皇逃窜,时而偏向这边,时而偏向那边。它每激起一个巨浪,就抽搐地沉下海去一次,或是使它的拍打着的好鳍斜着朝天翻。我曾见过一只折翅的鸟儿受了惊,在空中拍打着不成圈地转,死命想逃出海盗般的鹰群的追逐却逃不脱。可是鸟儿还能发声,它的一声声的哀鸣至少可以诉说它的恐惧。可是这只叫不出声的特大海怪的恐惧却只能锁在心里,在那儿憋着;因为它除了通过喷水孔发出的令它窒息的呼吸声,再无别的发声器官。这就使得它的处境有说不出的可怜。另一方面,它的惊人的巨大身躯,有栅栏闸门般的嘴巴以及威力无穷的尾巴仍足以使可怜它的头等勇士为之寒心。

德里克看到要不了一会儿，披谷德号的艇子就要占上风，自然不愿意在这场追猎中就此失败，终于决定在最后一个好时机从他手里溜走之前，冒一冒用远投枪的风险。

可是他的镖枪手正要站起来投枪，那三只虎，季奎格、塔希特戈和达果已经本能地一跃而起，三人站成一个三角形，同时瞄准好，把他们三支南塔克特造的枪从那个德国镖枪手的头上投了出去，射中了鲸鱼。好一阵遮天蔽日的泡沫和白焰的雾气！三条小艇乘着鲸鱼中枪的当儿，以向前猛冲的势头，把德国艇子撞到了一边，来势之猛，叫德里克和他的不知所措的镖枪手摔出了艇子；它们自己飞也似的闯了过去。

"别怕，我的黄油盒子，"斯德布箭一般蹿过去时瞟了他们一眼，叫道，"马上会来救起你们的——放心好啦——我看见船艄有一些鲨鱼——你知道，那是些猛犬似的家伙——专门给遭难的旅人一条出路的。好啊！眼下就得这么行船。每一条艇子都是钱！好啊！此刻咱要像吊在一头发狂的美洲狮尾巴上的三只洋铁锅！这倒叫我想起在大平原上坐在双轮马车里让大象拉着走的情景——伙计们，你们把车这么一套，那车辕轳的辐条就四下里飞啦。再说，从一座小山上冲下来的时候，你就有被摔出车去的危险。好啊！一个人要知道就要跟海上魔王碰面啦，他心里就是这股味儿——从一个没有个尽头的斜坡上势不可挡地冲下来！好啊！这头老鲸捎来了地狱里的信！"

可是这海怪只往前奔了一阵子就停了。它突然喘了口气，就翻江倒海般地沉了下去。三根曳鲸索发出吱嘎的响声，飞快地在艇尾的圆柱上绕了一圈，那力气足可以在圆柱上划出一道道深深的槽子来。三个镖枪手给这迅雷不及掩耳的下潜吓慌了，怕这一下潜，曳鲸索很快会到了头，于是使尽了他们的巧劲儿拉住不断绕着圆柱转圈儿转得冒烟的索子，直到最后，索子到了尽头，对艇艄的导缆钩（曳鲸索就是通过导缆钩笔直伸到海里去的）产生垂直的拉力，艇艄的舷边快要和水面相平了，而三个艇艄却翘得高高的。鲸鱼不一会儿停止往下沉，三个镖枪手怕索子再被拉出去，也就有好一会儿保持这个姿态不动，虽说这态势实在不好对付。尽管有些艇子就是这样被拉下海沉了的，然而正是那行话说的,"硬着头皮顶住",使尖利的枪上的倒钩扯着鲸鱼背上的肉往上提,正是这个往往叫鲸鱼受不了,熬不多久就又浮上来挨它的敌人掷来的尖利的长矛。但是且不说这样干有多危险,这样干是不是任何时候都是上策也还是个疑问;因为尽可合乎情理地这样假定,中了枪的鲸鱼在水下待得越久,它的力气消耗得越多。因为鲸鱼占的面积如此之大,一头成年的抹香鲸有将近两千平方呎,因此水对它的压力极大。我们都知道:即使是站在陆地上空气之中,我们每一个人都要受到惊人的大气压力,何况一头鲸鱼背负着一千二百呎深的柱形海水,它的负担又有多大啊!它准是顶着至少大气压力的五十倍。有一个捕鲸人曾经计算过,那相当于二十艘装足了枪炮弹药给养和人员的战舰的重量。

三艘艇子停在那微微起伏的海面上,人人眼望着正午时分这片万古不变的蔚蓝大海,听不到一声不管是什么样的叫喊或呻吟,连一个荡漾的微波或是一个气泡都不见从海底上升起来。陆上的人有谁能想得到在这一片寂静无声、风平浪静的海底下,有一头大得无比的海怪在痛苦地辗转翻腾!艇艏看得到的直上直下的曳鲸索还不到八吋。要说这大海怪就吊在三根这样细的索子上,好比一件重物吊在一口开一次走八天的挂钟上,谁又能信?吊?吊在什么上?吊在三块小木板上。以前人家说起这怪物来,总是得意洋洋地声称:"你能用倒钩枪扎遍它的皮?能用鱼叉叉满它的头吗?若用刀,用长矛,用标枪,用尖枪扎它,一概无用;它以铁为干草,箭不能恐吓它,使它逃避,弹石在它眼里犹如碎秸,它嗤笑短枪飕飕的响声!"①说的就是这家伙?就是它?唉!先知们说的注定是不能应验的了。因为这大海怪已经用它的尾巴的千钧之力,一头钻到大海这座靠山底下去了,藏在那里躲避披谷德号的鱼枪!

在下午斜照的阳光中,这三艘小艇投到海水底下的影子必定是既阔且长,足以荫蔽薛西斯②大军的一半。对于这头受了伤的大鲸来说,

---

① 见《圣经·旧约·约伯记》第41章第7节和第26—29节。
② 薛西斯一世(约公元前519—公元前465年),波斯国王。据希腊史家希罗多德显属夸大的记载,薛西斯一世曾率兵五百万,战船七八百艘攻占了希腊的阿提卡和雅典,后战败退回亚洲。

那些在它头上晃来晃去的鬼魅般的影子有多可怕,谁又能说得上来!

"准备好,伙计们,它动弹啦。"斯塔勃克叫道;这时三根索子在水中突然抖动起来,分明是鲸鱼在生死之间的悸动仿佛通过许多根磁力线向上传到了索子上,连每一个坐着的桨手都感觉到了。接着,三艘艇子由于艇艏受到朝下的牵引力大大地放松了,突然往上一蹦,好像一群白熊见了一大块浮冰,吃了一惊,纷纷跳下水时,浮冰往上蹿的那样。

"收索子!收索子!"斯塔勃克又叫道,"它上来啦。"在这一刻之前,没有一个拉住索子的人敢松一口气,这时他们已经在把水淋淋的索子飞快地一长卷一长卷扔进艇子里。不一会儿,鲸鱼在离它的猎人不到两条船长的地方露面了。

鲸鱼的动作分明显示出它已处于精疲力竭的地步。在大多数陆生动物身上,它们的许多血管之中有着某种阀门或是闸门,一旦有了伤,血液至少在一定程度上可以立刻锁住,不向某一方向流,鲸鱼却不是这样;它的一个特点是它的整个血管结构中没有什么阀门之类的东西,一旦被小至镖枪头的尖状物刺破,整个动脉系统立时流血不止;万一这发生在离水面很深、压力异常巨大的地方,情况便更加严重。可以说这时它的生命已是哗哗地向体外流个不停。然而它的血液量是如此之大,它的体内的喷泉又是如此之多且远,它可流血流上很长一段时间;简直有如一道源于遥远的千山万壑之间的河流,即使遇上大旱它也可以流个不尽似的。甚至像眼前这样,小艇已经逼近鲸鱼,已经冒死掠过它的甩动的尾巴,一支支长矛已经刺进它的鼻子,它的新的伤口不停地迸射出鲜血,而它头上的天生的喷水孔,只是忽停忽作地向空中喷出受了惊吓的水雾。可是从这最后一个口子还没有喷出血来,因为它的要害至今还没有被击中。按照人家饶有意味的说法,它的性命丝毫无损。

此时,小艇把它围困得更紧了,它的身体上部连同那些通常没在水中的部分都暴露无遗。它的眼睛或者说它的眼睛所在的地方也可以看到了。就像一棵参天的橡树倒下以后,它的疖疤窟窿里往往有些长得稀奇古怪的东西一样,这鲸鱼在那原来是眼睛的地方鼓出两个什么也看不见的疱,看了十分可怜。可是眼下没有什么怜悯心可言。哪怕它上了年纪,只有一条胳膊(一只鳍),双眼已瞎,它还是得死,被乱枪刺死,好让人有油来照亮兴高采烈的婚礼,好让人有灯火寻欢作乐,好使庄严肃穆的教堂大放光明,来劝诫人人都要彼此无条件地不去伤害对方。这时它还在自己的血泊中翻滚,最后终于部分地袒露出侧腹底下一个形状奇特、变了色的笆斗大的疙瘩。

"一个好地方,"弗兰斯克叫起来,"让我来刺它一刺。"

"住手!"斯塔勃克喊道,"用不着这么干!"

但是心地善良的斯塔勃克喊得晚了。这一枪一投过去,便是一个重重的伤口,脓疮似的血水喷了出来;鲸鱼这时被无法忍受的疼痛所刺激,喷水孔里喷出稠血。它怒不可遏,朝那艘艇子撞去,把血像阵雨似的浇在这几条艇子和它们的正在得意忘形地叫好的水手身上,打翻了弗兰斯克的艇子,毁坏了艇艏部分。这是它咽气前最后一击。因为到这时候,它已流尽了血,再也没有力气;它从毁了的艇子旁翻开去,侧着身子不住地喘气,用那只残鳍有气无力地扑打着,随后一圈一圈地缓慢地打转,犹如一个没落的世界。它翻过来腹部朝天,现出那平时秘不示人的白肚皮,像一根木头似的躺着死了。看着那喷水孔最后停了下来,着实令人难过。仿佛有一只看不见的手把一个偌大的喷泉的开关一步步关死,那水柱发出半窒闷的咕噜声,越喷越低,终于低到了水平面——这是这头鲸鱼死前喷的长长的最后一口水。

在水手们等着大船到来的时候,那尸体很快便显出了要连同它体内还没有掏出来的全部宝贝沉没的迹象。于是大伙儿立刻遵照斯塔勃克的命令,用索子捆好鲸尸的不同部位;不一会儿每一艘小艇都成了一个浮标。沉下去的鲸尸被绳子吊在比艇子低几吋的地方。大船一靠近,大家使出了浑身解数,小心翼翼地把鲸尸移到了船边,用最牢靠的锁尾巴的链子紧紧地固定在那儿。因为很明显,要不是用人工吊住它,它立刻会沉到海底。

接着,稀罕事发生了:几乎用铁铲一剖开它的身子,就发现一支锈蚀了的镖枪整个儿嵌在它的肉里,就在上面说过的那个大疙瘩的下半部。但是,在捕获的鲸鱼尸体中发现镖枪断头,断头周围的肉都已完全长好,没有任何鼓突之处来标明它们的位置,这是屡见不鲜的事。因此眼前这头鲸鱼既有上面提到的溃烂,必有什么其他有待查明的原因。然而更为叫人纳罕的是:在它身上还发现一个石头磨的矛头,离铁镖枪埋藏处不远,周围的肌肉长得也很结实。谁投了那石矛呢?什么时候投的呢?也许是在美洲发现以前很久,某一个西北部的印第安人投的吧。

至于这鲸鱼的体腔中,仔细搜寻起来还能发现什么宝贝,谁也说不上来。可是突然之间鲸尸下沉的倾向大大增加,大船已经被拉得前所未有地向海面倾斜,此时,大家再也无心在鲸尸中发现什么了。但是执掌全船指挥工作的斯塔勃克始终不肯放弃他的猎获物,咬紧牙关要拉住它。可是到了后来,要再坚持下去不撒手,船就非翻不可。终于命令下了,让大家放开鲸尸。可哪知道,用来拴住鱼尾巴的链子和索子的木橛子吃的拉力太大,纹丝不动,要拔出它们已不可能。同时,披谷德号船上一切都倾斜得厉害。想从甲板的一边走到另一边,就像从下面顺着极陡的人字屋顶往上走一样。船在呻吟,在气喘吁吁。镶嵌在船舷和房舱壁上的鲸骨物件由于全船各部分的不自然的错位都从原来的位置脱落下来。用手推杆和撬棍来撬那绷得纹丝不动的链子,使它脱离那些木橛子已经无济于事。鲸鱼已经下沉到了它的没入水下的部分人已根本无法接近的地步;而在同时,每一分钟都在给这下沉的巨大尸体增加了成吨的分量,船已到了眼见就要底朝天的关头。

"顶住,顶住,成不成?"斯德布冲着那鲸尸叫,"别这么忙不迭地沉下去!天哪,伙计们,咱们得想个什么办法,要不然,咱们就完蛋啦。在那儿撬不管用;我说,你们使手推杆的,住手;你们谁去拿本祷告书和一把小刀子来,割断那粗链子。"

"小刀子?好,好。"季奎格大声答应,一手抓起了一把木匠用的沉甸甸的斧头,身子探出舷窗,用钢斧对准铁链,开始砍起那最粗大的锁鲸尾的链子来。他只砍了几下,砍得火星四溅,链子就断了,这是由于那异常巨大的往下坠的力量使链子变得易折的缘故。只听得惊心动魄的喀喇一声,什么捆着的,拴着的都松开了,船身正了过来,鲸尸沉了下去。

在当时的情况下,不可避免地让一头刚杀死的抹香鲸沉入海底是件十分稀罕的事,哪个捕鲸人也难以解释个透彻明白。通常死了的抹香鲸有极大的浮力,它的侧腹或是肚皮总会高高地浮在海面上。只有那些上了年纪、消瘦、伤透了心的鲸鱼才会下沉。它们的大片油脂收缩了,它们所有的骨头变重而且得了风湿病;因此你不妨颇有道理地说,这种下沉是由于鲸鱼的身体比重异乎寻常的增加,丧失了产生浮力的物质的缘故,不足为怪。然而事实并非如此。因为有些年轻的鲸鱼,身强体壮,雄心勃勃,周身的膘好不丰厚,正处于一生中的五月艳阳天,却横遭不幸而夭折;即使是这种体格健壮、浮力特强的英雄好汉有时也会下沉。

不过,话又要说回来,抹香鲸下沉的这种意外情况远较其他各种鲸鱼为少。抹香鲸下沉一头,露脊鲸已沉了二十头。这一差异在不小程度上应归之于露脊鲸的骨头的总量较抹香鲸大;光是它的像有栅栏的闸门似的牙骨有时就重一吨有余;抹香鲸完全没有这一累赘。不过也有下述这类情况:下沉的鲸尸经过许多个小时甚至好几天之后,又浮了上来,比生前更富浮力。然而其原因是显而易见的。它体内产生的气体使它的躯干膨胀到了惊人的程度,成了一个动物气球。哪怕一条战舰也难以把它按在底下。在新西兰湾中,捕鲸船在近海搜索时,只要一见到有露脊鲸看样子要下沉时,人们就用浮标系在它身上,留下很长的索子,这样,有一天鱼浮上来以后,他们知道在什么地方可以找到它。

鲸尸沉后不久,披谷德号桅顶上发出了一声呼叫,宣告处女号又次放下了小艇,虽说他们所发现的只是一头脊鳍鲸在喷水,那是属于难以捕捉的各类鲸鱼中的一种,因为它泅水的力度之快简直不可思议。然而脊鳍鲸的喷水与抹香鲸极为相似,以致缺乏经验的捕鲸人往往把它误认为抹香鲸。因而德里克和他手下的一伙人正在奋勇追捕那永远追不上的畜生。处女号本身扬起它的所有的风帆,驶在它的四条小艇的后面。它们就此消失在远远的下风头,还在一往无前,抱着希望地紧追不舍。

啊!我的朋友,世上有许多脊鳍鲸,世上也有许多个德里克。

第八十二章

捕鲸业的赫赫声名

世界上有一些行当,其常规是治中有乱。

我钻研捕鲸业越深入,深入到了它的源头,就对它的源远流长、地位显赫的印象越深刻,特别是我发现有如此之多的伟大神明、英雄和各类先知,他们曾以各种方式赋予它以出人头地的荣光。一想到我自己虽是个无名小卒,却也忝列于这一交口赞颂的集体之中,私心实为之陶醉。

朱庇特的儿子,英勇的珀耳修斯①当是捕鲸人的鼻祖,而且说起来真可称得上是咱们这一行的永久的光荣,咱们的同行初次攻击、宰杀鲸鱼并非有什么卑劣的企图。那是咱们这一行的行侠仗义的骑士时代,当时我们拿起武器只是为了扶难济困,而不是为了添满人们的灯油壶。人人都知道珀耳修斯和安德洛墨达这个优美的故事。它说的是美貌的安德洛墨达是一个国王的女儿,她被绑在海岸的一块岩石上,正当鲸鱼要把她带走那一刻,珀耳修斯这个捕鲸人奋勇前来用镖枪捅死了这海怪,解救了那姑娘,并与她结为夫妻。这是令人赞叹的技艺高超的英雄业绩;就他一枪便捅死了那大海怪这一点来说,今天的最出色的镖枪手少有能做到的。谁都不该怀疑这个诺亚方舟时代的故事;因为在叙利亚海岸上古代的佐伯,也就是现代的贾发的一所异教寺庙中,曾经陈列过一头鲸鱼的巨大的骨骼达许多个世纪。据该城的传说和所有当地居

---

① 珀耳修斯是希腊神话中杀死墨杜萨并把安德洛墨达从一头海怪(作者认为是鲸鱼)口中解救出来的英雄,宙斯(希腊神话中的宙斯相当于罗马神话中的朱庇特)的儿子。安德洛墨达是埃塞俄比亚的公主,她的母亲夸她比海中仙女更美,因而触怒了仙女,仙女请海神波塞冬派海怪前去报复。珀耳修斯杀死海怪,救出安德洛墨达,两人遂结为夫妻。

民声称,那就是被珀耳修斯杀死的海怪的骸骨。当古罗马人占领了佐伯,这副鲸鱼骸骨被当做战利品运到了意大利。这故事中最令人惊异而又富于讽喻意义的,是当年《圣经》中的约拿也是从佐伯扬帆启航的。

与珀耳修斯和安德洛墨达的惊险故事相仿佛的(甚至有些人认为下面的故事是间接从这一故事生发出来的),是圣乔治和龙的著名故事①;而我则认定那条龙其实是头鲸鱼,因为在许多古代史话中,鲸鱼和龙常是奇怪地混淆在一起,彼此互相替代。"你如同水中一头狮子,如同海中一条龙"②,以西结如此说;他在这里显然指的是鲸鱼。事实上,《圣经》的各种译本中有的干脆就用鲸鱼这个词。再说,如果说圣乔治只是在陆地上遭遇了一条爬行动物,而不是与深海中的巨怪作殊死战斗,那会使他彪炳青史的英雄业绩大为减色。谁都能宰一条蛇,可是只有珀耳修斯,只有圣乔治,只有考芬③才有一往无前地迎战一头鲸鱼的胆量。

我们不可上那些描绘这个战斗场面的现代油画的当;因为画上那位古代宰鲸勇士所遭遇的虽是一头画得扑朔迷离的鹫头飞狮似的怪物,战斗是在陆地上进行的而圣乔治骑在马上,然而你只要想一想古人的极度愚昧无知,画家也不明鲸鱼究竟是何模样,同时不妨再想一想:圣乔治遇上的鲸鱼也许像珀耳修斯遇上的那样,从大海里爬出来到了海滩上,而圣乔治的坐骑也许只不过是一只大海豹或海马。考虑了这一切之后你就不会觉得那些画这一场面的古老之极的草图与有关的神圣传说格格不入了,就会认定这所谓的龙无非是一头巨鲸而已。说实在的,把这整个故事置于严格的烛照一切的事实真相之前,它就和腓力斯人名为大衮的鱼、人和鸟合成的偶像一样,当这偶像被放在以色列人

---

① 圣乔治,活动时期约在三世纪,殉教的基督教教徒。从六世纪起传说他曾从恶龙爪下救出一女郎。
② 《圣经·旧约·以西结书》第 32 章第 2 节:耶和华说:"人子啊,你要为埃及王法老作哀歌:'从前你在列国中,如同少壮狮子,现在你却像海中的大鱼。……'"
③ 考芬是南塔克特教友会教徒的一个家族的名字。梅尔维尔服务过的第三艘捕鲸船查理和亨利号就是由查理·考芬和亨利·考芬建造和注册营运的。

的方舟之前，它的马的头颅和双手的手掌都会从它身上掉下来，只剩下鱼形的残体①。因而我们自己这一高贵族类的一个，哪怕是一个捕鲸人，便成了英格兰的名义上的保护神了；同时，我们这些南塔克特的镖枪手拥有正当权利应被列入最高贵的圣乔治骑士团的名册。所以请这一光荣团体中的骑士们（我敢说其中没有一个曾经像他们的祖师爷那样和鲸鱼打过交道），请他们绝不可用鄙夷不屑的目光看一个南塔克特人，因为哪怕我们穿的是粗呢衫子和涂柏油的裤子，我们也远比他们更有资格佩戴圣乔治勋章。

究竟该不该认赫尔克里斯为我辈中人，对此我始终存有疑问，因为根据希腊神话，这位古代的克罗克特②和基特·卡逊③——这位专做令人欢欣鼓舞的好事的力士是被一头鲸鱼吞下去又吐出来的。但这一来是否就使他严格地成为一个捕鲸人，还大有商量的余地。没有任何一处的记载说明他确曾用镖枪刺杀了鲸鱼，除非是被吞入鲸腹时刺的。不过不妨把他算做一个非自愿的捕鲸人。不管怎样，虽说他没有逮着鲸鱼，鲸鱼总是逮住了他。我反正把他算做我们这帮人中间的一个。

不过据最出色的权威人士称，有两种截然相反的说法：一是说赫尔克里斯与鲸鱼的希腊故事被认为源出于更为古老的约拿和鲸鱼的希伯来故事；另一说则正好与之相反。这两位肯定非常相似。一位是半神，一位是先知，我认半神，为什么就不能认先知？

然而英雄、圣徒、半神和先知并不能构成我们这个团体的整体。我们的祖师爷还有待推举。因为我们发现我们这个团体，如同古代的君王一样，其源盖出于那些大神本身。印度教的圣典中一再讲起的那个东方的神奇故事就向我们指明，那令人敬畏的毗湿奴，印度教的三位一体的三大神之一的毗湿奴就是我们的主。毗湿奴通过他在尘世间十大化身的第一化身便永久选定了鲸鱼加以神化。圣典云，当婆罗门，即神

---

① 参看《圣经·旧约·撒母耳记上》第5章1—4节。
② 戴维·克罗克特(1786—1836)，美国边疆开发者，众议院议员，后在美国为争夺得克萨斯与墨西哥开战的得克萨斯战争中战死于阿拉莫。
③ 基特·卡逊(1809—1868)，美国猎人，后为卡尼将军的向加利福尼亚进军的部队当向导而立功扬名。

中之神,在世界又经历了一次定期的消散之后决定进行重建,他便生下了毗湿奴来主持这项工作。但是毗湿奴在着手创建世界之前势必要读一读《吠陀经》,即神秘典籍。由此可见,这一典籍对青年建筑师必有一些切合实际的指点,而这《吠陀经》当时正沉在水底。因此毗湿奴化身为鲸,深入水底,把这一圣典抢救了出来。这么说,这毗湿奴难道还不能算是一个捕鲸人吗?正如一个骑在马上的人,人家不是称他为骑手吗?

珀耳修斯、圣乔治、赫尔克里斯、约拿和毗湿奴。这就是为你们准备的一份同行名录!除了捕鲸人俱乐部之外,又有什么别的俱乐部开得出这样一张名单列在榜首呢?

第八十三章
用历史眼光看约拿

上一章谈到约拿和鲸鱼这一历史故事。如今有些南塔克特人不大相信约拿和鲸的历史故事。不过要说当初,有些常用怀疑眼光看事物的希腊人和罗马人,他们是正统的非基督徒中的佼佼者,他们也同样怀疑赫尔克甲斯和鲸鱼以及阿里昂①和海豚的故事的真实性。然而尽管如此,他们对这些传说的怀疑丝毫无损于这些传说之为事实。

赛格港有一个老捕鲸人,他怀疑那个希伯来故事的主要理由如下:他有一本怪模怪样的老式《圣经》,其中有些稀奇古怪、不合科学的插图,有一幅画的是吞下约拿的鲸鱼脑袋上有两个喷水孔。这一特点只有一种鲸鱼(露脊鲸及这一族类的变种)才有。捕鱼人对此向来有个

---

① 半传奇性的诗人和乐师。据说在他完成一次到西西里和大希腊的旅行返航途中,水手们谋财企图害他的命。阿里昂请求死前唱一首弃世歌。他在甲板上竖琴伴奏下唱了一首挽歌,然后投入海中,被一只听他的歌声陶醉了的海豚救起,回到了科林斯。

说法："一个小钱的面包就会把它噎死。"因为他一口只能咽一块很小的东西。不过杰布①主教早已料到会有此一说,好了回答。他指点出:我们以为约拿是被鲸鱼吞在肚腹之中,这未必;倒是可能暂时停留在鲸鱼嘴里某处。这位好主教的想法看来很有道理。因为的确露脊鲸的嘴里足可安下两张牌桌,两桌牌友可以舒舒服服地坐在里面。也有可能,约拿是藏身在一只龅牙的空隙里;可是,再一想,露脊鲸是没有牙的。

赛格港(人家就这样叫这位老渔人)提出他不大相信那位先知的故事的另一条理由听来有点含糊,涉及约拿被囚禁在鲸鱼体内以及鲸鱼的胃液问题。但是这种异议也不成立,因为一位德国宗教经典注释家曾经设想约拿必然是躲在一头死鲸漂浮在海面上的尸体中,正如远征俄国的法国士兵曾用死马搭成帐篷,爬进去睡觉一样。再说,其他欧洲大陆上的评注人也曾设想:约拿在佐伯的船上被投入海中之后,他登时逃生到邻近的另外一条有鲸鱼作船头雕饰的船上;我还可以添上一句,这船可能就称"鲸鱼号",就像如今有些船只命名为"鲨鱼号""海鸥号"或"苍鹰号"一样。而且还有学富五车的宗教经典注释家以为《圣经》的约拿篇中提到的鲸鱼指的不过是一种救生圈——一只打足了气的袋子,那位命在顷刻的先知游过去用上了,才逃过溺水而死这一劫。那位可怜的赛格港看来是处于四面楚歌之中啦。不过他还有一个理由来支持他的不信,那就是(如果我记得不错的话)约拿是在地中海里被鲸鱼吞食的,三天之后,鲸鱼把他吐了出来,地点是在离底格里斯河上的尼尼微城不足三天路程的地方,而从地中海岸离尼尼微最近的地点要横越过去到达尼尼微远不止三天的路程。这又如何解释呢?

但是鲸鱼有没有什么别的办法把这位先知送到离尼尼微很近的地方呢?有。它可以带着他绕过好望角。但是且不说要全程游过地中海,接着游过波斯湾和红海,这样一种假设要求在三天内绕行非洲的全部海岸,更不要说加上底格里斯河靠近尼尼微的河水浅得任何鲸鱼也无法在其中泅水。再说,这种设想要求约拿在如此之早的古代就已经历了绕过好望角的风波,那岂不是从著名的好望角的发现人巴托洛

---

① 约翰·杰布(1736—1786),英国宗教家和社会改革家。

缪·迪亚斯①手中夺走发现这一伟大海岬的荣誉,令现代历史成了个说谎人了嘛。

然而这个老赛格港的这些愚蠢可笑的争论只不过说明他强词夺理,自以为是罢了——只要想一想他肚子里除了在太阳底下大海之上长的一丁点儿见识,谈不上有什么学问,就会觉得对他的毛病真该痛加申斥才是。我说,这只不过说明他的自负之愚蠢以及目无神明,他的那种对理应敬重的神职人员的可恶可恨的叛逆心理。按照一位葡萄牙天主教神父的看法,提出约拿是绕过好望角到达尼尼微这说法本身无非是把一个一般的奇迹大大加以扩大而已。事实就是如此。再者,十分开化的土耳其人至今虔诚地信奉约拿的历史故事。大约三个世纪之前,一个英国旅行家在哈里斯所编航行志中曾提到一座为纪念约拿的土耳其清真寺,寺中有一盏不用点油的奇迹般的长明灯②。

第八十四章

投　　杆

要使马车上的车轴转得滑溜快速,就得给车轴上油;为了差不多同样的目的,有些捕鲸人为他们的小艇办一件类似的事,他们给艇底抹油。考虑到油和水彼此不能糅合,油是滑溜的,抹油的目的是使船滑行

---

① 巴托洛缪·迪亚斯(活动时期为15世纪后期),葡萄牙航海家和探险家,曾率领第一支探险队绕过好望角,从而开辟了从欧洲到亚洲的航路。
② 编入约翰·哈里斯的航行志的柏尼阿的《跨越土耳其进入波斯的旅行》中称:"离底格里斯河约一哩半处有一小山,山顶建有一清真寺,据当地人称,约拿即葬于此处。"比埃尔·贝伊尔对此作了增补:"有一长明灯,不用油或任何其他液体而自燃,故称奇迹灯。"
　　皮佛教授在评注中指出,本章的讥嘲用意在末尾的画龙点睛之笔:称土耳其人"十分开化"却支持葡萄牙天主教徒的迷信,并使一个希伯来的宗教奇迹添了一盏伊斯兰教的阿拉丁之灯。

得更猛;这样做没有害处,那是毋庸置疑的事,而且很可能好处不可小觑。季奎格非常相信给艇子抹油的好处。那艘德国处女号船消失以后不久,一天早上,他正比平常更起劲地干着这活儿;他爬到吊在船边的艇子底下,卖力地把油往艇底上擦,活像要叫艇子的光秃秃的龙骨长出一头头发来。他似乎有什么特别的预感,因而乖乖地干着这活儿;而且事后也证明他干得有道理。

将近中午时分,鲸鱼出水了,可是船冲着它们赶过去,它们便掉头急匆匆地逃走,倒像克莉奥巴特拉的彩船在亚克兴角①乱成一团四散逃窜一般。

虽然如此,各艇还是追了上去,斯德布的艇子一马当先。好不容易塔希特戈终于命中了一枪。可那中枪的鲸鱼并不下沉,仍然在水面上逃窜,而且逃得更快了。这般不间歇的用力迟早不可避免地会把投在它身上的枪给挤出来。看来这下非用长矛对付这逃得飞快的鲸鱼不可了,否则只好眼看着它逃之夭夭。然而它逃得那么快,像有一肚子怒气似的,要把小艇驶到它的一侧绝不可能。那么,还能有什么办法呢?

能征惯战的捕鲸人往往不得不使用的各种奇妙娴熟的手法、花招以及无数巧计之中,没有比采用俗称投杆的长矛更妙的绝招了。大刀短剑,随你使得如何精妙,也不敢和它相比。它专用来对付一头在豁出命去逃窜的鲸鱼。它的了不起的优点是能从剧烈地摇晃颠簸、箭也似的往前冲的艇子上投出去,跨过很长的距离准确地射中鲸鱼。木柄和铁镞加在一起,这整根长矛有十至十二呎长;它的柄要比镖枪的细得多,用的松木材料也较镖枪柄轻;后面拴上叫做纤的很长很长的细索子。枪投出后还可用这索子拉回到手里。

但是在接着往下讲之前,有必要先在这里交代一下:虽说镖枪也可以像长矛那样造成一根投杆,可是大家很少有这么办的。即使这么办了,其效果也不如长矛好,原因是镖枪和长矛比较,分量太沉,长度不

---

① 亚克兴角为希腊阿卡纳尼亚北部海岬,现为圣尼古拉奥斯角。公元前三十一年,罗马大将屋大维大败对手安东尼与埃及女皇克莉奥巴特拉的联军于此。

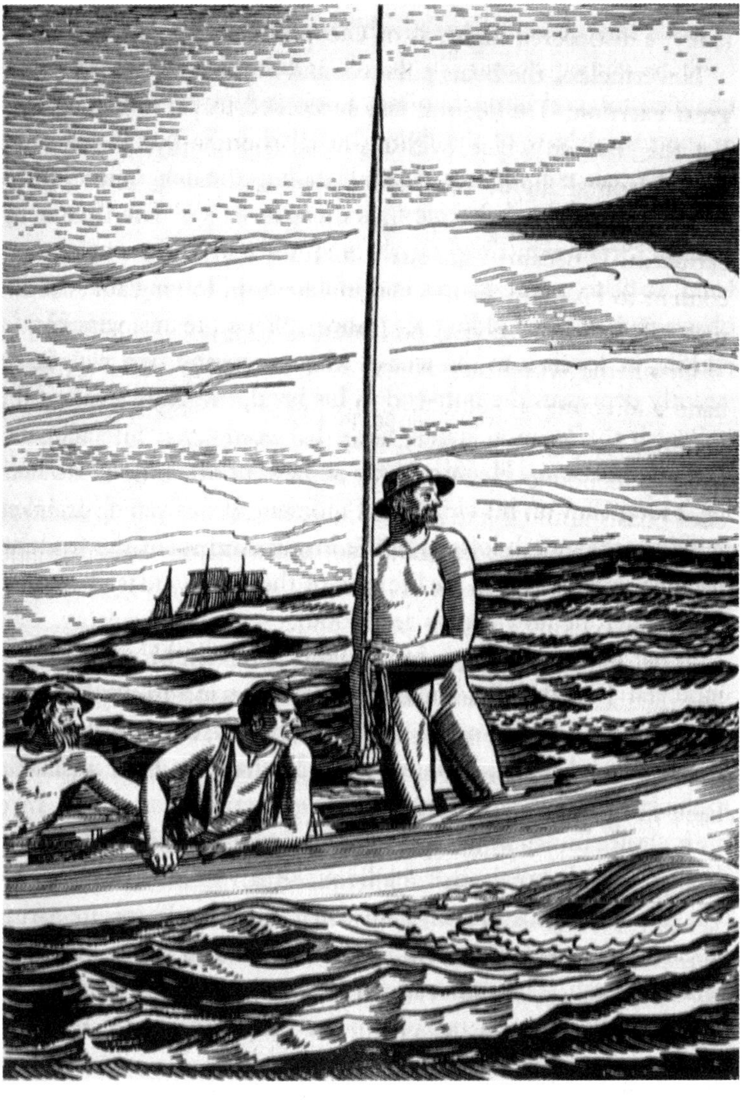

够;而这两点在实际使用时是严重的缺陷。因此,一般说来,你必须首先用镖枪拴住鲸鱼,不得已时才动用投杆。

现在请看斯德布,他是个即使在最最危急的情况中也能保持他的风趣、审慎的冷静和从容自若的人,一个特别适于在使用投杆上显出他的过人之处的人。你看他在飞一般的艇子的颠簸起伏的艇艏站得笔直,周身都是毛毛雨般的浪沫,那拖着曳鲸索的鱼在艇前四十呎。他轻轻松松地举起那长长的投杆,顺着杆子瞄了两三眼,看它是否笔直,嘴里吹着口哨将投杆上的细索子一圈圈盘在自己一只手里,好抓紧它的末梢,让其余的索子可以毫无阻碍地随投杆飞出去。然后,他握好投杆,抵住他的腰带中间,瞄准了鲸鱼,算准了距离,稳稳地按下杆子在自己手里的末梢,从而使铁镞翘得高高的,直到这件武器几乎直挺挺地竖立在自己手掌上有十五呎高。那模样叫人多少想起一个将一根长竿子稳稳地立在自己下巴上的魔术师来。紧接着,凭一股敏捷的说不上来的冲劲,那支雪亮的枪以一个高高的美妙无比的弧形飞过那段漫天浪沫的距离,击中了鲸鱼的要害,使它兀自颤个不停。这下它喷的已不是晶莹透亮的海水,而是鲜红的血了。

"这可是把它身上的龙头打开啦!"斯德布叫起来,"成了不朽的七月四日啦。全部喷泉今天喷的都是葡萄酒。这要是奥尔良的或是俄亥俄的陈年威士忌,要不,是那好得没法说的莫诺加希拉①的陈酒可就太棒了!那我就要叫你塔希特戈老弟捧个罐儿凑在那喷酒口上,让咱们围着它喝个痛快。对,喝个一醉方休。咱们就在它的喷酒口旁边调制上等五味酒。让我们从这活的五味酒大碗里痛饮活的五味酒。"

在这种嘻嘻哈哈的玩笑话中,枪一次又一次得心应手地投了出去。那支长矛回到它的主人手里,犹如猎犬的主人灵巧地收紧皮带把狗拉回到身边一般。疼痛难忍的鲸鱼乱动了一阵;曳鲸索松了,投枪人到艇艄一屁股坐下来,双手一抱,一声不响地望着那海怪死去。

---

① 莫诺加希拉河流经宾夕法尼亚州南部一带,早年居民中多为苏格兰和爱尔兰移民,善酿威士忌酒。此处暗指一七九四年反对亚历山大·汉密尔顿制定的消费税而爆发的威士忌酒反叛风潮。

第八十五章
喷　　泉

六千年来(在此以前又有多少千百万年则谁也无从得知),大鲸们一直就在所有海洋上喷水,就像许多喷水壶和喷雾罐似的在给那些深水花园浇水喷雾;而千百年来,有数以千计的猎人则在这些鲸鱼喷泉附近,看着它们浇水喷雾。而且就在这一刻(公元一八五〇年十二月十六日下午一时十五分十五秒),鲸鱼喷的到底是货真价实的水还不过是气,这仍然是个问题。这一点肯定值得大家注意。

既然如此,那么让我们来琢磨琢磨这个问题以及一些随之而来的有趣的事。人人皆知,这些鳍类动物仗着有特别灵巧的鳃,通常呼吸时是把空气连同在其中洄游的那个元素一起吸进去的。因此一条鲭鱼或<u>鳖</u>鱼可以活上一个世纪而一次也不在水面上露头。然而鲸鱼则由于它们的有异于其他鱼类的体内结构(它们有正常的肺,与人类相同),因而它们只能靠吸入海面上大气中不与水相混的空气生活,这就是它们必须定时访问水上世界的由来。但它们不管在多大程度上也无法通过嘴来呼吸,因为按照它们寻常的姿态,抹香鲸的嘴埋在水面底下至少有八呎深。更有甚者,它的气管与嘴没有一点儿关联。不,它只靠它的喷水孔呼吸,而喷水孔则在它的脑袋顶上。

如果我说,对于任何生物来说,呼吸只是保持活力必不可少的一种功能;它从空气中吸进一种元素,这种元素随后与血液发生接触,使血液起一种产生活力的作用;这样说我想大概是不错的,虽然我可能用了些多余的科学名词。假如确是这样,那就可以顺理成章地说,如果一口气就能使一个人的全部血液充了气,那他就可以闭上他的鼻孔过上好长一段时间而不需吸第二口。换句话说,他可以随之不须呼吸而活着。这听起来有些荒唐,可在鲸鱼却正好如此。它可以在海里水底停留整整一个小时甚至更长的时间而不需吸一口气,或者说无须以任何方式吸进一丁点儿空气而照常生活;因为请你记住,它没有鳃。这是怎么回事呢？在它的肋骨之间以及脊梁骨两侧装备有一个奇特的有如克里特岛上的迷宫一般的形如通心粉的血管网络。只要它沉到水面之下,这些血管便扩张开来,充满了氧化了的血液。就是这样,在海底数千呎的地方,它仍然有额外一份活力的储备,使它可以停留水下一小时而有余,正如骆驼泰然行走在滴水不见的沙漠上,因为它另有四只胃作为补充,胃里装满了额外的水,因而有备无患。这个迷宫是一个解剖学上的事实,是无可争辩的；而建立在这一事实上的假设是合理的,真实的。当我想到鲸鱼像捕鲸人形容的那样,固执得难以理喻地要到水面上来喷气这一点,就更觉得这看法令人信服。这就是我要说的意思。鲸鱼只要没有人打扰它,那么它浮到水面上来停留的时间,每次都不差分毫。假定说,它在水面上停留十一分钟,喷七十次水,也就是呼吸七十次;那么它每次升出水面的时间必然也是十一分钟,一分不多,一分不少,呼吸必然也是七十次。如果在它呼吸了几次之后,你惊动了它,它因而沉了下去,随后它也会偷偷上来补足它每次应吸的空气。而且只有在吸够了七十次之后,它才会最后沉下去,待上那段应待的时间。不过请你注意,每头鲸鱼都有它自己的时间表和每次应待时间的呼吸次数,各不相同;但其为任何一头鲸鱼的生活规律而言则是相同的。现在来问一问,为什么鲸鱼非到水面上来喷水不可呢？原因无他,它需要补充它的空气储备,才能下沉较长一段时间。显然易见,由于鲸鱼必须不时升到水面上来,它才不得不面对追捕它的种种致命的危险。要是这样的大海怪始终在阳光之下几千呎处逍遥,任凭你有鱼钩渔网,又岂能奈何得了它。诸位猎鲸人啊,使你们赢得胜利的不是你们的本领如何高超,而是鲸鱼的必然需要！

　　人类的呼吸是不断在进行着的——一次呼吸只能管两三次脉搏跳动。所以不论他是在做什么事,是醒着还是睡着,他必须呼吸,不呼吸就得死。但是抹香鲸的呼吸只占它的时间的七分之一,或者说它只在一周的星期日才呼吸。

前面已经说过,鲸鱼只通过它的喷水孔呼吸,如果能合乎事实地补充一句,它喷出的气里夹杂着水;那么,我认为我们就有了理由来说明为什么它看来没有嗅觉。这在于它全身惟有那同一个喷水孔最像是它的鼻子,然而喷气孔里既然塞满了空气和水两大元素,你就不能指望它会有嗅觉。但是由于喷水的神秘性——喷的到底是水还是气——至今我们还没有绝对把握就此下定论。然而有一点是可以肯定的,抹香鲸没有正规的嗅觉器官。可是话说回来,它要嗅觉器官有什么用?海里既无玫瑰,也无紫罗兰,更无科隆香水可闻。

进一步说,由于它的气管只和它的喷水导管相通,而这管道犹如一条运河——伊利大运河便是一例——一路上有一种可开可关的水闸可以往下扣留住空气,往上喷出水去,因而鲸鱼没有发声器官;除非你用下面这种说法侮辱它:说每当它奇怪地叽里咕噜要说话时,它便用它的鼻子来说。不过,话又要说回来,鲸鱼有什么话要说呢?就我所知,凡是思想见识深邃的人,面对这个世界,大多无话可说,除非是为了谋生不得不结结巴巴地说点儿什么。啊!亏得这世界是个如此善于聆听的角色!

说到抹香鲸这条喷水通道,它主要是为了通气,其中有好几呎长是伸展在它的脑袋上部表层底下的一个平面上,稍稍偏向一侧。这条古怪通道颇有点像挨着城市街道一边铺设的地下煤气管道。于是那个老问题又回来了,这条煤气管道是否又是自来水管道?换句话说,抹香鲸喷出的只是要吐出的空气化成的汽,还是这喷出的空气夹杂有从嘴中吸进的而通过喷水孔排出的水?有一点可以肯定:嘴和喷水通道是间接连通着的;然而却不能证明它是为了通过喷水孔排水。因为最足以说明这喷水通道之所以必要,看来在于它进食时一不小心会吸进水去;而抹香鲸的食物远在水面之下,在那里它要喷水也无从喷。再说,只要非常仔细地观察,用表计算着时间,你便会发现在无人打扰的条件下,在它喷水时间和通常的呼吸时间之间有一种定而不移的节奏。

但是何必用这方面的推理判断去伤人的脑筋呢?痛痛快快说出来吧!你已经见过它喷水,那就宣布它喷的是什么好啦;你难道连水和空气也分不清？我的老兄，在这个世界上，要说清这些显而易见的事情绝不是那么容易的。我常发现你的所谓显而易见的事情偏偏是最叫人伤脑筋的事。至于要说这鲸鱼喷射，你尽可以一头钻了进去，却始终对它喷的到底是什么下不了决断。

当你靠近一头鲸鱼足以看清它的喷射时，它正处于异常的骚动之中，水如瀑布般地从它周身泻下来；它喷出的中心内容被一层雪亮的雾一般的外衣裹藏着，你怎么能说得清：从中是不是有水泻下来。即使有时候你自以为你真的看到了喷出的水珠子，你又怎么能知道它们不过是喷出的水汽凝结而成的呢；你又怎么能判断它们就不是原来停留在喷射孔的裂隙（这些裂隙是由于反作用在鲸鱼脑袋的天灵盖上造成的）表面的同一些水珠呢？因为即使在一个风平浪静的日子，中午时分的海上，它安安静静地泅着，它那拱起的背峰被太阳晒得跟沙漠里的驼峰一样干，即使在那种时候，鲸鱼脑袋顶上始终盛着一小盆水，那光景犹如在毒日头底下你有时会看到一块岩石的孔隙中注满了雨水一般。

再说，一个猎鲸人万不可粗心大意地对鲸鱼喷的究竟是什么过于好奇。他不可把脑袋探进去细察一番。你不能拿起一把壶走到这喷泉底下，打了水，然后平安回来。因为当你稍一接触到喷出的柱子的外表水汽般的物质时，你的皮肤往往便会由于接触那腐蚀性物质而烫得灼痛。我还认识一个人和喷射物有过更近的接触，结果他脸上和胳膊上的皮都蜕了；至于他这样做为的是什么，是出于某种科学的目的还是别有原因，我就不得而知了。由此捕鲸人中认为那喷射物是有毒的，大家都尽量躲着它。我还听到过另外一种说法，我对之并无多大怀疑，那就是：如果那喷射物正好射进你的眼里，你的双眼就会瞎。因此依我看来，一个喜欢追根究底的人还是别去招惹那要命的喷射物为上。

但是尽管我们不能证明确定，我们总可以作出假设。我的假设如下：喷射物不过是水雾。除了其他一些原因之外，我之所以得出这个结论有我对抹香鲸生来就有的极大的尊严和至高无上的气度的考虑，我以为它绝不是寻常浅薄之辈；下面这一无可争辩的事实即可说明：抹香鲸从不出现在水深可测或靠近海岸的地方,而其他鲸鱼有时则会出现。它既稳重而又深沉。我深信诸如柏拉图、皮罗①、撒旦、朱庇特、但丁等等所有这些稳重深沉的人,在他们正在琢磨一些深邃的思想的时候,头上总会冒出某种半隐半现的蒸气。我在写作一篇论永恒的小小论文时,一时忽发奇想,把一面镜子放在我面前,不一会儿,我就会在镜子里看到,我的脑袋上大气中有股奇怪的蜿蜒起伏、纠缠不清的烟气。时值八月的一个正午,我偏居斗室,冥思苦想,同时一连喝了六杯热茶,我的头发照例要冒出潮气来;这倒像是上面这种假设的补充论据。

当我们看到抹香鲸气度庄严地泅过热带的风平浪静的海洋,它的特大的和善的脑袋之上罩着由于它的无法与异己者沟通的沉思产生的一顶水汽的华盖,而你有时会看到:一有彩虹,这水汽便愈增其光华,仿佛上天对他的所思所想盖上了它的玉玺。因为你知道彩虹不在清清朗朗的空气中出现,它只给水汽传播光华。因此,神性的直感不时会闪过我头脑中隐隐怀疑的重重迷雾,以天国的光来照亮我的迷雾。我为此感谢上帝。因为人人都有怀疑,许多人则否认有怀疑;不过怀疑也好,否认也好,有极少数人在怀疑和否认之外还有直感。对尘世的一切有怀疑,对天国的一些事物则有直感。两者合在一起既不使人成为信徒,也不使人成为不信教的人,而是使他成为一个用毫无偏袒的眼光看待这两种人的人。

第八十六章

尾　　巴

别的诗人用颤音赞美羚羊的柔和的眼睛以及从不落地的鸟儿的可

---

① 皮罗(公元前360—公元前320),曾追随亚历山大大帝远征印度,大概曾在印度研究印度和波斯哲学;他主张一切皆不可知,因为每一命题都可以提出论据来与之针锋相对且同样说得通。

爱的羽毛；我没有这么高雅，我要赞颂的是一条尾巴。

最大的抹香鲸的尾巴要从它的躯干开始逐渐缩小至大约人的腰杆粗细的地方算起。其上部的表面至少有五十平方呎。那结实浑圆的尾根伸展为两片又阔又坚实又平坦的巴掌或称尾翼，它们越往后越薄，最后只有不到一吋厚。两翼在分支处或说会合处稍显重叠，然后往两侧越分越开，犹如两只翅膀，中间留下一个很宽的空当。在任何其他生物身上都找不到鲸鱼尾翼的边缘那勾勒得如此美妙动人，弯弯如蛾眉月的线条。成年了的鲸鱼，其尾部前后最长可以达到足足二十呎而有余。

整个尾部的筋肉虬结在一起，像是一张织得密密重重的床；但如果把它切开一看，你会发现它是由三个各个不同的层面组成的——上层、中层和下层。上下两层是水平的长纤维；中层纤维很短，与上下两层的纤维交叉。这种三层结成一体的构造就跟任何其他物件一样，赋予尾巴以力量。在研究古罗马城墙的人看来，这中层与那些奇妙的古城墙遗迹中一道薄薄的瓦砌之后总是夹一道石砌的现象有着古怪的相似之处，这种结构无疑在使城墙固若金汤这一点上起了很大的作用。

然而似乎有了这么一条筋肉如此强而有力的尾巴还嫌不够，鲸鱼的整个躯干是由筋肉纤维和丝状体作为经纬交织而成，它们穿过腰部两侧直达尾部，与尾部的结构你中有我，我中有你，这就极大地加强了尾部的威力，因此整头鲸鱼集合起来的难以估量的力量似乎就集中在一点上。如果说有什么东西可以对物体进行毁灭性打击，那就该数它了。

另一方面，这种惊人的力量却又完全不影响其动作之挥洒自如，优美有致；其自在处宛如婴儿，而其中又跃动着巨人的威力。正好相反，尾翼的挥摆所显示的那种令人惊心动魄的美正是从这力量得来。真正的力量从不有损于美而是促成美或和谐，大凡具有震慑心神的美的东西，其魔力无不与力量有很大关系。如果把赫尔克里斯雕像绷紧了的、几乎要从大理石中爆裂出来的筋肉除去，那么，雕像的魅力就会烟消云散。虔诚的爱克曼①在盖住歌德的全裸的尸体的单子被揭开以后,看到这位巨人的宽大厚实的胸膛简直像古罗马的凯旋拱门而为之感动莫名。安琪罗②甚至把上帝圣父画成人形,请注意那形体是多么壮健有力。而那些意大利油画在画圣子时,尽管在他身上表露了神性的爱,却显得柔软、卷曲、有如雌雄同体,极其成功地体现了圣子的意念;这些画幅非常缺乏雄壮的气势,不见有任何威力的迹象,有的只是消极的女性的屈从和忍耐的暗示;这两者为各方所共识,形成了圣子在教义中特有的实际的德行。

我所讲的这一器官的微妙的可张可缩的力量就是如此,无论是在何种情绪之中使用,无论是嬉戏,还是当真,还是发怒,这尾部挥洒起来总是显得无比的高雅优美。在这一点上,哪一位仙女的臂腕都难以超越。

尾巴特有的有五大动作:其一为用来像鳍一样起推动前进的作用;其二为战斗时作钉头锤用;其三起横扫的作用;其四起甩动作用;其五翘起尾翼。

其一,鲸鱼的尾部由于是扁平的,它起的作用与所有其他海中生物的尾巴不同。它从不扭动,无论是人是鱼,扭动是相形见绌的表示。对于鲸鱼来说,它的尾巴是它的惟一的推进工具。它在身子底下犹如一轴画一样卷起来,然后猛一下往后张开,这一动作就是使它在奋力泅水时往前冲刺跃进的动力。它的边鳍只是起导向的作用。

其二,颇有意思的是一头抹香鲸只是在和另一头抹香鲸相斗时才使用它的脑袋和嘴巴;而在与人斗争中它主要用它的尾巴,似乎不把人放在眼里。在攻击一艘艇子时,它迅捷地把尾巴弯过去,离开艇子,然后扫过来反戈一击。万一这一击在空中毫无阻碍,特别是一击而中时,

---

① 约翰·彼得·爱克曼(1792—1854),德国作家,歌德晚年的助手和挚友,其所著《歌德谈话录》中在一八三二年三月二十三日歌德死后所记的最后一则:"遗体赤裸,只用一张白单子包着……弗雷德里克将单子揭到一旁,……他的胸脯强壮有力,宽阔,向上拱起……一个完美的人躺在我眼前,显出了不起的美。"
② 即米开朗琪罗,此处指他在为天主教教皇建的西斯廷礼拜堂所作的拱顶画中《上帝造亚当》一幅。

其势简直不可阻挡。人的肋骨也好,船的肋骨也好,全都受不了。你的生路在于设法躲过它。但它要是逆水横扫过来,那么在一定程度上,由于捕鲸艇轻巧而富浮力,其材料颇有弹性,一般最严重的后果也不过是断了一条船肋,撞折一块船板,要在船侧做些修补,缝上一针而已。这种水下的侧击在捕鲸业中司空见惯,大家视为儿戏。谁从外衣上撕下一块布,那窟窿就堵上啦。

其三,我无法以实例说明,不过依我看,鲸鱼的触觉集中在尾部;因为在这方面,鲸尾的灵敏只有象鼻的轻巧才能与之媲美。这种灵敏主要表现于横扫这一动作。当鲸鱼还处于一种处女般的温柔之中,它以某种轻柔迟缓的方式在海面上将它的尾翼从一边甩向另一边;万一它触到了哪怕是一个水手的胡须,那水手可就惨了,胡须以及其他统统完蛋。在那最初的接触中它有多么温柔啊!假如这尾巴有象鼻的那种抓卷能力的话,我即时就会想起那头达莫诺德斯的大象①,它常去逛花市,向着姑娘们低声招呼,向她们献花,然后摩挲她们身体的各处。鲸鱼尾巴没有这种抓卷的本事,从不止一个方面来说,这都是一件憾事;因为我曾听说另有一头大象,在一场战斗中受伤以后,用它的鼻子卷住击中身上的投枪,把它拔了出来。

其四,当鲸鱼徜徉于空无一人、自以为安全的大洋之中,你去偷偷靠近它,不让它察觉,你就会发现它虽然身躯肥硕,道貌岸然,但在放松的时候,它能像一只小猫在火炉边似的在海洋中嬉戏。不过在嬉戏之中,你仍然可以看出它的威力。它的阔大的尾翼简直要翘到天上去,然后拍打到水面上,发出雷鸣般的轰响,声闻数哩。你几乎会以为有尊大炮刚发射了一枚炮弹;而如果你刚好在这时看到了它另一头的喷射孔中喷出的轻飘飘的一圈水汽,你还以为是炮弹落地的弹穴中升起的烟雾哩。

---

① 普卢塔克(约46—119),古希腊作家。他在其《道德论丛》中写道:"亚历山德里亚的大象是文法家亚里斯托力芬的情敌;两者爱上了同一个卖花姑娘,大象对姑娘情有独钟,其明显程度不亚于这位文法家。因为大象经过水果市场时总要送她些水果。它的鼻子像人手一样伸到她的怀里,轻柔地爱抚她的俊美的胸脯。"但普卢塔克并未提到达莫诺德斯这个专名。

其五,鲸鱼在其通常浮游状态中,它的尾翼要比它的背脊低得多,那时它们总是在水面之下,根本看不见;而当它打算潜入深海时,它的全部尾翼加上至少三十呎的身躯就会笔直地伸向天空,就这样晃动一阵子,然后急射下去,在视线中消失。除了那无比壮观的鲸跳(我将在别处描写它)外,鲸鱼尾翼在海面上的耸立在整个生物界也许可以算是最壮丽的景观了。从无底的深渊中起来,那巨大的鲸尾像抽搐似的一下又一下地直刺云天,仿佛要把天扯一块下来。这样的景象我曾在梦境中见过,那是气势汹汹的撒旦从地狱的火海中伸出它的痛苦难挨的巨大的利爪。眼看着这样的场面,一切全看你处于怎样的一种心态之中;如果你的心态是但丁式的,那你想到的便是魔鬼;如果你的心态是以赛亚式的,你想到的便是天使长。有一回,我站在我的船的桅顶上,旭日方升,照红了天空和海面;我发现东方有大群鲸鱼向太阳方向泅去,一时间,它们的尾翼一齐翘出海面摇着。当时我觉得:如此壮观的对天神们赞颂的场面我一辈子从未见过,哪怕是在拜火教徒的家乡波斯也未见过。正如托勒密·非洛巴得①就非洲的大象作证一样,我要为鲸鱼作证,宣告它们是一切生物中最最虔诚的。因为据朱巴国王②称:古时军中战象往往竖起它们的鼻子在万籁无声的寂静中向晨光礼拜。

在这一章中,我拿鲸鱼尾巴的某些方面来与大象鼻子的某些方面做比较,这纯属偶然。其实不应该把它们的一前一后,位置完全相反的两个器官等量齐观,更不要说这两种动物本身了。因为威力最大的大象与鲸鱼相比也不过是一头小猎狗,所以大象的鼻子与鲸鱼的尾巴比起来简直就是百合的一根茎。象鼻发出的最沉重的一击与抹香鲸的笨重的尾巴的雷霆万钧、天崩地裂般的拍打相比,只能说是用鹅毛扇打情骂俏式地拍一下而已。鲸鱼尾巴曾一次又一次地将多少艘艇子连同它们的水手和桨整个儿扫向天空,就像变戏法的印度人把他的一个个球

---

① 托勒密·非洛巴得,马其顿人,公元前二二一年至公元前二〇五年埃及国王。
② 朱巴一世,北非古国努米底亚国王。公元前四十六年,凯撒亲率罗马大军讨伐,朱巴不得不将他的步兵、骑兵和大象分散抵御,最后兵败,被居民驱逐,自杀。

抛向空中那样随意。①

我越是想讲这威力无穷的尾巴,我越痛感到自己无力去表现它。有时这尾巴好似在打什么手势,这种手势假如出之于人手,定能使人手为之增色,然而这手势说明些什么,却全然不知。在大群鲸鱼之中,这种神秘的姿势偶或显得那样与众不同,以至我曾听到有些猎鲸人声称它们近似互济会②的姿势和标志;声称鲸鱼其实在用这些方法颇通灵性地与这个世界进行对话。它也不乏其他一些涉及整个躯体的动作,这些动作怪异之极,即使最有经验的猎鲸人也说不出个所以然来。随我怎么解剖它,也只能是谈谈它的皮毛。我不了解它,而且永远也不会了解。可是我要是连这鲸鱼的尾巴都不了解,我又怎能了解它的脑袋呢?至于理解它的面部(它根本没有面部)就更无从谈起了。它仿佛在说:你就看我的后部吧,我的脸你是看不见的。但是我不能完全弄明白它的后部,至于它的面部,由你怎么说去,我再说一次,它没有面部。

第八十七章

无 敌 舰 队③

狭长的马六甲半岛,自缅甸领土向东南方伸展,形成整个亚洲的最南端。从这个半岛起,排列着一连串长长的岛屿,有苏门答腊岛、爪哇岛、巴厘岛和帝汶岛,再加上许多其他岛屿,形成一道巨大的防波堤或者说城墙,纵长连接着亚洲和澳大利亚,把长长一大片的印度洋和那些

---

① 虽说就整个躯体而言,在鲸鱼和大象之间作比较是荒唐的,因为在这一方面来说,大象之于鲸鱼与一条狗之于大象差不多;然而鲸鱼与大象两者之间未尝没有一些奇异的相似之处;喷射便是一例。许多人都知道:大象常用鼻子来吸水或泥沙,然后竖起鼻子,将水或沙像一道泉水似的喷出去。——作者注

② 旨在传授其秘密互助纲领的团体,起源于中世纪的石匠和教堂建筑工匠的行会。

③ 一五八八年西班牙腓力二世为支持准备入侵英国的西班牙陆军而组成的有一百三十艘战船的大舰队,结果因统帅不力,大败而归。

星罗棋布的东方群岛分开。这道城墙开了好几个豁口,供船只和鲸鱼出入其间;其中最引人注目的是巽他海峡和马六甲海峡。从西方驶往中国的船只主要取道巽他海峡进入中国海。

窄窄的巽他海峡把苏门答腊和爪哇分开。位于这道岛屿链的特大城墙中间而成为这城墙的支点的是常年翠绿、被水手们叫做爪哇头的海岬。这巽他海峡颇有点儿像通向一个闭关锁国的大帝国的中央入口。有鉴于这上千东方海岛盛产香料、丝绸、珠宝、黄金、象牙这些取之不尽的财富,这样一种地形看来很像是天意要设来保护这些财富不受无所不用其极的西方世界的巧取豪夺。虽说这保护并不怎么有效,但至少看起来有这样的用意。这巽他海峡的两岸并没有守卫地中海、波罗的海和普罗邦底斯海的入口处那些一夫当关万夫莫开的要塞①。这里的东方人与丹麦人不同,并不要求穿梭不息地顺风而来的船只放下中桅帆,低首下心地表示敬意。这些船只多少个世纪以来日夜不停地满载着东方的最贵重货物穿过苏门答腊岛和爪哇岛。然而他们虽然免去了上面所说的礼节要求,却绝不放弃更为实在的贡品。

在记不清的早年,马来人的海盗船常年出没在苏门答腊的覆盖着灌木林的浅湾小岛间,遇有船只驶过海峡,便出来恶狠狠地挥舞长矛勒索买路钱。尽管一再遭到欧洲巡洋舰只的血腥讨伐,但海盗的胆大妄为直到近来才有所收敛。话虽如此,时至今日,我们仍偶尔听说英美船只在这一海域遭海盗登船大肆掳掠。

此时,披谷德号由一阵新鲜的顺风送着,已经驶近这一海峡。埃哈伯打算穿过海峡进入爪哇海,然后北驶到经常有抹香鲸四处出没的海面,掠过菲律宾群岛沿海,驶到遥远的日本海岸,赶上那里的捕鲸好季节。走这么一条路线,周游世界的披谷德号可以在到达太平洋的赤道线之前,走遍几乎全球所有已知的抹香鲸洄游场。在埃哈伯看来,即使在所有其他各处搜捕白鲸的行动中都碰了壁,仍可以坚定指望在大家

---

① 这些要塞指直布罗陀之于地中海,卡特加特之于波罗的海和伊斯坦布尔之于黑海(即普罗邦底斯海)。

知道莫比·迪克最有可能去的海域和最有理由假定它会出现的季节和它一决雌雄。

可是在这一场逐区的搜索中,埃哈伯始终不靠岸,这是怎么回事?难道他的水手靠喝西北风过日子?不管怎样,他肯定要进港加水。不过,那马戏团中奔马般的太阳在绕着那个火球奔跑中,除了它自身所有的东西之外是不需要别的给养的。埃哈伯是这样。请注意,捕鲸船也是这样。其他船只都满载不是自己的、运往外国码头的货物,而满世界逛荡的捕鲸船除了它自己和水手、武器和给养之外不载任何货物。它的货舱里有整整一个湖泊的瓶装的淡水。它用来压舱的是实用物品而不是无用的生铅和生铁。它装有能用几年的水,清纯的南塔克特的好水。哪怕在水上漂泊三年,到了太平洋上,南塔克特人只要有这水喝就不喝昨天刚从秘鲁或印第安人的河流中打来的装在大木桶中不好喝的咸味水。因此别的船只也许从纽约到了中国,又回到纽约,其间停靠了二十个港口,而一艘捕鲸船在同一段时间里可能连一吋陆地也没有看见,它的水手除了在海上的同行之外一个人也没有看见。因此假如你告诉他们一个消息,说是第二次大洪水来啦;他们只会回答:"好啊,哥们儿,方舟就在这儿!"

言归正传,在巽他海峡附近一带,爪哇的西海岸外曾经捕获过许多抹香鲸。事实上,这四周围一大片水域通常被捕鲸人认为是一块巡游的极好去处;因此随着披谷德号越来越靠近爪哇头,船上一再给瞭望哨打招呼,一再告诫要留神观察。但是虽然船头右首不久便出现了长满翠绿的棕榈树的临海悬崖,新鲜肉桂树的香气飘进鼻孔,令人心醉,可就是看不见有一头鲸鱼喷水。船上的人对在这一带碰上鲸鱼几乎都断了念头,而船已快要进海峡了。这时忽听得上空发出了平常听惯了的欢呼声,接着我们眼帘中出现了一幅动人心魄的宏伟景象。

这里先向大家交代一下:由于近年来全球各大洋到处都有人不知疲倦地猎捕抹香鲸,这些鲸鱼已经不再像以往那样几乎总是小股单独出游,如今往往是成群结队,有时甚至结成浩浩荡荡的大队伍,那光景简直像是许多地区的鲸鱼云集一处,在缔结庄严的互助互保同盟公约。

这种集结成千军万马的庞大团队的结果是：即使在最好的巡游渔场上，有时也可能一周复一周、一月复一月地不见一头鲸鱼喷水；然后，转眼之间，你见到了有时简直像是成千上万的鲸鱼。

此时，在船头两侧两三浬之外，一条连绵不断的鲸鱼喷水的长链环抱着一半的水面，形成一个巨大的半圆形。它们喷得正欢，在正午的天空中闪闪发亮。露脊鲸喷水时喷的是笔直的双柱，水柱到了空中便分为两股落下，像中间分叉垂下的杨柳枝；而抹香鲸则不同，它喷的是向前俯的一根粗水柱，一丛密密的卷曲的水雾不断地往上升，落下时往下风头飘。

有时披谷德号被海浪托起，像是登上一座高高的小山，这时你从它的甲板上望去，这一股股喷射的水汽，单独地看，它们各自袅袅升入空中。而如果透过那淡蓝色的雾霭般的大气层看去，整个景象便融合在一起，有如一个人在秋日早晨，立马山岗，但见成千个快活的烟囱矗立在一个人烟稠密的大都市的上空。

每当前进中的军队走近前面一个险恶的山口，总会加快步伐，急于走过这条危险的通道，好在平原上较为安全地散开；眼前这大队鲸鱼更是如此，它们急匆匆地要泅过海峡，收缩它们的半圆形的两翼，排成一个紧密但仍保持新月形的队列往前泅。

披谷德号扯起了所有的篷帆，在它们后面紧追；镖枪手在整理他们的武器，他们的艇子还未放下，他们便在艇艏大声欢呼。他们并不怀疑：只要风继续这样刮下去，他们就可以追过巽他海峡，等这大队鲸鱼在东方海面上摆开队形时，便可以逮上好几头。谁又能说得准：莫比·迪克眼下不是在这密集队伍中泅着，像那暹罗国加冕典礼队伍中受人膜拜的白象！于是我们把好天气加用的副帆一张又一张扯起来，急驶直追我们前头的鲸鱼群。正在这时，忽然听见塔希特戈大声呼喊，要我们注意船后的什么东西。

我们看到后边有一个与前边的相仿的新月阵。看来它由吐出的独立的白色水汽组成，升上去又落下，很像鲸鱼的喷水；只是它们并不直上直下，十分了然，因为它们始终飘荡着而不最后消散。埃哈伯很快拿起望远镜对这景象细细瞧，一条假腿在镟孔里飞快一转，叫道："快爬上去,装好小滑车,提水上去浇帆篷——马来人来啦,爷们儿,在追我们!"

这些坏种亚洲人似乎觉得已在岬后埋伏得太久,他们等到披谷德号进了海峡,便急起直追以弥补他们过于小心而耽误的时间。但是飞驶着的披谷德号乘着新来的好风,本身也在猛追鲸鱼;那些黄褐皮肤的大善人的心肠可真够好的,他们督促着披谷德号快快追上它选中的目标。——他们简直成了抽打披谷德号的马鞭和马刺。埃哈伯胳肢窝里夹着望远镜,来回在甲板上走;他转过身来往前便见到他追赶的那些海怪,回过身去又见到那些凶残的海盗在追他。他当时的感受似乎和这里说的差不多。他一边望着船正在中间航行的水路关口两岸的翠绿崖壁,心想通过了这个关口便是驶向他的复仇之路,然而眼里看到的是就在这通过关口的时候,他如何既是追着人家,同时又是被人追着,把他赶到了绝路上的光景。不仅如此,那些狂野狠毒的海盗和不信上帝不讲人道的魔鬼嘴里还咒骂着给他鼓劲往前冲——当所有这些念头在他脑海中闪过时,埃哈伯的额头显得瘦骨嶙峋,像狂潮冲刷过后的发黑的沙滩;潮水尽管咬呀,啃呀,却并不能动摇那坚定的东西。

但是那些天不怕地不怕的水手很少有为这些念头伤脑筋的;随着披谷德号把海盗们撇在后边,离他们越来越远,最后它终于驶过了苏门答腊这边青翠欲滴的科克多岬,出现在岬外辽阔的水面上。这时候,那几个镖枪手看来更为被那些泅得飞快的鲸鱼抛到了后边而难过,至于他们的船胜利地赛过了马来人却有些得意不起来。可是他们仍然紧追不舍,鲸鱼终于不得不放慢了速度,大船一步步地靠近它们;这时风势小了,上头发话叫大家跳上小艇。可是抹香鲸大概出于某种神奇的本能,得到了三艘小艇正在追击它们的信息——其实小艇还落后它们一浬——立刻重新集结,列成密集的队形,加快速度往前泅;它们喷的水像是一行行上了刺刀的枪,雪亮发光。

我们脱得只穿衬衣短裤,划着艇子向那白雾冲去;经过好几个小时的冲刺,我们几乎打算放弃这场追击了;哪知正在这时,鱼群中一阵混乱,全都停了下来;这是一个动态信息,表示它们终于落入一种拿不定主意,不知下一步该如何走的奇怪的惰性之中。捕鲸人每当发现这种情况,就说鲸鱼是吓懵啦①。它们原来游得又快又稳的密集战斗队伍这时散了,已是一片混乱,溃不成军;有如印度王公波罗斯的象队在迎战亚历山大大帝时那样,惊慌失措,像是发了疯②。它们四下里散开,成为不成队形的一个个大圆圈,毫无目的地东一处西一处地乱窜。从它们的喷水低而粗这一情况看来,它们显然已是慌得像没头苍蝇一般。它们中间有的在这一点上表现得尤其奇怪,这些鲸鱼像是已经完全瘫痪,听天由命地浮在水面上,活像在海上进了水、散了架的船只。哪怕是在草场上被三只凶猛的狼追赶的没头脑的羊群也不至于显得如此蒙头转向。然而这种一时的心虚胆怯正是几乎一切性好群居的生物的特点。西部的狮鬃野牛虽说成群结队成千上万,却可以见到一个骑马的人而奔逃。再不妨看看所有的人,当他们聚在一个犹如羊圈的戏园子里时,一听说园子着了火,便纷纷争先恐后,都想夺路先到出口,结果自相冲撞践踏而死。因此我们还是不要对眼前吓蒙了的鲸鱼大惊小怪为好,因为世上的畜生做出来的种种蠢事中又有哪桩哪件,人发起疯来没有做过,而且蠢得超过鲸鱼不知多少倍。

    前面已经说过,鱼群中有许多鲸鱼正处于乱冲乱撞之中,但是总的说来,我们看到鱼群既没有前进也没有后退,而且作为一个集体始终留在一处。在这种情况下,各艇照例分散开来,每一艘都在鱼群的外围找准单独的一头鲸鱼下手。大约三分钟之后,季奎格的镖枪投了出去,中枪的鱼泼了我们一脸的水花,叫人睁不开眼来;它曳着我们的艇子一直

---

① to gally 或 gallow,惊吓过度的意思——吓蒙了。这是古萨克逊词。莎士比亚曾用过一次:"愤怒的天空/吓得(gallow)那些在黑夜中的流浪汉,/躲在山洞里不敢出来。"(《李尔王》第三幕第二场)

　　在陆地居民的通常用语中,这个词如今已经完全绝迹。一个文质彬彬的陆地人初次从干瘦的南塔克特汉子口中听到这个词时,会把它作为捕鲸人自行演化出来的野蛮用语记下来。它与许多其他遒劲有力的萨克逊用语一样,随着联邦时代英国的高贵健壮的移民来到了新英格兰的岩石之乡。因此一些最好的最早时期流传下来的英文语词——词源学里的霍华德和珀西——在美国这个新世界中如今已是民主化,不,可以说是平民化了。——作者注

② 公元前四世纪印度王公波罗斯奋力抵抗亚历山大大帝的入侵。在海达斯帕斯一役,他的象队受惊乱窜,因而大败。

往鱼群的核心像闪电似的蹿进去。一头中了枪的鲸鱼在这种情况之下有这样的动作绝不是前所未见；事实上，倒总是多少在意料之中。然而这在捕鲸业中是一种较大的险情。因为那飞快逃窜的家伙把艇子越来越深地拉进发狂的鱼群之中，你就只好向小心稳当的生活说声再会，而开始过心惊肉跳头皮发麻的日子啦。

那又聋又瞎的鲸鱼一股劲地往前冲，仿佛要凭那风驰电掣般的速度把那水蛭似的吸附在它身上的铁枪拔出来。我们的艇子在海面上飞驰，划出一道白色的伤痕，从四面八方都有可能遭到那些在我们周围往来冲突的发了狂的家伙的袭击。这陷入重围的小艇好像一艘在暴风雨中受到许多冰山袭扰的航船，拼命想把准方向，驶出那纠缠不清的水道和海峡脱险，谁也不知道什么时候会被冰山团团围住而被撞个稀巴烂。

可是季奎格毫不畏惧，一往无前地为大家掌握好航向：时而一拨船头躲过一头正挡着我们前面的道的大家伙，时而急忙绕开另一头的翘在我们头顶的奇大无比的尾巴。在整个这段时间里，斯塔勃克始终手执长矛，站在艇艏，凡是用短刀子投得到的，一概用短刀子把鲸鱼从我们的道上赶走。因为这时候没有工夫来准备长矛。划桨的也没有闲着，他们的惯常的划桨任务此刻已完全用不上了。他们主要干的是呐喊这份差使。"快躲开，长官！"一个人冲着一头突然冒出水面来，眼见得要把我们打翻的特大鲸鱼叫道。另一个人冲着另一头鱼喊："快给我放下，你那尾巴！"那头鲸鱼靠近我们的艇舷，活像是若无其事地在用扇子般的尾翼给自己扇风。

所有的捕鲸艇都携带着一种稀奇古怪的叫做德勒格的家什，那原本是南塔克特的印第安人想出来的。把两块同等大小的厚方木板牢牢地粘在一起，使它们的纹理交叉成十字；然后用一根根长的索子将木板拦腰缚住，索子的另一头挽一个活结，这样可立时把索子系在镖枪上。这德勒格主要用来捕猎吓蒙了的鲸鱼。这是因为那时候，四下里全是鲸鱼，让你一下子追不胜追。而抹香鲸又不是天天能碰得上的；一有这种机会，你必须能宰多少就宰多少。假如你一下子宰不了那么多，你得先叫它们受伤，好在以后腾出手来再宰它们。这就说明为什么到了眼前这种关头,德勒格就成了急需之物了。我们的艇子上有三支德勒格。第一和第二两支已经射中了鲸鱼,我们看着中枪的鲸鱼踉跄逃去,可是那镣铐似的德勒格木砧在它身上一侧的水里为它造成了极大的阻力。它们成了戴上铁链和铁球的囚犯,再也不得伸展自如。哪知道在投出第三支枪之后,正在把那笨重的木砧扔到舱外去的当儿,木砧在艇子的桨手座板下面咬住了,接着一下子把座板拉了出去,带走了。那个桨手在座板从他屁股底下拉走时被掀到了艇底。海水登时从两侧船板损坏处涌进来,我们急忙用两三件衬衣短裤暂时堵住了缺口,水漏不进来了。

本来要把这种带了德勒格的镖枪投出去,几乎是不可能的;亏得这时我们已经深入鱼群,已是我们的目标的那头鲸鱼的去路已经大大缩小。再说,随着我们离这番动乱的外围越来越远,那种地动山摇般的纷乱似乎也缓和下来了。最后那支一抖一抖的镖枪脱出了鱼身,原来曳着枪泅的鲸鱼也从斜刺里消失了。鱼和枪一分开,鱼带动艇子的那股冲力越来越小,我们在两头鲸鱼之间滑过,进到了鱼群的核心,犹如随着山上急流顺势来到了山谷里一个风平浪静的湖中。在这里可以听到外围的鱼群之间形成的那种山呼海啸般的风暴,却已感受不到它的威势。在这核心区,海面好似铺上了一层光滑的缎子一般,那是鲸鱼在情绪较为安详时所吐出的水汽生成的,俗称滑面。不错,人们说每一场动乱,其中心必然是有如中了魔法般的安静,而我们正在这安静处。然而在扰攘的远方,我们看到同一个轴心的外围的圈子里的骚乱,成群的鲸鱼,每群八至十头,好像许多匹马驾着一个辕,在飞快地打转;它们肩并着肩贴得如此之紧,以至马戏团里的巨人骑手能轻轻巧巧地在中间那几头背上拱起身子随着它们打转。由于歇息的鱼群比以前更为靠近那抱成团的整个鱼群的轴心,眼前我们不可能有逃出重围的机会。我们必须看准这道把我们团团围住,只让我们进却不许我们出的活的墙垣,一出现缺口就蹿出去。我们被关在这个鲸湖的中心,偶尔有这溃逃的鱼群中的较小的温驯的奶牛和牛犊,相当于鲸鱼中的妇女和儿童来光顾我们。

此刻,包括一个鱼群圈子和另一个鱼群圈子之间有时很宽阔的中间地带以及任何一个圈子之中各小鱼群之间的空当在内,整个鱼群所占的面积至少有两三平方浬。不管怎样,从我们这艘低矮的艇子上大概可以发现几乎是远在天边的鲸鱼戏水的喷射,虽说在这样的时刻会去从事这种测试未免有些自欺欺人。我提到这个情况,因为那些鲸鱼看来像是有意把它们之中的奶牛和牛犊关在核心圈子里;而整个鱼群的范围之广使这些奶牛和牛犊至今不可能得知鱼群停下来的确切原因;而且也可能是因为它们太年轻,太不谙世事,各方面都天真未凿,缺乏经验;不管是出于哪个原因,这些不时从鲸湖边缘来造访我们这艘前进不得的小艇的小东西们表现出一种奇妙的无所畏惧和自信心。有的则表现得像是中了符咒似的从慌张中平静下来,叫人看了不得不为之纳罕。它们像家养的狗那样,在我们周边东闻西嗅,一直闻到我们的船沿,还得碰上两下;以至于几乎像有什么魔法突然使它们变得像家畜似的。季奎格用手拍拍它们的脑门子,斯塔勃克用长矛替它们挠背;他忍住了没把长矛扔出去,因为怕闹出乱子来。

然而我们越过船沿仔细察看时便看到在这表面的神奇世界底下,有着另一个更加奇异的世界。在那些水窖子里浮动着奶孩子的母鲸以及一些腰大十围看来不久就要当妈妈的鲸鱼。前面我们说起过,这鲸湖清澈透明,一直可以看到很深的地方。人的婴儿在吮着母奶时,总是一边安详地定睛望着别处,似乎此时此刻,他同时过着两种不同的生活;他一边吸着生命的养料,一边仿佛回想来到这个世界之前的往事,从中汲取精神的养料。婴儿如此,幼鲸更是如此,它们像是抬眼朝我们这边望,然而不是看我们,在它们的初生的眼中,我们不过是一撮海藻而已。它们的妈妈则侧躺在水中,也像是在静静地瞅着我们。其中有一个小宝宝(从某些怪异的征象看来,它不过生下才一天光景)长大约十四呎,腰围约六呎;尽管它还多少保留着不久以前在娘肚子里那种极不自如的姿态,却已有了活蹦乱跳迹象。一头快要出生的鲸总是脑袋和尾巴蜷在一起,像鞑靼人的一张弓似的,拉满了正等待着最后发射。它的柔嫩的边鳍和尾片依旧保持着像刚从另一个天地来到人世的婴儿的耳朵那样经过折叠皱皱巴巴的外貌。

季奎格身子探过船沿张望,叫了起来:"索子!索子!快把它牢牢拴住！快把它牢牢拴住！——谁用索子拴住它！谁来投枪——两头鲸鱼：一大一小！"

"你又怎么啦，伙计？"斯塔勃克嚷起来。

"瞧这儿。"季奎格指着下面说。

一头鲸鱼中了枪后能把索桶里的索子拉出去成百上千呎；而在它深潜之后，它又会浮起来，于是索子松了，卷了起来，轻快地升起，成螺旋形升向水面；斯塔勃克此时看到的正是如此，他看到鲸鱼太太的长长的一圈圈的脐带，它似乎仍然联结着幼鲸和它的妈妈。在旋风般的变化无常的追猎中，脱离了母体的脐带和索子绞到了一起，那并不是少有的事。这样一来，幼鲸就被捉住了。有一些海洋的最最微妙的秘密似乎就在眼前这个神奇的水池子中被透露了出来。我们看到了年轻鲸鱼彼此在深海中恋爱的场面。①

于是这些不可思议的生灵就这样处于一圈又一圈的惊惶恐怖的中心，却自由自在无所畏惧地尽情优游嬉戏，一片太平景象。然而我岂不也是如此，甚至更有过之，在我的内心犹如不时狂风大作的大西洋，但我自己岂不是仍然始终处之泰然，毫不声张；而当种种忧患痛苦犹如一座座大山从四处向我袭来时，我在内心深处依然自我沐浴于永恒的欢乐的春风之中。

就在我们像中了魔似的一动不动的时候，远处不时蓦然出现的激烈景象说明其他的小艇还在用德勒格捕捉鲸鱼群外围的鱼；也可能正在鲸鱼群第一圈之中进行战斗，在这第一圈中它们大有周旋的余地，也有方便的退路。然而那些中了德勒格的鲸鱼狼奔豕突，盲目地在鱼群的外层蹿进又蹿出的场面和我们最后所看到的比起来简直算不了什么。遇上一头异常强有力而又警觉的鲸鱼，有时候用来对付它的办法

---

① 抹香鲸与其他各类鲸鱼一样（但与大多数其他鱼类不同），不管哪个季节都能下崽。经过大概可以定为九个月的怀胎期之后每次生下一胎；但迄今所知，偶尔也会生下双胞胎——为了应付这种例外情况，它生有两个乳头供双胞胎同时吃奶。两个乳头长的地方颇为古怪，各在肛门一侧；而乳房则从肛门一直向上扩展。如果一头在哺乳期的母鲸在这一紧要部位中了捕鲸人的枪，它所涌出的奶和血可以使周围上百呎的海水为之变色，血红奶白，像是在互相较量一般。鲸乳极甜且浓，有人曾经尝过；与草莓同食，口味甚佳。当鲸鱼相互爱慕，不能自持时，它们便会交尾。——作者注

便是设法割裂或伤残它的尾腱,犹如割断野兽的后腿筋一般使之难以动弹。而要做到这一点,就要对它投去一把短柄的切割用的利铲;铲上拴上索子,投出去之后好收回来。一头鲸鱼的尾腱受了伤(如我们以后知道的那样)而似乎并未致残,它带着镖枪上一半的曳鲸索,摆脱了捕鲸艇泅走了;但它受的伤剧痛难禁,便在那鱼群的圈子里东奔西窜,有如萨拉托加战役中的那个亡命徒阿诺德,他匹马单枪却所向披靡,到处使敌人闻风丧胆。①

尽管这头鲸鱼中枪后所感到的剧痛在任何情况下都足以构成一幅极为可怖的景象,然而它在鱼群中所引起的不同寻常的恐慌,却由于最初相隔甚远,我们一时看不出来。但是我们最后终于通过捕鱼业中一个难以想象的意外事故认识到了。原来这头鲸鱼不但跟它中的镖枪上拖着的曳鲸索绞到了一起,它还带着砍进它尾部的铲子奔逃。镖枪上的索子的空着这一头和它尾部的铲子上的索子纠结在一起,再也分不开;砍在肉里的铲子随之而慢慢地松动了。这一来鲸鱼痛得发了狂,便在水里乱折腾,把它的能活动的尾巴像连枷打谷子似的死命乱打,四处挥舞它身上的那把利铲,杀伤起它自己的同伴来。

这可怕的家伙像是把整个鱼群从吓得一动不动的状态中唤醒过来。一开始,那些构成我们的鲸湖的边缘的鱼开始彼此靠拢一点儿,你碰我,我撞你,仿佛被远处涌来的将近强弩之末的大浪抬了起来;接着鲸湖本身开始起伏膨胀,那些水下的新婚燕尔的洞房和育婴室都消失了。鱼群的圈子越收越小,接近中央位置的那些鲸鱼开始挤成一堆堆地泅动。是的,那长时间的安静已告终结。不久即听到一阵低沉的越来越近的嗡嗡声,接着是整个鱼群有如春天哈得孙河②解冻以后偌大的冰块互相撞击堆砌似的,全都来到它们的核心,活像要把它们自己往上堆起来,堆成一座大山。斯塔勃克和季奎格即刻对调了他们的位置,斯塔勃克调到了艇艄。

---

① 一七七七年十月十七日,在美国独立战争中称得上是决定性的萨拉托加战役中,贝内迪克特·阿诺德曾率众猛袭弗吉尼亚和康涅狄格的英军,厥功甚伟。
② 哈得孙河是美国纽约州境内的一条河流,其下游各主要城镇早期赖捕鲸业得以繁荣。

"划啊！划啊！"他抓住了舵桨，急切地低声说，"打起精神抓紧桨！我的天啊，伙计们，准备好！季奎格，你冲过去——朝那头鲸鱼冲！——刺它！——给它一枪！站起来，站起来，就这样、别动！上，伙计们；不要管它们的脊背——攻它们啊！——使劲儿攻！"

小艇这时几乎是挤在两个黑色的庞然大物之间，犹如在两道长长的岩壁之间狭窄的达达尼尔海峡的夹缝中。但是经过一番拼死挣扎，我们终于冲进了一个暂时的空旷去处；接着一面飞快地划走，一面急切地找下一条出路。经过了许多次间不容发的逃亡之后，我们终于迅速地滑进了一个不久前还是鱼群外围的地方；这地方此时只有零星鲸鱼游过，它们全都拼命游向一个中心。我们好生侥幸，总算每人捡回了一条命，而付出的代价是季奎格丢了一顶帽子，可谓便宜。原来季奎格站在船头刺那些逃窜的鲸鱼时，突然间，他的帽子被近旁的一头鲸急鱼的两片阔大的尾翼挥舞时造成的空气涡流从他头上卷走了。

这场大折腾虽说既闹且乱，但它很快就化成一种似乎是有条不紊的运动；因为鱼群在最后簇聚成紧密的集体之后，便恢复了向前逃窜的阵势，并且加快了速度。继续追赶已无济于事。然而这几艘小艇依然恋恋不舍地跟着它们，指望能捡一两头已中了德勒格的掉队的鲸鱼并把弗兰斯克已经杀死了的插上浮标的那一头拴住。这里所说的浮标是一根标有三角小旗的铁杆，每艘艇子都带着两三根，如果近处有了新的目标，就在已经杀死的漂浮在水面的鲸鱼尸体上插上一根这种浮标，既作为这鱼在海面上什么地方的标记，又是在任何其他捕鲸船的艇子靠拢来时作为此鲸已有主的标志。

这一次猎鲸的结果多少可以说明捕鲸业中的一句明智的俗话：鲸多鱼少①。在所有那些中了德勒格的鲸鱼中，只逮住了一头。其余的暂时都告脱身。不过后来我们得知，它们只是落入了披谷德号之外的一些捕鲸船之手。

---

① 意思是遇上的鲸鱼越多，逮到的鲸鱼越少。

第八十八章
学 校 与 校 长

以上一章讲了讲巨大的抹香鲸鱼群,也交代了如此之多的抹香鲸聚集到一起的大概原因。

不过话说回来,虽说你有时候会碰上这样大批的鲸鱼,然而你一定明白,甚至在今天,你偶或还能看到二十至五十头数量不等的单独小股鱼群。这样的鱼群人们称之为伙。成伙的鲸鱼通常可分为两类:一类几乎全由母鲸组成;另一类则除了年轻力壮的雄鲸之外,其他的一概不收,大家亲热地称这些雄鲸为公牛。

你照例会看到每伙母鲸总有一头身体长得十分成熟但年纪不大的雄鲸像骑士般随侍在一旁。一有变故,它就殿后掩护鲸太太鲸小姐们逃逸以显示其爱护女性的豪侠气概。其实,这位先生是个穷奢极欲的封建贵族老爷,优游在水乡泽国,后宫中有娇妻美妾百般恩爱侍奉。这位老爷与它的妻妾之间的对比十分明显,因为它在鲸鱼中体躯总是硕大无朋,而那些鲸太太鲸小姐呢,即使在长至完全成熟期,也不过抵一头一般大小的雄鲸的体躯的三分之一。相形之下,它们实在算得上是娇弱纤巧的了;它们的腰围,我敢说不会超过十八呎。话虽如此,你无法否认:总的说来,它们世代相传,都够得上体态丰腴的美誉。

看着这后宫妻妾和它们的王爷闲庭漫步的光景,真令人啧啧称奇。犹如那些时髦人物,它们始终迁徙不定,在从容中追求变化。一到赤道进食期的高潮,你便会在回归线上遇到它们;此时它们也许是在北海消夏,躲过了夏日极不舒适的慵倦与燠热归来,等到它们在赤道上下散步够了,便要出发赴东方的海洋,好在那儿迎接凉爽的天气,从而避过一年中酷寒的季节。

在每一次这种悠闲的旅游途中,假如发现了任何奇怪可疑的迹象,我们的王爷立刻会看好它的令人称羡的家属。遇有哪头年轻鲸鱼冒失鬼到这边来,想要偷偷挨近一位后宫妃子,王爷便会大发雷霆,冲上去将它赶走!赶得好!要是让它这种不懂规矩的年轻浪子闯进后宫来破坏神圣不可侵犯的家室之乐,那还了得。然而尽管王爷百般防范,它却无法不让那最最不堪的勾引妇女的浪子钻到它的床上来;因为可惜的是所有的鱼共用一床。正如在陆地上太太小姐往往会挑起追求她们的情敌之间最惨烈的决斗一样,鲸鱼也是如此,有时纯粹为了爱情可以拼个你死我活。像大角鹿用它们的角抵着进行较量一样,鲸鱼有时也用长长的下巴作为武器,彼此顶着,舍命斗出个高低来。被逮住的鲸鱼中有不少身上带着这类深深的战斗的伤痕——脑袋上一道道伤纹,牙被打断了,鳍撕裂成扇贝模样;在有些情况下,嘴巴打得歪了,变了形。

然而假如这头侵犯人家的家庭幸福的鲸鱼一见主宰后宫的王爷的初次冲锋便赶紧溜了开去,那么,我们再来瞧瞧这位王爷,倒是有趣得很。它又在妻妾中间炫耀起它的壮伟的身躯,纵情欢乐一番,有如虔诚的所罗门王怀着满腔热情在他的上千嫔妃簇拥下向上天殷勤礼拜一般,而且仍在离那个年轻浪子不远处,叫它心痒难熬。捕鲸人只要能看到还有其他的鲸的话,是不会去追猎这种鲸王爷的,因为这些鲸王爷精力消耗得太多,身上油水已经很少。至于毛爷生下的儿女,唉,这些儿女只得自己照管自己,不过至少总还有母亲的帮助。而我们的鲸王爷呢,跟我们可以列举的别的到处寻花问柳的浪荡公子一样,尽管对闺房之乐兴致极高,对抚养儿女却毫无胃口。同时由于它的游踪遍及世界各地,到处播种,到处留下它的无名的婴儿,每一个婴儿都是件舶来品。然而年长月久,它的青春活力渐告枯竭。到了年事已高,烦恼随之增加;反思过去,有了悬崖勒马的念头;总之,这位风流了一世的王爷此时已是意倦神疲,于是求安适修德行的爱好取代了对娇娃的爱好,我们的这位贵族老爷进入了一个再也无力风流,悔恨自己的无行、劝诫他人不可纵情声色的生活阶段;他断然割舍并且遣散了后宫,变成了一头模范的凛然不可侵犯的老鲸,孑然一身地游行四方,嘴里不停地做着祷告,告诫每个年轻同类不可重蹈他欠下一生风流债的覆辙。

如今，捕鲸人把鲸鱼的后宫称之为学校①，因而那鲸王爷或者说鲸主子也就顺理成章地成为校长了。然而严格说来，这并不合乎道理，因为它在这个学校毕业之后，出洋讲学，讲的应该不是它在学校里学到的东西，而是在学校里作下的孽。它的校长这个头衔看来非常自然地来自后宫这所学校；但是有人猜测第一个把这种鲸鱼王爷称之为校长的人准是读过维多克②的回忆录，得知这位法国名人在他年纪不大的时候曾是怎样一个乡村小学校长以及他给他的一些学生讲的课有着怎样一种不可告人的性质。

至于这位鲸鱼校长晚年如何过着远离尘嚣与世无争的生活，这一点所有上了年纪的抹香鲸无不如此。一头单身鲸鱼（人们总是这样叫孤身漂泊的鲸鱼）总是年事极高，这一点几乎放之四海而皆准。就像那个年高德劭、胡子犹如绿毛的丹尼尔·布恩③一样，它除大自然之外不愿身边有任何同类；在水上荒原之中，它把大自然认作自己的妻子，大自然也确实是个最好的妻子，尽管她保守了那么多惹人生气的秘密。

前面提到过的全由年轻力壮的雄鲸组成的一类和后宫那一类形成一个强烈的对比；因为那些雌鲸素性羞怯，而年轻雄鲸俗称能出四十桶油的公牛，其生性好斗可谓一切鲸类之冠，而且出了名地凶狠，人碰上了就有生命危险；比这些雄鲸更危险的只有那些头发花白的鲸鱼，它们为痛风症所苦，容易发怒，遇上捕鲸人的时候，它们会像恶魔似的和你拼个死活。

能出四十桶油的公牛学校鲸数要比后宫学校多。这些公牛犹如成群结伙的大学生好斗成性，既爱寻欢作乐，也爱恶作剧，在世上到处折腾，嘻嘻哈哈，满不在乎。那些稳重的保险商谁也不愿意揽它们的生

---

① 英语中学校这个词也有"群""伙"的意思，一群鲸鱼可以称做一学校鲸鱼。作者在这一章中明讲鲸鱼的生理学，其实显而易见，是以诙谐的口吻对世态人情加以尖刻的讽刺。

② 欧仁·法朗索瓦·维多克（1775—1857），最初是个罪犯，一八〇九年加入了巴黎警务署，充当特务眼线，最后升任该局侦缉队长。一八三二年人们发现他先教唆人犯罪，然后由他侦破，因而他被撤职。著有四卷《回忆录》，其内容大多伪造，其中讲到他如何伪装成修士到一乡村女子小学教书。

③ 丹尼尔·布恩（1734—1820），美国拓荒人，首先开通进入肯塔基州的荒原路。

意,正如他们不愿意揽一个耶鲁或哈佛大学的成天闯祸的小伙子的生意一样。不过,过不了多久它们就会放弃这种放荡的生活,而等到它们离成年只差四分之一时,便告散伙,分头寻找自己的归宿,也就是自己的后宫去了。

　　雄鲸与雌鲸之间还有一点区别,这一区别与它们的不同性别有更为密切的关系。比如说,你去攻击一头能出四十桶油的公牛——可怜的家伙!它所有的伙伴都会躲它远远的。可要是攻击后宫里的哪一位呢,它的伴侣都会围着它游,关切之情溢于言表,有时它们恋恋不忍离去,离它如此之近,为时如此之长,以致自身也成为猎物。

第八十九章
有主的鱼与无主的鱼

　　第八十七章末提到了浮标和浮标杆,在这里需要对捕鲸业的法律规章作些说明,从而可以明白:浮标实际算得上是这些法规的最高象征和标志。

　　有时候好几条船在一起巡游,有一头鲸鱼中了一条船上的枪,又逃走了,最后却被另一条船上的人捕杀;这中间间接包含有许多不大重要的情节,然而所有这些情节都有一个重要特点。比如说:经过一番辛苦而又凶险的追捕,终于逮到了一头鲸鱼,但在一场特大暴风雨中鲸尸离船漂走,漂到了下风头老远的地方,落到了另一条捕鲸船的手里。那船在风平浪静中,没有冒一点儿生命和物资的危险,安安逸逸地把它拖到了船边。这样一来,如果没有一些成文或不成文的、人人都须遵守而无人争议的适用于一切情况的法规,那么在两条船的捕鲸人之间往往便会发生一场最最伤脑筋最最激烈的争吵。

　　惟一经过立法程序的捕鲸的正式法规也许应该算是荷兰的那一部。它于一六九五年由国会颁布。虽说没有任何其他国家制订过成文的捕鲸法规,美国的捕鲸人却在这一事务上自行担当起立法的议员和律师的职责。他们规定了一套制度,既简明扼要,又极其完备,比起《查士丁尼法典》①和中国社会的莫管人家闲事的私法来有过之而无不及。说实在的,这些法规完全可以镌刻在安妮女王的铜元②上,或者在镖枪的倒钩上;由于这种铜元和倒钩体积极小,可以挂在脖子上作为装饰。

一、有主鲸属于将鲸拴住的一方。

二、无主鲸是谁先逮住就归谁的正当猎物。

但是这部出色的法规毛病出在它的异常的简练,要想把它解释清楚,需要有一大卷书加以评注。

首先,怎样的鱼算是有主的鱼?一头鱼不管是死是活,只要它连着一条有人的船或小艇,只要它受船上一个或更多的人控制,不管用来控制的是什么——一根桅杆,一支桨,九吋长的一根绳索,一根电话线还是一根蛛网丝,它们全都一样——这头鱼严格地说便是有主的。同样,一头鱼只要身上插着一根浮标杆或者任何其他可以辨认的已有归属的标记,它严格地说便是有主的,但有一个条件:它的主人一方要能明确无误地表现出它有能力随时可以将它拉到他的船边,并且打算这样做。

这些都是有科学根据的评议,至于捕鲸人自己的评议有时不免带着难听的话和更加难受的拳头——那是用拳头作的科克对李特尔顿③的评议。诚然,对于一些正直无欺的捕鲸人来说,有些特殊情况自当给予特殊考虑,在他们看来,一方把另一方以前追捕过并杀死的鲸鱼据为己有是极不道德的欺诈行为。然而其余的捕鲸人为人则远不是这样规矩。

---

① 查士丁尼一世(483—565),拜占庭皇帝,曾主持汇编过去的法律和罗马大法学家对法律的解释,共五十卷,每卷又分若干个题目。

② 安妮女王(1665—1714),英国女王,斯图亚特王朝最后一个君主。在她统治时期所铸铜币极少,一说仅三枚。梅尔维尔误少为小。但有些英国铜币确比美国的一角硬币为小。

③ 指爱德华·科克爵士在十七世纪早期所作对托马斯·李特尔顿在十五世纪所写的一部关于房地产的著作的评注。

大约五十年前,英国曾发生一桩颇为稀奇的诉讼案,原告因被告侵占归自己所有的鲸鱼,要求赔偿损失。原告称曾在北海猛追一头鲸鱼,他们(原告)一枪投中了它;但最后在有生命危险的情况下,不得不忍痛丢下了曳鲸索,甚至连他们的小艇也放弃了。最后被告们(另一条捕鲸船上的全体水手)当着原告的面向那头鲸鱼投枪,杀死了它,把它弄到手后据为己有。当原告向被告提出抗议时,他们的船长竟然用手指戳着原告斥责说,为了表示他干的事干得对,他现在要没收在逮到鲸鱼时和鲸鱼连在一起的曳鲸索、镖枪和小艇。为此原告提起诉讼,要求赔偿那头鲸鱼、曳鲸索、镖枪以及小艇的价值。

厄斯金先生当时是被告的辩护律师。法官是埃伦鲍罗勋爵。在辩护过程中,风趣的厄斯金竟引证了一桩新近发生的通奸案来说明他的立场。该案的男方在制止妻子的不端行为无效后最后将她遗弃于茫茫人世之中。但是过了几年之后,他又懊悔自己走了这一步,于是提起诉讼,要求重新占有前妻。厄斯金那时是女方的辩护人,他支持女方的说法是:男方虽说当初确曾一镖枪射中了女方,并且一度拴住了她,只因她后来失节犯下大错,他终于抛弃了她;既然他确实抛弃了她,她就成了一头无主的鲸;因而当随后的一位先生一镖枪第二次投中了她,这位太太从而就成了随后的那位先生的财产,如果她身上还有所中的镖枪,那么,镖枪也归他所有。

至于眼下这桩案子,厄斯金争辩说,那位太太和那头鲸鱼这两个例子足以彼此相互说明。

学识渊博的法官听完了双方的答辩和反答辩后,用老一套的措词宣布他的判决如下:他把那艘小艇判还给原告,因为原告只是为了保住自己的性命才放弃了它;至于那头有争议的鲸鱼、镖枪和曳鲸索,它应归被告所有,因为鲸鱼在它最后被逮住的时候是无主的鱼;至于镖枪和曳鲸索,由于鲸鱼带着它们逃走的时候,它们的产权已是归(鱼)所有;从而谁在其后捉到鲸鱼,谁便有权得到那些东西。如今是被告随后捉到了鱼,所以那些东西便归他们所有。

一个普通人听到了这位学识渊博的法官的判决可能会表示异议。但是溯本求源,琢磨了这事之后,就会发现以上所引的在双重捕鲸法中规定了的而为埃伦鲍罗勋爵在本案中所应用并阐明了的两条大原则,这两条涉及有主鲸鱼和无主鲸鱼的法律,仔细想来实在是所有人类执法的根本。因为法律的圣殿也像腓力斯人的圣殿一样,尽管有许多精雕细镂错综复杂的花格窗子,却还是只有两根支柱撑着它。

不是有这样一句人人挂在嘴上的口头禅嘛:法律一半讲的是占有;这就是说,到了你手里就是你的,不管这东西是怎么到你手里的。然而往往是法律讲的全部是占有。俄国的农奴和美国共和国的奴隶的筋肉和灵魂是什么,岂非不过是一头有主鲸?在这问题上,占有就是法律的全部。在穷凶极恶的地主眼里,寡妇的最后一个小钱岂不也只是一头有主鲸?那边那个还未被人识破的坏蛋的大理石府邸,挂上一块门牌作浮标,那不是一头有主鲸又是什么?那个经纪人莫得凯①替那个可怜的破了产的倒霉蛋借到了一笔钱,好养活倒霉蛋的一家人,为此他得了一笔黑心的回扣;这回扣不是有主鲸又是什么?那位赛符沙尔②大主教的收入有十万美元,都是从千千万万累折了腰的劳动者那里搜刮来的柴米油盐钱(所有这些人死后全都能升入天国,无须赛符沙尔帮一点忙),那搜刮来的十万美元一块一块不是有主鲸又是什么?邓德公爵的那些世袭的村镇不是有主鲸又是什么?在那个令人敬畏的镖枪手约翰·布尔③眼中,可怜的爱尔兰不就是一头有主鲸么?对于乔纳森老兄④这位使徒般的枪手来说,得克萨斯不是有主鲸又是什么?从这桩桩件件来看,占有岂不是法律的全部?

然而如果说有主鲸这条原理可以相当普遍地应用的话,无主鲸这条类似的原理则是可以更为广泛地应用。它是在国际间以至全世界普遍适用的。

美洲在一四九二年不是一头无主鲸又是什么?当时哥伦布打出了

---

① 常见犹太人名。
② 作者编造的人名,意为"拯救灵魂"。
③ 一般英国人的绰号。
④ 典型美国人的代号。

西班牙的国旗,为他的国王和娘娘在美洲插上浮标,表明它已经有主。波兰在沙皇眼中又是什么?希腊之于土耳其人又是什么?印度之于英国呢?墨西哥对美国来说最终将是什么?全都是些无主鲸。

人权和普世自由不是无主鲸是什么?所有人的思想和言论不是无主鲸是什么?宗教信仰的原则就其本身来说不是无主鲸又是什么?对于那些炫耀偷偷贩来的好听词藻的人来说,思想家的思想岂不是无主鲸?这整个茫茫地球岂不是一头无主鲸?而读者你是什么呢,无非是一头无主鲸,同时也是有主鲸?

第九十章

头 还 是 尾

"*De balena vero sufficit, si rex habeat caput, et regina caudam.*"
布雷克顿①第3卷第3章

这句录自英国法律典籍中的拉丁文,把它放在上下文中的意思是:所有在该国海岸外为任何人所逮住的鲸鱼,它的头必须献给作为伟大的荣誉镖枪手的国王,而其尾则须敬呈王后。这样分割鲸鱼犹如将苹果一切两半差不多,头尾一去就没有东西剩下了。由于这一法律形式虽有所修正,却至今在英国有效,也由于它在各方面成为有主鲸与无主鲸的总的法则的一个奇特的例外,因此根据促成英国铁路当局特备一节车厢专供王室之用的礼数周到的原则,在这里专列一章谈谈这个问题。首先,我向你们讲一件在最近两年内发生的怪事,证明上述法律仍然有效。

---

① 亨利·德·布雷克顿(?—1268),英国大法学家,《论英国法律和习惯》一书的作者。

且说在多佛,或是桑威奇或是英国五港同盟①中的另一个港口,有一批秉性诚实的水手经过千辛万苦的追逐之后杀死了他们原来在离岸很远的海上发现的一头上等鲸鱼,并且拉到了海滩上。这五个港口本是部分地归一个称为港口监督的警察或小吏管辖,据信这位警察或小吏直接由国王任命,五港同盟辖区以内一切皇家收益都划归他经管。有些著作人说这一职务可以称作挂名差使。其实不然。因为这位港口监督常是忙于捞外快,中饱私囊,而这些外快经他一捞也真成了他的。

如今这些被太阳晒黑了的、赤着脚、裤腿卷到了黄鳝般的细腿上的可怜的水手好不容易把他们的这头大肥鱼弄到了干燥的海滩上,指望着能从宝贵的鲸油和鲸骨上挣上一百五十镑大洋钱。他们这时想着各人要分得的那一份钱,想着美滋滋地同老婆一块儿啜起难得喝一回的茶,和老伙计们喝起了好啤酒;哪知道半路上杀出了一位一肚子学问、十足是个基督徒、慈悲为怀的先生,他胳膊肘下夹一本布莱克斯通②,他把书往鲸鱼脑袋上一放,说道:"各位爷们,不能动!这头鲸鱼是头有主鲸。我没收它作为港口监督的财产。"可怜的水手们一听这话,各自愕然,不知该说些什么(这是典型英国人的反应),一个个拼命挠自己的脑袋;同时眼睛不免带些悲凉地望望鲸鱼,又望望这位陌生人。然而这一切都无济于事,也不能使这位手持布莱克斯通、一肚子学问的先生的心肠软下来。最后,有一个水手在搔了半天脑袋想主意之后,鼓起勇气开了口。

"长官,请问港口监督是什么人?"

"公爵。"

"可是公爵跟逮住这头鲸鱼没有一点儿关系呀?"

"鲸鱼是他的。"

"我们费了好大的力气,冒了好大的险,也花了一些钱,难道所有

---

① 中世纪英格兰东南部英吉利海峡沿岸五个港口的联盟,五港为多佛、桑威奇、黑斯廷斯、新罗姆尼和海斯。
② 威廉·布莱克斯通(1723—1780),著名英国法学家,一位好法官和法律阐释家,著有《英国法释义》一书,对十八世纪中叶英国法律作了有系统的、明晰的、出色的阐述。

这些都是为了让公爵得好处;我们吃了那么多苦,什么也没落下,只落得手上那些泡吗?"

"鲸鱼是他的。"

"难道公爵真穷到这地步,只能不择手段地挣口饭吃吗?"

"鲸鱼是他的。"

"我本想用我能分得的鲸鱼钱的一部分来给我的病倒床上多时的老娘治病的。"

"鲸鱼是他的。"

"公爵分四分之一或一半行不行?"

"鲸鱼是他的。"

总而言之,鲸鱼被没收了,卖了钱。威灵顿公爵阁下得了那笔钱。镇上有位老实的牧师认为,从某一个特殊角度看,可能件事在目前情况之下有一丁点儿做得稍稍有点过分,于是恭恭敬敬地上书公爵,求他多多体恤那些不幸的水手。可是我的公爵大人实质上回信说(两信都发表了):他早已体恤过了,才收下了那笔钱;他还望这位牧师先生以后少管他人闲事为感。难道这就是脚跨三个王国边缘,强迫大家交纳穷人的救济金的,斗志不减当年的那位老人家吗?

显而易见,此案中公爵对鲸鱼的所谓权利是国王所授予的。因此我们不得不追问一句:根据什么原则国王最初被赋予这项权利的?法律本身已经说得明白,但普洛顿①为我们说明了理由。普洛顿说,这样捉住的鲸鱼属于国王和王后,"由于它的特优的品质"。从此以后,这一条就为那些最有见地的评注家所采纳,作为在这种事务上最有说服力的论据。但是为什么国王应得头而王后应得尾呢?各位大律师,请说说理由!

有一位名威廉·普林②的英国高等法院的老作家在他所著《王后用款》,即王后的零花钱一文中是这样说的:"汝等之尾为汝等王后所有,以便汝等王后能有汝等鲸骨供其衣裙之需。"这是在格陵兰鲸或露

---

① 爱德孟·普洛顿(1518—1585),英国法学家。
② 威廉·普林(1600—1669),英国一个极端保守的清教徒,小册子作家。

脊鲸的黑色软骨被大量用来撑太太们的乳褡的时代写的。但是这种软骨不在尾巴上,它是在头部;明达如普林律师,竟犯此错误,令人惋惜之至。然而难道王后是头美人鱼吗?怎么要人献上一条尾巴?其中也许有某种寓意存焉,也未可知。

英国法学著作家把鲸鱼和鲟鱼列为王室的两种用鱼;两者在某些限定条件下均为王室财产,名义上是国王陛下的通常收益的第十项来源。我不知道有没有任何其他作家对此曾作过暗示;不过依我看来,照此可以推断:鲟鱼必然也是照鲸鱼那样来分割的,国王得的是鲟鱼所特有的极其稠密①而有弹性的头部,而这一点用象征的眼光看,其根据可能在于两者的某种想当然的相似之处,这倒颇有点幽默的味道。由此看来,天下万事万物似乎都有一个道理,连法律也不例外。

第九十一章
披谷德号遇上玫瑰骨朵号

"要想在这种大海怪的肚子里找到龙涎香②,那是妄想,难闻的恶臭使你搜寻不下去。"

托马斯·布朗爵士③:《粗俗的错误》

在交代了上一个捕鲸场面之后一两个星期左右,我们正缓缓驶过一片睡意蒙眬、水雾弥漫的正午海面,这时,披谷德号甲板上的许多个鼻子发现起鱼来证明比桅杆高处那三双眼睛还灵。大家从海上闻到了

---

① 头部似不宜用"稠密(dense)"一词来形容。作者所以在这里用它,也许因此词兼有"呆头呆脑"、"蠢笨"的意思,从而与下面一句相呼应。

② 巨头鲸肠道内在吞食某些动物的不能被消化部分周围积聚的分泌物所形成,在东方作调味香料,在西方作高级香精的定香剂。

③ 见布朗所著该书第3部第26章。

一股特别的不大好闻的气味。

斯德布说:"我敢打赌,就在这儿附近有前几天中了我们的德勒格的一些鱼。我想它们用不了多久就会肚皮朝天翻上来。"

眼看着前面的雾气散开了,远处停着一条船,船上卷起的篷帆说明有鲸鱼拴在船边。我们靠近去的时候,看到这条不相识的船的斜桁尖顶上挂着法国旗,再看那流云般海鸟在船四周的空中飞翔、打转、伺机下扑的光景,不用说,船旁的鲸鱼准是头捕鱼人所说的瘟鲸,也就是说,一头在海上未受伤害而死、其无主的尸体自行浮了起来的鲸鱼。这样一个庞然大物所发出的气味之难闻也就可想而知了。那气味比一座遭了瘟疫、活着的居民无力掩埋死者的古亚述城市还要糟。有些人认为,那难闻劲儿使再贪心的人也不会愿意靠着它碇泊。然而偏偏还有人竟然还肯这样办,尽管从这样的鱼身上得来的油质地极差,毫无玫瑰油的香气。

我们随着那快要收歇的微风渐渐驶近那条法国船,看到它身边还有第二头鲸。这第二头鲸的那股气味似乎还超过了第一头的。原来它是那种得了毛病的鲸鱼,害着极度胃弱或消化不良症,力竭而死的;这种死鲸留下的尸体几乎完全没有油可言。然而往后我们自会明白:任何一个诸事通晓的捕鲸人尽管对一般的瘟鲸避之惟恐不及,却决不会对这种鲸鱼嗤之以鼻。

到了这时,披谷德号已经离那不相识的船如此之近,以至斯德布赌咒说他认出他的砍鲸尾的铲子的柄和缠在其中一头鲸鱼尾巴上的索子绞在一起。

"那家伙真有他的,嘿,"斯德布站在船头逗笑着说,"那真是头卜贱的豺狼!我摸透了这些法国癞蛤蟆在捕鲸这行当中是些可怜虫;有时候他们会放下小艇去赶浪头,以为那是抹香鲸在喷水;不错,有时候他们从港口出海时,船舱里装满了一箱箱牛油蜡烛和一盒盒剪烛花的剪子,因为他们事先就知道他们能挣得的鲸油还不够船长点灯的;嗨,这些事我们全都知道。可是瞧瞧今天这癞蛤蟆能捞到我们的残羹剩饭,我是说那一头中了我的德勒格的鲸鱼,就心满意足啦;那另一头宝贝鱼,只有些干巴巴的骨头,他能喷上几下,他也就满足了。可怜的家伙！谁递过一顶帽子来，让我们大家往帽子里捐一点油，作为礼物送给他，也是一桩善举。因为他从那头中了我的德勒格的鲸鱼身上又能弄到些什么油呢，连在监牢里，不，在死囚牢里点灯用都不配。说到另一头鲸鱼，嘿，我敢说他从它那把骨头里榨出的油还不如把咱们的三根桅杆剁成片，挤出的油多哩；不过，想到这里，说不定它身上有些比油贵重得多的东西。不错，是龙涎香。我不知道咱们的老爷子有没有想到这东西。这值得试上一试，嗯，我倒乐意干这个。"他嘴里说着，人开始向后甲板走去。

到了微风完全平息了之后，披谷德号乐意也好，不乐意也好，反正已陷于这股臭味包围之中，除了等再起风之外，毫无突出重围的希望。斯德布走出房舱，召来了他的小艇的人手，划向那条不相识的船。划过了它的船头，他看到了船头柱子的上半部按照法国人的喜欢新奇的趣味，雕成一根漆成绿色的倒挂着的特大的茎，茎上东一处西一处伸出一支支长长的铜钉算是茎上长的刺，顶端则是一个鲜红色的对称包着的球状的蕊。他见船头的舷板上写有"玫瑰骨朵"或"玫瑰蕊"的烫金法文大字；这就是这条香气袭人的船的充满浪漫情调的名字。

斯德布不认得题名中"骨朵"这个法文词，但是"玫瑰"这个词加上球状的骨朵已足够向他交代清楚船的名字了。

"一朵木刻的玫瑰骨朵，呃？"他用手捂着鼻子说，"这倒挺不错，不过它的气味实在够呛！"

这时为了和对方甲板上的人直接对话，他让艇子绕过船头到了它的右舷一侧，从而贴近那头瘟鲸，就隔着它向船上发话。

一到了这地方，他一只手仍然捂着鼻子，叫道："玫瑰骨朵，你们好啊！玫瑰骨朵号上有能讲英语的没有？"

"有。"船舷边有个根西①人回答，后来知道他是大副。

"那好，我的玫瑰蕊啊，你可见过那头白鲸吗？"

"什么鲸？"

"那头白鲸——一头抹香鲸——叫莫比·迪克，你见到过它吗？"

---

① 英国海峡群岛中第二大岛，东距法国诺曼底四十八公里，居民以诺曼底人后裔为主。

"从来没听说过这么一头鲸鱼。白鲸?白鲸①——没有见过。"

"那好,那就再见啦。过一会儿我再来拜访。"

于是小艇很快朝披谷德号划了回去。斯德布见到埃哈伯正靠在后甲板栏杆上等着他的报告,便用两手合成个喇叭状喊:"没见过,长官!没见过!"一听这话,埃哈伯就回房舱去了,斯德布则回到法国船边。

这时他才看清那个根西人用一只什么袋子罩在他的鼻子上,正进到锚链中间,使着一把砍鲸尾的铲子。

"你的鼻子怎么啦?"斯德布问,"给打断啦?"

"我巴不得它打断了才好哩,要是压根儿没有鼻子更好!"根西人回答,看来他不大喜欢手上干的那活儿,"请问你又为什么捂着你的鼻子?"

"噢,没有什么!那是个蜡捏的鼻子,我得捂住它。今天天气很好,你说是不是?我说这空气简直像花园里的一样;给我们扔一束花下来,好不好,玫瑰骨朵?"

"你他娘的想干什么?"根西人一下子火冒三丈,吼起来。

"嗳,别动气——别动气,就是这话,你为什么不把这两头鲸鱼搁在冰里再摆弄它们呢?好啦,不开玩笑啦;玫瑰骨朵,你难道不知道,要从这种鲸鱼身上挤出油来,那是痴心妄想?说到那头干瘪了的鱼,你在它全身连个鳃都找不到。"

"这我心里透亮;可你知道,这船的船长他不信。这是他头一回出海捕鲸,他以前是个科龙香水制造商。不过,请上船吧,他不相信我说的,也许会信你的话。真要是这样,我就可以摆脱这肮脏的差使啦。"

"我的亲爱的朋友,为你干什么都行。"斯德布回答。说着话,他很快上了船。他眼前出现了一个古怪的场面。戴着有流苏的红毛线便帽的水手们正在张罗那沉重的滑车,准备吊鲸鱼。但是他们活干得慢,话却说得飞快,情绪看来十分低落。大家的鼻子都朝天翘着,活像一根根第二斜桅似的。不时有两三个人丢下了活儿爬上桅杆去呼吸新鲜空气。有人害怕会得疫病,把麻絮在煤焦油里浸了,时不时地捂在鼻子

---

① 前一个"白鲸"用的是法文,后一个用的是英文。

上；另一些人把烟斗柄几乎挨着烟斗扳断，然后猛抽，让烟雾无时无刻不在鼻管里缭绕。

斯德布听到了从船长的后甲板房舱传来的一阵劈头盖脑的叫嚷和咒骂声；他朝那个方向望去，见到从里面半开着的门后冒出来的一张怒不可遏的脸。原来那是受不了那味儿的随船医生。他对这一天进行的工作表示抗议，可是没有效果，只得躲到船长的房舱（他管它叫私房）里来避疫病；但是他仍然禁不住时不时地大呼小叫，表达他的恳求和气愤。

斯德布把这些都看在眼里，心想自己的打算大有希望；他转过身去和根西人谈了一阵，这素不相识的大副在言语之中表示了对船长这个自以为是、不学无术的家伙的憎恶，恨他把大家推进了这样一种难受至极而且无利可图的苦不堪言的境地里。斯德布仔细地探了他的口气之后，进一步摸清这根西人丝毫也没想到龙涎香这上面去。于是他在这一点上不露一点儿口风，而在其他方面则是十分坦诚，向对方交心，因此两人很快定下了一个小小的计划叫船长上当，还要出尽洋相，而且让他做梦也不会怀疑到他们的诚意。按照他们的这个小小计划，根西人利用他通英法两国语言可以从中起翻译的作用，由他向船长随口乱说一气，却告诉船长他是在传达斯德布所说的话；至于斯德布，他在这场谈话中尽可信口开河，想到什么说什么。

就在这时候，注定要吃他们的亏的人从他的房舱里出来了。他是个小个子，皮肤黝黑；作为一位船长，他显得柔弱了些，但长着浓密的唇髭和一部大胡子，身穿一件红色棉绒布背心，腰间挂着表和印章。根西人彬彬有礼地向这位先生介绍了斯德布，自己则装模作样，神气十足地在他们之间当起翻译来。

"我先跟他说什么？"他问。

"嗨，"斯德布眼瞅着那绒布背心、表和印章说，"你一开头就不妨告诉他，我虽然不敢自命是个法官，随便下判断，不过我觉得他似乎嫩了点儿，像个孩子。"

"先生，他说，"根西人转向船长用法文说道，"就在昨天，他的船碰上另一条船，并通了话，那船由于把一头瘟鲸拴在船边，结果船长、大副还有六名水手都因此染上疫病死啦。"

船长听了吓了一跳,忙追着问,要了解更多的情况。

"这回说些什么?"根西人又问斯德布。

"嘿,他既然那么容易信以为真,那就告诉他,我已经仔细将他打量过了,我可以很有把握地说,他不比圣·雅戈岛上的一只猴子更配当一条捕鲸船的船长。干脆告诉他,就说我说的,他是头狒狒。"

"先生,他起誓赌咒地说,那另一头鲸,干瘪了的鲸比那头瘟鲸更要危险得多;总之,他劝我们为了爱惜自己的性命,把这两条鱼打发走。"船长立即奔向前去,高声命令他的水手停止提升切割鲸鱼的滑车,即刻松开把两头鲸鱼拴在船沿的缆绳和链条。

"这下说些什么?"等到船长回到他们面前,根西人问。

"呃,让我想想;对了,你现在不妨对他说——哦——告诉他,其实,我已经叫他上了当(接着暗暗自言自语),也许还有别人上了当。"

"先生,他说,他很高兴,他为我们总算尽了点儿力。"

船长听了这话,发誓说感激不尽的应该是他们(指他自己和大副),最后邀请斯德布下到他的房舱共喝一瓶波尔多白葡萄酒。

"他要你和他一块儿喝杯葡萄酒。"这位翻译说。

"谢谢他;不过告诉他,和受了我的骗的人一块儿喝酒违反我的为人原则。说实在的,告诉他我得走啦。"

"先生,他说,喝酒不合他的原则,不过如果您先生想多活一天好喝酒的话,那么您先生最好是放下所有四艘艇子,把船开得离两头鲸鱼远远的,因为现在正好风平浪静,鱼不会漂到哪儿去。"

这时斯德布已经翻过了船舷,进了他的艇子,最后向根西人打了这么个招呼:他的艇子里有根挺长的曳鲸索,他愿意尽力帮助他们,先把两头鲸中分量较轻的那头从船边拉走。在法国船的艇子使劲从一边把船拖走的时候,斯德布显得出于一片好心地把他的鲸鱼从另一边拖走,炫耀地放出了一根长得出奇的曳鲸索。

不一会儿,起了一阵和风;斯德布假装把那头鲸丢下,吊起了艇子;法国船不久便驶得越来越远,披谷德号则溜到法国船和斯德布的鲸鱼之间。于是斯德布很快靠近这浮着的鲸尸,向披谷德号打招呼,说明他的打算，立刻着手收获他所施歪门邪道得来的果实。他拿起艇上的利铲，动手将死鲸开膛剖腹，从边鳍稍后处进刀。你简直会以为他是在海底挖地窖。到得末了，他的铲子触到那瘦削的肋骨；那时候简直和翻出了埋藏在英国沃土里的古罗马的瓦和陶器差不多。他的小艇的水手个个都兴奋得不得了，起劲地帮他们头儿的忙，那副急不可耐的神气活像是淘金人。

在整个这段时间里，无数水鸟从空中俯冲下来，钻到水里又露出头来，一声声尖叫，呼喊，在四下里争斗。斯德布的神情开始显得有些失望，特别是在那臭味越来越凶的时候。忽然从那冲天的臭气的中心，似有若无地飘出了一股淡淡的香味；它从那潮水般涌来的臭气中流出来，却不为臭气所淹没，犹如一条河流入另一条河，然后和它并行流去，连一刻也不与之融合为一。

"我找到啦，我找到啦，"斯德布在脏腑深处触到了一件东西，便快活地叫起来，"一只钱包，一只钱包！"

他丢下铲子，双手伸了进去，掏出了一把把像放久了的温莎香皂又像杂色斑驳的肥腻的陈年奶酪，但表面油滑，煞是好闻。你不费力地用大拇指按它一下，它就会现出一个指印。它的颜色在黄色和灰色之间。我的好朋友，这就是龙涎香，在随便哪位药房老板那里，它一英两值一个一英镑的金币。这时候已经掏出了六把，然而不可避免地在海水中损失的要更多。不耐烦的埃哈伯此时大声命令，要斯德布停止继续掏摸，回到船上来，否则船就要跟他们再见了；要不是因为埃哈布，斯德布要掏得更多。

第九十二章

龙　涎　香

要说这龙涎香，它算得是十分珍奇之物，而且是如此重要的商品，以致在一七九一年一位南塔克特出生的姓考芬的船长在英国下议院的听证会上受到有关这个问题的审查,因为在当时以至比较晚近的时候,龙涎香的确切来源正如琥珀本身一样,始终是学者的一个问题。虽说龙涎香这个词只是"灰琥珀"的法文复合词而已,但两者却完全不同。琥珀虽有时可在海岸边找到,但也会在深入内陆的土壤中挖掘出来,龙涎香则除了在海上从来没有在别处找到过。再说,琥珀是种透明无味、坚而脆的东西,可用作烟斗的嘴,可制成念珠或装饰品;而龙涎香柔软如蜡,有浓烈的芳香,大多用于制作香水、香锭、名贵的香烛、扑头发用的粉以及润发油。土耳其人用它做菜,还带着它去麦加进香,如同人家为了同一个目的带着乳香上罗马的圣彼得教堂。有些葡萄酒商在红葡萄酒中放上几小颗龙涎香以增加它的香味。

谁能想得到:如此高贵的先生女士会把从一头病鲸的叫人恶心的肠道里掏出来的香精用在自己身上而洋洋自得呢!然而事实正是如此。有些人以为龙涎香是鲸鱼害胃弱症的原因,而另一些人以为它正是胃弱症的结果。如何能治好这种胃弱症呢,这很难说,除非是给鲸鱼服上三四小艇布兰德雷斯泻药丸,然后像工人在炸掉危石时那样跑到危险圈外。

我忘了交代,在龙涎香之中会发现某些圆而硬、像骨头似的薄板块;斯德布起初以为那大概是水手裤子上的纽扣,但后来才知道,它们不过是埋在这香油里的小块乌贼骨头。

在这样的腐烂物的中心竟然能发现不知朽坏的芬芳扑鼻的龙涎香,这难道是偶然的吗?请你想想圣保罗在《哥林多书》中关于朽坏和不朽坏的名言①吧:种下去的是耻辱,长出来的却是光荣。同样请你回想一下帕拉切尔苏斯②关于是什么造成了最好的麝香的话。还请不要忘记下面这一奇怪的事实:在所有的难闻的气味之中,在最初的制作阶段的科隆香水是顶顶难闻的。

我本应以以上的吁请结束这一章,但是我不能,因为我急于要批

---

① 见《圣经·新约·哥林多前书》第 15 章 43 节。
② 帕拉切尔苏斯(1493—1541),出生于今瑞士的医师、炼金术师。他曾发现多种新药,促进了药物化学的发展,对现代医学多有贡献。

驳一种常有人对捕鲸人提出来的指责,而一些有着先入为主的偏见的人可能认为,这种指责已被有关以上那条法国船边的两头鲸鱼所说的一切所间接证实。在本书其他各处已对捕鲸这个行当从头到尾干的是邋里邋遢、不干不净的活儿这种中伤性的不实之词驳斥过了。可是还有一点有待批驳。有人闪烁其词地说,所有鲸鱼在任何时候其气味总是难闻的。现在我们来追究一下,这可恨的恶名又是从哪儿来的呢?

我以为,这显然可以追溯到两个多世纪以前格陵兰的捕鲸船初次来到伦敦的时候。因为当时那些捕鲸人(现在也是一样)不像南海的捕鲸船那样总是在海上炼鲸油,而是把新鲜的生鲸膘切成小块,从桶孔往大木桶里扔,就这样运回家去。那些冰冷的海洋上的捕鲸季节为时短促,捕鲸船经常要遭受突然的强风暴的袭击,这使他们不可能采取其他办法。其后果是当你走下船舱,把一座座的鲸冢卸到格陵兰的码头上,你就会闻到一股味道,和为了给一所产科医院腾块地基而发掘本城的一座老坟场时发出的气味差不多。

我还不免有所猜测:这种对捕鲸人的恶毒指责也许同样可以算到以往在格陵兰海岸边的一个名叫许麦伦堡或斯迈伦堡的荷兰村庄的账上;博学的福戈·冯·斯兰克①在其论气味那部公认为这方面的教材的大著中就用了斯迈伦堡这个村名。正如这村名所指的(斯迈是"脂",堡是"收藏起来"的意思),这个村庄专为荷兰捕鲸船队提供一个场所来炼鲸油而无须为此而将鲸膘运回荷兰去。该村集中了锅炉、鲸脂壶以及一些炼油棚;当这些场所全部开工以后,散发的气味自然不会好闻。然而这一切与南海上捕抹香鲸的船全然不同。后者在一次也许长达四年的航行中在船舱里装满了鲸膘之后,说不定只需不到五十天时间就能把油熬出来,而在装进木桶的时候,炼好的油几乎是没有气味的。事实上,鲸鱼作为一类动物,不论是活着还是死的,只要处理得当,是不会发出难闻的气味来的;捕鲸人也不会像中世纪人惯于用鼻子一闻就能从人群中闻出一个犹太人来那样被人从气味上辨认出来。其实

---

① 用来攻击斯考斯比的别名。

鲸鱼的气味是很好闻的,它不可能不是如此,因为一般说来,它的身体得到充分锻炼,非常健康,始终处于户外,虽说难得在海面上露天生活。我敢说,抹香鲸的尾翼在水面上一甩动就会散发出一股香气,就像一位满身麝香气味的太太在一间暖洋洋的客厅里抖动她的衫子时一样。那么,由于它的身躯如此魁伟,在气味之芬芳上,我该把它比做什么好呢?怕是只有那长牙上缀着珠宝,浑身发出没药树脂的香气,从一个印度城市中被牵出来向亚历山大大帝致敬的那有名的巨象,才可约略想见其风采吧?

第九十三章

被抛弃的人们

在遇上那法国船之后不几天,有一件顶顶紧要的事发生在披谷德号的水手中顶顶无足重轻的人身上。这事十分可悲,其结果正好为这条有时喜欢寻欢作乐近乎疯狂而其实命运已经注定的船提供了一条活生生的、始终如影随形的预言,预言等待着它的可能将是某种船毁人亡的结局。

且说在一条捕鲸船上,不是每一个人都上小艇的。有为数不多的一些人要留在船上,叫做看船的。他们的职务是在小艇追捕鲸鱼时照管好大船。一般说来,这些看船的和小艇上的水手一样都是身强力壮的汉子。不过万一船上有一个瘦弱笨拙或者是胆小得异乎寻常的家伙,那他准是被派做看船的。披谷德号上就有这样一个人,一个小个子黑人,绰号比平,简称比普。可怜的比普!你们以前已经听说过他;你们一定记得那个富有戏剧性的半夜里他打的手鼓,既那么愁苦,又那么欢乐。

从外表看去,比普和面团娃倒是天生的一对,像一黑一白的一对小马,长得身材相等,肤色却不相同,是驾在一个辕上却不同心的两匹马。

不幸的面团娃木头木脑,反应迟钝;比普虽然心肠太软,骨子里却很聪明,有着他的种族特有的那种愉快、随和、欢快的聪明;每逢假期节日,这种族的人过得比其他任何种族都更兴高采烈,自由自在。在黑人看来,一年三百六十五天,天天都是七月四日和大年初一。我说这个小个子黑人聪明,你听了别见笑,因为即使是黑色,也自有它的光泽①。不信请看那镶在国王内室的又黑又亮的黑檀木吧。但是比普热爱生活以及保障生活过得平平安安的一切,因而这些时候他所莫名其妙地陷进去的这个令人胆战心惊的行当对他的聪明有极其不幸的影响。不过不久以后你又会看到:在他身上一时被压制下去的东西到头来注定要被一场奇异的野火照亮,使他人为地发出十倍于天然的光辉。在康涅狄格州托兰郡的老家,他曾用打手鼓为多少小提琴手在草地上即兴演奏助兴;在乐声悠扬的黄昏,他又曾以他的哈哈笑声使周围一片天地变成了一只有星星点缀的手鼓。固然,纯净的钻石挂在布满青筋的脖子上,在大天白日,也会发出正常的光芒,但是一位机灵的珠宝商人会想法使你看到钻石的最最炫人心目的光辉。他把它放在一个幽暗的地方,然后不是让阳光,而是用某种非天然的汽灯照亮它。那时候钻石便焕发出火焰一般的光辉,美得像在阴间;于是这曾是水晶一般的天空的最圣洁的象征的钻石,发出罪恶的光焰,看来像是从阎王爷处偷来的王冠上的宝石。但是闲话少说,让我们来讲这个故事。

　　故事的来由是这样的:在取龙涎香这件事上,斯德布的艇艄桨手不小心扭伤了他的一只手,而且伤得不轻,一时干不了活儿;于是临时派比普来代替他。

　　斯德布第一次和比普一起下小艇时,后者表现得神色十分慌乱,不过好在那一次避免了和鲸鱼近距离交锋,因而并没有闹得大丢面子。然而斯德布看到这一点,便在以后的日子里着重教导他要把自己的勇气鼓得足足的,因为他会发现随时都需要勇气。

　　到了第二回下艇子时,他们划到了鲸鱼近旁,鲸鱼中了镖枪,照例把尾巴甩了过来,这一回,正好打到可怜的比普的座位底下。他一下子

---

① 这里的"聪明"和"光泽"是同一个英文词。

给吓得不由自主地蹦跳起来,手里拿着桨,人蹦出了艇子;就这样,还没有撒出去的那部分曳鲸索贴住了他的胸部,他蹦出艇子时把索子也带了出去,于是在最后掉进海里去的时候人和索子搅到了一起。这时刻,那受伤的鲸鱼开始死命地逃,索子很快被拉直了。唉,可怜的比普又一身是水地被那根已经在他的胸部和脖子里绕了好几圈的索子狠狠地拉到了小艇的系索子的木桩前。

塔希特戈正站在艇艏。他追捕鲸鱼正追得浑身来了劲。他恨比普是个胆小鬼。他从刀鞘里抽出了艇上的刀,用刀刃对着索子,转向斯德布嚷着问:"割不割断索子?"这时,比普被勒住脖子的脸发青,分明是在恳求:看在上帝面上,割吧!这一切都是一眨眼间的事,前后还不到半分钟。

"他妈的,割!"斯德布吼道,于是鲸鱼丢了,比普得救了。

这个可怜的小个子黑人神志清醒过来以后遭到了大伙儿的痛骂。斯德布沉着地让大家在这顿不正常的咒骂中出了气,然后用一种平常的、就事论事但仍带点幽默的口气正经骂了比普;骂完以后再用非正经的口气开导他。开导的实质是:绝不可蹦出艇子去,比普,除非——不过所有其余的开导都是不确定的,大凡十分正确的开导,从来都是如此。总而言之,你干捕鲸这行当的真正的座右铭是:不可离艇子一步;不过也会发生特殊情况,到那时候,更好的出路是跳出艇子去。说到这里,他好像终于认识到了下面这一点:如果他不折不扣地本着良心教导比普,他会给比普将来再跳出去留下大大的余地。斯德布突然终止了一切开导,下了一个断然的命令作为结束:"不要离小艇一步,比普;要不,上帝作证,如果你再跳,我决不把你救上来。记住了。我们不能为了你这样的人,把鲸鱼放走。一头鲸鱼能卖的钱比你比普在亚拉巴马州能卖的钱多三十倍。把这点牢牢记在脑子里,别再跳啦。"斯德布在这里也许是想间接暗示:人固然爱他的同类,但人是一种生来要挣钱的动物,这种天性十有八九会和他的仁爱发生冲突。

可是只有上帝做得了我们大家的主,比普到底又跳出去啦。这一回和第一回情况极为相似,不过这一次索子没有被他的胸脯带出去。因此鲸鱼开始逃窜时,比普被留在后边的海面上,像被一个慌慌张张的旅客留下的一只箱子。唉！斯德布这个人说出的话竟然毫不含糊。那是个美好的日子，天公似乎特别开恩，青天碧海，气候凉爽，风平浪静，水面四下里平铺开去，直到天边，像金箔匠打出来的箔子一般，平整之极。比普的黑檀木似的脑袋在这样的海面上忽上忽下，看上去很像一头小鳞茎。当时他从艇艄落水，落得那么快，谁也没有提艇上的刀子。斯德布好不狠心地把背转向他，那头鲸则飞也似的游走了。三分钟内，比普和斯德布之间已有一浬的汪洋大海。从大海的中心，可怜的比普把他的长着一头鬈发的黑脑袋转向太阳。又是一个孤零零被无情抛弃的人，尽管是个顶顶高尚顶顶聪明的人。

要是在风平浪静的天气，在开阔的大海中游泳对一个水性熟练的游水人来说就跟在陆地上坐在一辆有弹簧的马车里行路一般轻松。然而那种孤寂凄凉却叫人受不了。置身于这样一片无情无义的汪洋大海中间，心里想的只能是自己，惟有自己，我的老天爷呀！谁能来说一说其中的滋味？请注意，水手们是怎样在水波不兴的大海中沐浴的——请看他们是怎样紧挨着自己的船游，而且总是顺着船身游。

那么，斯德布是不是真的抛弃了这个可怜的小个子黑人，让他听天由命了呢？不，他的本意至少不是这样。因为在他后面还有两艘小艇。毫无疑问，他以为那两艘艇子会很快赶过去，把比普救起来。但是对一个因自身的心虚胆怯而遭到危难的桨手的慈悲心肠并不总是体现在一切类似情况中的猎手身上。这种事情经常发生。在捕鱼业中，一个所谓胆小鬼几乎总是受到与在海陆军中所受到的同样无情的憎恶。

可是说来也巧，那几条小艇没有看见比普，却突然发现了鱼群在它们的一侧，便掉过头来追去；而斯德布的艇子此时已离得远远的，他和他的水手们一心都扑在他们的鱼上；结果是比普周围的天地变得越来越宽，宽得叫人心寒。只是纯粹碰巧，捕鲸船最后把他救了。从那一刻起，这小个子黑人在甲板上来来去去，成了个白痴；至少大家当时是这么说的。大海像是在嘲笑他，让他的有限的躯壳浮起在水面上，却让他的无限的灵魂活活淹死了。不过没有完全淹死；而是把灵魂沉到了奇妙的深渊里,在那儿,那个完好的原始世界中的奇异的生灵在他的无神的眼前来来去去。那个吝啬的雄性人鱼,智慧之神,显示了他囤积的一堆堆财宝。而在那快乐而又无情的长葆青春的永恒中,比普看到大群的犹如上帝一般无处不在的珊瑚虫从海的苍穹中鼓出了两只特大的眼珠子。他看到上帝的一只脚踩在纺车的踏板上,而且说了出来。于是他的伙伴们说他疯啦。可见人的疯狂正是天的理性。人一旦摆脱了一切人的理性,便最终归附于上天的心性;这心性就理性而言是荒谬、疯狂的;那时候,祸也好,福也好,他感到无牵无挂,有如他的上帝一般漠然无动于衷。

至于其他的人,切莫过于责怪斯德布。这类事在捕鲸业中是司空见惯;你往后读下去,还会看到我本人也落到了被抛弃的地步。

第九十四章
手 捏 一 把

斯德布的那头花了很大代价才到手的鲸被及时拖到披谷德号船边,凡是以前交代过的那些提升、切割以及掏挖海德堡大桶即鲸脑的操作过程都已照常完成。

有些人在忙着掏挖鲸脑的活儿,另一些人则把装满了鲸膘的更大的桶拖走,时候一到,这些鲸膘在经过仔细处理之后送到炼油间去,关于这部分稍后再说。

鲸油已经凉了,结晶到了这等地步:当我和另外几个人坐到像君士坦丁大浴池①似的油舱前,我发现它已凝成块了,在还没有凝结的地方,油在池里滚来滚去。我们要干的活儿就是把结成的块捏碎,还原成液体。这是个甜蜜滑腻的活儿!难怪早先这鲸脂曾是风靡一时

---

① 君士坦丁(?—411),篡位的罗马皇帝,曾建一大浴池,十七世纪初被毁。

的化妆品。多好的一种清洁剂,多好的一种美容油!多好的一种增柔剂!又是多么美妙的一种舒缓剂啊!我的手浸在鲸油中之后不过几分钟,便觉得手指就跟鳝鱼差不多,它们开始像蛇一般盘了起来。

  我在绞盘上耗尽了力气之后盘着腿坐在甲板上休息。头上是静谧的蓝天,风帆懒懒地催动着船安然地向前滑行。我让双手沐浴在那些柔和轻软的捏碎了的小球中,而这些小球几乎在一小时之内又凝结成块;鲸油在我的手指间被捏碎时,充分释放出它的肥腻的流质,犹如熟透了的葡萄释放出它们的汁液。我嗅那未受污染的香气时,简直就是在闻春天紫罗兰的气息;我可以向你宣告:眼前我是生活在一片发散出麝香气味的草原上。我把我们的可怕的誓言忘个一干二净;我在那难以形容的鲸脂里洗心革面,从此再也不干这一行了;我几乎开始要相信旧时的帕拉塞尔斯迷信说法,说什么抹香鲸油有一种特异的消袪怒火的功效;我沐浴在鲸油中时,我感到种种敌对意气、暴躁情绪、邪恶念头顿时化为乌有,感觉到达一种神圣的解脱境界。

  捏呀!捏呀!捏呀!捏了整整一上午。我捏那鲸脂,捏到了我自己几乎溶解在其中的地步;我捏那鲸脂,捏到了自己进入一种奇特的疯狂状态;而我发觉自己不知不觉捏起我的同伴的手来,把他们的手错当成了那些柔软的小球球。这行当能生出一种何等深厚真挚的友爱感情啊,以至它使我最后不断地捏起他们的手来,我抬眼感伤地望着他们的眼睛,仿佛在说:啊,我亲爱的同伴呀,我们干吗还要抱着对社会愤愤不平的情绪不放或是心里总有点儿不痛快或忌妒呢!来吧,让我们大家捏着彼此的手;不,让我们大家捏着手,变得你中有我,我中有你吧;让我们大家全都变成一个油乳交融的友善的共同体吧。

  但愿我能永远这样捏着那鲸脂不松手!因为自从有了许多漫长的一再重复的经历之后,我已经认识到:在任何情况之下,人最终不得不降低或者至少是得转移对他所能达到的幸福的设想;不要以为这种设想是在智力或想象力所及的范围之内,而是寄托在妻子,在心灵,在床上,桌上,马上,在炉火边,在乡间;如今我已认识到了这一切,我就准备永远捏下去。想着那暗夜的幻景,我看见天国中长长的一排排天使,每位天使的双手都浸在一罐抹香鲸油中。

*　　　　*　　　　*

再说,在讲到鲸油时,我不能不讲到在准备把抹香鲸送进炼油房这个过程中一些与此有关联的其他东西。

首先是从鱼的后梢部分以及它的尾巴的较厚实部分得到的所谓白马。白马中有冻结的筋(那是一层层的肌肉叠成),但仍有一些油。从鲸身上割下了白马,先把它切成能用手搬运的长方块儿,然后送进绞肉机。切成块的白马很像英国柏克郡出产的一块块大理石。

葡萄干布丁是贴着大片的鲸膘的某些零碎小块鲸肉的叫法。因为挨着鲸膘,它们具有很大程度的油性。它们看起来令人神清气爽,欢快而又美丽。正如它的绰号所表示的,它色彩极为绚烂斑驳,底子是雪白和金黄的条纹,上面有最最深的红色和紫色的斑点。它是一幅幅柠檬的静物写生画上添上的红宝石般的葡萄干。尽管为理性所不许,你很难管住自己不去吃它。我向你坦白,有一次我曾偷偷走到前桅后面去尝了一尝,发现它的味道和想象中的从大胖子路易①的大腿上割下来的肉片的味道差不多,假如路易是在鹿肉季节过后的第一天被杀的话,而那一个特定鹿肉季节刚巧和香槟②葡萄园收获用来酿制极品葡萄酒的葡萄季节凑合在一起。

此外还有一样东西,一样在这一过程中出现的异常古怪的东西,不过我觉得要充分形容它实在令人为难。它的名字叫斯洛勃戈里翁,这原来是捕鲸人叫开头的,而这东西的性质更只有捕鲸人知道。它是种难以名状的滑腻腻黏糊糊的东西,最常见之于倒出了经过长时间的挤捏的鲸油之后的大桶中。我认为它是一种鲸鱼颅腔的薄得出奇的破碎了重又愈合的黏膜。

所谓的碎肉按理说是个捕露脊鲸人用的名词,不过捕抹香鲸人偶尔也会用它。它指的是从格陵兰鲸或露脊鲸背上刮下来的又黑又黏的

---

① 指法国国王路易六世(1081—1137)。
② 香槟,法国历史上的一个省份,相当于现今法国马恩、奥布和埃纳诸省的一部分,盛产香槟酒,一种发泡的高级葡萄酒。

东西。那些专捕这种劣等鲸鱼的不入流的渔人的甲板上尽是这东西。

夹子这个词严格说来不属于鲸鱼词汇之内。可是经捕鲸人一用，它也成了鲸鱼词汇之一了。捕鲸人的夹子是指从鲸鱼尾巴的尖削部分切下来的一段短而结实的腱质物，一般有一吋厚，大约有一把锄头的铁制部分大小。把它的边缘朝前，在油腻腻的甲板上推过去，它可以起一个皮滚子的作用；它仿佛能变戏法似的，一路说着好话就哄得所有各种垃圾全给它扫走了。

但是要懂得这一切深奥的东西，最好的办法是即刻下到鲸膘房去，和那里的人作一次长谈。以前曾经说过，这地方是个收受从鲸身上剥下来再吊起来的大片的膘的所在。一到要把它收藏的东西切成一块块的时候，这间房就成了一处令一切生手不寒而栗的屠宰场，尤其是在夜晚。一边是一块空出来给干活儿的人用，点着一盏昏暗的灯的地方。干活儿的一般是两人一组：一个使矛头和钩子，一个使铲子。捕鲸船上的矛头和一条战舰攻上敌船时用的兵器类似，名称也一样。钩子和小艇上用的钩子差不多。钩子工把一板鲸膘用钩子钩住，不让它在船东倒西歪上下颠簸时滑走；铲子工则站在那板膘上，从上而下地将它切成能用人力搬动的小块。这铲子磨得锋利无比，铲子工脚上不穿鞋，他脚下的那板膘有时会无可阻挡地像雪橇一样从他脚下滑走。万一他把自己的或是他助手的脚趾切下一个来，你难道会为之大吃一惊？鲸膘房里的老手，十个脚趾完整的不多。

第九十五章

法　　衣

假如你在这个解剖鲸尸的过程的某一时刻走上披谷德号，再假如你往前走近绞车，我敢相当肯定地说，你会非常好奇地看到一样非常奇特、谜一般的东西，你会发现它平行放在背风的排水沟一旁。不管是鲸鱼的大脑袋中那道奇妙的沟槽,或是它的那只卸下的宝贝下巴,还是它的对称的尾巴这一奇观,都远不如看上一眼那莫名其妙的圆锥体(它的长度超过了一个高个子肯塔基人的高度,底部直径近一呎,颜色漆黑,有如季奎格的那个黑檀木偶像)在你心中所引起的惊异。说实在的,它也的确是个偶像,或者说古代的偶像就像它。这样的偶像可以在犹大的玛迦太后的秘密园林中找到。太后的儿子亚撒王痛恨她礼拜这种偶像而废黜了她,毁了偶像,并在汲沦溪边烧了它,这在《圣经·列王纪上》第十五章中对这恶行有所交代。

瞧,那称做剥膘手的水手这时候过来了,他有两个同伙帮衬着背起海员们管它叫"大法衣"的沉甸甸的东西;他伛着双肩,跟跟跄跄地走来,活像一个掷弹兵背着一个死去的战友从战场上下来。他把它铺在船头楼的甲板上后,开始像滚圆筒似的剥去它的暗黑的生皮,有如非洲猎人剥一条大蟒那样。剥完之后,他把生皮从里往外翻,像翻一条马裤裤管;狠狠地撑了撑它,几乎把它的直径撑大了一倍,然后在索具上挂起来,摊开晾干。过了不久,将它取下,从它的尖端以下截了三呎左右,在另一头捅两个窟窿,好伸出两条胳膊,最后将它从上到下套在自己身上。此时这剥膘手已是穿上他的全副专业装束站在你面前了。自古以来,干他这个行当的人,只要穿上这身打扮,它便足以在他执行他的特殊任务时保护好他了。

这个任务是将整块的膘剥成一片片的放到锅里去熬;整个过程在一些古怪的木马之下展开,木马尾部顶着船舷,马身下放一口容量极大的桶,剥好了的膘落到桶里,其速度之快有如一位讲得性起的演说家桌上的讲稿一页页纷纷掉下来一般。他一身黑色正装,站在一个众人瞩目的宣讲坛前,专心看着一页页的圣经纸:这剥膘手是多么出色的一个大主教职位候补人,一个教皇跟前多么出色的小厮①!

---

① 圣经纸!圣经纸!这照例是大、二、三副们冲着剥膘手的喊叫声,要他多加小心,把膘劈得越薄越好;劈得越薄,油熬得就越快,越多;此外,油的质量也说不定有所提高。——作者注

第九十六章
炼　油　间

从外表上识别一条美国捕鲸船的标帜，除了它的吊起的小艇之外，便是它的炼油间了。炼油间是最最坚固的砖石建筑，放在由橡木和大麻造成的船上，形成了全船的一个不协调的怪异部分。它像是从野外搬到了船上的一座砖窑。

炼油间安置在前帆与主帆之间，是甲板上最宽敞的一间房。在它底下的船板是特别结实的木材，足可以承载一座约五呎长、八呎宽、五呎高、灰浆砌成的几乎是浑然一体的砖结构的重量。它的基础并不深入到甲板下面，但它四边由笨重的角铁顶住，牢牢固定在船上并由螺丝钉与木板拧在一起。它的侧面贴着木板，顶上由一个下斜的钉有板条的大舱口全部盖住。拿开这个舱盖便看到两口大油锅，每口能炼出几桶油。锅不用时刷洗得异常干净。有时还用皂石和沙子把锅里打磨得像银的五味酒钵那样锃亮，有些什么都不在乎的老水手在值夜班时会爬进锅去，盘起身子睡上一觉。打磨油锅时，两人并肩干活儿，每人在一只锅里打磨，许多贴心话都在铁锅边上彼此交流。它也是思考深奥的数学问题的好地方。我是在披谷德号左手那口油锅中，手拿着皂石勤快地打磨着四周的锅面时，初次隐隐感觉到下面这一不同寻常的事实：在几何中一切循着圆滚线运动的物体（我手里的皂石就是一例）都会精确地在同一时间从任何一点落下。

拿开了炼油间前面的挡火板，便露出炼油间正面的砖结构，它张着正安在铁锅底下的火炉的两张铁嘴，嘴上安着厚重的铁门。炼油间的包裹得严严实实的表面底下有一个浅的储水池，用来阻止炉火的炽热散发到甲板上。背后修有一条通道，水由此注入池里，随时补充蒸发掉的水。炼油间没有烟囱，它从后墙直接通风。说到这儿，让我们暂时回过头来作些交代。

披谷德号本次航行中,它的炼油间是在晚上九时左右开始工作的。这里的活儿归斯德布监管。

"大家准备好了吗?那就打开舱盖,开始炼油。火夫,点起火来。"点火这件事不难,因为木匠已经把刨花经过通道塞满了炉膛。此处需要说明一下,在一次捕鲸航行中,炼油间初次生火,先得烧一段时间木柴。以后除非为了把正规燃料很快点燃之外,再也不用木柴了。总之,油炼出之后,鲸膘已经抽缩发脆,大家管它叫下脚或油渣,但它仍然保有不少油质。这种油渣在炉膛里可以助燃。正如一个怀着满腔热血的受火刑的殉道者或是一个自暴自弃的愤世嫉俗的人一样,鲸鱼一旦着了火,它便用自己身上的油来烧自己。要是它能吸收它燃烧时产生的烟,那就更好了;因为这烟实在难闻极了,可你又不能不闻;不仅如此,你眼下还得在这烟中过日子。它有一股说不出来的刺鼻的气味,闻起来和印度的火葬堆附近飘散着的气味,也和末日审判时左手边①发出的气味差不多;这气味倒是有地狱存在的一个好论据。

到了半夜时分,炼油间已是开足马力在炼油了。我们已经远离鲸尸,已经扯起风帆;一阵阵好风令人神清气爽,茫茫大洋上一片漆黑。可是这黑暗却被熊熊火光吞没了,它时不时地从充满煤烟的通道中蹿出来,像有名的希腊火那样把所有高处的索子照亮。炉火熊熊的船继续向前驶,活像是奉命差遣,义无反顾地去报什么仇似的。当年大无畏的卡那利斯的装满了松脂和硫黄的双桅船半夜从它们的港口出发,以大片的烈焰作为风帆向土耳其的战舰扑去,终于将它们卷入大火之中的情景想来与此相仿佛②。

揭去了炼油间顶上的舱盖,便向大家提供了一只大壁炉。站在上面的是那几个异教徒镖枪手的鞑靼人一般的身影,他们照例是这条捕鲸船的司炉。他们用特大的铁叉把一块咝咝响着的膘送进烧得滚热的铁锅去,要不,就是拨旺下面烧着的炉火,直到火舌翻卷着蹿出炉门,烧

---

① 传说末日审判时,罪人都在左侧受到严惩。
② 康斯坦丁·卡那利斯(1790—1877),在希腊独立战争中于一八二二年利用火攻,一举摧毁了土耳其的多艘舰只,特别是土耳其海军统领的旗舰。

到他们的脚边。那烟火像一股股怒气滚滚而去。船身每一簸动,那滚油也随之簸动,仿佛恨不得要溅到他们脸上才好。炼油间口对面,在大木灶的较远那一头是绞车。它被人当做海上沙发用。那些轮流值班的水手在不值班的时候就在这儿逛荡,瞠着眼望那通红的热浪滚滚的炉火,一直望到两眼在脑袋里烤得发痛。他们的茶褐色的脸这时给烟灰和汗水弄得好不肮脏,他们的打了结的胡子以及他们的在对比之下白得像野人的牙齿,所有这些在炼油间的变化无常的各种色彩映照下都有奇怪的表现。他们讲各自的那些不干不净的惊险经历,用嘻嘻哈哈的语言来讲恐怖故事;他们发出的那些粗野的笑声好似那炉子里冒出的火焰;在他们面前,镖枪手们来来去去使劲挥舞着他们的铁叉和勺子彼此示意;风继续呼啸个不停,大海在汹涌,船发出呻吟,往下跌落;然而它仍然坚定不移地使它的红色地狱钻进海洋和夜晚的黑暗中,越来越远;它鄙夷不屑地嚼着嘴里的白骨,嚼碎了恶狠狠地吐向四面八方;于是这往前冲的披谷德号载着一船蛮子,装着一肚子火,烧着一具尸体,投入暗夜的一片漆黑之中,真好像是它的那位一心只想报仇的狂人船长的灵魂的实物标本。

当我掌着船舵,长时间一声不响地指引着这条火船在大海上前进的时候,我就是这么想的。在这一段时间里,我自己也被裹在黑暗中。正因如此,我看其他人的通红、疯狂而狰狞的面目也就看得更加清楚。我不断地看着我面前的那些魅影,它们一半在烟中一半在火中欢呼雀跃。只要我半夜里站到舵旁,我就会开始有一种莫名其妙的睡意,睡意一来,以上这些景象就会最终在我灵魂中产生类似的幻象。

特别是那一天晚上,我遇上了一件怪事,这怪事我以后始终说不清楚。从我站着打了个很短的盹开始,我心惊胆战地意识到犯了一件要命的错误。我靠着的鲸鱼下巴骨制的舵柄刺痛了我的腰部;我耳里听到的是刚刚开始在风中抖动的篷帆的低低的呜呜声;我想我的眼睛是睁着的,我模糊地意识到我在用自己的手指放到我的眼睑上,机械地使上下眼睑撑得更开些。尽管如此,我却看不见眼前有那把舵用的罗盘,虽说好像只在一分钟以前,我还借着那稳定的罗盘灯光在看那罗盘面。我面前似乎没有别的,只有一片漆黑,时不时地被血红的炉火的闪光照得阴森森地瘆人。印象最深的是不管我脚下的飞快地向前奔的东西是什么,与其说是它在投向任何一个前方的港口,不如说是它在逃离一切留在后面的港口。我身上突然有了一种莫名其妙的僵硬的感觉,与死亡的感觉一样。我的痉挛的双手抓住了舵柄,心里却有一个疯狂的想法:那舵柄不知怎么似乎中了魔法一般颠倒了过来。我的上帝!我出了什么毛病啦?我心里想。嘿!我在自己的小睡中使自己转了个身,我正面向船艄,背对着船头和罗盘。眨眼间,我掉过身来,及时阻止了让船飞起来卷到风中,很可能还会有翻船的下场。摆脱了这个不自然的半夜的幻觉,避免了由于逆风而酿成船毁人亡的惨剧,我是多么高兴和满心感激啊!

人们啊,千万不可盯着看那炉火看得太久!千万不可手握着舵做梦!不可转身背向罗盘,一有舵柄被卡住的感觉便要警觉起来;当通红的火光照得每样东西都显得阴森可怖的时候,别相信那人为的火光。到了明天,阳光普照,恢复原貌,天空将会变得明朗;在熊熊火舌映照下,看来狰狞犹如恶鬼的人,到得第二天早晨,就会现出另一样面貌,至少是较为和善的面貌。那辉煌的、金黄色的快乐的太阳是惟一的真正的灯——所有其他的都是假货!

尽管如此,太阳并不掩盖弗吉尼亚州的令人丧气的泥沼地,也不掩盖罗马城周围的低地,或是辽阔的撒哈拉大沙漠,或是世上千百万哩的不毛和苦难之地。太阳不掩盖占这个地球的三分之二的海洋,这个地球的黑暗面。因此凡是心中的欢乐多于忧愁的俗人不可能是真诚的人——不是真诚的人,也不是未成熟的人。书本也是如此。一切人中最真诚的人是那个饱经忧患的人①,一切书中最真实的书是所罗门②的书。《传道书》犹如千锤百炼的精钢,讲的是忧患。"凡事都是虚

---

① 指耶稣。见《圣经·旧约·以赛亚书》第53章。
② 《圣经》中的以色列王以其智慧著称。《圣经》中《所罗门的智慧》被定为"伪经",系后人伪托所罗门所作。梅尔维尔在他的《圣经》中《所罗门的智慧》的三十七首诗篇旁做了记号,虽然他明知这些诗篇是在公元前大约一世纪"某些亚历山大利亚城的犹太人所做,他们把柏拉图主义和犹太教义掺和在一起"。

空。"①凡事都是如此。这个任意妄为的世界还没有懂得非基督教徒所罗门的智慧的真谛。大凡见了医院监狱就躲,遇上坟场就急步走过,不愿谈地狱而愿意大谈歌剧的人,大凡把考珀、扬、帕斯卡、卢梭②叫做可怜虫的人,全都是有病的人。凡是终其无惊无虑的一生,用拉伯雷的名义起誓说他是以一个聪明人因而也是一个快活逍遥的人的面目出现;——这种人不配在墓碑上坐下来,不配和无比神奇的所罗门一块去破那些长了绿毛的潮湿的模子。

然而即使是所罗门,他也说:"迷失了通往彻悟的道路的人只能留在(就是说,即使在活着的时候)阴魂聚会之所③。"既是如此,那就不可沉湎于火,否则,它就会叫你颠倒为人,叫你麻木,就像眼前它在我身上起的作用一样。世上有一种智慧,它其实是苦难,而世上有一种苦难,它其实是疯狂。而在某些灵魂之中,存在着一头卡茨基尔④的山鹰,它既能投入最黑暗的峡谷之中,也同样能从峡谷直入云霄,消失在阳光灿烂的高空。即使它永远在峡谷中飞翔,那峡谷也是在高山之中。因此山鹰即使沉沦到最低点,它也仍然比其他平原上的鸟类要高,哪怕后者是在高高翱翔。

第九十七章

灯

假如你从披谷德号的炼油间走下来,到了值完班的人睡觉的船头楼,你会在一瞬间几乎以为自己身处正式入了教的国王和参议们的灯

---

① 见《圣经·旧约·传道书》第1章2节。
② 威廉·考珀(1731—1800)和爱德华·扬(1683—1765)为英国诗人;布莱斯·帕斯卡(1623—1662),法国数学家,笃信宗教的哲学家和散文大师;让-雅克·卢梭(1712—1778),十八世纪欧洲最伟大的思想家之一。
③ 《圣经·旧约·箴言》第21章16节。
④ 卡茨基尔山脉是阿巴拉契亚山系的一部分,在纽约州东南部。

火辉煌的殿堂。这些水手躺在橡木做的三角槽里,每个水手都是一尊刀琢斧凿的无声的人像,二十来盏灯的光在每人罩住的眼睛上闪烁。

在商船上,油对于水手来说比王后的奶汁还要珍贵。黑地里摸索着穿衣,在黑地里摸索着吃饭,在黑地里跌跌撞撞摸上自己的小床,这是家常便饭。但捕鲸人干的是为世上的灯找吃的,过的自然是光明的日子。他把自己的床铺打点成阿拉丁的神灯,自己就睡在神灯中;以至在伸手不见五指的夜里,捕鲸船的黝黑的外壳之中仍然亮着灯光。

你看,这些捕鲸人多么随心所欲地把他们手里的那些灯盏——往往只是些旧的大小瓶子——拿到炼油间的铜质冷却器边去灌油,跟拿了酒杯到桶边去灌麦酒差不多。他烧的也是最纯的油,没有经过加工因而也是没有败坏的油。这是一种天底下、地上头以及岸上的人所制作的器皿都不曾装过的液体。它甜美有如早春四月的草浆。捕鲸人出海去猎鲸,为的是可以有保障地得到新鲜的地道的鲸油,有如旅人在大草原上打猎,为的是晚餐可以有自己的猎物充饥。

第九十八章

装舱清扫

前面已经讲过大鲸如何从桅杆顶上老远被人发现,如何在海的荒原上被追猎,如何在大海的谷地被屠杀,如何被拖到船边,砍掉脑袋,它的厚实的大外套如何成为刽子手的财产(根据被斩首者当场所穿的衣服应归旧时头人所有的原则),到了时候它如何就成了油锅中物,鲸脑、鲸油、鲸骨如何像沙得拉、米煞、亚伯尼歌①那样经过烈火熬炼而毫无损伤——而此刻已经到了写下最后一章的时候,即详述(但愿我能

---

① 这三人都是巴比伦王尼布甲尼撒派去管理巴比伦省事务的官员,因不侍奉王立的神而被投入烈火中而不死。王因而觉悟:他们不遵王命,誓死除上帝以外不侍奉别的神,上帝因此差遣使者救护他们。见《圣经·旧约·但以理书》第3章13—28节。

唱出)如何将鲸油倒到木桶里,送进下面货舱这个颇为浪漫的过程。鲸油桶进了舱,仿佛鲸鱼又一次回到了故乡深海中,可以像过去那样在水底下遨游了;不过可叹的是,它再也不能浮出海面喷水了!

鲸油像热五味酒一样还未冷却时被装进能盛六桶油的大木桶里;万一碰上船正在午夜海上上下左右颠簸摇晃时,这些特大木桶便滚来滚去,甚至倒过来,头朝下底朝天,有时甚至好不危险地冲过滑溜的甲板,好像发生了多处塌方似的,直到最后经人拦阻,煞住来势,才告停止;于是四下里响起了不知有多少锤子砰砰地敲打铁箍的声音,因为到这时候,每个水手理所当然地成了箍桶匠了。

末了,鲸油一滴不剩地都进了桶,一切都已冷却下来。这时船上的大舱口一齐开了封,船的肚子张开了大口,于是一只只桶在海中得到了最后的安置;然后盖上舱盖,关得严严实实,好像一间密室被人用墙砌死了似的。

在捕抹香鲸业中,下面这件事也许是在捕鲸这一行当中最不常见的事件之一。有一天,船板上淌着血和油,在神圣不可侵犯的后甲板上,一大块一大块的鲸鱼脑袋堆得到处都是,锈了的大桶东一只西一只,像啤酒厂的院子里那样;炼油间的煤烟把全部船舷都熏黑了,水手们满身油腻地来来去去,整条船就像是一头大鲸,各处的喧闹声震得你耳朵都聋了。

然而一两天之后,在这同一条船上,你向身边四下里望去,再支起耳朵听;要不是有那些小艇和炼油间泄漏天机的话,你准会赌咒说,你是走在一艘静悄悄的商船上,船长是个喜欢一尘不染的整洁的人。没有经过加工的抹香鲸油有一种极强的洁净作用。在干了一阵子水手们所谓的油活儿以后,甲板居然看上去干净得发白就是这个道理。再说,熬炼过的鲸渣灰可以很容易调成一种高效碱水。只要一发现有鲸背上的黏性物质粘附在船舷上,这碱水可以很快消灭它。几双勤快的手,几桶水加上抹布,就可以使船舷恢复原来的洁净。靠下面的索具上的煤烟已经擦拭干净。刚用过的众多工具已经认真擦洗过,收好。大舱口也已擦洗好,放到炼油间之上,完全掩盖住油锅;所有油桶都已从眼前消失。所有滑车都已盘好,放在看不见的角落里;由于几乎是全船人手通力协同的辛勤劳动,全部任务终于一丝不苟地完成。接着是水手开始自身的清洁工作,从头到脚换了穿戴,最后容光焕发地出现在干干净净的甲板上,一个个活像刚从有洁癖的荷兰国里蹦出来的新郎。

这时候,他们三三两两、欢天喜地地走在甲板上,开怀笑谈客厅、沙发、地毯和麻纱精品这类的话题,提出来要给甲板铺上席子,想给桅顶挂上挂毯之类的装饰品,也不反对到船头楼的外廊上在月光下品茶。跟这样的满身香气的海员哪怕是提一句鲸油、鲸骨、鲸膘的话,简直是大逆不道。他们压根儿不懂你转弯抹角地说的是什么。去,去,给我们送餐巾来!

不过请注意:在那上头,在那三根桅顶上,站着三个全神贯注地在搜寻是否有更多的鲸鱼出现的人;只要又逮住了鲸鱼,这些旧橡树家具又会肯定无疑地弄得肮脏不堪,这儿那儿的至少又会落下一处两处油腻污渍。是啊,不知有过多少次,他们没日没夜,马不停蹄地干着最辛苦的活儿,一连干了九十六个小时;或是在回归线上划了整整一天的艇子,划得手腕子都肿了——接着又是走到甲板上去搬大堆的铁链,摇那死沉的绞车,切啊,割啊;加上在干这些又苦又累的活儿时还要受那赤道烈日和赤道般的炼油间的双重烈火的烧烤!在此之后,他们最后又动手给船进行大扫除,把它变成一个一尘不染的牛奶棚。不知有多少次,这些可怜的汉子刚穿上件干净外衣,扣上齐脖子的纽扣,便忽听得一声"它在那儿喷水啦!"他们不由得吃了一惊,马上飞身投入和又一头鲸鱼的搏斗,把整个儿这一套再来一遍。啊,我的朋友,这简直是在杀人!然而这就是生活。因为我们这些凡人辛苦了多时好不容易从这个世界的人得无比的躯体中揄出了小小一点珍贵的鲸脑,然后万分耐心地把满身肮脏收拾干净,学会了在灵魂的清洁的庇护所里享受一下生活;就在这一刻,忽又听得"它在那儿喷水啦!"——那该死的东西喷起水来啦,于是我们划着艇子,投入另一个世界去战斗,让年轻生命再一次去办那老一套的公事。

啊!灵魂的转世轮回!毕达哥拉斯啊!你这个如此善良、如此聪慧、如此敦厚的人,在两千年前辉煌的希腊你死了。我在上一次航行中和你一起沿着秘鲁海岸行驶——愚笨如我,初出茅庐的一个傻小子,竟然教你如何捻接起索子来!

第九十九章

且 说 金 币

先前我们已经讲过埃哈伯怎样喜欢在他的后甲板上走,走到罗盘盒这一头,照例掉转身子走到主桅那一头,再走回去。但是由于其他的许多繁杂的事务需要一一交代,因此没有接着讲他如何在这样来回踱步中有时候沉沉地想着心事,不时地在一头或者另一头停下来,站在那儿神情古怪地看他面前的一件特定事物。每逢停在罗盘盒前,他的视线便落在罗盘针尖上;他的眼光好像标枪一般射出去,奋力一击便会击中目标似的;接着再踱起步来,这次他停在主桅前,同样目光定定地盯着那枚钉在桅上的金币。此时他的面容依然有如板上钉钉,坚毅如故,只是添了某种近乎疯狂的渴望,如果不是希冀的话。

然而有一天早晨,他到了金币跟前,正要转身时,忽然被金币上镌着的奇特的人像和字所吸引,仿佛此时他初次用他的偏执狂的眼光开始明白过来隐藏在人像和字中的含意。世上所有事物无不隐藏着某种含意,否则所有事物便没有什么价值了,而那圆圆的地球也就不过是个空无所有的零的符号,其价值也只是把它的土装上车,一车车地出卖,就像人家把波士顿四周的小山论车出卖去填银河中的沼泽一样。

说起这枚金币,它是用从崇山之中开凿出来、然后提炼成最纯的金子铸的;从山中,流出许多条帕克托勒斯河①,它们的源头活水流过河底的金砂,分向东西流去。虽说它如今被钉在发锈的铁螺栓和发绿的

---

① 希腊神话中国王弥达斯从酒神狄俄尼索斯那里学得点铁成金的法术,直至贪心太盛的弥达斯把食物都变成了黄金几至饿死时,他才认识到自己的错误。于是狄俄尼索斯答应使他获得解脱,办法是在帕克托勒斯河中洗个澡。

铜长钉之间,它却不染一点儿污浊,依旧保持着当年基多①的光泽。尽管置身于一伙无情的水手之间,每小时都有无情的手来抚摸,经历过许多漫长的包藏在足以掩护盗窃行为的浓重的黑暗之中的夜晚,然而每天太阳升起时都发现这金币依然在昨天太阳落山时所在的地方。因为它已被专列为用于一个令人毛骨悚然的目的而神圣化了。不管水手们的行为如何放纵而且人人如此,他们却把它敬为治那头白鲸的护身符。有时值班值得倦了,他们便把它当话题,猜它最后会归谁所有,它的最后的主人能不能活着花了它。

要知道南美洲那些贵重的金币都是些以太阳和回归线作表征的勋章。它们上面镌着棕榈、羊驼和火山,太阳和星星、黄道和丰饶角、飘扬的旗帜比比皆是,以至贵重的金子一经那些花样百出、饶有西班牙式诗意的铸币厂加工铸造之后,身价更高也更风光了。

披谷德号上的这枚金币正巧是这类金币中最最花哨的一种,它的圆边上镌着这样的字:厄瓜多尔共和国:基多。原来这金光灿灿的硬币来自一个位于世界中部的国家,在大赤道之下,并以赤道命名②。它还是在安第斯山脉的腰部那个不知有秋天的永不凋残的地带铸造的。圈在这些字里面的是三座安第斯山脉的高峰的缩影;其中一个喷着火,另一座顶上有一高塔,第三座上是一只昂首高啼的雄鸡;三峰之上是一道拱形的划分黄道带的线,黄道十二宫都以它们通常的神秘色彩标出;而那拱顶石似的太阳正进入天平星座所处的昼夜平分点。

埃哈伯此时在这个赤道金币前面止了步,其余的人都注意到了这一点。

"山巅、高塔以及所有其他崇高壮丽的事物总有某种以自我为中心的意思在内:瞧这三个高峰犹如魔王一般高傲。这坚实的高塔,那是埃哈伯;这火山,那是埃哈伯;这只勇敢无畏、一副得胜者神气的公鸡,那也是埃哈伯;这些都是埃哈伯;而这圆圆的金币乃是更圆的地球的形象,它像一个魔术师手里的镜子,轮流照出每一个人的神秘的自我。那些要求世界解说他

---

① 基多为厄瓜多尔的首都,位于皮钦查火山山麓的一个狭窄的安第斯山谷地中。
② 厄瓜多尔即西班牙文的赤道一词的音译。

们的神秘的自我的人所得痛苦极深,所得好处极少。这世界连它的自我也解说不了。此刻依我看,这金币上的太阳有一张红彤彤的脸!但是你看,啊,他进了风景宫,进了昼夜平分点!而仅在六个月之前,他刚从白羊宫那上一个的昼夜平分点出来!从风暴走向风暴!那就随它去吧。在阵痛中出生,人命该在苦痛中生活,在痛苦中死去!那就随它去吧!坚实的人正好接受忧患的磨炼。那就随它去吧!"

"仙女的手指没有碰过这金币,可是打昨天起魔鬼的爪子准保已经留下了它们的指印啦,"斯塔勃克靠在船舷上喃喃自语,"老头儿像是已经看到了伯沙撒写下的可怕的留言。① 我从没有仔细察看过这金币。他走下去啦,让我来看看。一道阴暗的山谷在三个雄伟的高与天接的山峰之间,这几乎像是三位一体在尘世的某种象征。因此在这死亡之谷中,上帝把我们圈了起来;而在我们这片幽冥之上,正义的太阳仍然照出一座灯塔,一个希望。如果我们低头下望,便见那阴暗的山谷露出它的发霉的泥土;但是如果我们抬起眼睛,在半路上迎接我们的眼光的则是灿烂辉煌的太阳,令我们振奋。然而,唉,伟大的太阳不是固定在那里。如果到了半夜,我们想从它那儿获得些安慰的话,我们抬头凝望,只会毫无所得!这个金币所向我表达的是智慧、柔和、真挚,然而仍然是哀伤的。我要摆脱它,不然,真理会虚假地使我动摇。"

"瞧那老家伙,"斯德布在炼油间旁自言自语,"他已经看出来啦,斯塔勃克也是为同一件事去的。两个人的脸,我敢说,都拉得有几呎长;两人全都是因为看了那块金币。我要是在黑人山或是考拉耳河湾②得了它,我看不了几眼就会把它花掉。哼!依我浅陋的管见,这金币有点儿怪。在过去的航海经历中这种叫杜伯隆的金币我也曾见过,有古西班牙的杜伯隆,秘鲁的杜伯隆,智利的杜伯隆,玻利维亚的杜伯隆,波帕扬③的杜伯隆;摩伊多、皮斯托尔、乔、半个乔和四分之一乔④也见过不少。这个赤道金币又能有什么稀奇煞人的地方?真是天晓得!让我看上一看。哎哟!那上面有

---

① 见《圣经·旧约·但以理书》第 5 章 25 节。伯沙撒是巴比伦最后一位国王。
② 黑人山指奴隶市场,考拉耳河湾在纽约市曼哈顿的东河河滨。
③ 哥伦比亚南部考卡省省会。
④ 摩伊多,葡萄牙旧金币;皮斯托尔,西班牙古金币。乔是英国四便士的银币。

十二宫,还真有些稀罕的物事哩!那是鲍迪奇老头儿在他的概论①中叫做黄道的记号,我放在下面的历书也管它叫黄道。我去把历书拿来;听人说过,用达波尔的算术教科书能把魔鬼召了来。我来试试,看能不能用马萨诸塞出的历书推算出金币上这些古怪的曲里拐弯的道道有什么名堂来。书拿来啦。我来瞧瞧。十二宫和这些稀罕物事,还有太阳,它总是在这些符号里面,嗯,嗯,嗯,有啦——找到啦——全都在这里——白羊宫,或者叫羊座;金牛宫,或者叫金牛座;——这是双子宫或者叫双子星座。明白啦,太阳它就在它们中间转。嗯,在这金币上,太阳正跨在它排列成一圆周的十二间起坐间中的两间之中的门槛上。书啊!你躺在那儿别动;事实上,你们这些书该知道自己的位置在哪儿。你们呢,只要告诉我们这些字句和事实,动脑筋那是我们的事。以马萨诸塞历书、鲍迪奇的航海术和达波尔的算术教科书而论,这是我的一点儿小小经验。十二宫和那稀罕物事,呃?可惜,十二宫没有什么奇妙之处,那些稀罕物事中间也没有什么名堂!这其间必然有个线索可以追寻;等一等,嗯——听好!老天爷,我想通啦!杜伯隆,你听着,你的黄道就是人的一生的一个周期;现在我来讲给你听,直接照着书本说。历书,你说吧!首先是白羊宫或者叫白羊座——这淫荡的畜生,就是它生下了我们;接着是金牛宫或者叫金牛座——它头一件事就是把我们撞伤;然后是双子宫或是叫双子星座——这双子星就是善与恶;我们想到善星去,可是来了个巨蟹宫,即巨蟹座,把我们拉了回去;离开了善,又碰上只拦路吼叫的狮子座——它恶狠狠地咬几下,又用爪子拍打,发泄它的脾气;我们逃脱了,却又来了室女座,那处女星!那是我们的初恋,我们结了婚,以为这下可以过好日子啦,嗨,偏又蹦出个天平座或者叫天平星——幸福放上去一秤,发现短了分量;正当我们为此难过的时候,上帝啊,我们腾地跳了起来,原来天蝎座或叫天蝎星在我们屁股上叮了一口;我们养着伤,又从四面八方射来一阵乱箭;原来人马宫或者叫射手座在为自己寻开心;正当我们拔出箭杆,站到一边时,又来了个攻城的大槌,那是摩羯星或者叫山羊座,它势不可挡地撞将过来,把我们一头撞了出去;接着宝瓶宫,或者叫水瓶座,它把大洪水全倒了出来,把我们淹个半死;末了,来了

---

① 指美国数学家天文学家鲍迪奇所著《新美国实用航海学》。见第174页注②。

双鱼宫，或者叫双鱼座，我们睡着了。这时，上天发下了一篇布道文，太阳每年都得在十二宫走一遍，走完以后便有了勃勃生机。它高高在上，快快活活地经历各种辛苦磨难；同样在下界，满心快活的斯德布也是如此。嗳，说满心快活，真是一点儿不错！再见，金币！但是且慢，那个小家伙来啦，他躲着炼油间走。好，让我们听听他有些什么话要说。瞧，他也在金币面前啦，眼见得他有话要说出来。啊，啊，他开口说啦。"

"我眼前不见别的，只见一枚金子铸的圆圆的东西；谁要能逮住一头特别的鲸，这圆东西就归他。所以这有什么多看头？这东西值十六块大洋，这不假；要买两分钱一支的雪茄，它能买九百六十支。我不愿意像斯德布那样抽脏兮兮的烟斗，但是我喜欢雪茄，这儿就是九百六十支；这下我弗兰斯克就要上桅顶去把鲸鱼找出来。"

"现在我该说它是聪明还是愚蠢呢；说它真的聪明，看上去却有些愚蠢；而说它真的愚蠢，它看起来又有点儿聪明。不过，且慢，那个曼克斯老头儿来啦——这老头，他在吃船上饭之前准是个赶灵车的。他让风刮到这金币面前来啦，嘿，他转到了桅杆的那一边，啊，原来有块马蹄铁钉在那一边，这下他又回来啦；这是什么意思？听！他在嘟哝什么——他的说话声活像一架磨损了的旧的咖啡磨。支起耳朵来听吧！"

"如果那白鲸真被逮住了，那准是在太阳到了这十二宫的哪一宫中间的那一月，那一天。我研究过十二宫，认识它们的记号；四十年前，哥本哈根的一个老巫婆教了我这个。问题是太阳到底会在哪一宫呢？那马蹄铁宫，它就在那儿，在金币正后面。可马蹄铁宫代表什么？马蹄铁宫就是狮子——那吼叫吞食的狮子。船，老船啊，我的老脑袋想起了你就摇起来啦。"

"这事儿还有另一种说法，不过底本还是一个。你要知道，世界只有一个式样，人却是各式各样。再躲起来！瞧，季奎格来啦——全身刺着花纹，活像他本身就是黄道十二宫。这食人生番在说些什么？他看着他的大腿，肯定是在作个比较；我想，他以为太阳就在他的大腿里，要不，就是在他腿肚子里，或是在肚子里，就像乡下那些老婆子讲外科医生的天文学那样。哎哟，我的天，他在他的大腿附近真的发现了什么——我猜是发现了人马宫或者叫射手座。不对，他压根儿不知道这金币是个什么东西,他还以为是国王裤子上的一颗旧扣子哩。哎哟,不要管他!这下来了那个恶鬼费达拉,他的尾巴照例盘得叫人看不见,鞋子里填着棉絮。① 看他那副神气,他在说些什么呀?嗯,他只向着十二宫做了个手势,哈了哈腰;金币上有个太阳——原来他是个拜火教徒,准是的。嚯!人越来越多啦。这边来了比普——可怜的小子!他死了倒好了,要不,我死了也好。他叫我害怕又害怕不起来。他也在观察所有这些揣摩这金币的人——连我在内——瞧,他一脸白痴般的可怕神气,过来看那上面的字啦。再躲一边去,听他说些什么。听!"

"我看,你看,他看;我们看,你们看,他们看。"

"老天爷,他在念摩雷的文法课本!可怜的孩子,他要长点儿学问哩!可是此刻他又在说什么呀——嘘!"

"我看,你看,他看;我们看,你们看,他们看。"

"嘿,他在背课文哩——嘘,又来啦。"

"我看,你看,他看;我们看,你们看,他们看。"

"嘿,这可有点儿怪啦。"

"我,你,他;我们,你们,他们,全是些蝙蝠,我是只乌鸦,特别是我停在这棵松树顶上的时候。哇!哇!哇!哇!哇!我难道不是只乌鸦?可是吓乌鸦的稻草人在哪儿?噢,它站在那儿,两根骨头伸在两条旧裤腿里,另外两根伸在一件旧上衣的两只袖管里。"

"不知道他是不是在说我?——是好话!——可怜的孩子!——我恨不得上吊死了才好。不管怎样,眼前我要离比普远远的。其余的人我受得了,因为他们神志总是清楚的;而他是个似疯非疯的人,我这个头脑正常的人受不了。好,好,我随他去嘟哝就是。"

"这枚金币,它是这条船的肚脐眼,那些人都像热石头上的蚂蚁一般想把它拧下来。可是拧下你的肚脐眼,会有什么后果?话说回来,如果让它待在这儿,那又实在不好看,因为桅杆上要有什么东西钉在那儿,那是个大事不好的信号。哈,哈!埃哈伯老头儿呀!白鲸,它要把

---

① 魔鬼的脚是爪子,为了掩盖自己,它要穿鞋子,可是穿上了鞋子空落落的,所以要填棉絮。这是说水手中有些人真以为费达拉是个魔鬼,因而才有尾巴爪子哪里去了的想法。

你钉在那儿!这是棵松树。我的父亲从前在托兰乡下砍翻了一棵松树,一看那里面有一只银戒指;那是一个黑人老头儿的结婚戒指。它怎么会在那里的呢?有一天,人家捞起这支旧桅杆,见到桅杆上钉着这金币,桅杆皮外面长着一层毛,裹着一些牡蛎。他们在复活过来以后也会这样问。啊,这金子!这多么贵重的金子啊!——一个年轻无知的守财奴会很快把它藏起来!嘘!嘘!上帝在人间的黑地里摸索①。煮吧!嚯!煮吧!把我们拿去煮吧!姑娘!嗨,嗨,嗨,嗨,姑娘啊,姑娘!贴好你们的玉米饼!"②

第一百章

胳膊和腿。③

南塔克特的披谷德号遇上
了伦敦的萨缪尔·恩德比号

"喂,来船你们好!有没有见到白鲸?"

埃哈伯见到一艘扯英国旗的船在后艄那边驶来,便又一次向人家打起招呼来。他站在吊在后甲板上的小艇里,话筒凑在嘴边,露出自己的一条假腿让那位随随便便地半躺在自己的艇子头上的不相识的船长看个明明白白。这位船长脸晒得黑黑的,身子骨挺壮实,性情和善又长得仪表堂堂,年纪在六十左右,穿一件宽大的上衣,仿佛周身挂着海员穿的蓝色粗呢做的窗帘。他上衣的一只袖管是空的,像轻骑兵的上衣

---

① 典出乔叟《坎特伯雷故事集》中《赦罪伯的开场白》:"他们埋葬了以后,即使他们的灵魂在黑地里摸索,我也管不着。"
② 比普在这里用黑人民歌手常唱的《老乌鸦王》中的词句来结束他对埃哈伯的预言。
③ 根据美国西北大学纽伯瑞图书馆出版的梅尔维尔全集《白鲸》卷,该章章名有"胳膊和腿"四字。意谓同为捕鲸船,美国和英国的风习迥异,正如同为四肢,却有上下肢之别。

的一只绣花袖管似的在他身背后晃荡。

"有没有见到白鲸?"

"你瞧见这个没有?"他高高举起一支从上衣褶子底下抽出来的用抹香鲸骨做的白色手臂,假臂末端安着一个木制的锤子一般的头。

"备好我的小艇!"埃哈伯感情冲动地叫道,一面把他身边的桨往四下里扔——"准备放艇子!"

不到一分钟,他和他的水手就被放到了水面上,他自己始终没有离开小艇;不一会儿小艇就靠上了那条不相识的船。可是这时候出现了个意想不到的麻烦。原来埃哈伯当时过于兴奋,忘了一件事:自从他失去了一条腿以后,他一出海,除了上自己的船上之外,从没有登上任何一条其他的船,而且即使上披谷德号,他也总是要靠船上一项构思巧妙使用方便的小机具才能办到;而这样一件东西绝不是说想要,就能在顷刻之间制作出来送到任何别的船上的。再说,要在这汪洋大海之上从一艘小艇爬上船沿,除了在随便什么时候都惯于这样做的诸如捕鲸人之类的人外,对任何其他人都不是一件容易事。因为这时风浪正大,小艇一下子被举起来到了对方的船舷,一下子又落下去到了船的内龙骨。埃哈伯既然少了一条腿,而对方的船当然不可能有那项体贴的小发明,他此时发现自己处于极其难堪的境地,似乎自己又成了一个笨拙的陆地上人。他绝望地眼望着那随着海水升降时高时低难以确定的高度,实难指望能作这样的攀登。

先前也许有过交代:每次埃哈伯调有稍不顺心的情况,而这种情况又与他所遭的不幸间接有关的时候,他几乎总会感到气恼,甚至火冒三丈。而在目前情况下,由于眼看着这艘不相识的船上两位官长在一张笔直放下来的钉着系缆角的梯子上边探出了身子,把两根装饰得颇为不俗的作扶手用的舷梯索晃过来晃过去,心里的怒火更是不打一处来。原来一开头他们看来没有想到一个独腿的残疾人无法使用他们的海上扶梯。但是这一尴尬场面只持续了一分钟光景,不相识的船长一眼就看明白了是怎么回事,叫了出来。"我有数啦,我有数啦!——不要这么上!儿郎们,快,把那大滑车挪过来。"

说来也巧,这条船一两天前刚拖了头鲸鱼在船边,因此大滑车还在上头吊着,而那只吊鲸膘的特大弯钩此刻显得又干又净,还挂在滑车末端。弯钩很快放了下去,埃哈伯一下就明白了对方的用意,他把那条好腿滑进钩子的弯处(这跟坐在锚钩或是苹果树的枝杈里一样),然后说了声"好啦!";他紧抱着钩子,同时腾出一只手,以便两手轮流拉一根滑车索,帮着提升自己的身子。不一会儿,他被小心地甩到了高高的船舷里边,轻轻地放到绞盘顶上。对方的船长走上前来,把他的假臂毫不掩饰地往前一伸表示欢迎;埃哈伯则把那条假腿送过去,让两条假肢像两条剑鱼的尖嘴一般交叉在一起。他像头海象似的叫道:"嗳,你好!让我们的两根骨头——一根臂骨和一根腿骨——握一握!你瞧,一只不知道往回缩的胳膊和一条不会跑的腿。你在哪儿见过那白鲸?——在多久以前?"

"白鲸?"那个英国人说,用他的假臂向东方一指,随着那假臂不无悲怆地望去,似乎它是个长筒望远镜,"我在那边见过它,在赤道上,上个季度。"

"它把这胳膊咬掉了,对不对?"埃哈伯从绞盘上滑下来,手搭在英国人的肩头上,问。

"嗯,它至少是我失去一条胳膊的原因。你的腿也是?"

"给我讲讲那故事,"埃哈伯说,"是怎么回事?"

"那次是我生平第一回在赤道上游弋,"英国人开始讲起来,"那时候我不知道有这头白鲸。有一天,我们放下艇子去猎捕四五头一窝的鲸鱼,我的艇子射中了一头;这一头真算得上是一匹马戏团里的马,它跟我一圈又一圈地打转,我的艇上的伙计只得屁股坐在外舷沿跟着转。不一会儿,从海底蹦出来一头乱跳的大鲸来,脑袋和背峰都是奶白色,浑身都是皱纹。"

"正是它,正是它!"埃哈伯叫道,一下子把屏住了的气都吐了出来。

"它的右鳍附近戳着两三支击中的镖枪。"

"对,对——那些镖枪是我投的——我的家伙,"埃哈伯得意忘形地嚷起来,"可是说下去呀!"

"那就别打岔,让我说下去,"英国人和和气气地说,"嘿,这位白脑袋白背峰的老祖宗哗哗地游到这窝鲸鱼里,开始死命地咬我的曳鲸索。"

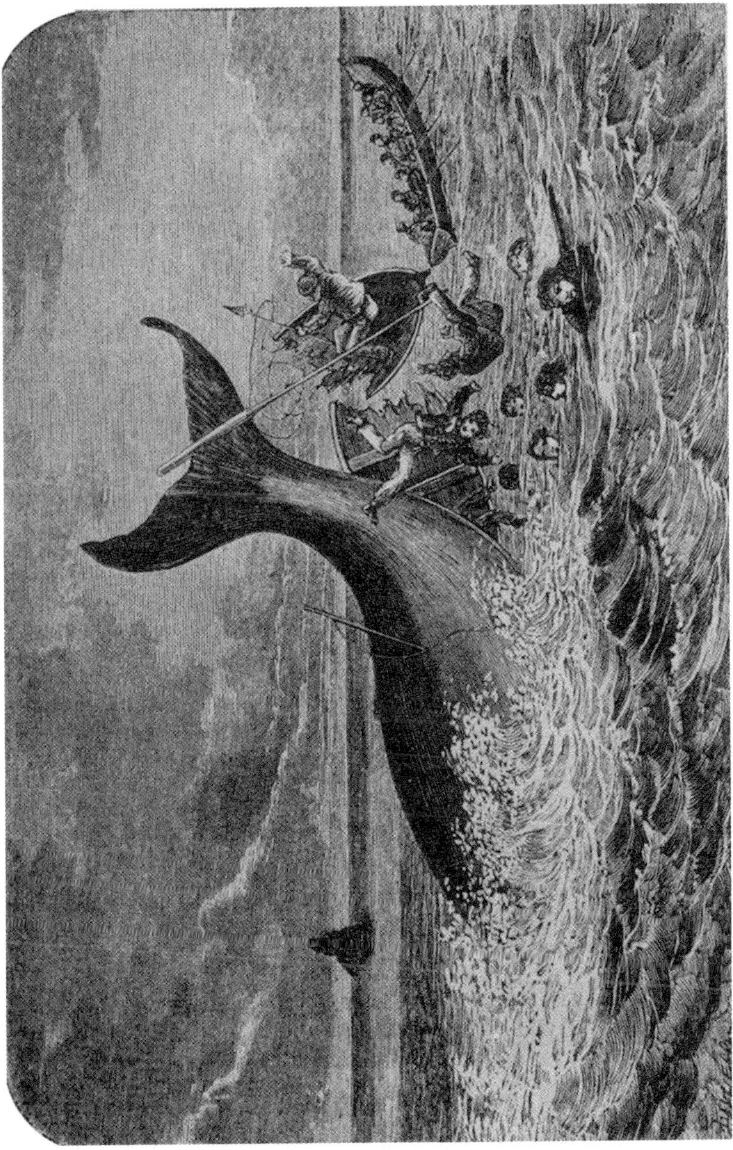

"嗳,我知道!——它要弄断它,好放走中了枪的鱼——照例的老把戏——我知道这家伙。"

"到底是怎么回事,我不明白;"这位独臂船长接着说,"可是在咬索子的当儿,它不知怎么,牙给索子缠住了。不过当时我们并不知道;因此后来我们把索子往后拉的时候,我们一下蹦到了它的背峰上!而其余那几头则望风而逃,侥幸都逃得了性命。我一看这光景,加上这么棒的一头大鲸——这么棒这么大的鲸鱼,先生,我一辈子从没见过,不管它看来如何怒气冲天,我打定主意要逮住它。我觉得那曳鲸索有点儿不保险,它可能松开,要不,那颗给索子缠住的鲸牙会给拉下来(因为我那一艇子水手一个赛似一个,一起拉起那曳鲸索来,那劲头可不是闹着玩的)。我一看这光景,便一下跳到了我的大副就是蒙托普先生的艇子里。蒙托普就在这儿(顺便介绍一下,船长,这是蒙托普;蒙托普,这是船长)。我刚才说到我跳进了蒙托普的艇子里,你知道,当时我们两艘艇子彼此紧挨着;我抓起第一支镖枪,对着那老祖宗给了它一枪。哪知道,天哪,你听着,先生——老天保佑,伙计——紧接着,我一下子什么也看不见啦,像一只蝙蝠——两只眼睛瞎啦——眼前尽是黑色的浪沫,雾蒙蒙、死气沉沉的一片——那鲸鱼的尾巴从中笔直竖起来,矗立在空中,像一座大理石的尖塔。那时候,后退没有用;我在中午时分竟然要暗中摸索,那太阳像皇冠上的耀眼的珠宝叫人睁不开眼来。我说,我正在摸索到第二支镖枪,想往艇外投出去——谁知那鲸鱼尾巴又像利马高塔似的扫下来啦,把我的艇子一劈两半,两半都七零八落了。于是白色背峰由尾巴打头从破碎的艇子中间退出来,仿佛它是一堆碎片。我们全都游了开去。为了躲避它的尾巴的打击,我抓住了刺进它身子的镖枪柄,像条鲫鱼似的紧抱住它有好一会儿。可是一排海浪打来,把我冲走了。就在这时,鲸鱼向前狠狠一蹿,眨眼间便沉了下去。那该死的第二支镖枪的倒钩让鲸鱼拽走了,倒钩离我不远,这时就在这地方扣住了我(他用手拍拍他的肩胛和胳膊交接处);对,就在这地方扣住了我,把我带到了地狱的烈火之中,我当时就是这么想的;嘿,哪知道,突然之间,谢谢老天爷,那倒钩顺着我整条胳膊的皮肉一直撕下来——直到靠近我的手腕子的地方才松开,我一下子浮了上来——

其余的,这位先生可以讲给你听(噢,顺便介绍一下,船长——这是我们的船医朋求大夫;朋求,我的孩子——这是船长)。好啦,小伙子朋求,讲你这部分的故事吧。"

这位专业人员一直站在他们身旁,一时却没有什么由头来表示自己在船上是位有身份的上等人,这时经过这番亲切介绍,他的身份才点明了。他有张滚圆的脸,显得很精明;他穿一件褪色的蓝呢外衣或是衬衫,打了补丁的裤子。迄今为止他的注意力分别停留在一只手拿着的一根穿索针和另一只手拿着的药丸盒子上,偶尔也对两位残废的船长的假肢颇有责难意味地望上一眼。但是听到他的上级向埃哈伯介绍了他,他彬彬有礼地哈了哈腰,登时按他的船长的吩咐讲起来。

"那伤口叫人看了真是魂飞魄散,"这位船医开口讲道,"布默船长接受了我的意见,让我们的老赛米——"

"我的船名叫萨缪尔·恩德比,"独臂船长打断了他的话,向埃哈伯作了说明,"孩子,讲下去。"

"我们让老赛米向北驶去,想逃出赤道上那炙人的酷热天气。可是不管用——我使出我的全身解数,整夜地守护着他;在饮食上我对他要求十分严格——"

"啊,真是严格啊!"病人本人插了一嘴,接着他突然改变了腔调,"他每天晚上跟我一块儿喝热柠檬罗姆酒,喝得人事不知,没法儿给我上绷带;将近后半夜三点才送我上床睡觉,那时半个海洋都过去啦。嘿,老天爷,他真是为找伴夜,对我的饮食要求十分严格。啊!朋求大夫真是个了不起的护理员,对饮食要求严格,(朋求,你这狗仔,痛痛快快地笑吧!你干吗不笑?你知道你是个叫人疼爱的流氓!)不过,讲下去吧,孩子,我宁可让你杀了,也不愿让别人看护我活着。"

"尊敬的长官,您在此以前一定已经看出我的船长大人有时爱开个玩笑,"这位不动声色、一脸正经的朋求大夫说,一边向埃哈伯微微哈了哈腰,"他给我们讲过许多诸如此类的有趣的故事。不过我要在这里像法国人说的那样,捎带①说一句:我本人,也就是杰克·朋求,曾

---

① 原文为法文。

经是位神职人员——是个滴酒不沾的人,我从不喝——"

"水!"船长叫起来,"他从不喝水,喝了水他会发病。新鲜的水一喝,他就会发恐水症;不过讲下去,接着讲那条胳膊的故事。"

"对,我还是讲我的,"这位外科大夫冷静地说,"在布默船长说笑话打岔之前,长官,我正想说,尽管我竭尽全力,严格要求,那伤势却越来越严重;事实是,长官,这是一个外科医生所能见到的最糟糕的大疮口,有两呎零好几吋长,我是用测量海水深度的索子量了的。总之,它已经变黑。我知道危险在哪里,而且危险果然来了。可是弄来这样一只骨制假肢,可没有我的份;这东西违背一切规章。"他用手里的穿索针指了指那假肢,"那是船长的主意,不是我的。他命令船上的木匠做的。他让接上一只木槌子,我想那是为了砸人家的脑袋,砸得脑浆飞迸用的,有一次他就想用它来砸我的脑袋。有时他发起脾气来,能把人吓得魂不守舍。长官,你瞧瞧我这凹下的伤痕,"——他摘下帽子,拨开了头发,露出脑壳上一个碗口大的穴,可是这穴一点儿也不像是伤疤,甚至没有任何迹象表明它是受伤留下的,"嗯,这位船长会告诉你,这是怎么回事,他心里明白。"

"不,我不明白,"船长说,"但是他的娘明白:他生下来就有这穴。你啊,你这个正经的无赖,你——好你个朋求!在这海上世界里还能找出像你这样一个人来吗?朋求,你死了应该把你腌起来,你这狗仔;应该把你保存起来,让后世人瞧瞧你这副流氓的嘴脸。"

"那头白鲸后来怎样啦?"埃哈伯嚷道,他一直在不耐烦地听这两个英国佬表演他们插科打诨的闹剧。

"啊!"那独臂船长叫道,"啊,真的!嗯,它沉下海去以后,有一段时间不见它的动静。说实在的,我先前已经提到过,我当时并不知道这是头什么鲸鱼,竟然让我吃这么大的苦头,直到好久以后,又回到了赤道线上,我们才听说莫比·迪克这名字——有人这么叫它——直到那时候我才知道原来就是它。"

"你有没有再碰上它?"

"碰上过两次。"

"可是没有击中它?"

"不想再和它较劲了:丢了一条胳膊还不够?连这条也丢了,我怎么办?再说,我觉得莫比·迪克咬人倒也罢了,一口把你吞下那才要命哩。"

"好吧,"朋求插嘴道,"你索性把你的左胳膊给它,作为诱饵来要回你的右胳膊。你们要知道,两位先生,"——他非常庄重地向两位船长先后鞠了一躬,"你们知不知道,两位先生,鲸鱼的消化器官的构造是如此不可思议,简直是出于天意,因为它完全不能够把一只人的胳膊全部消化掉?这一点它自己也明白。所以,你以为咬掉你的胳膊是白鲸的歹毒心肠,其实只是它笨口笨舌而已。因为它压根儿没有打算要吞下你的一只胳膊。它来这么一手,原不过是想吓唬吓唬你而已。它有时倒挺像我以前在锡兰的一位病人,一个老魔术家;他常演吞小刀子的把戏。有一次,不小心让一把刀子真的进了肚子,一待就待了一年有余;等我给他吃了催吐剂后,他才一小段一小段地吐了出来。你瞧,他根本无法把那把小刀子消化掉,他的整个生理机体也消受不了它。是的,布默船长,你只要手脚利索,决意拿你的一只胳膊作抵押,来争取为你的另一只胳膊举行一个体体面面的葬礼的特权;在这种情况下,你放心,那只好胳膊还是你的,只不过再给鲸鱼一个机会来短时间攻击你一回,如此而已。"

"不,多谢你,朋求,"英国船长说,"它咬掉了我的胳膊,我自认没有能耐,又不知道它的厉害,活该倒霉。可是我不想再丢第二条胳膊了。我再不跟白鲸打交道啦。我已经跟它干了一架,这已经让我心满意足啦。不错,要是能宰了它,那面子就大啦,这我明白;再说它身上的珍贵的抹香鲸脑足能装满一条船。不过,你听好了,那家伙你最好还是不去招惹它。船长,你说是不是?"他一边说,一边望了一眼对方的假腿。

"是最好别招惹它,不过尽管如此,还是有人会追捕它。最好别去招惹的东西,偏偏绝不是不招人爱的东西。它简直是块吸铁石!你上次见到它离现在有多久了?它是朝哪个方向游去的?"

"上帝保佑我的灵魂,诅咒那天杀的魔头,"朋求叫道,俯着身子,绕着埃哈伯走,像条狗似的怪模怪样地用鼻子嗅着,"这个人的血——

把体温表拿来！——他的血快要沸腾啦——他的脉搏跳得船板都咚咚响！——长官！"他从口袋里掏出根刺血针来，向埃哈伯的胳膊伸过去。

"住手！"埃哈伯吼道，将他一把推到船舷边上，"准备好艇子！它是朝哪个方向泅去的？"

"慈悲的上帝啊！"英国船长对着那个提出问题的人叫道，"你怎么啦？我想它是朝东泅去的。"他小声问费达拉，"你们的船长是不是疯啦？"

可是费达拉把一根食指竖搁在嘴唇上，翻过船舷，回到艇子里，拿起了掌舵的桨。埃哈伯把滑车拉到他身前，命令船上的水手准备把自己放下去。

不一会儿，他已站在艇子后艄，那几个马尼拉水手已经扳起他们的桨来。英国船长跟他打招呼，他理也不理。他背对着那条素不相识的船，铁青着脸对着自己的船，笔直站着，直到靠上了披谷德号。

第一百〇一章
圆 酒 瓶

趁这艘英国船从我们视野中渐渐隐没之前，不妨在这儿作一点交代：它来自伦敦，是以该城的一位已故商人萨缪尔·恩德比的名字命名的。他是有名的捕鲸家族的产业恩德比父子公司的创始人。依我这个捕鲸人中的无名小卒的看法，根据历史事实，这家族产业并不比都铎和波旁联合王朝的崛起晚多少。不过在公元一七七五年之前，这伟大的捕鲸家族究竟已经存在了多久，我查了许多捕鲸文献还是弄不明白；但是在一七七五这一年，它装备了它的第一批英国船，开始正规追猎抹香鲸；虽说好几十年以前（自从一七二六年起），我们南塔克特和马撒葡萄园岛的勇敢的考芬家族和梅赛家族就已组织了大船队四处追捕这种大海怪,不过只在南北大西洋,没有去过别处。因此可以在此处明确地记下来:南塔克特人是人类中最先用文明铸造的钢制镖枪来猎捕那了不起的抹香鲸;而且在长达半个世纪之中,全世界惟有他们是用镖枪来猎杀抹香鲸的。

一七八八年,一艘专为这个目的装备起来并由生龙活虎的恩德比家族独家经营,名为阿米利亚号的出色的捕鲸船居然大胆绕过了霍恩角,而且在各国中首先在伟大的南海中放下一艘捕鲸艇到海上。这次航行表现了高超的技术,也很幸运;船回到出发地时舱里装满了珍贵的抹香鲸油。阿米利亚号开了先例之后,紧接着别的船,英国的和美国的,也群起效尤;从此太平洋上广阔的抹香鲸渔场被打开了。然而这个精力旺盛的家族对这般好成绩并不满足,仍继续努力开发。萨缪尔和他的所有的儿子——儿子的确切数是多少,只有他们的娘知道——直接赞助,并且我想由他们部分出资,英国政府终于被打动了,它派出了雷德娄号战舰去南海从事一次探测性的捕鲸航行。雷德娄号由一位海军的舰长指挥,做了一次松松垮垮的航行,做出了一些贡献,至于贡献有多大则不得而知。但是事情至此并未结束。到了一八一九年,这同一个家族自行装备了一艘探测性的捕鲸船,出发到遥远的日本海面去进行一次试验性的巡弋。这艘船有个很贴切的船名,叫海妖号①,它进行了一次实验性的巡弋,表现极佳,自此以后,伟大的日本捕鲸渔场开始远近闻名。指挥这次海妖号著名航行的是考芬船长,南塔克特人。

因此一切光荣归于恩德比家族,据我所知,这个家族至今存在;不过最早的萨缪尔必定早已启航开赴另一个世界的伟大的南海去了。

以他的名字命名的那条船确实配得上这样的荣誉,它是一艘快船,各方面都称得上超群出众。我有一回曾在巴塔哥尼亚海岸外某个地方半夜里登上这条船,并在船头楼里喝过上好的调和酒②。那次联欢棒极了。对方都是些顶天立地的汉子——人人都是。他们活得短促,死得痛快。那次精彩的联欢——时间是在埃哈伯用假腿点着船板走路以

---

① 希腊神话中半人半鸟的海妖,常用歌声诱惑航海者失魂落魄,船只触礁,人船俱毁。
② 用啤酒和烈酒调成,再加上糖,加热后饮用。

后很久很久——令我感觉到那条船上萨克逊人的坦诚实在的待客热情。我要是把那种好客态度置之度外,那就让我的牧师把我忘了,让魔鬼把我记在心上。调和酒?我讲过那次我们喝了调和酒没有?哦,讲过,我们喝的量达到一小时十加仑。大风来到的时候(巴塔哥尼亚附近水域常刮大风),全部人手——客人也在内,都被叫去卷中桅帆。可是我们已经喝得头重脚轻,只能把每一个人用单套结吊上去;而我们神志不清到了把自己上衣的下摆卷到篷帆里去的地步;结果是我们被牢牢勒住,听狂风在耳边呼啸,给所有喝得烂醉的水手一个下次不可再犯的教训。亏得桅杆没栽到海里,我们总算慢慢挣脱下来。这时人人都已清醒,又非再轮番喝上一通不可。但是那狂风刮来带咸味的海水泡沫,刮进了船头楼的小舱口,把酒都冲淡了,并且有了些又酸又咸的味道,很不合我的口味。

牛肉则真不错——老,但有嚼头。有人说那是公牛肉,又有人说那是单峰骆驼肉,可我不知道到底是什么。他们还请吃包子,它们个儿小,但馅儿大,整个成球形,简直坚不可摧。我想你吞下去之后可以摸出它们来,可以叫它们在你肚子里滚来滚去。假如你身子向前弯得过了头,它们会像台球一样噗的吐出来。至于面包——那是无法可想的事;再说,它有抗坏血病的功效。总而言之,面包是他们吃的惟一新鲜食品。不过,船头楼这地方光线不够亮;你吃面包的时候,一不小心就会踩到黑角落里。但就这条船的总体,从它的桅杆帽到它的舵来说,考虑到厨师用的锅炉的大小,包括他老哥的大肚皮在内,我说萨缪尔·恩德比号从头到尾是条顶刮刮的船;吃食丰富,质量也好,调和酒出色,有劲儿;船上的人都是些汉子,都是些十足的响当当的汉子。

但是你不免会想:为什么萨缪尔·恩德比号以及另外一些我所知道的英国捕鲸船——虽说不是所有的——会成为如此出名、如此好客的船,牛肉啊、面包啊、酒啊、外加笑话,一一送到你面前,而且大家吃个不停,喝个不厌,笑个不绝呢?我来告诉你。这些英国船上开朗饱满的热情是个供历史研究的课题,而只要情势有此需要,我是不惜对历史上捕鲸业作些研究的。

荷兰人、西兰人和丹麦人从事捕鲸业在英国人之先,英国人从他们的前辈那里接受了许多专用词语,至今仍在本业沿用。不仅如此,他们把那种大吃大喝的厚道遗风也保存了下来。因为,一般说来,英国商船对船上的水手都很刻薄;然而英国捕鲸船并不如此。因此,在英国人说来,这种捕鲸船上的开朗欢快的情绪并不是正常自然的,而是一个特殊的例外;这必然有其某种异乎寻常的来源,我在这里就要指出,而且以后还将进一步加以阐明。

在我研究鲸鱼史料时,我偶然见到了一本荷兰的古书,一闻到它那种发霉的鲸鱼味儿,我就知道它准是讲捕鲸船的书,书名是《箍桶匠①》,由此我断定这书一定是阿姆斯特丹某个箍桶匠在捕鲸船上所见所闻的无比珍贵的回忆录,因为每条捕鲸船都得有自己的箍桶匠。以后我发现该书的作者名叫菲茨·斯华克海默,这样我对自己的这个断语就更为肯定了。② 于是我去请我的学识渊博的朋友,在圣他克劳斯学院讲授低地荷兰语和高地德语的教授斯诺德黑德博士③把这本书翻译过来,并且送了他一大盒抹香鲸油蜡烛作为酬劳——哪知道这位斯诺德黑德一见到这本书就马上告诉我:《箍桶匠》按照英文是这个意思,而这里应是荷兰文的"商人"。总之,这本低地荷兰文古籍论述的是荷兰的商业;它涉及的题目很多,其中有一章,谈捕鲸业,十分有趣,题为《斯米尔》,即《油脂》。我在这一章中发现了一张供给一百八十艘荷兰捕鲸船的食物和酒类的详细清单,现将斯诺德黑德博士译出的单子照抄如下:

牛肉　　400,000 磅

弗里斯兰猪肉　60,000 磅

供储藏的鱼　150,000 磅

硬面包　　550,000 磅

---

① 原文是 Dan Coopman,应为"商人记"。但荷兰文中的 Coopman(商人)在英文则为箍桶匠。
② 斯华克海默,其含义应为铁锤敲击有声,也可以想象为箍桶匠干活儿时发出的声音,所以作者故意说他断定 Coopman 为箍桶匠更无疑问了。
③ 这是作者杜撰的人物。这一段除《商人记》一书外,其余在历史上均无所据,是作者的游戏文字。

软面包　72,000磅

黄油　2,800桶

泰克赛尔和莱顿奶酪　20,000磅

奶酪(大概属次品)　144,000磅

杜松子酒　550安克①

啤酒　10,800大桶

凡是统计表格,读起来大多枯燥无味,然而这张统计表却不然,读者一看便沉浸在大桶小杯的上等杜松子酒以及随之而来的兴高采烈、酒酣耳热之中了。

当时我花了三天时间潜心研究消化所有这些啤酒、牛肉和面包,在这一过程中许多深邃的足可以应用于先验的或柏拉图哲学的思想在我脑中油然而生。由此更进一步,我自行计算出一张有关每一低地荷兰镖枪手在当年格陵兰和斯匹茨卑根捕鲸工作中所消耗的储藏鱼类等等大概要多少的表格。首先是所消耗的黄油和泰克赛尔和莱顿奶酪的数量看来惊人,不过我把这归之于他们生来就爱油腻食品,而由于所从事的职业的关系,他们变得更爱油腻了;尤其是因为要在那天寒水冻的极地水域之中,爱斯基摩人居留地的海岸外追捕鲸鱼的缘故。要知道,当地爱一块儿吃喝玩乐的土人就是举着满满的一杯杯鲸油来彼此对饮的。

啤酒的量也极大,达一万零八百桶。说到极地捕鲸,在那样气候条件下,只能在很短的夏天进行,因此这些荷兰捕鲸船前后巡航一次,包括到斯匹茨卑根海面打一个来回,为时大概不会大大超过三个月。假如以每艘船三十个水手计,整个船队一百八十艘共得五千四百名低地荷兰水手;因此计算下来,每人正好得两桶啤酒,十二个星期的供应量,这还不算在五百安克的杜松子酒中他应得的一份。至于说到这些喝足了杜松子酒和啤酒的镖枪手(依我们想来怕是头脑已经昏昏沉沉)是否正适合充当挺立在艇艏,把镖枪对着飞快游着的鲸鱼瞄得准准的那号人呢,这看来怕未必是。然而他们事实上把鲸鱼瞄准了,而且击中

---

① 荷兰液量名,约合十加仑。

了。但是请你记住,这是在遥远的北方,在那儿,啤酒和人的体质配合得正好;要是在赤道上,在我们南海捕鲸业中,啤酒会使一个镖枪手在桅顶上睡眼惺忪,在他的艇子里醉意醺醺,最终是南塔克特和新贝德福遭受惨重损失。

但是说到这里我不再饶舌了,关于两三世纪以前的荷兰老捕鲸船在吃喝上如何讲究,而英国捕鲸船如何追随前贤亦不逊色一事已经讲得够多了。因为前人说过,巡游在一条空船上,如果捞不到这个世界的更大的好处,再不济也要捞一顿好饭食。这么一来,圆酒瓶就空啦。

第一百〇二章
阿萨息提斯①的闺房

迄今为止,我在形容刻画抹香鲸时,主要着眼于它的外貌的特异之处,它的内部的一些构造特点我也曾单独细致地讲过。但是为了要对抹香鲸有个总体透彻而概括的了解,我现在不得不更进一步解开它的衣服,脱下它的袜子,卸去它的吊裤带,打开它的核心骨骼的各个环节的扣和结,向你袒露它的隐私,也就是说它的不折不扣的骨头架子。

可是以实玛利,你是怎么啦?你,一个捕鲸业中无足道哉的桨手,竟然自命为对鲸鱼的个中秘密有所了解,这算怎么回事?难道是博学多才的斯德布登上绞盘,给你们讲授过鲸类的解剖学,并且用绞车吊起一根肋骨标本让你们看了?你倒给我解释一下,以实玛利。难道你能像厨子把一只烤小猪放在盘子里一样,把一头成熟的鲸鱼放在甲板上,对它进行考察?当然不能。迄今为止你确已成为一个亲眼目睹这一切的人,以实玛利;但是你要小心,你已经侵犯了约拿一个人享有的特权,

---

① 阿萨息提斯群岛在太平洋上所罗门群岛的最南端。西方人给这些小岛起这样一个名字,是因为当地土人对外来者极为凶残险诈,令他们想起波斯北部古国帕提亚的阿萨息提斯皇朝在大约公元前二五〇年至公元二二六年间曾是罗马的主要对手。

谈论起组成鲸鱼框架的托梁、横梁、椽子、栋梁、底托和支柱,以及多半已经涉及它内脏的牛油缸、牛奶房、黄油和奶酪的储藏室来啦。

我坦白承认,自从约拿以来,极少有捕鲸人深入到一头成年鲸的表皮以下很深的地方;然而我有过一个解剖一头小鲸的机会。在一条我当过水手的船上,曾把一头幼抹香鲸吊到甲板上,取它的鳔或阴囊来做装镖枪倒钩以及长矛的尖子的鞘袋。你以为我会错过这机会,不去用我在小艇上用的斧子和小刀打开火漆封皮,从而好好读一读那小东西的全部内容吗?

至于我怎么会对长成大鲸以后的鲸鱼骨骼有如此确切而难能可贵的了解,我得感谢我的已故的尊贵朋友,阿萨息提斯群岛的特朗克岛国的国王托朗可。原来许多年前,我在阿尔及尔的戴伊号货船上干活儿期间,曾被邀请到托朗克王爷在普贝拉退隐时居住的棕榈别墅度假,那地方离水手们称之为竹城的他的京城不远。那是个海滨的幽谷。

我的这位尊贵朋友托朗可有许多优良品质,其一是他生来对各式各样的原始艺术品的酷爱;凡是他的奇思巧想过人的子民中所能发明的稀罕物事他都一一收集在普贝拉,主要有设计精巧的木雕,经过镌刻的贝壳,经过镶嵌的枪矛,贵重的板桨,散发芳香的独木舟;而所有这些宝贝分散杂处于天然珍品之间,载着珍宝和贡品的潮水把它们一起送到海滩上来。

潮水送来的东西之中最重要的是一头大抹香鲸;它是在刮过一场时间特别长的狂风之后发现搁浅在海滩上死了,它一头撞在一株椰子树上。那椰子树的有如羽毛的一簇簇低垂的枝叶像是它喷出的翠绿的水柱。它的魁伟的躯体上五六呎厚的皮肉和脂膏最终已被剥尽,骨殖已被烈日暴晒得干如沙砾,它的整副骨架便被小心翼翼地运到普贝拉谷,如今供奉在由参天的棕榈树形成的气象万千的庙堂之中。

抹香鲸的肋骨上挂着各种战利品;脊椎骨上刻着用奇形怪状的象形文字记载的阿萨息提斯的史料;在它的头盖骨中,教士们常年燃着不灭的香火,从而使这神秘的头颅又喷起了烟气。它被吊在一根枝丫上,它的狰狞的下巴骨在礼拜的人群头上微微摆动,仿佛是那把挂在一根头发丝上吓得德摩克里斯战战兢兢的剑。

这真是一种奇观。那树林葱翠得好像冰谷①中的苔藓;树木既高且傲,自觉生机勃勃,不可一世;勤劳的大地犹如织女手中的织机,机上织着一块华丽的地毯,那在地上盘绕的藤蔓成了织地毯的经纬线,那些鲜花便是地毯上的图案。所有的树以及树上绿叶满枝的丫杈,所有的灌木丛、羊齿植物和青草,那传递信息的和风,这一切都在不停地活动。那伟大庄严的太阳透过那密密层层的树叶,活像一支飞快来去的梭子,不倦地在织那翠绿的地锦。你这个忙个不停,看不见的织工啊!请停一停!问你一句话!你的织物将流向何方?它要铺在哪一座宫殿里?这样不停地劳作为的是什么?请回答,织工!——停下你的手!我只跟你说一句话!不——梭子照样飞速来去——织机上图案浮现出来,地毯犹如河水奔流一般永不止息地吐出来。织工之神啊,他织呀织,织得他耳朵都聋了,他听不见人声;织机的嗡嗡声震得我们这些旁观织机的人耳朵也聋了,只有在我们避开它的时候,我们才会听到透过这嗡嗡声的成千人的声音。这在所有物质的工厂中都是如此。人的说话声在飞快转动的纱锭中是听不见的;然而这些话语冲出打开的窗扉,叫墙外的人听得清清楚楚,从而使坏事不难被人发觉。所以凡人哪,要留神啊;否则在这个大千世界的织机的喧闹声中,你的最最隐秘的思想也难免被老远的人偷听了去。

现在言归正传,且说在那阿萨息提斯树林里的生生不息的绿色织机之中闲躺着受人礼拜的白色的大骨架——一个特大的懒汉!然而在他周围响着织着那永远不停的翠绿的经纬线,这了不起的懒汉似乎成了那狡猾的织工,他自己身上就织满了藤蔓;每过一个月它身上便添了些新绿,而他自己却是个骷髅。生命拥抱着死亡,死亡支撑着生命;死神与年轻的生命结为夫妇,为他生下鬈发的娇儿。

当我随着尊贵的托朗可去参观这头珍奇的鲸鱼时,发现它的头盖骨成了香案,人为的青烟从它当年喷水口冉冉升起,我为国王居然把一

---

① 据作者一八五〇年八月六日日记:梅尔维尔与其好友霍桑初识于马萨诸塞州的斯托克布列奇。他们和其他一些应邀客人在该镇吃午饭,吃了三个小时,然后又游冰谷,"那是巨石嶙峋,潮湿而苔藓密布的群山中的一块谷地,其幽深处据称常年可见冰雪。"

座小教堂当做一件艺术品来收藏感到惊讶。他哈哈笑了。而当教士们向我起誓说它喷的烟气是真的,我更是惊讶不已。我在这骨架前来回走,拨开那些藤蔓,穿过它的肋骨,手拿一个阿萨息提斯的麻绳球,在它的许多蜿蜒曲折的荫凉的廊柱和凉亭之间绕行。但是我的线球不久就到了尽头,然后我顺着这线往回走,从我进入之处走了出来。我在那里面看不见任何活物,除了骨殖之外什么也没有。

我为自己砍了一根翠绿的树枝作丈量之用,我再一次钻进骨架。教士们透过头盖骨上的箭杆似的裂缝,观察我量最末一根肋骨的高度。"量得怎么样?"他们嚷道,"你竟然量起我们的这位神来!只有我们才能量。""好啊,教士们——那么你们说它有多长?"于是他们之间掀起了一场有关尺寸的激烈的争论,用码尺敲打彼此的脑袋,连那特大脑袋也发出了回声。我抓住这个天赐良机,很快地做完了我自己的丈量工作。

我现在把这些丈量结果放到你们面前。不过首先我要声明在案:在这件事上,丈量结果绝不是由着我乱说一气。因为世上有骨骼的权威,你们尽可以去请教,以便考验我丈量的准确性。人家告诉我,在赫尔,英国的一个捕鲸渔港,有一座鲸鱼博物馆,那儿有一些脊鳍鲸和别的鲸鱼的出色标本。我还听说过,在新罕布什尔州的曼彻斯特博物馆中,也有一个据物主称是"美国的惟一的一个格陵兰鲸或河鲸的完美标本"。再说,英国约克郡有个名叫伯顿·康斯坦布尔的地方有一位克利福德·康斯坦布尔爵士,他有一副抹香鲸的骨骼,只是个子不大,绝不是像我的朋友托朗可国王所有的那样属于成年的鲸鱼。

这两副属于搁浅在海滩上的鲸鱼的骨骼,原来的物主也是以类似的理由而据为己有的。托朗可国王把它抢了过来,因为他想要。克利福德爵士能有他的鲸鱼标本,因为他是那一带地方贵族士绅之首。克利福德爵士的鲸鱼标本是从头至尾拼接好的,因此它像一具特大的五斗柜一样,它的所有骨骼的空腔你可开可合,你也可以把它的肋骨摊开,摊成一把奇大无比的扇子的形状,也可一整天吊在它的下巴骨上荡秋千。它的有些活动门和百叶窗后来加了锁。从此一个仆役在领人参观各个部位时,身边总带着一大串钥匙。克利福德爵士决定:谁要瞧一眼脊柱的能吹出声的通道得付两便士；谁要听一听小脑颅腔发出的回声得付三便士；谁要从脑门子往后看，得一无与伦比的全貌的印象得付六便士。

我在这里写下的这具骨骼的大小尺寸是从我黥在我的右臂上的记录——照录的。由于当年我到处流浪，只有黥在身上，别无保存这类宝贵数字材料的万全之策。然而由于我全身的篇幅有限，想留着我的身体的其余部分——至少是我身上的未黥部分——算是一张白纸供我当时正在创作的一首诗的记录之用。所以凡是尺寸中的零星寸数一概从略；说实在的，巨大如鲸鱼，谁也不会计较它这儿那儿短了几吋。

第一百〇三章
鲸鱼骨骼的尺寸

首先，我们要简略陈说一下鲸鱼的骨骼，我想就鲸鱼的活的躯体作一特别的明白无误的声明。这样一个声明在这里也许会证明是有好处的。

根据我作的一次仔细计算，这计算有一部分是依据斯考斯比船长对一头体重为七十吨，身长为六十呎的特大型格陵兰鲸的估算；我认为，一头长度在八十五呎至九十呎之间，最大身围不到四十呎的特大型抹香鲸，其体重至少为九十吨；因此以十三个人重一吨计，它比一个有一千一百居民的村子的全部人口还要重许多。

由此你难道不认为这么个大海怪该有一副像上了套的牲口那么大的脑子，才能使它的想象力不输于任何一个陆地上人的想象力吗？

我早已用各种方式向你们讲过鲸鱼的头盖骨、喷水口、下巴、牙齿、前额、鳍以及其他各个部分，现在只想指出在它的一览无余的骨骼整体中最令人感兴趣的是什么。但是由于巨大的头盖骨在骨骼的整体中占有一极大的比例，由于它是远比其他部分要复杂的部分，又由于在本章中有关它的话只说一次不再重复,因此你们在听我讲下去时必须把讲过的牢记在心,或者说夹在你的胳膊肘底下,否则你们会对将要看到鲸鱼骨骼的整体结构得不到一个完整的概念。

　　托朗可的那头抹香鲸经过丈量,其长度为七十二呎,因此在它活着、皮肉丰满的时候,它定有九十呎长;因连皮带肉的鲸鱼脑袋化为头盖骨时损失约五分之一左右。在这七十二呎中,它的头盖骨和下巴骨大约占二十呎,剩下的是五十呎左右的纯粹的脊梁骨;和脊梁骨连接着,占其长度将近三分之一的是它的肋骨造成的偌大的圆框,这圆框曾包容了它的脏腑。

　　这奇大无比,象牙一般的肋骨组成的胸腔,加上那老远伸展开去,形成一条笔直的长线的脊梁,颇有些像一条新放到造船架上的大船船壳的雏形,不过这胸腔只安上了二十根左右的光秃秃的弓形肋骨,而它的龙骨暂时还只是根没有连接好的长木头。

　　肋骨在两边各有十根。从颈骨这头算起的第一根有将近六呎长;第二、三、四根一根比一根更长,到了第五根,便属于中部肋骨,也就到了长度的顶点,有八呎好几吋长。从中部开始,其余的肋骨越来越短,到了最后的第十根只有五呎几吋。一般肋骨的粗细看来与它们的长度有相应的关系。中间那几根肋骨最具拱形。在阿萨息提斯群岛的一些岛上,这些肋骨常用来安在小溪之上作为行人过河的小桥。

　　说到这些肋骨,我不由得又想起在本书中以不同方式一再提起的一个情况,那就是鲸鱼的骨骼与它的肉身的模型大不相同。托朗可标本的中间部分有一根肋骨是最大的,它所处的部位在肉身中是最肥厚的部分。这一头鲸鱼的肉身最肥厚的部分必然至少有十六呎,而其相应的肋骨量起来却只有八呎多一点。所以说这根肋骨只能体现活着的鲸鱼的魁伟身躯的这一部分的原貌的一半。再说,在有些地方如今看到的是一根光秃秃的脊梁,而这一切当初是有成吨重的筋肉、血液、脏腑包裹着的。更有甚者,当初那丰满的鳍,如今我看到的只是少数几个凌乱的骨节;至于那有极大分量、雄伟壮观,但没有骨头的尾部则已化为乌有!

　　于是我不由得想,胆小怕事、未见世面的人要想只凭观察一下铺展在这安静的树林子里的今非昔比的死鲸鱼的骨骼去正确想见这头曾是不可一世的鲸鱼,岂不是白费心机,愚不可及。这是不可能的。只有在那瞬息万变的危急关头,只有在它愤怒的尾翼挥舞扫荡之中,只有在那一望无际深不可测的大洋之上,你才能一睹有着血肉之躯的鲸鱼的真正的活生生的丰采。

但是眼下这脊梁怎么办呢?我们所能想到的上策是用一架吊车把那些骨头一根接一根竖立起来。这可不是一蹴而就的事。然而现在这已经做到了,它很像庞培的大柱。

全部脊椎骨共有四十余根,它们在整副骨骼中并不是勾连在一起的,大多像是一座哥特式尖塔上的大瘤块,形成笨重的石造建筑中的坚实的层砌结构。中间的一块脊椎骨是最大的,其宽度不到三呎,厚度超过四呎。脊梁向尾部逐渐缩小,最后成为尾巴的一块是最小的,宽仅为两吋,有些像一个白色的台球。人家告诉我还有比这更小的,可惜已被几个生番小孩儿,教士的儿女,偷去当弹子玩耍弄丢了。由此可见,即使是最为巨大的生物的脊梁骨到头来也会渐趋缩小,成为儿戏。

第一百〇四章

鲸 鱼 化 石

鲸鱼以其庞大的躯干给人提供了一个最合适不过的话题,可以让人短话长说,大加发挥,以及一般地就事论事。你就是想加以压缩,也是压缩不了的。它足有资格被写上一本最大开本的书加以讨论研究。用不着再去唠叨它从喷水孔到尾巴有多长,它的腰身有多少码宽;只要想想它的肠子就够了,它们在肚内盘成好大一堆,跟一艘战舰的最底层甲板上盘起来收着的粗缆和钢缆倒很有些相像。

我既然自告奋勇来对付这大海怪,我便理所应当地在这项工作中要做到无所不知,无所不晓;哪怕是它的血液中肉眼看不见的病原菌也决不忽略过去,它的脏腑里里外外都要掏出来看过。它的居住环境以及生理解剖方面的种种特点都已作了交代,如今剩下的是从考古学的、化石的和上古的角度来对它详加考订。这类堂皇的词句如果用在鲸鱼以外任何其他生灵上,比如说,用在蚂蚁或跳蚤上未免要被正当地讥为小题大做,夸大其词。然而用在鲸鱼上,情形就不一样了。我勉力从事这一壮举,用的自然是些辞典中最有分量的字眼。因此在这里要交代一下:在以下的论述中,每当我要求助于一本辞典时,我总是无例外地查我专为此目的而购置的约翰逊①所编大四开本的版本;因为这位闻名遐迩的辞典编纂家本人身躯魁伟过人,自然比别人更适合于编出一部辞典供我这样一位鲸鱼作家之用。

人们常常听说有些作家抓住一个题目就滔滔不绝,洋洋洒洒写将起来,尽管他们的题目看来也许颇为寻常。那么,我写鲸鱼又是如何?我情不自禁地把词写得有横幅上的大写体词那么大。请给我一支用南美神鹰翎做的笔!让维苏威的火山口做我的墨水池!朋友们,请扶住我的胳膊!因为当我提笔写出我的有关鲸鱼的想法时,仅仅是这一行动本身就使我感到不胜负担,因为这些想法囊括大千世界,似乎要包罗整个科学体系,涉及所有各个时代的鲸鱼、人、乳齿象类的过去、现在和未来,世上帝国的轮转全景,以及通观整个宇宙,连它的郊区也不排除在外;这样一想,人便晕了过去。这样的广博范围,这种扩充放大正是一个大至包罗万象的题目的好处!我们扩大到了足以和鲸鱼的偌大躯干相媲美的程度。要写出一部巨著来,你必须挑选一个巨大的主题。你以跳蚤为题,决然写不出一部传世的伟大作品,尽管曾经有许多人这样试过。

在开始谈论鲸鱼化石这个题目之前,我先交代一下我作为一个地质学家的资历:我在干杂活儿的时期,曾当过石匠,也曾是个挖沟渠、运河、水井、酒窖、地窖和各种水槽的能手。同样,作为开场白,我要提醒读者:在早期地质层中曾经发现过如今几乎已经完全绝迹的巨兽的化石;随后在通常称为第三纪地层中所发现的遗物,看来是纪年以前的生

---

① 见第259页注①。对梅尔维尔说的这些,读者只可当做游戏文字来读。

灵与那些进入诺亚方舟的人的始祖之间的衔接物或者说是截获物;至今所发现的鲸鱼化石都属于第三纪,这是在地表形成之前的最后一层地质层。虽然这些化石没有一件能与现时已知的鲸种完全吻合,但却在概貌上彼此颇为相像,足可证明它们确是鲸类的化石。

有人类以前的鲸鱼的零碎化石,鲸骨和鲸鱼骨骼的碎片,在近三十年之内,在阿尔卑斯山脚、在伦巴第、法国、英国、苏格兰以及在路易斯安那州、密西西比州、亚拉巴马州陆续有所发现。在这些化石中较为稀罕的有一七七九年从巴黎多芬纳路地下挖掘出来的一块头盖骨。多芬纳路是条短街,街口几乎正对着土伊勒里宫①。还有在拿破仑时代开掘安特卫普大码头时出土的鲸骨。居维叶称这些碎片属于某种我们一无所知的鲸种。

然而远较所有其余的鲸化石珍奇的是在一八四二年在亚拉巴马州克雷法官的农庄上发掘出来一头鲸鱼的几乎完整的巨大遗骸。附近那些惊骇莫名、易受蒙骗的黑奴把它当做一个贬谪人世的天使的遗骨。亚拉巴马的医生声称它是一种特大的爬行动物,给它起了一个学名:贝锡洛梭鲁斯。但是有些遗骨的标本被人运涉重洋送给英国解剖学家欧文去鉴定,才知道这所谓的爬行动物原来是头鲸鱼,但是一类已经消失了的鲸种。这个例子很能说明本书中一再申明的一个事实,即鲸鱼的骨骼远不足以体现鲸鱼的血肉之躯的形态。于是欧文重新为这一巨怪命名为宙格洛东。他在向伦敦地质学会宣读的一篇论文中在实质上称之为在地球的沧桑变化过程中所消灭的最最不同寻常的生物之 。②

当我置身于这些巨大无比的鲸鱼骨骼、头盖骨、牙齿、下巴、肋骨和脊椎骨之中时,所有这一切部分近似体现了现存的这些海怪的一个族类的特点,同时另一方面,它们又具有与已被消灭了的,在有纪年的时代以前的鲸种即现有鲸种的忘年的先辈之间的相同之处。我是被一阵

---

① 法国王亨利二世之后卡特林·德·美迪西的宫室,位于巴黎卢浮宫旁。一八七一年被焚烧后重建。
② 这一段讲的大体上都是史实。所谓亚拉巴马医生指的费城的理查德·哈兰博士。欧文指理查德·欧文爵士,其有关论文是在一八三九年一月九日向伦敦地质学会宣读的。

潮水送回到那个神奇久远的时代,一个不妨说时间开始之前的时代;因为时间是同人类一同开始的。当时土星将我卷入灰色的混沌之中,而我朦朦胧胧、战战兢兢地瞥见了北极的永恒不变的种种现象,当时楔形的冰的棱堡狠狠压迫着如今是热带的地块;这个世界的长达两万五千哩的圆周中竟看不见有一巴掌大可以供人栖息的土地。在那个时候,整个世界都是鲸鱼的;这万物之王在如今是安第斯山脉一线和喜马拉雅山脉一线留下了自己行进的踪迹。谁又能说出像鲸鱼一类动物的家世呢?埃哈伯的镖枪上流过比法老王的枪尖上流过的年代更久远的血。玛土撒拉看来像个小学生。我四下里寻觅,想跟闪握握手。我为在摩西①以前就已经存在的鲸鱼的不可追溯、难以形容的威风而感到慄慄危惧,这威风在时间之前既已存在,那就势必会在人类的世纪消逝之后继续存在。

然而这鲸鱼不仅在亚当以前大自然的版图上留下了它的痕迹,它也在石灰岩和泥灰岩上印下了它的半身像,还有在埃及的石版上,我们发现了鲸鳍的无可怀疑的印记;这种石版,其古老的程度几乎可以与化石相比拟。大约在五十年前,在那伟大的滕丹拉神庙的一间内室的花岗石顶上发现了一幅既有刻又有画的平面球体图,图中布满半人半马怪、鹫头飞狮、海豚,与现代人的天体球仪上的奇形怪状的图形相似;图上的百兽之中还有当年的老鲸在游弋,不知在这张比所罗门呱呱坠地要早上许多个世纪的平面球体图上,那是不是泗水。

远古的鲸鱼存在于大洪水之后的时代还有个不可忽略的奇特的证据,那就是柏柏里的年高德劭的旅行家约翰·利奥②的记载:

"离海滨不远,有一寺院,其橼与梁均为鲸骨所制。盖硕大无朋之鲸鱼常被抛至海岸之上而死。平常之人以为:上帝赋予该寺院以神力,鲸鱼游过其地必立即死去。而其真相则为该寺两侧均有岩石伸入海中达两哩之遥。鲸误触其石,伤重而死。当地土人保存一极长之鲸肋以

---

① 玛土撒拉、闪和摩西均为《圣经·旧约·创世记》中的人物。
② 指利奥·阿非利加努斯,十六世纪早期的阿拉伯旅行家,原名阿尔·哈桑·伊本·穆罕默德,其游踪遍及北非中东。后被海盗所俘,贩至罗马,成为教皇利奥十世的奴隶;改信天主教,取名约翰奈斯·利奥。著有《非洲游记》。

为神迹,凸面向上置于地上,形如拱门;人骑于骆驼背上手尚不能及其顶。此肋骨(约翰·利奥这样说)在余目睹之前百年已在该处。其史家声称:有一曾预言穆罕默德将降临人世之先知即来自此寺院。有人则揣测先知约拿即为此鲸吐于该寺院之地基之上。"

读者们,我就将各位留在这非洲的鲸庙。如果各位是南塔克特人而又是捕鲸人,你们会在那里静肃礼拜如仪。

第一百〇五章
鲸鱼的伟岸身躯是在逐渐变小吗?
——它将趋于灭亡吗?

既然鲸鱼是从永恒的源头跌跌撞撞地冲到我们面前,我们倒不妨问一问:在它世代相传的过程中,它是否比它的先辈原来的魁伟身躯有所退化呢?

但是经过调查研究,我们发现现今的鲸鱼之魁梧胜过其化石的遗骸还留在第三纪地质层中的先祖(第三纪所代表的地质时期远在有人类之前);而在第三纪地质层中发现的鲸鱼化石中,在较后的地层中的,其大小超过在较早的地层中的。

至于已经发掘出来的存在于人类之前的鲸鱼中,其魁伟遥遥领先的是上一章提到的亚拉巴马的那一头,它的骨骼的长度不足七十呎。而我们已经知道,现代一头大型鲸鱼的骨骼经过丈量,其长度达七十二呎。我还听捕鲸人亲口告诉我,他们曾经捕获过在被捕获时身长有将近一百呎的抹香鲸。

但是会不会有这样的情形,就是今天的鲸鱼较之于过去所有地质时期的鲸鱼在体躯上有长进,而自从有人类以来,它们都是在退化;会不会是这样呢?

假如我们相信名人如普林尼以及古代一般博物学家的说法,那么我们肯定必须作出这样的结论。因为普林尼告诉我们,鲸鱼的血肉之躯有几英亩那么大。阿德罗凡提①则称鲸鱼身长八百呎——如此说来,鲸鱼简直有绳索编织场和泰晤士河隧道那么长了!即使是在库克手下的博物学家班克斯和索兰德②的时代,我们发现科学院的一位丹麦会员曾有冰岛鲸鱼(雷丹-西斯库尔或称皱腹鲸)长一百二十码亦即三百六十呎的记录。法国博物学家拉塞佩德③在他所著的详备的鲸鱼史中一开头(第 3 页)就称露脊鲸有一百公尺即三百二十八呎长。而这部著作出版时已是一八二五年。

然而有没有捕鲸人相信这些说法呢?没有。今天的鲸鱼大小有如它们的普林尼时代的祖先。如果我能上普林尼所在的地方去,我作为一个捕鲸人(我比他更有资格作为一个捕鲸人)会老实不客气地这样告诉他。因为在普林尼出世以前几千年就已埋葬了的埃及木乃伊在他们的棺木中丈量起来还没有一个今天只穿袜子的肯塔基人长;再如,刻在最古老的埃及和尼尼微石版上的牲畜和其他动物,按它们画中的比例来推算,明白无误地证明斯密斯菲尔德牲口市场上那些纯种、在棚里养得膘肥体壮的头等牲口不仅可以和那些石版上的牲畜等量齐观,而且比法老王肥母牛的个儿还要大得多;我实在不明白,以上这些事实是怎么回事?因此在这些事实面前,我不能承认,在所有的动物中,惟有鲸鱼是在退化。

可是还有一个问题有待解答——一个常常使思虑较为周密的南塔克特人为之忧心忡忡的问题。如今捕鲸船帆桅林立,桅顶的瞭望哨随处可见;它们的目光所到之处远至白令海峡,并且深入到天涯海角的各个角落;而成千支镖枪长矛在各大洲的海岸外四处飞舞;在这种情形之下,值得深思的问题是:鲸鱼是否经受得住如此无所不至的追猎,如此绝情的摧残;它们是否最终会受到种族灭绝的荼毒而从此在海洋中绝

---

① 尤利塞·阿德罗凡提,意大利博洛尼亚的博物学家。
② 约塞夫·班克斯爵士和但尼埃尔·卡尔·索兰德博士曾于一七六八至一七七一年随库克船长出航周游世界。
③ 拉塞佩德伯爵(1756—1825),法国博物学家,政治家,对鱼类和爬虫类有独到研究,著有《鲸类志》(1804)。

迹;最后一头鲸鱼是否会像最后一个人一样,抽完最后一口烟,然后他自身也随着最后一阵轻烟而消失得无影无踪。

把有背峰的鲸鱼群落和有背峰的北美野牛群落相比,后者在四十年前成千上万地散布在伊利诺亥州和米苏里州的大草原上,在人烟稠密的河畔大城市的原址上振鬣长呼,怒容满面;如今彬彬有礼的经纪人以每时一美元的价钱向你出售地产。这类比较似乎提出了一个无可反驳的论点,说明被猎捕的鲸鱼如今已是难逃快速灭绝的厄运。

然而对这个问题必须从各方面来考察。虽说不久(还不到一代人的时间)以前,伊利诺亥州的野牛头数超过如今伦敦的人口数,而今在整个这一地区已见不着野牛的一蹄一角;虽说这种令人惊奇的种族灭绝是人的长矛造成的;但人的猎捕鲸鱼,其性质与此迥不相同,因而决不会让鲸鱼落一如此难堪的下场。一条船四十个人,化四年工夫猎捕抹香鲸,要是最后运回家去四十头鲸的油,那就谢天谢地,自认为这趟船走得上上大吉了。相形之下,当早年极西部(那里太阳该西沉时也不沉)还是一片荒原和处女地时,同样是四十个穿鹿皮靴的西部的加拿大和印第安的猎户,用枪的和用陷阱的,骑在马上而不是驾船出海干上四个年头,能追杀不是四十而是四万头野牛以至更多;这一事实,如果需要,可以用统计数字来说明。

再说,细细考虑起来,似乎也还没有论据能说明抹香鲸将逐渐被灭绝;比如说,在以前的年代(就以上一世纪的后半叶论)经常会碰上这些小群的鲸鱼,如今碰上的次数却少得多了;其结果是捕鲸航行不如现在长,而所得的酬报却比现在多得多。因为先前已曾提过,这些鲸鱼受求安全这一天性的驱使,在海洋出游时结成浩浩荡荡的大队,以致在很大程度上,当初那些散兵游勇,成双作对,三五成群,甚至结成小伙的,如今都聚合成彼此离得远远的、捕鲸船难得遭遇的大队人马。不过如此而已。同样似是而非的是以下一种想法:因为所谓的须鲸不再在许多渔场出现,而往年它们在这些渔场到处都是;于是便认为这种鲸鱼也在衰减之中。其实它们不过是被人从这个海角撵到那个海角而已;而且如果它们不在这一海岸之外戏水,那么可以肯定,某个僻远的海滨不久前刚为见到这种不常见的鲸鱼喷水的景观而轰动。

还有一点：关于那些上面初次提到的鲸鱼，它们有两个坚固堡垒大概永远也不会为人类所攻破。正如那些冷漠漠的瑞士人在他们的谷地遭人入侵时便退到山上去一样，当须鲸遭到来自海中央的大平原和林间空地的攻击时，它们的最后一着便是躲进它们的北极的城堡，深潜到那里的最后的玻璃墙和玻璃壁垒后面去，再在雪原和大冰块之中升起；然后在终年是寒冬腊月、像受魔法保护的天地中，全不把人类的追捕行动放在眼里。

但是也许是因为要打到五十头须鲸之后才会打到一头抹香鲸的缘故，某些船头楼里的哲学家便断言如此严重的摧残早已使它们的队伍大为减少。不过尽管在过去一段时间里，光是美国人在西北海岸外每年捕杀的鲸即不下一万三千头，但另有一些理由使得这一情况作为一个反驳的论据变得无足轻重甚至毫无意义。

关于地球上那些体躯较为魁伟的生灵到底有多少，是多是少，我们自然不可轻易相信。但是果阿的历史学家豪尔托①曾经讲过，暹罗国王曾在一次狩猎中捕杀了四千头象；又说在那一地区，象多得有如温带之牛羊成群。看来没有什么理由怀疑下面这个论据：如果至今已被人猎捕过数千年的象，遭过塞米拉密斯、波罗斯、汉尼拔②以至东方历代君王捕杀的象，至今仍然为数巨大，那么了不起的鲸鱼虽经长年捕杀仍将比大象更能生存下去，因为它们有一片大草原可以作逍遥游，这草原不多不少，足有全亚洲、南北美洲、欧洲、非洲、新荷兰加起来再添上所有的海岛的两倍大。

再者，我们必须考虑到：一般设想鲸鱼的寿命极长，它们很可能活至一个世纪以至更长，因此在任何一个时间段里，必然有好几代成年鱼同时并存。这意味着什么呢？我们只要想象一下，如果让世界上所有七十五年前都还活着而此刻则已长眠在各处坟场、墓地和家

---

① 果阿在印度西海岸，一五一〇年被葡萄牙侵占，一九六一年为印度收复。加西亚斯·豪尔托，曾任葡属果阿总督的私人医生。
② 塞米拉密斯，传说中建立巴比伦和尼尼微两城的亚述王后。波罗斯，以骁勇善战著名的印度王子，后为亚历山大大帝所败。汉尼拔（公元前247—前183）迦太基名将。

冢中的男女儿童复活过来,统统加入到地球上目前难以数计的总人口的队伍中,那将会是怎样一个光景?这么一想,你对鲸鱼的处境心里就有个数了。

由此可知,鉴于以上种种,我们认为个别的鲸鱼固然会死,但其种族则是永存的。它们在各个大陆从一片汪洋中冒出头来之前就已在海中泅了;它们曾泅过如今是土伊勒里宫的地方、温莎宫的地方、克里姆林宫的地方。它们在诺亚的洪水中,觉得诺亚的方舟不值一哂。假如有那么一天,为了消灭一切鼠类,世界又将在滔滔洪水之中像荷兰那样,那时永生的鲸鱼仍将存在,它们在赤道洪峰的顶尖抬起头来,傲视苍天,喷它们的白沫。

第一百〇六章
埃哈伯的腿

埃哈伯船长离开伦敦的萨缪尔·恩德比号时走得那么急,结果是他本人因此受了点儿伤。他的假腿一下狠狠地掼到小艇坐板上,受的震动不小,几乎使假腿迸裂。等到他回到了自己的甲板上,假腿插到了可以回转的孔里之后,他猛一下转过身来,对舵手发出了紧急命令(这照例是斥责他舵把得不够严格);接着,已经受了震动的假腿又经过了一扭一别,虽说它仍然保持完整,而且看起来也还结实,埃哈伯却觉得它已经不大靠得住了。

事实上,这并不奇怪;埃哈伯这人做事鲁莽,一股全不顾死活的劲儿,可他对赖以站立的那根无感觉的腿骨的状况却十分小心在意。因为就在披谷德号从南塔克特启航之前不久,一天晚上,有人发现他倒在地上人事不知。由于某种真相不明、看来难以解释也难以想象的偶然事故,他的假腿在接榫处猛烈地错了位,差点儿戳透了他的腹股沟;随后费了大力气才好不容易使这疼痛难忍的创口完全愈合。

当时，他的头脑尽管充满了复仇的狂热，却并没有忘了眼下受的伤痛无非是以前吃的亏的直接后果。他觉得自己看得再明白不过：沼泽地里最毒的毒蛇和林子里歌声最美妙的鸣禽都同样不可避免地要繁衍同类，使自己的种族永远存在下去。所以，埃哈伯心想，一切祸事都会自然生出新的祸事，每一种福也是如此，只是程度上要差一点儿；因为无论悲伤的因还是悲伤的果都比欢乐的因和欢乐的果走得更远。讲起这一点来大可不必吞吞吐吐，说什么这是从某种教规教义中推断出来的，其实，这一生中有些自然的幸福到了下一世并不能结出同样的果，而且反倒落个欢喜成空，令你大失所望；而有些可恨可恶的祸事倒是能开花结籽，死后也会把痛苦和悲伤一代代地传下去，绵延不绝。还是痛快说吧，把这件事再分析得透些，你就会开始觉得祸与福是各异其趣的。埃哈伯又想，哪怕是人世间天大的幸福仔细咂摸起来，也会始终感到有一种无足道者的渺小与卑微；而一切刻骨锥心的痛苦骨子里却都有一层神秘的含意；但在有些人身上，这种痛苦更是显出一种天使长般的崇高的美；因此对这种痛苦，随你如何辛勤探究也推翻不了那一目了然的推断。一定要对这种崇高的人世间的苦难追本溯源，那就会最后追到无本无源的天神那里。因此面对着晒干草时喜气洋洋的太阳也好，收获季节的一轮满月也好，我们都不得不承认：天神们自己也不永远是满心欢悦的。打在人的额头上的磨灭不了的悲哀的胎痣无非是司天命者自己身上的愁苦的印记。

　　说到这里，无意之中泄露了一个秘密，这秘密也许以前就应该按照旧例向大家透露。这一秘密和许多其他有关埃哈伯的事情对有些人来说始终显得神秘莫测。在披谷德号启航之前和之后的一段时间里，埃哈伯像一位大喇嘛似的独自一人藏身不露；而要在这一段时间里，隐没在一个销声匿迹的庇护所，几乎可以说是躲进了死人的大理石元老院中一样；这到底是为了什么？法勒船长对此所散布的理由看来很不充分；尽管事实上所有有关埃哈伯的隐秘之处的每一个启示，其结果总是莫测高深的糊涂多，能够说明情况的恍然大悟少。不过，到头来事情还是真相大白，至少在这一件事上是如此。原来他暂时的退隐，其根源是失掉一条腿那个大不幸的事故。这是他暂时销声匿迹的根源，而且不仅如此,即使对于他在岸上日益缩小的交往圈子中人(那些由于各种原因有着比较容易见到他的特权的人),对于这个谨小慎微的圈子中的人,一提上面那件祸事,埃哈伯始终情绪恶劣,不肯说个明白,使他们觉得这事自有一种与那鬼哭神号的国土绝非毫无渊源的恐怖的意味。于是他们出于一片爱护他的热忱,不约而同地对其他人闭口不谈这事的真相。因此过了好长一段时间之后,这事才在披谷德号的甲板上传开。

不过就算事情到了这地步,那些看不见摸不透的教会中人或者是那些炙手可热有仇必报的权势人物,他们跟埃哈伯这个世俗中人到底有没有关系且不去管它;反正埃哈伯自己对眼前这条腿采取的倒是通常讲求实际的做法——他把木匠叫了来。

一等那位师傅到了他面前,他便吩咐他即刻动手做一条新的假腿,同时关照大、二、三副从这次航行积累起来的鲸(抹香鲸)下巴骨大小块料中把最结实、纹理最清晰的挑选出来供木匠使用。材料备齐之后,木匠接到命令,要当夜把假腿制作完成,而且提供一切装配假腿用的零件,不用现在使着的却叫人不放心的假腿上的零件。此外,埃哈伯还命令把暂时闲置在舱下的熔铁炉吊上来;为了加快制作过程,他令铁匠立刻动手锻造到时候说不定会需要的铁器。

第一百〇七章
木　匠

你要是像个君王高高在上坐在土星的卫星丛中,非常抽象地看单个的人,那他在你眼里简直是个奇迹,是个壮观,又是个苦难的化身。但是从同一个角度,把芸芸众生看做群体,那么他们中绝大多数,古人也好,今人也好,就显得是一伙多余的复制品了。可是披谷德号上的木匠,虽说出身寒微,远不能作为一个抽象的上等人的例子；然而他却不是一个复制品，因此现在他以一个活生生的人的身份登场了。

像所有出海航行的船上，尤其是捕鲸船上的木匠一样，他实际上可以勉强算得个除木匠这当家活之外门门手艺都来得的多面手。木匠这行当像是株老树，由它生发出许多枝杈来，那便是多多少少要用木材来作辅助用材的手艺。然而除了上面说的那些笼统话适用于他之外，披谷德号上这位木匠对上百成千种在一条航行于遥远蛮荒的海上达三四年之久的大船连续不断的、连个名字都叫不上来的刻板活儿干起来都十分拿手。我们且不多说那些他随时能手到擒来的通常事务，什么修理破损小艇、断桁，改造不合适的桨板，镶甲板上的牛眼窗或者在舷墙板上加上新木钉以及其他直接属于他的正业的杂七杂八的活儿；就连各种各样牛头不对马嘴的手艺，正经的和随意消遣的，他全都毫不踌躇地干得十分地道。

供他扮演如此多种多样的角色的一个大舞台便是他的一头装着老虎钳的凳子，说是凳子，其实是张笨重的粗木长桌，安了好几把大小不同的老虎钳，有铁制的，有木头做的。除了船边拴着鲸鱼的时候之外，这条长桌总是打横固定在炼油间背壁上。

发现一只拴索子的小木桩太大了点儿，不容易插进窟窿里，木匠就用现成的老虎钳中的一把将它夹住，锉上几下子，它立刻就变小了。一只陆地上的长一身别致的羽毛的鸟儿迷失了方向，落到船上，被人逮住了，木匠就用刨得光光的露脊鲸骨细枝儿和抹香鲸牙骨做横梁，为鸟儿做了个宝塔形的笼子。一个桨手拧了手腕，木匠便给他配制了止疼消肿的药水。斯德布一直想给他的每一块桨板漆上朱红的星，他就把每一支桨夹在他的大木老虎钳中，对称地漆上了星。一个水手异想天开，要戴鲨鱼骨的耳环；木匠就给他钻耳眼。另一个水手闹牙痛，他取出钳子，一手拍拍他的条凳，叫他坐下，但是那可怜的家伙没有等他手术做完，就不听支配地要打退堂鼓；木匠把他的木老虎钳的柄转了过来，用手势表示叫他把自己的下巴夹在钳子里，如果他想拔掉那颗牙的话。

因此，这位木匠不论在什么节骨眼上都准备动手，同时对什么也不在乎，对什么也不买账。牙在他眼里不过是一块块小骨头，脑袋无非就是块顶木;一个个人,他也只是轻蔑地看成是个绞盘。如今他在这么宽的方方面面,干出了大小不等的成绩,而手下的功夫又显得如此高超,这一切似乎都说明他的聪明才智高人一头。其实并不尽然。因为在这个人身上最了不起的莫过于某种似乎与他个人无关的愚钝;我说与他个人无关,是因为这种愚钝自然隐没在周围的万事万物之中,似乎与看得分明的这整个大千世界的普遍愚钝合而为一。这大千世界虽说在无休无止地以无数方式进行活动,却仍能保持它的从容自若;哪怕你是为大教堂打基础,它也不把你放在眼里。然而正是他的这种近乎令人恐惧的愚钝,使他在各方面看起来都像个心如铁石的人;可有时候他又偏喜欢说些陈谷子烂芝麻、老掉了牙的笑话,其中时不时地还有些陈腐不堪的俏皮话,当年诺亚方舟的船头楼上人家半夜值班时说来消遣的那种俏皮话。难道这个老木匠是个漂泊一生的流浪者,他的颠沛流离不但没有在他身上积满征尘,反而把他原来外表所有的星星点点的污垢都抹了个精光?他是个赤条条的本体,完整无缺的原型,不沾尘垢的新生儿。他活着对此生或来世没有半点儿事先的考虑。你几乎可以说,他身上这种奇怪的天真未泯的状态之中有着一种无知;因为他干他的多种手艺,看来并不在很大程度上依仗他的理性或本能,也并不是因为那纯粹是师傅教出来的,或者是有轻有重或平均地这几样都有;他依仗的是一个不闻不问、自发刻板的过程。他是个地道的操作手;如果他当初有个脑子的话,那么它的脑浆准是早已一点点渗进到他的手指的肌肉中去了。他像一个不动脑筋但是仍然非常有用而且有多种用途的舍菲尔德①的小刀子,外表显得有点儿鼓鼓囊囊的普通袖珍小刀;它不但有几叶大小不同的刀片,而且还有螺丝起子、拔瓶塞的起子、镊子、锥子、笔、尺、指甲锉和打孔钻。因此,如果他的长官想要用他当螺丝起子使,他只消把这把刀子的螺丝起子转出来,拧上几下,螺丝便拧紧了。如果想要把他当镊子用,那就抓着他的两条腿提起来,你就有了一把镊子啦。

不过前面已经提到过,这个多功能的、开合随意的木匠到底不是一

---

① 英国著名的钢铁工业中心,用它的好钢制的多用途的袖珍小刀闻名世界。

个机器人。如果说他没有一个平常人的灵魂,他至少有某样奇妙的东西在异乎寻常地起着它应起的作用。这东西到底是什么,是水银的精华,还是几滴鹿茸精,谁也说不上来。然而这东西确实存在,在他身上至今已存在六十多个年头了。就是这东西,这同一个难以索解的、狡狯的生存原理;正是它,使他在大部分时间一直在自言自语;不过即使只是一个没有头脑的轮子,它也是在吱吱呀呀地自言自语;或者不如说他的躯壳是个岗亭,而这个自言自语者是岗亭中站岗放哨的,一刻不停地唠叨,好让自己不至于睡着。

第一百〇八章

埃哈伯和木匠

甲板上——初夜班

(木匠站在老虎钳凳前,借着两盏灯的灯光,正忙着锉做假腿用的牙骨,牙骨被老虎钳牢牢夹住。凳子上摆满了一块块牙骨、皮带子、衬料、螺丝和各式各样的工具。前面可以看见熔铁炉的熊熊火光,铁匠正在那儿干他的活儿。)

这该死的锉,这该死的骨头!该软和的东西偏偏这么硬!该硬的东西反倒这么软和。这一来可苦了我们,锉陈年的下巴骨和胫骨。让我试试另一块。嗳,这一块干起来顺手一点儿(打了个喷嚏)。呸,这骨头锉出来的灰(又打了个喷嚏)——哎呀,怎么啦(又是一个喷嚏)——真是的(打了个喷嚏)上帝保佑我的灵魂,简直不让我说话啦!这是一个老家伙专门对付死板的木头的报应。锯一棵活生生的树,哪有这么些灰屑;锯一块活人的骨头,也没有这些灰屑(打喷嚏)。喂,喂,您老是不是帮我一把,我要一个小铁箍和带扣螺丝,我马上要用它们啦。算我运气好(打喷嚏),我不用做膝关节啦,那是个伤脑筋的活儿;不过单做一根胫骨,那可跟做一根跳柱一样简单;只是我要把它做得光洁一些。时间,时间,我要是有那时间啊,我能叫他装上一条漂亮的假腿,叫他能像从前一样向客厅里的太太一面鞠躬一面右脚往后退。那些我在店铺橱窗中见过的鹿皮假腿和假腿肚子跟它没法儿相比。它们是泡过水的,真是这样;不用说,这就会患风湿症,就得瞧大夫(打喷嚏),又是擦洗,又上药水,就像真腿一样。瞧,现在在我把它锯下来之前,我得请他老大人来,让他自己看长度是不是合适,我猜多半是短了点儿。哈哈!这正好做后跟,咱们交好运啦;啊,他来啦,要不,是别的什么人,错不了。

埃 哈 伯(走过来)

(在以下这一场中,木匠继续时不时地打喷嚏)

好啊,造人的师傅!

正是时候,长官。如果船长乐意,我现在想量一下尺寸。让我来量,长官。

量假腿的尺寸!好。嗯,这也不是头一次量啦。量吧。喏,用你的手指按住了。木匠,你的老虎钳看来挺结实。让我来试试它钳得牢不牢。哦,哦,的确钳得挺紧的。

哎哟,长官,它会夹碎你的骨头的——小心啊,小心!

不用害怕。我喜欢给钳得紧紧的。在这个滑溜的世界上,我喜欢摸能抓住东西的家什,伙计。那个普罗米修斯①在那儿干什么呀?我是说那铁匠——他在干什么?

此刻他准是在锻扣子螺丝,长官。

不错。你们是在合伙干活儿,他为你准备硬件。他烧得炉火好红啊!

说的是,长官;他要想出这种好活儿,炉火不烧到白热的程度不行。

哦——哦,他是得这样。我如今想来,这事情确是十分在理:那个古希腊人普罗米修斯,人家说他创造了人类,他该是个铁匠,他用火锻得人虎虎有生气;因为火锻出来的理所当然地属于火;由此看来,地狱

---

① 普罗米修斯是希腊神话中为人间偷来天火因而受尽酷刑的英雄。这里借喻铁匠。

大概是有的。瞧,那煤灰飞得到处都是!这煤灰准是那希腊人创造非洲人之后剩下的。木匠,等他做好扣子,告诉他再做一对钢肩胛骨,船上有个小贩快被一副重担压垮啦。

你说什么,长官?

等一等,趁普罗米修斯正在造人的时候,我要按我合意的模型定做一个完整的人。首先,要不穿鞋身高有五十呎;其次,胸膛要像泰晤士河的隧道那么宽;再其次,两腿生根,待在一个地方不动;再其次,两臂到手腕有三呎长;压根儿不长心,铜脑门子,一副好脑子足有四分之一英亩大;让我想想——我要不要定做一对眼睛好朝外看?不要,不过他的脑袋顶上要开个天窗,好让光线照进去。好,拿了我的定单,走吧。

哎哟,他在说些什么呀?他又是在跟谁说话呀?我倒要问个明白。我要不要还站在这儿?(旁白)

顶上不开天窗还算是什么建筑,这儿有一盏灯。不,不是,不是,我得有一盏灯。

嚯,嚯!是这东西吗,呃?这儿有两盏,长官;我有一盏就行。

喂,伙计,你拿这抓小偷用的灯往我脸上照干吗?用灯照着人家,比用手枪指着人家还叫人恼火。

长官,我以为你在跟木匠说话。

跟木匠?那是——啊,不——木匠,你在这儿干的是非常干净,而且我可以说是十分斯文的营生;要不然,你难道宁可和泥巴打交道?

你说什么,长官?——泥巴?泥巴,长官?那是烂泥啊,泥巴是挖沟的干的活儿,长官。

这家伙不信上帝①!你老打喷嚏干吗?

锉骨头闹得空气中尽是灰尘,长官。

那就接受这个教训;你死了,别让人把你葬在活人的鼻子底下。

长官——嗯,啊!——我想是这样;——是——喔,天哪!

---

① 上帝用泥巴造人,而木匠偏说是挖沟人干的活儿;是木匠不信上帝,还是梅尔维尔不信上帝?由此可见一斑。

听着,木匠,我敢说,你准是称自己是个好样儿的,像个工人样儿的工人,对吗?那好,你的活儿能称得起无可挑剔的吗?万一我装上了你做的假腿,我却想起在这同一个地方的另一条腿,那就是我的被咬掉的原来的腿;我是说,木匠,我那条有血有肉的腿。你能不能让我不想那丢失了的家伙?

长官,真的,我现在开始有点儿明白啦。不错,在这件事上,我听说过一些稀奇古怪的说法,长官;说是一个短了条腿的人怎么也不能把那原来的腿忘个干净,而且有时候它还叫你疼得钻心。我斗胆问一句,那真是如此吗,长官?

是这样,伙计。瞧,把你的真腿放在我的腿原来所在的地方,要用眼睛看,那里明明只有一条腿,可是对我的灵魂来说,有两条。你觉得你的那条腿里有生命在跳动;那儿,就在那儿,只差一根头发丝,我也一样。这岂不是个谜?

我想斗胆管它叫一个难以回答的问题,长官。

去你的。你怎么知道:此刻在你站着的地方,不会有某种完整的、有生气有思想的东西正站在那里,既不让你看见也不和你彼此有所沟通;是的,尽管有你站在那里,它却照样站在这同一个地方?因此,在你孤身一人的时刻,你难道就不怕有谁在偷听吗?别张嘴,不要说话!如果说我至今还感到我失了一条腿的疼痛,尽管这条腿已丢了好些年了;既然如此,木匠,你怎么就能断定在你这副臭皮囊已经不在的时候,你永远不会感到地狱中火烧火燎的痛楚呢?

我的上帝啊!真的,长官,事情如果真会到这地步,我得重新作个打算;我想我还没有铸成大错?哈!

听好,笨蛋永远不该作什么假定——这假腿还要多少时候才能做成?

也许一个钟头,长官。

那你粗制滥造去吧,造好了就送来给我(转身欲走)。啊,天哪!我在这儿,神气得好像一位希腊的天神,却在求一个蠢货给我一条腿,好让我站起来!这种该死的你欠我我欠你的人情账少不得也要记下来。我真想像空气一样自由自在,可我欠下了整个世界的账。我是个富豪,足可以在罗马帝国(也就是世界的帝国)的拍卖场上和家财万贯的执政官一对一地把买价往上叫。而另一方面,我连自己的吹得天花乱坠的舌头都欠了人家的肉。老天爷呀!我要去找一只坩埚来,跳进去,把我自己化成一小堆脊椎骨。如此而已。

木　　匠

(捡起他的活儿)

好啊,好啊,好啊!最了解他这个人的是斯德布,而斯德布总说他是个怪物;他别的什么也不说,就怪物这一个小小的词儿就够啦。他是个怪物,斯德布说的;他是个怪物——怪物——怪物。他老把这词儿往斯塔勃克先生的耳朵里灌——怪物,长官——怪物,怪物,真是怪极了。这儿是他的假腿!真的,如今我想起来,这假腿就是和他同床共枕的伴儿!把一段鲸鱼下巴骨当做他的婆娘!这就是他的腿,他要靠它站起来。他说的什么一条腿站在三个地方,而所有那三个地方都在一个地狱里——那是怎么回事呀?他瞧着我,一脸看我不起的模样,这我不奇怪。人家说我这个人有时是有些稀奇古怪的念头,不过那只是偶尔如此。再说,像我这么个矮小老头儿想都不要去想和体格跟苍鹭一般高大的船长们一块儿往深水里蹚;用不了一忽儿水就会到你下巴底下,就会大声叫救命。而眼前就是苍鹭的一条腿!又长又细,一点儿不错!说起来,绝大多数人有一双腿就能用上一辈子,而这必定是因为他们非常疼惜地使用他们的腿,就好像一位好心肠的老太太使用她的长得滚圆的拉车老马一般。可是埃哈伯,唉,他是个心肠特狠的马车夫。瞧,把一条腿赶上了死路,让另一条腿瘸着走一辈子;如今一条假腿已经磨耗得不能用了。喂,你老人家帮我一把,把那些螺丝拧好,让我们在那个催人上工的家伙吹着号来叫大家动腿之前把活儿干完,他一吹号,真腿假腿都得动,就像那啤酒厂的家伙各处收旧啤酒桶以便再用来装啤酒一样。多棒的一条腿啊!它简直像条真的能动的腿,锉得只剩根芯子;他明天就要仗着它站立了,他可以站在它上头测量高度啦。哎哟!我差点儿忘了那块椭圆小石板,那磨光了的牙骨了,他要在那上面计算船所在的纬度哩。好,凿子、钢锉还有砂纸,干吧!

第一百〇九章
埃哈伯和斯塔勃克在房舱中

第二天早晨,大家照例在用水泵抽干船上进的水。哎哟!瞧,水面上飘着不少的油哪。舱下的油桶准是有裂了大口子的啦。人人都担起心来,斯塔勃克下到房舱里去报告这糟心的事儿。①

这时,披谷德号正从西南方向驶近台湾和巴士群岛;在这两者之间是中国水面流向太平洋的一条热带通道。所以斯塔勃克看到埃哈伯正把一张这一带的东方群岛的海图摊在自己面前,另外还有一张绘有日本各岛——日本、松前和四国——漫长的东海岸的海图②。他的雪白的新牙骨腿抵着他的拧紧在地板上的桌子腿,手里拿着一把刀子的修剪用的长钩。这个怪老头儿背对着通道门口,正皱着额头,又在按图索骥地琢磨过去走的航线。

"谁在那儿?"他听见门口的脚步声,却并不转过身来,"去,到甲板上去!"

"埃哈伯船长搞错啦,是我!舱下的油有泄漏,长官。我们得用滑车把油桶起出来。"

"用滑车把油桶起出来?我们此刻已经靠近日本啦。难道在这儿停上一个星期,捣腾那些旧桶箍?"

"要不这样干,那我们一天损失的油也许比我们一年打到的油还

---

① 凡是装载有相当数量的鲸油的捕抹香鲸船上,每星期要有两次用水管引海水进舱,将鲸油桶浸在水里,浸泡的时间长短不一,随后再用船上的水泵抽去海水。这种做法为的是使木桶经过水泡涨得紧紧的。船员从抽出来的水的变化情况可以随时发现宝贵的鲸油有无严重泄漏现象。——作者注

② 作者所列岛名有误,其中所称日本应为九州岛,松前实指北海道;只有四国这个岛名无讹。

要多。我们走了两万浬路挣得的东西该得好好爱惜,长官。"

"是这个理,是这个理;只要我们找到它就好。①"

"我说的是货舱里的油,长官。"

"我呢,说的想的压根儿就不是这个。去!随它漏去!我自个儿全身都在漏油哩。嗳,我看是漏中有漏!不光是油桶四处在漏,而且这些漏油的桶是装在一条漏船上。这就是我自身的处境,这处境比披谷德号的处境还要糟得多,伙计。可我并不停下来堵我的漏洞,因为有谁能查得清装得满满的船体上的漏洞?即使查清了,在这一生的咆哮的狂风中,你又怎能指望把漏洞堵上?斯塔勃克,我不会下命令吊起那滑车。"

"船东对此会怎么说呢,长官?"

"让船东们站在南塔克特海滩上吼吧,看他们和飓风谁吼得过谁。埃哈伯有什么可在乎的?船东们,船东们?斯塔勃克,你老是和我唠叨那几个爱钱如命的船东,活像那几个船东就是我的良心。但是你听好了;惟一真正的船东是船上的指挥官;你听着,我的良心就在这条船的龙骨上——上甲板去!"

"埃哈伯船长,"大副气得满脸通红,往房舱里又走了几步,这行动之大胆表示出一种如此奇特的尊敬和谨慎小心的态度,以致几乎使人觉得不仅在各方面他都力求避免在表面上流露任何一点儿自己的恼怒,而且在内心他也对自己的情绪很不放心,"一个脾气比我好的人对您这样子大概会忍着不去计较,不过面前要是个年纪比你小的人,那是立刻会发作的,埃哈伯船长。"

"鬼东西!你竟然胆敢批评我——上甲板去!"

"不,长官,我话没有说完,我求你了。而且我斗胆请你,长官,大度包涵!难道咱们俩就不能比至今为止多了解对方一点儿,埃哈伯船长?"

埃哈伯从枪架(这是大多数南海的船的房舱中陈设的一部分)上抓起一支装了弹药的滑膛枪,对准了斯塔勃克,嚷道:"只有一个上帝

---

① 埃哈伯心里想的是白鲸。

是这世上的主,只有一个船长是披谷德号上的主。——上甲板去!"

一刹那间,你从大副的怒气勃发的眼神里,从他的气得发红的脸颊上,几乎会以为他真的是挨了那举起的枪管里发出的一颗子弹。但是他终于控制住了自己的感情,勉强装得从容自若地站起来;在他离开房舱的时候,停了停说:"你刚才不是侮辱了我,你是糟蹋了我,长官;不过尽管如此,我请你不必提防斯塔勃克,你只需一笑置之;但是埃哈伯需要提防埃哈伯,提防你自己吧,老人家。"

"他装出一副勇敢的样子,可到底还是服从了;这是最有心计的勇敢!"埃哈伯看着斯塔勃克退出去,喃喃自语道,"他是怎么说的——埃哈伯要提防埃哈伯——这话说得有些道理!"然后他不自觉地把滑膛枪当成了手杖,脸色铁青,在小小房舱中来回地走起来;但是不一会儿,他的深锁的眉头舒展了,他把枪放回到枪架上,走上了甲板。

"你真是个大好人,斯塔勃克。"他低声对大副说;接着他提高了嗓门对水手们说:"卷起上桅帆,把前后的中桅帆抽紧了,装上大桅下桁;架好滑车,把主货舱中的桶起出来。"

埃哈伯究竟为什么又这样干了,就斯塔勃克来说,去多方猜测怕是徒劳无益的。这也许是一下子天良发现;也许不过是在当时的情况下,还是以采取稳妥的政策来紧急制止他的船上最重要的一位官长公开表露出任何一点愤懑的迹象为好。不管怎样,他的命令是执行了,滑车被吊了上去。

第一百一十章

季奎格在他的棺材中

经过检查,发现最后放到货舱中去的木桶一点儿毛病也没有,看来泄漏发生在货舱的下层。好在天气风平浪静,大家一路把下面的木桶起出来，越起越深，连底层的那些特大号桶也睡不安稳了，这些巨大的地耗子被从黑灯瞎火的半夜折腾到大天白日的甲板上来。这些最下层打底的桶当初下得那么深，年长月久，受了腐蚀，长了杂草，模样那么难看，你简直会把它们当做发大洪水时诺亚船长埋在地下当柱石、装他的钱财的、发了霉的木桶，桶上还贴着一份份布告，徒然地警告那冲昏了头脑的旧世界洪水就要来啦。此外，还有一层又一层的淡水、面包、牛肉、一捆捆的桶板、一堆堆的铁箍被吊了上来，直到最后，甲板上堆得简直无插足之地，而人在上面一踩，下面的空船体就发出回声，好像人一脚脚走过空的地下墓穴似的。那船体在海上就如一只装满了空气的细脖子大瓶摇摇摆摆、起起伏伏。这艘头重脚轻的船活似一个脑子里装满了亚里士多德的学说，肚子却空空如也的学者。亏得天公作美，台风那时没有来光顾他们。

就在这个时候，我的可怜的异教徒伙伴，我的知心朋友季奎格得了一种热病，他因此而接近他的没有尽头的尽头了。

这里要交代一句：在捕鲸这个营生中是没有挂名差使这一说的；尊严与危险携手并行，同时存在，直到你当上船长之前，你的职位越高，你的活儿也越辛苦。可怜的季奎格也是如此。他是镖枪手，不但必须对付活着的鲸鱼的威力（这在前面有过交代），而且还得在风急浪高的时刻攀到死鲸脊背上；最后还要下到昏暗的货舱里，像关在地下室里一样整天满身大汗，使足劲搬那最笨重的油桶，把它们存放好。总之，在捕鲸人之中，镖枪手是所谓的台柱子。

可怜的季奎格哪！到了船空出了一半时，你只要俯下身子，从舱口往下望，便会看见这个文身的蛮子在那儿，脱得只穿一条毛裤衩，在湿漉漉黏糊糊的地上爬来爬去，像井底下的一只有斑纹的绿色蜥蜴。说那是一口井也好，一间冰屋子也好，反正这可怜的异教徒吃尽了苦头。说也奇怪，尽管热得大汗淋漓，他却受了凉，发起可怕的烧来；这样病了一些日子之后，他被放进了吊床，眼见得离死也只隔一道门槛啦。在那漫长的奄奄一息的少数几天的日子里，他是越来越消瘦，消瘦得脱了形；原来的他只剩下文了身的空架子。然而在他身上一切虽然都瘦了，他的颧骨越长越突出，可是他的眼睛却变得越来越圆了，焕发出一种奇异柔和的光彩;他从病床上温和而有深意地瞅着你,这双眼睛真是一个绝好的证明,证明他身上有一股永生的健全的力量,这力量不可能消亡,也不可能被削弱。犹如水面上出现的圆圆的涟漪,涟漪在逐渐隐去时,同时也在扩大。这双眼睛也是如此,像永恒的环那样,它们似乎越来越圆了。你坐在这病骨支离的蛮子身旁,望着他脸上出现的奇怪的神情,犹如旁观者眼看着琐罗亚斯德①死去时那样,不由得生出一种难以名状的敬畏的感情。因为一个人身上真正令他人惊讶骇怕的东西不管是什么,它还从不曾被人用言语来形容或记载在典籍中。当死亡临近时,它毫无差别地使人人平等,也毫无差别地向人人传递一个最后的启示,这个启示是什么,只有死者中的作家才能充分传达。所以——让我们再说一遍——当可怜的季奎格安静地躺在他的晃晃悠悠的吊床里,起伏的波涛似乎在轻轻地摇着他进入最后的长眠,而看不见的海水涨潮将他越举越高,举向他要去的天国时,你所见到的他脸上所浮现的神秘的思想的影子,其崇高与圣洁,绝不亚于临终时的迦勒底②人或希腊人所想的。

　　水手们中间没有一个人愿意听任他死去;至于季奎格本人怎样看待自己的病情,可以从下面讲的一件事中看得很清楚:在一个天刚破晓,灰蒙蒙的早晨值班时间,他把 个人叫到他面前,请他帮自己办一件怪事;他拉着对方的手,说是他在南塔克特的时候,偶然见过一只黑木做的小小的独木舟,那黑木跟他家乡小岛上制作武器用的厚重的黑木差不多;经过一番打听,他知道所有死在南塔克特的捕鲸人都被装在这种乌黑的独木舟里;一想到自己要是有一天被这样殓葬,他心里就觉得特别高兴;因为这和他本民族的风俗很相像:他族中有武士死了,照例给他全身抹了香油,然后挺直地安放在他的独木舟里,任它飘走,飘向那些星星照耀着的岛群。因为他们不但相信那些星星就是一座座小岛,而且远在看得见的天际之外,它们自有自己的和平的没有大陆的海洋与蔚蓝的天穹相衔接,形成银河中的滔天白浪。他接着说,他一想到

---

① 琐罗亚斯德,公元前六、七世纪之间的波斯宗教改革家和先知,琐罗亚斯德教创始人。据希腊拉丁传说中称,琐罗亚斯德但愿自己为天雷所劈,为天火所焚化为灰烬。
② 在今伊拉克南部,在《圣经·旧约》中经常提到。

自己将被收殓在他的吊床里,然后按照通常海上的惯例,扔给鲨鱼去大嚼一顿,仿佛自己是件邪恶的东西一般,就浑身直颤。不,他要葬在南塔克特所见的那样的独木舟里。而使他这个捕鲸人感到特别舒适的是,这种做棺木用的独木舟和捕鲸艇一样也是没有龙骨的;虽说没有了龙骨,舵就不容易把得既稳且准,因而很有可能驶到一个昏昧的世纪中去。

船艄的人得知这一奇特的情况之后,就立刻命木匠按季奎格的要求办,不管这样办需要些什么。船上有些异教色彩、棺材板色的旧木料。那是在上一次长途航行中从莱卡戴群岛的原始丛林中砍来的;有人建议就用这些黑木板来做棺材。木匠听了这个建议,立刻拿起尺子,满不在乎却又毫不拖沓(这是他的性格)地走到船头楼去十分精确地量了季奎格的尺寸,量一下便按规矩在季奎格身上用粉笔划一条道道。

"哎,可怜的人儿!他眼看是要死啦。"那个长岛来的水手叫了出来。

木匠回到他的老虎钳条凳边后,为了方便也为了随时可以查看,他把棺木的确切长度转画在条凳上,接着在两头刻出两道擦不掉的印痕来。然后,他把木板和工具都放到手边,动手做起来。

等到钉好最后一颗钉子,棺材板也刨好安上了,木匠便轻巧地扛起棺材往前走,问人家是否前边已经等着要用了。

季奎格听得人们又气又好笑地叫嚷着把扛棺材的木匠撵走,便吩咐把那玩意立刻拿到他面前来,使大家大吃一惊,却又不敢违拗。谁都知道,在所有的人中,要数有些临死的人最专横不可理喻了;可既然这些人怎么折腾也折腾不了几天啦,大家自然也就由着这些可怜虫的性子办了。

季奎格从吊床上探出身子,定睛细细看那棺材,看了好一阵。他接着叫人把他的镖枪拿来,拔掉木枪杆,把铁矛头连同他的小艇上的一支桨放进棺材里。一切都按他的要求办了:棺材内两边摆满硬面包,一壶淡水放在头边,一小袋从舱底刮起来的木屑放在脚横头,一块帆布卷成一卷算是枕头。到了这时候,季奎格恳求大家将他放到他的最后的铺位上,好让他先试试究竟这铺位舒服不舒服。果然很舒服。他在里面一动不动地躺了有几分钟,然后叫一个人把他的小小的天神约觉从他的行李袋中取来给他。随后他双手环抱在胸前,搂着约觉,要大家把棺材盖(他管它叫舱盖)盖上。棺材头部安着个皮铰链,可以把盖翻过来盖上。于是季奎格躺在棺材里,只露出他的神色安详的脸部。"拉尔梅"(这能行;这不错)他终于喃喃说道,示意把他放回到吊床里。

可是在放回去之前,在这段时间一直乘人不备地躲在近旁的比普走到他的棺边,轻轻呜咽着,拉住了季奎格的一只手,另一只手拿着他的手鼓。

"可怜的流浪汉!你是不是再也不愿过这劳累的漂泊生涯了?你此刻要往哪里去?万一这潮流将你送到了那可爱的安提列斯,那儿的海滩上尽是睡莲;那时候你能不能为我办一件小事?找出一个叫比普的人来,他已经失踪很久了。我想他是在老远的安提列斯。万一你找到了他,请你多多安慰他,因为他一定很伤心,因为你瞧!他忘了拿走他的手鼓啦,是我发现了它。劈——劈,嘭——嘭!好啦,季奎格,死吧,我给你敲打你的死亡进行曲。"

"我曾听说过,"斯塔勃克眼望着下面的小舱口喃喃说道,"发高烧的病人,即使大字不识一个,也会用古代的语言来说话。只要对这种怪事加以追究,就会发现这些病人无一例外都是在早已完全遗忘的童年听到过一些高深学者用这种语言说过话。所以依我的信仰看,可怜的比普在他的既奇怪又美妙的疯癫状态中说出了所有我们这些人的神圣家庭的神圣的证词。他不是从那里学来的又能从哪儿学到呢?听!他又说话啦:不过这下更是胡言乱语了。"

"两个一对地排好!让我们把他当成个将军!啊,他的镖枪到哪儿去啦?把它横放在这儿。——劈——劈,嘭——嘭!啊,一只斗鸡这时歇在他脑袋上,在叫!季奎格死得有气概!——你们看好了,季奎格死得有气概!——你们要好好记住这点,季奎格死得有气概!我说,有气概,有气概,有气概!可是卑贱的小比普,他死得像个胆小鬼,死时浑身发抖;——把比普扔了出去!你们听好,如果你们发现了比普,告诉所有的安提列斯人：他溜了号，是个胆小鬼，胆小鬼，胆小鬼！告诉他们他从一艘捕鲸艇上跳到海里！我决不为卑贱的比普敲我的手鼓，他要是在这儿再死一次的话，我也不会称他作将军。不，不！所有的胆小鬼都可耻——他们可耻！让他们都像从捕鲸艇里跳出去的比普那样淹死在海里。可耻呀可耻！"

在这段时间里，季奎格闭上眼睛躺着，像做着一个梦。比普让人带走了，病人被放回到他的吊床里。

然而到了这时，他显然已经为死亡作好了一切准备，他的棺材已经证明非常合适，季奎格的病情却突然有了转机；不久，木匠做的匣子看来已无此需要了。对此，有些人感到既惊且喜，而他自己说了类似这样的话：他的突如其来的复原其实是这么回事：就在那紧要关头，他忽然想起他在岸上还有件要做的小事撂下了没有做，因而他改变了主意；他下了结论：暂时他还不能死。人家接着问他：怎么，是死是活，难道凭你的主宰一切的意志，随你高兴？他回答，当然是这样。总而言之，季奎格有这样的想法：如果一个人下定决心要活下去，光是害一场病不能叫他死；除非是一头鲸鱼或是一场狂风以及某些人力所不能控制又不可理喻的毁灭性的暴力才能杀死他。

说起来，一个蛮子和一个文明人之间的显而易见的区别是：一个得了病的文明人要复原可能要花上六个月时间；而一般说来，一个得了病的野蛮人也许一天之内病就几乎好了一半。因此我的季奎格不多久便有了力气。他在绞车上懒洋洋地坐了几天（可是吃起饭来胃口大得很）之后，他突然一跃而起，伸伸胳膊蹬蹬腿，舒展了一下身子，打了几个呵欠，便跳进他的吊着的小艇头部，举起了一支镖枪，宣称自己已能参加一场恶斗。

他一时野性大发，把那口棺材当做船上用的箱子，把自己帆布袋里的衣服都倒在棺材里，整理好。他用了好多业余时间在棺材盖上雕刻了各种各样奇形怪状的人像和图形；看来他像是竭力要用一种粗放的方式把文在自己身上的歪歪扭扭的图像的一部分仿刻在棺材盖上，而这些文身的图像是他家乡岛上一位有慧眼的已故先知所作。这位先知通过这些象形的符号在季奎格身上写下了一套有关天和地的完整的理论和一篇论如何认识真理的深奥难明的论文。所以说,季奎格这个人本身就是一个待解的谜,一卷天书。但是天书中的奥妙连他自己也读不懂,虽说他的那颗活生生的心就在这天书背后跳动。因此这些奥妙注定终究不能为人所解而和记载着它们的这卷话的羊皮纸书最后同归于尽。准是这一思想使得埃哈伯一天早晨打量了可怜的季奎格一阵之后转过身去,心中生出了那一声荒唐的感叹——"啊,天神们也难禁这恶魔的挑逗啊!"

第一百一十一章
太　平　洋

我们驶过了巴士群岛,终于出现在伟大的南海海面上;要不是为了别的事情,我真会对我的亲爱的太平洋千恩万谢,因为我在青年时代所长期祈求的现在得到了回应;这平静的大洋浩浩荡荡地从我身前向东流去,数千里的汪洋蔚蓝一色。

这片海洋有着怎样美妙的神秘之处,这一点无人知晓;它的轻柔的却令人心悸的颤动似乎表明它底下有一颗埋藏着的灵魂,正如传说中所说的埋葬着福音传播人圣约翰的以弗所①的草皮在起伏波动一样。与此相应和的是在这大片海洋大牧场上,但见所有四大洲的茫茫的水的草原和公共墓地在滚滚流动,波涛上下,潮涨潮落,永无止歇;因为在这里,有数以百万计的各式幽灵和阴魂、淹死了的梦想家、梦游病患者

---

① 以弗所,希腊爱奥尼亚城市,在今土耳其伊兹密尔省内。圣奥古斯丁称,以弗所人曾向他保证,圣约翰并未死去;他确被葬在以弗所,但他是个活人,在坟墓中犹如在其床上酣睡,他的呼吸使坟上的泥土上下掀动。

和白日梦者;所有这些我们所谓的生命和灵魂仍然在这里沉沉地做着梦,像睡着的人一样在床上辗转反侧,正是他们的躁动才使波涛永远在起伏。

对于任何一个沉思修行的波斯袄教①的游方僧来说,他只要一见这沉静的太平洋,就从此把它当做自己的故土。它浩浩荡荡,处于世界海洋的中心,印度洋和大西洋不过是它的两臂。它的潮水拍击着加利福尼亚新建城镇新近才来的人修造的防波堤,冲洗着比亚伯拉罕还要古老的亚洲各个国度的虽已失去昔日的繁华但仍华丽的郊区;而在北美和亚洲之间浮动着由珊瑚小岛和低洼的看不见尽头的不知名的群岛组成的一道道银河,还有那闭关锁国的日本。由此这神秘而又神圣的太平洋环绕着这世界的整个躯干,把所有海岸变成它的一个海湾,使自己成为地球的有潮水跳动着的心脏。你随着那些永不停息的巨浪升腾,必然会感到自己不得不顺从那令你怦然心动的神,向好色的潘②俯首称臣。

但是埃哈伯像一尊铁铸的雕像似的站在后桅索具处他通常站的地方,他的脑中很少动有关潘的念头,他的一个鼻孔无意识地嗅着巴士群岛上飘来的甜甜的麝香气息(在岛上的甜美的树林中,一定有亲热的情人在漫步),另一个鼻孔有意识地在吸新发现的海洋的带咸味儿的空气。那头可恶的鲸鱼甚至在此刻就在这片海洋中洄游。这个老人最终来到了这几乎是最后的海域,向着日本渔场驶去,他的欲念自然而然地变得强烈起来。他的两片坚毅的嘴唇犹如老虎钳的夹子一样紧闭着,他的前额的三角形的血管网像灌满了水的小河一般鼓起来。在他睡梦中,他的洪亮的叫喊声响彻拱形的船体:"大家向后划啊!那白鲸在喷着浓浓的血!"

---

① 古代流行于伊朗(波斯)和中亚细亚一带的宗教,传为琐罗亚斯德所创。南北朝时流入中国,以礼拜圣火为主要仪式,名为袄教或拜火教。
② 希腊神话中的丰产神,长着山羊的角、腿和耳朵,通常被描述成一个精力旺盛的好色之徒。

第一百一十二章

铁　　匠

满脸污垢、双手起疱的老铁匠珀斯料想到不久将会有特别紧张的追猎,正好趁这一带眼前的不冷不热的夏凉天气,为此作些准备;因而他在干完了从旁协助为埃哈伯制作假腿的活儿以后,没有把他的便携式的熔铁炉送回到货舱里,而是让它继续留在甲板上,牢牢缚住在前桅的环端螺栓上。眼下几乎不断有艇长、镖枪手和前桨手这等人来央求他为他们干些零星活儿,改造修补他们的各式武器以及小艇用的家什,或者打造新的。他的身边往往围了一群人,个个急切地等着他来服务。这些人手里拿着小艇上的铲子、矛镞、镖枪和长矛,又妒又羡地望着他在煤烟中的每一个动作。其实老头儿干的无非是用两只胳膊抡起锤子敲敲打打,只是胳膊也好,锤子也好,都得要有耐力。他既不嘀咕一声,也没有不耐烦的表示,也没有发脾气。他沉默、迟缓、严肃认真,把长年劳损的背脊弯得更低地干他的活儿,仿佛人活着就是干活儿。他的锤子重重地锤打,他的心重重地跳动。他的生活就是如此——说来真是万分难过!

这老头儿走起路来有些特别,一步步跨出去显得多少忍着些痛苦,略有点儿歪斜,这在本次航行的初期曾经引起水手们的好奇。经不起大家再三再四地央告追问,他终于向大家讲了,因此如今人人都已知道他的悲惨的命运中这段难堪的故事。

铁匠在两个镇子之间的一条路上走,那是严冬的一个晚上,时候已是半夜,他赶路赶得晚了(这多少也怨他自己);他感觉虽然迟钝,但也觉得自己快要冻僵了,于是找了间歪歪斜斜破败不堪的谷仓钻了进去。结果是双脚的脚趾头冻掉了。从讲了这一节开始,他一段又一段地终于道出了他的一生的前四幕喜剧和那长长的至今还没有落个悲惨下场的第五幕悲剧。

　　他是个老头儿,到了将近六十岁的晚年,却遭到了在关于灾难的词汇中称做家破人亡的惨事。他是个出了名的高超手艺人,从来不愁没有活儿干。他有一所带花园的房子,有一个年纪轻得能作他女儿的亲亲热热的妻子,三个活泼健壮的孩子。每星期日他都要上那座盖在树林子里的看了叫人长精神的教堂去做礼拜。可是一天晚上,一个铤而走险的强盗利用夜幕作掩护,又做了巧妙的伪装,溜进了他的幸福的家,抢走了他们的全部家私。更其悲惨的是:铁匠自己在无意中指引这强盗走进了全家的要害之处。这家伙是《天方夜谭》中装在瓶子里的恶鬼!那要命的瓶塞一开,恶鬼就飞了出来,把他的家糟蹋个遍。凡事谨慎又万分机灵的铁匠为了节约,把他的工场设在他的房屋的地下室里,可是另开了一道出入口。这么一来,他的年轻可爱而又健康的妻子就不需要提心吊胆地,而是以极其愉快的心情听她的上了年纪、两条胳膊却还年轻的丈夫抡锤子发出的结实而响亮的声音;这声音的回响经过上层的地板和墙壁的消音作用,传到在育婴室的她的耳里已不叫人厌烦了。因此铁匠的几个娃娃都是在摇篮中听着沉重的铁器活儿奏出的催眠曲入睡的。

　　唉,祸不单行,雪上加霜!唉,死亡啊,你为什么有时候不及早到来?你要是让这老头儿在他家破人亡之前来到你的身边,那年轻的寡妇在丧夫之痛中还可有些安慰,她的失去了父亲的儿女们在以后的年月中还可想象一位真正令人肃然起敬的传奇人物般的先人,而且他们全都可以长了能耐,过日子不发愁。然而死亡偏偏带走了一位人品极好的大哥,而另外一个家庭就靠这位大哥每日辛勤劳动来赡养;却留下了一个百无一用的老人在世上,等他成了灯尽油干的废料才来不费吹灰之力地收拾他。

　　这全盘经过还用得着细说吗?每天地下室里的锤子声一声慢似一声,一声轻似一声。妻子坐在窗边呆若木鸡,欲哭无泪,只是眼睁睁地望着儿女们泪痕狼藉的脸。风箱不动了,熔铁炉里给煤灰堵得死死的,房子也卖给了人家。做妈妈的钻进了教堂墓地的高高的青草里,她的儿女分两次跟着她去了;既没有了房产又没有了家人的老人戴上黑纱,蹒跚着上路当流浪汉去了;他遭的每一次难都没有人理,他的花白头发成为浅黄色鬈发的姑娘的嘲弄的对象。

一个人过了这么一辈子,死亡似乎是惟一可以向往的结局;但是死亡只是让你奔赴一个陌生的未曾一试的领域,那只不过是你向那遥远、蛮荒、一片汪洋、杳无涯岸的无比广大的国土上种种可能性打的第一声招呼。因此对于这种眼里有着渴望死亡的神色,可内心还存留着自杀未免有愧的心理的人,这凡有贡献无不收受的大洋诱人地展现出它的难以想象的恐怖和痛快之极的新生活的惊险的全貌。而从无边无际的太平洋的中心,成千的美人鱼在向他们歌唱:"到这儿来吧,伤透了心的人;这儿有另一种生活,没有居中的死亡的罪责;这儿有超自然的奇迹,你无须为这些奇迹而死。到这儿来吧!把你自己埋葬在这样一种生活中;对你们目前既嫌恶人又同样遭人嫌恶的陆上世界来说,这种生活比死亡更能忘却一切。到这儿来吧!在教堂墓地里立好你自己的墓碑。到这儿来吧,直到我们和你结合在一起!"

铁匠的灵魂在清晨日出时,在夜幕降临时,听着这些东方和西方的声音,作了回答:好吧,我来!于是珀斯就这样出海捕鲸去了。

第一百一十三章

熔 铁 炉

正午时分,珀斯站在他的熔铁炉和铁砧之间,他胡子乱蓬蓬的,围一条挺硬的鲨鱼皮围裙;他的铁砧放在一个木质坚硬的木桩上。他一手钳着一根矛镞放在煤火中烧,另一只手拉着炉子的风箱。这时埃哈伯船长来了,他拿着只铁锈色的小皮袋子。走到离炉子不远的地方,像是生着闷气的埃哈伯停了脚步;一直等到珀斯从炉火中抽出了矛镞,在砧子上打起来——那通红的矛镞迸出射向四处的火花,有的火花飞到了离埃哈伯很近的地方,这位船长才开了口:

"珀斯,难道这些火花是海燕?它们老是在你身后乱飞。而且这些鸟儿带来的是好兆头,可不是对所有人都是好兆头①——瞧,它们会烫伤人;不过你——你就在它们中间过日子,它们伤不着你。"

"因为我遍体都是烫伤,埃哈伯船长,"珀斯答道,他支着他的锤子歇了歇,"我已经是烫无可烫啦;你啊,你要烫伤一回,留下了个疤,还真不容易哩。"

"好啦,好啦,别再说啦。你的诉苦的话音在我听来太平稳,太冷静了。我自己也不是在极乐世界,别人讲他们的糟心事,要没有点儿恼怒的劲头,我听了就不耐烦。铁匠,你应该拿出点儿恼怒的劲头来。你为什么不发怒撒撒气呢?你怎么能忍受到今天不发怒呢?你至今还不会发怒,难道老天爷不恨你?——你在锻造什么活儿?"

"在焊一根旧矛镞,长官。它有了裂缝和凹损。"

"使得这么狠,闹成这模样了,你还能整旧如新吗,铁匠?"

"我想能,长官。"

"铁匠,我猜不管那材料有多么硬,你都能把几乎任何裂缝和伤损都平整好,对吧?"

"对,长官,我想我能;除了一种之外,所有裂缝和伤损都能平整好。"

"好,那你听着,"埃哈伯情绪激动地走上前去,两手平放在珀斯的两个肩头,嚷道,"你瞧瞧这个——这个——你能平整这样一条裂缝吗,铁匠?"说着,他用一只手抹了一把自己的满是沟沟坎坎的额头,"你要能把它们抹平整了,铁匠,我愿意把自己的脑袋搁在你的砧子上,由着你用顶沉的锤子照着我两眼中间打。说呀!你能平整这道裂缝吗?"

"啊!这正是我说的那一种,长官!刚才我不是说了嘛,除了一种之外?"

"对,铁匠,就是这一种;对,伙计,那是平整不了的;因为你所看到

---

① 海燕在海上飞舞,随后必是风浪大作;因此在航海的人眼中,它们是凶兆。埃哈伯说的是反话。

的虽是在我的皮肉上,其实它已经到了我的头盖骨里——那儿全是皱襞啦! 好啦,别玩儿小孩子的游戏啦;今天不干鱼叉和长矛。瞧瞧这个!"他摇得那皮袋子叮当作响,活像袋子里装满了金币,"我也要打一支镖枪,一支上千个恶鬼也折不断的镖枪,珀斯,一支插到鲸鱼身子里就像它自个儿的鳍骨一样的镖枪。它的材料就在这儿,"他把袋子往铁砧上一扔,"你瞧好了,这些是我收集的赛马的马蹄铁上的钉头钉脑。"

"马蹄铁上的钉头钉脑,长官? 哎哟,埃哈伯船长,你有的这些从来都是咱们铁匠用来打造家什的顶好顶耐用的材料。"

"我明白,老伙计;这些钉头钉脑能化在一起,像用杀人犯的骨头熬成的胶粘合的一样结实。快动手! 给我打那镖枪。首先,把它们熔铸成十二根棒条做枪杆;然后把棒条绞拧在一起,把这十二根打成一根,像用一股股麻绳拧成拖船用的索子。快动手! 我给你拉风箱。"

十二根棒条终于打成之后,埃哈伯亲手做了试验,他把它们绕着一只又长又粗的铁螺栓,一一拧成螺旋形。"这一根有毛病!"他认为最后一根是废品,"重打,珀斯。"

重打了之后,珀斯正打算把十二根焊成一根,埃哈伯却按住了他的手,说是他要自己来焊他的镖枪。于是他有规律地一哼一哈地在铁砧上锤打起来。珀斯把烧得通红的棒条一根又一根地递给他。风箱被一拉一推,把风使劲吹到炉里,蹿起笔直的烈焰。那个袄教徒一声不响地走过去,对着火俯下脑袋,看来不是求上天诅咒便是求上天保佑这活儿。可是一见埃哈伯抬起头来,他连忙闪到了一边。

"那边一群火星在闪闪烁烁,是在干什么呀?"斯德布从船头楼望过去嘀咕道,"那袄教徒只要一闻到火就像闻到了什么信号似的。他这下自己亲自闻到了,就成了滚烫的滑膛枪里的火药池。"

这时,棒条已经打成了一整根枪杆,回最后一次火。接着珀斯为了淬它,嗞的一声把它浸到了旁边的水桶里,一股滚烫的热气扑到了埃哈伯俯着的脸上。

"你是不是想给我烫个火印,珀斯?"埃哈伯疼得直眨眼,"这么说,我不过是在给自己锻打烫火印的烙铁啰?"

"上帝作证,不是的。话说回来,我是有点儿怕,埃哈伯船长。这镖枪是不是为白鲸预备的?"

"是为那白色的恶鬼!现下要打倒钩啦;这活儿一定得由你自己来干,伙计。这是我的刮脸刀——那是最好的钢;拿去,倒钩要做得像冰海上的冰针一样尖利。"

铁匠老汉瞅着刮脸刀,有一阵子他像是舍不得用它们做倒钩。

"拿去用,伙计。我用不着它们;我如今既不刮脸,也不吃晚饭,也不祷告,直到——喏,拿去——干活儿!"

那些钉头钉脑终于被打成了箭镞的形状,由珀斯把它焊到镖枪柄上,不久长枪头上便有了钢尖。这时,铁匠正要把倒钩回最后的火,再淬一次完成它们的锻造,他高声叫埃哈伯把水桶放到近旁。

"不,不——这不用水,我要淬得它中枪必死。喂,过来!塔希特戈,季奎格,达果,你们这些异教徒愿不愿意给点儿鲜血来淬这倒钩,怎么样?"他把倒钩高高举起。几颗黑脑袋点了点。于是这几个异教徒被刺破了肉皮,然后那给白鲸准备的倒钩便打成了。

"*我不是以天父之名,而是以魔鬼之名为你举行洗礼!*①"埃哈伯神志昏迷地吼道,于是那邪恶的镖枪尖嗤的一下吸干了洗礼的血。

接着,埃哈伯把舱下的备用木杆收集起来,挑了一根山核桃木的,那上面连树皮还没有剥掉;他把它安在镖枪杆的口里。打开了一团新的曳鲸索,取了几十呎,盘在绞车上,把索子拉得死紧。他的一只脚踩在索子上蹬,蹬得索子像竖琴弦似的刺刺地响,然后他急切地弯下腰去看,见索子没有断股的,这才嚷道:"好!这下就等逮它啦。"

随后他们把索子的一头一股股解开,再把那些散股编成辫子绑在枪杆口四周,再把木杆狠狠地捅到枪杆口里。索子的另一头分股交叉缠在木杆上,一直缠到杆子半中间,扎得严严实实。事情办完,杆子、镖枪杆和索子就像那三位命运之神一样,再也分不开了。埃哈伯像是生着闷气似的拿着这武器气昂昂地走了。他的假腿和山核桃木杆子碰在每一块船板上发出空洞的响声。可是他还没有跨进房舱,就听得一阵

---

① 此句话原文是拉丁文。

轻轻的不自然的却又十分可怜的假笑声。啊,比普!是你的凄惨的笑声,你的闲着的可又转个不停的眼睛,你表演的所有那些奇怪的哑剧决非毫无意义地和这条阴沉沉的船的黑色悲剧交织在一起,对它加以嘲弄。

第一百一十四章
给世界镀上一层金色的人

披谷德号越来越深入到日本渔场的中心区之后不久,它的捕鲸作业就开始紧张起来。遇上不冷不热的凉爽天气,大家常常一口气在小艇里干上十二、十五、十八甚至二十小时,不停地划啊,扳啊,或者张帆行驶追捕鲸鱼,要不,就是沉住气等上六七十分钟,等鲸鱼浮上来;然而尽管辛苦异常,收获却不大。

有时候,太阳的威力有所收敛,人坐在犹如一叶桦木小舟般轻便的艇子里,整天在平稳的微波荡漾的海面上行驶,人和轻柔的浪仿佛交上了朋友,而浪贴着船舷就像偎依在火炉边的猫咪呜咪呜地叫着;每逢这种梦幻般沉静的时候,赏鉴着大洋的宁静的美和它的光可照人的皮肤,人便会忘了大洋在风平浪静底下那颗虎狼之心在跃跃欲试,甚至不愿去想在它天鹅绒般的脚蹼之中藏着恶狠狠的利爪。

在这种时候,坐在捕鲸艇里的远游人会对大海生出某种柔情,犹如在陆地上儿子对妈妈的信赖之情,他会把大海看做繁花似锦的大地;那只露出它的桅尖的远方船只不像是在浊浪滔天的大洋上挣扎前进,倒像是在高可没身、随风起伏的草原上行进。这有些像到西部去的移民的马群只现出它们竖起的耳朵,而它们的看不见的身躯正蹚着茂密的青草前进。

那绵延不断、人迹未至的溪谷,那柔和苍翠的山坡,笼罩在一片寂静和勃勃生气之中;你几乎可以打赌说:在欢乐的五月天,在这幽静的环境里,玩累了的孩子正在花儿已被摘尽的树林子中酣睡。所有这些都和你的难以言宣的心情混合在一起,以致事实和幻想在半路上相遇,彼此渗透,形成一个天衣无缝的整体。

这种令人心情为之一宽的场合,不管为时多么短暂,至少也使埃哈伯受到了短暂的影响。不过,即使这种秘密的金钥匙果真在他的心中打开了他个人的秘密的黄金宝藏的话,这宝藏一经他的气息的吹拂,也会失去黄金的光泽。

啊,长满绿茵的林间草地!啊,在灵魂中常驻的无尽的春天美景;在你这草地上,虽说尘世的生活苦旱,你也早已枯焦,但人们仍然可以在你身上像马驹在清晨的三叶草丛中一般打滚;尽管为时短促,仍然可以在草地上感受生命不朽的露水的清凉,但愿上帝能使这种幸福的安宁长久保持下去。但是生命之线是由经纬两线织成的,久已你中有我,我中有你。安宁与风暴交错,有一阵安宁,必有一场风暴。人世间未尝有不间断的前进,难免要走回头路。我们并非踏着固定的层次逐级而上,而是踏上最后一级时一了百了——从不知不觉的婴儿时期,经过童年不假思索的信仰,少年时候的疑惑(同是这一命运),然后是怀疑,然后是丧失信仰,最终归于长大成人后前后思量从"假如"中求解脱。然而走了如此一遭之后,一切又周而复始;又是婴孩、青少年和成人,最终永远是"假如"。何处是最终的归宿,从此可以不再起航?世界到底是在何种销魂夺魄的灵气中航行,这种灵气足以使最最劳累的人永远不感劳累?弃儿的父亲究竟藏在哪里?我们的灵魂犹如那些孤儿,他们的未婚的母亲在生下他们后已经死去。我们①的父亲到底是谁这一秘密早已埋葬在她们的坟墓中。我们只有到了那儿才会得知。

也就是在那一天,斯塔勃克从自己的艇子上一边注视着这同一金色的海洋的深处,口中喃喃自语:

"可爱的东西是不可探测的,情郎从他的新娘的眼中所看到的始终都是如此!——不要对我说,你有鲨鱼般锐利的牙齿,你的行为与绑

---

① 在本书第十六章已交代埃哈伯是孤儿,他的寡妇母亲在生下他后一年便死去。至于以实玛利,书中虽未明说,但看来也是孤儿。两人幼时同是漂泊无依,同为社会所遗弃。

架勒索的恶人一般无二。让信仰把事实赶走,让幻想驱除记忆:我下望深处,我真的相信。"

斯德布犹如一条银鳞闪闪发光的鱼,从这同一金色光辉中跃起:

"我是斯德布,斯德布有他的来历;不过在这里,斯德布立誓宣称:他过的从来都是开心的日子!"

第一百一十五章
披谷德号遇上了单身汉号

埃哈伯的镖枪焊成以后的几个星期,船顺风顺水航行,所见所闻,真是够叫人开心的。

这所见所闻涉及的是一条南塔克特的船,单身汉号,它刚把最后一桶油勉强挤进舱里,闩好它的快要胀破的货舱;此刻正打扮得漂漂亮亮的,满心欢喜又不免有些得意洋洋地正要在渔场上稀稀落落的诸多捕鲸船中掉过头来打道回府。

在它的桅顶上瞭望的三个人在他们的帽子上都挂上了长而窄的红飘带。船艄吊着一艘底朝下的捕鲸艇,第一斜桅上挂着他们最后捕杀的一头鲸的长长的下巴骨。五颜六色的信号旗、船旗和公司旗在两边的索具上飘扬。它的三个篮子形的桅楼间,每一间的边沿都捆着两桶抹香鲸油;再往上,在它的中桅的横桁上,可以看见有两只小水桶,也装着那珍贵的油料,在那主桅的上桅顶上钉着一盏黄铜灯。

后来我们得知,单身汉号此番出师大利,令人惊奇;尤其让人不解的是,在这同一渔场巡游的其他许多船只一个月又一个月地一无所得。它呢,不光是把整桶整桶的牛肉和干面包送人,好腾出地方来放更珍贵得多的抹香鲸油,而且还用食物来和它所遇上的船只交换空木桶以补自己的不足,而这些桶只能堆放在甲板上和在船长与大、二、三副们的房舱中。甚至房舱中的餐桌都被敲掉了当引火柴使,于是这些长官们只得在固定在地板中央的一只大油桶的宽大的桶面上进餐。在船头楼里,水手们竟然到了用麻丝和沥青填补好他们的衣箱的裂缝来装油的地步。有人说笑话,说是厨子把他的最大的烧锅安上个盖子来装油。又说管家堵上了备用咖啡壶的嘴,也灌了油;镖枪手去了木枪柄,把镖枪杆倒过来往口里装了油;说是一切的一切其实都装了抹香鲸油,只有船长的裤兜除外,因为他要留着插手,以证明他踌躇满志,得意到了极点。

当这条吉星高照、兴高采烈的船朝着那有一肚子气的披谷德号驶来时,它的船头楼里传来大鼓发出的野性的声响;到了两船靠得更近时,只见它的特大的炼油锅四周站着一群人,锅上绷着那黑鲸的羊皮纸般的鳔和胃膜,那伙人攥紧的拳头往那上面每敲一下,便响起一声怒吼。在后甲板上,大、二、三副和镖枪手们同从波利尼西亚群岛随他们私奔上船的棕色皮肤的姑娘正在大跳其舞;而在一艘稳稳地高悬在前桅和主桅之间的装饰得漂漂亮亮的小艇上,三个从长岛来的黑人拉着用光闪闪的鲸骨做成的提琴弓,主持着这欢腾的舞会。同时,另有一伙船员在拆炼油间的灶,忙得不亦乐乎;灶上的大锅已经移去。听着他们的发狂似的呐喊声,看着那些如今已毫无用处的砖和灰泥被人往海里扔的光景,你简直以为他们是在拆毁该死的巴士底监狱哩。

主宰着这个场面的船长身子笔直地站在后甲板的高处,这样整个这幕狂欢的戏剧都展现在他面前,而这场面似乎只是为他自个儿一人取乐而布置的。

此时埃哈伯也在后甲板上站着,他须发蓬松,情绪灰暗,始终阴沉着脸。两船迎面相遇的时候,一条船上由于收获巨大,欢天喜地;另一条船上全是灾祸即将临头的预感——两船的船长正好在各自身上表现出了这一场面的异常鲜明的反差。

"上船来干上一杯!上船来干一杯!"单身汉号的好不快活的船长喊道,高高举起了酒瓶和一只杯子。

"见到了那头白鲸吗?"这是埃哈伯回的话,他牙齿咬得格格响。

"没见到,只是听说过它;不过我压根儿不相信有这么一头鲸。"对方情绪极好地说道,"上船来干上一杯!"

"你是开心得过了头啦。往前走。船上没有死人?"

"死的不多,不算什么——就死了两个岛上的人;——上船来吧,老伙计,来吧,来吧,我很快就会把你的灰暗脸色一扫而光。来吧,怎么样?(玩上一玩兴致就来啦)我们是地地道道的满载而归。"

"这蠢材倒是真够亲热的!"埃哈伯低声咕噜了一句,然后大声说,"你说你们是地地道道的满载而归;好吧,你不妨说我这条是空船外驶。好,你走你的,我走我的。往前!扯起所有的帆来,尽量顺着风行驶!"

于是两条船分了手,一条船快快活活地随风而去,另一条顶着风苦苦挣扎着。披谷德号的水手们用沉重而又依依不舍的眼神望着渐渐远去的单身汉号;而单身汉号上的水手们正玩得兴起,哪还顾得上他人的眼光。而埃哈伯呢,他伏在船尾栏杆上,眼望着那驶上归程的船,从口袋里掏出一小瓶沙子,眼光从那条船上移到瓶子上,似乎就此把两件有天渊之别却又密切相关的东西联到了一起,原来那瓶里装的是在南塔克特测水深的锤带上来的泥沙。

第一百一十六章
垂 死 的 鲸

在我们这种生活中,下面这类情况并不少见:幸运儿在我们近旁劈面驶了过去,而我们尽管在此之前垂头丧气,此刻却碰上了顺风顺水,高兴地感觉到我们的篷帆的肚子鼓鼓的。披谷德号眼前的光景正是如此。在遇上兴高采烈的单身汉号第二天,我们发现了鲸鱼群,并且有四头让我们宰杀了,其中一头是埃哈伯杀的。

那已是近黄昏了,所有长矛飞舞的血腥战斗都已结束。船飘浮在落日残照下水天一色的可爱海上,太阳和鲸鱼一同安然死去。接着在那玫瑰色的大气中袅袅升起如此甜蜜而又凄凉的况味,犹如在四围花圈中祈祷。那光景几乎有点儿像从老远的马尼拉群岛幽深葱翠的女修道院的谷地吹来的西班牙陆地的和风,它放肆地居然化作水手,满载着这些晚祷的赞美诗声,飘然出海去了。

  埃哈伯心里又受到了一阵抚慰,只是随之而来的却是更深沉的阴暗心情。他让这时已是安安静静的小艇倒退着离开了那头鲸鱼,从艇上眼睁睁看着它咽了最后一口气。所有的抹香鲸死时总是脑袋转向太阳,然后咽气,这是所有抹香鲸死时都可以看到的奇怪景象;可是在一个如此静谧的黄昏目睹这一奇怪景象,不知怎么给予埃哈伯一种从未有过的奇妙的感觉。

  "它转呀转的,转向了太阳——转得多慢呀,可又是多么坚定,看它那一脸既是向上天致敬又是向上天祈福的神情,还有那临死时的动作。它原来也崇拜火,它是太阳的最忠实、最广大、高贵的仆人!啊,那一对过于和善的眼睛自然应该看到这些过于和善的景象。瞧!在这一片汪洋的包围之中,远离人世间祸福的烦嚣,在这襟怀坦白,公正无私的大海之中。这里,没有岩石可以提供碑碣来记载远古的传说;这里,在中国悠久的年代中,汹涌澎湃的浪涛始终无言,也无人向它们诉说;犹如星光,即使对尼尔河的不为人知的源头也一样照耀;这里,生物死去时也满怀信仰地向着太阳。但是你看!一旦死去之后,死亡即刻来绕着尸体转上一圈,然后向别处而去——

  "啊,你这位黑暗的印度教大神代表着半个自然界,在那些葬身大海的人中是谁为你在那没有草木的海洋中心建起了你的单独的神殿。你这个女皇是个不信上帝的神。你这个皇后①在扫荡一切的台风中,在无声无息地埋葬风过后的平静中,你向我说了真心话。还有你这头鲸鱼临终时将头转向太阳,然后又转回来,连一个教训也不给我留下。

  "啊,套着三重箍又经焊接的威力无限的尾部!啊,志向高远,化作彩虹的喷射!——这一头在奋力拼搏,那一头在喷射,然而这一切都

---

  ① 黑人的神话中大神西瓦之妻卡立为死亡女神。

归无效！鲸鱼啊,你求助于那急匆匆的太阳也是枉然,它唤醒生命,却从不给你第二次生命。然而你,更加黑暗的一半,却以一个更高傲也更黑暗的信仰震撼着我。所有你的无可名状的百感交集的感情都在我足下浮动;我为一度曾是有生命的东西的气息,它们所呼出的空气所托起,但是这气息消失了,如今代替它的是水。

"那就欢呼吧,永远欢呼;啊,大海,野性的海鸟在你的恒久不息的起伏奔腾中找到了它的惟一的安息之所。生于大地,受的却是海洋的哺养;虽说山陵与溪谷抚育了我,你滔天的白浪啊,却是我非亲生的兄弟!"

第一百一十七章

看 守 鲸 鱼

那天傍晚宰杀的四头鲸鱼各死在相距遥远的一方。一头远在上风头;一头在背风处,稍近一些;一头在船头前;一头在船艄后。后面提到的三头都在天黑之前牵引到船边;惟有远在上风头的那头,船在天亮之前赶不到那儿,所以杀死它的那艘小艇只好整夜守在它旁边,而那是埃哈伯的艇子。

一丈浮标杆笔直插住死鲸的喷水孔里;顶上挂着一盏灯笼,在那黑得发亮的鱼脊背上投下昏暗的闪烁不定的灯光。远处,半夜的波浪有如爬到沙滩上的缓缓的潮水轻轻擦着它的宽阔的侧腹。

埃哈伯和艇上所有的水手都已睡熟,只有那个袄教徒是例外,他蜷伏在艇艄,坐着看那些鲨鱼像妖魔鬼怪般地在鲸鱼四周嬉戏,还用它们的尾巴拍拍薄杉木船板。忽然空中传来一阵发颤的好似呻吟的声音,像是从蛾摩拉①城中那些未蒙宽宥的鬼魂成群结队走在地狱的沥青岩

---

① 蛾摩拉,因其居民罪恶深重而与另一古城所多玛同遭毁灭。见《圣经·旧约·创世记》第 19—24 章。

上发出来的。

埃哈伯从梦中惊醒,劈面看到袄教徒;两人都包裹在昏暗的夜色中,像是吞没世界的大洪水中的两个幸存者。"我又梦到了它。"他说。

"梦见了柩车啦?老伙计,我不是说过吗,柩车和棺材都跟你无缘?"

"谁在海上送了命还坐柩车?"

"可是我说过,老伙计,你在这次航行中送命之前,你必定会在海上看到两辆柩车:第一辆不是出自凡人之手,第二辆用的必定是在美国出产的肉眼看得见的木头。"

"是啊,是啊!袄教徒,这倒真是件怪事:一辆扎着羽毛的柩车漂浮在大洋上,波浪充当抬灵柩的人。哈哈!这种景致可不是我们很快就能看到的。"

"信不信由你,老伙计,你在看到这景致以前死不了。"

"说到你自己,那句话是怎么说的?"

"虽说归根到底,我仍然要走在你头里,当你的领路人。"

"而你要走在我前头(如果竟然有这么一天的话),那么在我跟着你走之前,你仍然必须走到我面前来,仍然要给我引路,对不对?——是不是这样?那么,好吧,我的好领路人,你说的我全信!不过我在这儿要发两个誓:我要宰了莫比·迪克,我要死在它后头。"

"老伙计,你再发一个誓,"袄教徒说,他两眼放光,像暗地里两只萤火虫,"只有麻绳才杀得了你。"

"你是说上绞架——告诉你吧,不管是在陆地上还是在海上,我是不死的,"埃哈伯叫道,哈哈一笑,表示不屑,"无论是在陆地上还是在海上都死不了!"

两人不约而同又都不说话了。天开始灰蒙蒙地亮了,酣睡了一晚的水手们都从艇子底部起身了,他们赶在正午之前把那头死鲸拽到了船边。

第一百一十八章
象 限 仪

　　赤道线上的季节终于临近了。每天当埃哈伯从房舱中出来抬头望天的时候,提高了警惕的舵手便装模作样地掌着舵把,那些急于表现的水手快步跑向转帆索,站在那儿,大家全都定睛望着那金币,急不可待地等着把船头转向赤道的命令。命令及时下达了。当时已接近正午时分,埃哈伯坐在他的高高吊起的艇子的头部,正要像通常每天所做的那样观察太阳以决定他所在的纬度。

　　如今在日本海上,有时夏季的白天有如一道光闪闪的流水。日本海上的太阳则像一眨不眨的燃烧着的眼睛怔怔地盯着这块一望无际的滚烫的玻璃一般的洋面。天空似乎涂上了一层漆,一片云彩也看不见;地平线在浮动;而这赤裸裸的耀眼的光华像是上帝的宝座的难以形容的尊荣。好在埃哈伯的象限仪装备着深色镜片,可以用来观测犹如火烧的烈日。他的坐着的身躯随着船的波动而摇动,他的眼睛贴着他的观察天文的仪器。他的姿态有好一阵子一动不动,以便抓住太阳正好移到子午线上的确切瞬间。就在他全神贯注在这件事上的同时,那个袄教徒正在他下面甲板上跪着,他也像埃哈伯一样在仰望那同一个太阳,只是他的眼皮几乎把他的眼球罩住了一半,他的野性的脸冷漠得没有一点儿热情。最后,观察的目的终于达到了,埃哈伯拿起铅笔在他的假腿上作着计算,很快便得出这一确切的瞬间他所在的纬度。接着他沉思了一会儿,又抬眼仰望太阳,喃喃自语:"你这海上的标志!你这个威力无比的领水员!你告诉我真话,我现在在哪儿——可你能不能哪怕给我一个暗示:我将会在哪儿?要不,你能不能说说:我之外的另一个生灵此刻在何处。莫比·迪克在哪儿?此刻你必定正瞅着它。我的这双眼睛正望着就在此刻正瞅着它的那只眼睛。嗳,你这太阳哪,我的眼睛正望着那只就在此刻同样也正瞅着在你那一边的未知之物的眼睛!"

随后他看着他的象限仪,用手一件件地摸弄着它的许多奇妙的部件。他又沉思起来,嘴里嘟哝着:"好蠢的玩意儿!你不过是件傲慢的海军将官、校官和船长手中的娃娃们的玩物;这世界吹嘘你如何精明,如何有能耐,可是你到底能干些什么呢,无非是指明一个点,鸡毛蒜皮的一个点,在这大千世界上,你自己还有拿着你的这只手碰巧瞄准了这个点。对,如此而已,岂有他哉!哪怕是一滴水或者一粒沙子,它明天中午将在何处,你也决计说不上来;然而你的无能为力使太阳受了侮辱!科学啊!你该死,你是个无用的玩物;而且所有使人仰望上苍的东西都该死,凡仰望上苍的,上苍的活生生的热力必使之化为枯焦,正如这双昏花老眼就在此刻被你的强光化为枯焦一样。太阳啊!人的眼光天生来是和大地的地平线持平的;而并非如上帝所期望的那样,从人的头顶上射出去仰视苍穹。该死的你,你这象限仪!"他把它往甲板上一砸,"我再也不用你来指引我在人世间的航程;船上的平稳的罗盘,凭着测程仪和航线的平面的死板计算,这些将引着我,指出我在海上所处的位置。嗳,"他从艇子里下到甲板上,"所以我要把你踩在脚下,你这个有气无力地指着上边的小玩意;所以我要把你踩碎,毁了你!"

就在这疯老头儿这么说着,用真假两只脚踩着的时候,那不声不响、一动不动的袄教徒脸上闪过两种神情:一种像是对埃哈伯发出一声得意的冷笑;另一种则似乎是自己感受到命中注定的绝望。他不被人注意地站起身来悄悄走了。而那些水手呢,眼看着他们的长官的那副模样不免心惊,便在船头楼上聚成一堆,直到烦躁不安地在甲板上走来走去的埃哈伯嚷起来:"到转帆索那儿去!转舵!——直驶!"

眨眼间帆桁都转了过来;它的三根稳稳地矗立在长长的用肋木加固的船体之上的高雅的桅杆,以后艄为基点随着船转了半圈,像是那荷拉第三兄弟①同骑在一匹足能当此重载的骏马上一般,急转了过来。

---

① 传说中在阿尔巴与罗马的战争中,罗马的荷拉第三兄弟与库里亚提三兄弟对战,终于用计战胜对方,决定了这次战争的命运。

斯塔勃克站在支撑船头斜桅的杆子之间,冷眼看着披谷德号上急速忙乱的调度以及埃哈伯本人的动向,后者正东倒西歪地在甲板上往前走。

"我也曾坐在烧得旺旺的炭火前,看着那通红的烈焰,好一股备受折磨的生命的气势;可是我已经看到火势渐渐小下去,小下去,末了化为一堆无声无息的灰烬。你这个以海洋为生的老头儿!你一辈子风风火火,最后会落得个什么呢,小小一堆骨灰而已!"

"嘿,"斯德布叫道,"一堆海上的煤灰而已——斯塔勃克先生,请你注意这一点——是海上的煤,不是你寻常用的木炭。嗯,嗯,我听得埃哈伯在叨咕:'这里有人把这些纸牌塞到了我这双衰老的手里,发誓说必须由我来打这副牌,别人谁都不行。'嘿,我真该死,埃哈伯,不过,你做得对,活在这营生里,死也死在这营生里!"

第一百一十九章

蜡　　烛①

最热的气候能培育最凶残的爪牙:孟加拉虎蹲伏在常青的香料树丛中。最灿烂辉煌的大空中缊藏着致人死命的霹雳,美不胜收的古巴遭受过老实安分的北方土地从未见过的龙卷风。同样在那些目不暇接

---

① 本章用的纯系浪漫主义手法写出披谷德号此次捕鲸之行的转折;从此埃哈伯进入了最后的疯狂阶段,全书也进入最后的高潮。为了必得白鲸而后快,他弃绝了基督教徒的一切理性,并不甘心地皈依了波斯早年盛行的袄教,即拜火教。这样做与他的为了复仇但求一逞的疯狂状态更为合拍。作者制造了一场天火,烘托出所需的特殊气氛,三支吐着火焰的桅杆则成了埃哈伯皈依拜火教的不言自明的仪式上的蜡烛。这一章名为"蜡烛",用意就在这里。后面埃哈伯说的犹如谵语似的一大段也可以说是他从此皈依拜火教的宣言。我们有了这点理解,再读本章,也许会感到作者用心制造了这一气魄宏大的诡异场面来渲染这一转折,这很能代表作者的文笔、风格与不同凡响的想象力。

的日本外海,水手们会遭遇最最猛烈的风暴——台风。这台风有时会从一碧如洗的天空中爆发出来,仿佛一颗炸弹在一座昏昏欲睡的城镇头上爆炸一般。

那一天傍晚,迎面刮来一场台风,把披谷德号上的帆布都刮走了。只剩下几根光秃秃的桅杆与台风苦斗。天一擦黑,天和海一起咆哮,雷声大作,电光闪闪,显出那几根无力的桅杆东一处西一处地挂着些破布在风中颤抖,那些剩下的帆布是第一阵暴风雨扫过时留下来供它随后玩弄的。

斯塔勃克抓住了一根护桅索站在后甲板上,每次电光闪过,他就抬头看那些平时少不得而一到这种时候便成累赘的繁复船具又遭了什么劫难。斯德布和弗兰斯克则指挥着众人把小艇吊得更高些,扎得更牢些。可是所有这些力气看来是白费了。尽管已经提到了吊车的尽头处,埃哈伯的那艘在上风头的艇子还是没能逃过厄运。海上风浪滔天,一直冲到这条摇撼得不能自持的船侧高处,一头撞穿了艇子后部的底,使得艇里的人就像透过筛子似的掉下来。

"这可糟了,糟了!斯塔勃克先生,"斯德布眼瞅着那破艇子说,"可是大海想干什么,谁又阻挡得了?反正我斯德布对付不了,斯塔勃克先生,你瞧,一个浪头打来之前有这么长这么猛的先锋。水满世界地流,然后是真正的浪头扑过来!不过就我来说,浪头的先锋来了我总得挡,到底只是在甲板上四处流。但是不用担心,这都是闹着玩儿的,就像那老曲子唱的那样。"——(唱)

> 啊!大风刮得好开心,
> 鲸鱼是其中的一个小丑,
> 它的尾巴一扫——
> 啊,海洋!你真是个滑稽、可乐、大胆、爱说笑、爱闹、爱哄骗戏弄的家伙!
> 水沫向四处飞溅,
> 这只是他喝的酒冒气泡,
> 在他搅拌调料的时候——
> 啊,海洋!你真是个滑稽、可乐、大胆、爱说笑、爱闹、爱哄骗戏

弄的家伙！
惊雷劈开了一艘艘船，
可是它尝了尝调过的酒，
只咂了咂嘴唇——
啊,海洋！你真是个滑稽、可乐、大胆、爱说笑、爱闹、爱哄骗戏弄的家伙！

"斯德布,住嘴,"斯塔勃克叫道,"随那台风唱它的歌,拨弄着咱们的索具当竖琴演奏;你要是个有种的汉子,你一声都不要吭。"

"可我不是个有种的汉子,我从没说过我是个有种的汉子;我是个胆小鬼,我唱歌是为了给我自己壮胆。斯塔勃克先生,我告诉你吧,没有法子能不让我在这个世界上唱,除非把我的喉管割断。如果真把我的喉管割了,十有八九,我会最后唱首荣耀颂的赞歌给你听。"

"疯子！如果你的两眼瞎了,就借我的这双眼看看吧。"

"什么！这么漆黑的夜晚,你怎么能比随便一个别的什么人看得清楚些,不管那个人有多蠢?"

"瞧！"斯塔勃克抓住斯德布的肩膀,用手指着上风的船头,"你注意到了没有,这大风是从东边刮来的,正是埃哈伯打算去找莫比·迪克要走的航路？正是今天中午他要船转过来走的道？现在你再看看那儿他的艇子,漏洞在什么地方？在后艄的空位,伙计;他爱站在那儿——他爱站的地方被打漏了,伙计！现在如果你非唱不可,那好,跳下海去,唱个痛快！"

"我简直不明白你说的什么？要出什么事啦?"

"我说的不错,不错,绕好望角走是回南塔克特最近的路,"斯塔勃克突然一人自言自语,不理睬斯德布的问题,"此刻敲打着我们要我们的命的大风,我们可以使它变成送我们回家的好风。那边,朝上风头走,前途是一片黑暗,而顺着风走呢,是回家的路——我看见那边有光亮,可不是闪电迸发的光。"

说到这儿,正逢闪电过后漆黑一片的一段间歇时刻,他的身边响起一个人的声音;而几乎就在同时一阵响雷轰隆隆地从头上滚了过去。

"谁在那儿？"

"老雷公！"埃哈伯说着，顺着船舷摸索着走过来，要走向他的镫孔；一道长矛似的火光擦身而过，正好把他要走的道照得一清二楚。

这里要交代一下，岸上建筑尖顶要装避雷针，好把那危险的流体引入地下；同样，在海上，有些船的每一根桅杆也要安这种针，好把流体引到水里。不过这针必须浸到水中很深的地方，才能使它的末端不致触及船体。更有甚者，如果长时间地拖着它在海里走，容易引发许多事故，而且还会对某些索具造成不小的干扰，对船在水里行驶多少也是个障碍。由于这些原因，船只的许多避雷针的下端不是老在水里，而一般是摞成细长的一节节，以便随时可以收上来放在锚链里，或是抛到海里去，视情况而定。

"避雷针！避雷针！"斯塔勃克冲着水手嚷，刚才那一道电光像投来的一把火炬照亮了埃哈伯到他岗位上的路，同时也突然引起了他的警惕，"避雷针扔到水里没有？快扔下去，船前船后的全扔。快！"

"且慢！"埃哈伯叫道，"尽管我们是弱者，可还是要讲个公道。我倒想做出贡献，把避雷针插到喜马拉雅山和安第斯山上去，好让全世界都得平安，而不是只有我们在这里享受特权！随它们去吧，老弟。"

"你瞧瞧那上头！"斯塔勃克叫道，"瞧那桅顶上的电光！电光！"

所有那些帆桁的臂尖上都闪着青白的火光，每根避雷针尖端的三股也冒着三道尖细的白焰；三支高高的桅杆支支都在那充满了硫黄的空气中静静地燃烧，像点在祭坛前的三支巨大的蜡烛。

"他娘的那小艇！顾不上它啦！"这一刻斯德布正在用一根索子把他那艘小艇紧绑在船上，可是汹涌的海浪一直打到他自己的小艇上，艇舷把他的手狠狠一夹，夹得生疼。"他娘的！"他赶快往甲板后退，一抬眼正好瞧见那火焰，即刻换了口气叫道，"那桅顶的电光，饶了我们大伙儿吧。"

对水手来说，咒骂本是家常便饭；他们能在风平浪静时，昏昏欲睡中咒骂，自然更会在与暴风雨搏斗时咒骂，站在中帆桁臂上冲着汹涌奔腾的大海咒骂。然而在我的所有各次航行中，每当看来上帝要动手惩罚那条船的时候,每当听得他说出的"弥尼,弥尼,提客勒,乌法珥新"①已经和护桅索和绳具交织在一起的时候,却难得听到那种通常的咒骂。

当那青白色的磷火正在顶上燃烧的时候,那些像中了魔法似的水手中极少有人说话。他们扎成密密层层的一堆,站在船头楼上;所有人的眼睛都在那淡淡的磷光中闪闪发亮,像一个遥远的星座中的星群。经这鬼火似的磷光一衬托,那大个子黑人达果登时显得比他真正的个儿又高大了三倍,像是一块从中发出声声响雷的黑云。塔希特戈张着的嘴露出跟鲨鱼牙齿一样白的牙齿,闪着一种奇异的光,活像他的牙尖和桅顶同样冒着电光。在这奇异的电光映照下,季奎格身上的图纹也像撒旦般吐出蓝色的火焰。

这一惊心动魄的场面终于随着头上青白色的火光而完全散去。披谷德号以及它的甲板上的每一个人又一次为夜幕所吞食。过了一会儿,斯塔勃克上前走了几步,推了推一个人,那是斯德布。"你此刻在想些什么,伙计;我听见了你的喊声,那可是跟你唱歌时不一样。"

"是,是,是不一样;我说,求那桅顶电光饶了咱们大伙儿吧;我如今仍然希望电光能饶了我们。可是电光会只饶那些哭丧着脸的家伙吗?难道它们对笑得出来的人就不发善心了吗?你瞧,斯塔勃克先生——啊,天太黑,你也瞧不见。那就听我说。我看咱们见到的那桅顶的火光是个好兆头。因为那几根桅杆一直通到一个船舱里,这舱有一天会装得满坑满谷的抹香鲸油,你明白吗;所以这些鲸油就像树身里的汁液一般也会渗进桅杆里往上流。不错,咱们的三根桅杆将会像三支抹香鲸脂蜡烛一样——这就是咱们见到的前头的好光景。"

在这一刹那间,斯塔勃克瞥见了斯德布的脸的轮廓,接着开始一点点看清了这张脸。他向上一望,叫道:"瞧!瞧!"原来又见到桅尖上的青白色的电光,只是显得比刚才所见的更加诡异。

"桅顶电光饶了我们大伙儿吧。"斯德布又喊了出来。

在主桅的底座,正在那钉着的金币和火光之下,那袄教徒就在埃哈

---

① 见《圣经·旧约·但以理书》第 5 章 24—28 节。意思是上帝已经算出你的国家气数已尽,你所亏欠甚多,你的国家将分归别人。

伯前面跪着,只是他的埋下的脑袋拧向一边,不冲着埃哈伯。有几个水手正在那些拱起的耷拉着的索具近旁忙着固定住一支桅,这时一见那电光愣了,大家凑在一起,钟摆似的吊在索具上,活像一嘟噜麻木了的黄蜂停在一棵果树的低垂的枝丫上。这些仿佛中了魔法的人姿势各个不同,像是那些赫古拉宁①的骸骨,有的站着,有的举步欲行,有的则在奔跑,另有一些呆立在甲板上,像被定身法定住了似的;然而所有的人眼睛都望着上面。

"好,好,伙计们!"埃哈伯叫道,"往上看着它;看明白了,那白色火焰只是在给我们照亮去找白鲸的道路!把那些主桅上的链环递给我;我要搭着这脉搏,让我的脉搏和着它的一起跳动;血与火在一起!正合适。"

然后他的左手抓紧了那最后一个链环,转过身来,一脚踩在那袄教徒身上,眼睛定在上空,右臂抡得高高的,笔直站在那高高在上的桅尖喷着的三股火焰之前。

"啊,你这真火的真神啊,我在这些洋面上曾像波斯人一般礼拜你,直到在受圣礼时,被你烧得留下这伤疤,直到如今。我现在知道你,你这真神,我现在也知道了对你真正的礼拜便是造你的反。爱你敬你,并不会使你发善心。甚至因为仇恨,你就能开杀戒;于是大家被宰尽杀绝。如今连啥也不怕的傻瓜也没有一个来面对你了。你有无须言说也无须占有地盘的威力,这我承认;可是直到我生命的最后一息,我也要和这种无条件主宰我的威力抗争。在那些似人非人之中,有一个有人格的人站在这儿。虽然这往最好里说也只是一个点滴。不管我是从什么地方来的,朝什么地方去,只要我活在人世间一天,我就有一天自己的高贵的人格,而且觉得我自有我的至高无上的权利。然而战争带来的是痛苦,而仇恨则是灾难。你哪怕只以你的最低级的爱对待我,我也会向你跪拜,吻你。然而你假如君临一切,只是以最高权力出现,即使你出动了世界上弹药给养最充足的海军,这里的人照样不以为意。啊,

---

① 意大利南部古城,公元七十九年维苏威火山爆发,全城居民顷刻之间全被活埋。十八世纪开始被发掘出来,重见天日。

你这位真神,你把我变成你的一团火,我将如一个火神的真正的孩子那样,把火吹回到你身上。"

〔电光突然一再闪过,三根桅尖的九股火苗往上蹿到以前高度的三倍;埃哈伯和其余的人都闭上了眼睛,他的右手死死按住了自己的眼睛。〕

"你有无须言说也无须占有地盘的威力,这我承认;难道我没有这样说过?你也没有逼迫我这样说,我现在也不会丢下手里这些链环。你可以使我成为盲人,但我那时候可以摸索着走路。你可以将我火化,但我那时候可以成为一堆灰烬。接受这双可怜的眼睛和捂住眼睛的手的敬意。我不会接受它。闪电穿过我的脑壳;我的眼球痛啊,好痛啊;我的整个麻木的脑袋像被割了下来在地上滚,脑浆流了一地,啊,啊,我被蒙住了眼睛,可我还要对你说。你固然是光明,你已跳出了黑暗;可我是跳出了光明,跳出了你掌握的黑暗!那些标枪不再飞来,张开眼睛;看得见还是看不见?那儿火还在烧!啊,你真是仁爱为怀!现在我在为我的族系增光添彩。不过你只是我的火热的父亲;我的可爱的母亲,我还不知道在哪里。啊,多么残酷!你拿她怎么啦?这就是我的问题,然而你的问题更大。你不知道你是怎么来的,因此你说自己还未出生;你准定不知道自己的来头,因此你说自己还没有开场。我知道自己的来历,而你不知你自己的,啊,你这无所不能的神啊。在你之外,还有某种虚空的东西。你这真神,你所拥有的永恒无非是时间而已,所有你的创造性都是刻板的。通过我,通讨你的燃烧着的自我,我的灼痛的眼睛果然隐隐约约看到了它。啊,你这犹如弃儿的火神,你这自古以来的隐士,你也有你的无法向人沟通的谜,你的无人分担的悲痛。在此,我再次怀着高傲的痛苦看清了我的先人。火舌,你蹿吧!蹿起来,去舐那天空!我跟你一块儿蹿,和你一块儿燃烧,我乐意和你熔合在一起;我既和你抗争,我又向你顶礼膜拜!"

"那艇子!艇子!"斯塔勃克叫起来,"瞧你的艇子!老伙计!"

埃哈伯请珀斯打造的那支镖枪仍然牢牢地绑在艇子的一眼就能看见的叉柱上,因此它一直伸出到捕鲸艇的头部之外;但是打穿了艇子底部的海浪使得那宽松的皮制的枪鞘脱落了;从那锋利的倒钩上这时冒出一股平整的灰白的火焰分叉。斯塔勃克眼看着那无声的镖枪像一条蛇舌似的在燃烧,一把抓着埃哈伯的胳膊说:"上帝,上帝已经在怪罪你啦,老伙计;你要克制啊!这次航行主凶哟!开头不吉利,一路不吉利。趁现在还办得到,让我把帆调整过来,老伙计,顺着风儿返航吧,以后再来一次,会比这次吉利。"

在别处正慌张得不知如何是好的水手听到了斯塔勃克说的话,登时奔到转帆索那儿,尽管这时桅杆连一张帆也没剩下。一时间,看来那惊呆了的大副心里所想的一切也正是他们所想的;他们发出了一声近乎要哗变的呐喊。可是埃哈伯把那叮当乱响的避雷针的链环往甲板上一扔,捡起那燃烧着的镖枪,把它当火把似的在水手们中间挥舞;发誓说哪个水手首先解开一根索子头上的结,他就用镖枪搠他一个窟窿。大伙儿给他那副神气吓愣了,他手里拿的火热的枪更使他们后退不迭;大家垂头丧气地缩回去了。于是埃哈伯又说道:

"你们都发过誓要追捕白鲸,这誓言和我的誓言都是有约束力的。我老埃哈伯,我的心,我的灵魂,我的肉体,我的五脏六腑和我的生命都受它的约束,为了让你们知道我这颗心是为什么而跳动,我现在吹灭这最后的恐惧!"他鼓足了气一下就吹灭了那火焰。

当平原上刮过一阵飓风时,只要哪儿有一棵孤零零的特大榆树,人们便飞也似的逃离它远远的;正因为它长得高大结实,它更容易成为雷击的对象,比别的东西更不保险。同样,埃哈伯的话一说完,许多水手都吓得惊慌失措,赶快从他身边跑开了。

第一百二十章

初夜班快要结束的甲板上

埃哈伯站在舵旁。斯塔勃克向他走来。

"我们必须把主中桅的下桁卸下来,长官。那带子已经松啦。背风面的吊索也有些散了。我把它收下来,好不好,长官?"

"什么也别收:绑好它。我此刻要有第三层的桅杆的话,我也会把第三层帆升起来。"

"长官?——看在上帝分上!——长官?"

"嗯。"

"锚在摇动了,长官。我把它们收到船上来,好不好?"

"什么也别收,什么也别动,但要把样样东西都绑牢了。起风啦,可还没有起到我脑袋顶上。快,快去干。——各就各位!它把我看成沿海渔船上的一个驼背船长啦。把我的主中桅的下桁卸下来!顶顶高的桅杆帽是用来对付顶厉害的狂风的。可我脑瓜上的帽子却给吹到半天空啦。难道我也把它收下来?哼,只有胆小鬼才会在遇上暴风雨的时候把帽子摘下来。那上头吹得呼噜噜的!我才不在乎它哩,我还不知道肚子痛的人总是大呼小叫?喂,拿药来,拿药来!"

第一百二十一章
半夜——船头楼的舷墙边

斯德布和弗兰斯克爬在舷墙上,给悬在舷墙上的锚加绑索子。

"不成,斯德布;那边那个绳结,你爱怎么鼓捣都由你,可你想也别想把你刚才说的话鼓捣到我心里去。再说,才几天以前,你说的正跟今天说的相反。你有一次不是说:只要有埃哈伯在哪条船上,哪条船就该额外多付保险费,活像是船艄装满了火药桶,船头装满了黄磷火柴箱子似的?算了吧,这话你说过没有?"

"哼,就算我说过,那又怎么样?打从我说那话时候起,我的肉体已经有了些变化,难道我的脑袋瓜子就不兴变?再说,就算咱们的船后装火药桶,船前装黄磷火柴箱,在眼下这种浪沫浇得人浑身透湿的天气里,黄磷火柴能他娘的会着火?嘿,我的小哥们儿,你就是像魔鬼那样长一头漂亮的红头发,你也没有能耐让火柴着火呀。不信,你试试;你是宝瓶宫①,要不,就是挑水夫,弗兰斯克,你大可以在上衣领口上挂上装满水的水壶。你难道不知道,海事保险公司对于这些额外的风险会作出额外的保证?这儿有水龙头,弗兰斯克;不过你再一次听好了,我会回答你说的另一个问题。首先,你把你的脚拿开,别踩在锚顶上,我好把索子递过去;现在你听着。在暴风雨中,把一根桅杆的避雷针抓在手里和站在一根压根儿没安避雷针的桅杆近旁,这两者之间有什么天大的区别?你倒说说看。你这榆木脑袋,你知不知道,手抓避雷针的出不了事,除非桅杆先被雷电击中?所以你在胡说些什么?一百条船中难得有一条是备有避雷针的,而埃哈伯——嗯,还有我们大家,伙计——依在下愚见,并不比此刻在海上航行的一万条船上的全体水手处于更大的危险之中。嗨,你这根中柱,你呀,我想你是要世上每一个人都在他的帽角上插一小避雷针来来去去,像一个民兵军官的串起来的羽毛,像他的绶带那样拖在后面。弗兰斯克,你为什么不通点情理?通情理一点儿不难;既然这样,你为什么不通呢?哪怕是只长半只眼睛的人也知道通情理呀。"

"我就是不知道,斯德布。有时候我发现要做到这点挺不容易。"

"说的是,一个淋得透湿的人,要他讲情理很难,这是事实。我也给浪沫泡得快湿透啦。不去管它啦;抓住甩过来的绳子,递回来。看来我们是在把这些锚绑得结结实实,似乎再也不会使它们啦。把这边两只锚捆起来,弗兰斯克,等于把一个人的两只手绑在身背后。那可是一双多么乐于助人的大手啊。这是你的一对铁拳头呀,对不对?一撒下去它们能起多大的稳定作用呀!弗兰斯克,我常想,这世界怕是在什么地方下了锚定住了。如果真是这样,那它准是吊在一根长得不得了的缆绳上晃动。喏,把这绳结敲好了,我们的活儿就干完了。好啦,除了靠岸之外,就数在甲板上待上一会儿最叫人心满意足啦。喂,帮我把上衣摆拧拧干怎么样?谢谢你啦。人家笑水手上岸

---

① 宝瓶宫为黄道第十一宫。弗兰斯克这个词,意为扁平的水瓶或酒瓶,故又有挑水夫这一打趣话。

穿的外衣,弗兰斯克;可是依我看,在海上,凡是遇上了暴风雨,都应该穿上燕尾服。你知道吗,那拖在背后的尖子正好让水顺着衣尖淌下来。那种两头尖的三角帽也能起这作用,那两端的尖头正好像山墙末端的屋檐水槽,弗兰斯克。我再不穿短上衣和雨衣啦;我一定要穿燕尾服,安上一顶高帽子。哎哟!我的雨衣给吹到海里去啦。老天爷啊老天爷,上天吹下来的风竟然如此不懂规矩。这可真是个难熬的晚上,哥们儿。"

第一百二十二章
半夜长空——雷电交加

主中帆桁。——塔希特戈正在给它添绑一道绳索。

"喂,喂,喂。停止打雷!这儿上头的雷打得太多啦。打雷又有什么用?喂,喂,喂。我们不要打雷;我们要的是朗姆酒①,给我来一杯朗姆酒。喂,喂,喂!"

第一百二十三章
开 不 开 枪

在台风刮得惊天动地的时刻,那守着披谷德号的鲸下巴骨做的舵柄的水手有好几次被它像得了抽风病似的一下扫过来,扫得脚步踉跄,倒在甲板上。尽管那舵柄配上了防护滑车来拉住它;可是滑车是松动的,而既然是舵柄,就免不了要有所转动。

---

① 一种用甘蔗酿制的甜酒,南美洲人尤爱喝。

在这样的特大风暴中,船被刮来刮去,像个羽毛球。这时你就能看到罗盘上的针不时地转了一圈又一圈,这种情况并不少见。此刻披谷德号上的罗盘针就在这样转;几乎每一阵暴风袭来,舵手总会看到那些针在盘上转得飞快。这一景象差不多谁见到了都难免心情有所波动。

半夜过后几小时,台风缓和得多了,以至经过斯塔勃克和斯德布一个在船头一个在后艄奋力拼搏,三角桅以及前桅和主中桅上的那些零零落落哆哆嗦嗦的帆布片都从圆桁上被切割了下来,仿佛一只信天翁的羽毛似的随风打着旋向下风头卷去;要知道,飞着的信天翁一旦被卷进到风暴里,有时它的羽毛会被风刮走。

那三张相应的新帆这时已被折叠起来收好。船艄扯起一幅风暴中用的斜桁纵帆,这一来,船很快又能朝着比较准确的方向行驶了。此时船的航向是东——南——东,这是舵手又一次开始要尽可能掌握好的方向。在风暴还在肆虐时,他只能随机应变把握航向。哪知就在他带引着船尽量靠近它的航线走,同时观察着罗盘的当儿,嚯! 交上好运啦! 风向似乎转到船艄去了;好啊,逆风变成了顺风!

于是水手们高兴得唱起了"嚯! 顺风啦! 喔——嗨——哟,好开心哪,伙计们!"的歌,一边拨正那些横桁。他们高兴的是,原来大祸快要临头的光景竟然这么快地化成如此称心如意的局面。

按照船长的始终有效的命令:一天二十四小时,不管在什么时候,凡是甲板上的事务有了肯定无疑的变化,便要即时报告;尽管斯塔勃克自己心里老大不乐意①,却仍然勉强把横桁调正到顺风的位置,然后立刻照章办事地下舱去告诉埃哈伯船长所发生的情况。

在敲埃哈伯的房舱门之前,他不由自主地在门前停了一会儿。舱内的灯前后幅度很大地摆动,灯焰闪烁不定,投在那老头儿的上了闩的门上的影子也随之闪烁不定。门板很薄,里面嵌有固定死的百叶窗代替上部的镶板。舱房与外界隔绝,跟一个墓穴差不多,虽说屋外四下里风呼浪啸,屋内却是寂静得让你耳朵里嗡嗡地响。枪架上一支支上好

---

① 因为这时顺风走的不是他所希望的回家的方向。

火药的滑膛枪直挺挺地挨着前舱壁立着,显得铮亮。斯塔勃克为人实诚正直,可是在他看到那些滑膛枪的那一瞬间,内心深处奇怪地出现了一个邪恶的念头,然而它和一些不好不坏以及好的念头交杂在一起,他一时竟然几乎没有意识到它的存在。

"他有一次简直要开枪打死我,"他喃喃自语道,"对,就是用这支枪柄有饰钮的枪对着我;——让我碰碰它,举起它来。怪事,我这个人使过那么多杀鱼的长矛,现下居然哆嗦得这等模样,真是怪事。装好了火药?我一定得瞧瞧。一点儿不错,药池里真有火药——这可不妙。最好把火药倒了?——等一等,我要先治好我的哆嗦。在我琢磨的当儿,我要鼓足勇气举着这支枪——我是来向他报告风变顺了。可是怎么个顺法?顺到要送我们去见阎王爷的地步——那在莫比·迪克是顺风。顺风只是对那头该死的鱼是好事——他就用这枪管瞄准对着我!就是这枪管;他当初就要用我此刻拿在手里的枪杀我——对,他还会杀他手下所有的水手。他不是说过么,不管遇上多大的风,他也不让任何人收一根横桁吗?他不是把观天象的象限仪扔了吗?他不是在这般险象环生的洋面上要只凭死板地计算那错误百出的航海日志摸索着行驶吗?就在这一场台风里,他不是居然发誓说他不用避雷针吗?难道我们能乖乖地由着这个疯老头拉着这全船的水手一起和他完蛋么——是啊,只要这条船碰上什么要命的劫难,他岂不就是那三十多条人命的蓄意谋害者吗?而只要由着埃哈伯任意胡来,我可以凭着我的灵魂起誓,这条船准保要遭致命的劫难。而如果此刻叫他靠边站,他就不会犯这滔天大罪了。嘿!你这不是在睡梦中嘟哝什么吗?不错,他就在那儿——就在那里面。在睡觉。睡觉?对,可是他还活着,而且很快又会醒来。老东西,我实在受不了你啦。讲道理也好,苦劝也好,哀求也好,你什么也不听;这一切你都嗤之以鼻。你的斩钉截铁的命令必须斩钉截铁地服从,你说的无非就是这些。对,你说什么水手们跟你一起发过誓;说什么我们大伙儿都是你埃哈伯的。哪有这么回事!——可是难道就没有别的路可走啦?合法的路?把他拘禁起来带回家乡?什么!想从这老家伙手里把他的权活活夺过来?只有傻瓜才会这样试。就算把他的双手反剪起来，用绳索把他捆成一个砣砣，戴上脚镣锁在房舱地板的环端螺栓上，那时候他会比关在笼子里的老虎还要凶恶，我见不得他那副模样，听不得他的号叫；在那长得叫人受不了的航程中，我不会感到有一点儿舒服，睡不了觉，连最宝贵的理智也会丧失。那么，还剩下什么呢？陆地在千百浬之外，离得最近的是四面环水的日本。我孤零零一个人站在这儿，脚下是一片汪洋大海。在我和法律之间隔着两个大洋和一整片大陆。不错，不错，是这样。——如果天雷劈死了一个睡在床上的未来的谋杀犯，把他的身体连同被褥一起烧了，难道上天就成了谋杀犯？——这么说，我会不会成为一个谋杀犯，如果——"于是他一双眼睛不住往两边瞅着，同时偷偷地、慢条斯理地把装好了火药的枪口顶住了房门。

"就在这个水平上，埃哈伯的吊床正在房里摆动；他的脑袋在这一头。只要手指一勾，我斯塔勃克就能保住这条命，回家再搂我的老婆和孩子了——啊，我的玛丽！玛丽！——我的宝贝儿子！儿子！——可是万一我打不死你老头儿呢，谁知道就在这一两天里我斯塔勃克的尸体，还有所有的水手的，就会沉到何处的万丈深渊！我的好上帝啊，您在哪儿呀？我要不要下手哪？要不要？——风势收了，转向别处啦，长官；前帆和主中帆都收了，卷起来啦；船正朝着它的航线走。"

"往后划！哈，莫比·迪克，这下我到底揪住你的心肝啦！"

这是那老家伙在睡不安稳的梦中喊出来的声音，活像是斯塔勃克的最后那两句话从那长梦未醒的人口中引出来的。

那支还平端着抵住了门的镶板的枪抖得像醉鬼的一只胳膊；斯塔勃克好似和一个天使扭打在一起；但是他到底从门前转过身去，把那要命的家伙搁回到枪架上，离开了这地方。

"他睡得太死啦，斯德布先生，你下去将他叫醒，把情况告诉他。我得照看着这儿甲板上的事。你知道要对他说些什么。"

第一百二十四章

罗 盘 指 针

第二天早晨,还没有平静下来的海上涌动着长而舒缓的好大好大的浪头,追赶着披谷德号留下的汩汩作声的轨迹,像是用巨人的摊开了的大巴掌推送着它前进。强劲有力的风势充塞于天地之间,使得天空和空气有如鼓起肚子的篷帆,整个世界被风吹得轰轰隆隆地响。晨光四溢,使得那看不见的太阳黯淡了许多,只能凭着它的散射出来的光束才能知道它的所在。彩霞满天,好像戴着王冠的巴比伦国王和王后的纹章,主宰了一切。大海好比一口熬炼着黄金熔液的坩埚,但见光与热在坩埚中沸腾着,骨嘟嘟地冒泡。

埃哈伯离开众人站着,着了魔似的好久不做一声。每一次那起伏不定的船的牙墙往下一沉,他的眼光便转过来看射到前面海上的灿烂阳光;而一到太阳落到船后头的时候,他便转回身去看太阳在船后的位置以及它的同一黄澄澄的光怎样和他的从不移易的后影融合在一起。

"哈,哈,我的船!你现在大可以被看做是太阳的海上战车。嗬,嗬!所有在我船头前的国家,我为你们送来太阳啦!给往前的浪头套上辕,哈啰!让浪头像马匹一样前后串联起来,我来驾着海前进!"

可是突然间他有了什么相反的念头而勒马收缰了,他匆匆来到舵边,嗓音沙哑地问船去的方向有没有问题。

"东——南——东,长官。"吃了一惊的舵手回答。

"你在撒谎!"他握紧拳头给了他一拳,"一大清早,太阳在船后头,你却说在朝东行驶?"

听了这话,大家都愣了;因为埃哈伯刚才观察到的现象,不知怎么搞的,居然谁都没有发现;原因肯定是阳光照得人睁不开眼来。

埃哈伯把半个脑袋探进安罗盘的柜子里,瞅了罗盘一眼;他的抬起的胳膊缓缓落了下来；有一阵子，他几乎有点儿站立不稳。站在他身后的斯塔勃克瞧了瞧，哎哟！两只罗盘的针都指向东方，披谷德号在往西行驶，一点儿也错不了。

可是还没等到这最初的惊慌失态传染到全船水手身上，老头儿已经干笑了一声，叫起来："我明白啦！这种事以前也有过，斯塔勃克先生，昨天晚上的炸雷把罗盘倒转了过来——就是这么回事。我想你以前也听说过这样的事。"

"嗯，听是听说过，可我从来没亲眼见过有这样的事，长官。"吓得脸色发白的大副丧气地说。

这里，必须交代一下：这类事故在狂风暴雨之后的船上不止一次地发生过。大家知道，船上的罗盘针经过磁化处理的磁能本质上和天上的闪电是一回事，因此出现上面这种本应发生的事也就不足为奇了。有几回，闪电击中了船只，打落了一些横桁和索具；在这种情况下，闪电对罗盘针造成的损坏有时更为严重；它所有的天然磁石的效用遭到彻底破坏，原来的磁性钢针成了老婆子手里的织衣针一样的东西。然而不管是上面说的情况的哪一种，磁针从此永远不会自行恢复它的遭到损坏甚至丧失了的原有的效用。而且只要柜里的罗盘针受了损害，船上即使还有其他罗盘针，它们也会遭到同样的命运，哪怕是那根在最底下插在内龙骨里的针也不例外。

老头儿有意在罗盘柜前站着，眼望着那逆着方向的指针，这时用他伸出的手的指尖来测量太阳的准确方位，弄清了磁针指的是一点儿不错的相反方向，便发出他的照此改变船的航向的口令。帆桁都用东西牢牢支撑住，披谷德号又一次不屈不挠地船头顶着风向驶去，因为方才罗盘针上指示的顺风方向只是叫大家上了一个当。

这时，斯塔勃克尽管肚子里有他自己的秘密想法，嘴上却一声不吭，只是不事声张地发布一切必要的命令；而斯德布和弗兰斯克两人似乎这时已在一定程度上和他有了同感，他们同样也不做一声地表示默契。至于水手们，虽然有些人在小声发着牢骚，他们惧怕埃哈伯甚于惧怕命运。那几个异教徒镖枪手呢，几乎丝毫不为所动，他们始终都是如此。如果是有所动心的话，那也只能是埃哈伯毫不动摇的决心通过某一种磁力传递到了他们的意气相投的心中。

这个老头儿在思潮起伏中在甲板上走了一阵子。他的假腿的后跟偶然打了一个滑,他正好瞧见了前一天他扔在甲板上的象限仪的砸坏了的铜制瞭望筒。

"你这可怜而又不可一世的望天仪和太阳的引导器啊!昨天我砸坏了你,而今天那罗盘针恨不能把我毁了。好,好,不过我埃哈伯到底还不失为平凡的天然磁石的主人。斯塔勃克先生,请给我一支去了把的长矛,一只大铁锤和一根最细的缝制篷帆针。快。"

促使他眼下要去做这件事的冲动也许带有某种谨慎小心的动机,其目的大概是要在那难得一见的被倒转了方向的罗盘上露一手他的绝活儿,好重新振奋他的水手们的精神。再说,老头儿心里有数,凭那逆向的罗盘针来导航,虽说勉强也可以对付,终究不免会使那些迷信的水手提心吊胆,怕招来灾祸。

"伙计们,"他一手接过大副交来他所要的东西,沉着地转向水手们说,"我的伙计们,那霹雳拧反了我埃哈伯老头儿的罗盘针;但用这一小根钢针,我埃哈伯能自个儿制作出一支罗盘针来,跟真的一样管用。"

水手们听了他的这番话,带着奴性的好奇心理偷偷地交换着眼色。他们饶有兴味地眼望着他,等着看他能变出什么戏法来。只有斯塔勃克把头扭了过去。

埃哈伯用大铁锤只一下便把长矛的钢尖敲掉了,然后把剩下的长铁柄交给大副,命他笔直拿着,不可碰着甲板。接着他又用锤子接连敲那铁柄的顶端,再把去了针尖的针竖立在铁柄上头,轻轻地敲了好几下;大副则始终像当初那样拿着矛柄。随后埃哈伯又做了几个颇为奇怪的小动作;那是为了使那钢针磁化所必需的呢,还是仅仅为了提高水手们的惊愕的程度,谁也拿不准。他要了些麻线,走到罗盘柜前,取出了那两只拧了方向的罗盘针,用线系在那根缝帆针中间,平吊在罗盘面上。开头,那钢针不住地打转,两头晃晃悠悠,颤个不停。可是末了,它定住不动了。这时一直在出神地观察结果如何的埃哈伯坦然地从罗盘柜前退后几步,伸出一条胳膊指着它,叫道:"你们自个儿来瞧个明白吧,看我埃哈伯是不是天然磁石的主人!太阳在东方,这罗盘针指的一点不错!"

水手们一个接一个过来看了看,因为只有他们亲眼看了才会信服自己有多么无知;然后又一个接一个地溜走了。

只有这时,你才能看清埃哈伯炯炯有神的眼里流露出那种鄙夷不屑和志得意满致命的骄狂的真实面貌。

第一百二十五章
计程仪与绳子

披谷德号这艘气数将尽的船在这次航行中漂流在海上至今已有好长时间了,它一直难得使用计程仪和绳子。有些商船以及许多捕鲸船,尤其是在巡弋中的捕鲸船,由于自信可以依靠其他办法测定船只所在的方位,便全然不把计程仪放在心上;尽管在同时,往往为了做做样子而不是为了别的,它们按时在常备的石板上记下船只行驶的航向以及每小时航行的估摸出的平均速度。披谷德号的做法正是如此。那个和木制的线轴连接在一起的棱形计程仪挂在后舷墙的栏杆底下,已有好久没有人碰它们了。雨水和浪沫泡得它们湿淋淋的,太阳和风又使它们干了以后翘曲。自然界的风风雨雨联合起来使弃置不用的物件逐渐腐朽。埃哈伯尽管对这一切毫不在意,但在自造罗盘针这一幕以后不久,不经意地看了一眼那线轴,忽然记起他已没有了象限仪,又想起了冲着那平常的计程仪和测水绳发狂般的咒骂。船走得不大平稳,后艄的浪头一浪推一浪,推得正欢。

"喂,前头的人!抛计程仪!"

两个水手过来了:一个是金黄色皮肤的塔希提人,一个是头发花白的曼克斯岛人:"你们两人中一个抓住线轴,我来抛。"

他们走到后艄尽头,在船的背风一面,那儿的甲板在风力斜着冲击下这时已几乎是浸在乳白色侧冲过来的海水中。

曼克斯岛人拿着线轴,手抓着它的突出的柄的一头,举得高高的,绳子就绕在这轴上。他就这样站着,那棱形的计程仪下垂着,直等到埃哈伯走到他跟前。

埃哈伯站在他面前,轻轻巧巧地退下了三四十圈的绳子,盘在手上,好首先扔到海中。曼克斯岛人注意地瞅着他和他手里的绳子,鼓起勇气说道:

"长官,我有点儿担心,这绳子看来不顶用了,日晒水淋这么久,绳子已经糟啦。"

"它能成,老人家。日晒水淋,你是不是就糟了呢?表面看来,是你在掌握,其实,说真格的,也许是命掌握着你,而不是你掌握着命。"

"是我抓着线轴,长官。不过我的船长说得对。我这一大把年纪了,犯不着争什么,特别犯不着跟一个上司争,他输了也不会认输。"

"你说什么?这下倒来了个给自然皇后用花岗石盖的学院帮闲的教授;不过依我看,他奴才气太足啦。你出生在哪儿?"

"在小小的尽是石头的人岛上,长官。"

"好极了!你就凭这投生到这世上来。"

"我不知道凭什么,长官。不过我出生在那儿。"

"在人岛上,呃?好,倒过来说还不错。这儿有个人是从大写的人那儿来的,一个曾经是独立不羁的大写的人生下来的人;如今大写的人已经顾不上他啦,结果被什么吸了进去?举起线轴来!一些无知无识的下贱货居然质问起头儿来。举高点儿!好。"

计程仪被抛下了海。松松的一圈圈的线很快成了拉出船艄去的长长的直线;紧接着,线轴开始旋转起来。它随着起伏的浪涛时而倏地升起,时而落下,计程仪的拉动的力量使得拿着线轴的老人的身子古怪地摇晃起来。

"抓紧!"

叭的一声!绷得过紧的绳子耷拉下来,成了一根长长的彩饰;拉紧绳子的计程仪被冲走了。

"我砸了象限仪,霹雳拧反了罗盘针,如今这发狂的大海叫计程仪和绳子分了家。可是我埃哈伯什么都能修补。塔希提佬,往里拉;曼克斯的老头儿,举起线轴。喂,让木匠再做一只计程仪,你修补绳子,把它补好。"

"他倒是要抬腿走啦,对他好像什么事儿也没有发生似的;可是对我,这线轴就像变戏法似的突如其来地松了。往里拉呀往里拉,塔希提佬!这些绳子出去是整的,转着撒出去;收回来却断啦,拉起来慢慢吞吞。嗨,比普?来帮帮忙,呃,比普?"

"比普?你叫谁比普?比普从捕鲸艇跳进海里啦。比普失踪啦。让咱们看看你是不是把他捞起来啦,渔夫。拉他好吃力,我猜他是抓住了什么不放。抖动抖动他,塔希提佬!抖得他松手。我们不捞胆小鬼。嗬,他的一只胳膊露出水面来啦。拿把斧子来!拿把斧子来!砍断它——我们不捞胆小鬼。埃哈伯船长!长官!你看这比普,想再上船来。"

"闭嘴,你这疯小子,"曼克斯岛来的人一把抓住他的胳膊说,"给我离开后甲板!"

"大白痴总是责骂小白痴,"埃哈伯走上前来咕噜道,"别去碰那圣徒!你说比普在哪儿,孩子?"

"在后艄,长官,后艄!喔,喔!"

"你是谁呀,孩子?我从你的失神的瞳仁里看不见我的影子。上帝啊,一个人竟成了大人物们用筛子筛选出来的东西!你到底是谁呀,孩子?"

"我是钟僮,长官,船上的公告人;叮,咚,叮!比普!比普!比普!我出一百磅泥土的赏金找比普——五呎高——看样子就像个胆小鬼——当个胆小鬼,出名出得最快!叮,咚,叮!谁见到了比普这胆小鬼?"

"在雪线①以上不可能有人心。啊,你冻僵了的老天爷啊!你往下界瞧瞧。是你生下了这个不走运的孩子,还抛弃了他,你这个只会生不会养的浪子。喏,孩子,只要埃哈伯活着,他的房舱从此就是你比普的

---

① 多年积雪区的界线,为年降雪量与融雪量平衡的地带。

家。你打动了我的内心深处,孩子;你是用我的心弦织成的索子和我捆在一起的。来,让我们下舱去。"

"这是什么呀?这是天鹅绒般的鲨鱼皮,"比普仔细看着埃哈伯的手,摸摸它,"唉,要是当初可怜的比普能摸到这样暖人心的一件东西,也许他就不至于失落了!这依我看,长官,像是根作扶手的舷梯索,是孱弱的灵魂抓住了可以不致失落的东西。长官啊,你让珀斯老头儿现在来把你我两只手,一黑一白的手钉到一起,因为我不会放了这两只手。"

"啊,孩子,我也不会放了你这只手,除非是我拉你去的是比这儿更糟的地方。那就来吧,到我的房舱去。你们啊,你们信神的人以为凡是神都是善的,凡是人都是恶的。你们哪,请看这些全知的神丝毫不理会那受苦受难的人;而人呢,虽然痴呆,不知自己在做些什么,然而心里充满了爱和感激这种美妙的感情。来吧!我拉着你的黑皮肤的手领着你走,比拉着一个皇帝的手更为自豪!"

"这下两个痴人走啦,"曼克斯岛来的老头儿嘟哝着说,"一个痴人是个强人,一个痴人是个弱者。啊,这根糟绳子终于到了头啦——水淋淋的。修补它,呃?我看还是另找一根新绳子的好。我去跟斯德布先生说说这事儿。"

第一百二十六章
救 生 器

披谷德号现时按照埃哈伯平吊着的钢针朝西南方向行驶,它的速度也完全由埃哈伯设计的计程仪和绳子来决定;它走的一直是一条驶向赤道的航路。在少有船只来往的海洋中走这么长一段路,见不到一艘船;而且过了不久,开始让一成不变的贸易风从斜刺里吹着走在波浪平缓单调的洋面上;所有这些都像是将要出现一些险恶危急的场面前的平静得令人奇怪的凶兆。

末了,船终于驶近看来像是赤道渔场的邻近的水域,在破晓之前最最黑暗的时光驶过一群岩石密布的小岛子;由弗兰斯克带领的一伙值班水手听到了一声叫喊,大家吃了一惊;那叫声好不凄厉,令人毛骨悚然,活像是被犹太王赫罗德所杀害的所有无辜百姓的冤魂的听来含混不清的哭喊。水手们一个个都从似睡非睡的状态中醒了过来,有好一会儿全都呆若木鸡,或站或坐或靠,犹如一群罗马奴隶的雕像,怔怔地听这狂叫声,一直到听不见了为止。水手中那些基督徒或者说是文明人咬定那是美人鱼,说着便颤抖起来;但是那些异教徒镖枪手毫不为之惊慌。而那个花白头发的从曼克斯岛来的人(他是水手中年纪最大的一个)则声称:大家听到的那惊心动魄的声声狂呼发自刚落到海里快要淹死的人们。

埃哈伯在下面自己的吊床上没有听到这叫声;直到天蒙蒙亮的时候他来到甲板上,弗兰斯克才向他讲述了这件事,并在叙述之中不由自主地也作了一些不祥的暗示。埃哈伯干笑了一声,于是便解释起这稀罕事来。

原来他们前些时候经过的那些尽是石头的岛屿乃是大群海豹栖息的场所。有些小海豹找不到它们的妈妈,或者是有些海豹妈妈找不到它们的孩子了,它们准是在离船较近的海面上浮起来和船做伴,同时因为不见了亲人而像人一般哭泣呜咽。谁知这只会为其中有些海豹带来更大的祸事,因为水手多半对海豹怀有非常迷信的心理,其原因不仅在于它们遇难时发出的呼喊的声腔异乎寻常,而且还在于它的圆圆的头颅和看来颇有些灵性的脸与人的头脸的模样有些相像,特别当它们在船边露出身子来抬眼望时更是如此。在海上,在有些情况下,海豹不止一次地被误认为人。

那天上午,水手们那种不祥的预感注定要在他们的一个同伴的遭遇上得到了表面看来颇有道理的证实。这个人在太阳升起时从吊床上起来爬上前桅顶。不知道是因为他当时还没完全睡醒呢(因为水手们有时就是在似醒非醒的状态中登上桅杆的),还是这水手生性就是如此,现在已无从得知;不过不管怎样,反正在他到了他的岗位上不久,只听得一声叫喊,一阵往下倒栽的呼呼声——大家抬头一望,只见一个人影子从空中直栽下来;再往下看,只见碧蓝的海水上冒出了一堆白泡泡。

一件救生器——一个细长的木桶——从船艄扔了下去。那木桶一向是吊在那儿,乖乖地听一个安置得很巧妙的弹簧支配。但是不见有一只手伸出海面来抓住那木桶。木桶经过长年日晒,已经干缩了,因此在水里泡了一段时间,桶里又装满了水,干缩的木板的每一个毛孔都吸足了水,终于那只镶着铁箍的木桶随着水手一块儿沉到了海底,像是供他当个枕头用似的,虽说实际上只是个硬邦邦的枕头。

所以说,披谷德号在白鲸自个儿的洄游场上第一个登上桅顶去搜索它的踪迹的人已经葬身于海底。然而当时也许还很少有人想到这一点。事实上,在某种意义上,他们并不为这事件悲痛,至少不把它当做一件怪事;因为他们不把它看做未来的一件祸事的先兆,而是看做已经预见到的一件坏事的应验。他们宣称,现在他们明白了前一个晚上他们听到的尖声狂叫的原因。然而又是那个曼克斯岛来的人说:不然。

已经损失了的救生器现在需要补充,上面指定由斯塔勃克负责此事。可是找不到分量有这样轻的木桶;同时由于大家对看来即将来到的危机心情过于热切,除了与那最后的结局直接有关的事以外谁也不耐烦去干别的活儿,不管那活儿可能有什么意义。因此大家对船后艄少了救生器这件事采取随它去的态度;然而就在此时,季奎格却做了一个奇怪的手势,那是个与他的棺材有关的暗示。

斯塔勃克一惊,跳起来叫道:"用棺材作救生器!"

"我说这也有点儿怪。"斯德布说。

"把棺材改作救生器是够棒的,"弗兰斯克说,"船上的木匠办这事儿一点儿不难。"

"只好如此,把它拿上来,"斯塔勃克忧郁地想了想说,"木匠,干吧;别这样望着我——我说的是棺材。你听见了没有?干吧。"

"要不要把棺材盖钉上,长官?"他做了个拿起铁锤的手势。

"要。"

"要不要把那些缝儿都填上,长官?"他做了个拿起个填缝的铁器的手势。

"要。"

"要不要给那家伙涂上一层沥青,长官?"他做了个拿起沥青锅的手势。

"一边去!你是中了邪了还是怎的?把棺材改成救生器,好啦——斯德布先生,弗兰斯克先生,跟我上前头去。"

"他气冲冲地走啦。他就是这么个人:大事硬着头皮对付下来,小事能躲就躲。我可不喜欢这样。我替埃哈伯船长做了条假腿,他认认真真地用了;可我给季奎格做了只匣子,他却不愿意伸脑袋往里钻。难道我费了那么大劲做那棺材全是白费?现在倒好,命令我把它改成救生器。这就像把一件旧外衣翻新,把里子翻成面子。我不爱干这种补鞋匠干的勾当——我压根儿不爱干。这有失体面。这不是我分内的事。让修修补补的娃娃干修修补补的活儿吧,我们是比他们体面得多的手艺人。我愿意接的只是干净利落、从头干起、正经地道的活儿,依着顺序有条不紊地一步一步从头干到底;不接补鞋匠的差使,那是别人做好了的你再去开个头、一开头就算完的差使。只有老娘儿们才专爱让人干修修补补的活儿。天哪!老娘儿们个个喜欢找修修补补的家伙。我曾经知道有个六十五岁的老娘儿们就跟个谢了顶的年轻修补匠人跑啦。所以从前我在岸上,在马撒葡萄园岛开着个手艺铺的时候,从来不和孤老婆子寡妇打交道;这些老娘儿们说不定在她们的老脑瓜中会转出和我私奔的念头来。可是,嗨—嗨!在海上,谁来理你这一套呀。让我想想。钉上棺材盖子,填好那些缝隙,抹上一层沥青,再把那家伙敲打得严丝合缝,安上那个弹簧,挂在船舷。有谁以前拿口棺材这么干的吗?要遇上个迷信老木匠,宁可让人高高吊在索具上,也不肯接这种活儿。不过我是用阿卢斯图克河谷里满身疖疤的枫树造出来的,我可不干凑合事儿。后屁股上吊口棺材!带着只坟场里的匣子满世界开来开去!不过,也不要紧。咱们干木匠这一行的,新婚的床和牌桌都得做,棺材和柩架也得做。我们或者是按月开工资,或者计件论价,或者挣赚头。我们干活儿不问为什么,干什么用,除非干的活儿太他娘的零敲碎打啦,要是那样,那我能推则推。哦!这活儿我就凑合着干吧。

我得计算一下人数——让我想想——船上一共有多少人手？哎哟,我可是忘啦。反正我得要有三十根土耳其人包头布结的救生绳,每根三呎长,吊在棺材四周。万一船沉下去时,就会有三十个身强力壮的家伙争那一口棺材,天底下这样的光景可是少见！拿锤子、填缝的家什、沥青锅还有穿索针来！咱们干吧。"

第一百二十七章
甲　板　上

在老虎钳条凳和敞开的舱口中间,那口棺材搁在两口装索子的大桶上；木匠在填塞那些缝隙,用麻絮拧成的绳子从塞在他的长工作服怀里的老大绳团上一点儿一点儿拉出来——埃哈伯从房舱通道慢慢走上来,他听见比普走在他后面。

"回去吧,孩子,我很快就会回来和你在一起。他干起来啦！倒不是说这家伙比那孩子更顺着我的脾气,听我的话——这儿像是教堂的中间大通道①！这是什么？"

"救生器,长官。斯塔勃克先生的命令。啊,瞧,长官！当心这舱口！"

"多谢,伙计。你的棺材放在这儿,进墓穴挺方便。"

"长官？你是指这舱口？啊！是挺方便,长官,挺方便。"

"你不是给我造假腿的吗？瞧,这假肢难道不是你的作坊的产品？"

"我想是的,长官；你觉得这套圈成吗,长官？"

"挺好。可你不也是个棺材商吗？"

"是啊,长官,我是为季奎格拼凑起这东西来当棺材用的；可现在

---

① 教堂的中间甬道往往十分宽敞,婚丧典礼都在那里举行。此处所指的是：既然放着一口棺材,那地方就像教堂中间的大通道。

人家要我把它改作别用啦。"

"那你告诉我：你前一天造假腿，第二天做棺材把人装进去，接着又把这同一口棺材改成救生器，你难道不是个臭名远扬，什么都抓，样样都爱插一手，大包大揽的邪教徒老恶棍？你简直跟天上的神明一样不讲原则，而且是什么都干的家伙。"

"可这全都不是我的本意，长官。我只是干我的活儿。"

"又是神明。你听着，你在造棺材时难道从来不唱歌？人家说，神话中的巨人在给火山开挖喷火口时还哼小曲儿哩；还有那出戏里的掘墓人手里使着铲子时还唱歌①哩。难道你从来不唱？"

"唱歌，长官？我唱不唱歌？噢，我对那玩意实在没兴致，长官；要说那掘墓人为什么唱起歌来，那管保是因为铲子唱不出歌来，长官。不过那填缝儿的锤子里有的是歌。你听。"

"唔，那是因为这棺材盖上有个共鸣板，而之所以形成共鸣板的原因是棺材盖下面是空的。然而装有尸体的棺材发出的声音也差不多。木匠，你曾帮着扛过柩架，在灵柩进教堂墓地的时候，听见过它撞在大门上的声音吗？"

"天哪，长官，我听见过——"

"天哪，那是什么？"

"哎哟，长官，那其实只不过是一种感叹的口气——就是这样，长官。"

"哦，哦，说下去。"

"我是想说，长官，说——"

"你是不是一条蚕呀？你是不是自己吐出丝来织成一块裹尸布包住你自己？瞧你的怀里！快！快把那乱七八糟的东西收走。"

"他到后艄去啦。这来得可是突然；不过在热带地方大风来得总是很突然。我听说加拉帕戈斯群岛②中的阿贝玛里小岛正好被赤道从中间切开。依我看，好像也有什么赤道把那老头儿正好从中间切成两

---

① 指《哈姆莱特》中第五幕第一场，第一掘墓人一边挖，一边唱："我年轻时闹过恋爱，闹过恋爱……"
② 加拉帕戈斯群岛在厄瓜多尔以西六百哩处，捕鲸船常在此补充淡水。

半啦。他老在这赤道上转游——我跟你说,天热得火烧火燎的!他看来真像被赤道切啦——拿麻絮来,快。我们又来这一套啦。这大木槌是个软木塞子,我呢,是位会叫玻璃杯奏乐的教授——嗒!嗒!"

(埃哈伯自言自语)

"明明看见了!明明听到了!那只花白头发的老啄木鸟儿啄得那空了的树嗒嗒响!如今倒是又瞎又聋的叫人羡慕。瞧,那东西架在两只盛满索子的大桶上。那家伙,是个坏透了的小丑。嘀——嗒!这是下等人在出声!啊,一切实实在在的物是多么虚无缥缈!除了捉摸不透的思想之外,天下还有什么真实的东西?眼面前这玩意儿是惨死的非常可怕的象征,一个垂危的生命只要有个机会就会做出求救于万一的生动的手势。一个棺材改成的救生器!还有什么更深的意义吗?归根到底,棺材在某种精神意义上只是一种以速朽求不朽的体现物!我要琢磨琢磨这一点。可是不行啊,我这个人已经在这世界的阴暗面中陷溺得太深了,它的另一面,理论上的光明面,在我眼中只是捉摸不定的苍茫夜色而已。木匠,难道你永远也不会停止这该死的嗒嗒声吗?我下舱去;到我再上来的时候,别让我再看到那东西。这下好啦,比普,咱们来好好讨论它一番;我从你那里吸取了顶顶奇妙的哲学思想!一定有一些未知的世界通过一些未知的渠道曾对你作了尽情的倾吐!"

第一百二十八章
披谷德号遇上了拉谢号

第二天,发现一条名拉谢号的大船正迎面向披谷德号驶来;它的所有圆桁上密密麻麻地站满了水手。当时披谷德号正以很高的速度向前驶去;可是那上风头两翼宽阔的不相识的船已在飞快地靠近它,那些平时好不神气的帆这时像雪白的鱼鳔炸了似的瘪成一堆,遍体伤痕的船身连一点儿生气也没有了。

"坏消息,它带来的是坏消息。"曼克斯岛来的老头儿嘟哝道。埃哈伯不等站在自己的艇子里的对方船长对着话筒开口招呼,先发问道:

"看到了白鲸没有?"

"看到啦,在昨天,你们有没有见到一艘捕鲸艇在海上漂流?"

埃哈伯勉强压制住了他的高兴的心情,对这个意料不及的问题回答说:没有。他本想亲自登上那陌生船去问个究竟,可是那位不相识的船长已经命令他的船停下,自己从船边下来,只使劲扳了几桨,他的艇子的钩已经搭上了披谷德号的主锚链,他一下就跃到了甲板上。埃哈伯即刻便认出他是个自己认识的南塔克特人。可是双方并没有来那套正式的寒暄。

"它当时在哪儿?——竟然没有宰了它!宰了它!"埃哈伯嚷着,迎上前去,"当时的经过怎样?"

原来在前一天下午的晚些时候,陌生船的三艘小艇和一群鲸鱼交上了锋,小艇离大船越来越远,有四五浬之遥;就在它们朝着上风头继续穷追的时候,莫比·迪克的白色的背峰和脑袋忽然耸现在下风头不远的碧波之上。第四条装备齐全的后备艇即刻放了下去追击。第四条有龙骨的也是速度最快的艇子乘着鼓足的风帆似乎已经击中了鲸鱼,至少在大船桅顶上的瞭望哨看来是如此;他见艇子在远处缩成了一点,接着是喷着雪白的浪沫在海上飞快地闪了一闪,往后就什么也看不到了。由此他们得出结论,中了枪的鲸鱼准是拽着追捕它的艇子不知逃到哪里去了,那是常有的事。大家不免有些担心,可是还没有到惊慌失措的地步。大船上扯起了回船的信号旗。这时天黑了下来,它不得不先去接应远在上风头的三条小艇,然后再去追那在截然相反的方向的第四艘。结果是大船迫于形势,不仅在将近半夜之前暂且没去管它的死活,而且以当时来说和它拉开了更远的距离。等到其他三艘的水手安全地上了船之后,大船才扯足了风帆,加上一张又一张的辅助帆,去搜寻那失落的小艇。在船的炼油锅里点起了火,作为灯塔指路;而且每两个水手就有一个被派到桅顶去瞭望。可是尽管大船全力赶了不少的路,算来应该已经到达最后见到那失踪了的小艇的假想地点;尽管它停下来,放下它的后备艇在四下里搜索,结果仍一无所获,只得再往前赶;过了些时候又停下来,又放艇子搜索;就这样,它一直赶到第二天天亮,却连失落的艇子的影子也不曾见着。

故事讲完了,陌生船上的船长紧接着就说明他上披谷德号的来意。他希望披谷德号和它联合起来进行搜索。两船在海上保持四五浬的距离,平行行驶;这样可以把两侧的天际都扫上一遍。

"现在我敢打赌,"斯德布悄悄向弗兰斯克说,"那艘失踪的艇子上一定有个水手穿走了船长的最好的上衣,说不定还有他的怀表——他急得发疯似的要把它找回来。在如今这种繁忙的捕鲸季节,谁曾听说过两条捕鲸船来来去去搜寻一艘失踪的小艇来的?瞧,弗兰斯克,你只要瞧瞧他那副急得脸色煞白的神气——连眼珠子都发白啦——瞧——不是他的上衣丢了——准是他的——"

"我的儿子,我的亲生儿子就在这艘艇子上。看在上帝分上——我求你啦,我恳求你啦。"陌生船的船长向埃哈伯大声哀求,可是后者听了他的请求反应冷得不能再冷,"我把你的船租下,租四十八小时,我乐意付你租金,付你十足的租金——如果没有别的方式可以商量的话——只要四十八小时——只要这么长时间——你一定得答应,啊,你一定得答应,这事你非办不可。"

"他的儿子!"斯德布叫起来,"啊,原来他是丢了他的儿子!我收回我说的上衣怀表的话——埃哈伯怎么说?我们一定得救那孩子。"

"他和其他几个同伴都在昨夜淹死啦,"曼克斯岛来的老水手说,他就站在他们背后,"我听到啦,你们大家都听到了他们的鬼魂的呼唤声。"

不久以后,大家都明白了,原来拉谢号遭的难之所以特别悲惨是因为下面这一情况:不但在失踪的小艇的水手中有船长的一个儿子,而且同时在其他几艘艇子的水手中也有他的儿子;此外,他还有一个儿子在另一条船的艇子上,也在昏暗的天色中追捕鲸鱼,眼下生死未卜。他们的父亲此时心如刀割,顾此失彼,一时间没了主意;亏得他的大副本能地照捕鲸船在这种紧急状态下通常行事规则办:即救援危难中的分散的艇子时,无例外地先救多数。而这位船长,不知出于什么具体原因,却不肯说出这全盘事实,直到埃哈伯态度冷淡,才被迫说出这另一个失踪的儿子,一个只有十二岁的小孩。他的父亲凭着南塔克特人对孩子的一种热切而又固执的父爱的严酷性,决定及早使他在这一营生的危险和欢乐之中历练,而这营生几乎自古以来就是这地方人的命运。至于南塔克特的船长把自己的年纪尚幼的儿子送到别人的而不是自己的船上去参加一次长达三四年之久的航行,这也不是稀罕事;这样做的好处是:作为一个以捕鲸为业的人,孩子的最初的锻炼不至于受父亲在船上难免会偶然流露的自然但不合时宜的偏爱或是过分的担心与关切的影响。

这时陌生船的船长还在苦苦哀求埃哈伯这个不讲交情的熟人,而埃哈伯站在那儿,依然像个铁砧一样受着一下下的敲击而丝毫不为所动。

"你不对我说'行'我就不会走,"这位陌生来客说,"在类似情况下你希望我怎样对待你,请你就照那样对待我。因为你也有个孩子,埃哈伯船长——只是你的还是个娃娃,而且是个老来子,如今安然在家。——啊,啊,你发慈悲啦;我看得出来——开船,开船,伙计们,好,准备把帆桁调整过来。"

"别动,"埃哈伯叫道,"一根绳子也不许碰;"接着他拉长了声腔一词一顿地说,"加迪纳船长,这事我不干。就这样已经耽误了我的时间。再见,上帝保佑你,伙计,但愿我能宽恕我自己,不过我实在得走啦。斯塔勃克先生,看着罗盘匣上的钟,从此刻起三分钟之内请所有外船上的人离船。然后用转帆索向前转帆,仍照刚才的方向行船。"

他匆匆转过身,不让别人看见他的脸,下了他的房舱。对方船长看到自己的恳切请求居然被无条件地一口拒绝,惊得呆若木鸡。接着惊觉过来,加迪纳哑口无言地急走到船边。说是他一步跨进还不如说翻身落进自己的艇子,回自己船上去了。

不久两船便走上各自的航路。只见那条陌生船只要见海上有哪怕是极小的黑点儿便东一处西一处地赶去。直到最后越出了视线以前,它的帆桁始终转过来又转过去;时而向左,时而向右,不断曲折行进;有时迎着劈面而来的海浪,有时又随着海浪前进。而在所有这段时间中,它的桅桁上密密麻麻都站满了人,犹如三株高大的樱桃树,它们的枝丫间有许多男孩在采摘樱桃。

然而从它的仍然犹豫不定的航向以及它的东弯西转、伤心欲绝的表现看来,你可以清楚知道:这条船尽管浪沫飞溅,犹如在哭泣一般,却依然没有结果可以自慰。它就是那个拉谢①在为她的儿女哭泣,因为他们都不在了。

第一百二十九章

房　舱　中

（埃哈伯正要走上甲板去,比普抓住他的一只手要跟他一起上去。）

"孩子啊孩子,我告诉你,如今你千万不可跟在埃哈伯之后。现在时候到啦,我埃哈伯不会把你从自己身边吓跑,可也不要你在我身边。可怜的孩子,我觉得出来,你身上有种东西太能治我的毛病啦。毒能攻毒,而对这次追捕来说,我的毛病正是我最希望有的健康。你就留在下面,他们会伺候你,把你当成船长一样伺候。对,孩子,你就在这儿坐着,坐在我的用螺丝牢牢拧住地板上的椅子里。再拧上一只螺丝,你必须活下去。"

"不,不,不!你的身子已经不齐全,长官,你就把我这个可怜虫当做你丢了的一条腿使唤吧;我只求你踩在我身上,不求别的,长官,这样我就始终是你身体的一部分啦。"

"啊,尽管这世上有成百万个恶棍,你这话却把我变成一个一味相信人(而且是个黑人!是个疯子!)的忠贞不渝的偏执狂!——但是我

---

① 见《圣经·旧约·耶利米书》第 32 章 15 节:上帝在拉玛听到雅谷的妻子拉谢号啕痛哭她的儿女,"不肯受安慰,因为他们都不在了。"

以为毒能攻毒,这道理也适用于他;他的神智又变得清明啦。"

"人家告诉我,长官,说斯德布确实曾经抛弃过我可怜的小比普,我的沉没海底的尸骨如今已变白了,尽管我活着的时候皮肤是黑的。可是我决不像斯德布背弃我一样背弃你。长官,我一定要跟你去。"

"你要是再这么和我说话,说个不停,埃哈伯的目标就会搁置在他心里啦。我告诉你,不行;决不能够是这样。"

"啊,我的好主人,好主人!"

"你这么哭哭啼啼的,我就要杀了你!小心喽,因为我埃哈伯也是个疯子。听好了,你只要始终听到我的假腿在甲板上响,你就明白我还活着。好,现在我要和你分手啦。伸出你的手来!——握上一握!孩子,你像圆周绕着圆心一样地真诚。愿上帝永远保佑你;万一真出了事——但愿上帝永远会救你,不管落到大家头上的是什么。"

(埃哈伯往上走,比普上前跨了一步。)

"此刻以前,他曾站在这儿;我现在站在他站过的地方——可是我是孤零零一个人。现在只要可怜的比普在这儿,我还能忍受,可是他失踪了。比普啊比普!叮,咚,叮!谁见了比普?他准是在那上头,让我开门试一试。什么?没有锁,没有门闩,也没有门撑;可是这门打不开。这准是施了妖法,他叫我待在这儿;对,告诉我说这用螺丝拧在地板上的椅子是我的。那好,我就坐在上面,背靠着横梁,在船的正中央,它所有的龙骨和它的三根桅都在我面前。我们的老水手们说,海军大将在他们的有七十四门大炮的黑色兵舰上,有时坐在桌子前,向一排排的上校和中校发号施令。嘿!这是什么?肩章!肩章!那些戴肩章的人簇拥而来!把酒瓶子传递给他们,欢迎你们,斟上,各位先生!这下子一个黑人孩子成了主人,招待一群穿绣金丝线的制服的白人,这感觉真尴尬啊!——各位先生,你们有否见到一个叫比普的人?一个小小的黑人孩子,五呎高,面貌猥琐,行为怯懦!曾有一次从捕鲸艇跳下海去——见过他吗?没有!那好,再斟上,各位上校,让我们喝上一口以表示对所有胆怯惜命的家伙的羞辱!我不指名道姓。他们真可耻!把一只脚架在桌上,让所有胆怯惜命的家伙感到可耻。——嘘!我听见头上有假腿声——啊,主人啊主人!当你在我头上走过的时候,我心里真是感到难过。不过我会待在这里,哪怕这船后艄触了礁也不走;礁石戳穿了船底,牡蛎会来和我做伴。"

第一百三十章
帽　　子

如今,经过了如此漫长如此广泛的早期巡航,埃哈伯看来已经在合理的时间和合适的地方——所有其他捕鲸渔场都已去过——把他的冤家对头赶到了大洋的一个栏里,好更有把握地在那儿宰了它;同时,他已发现自己已经迫近了当初使他蒙受重创那一个确切的经纬度;加之已经和另一条船通了话,这条船就在前一天确实已和莫比·迪克遭遇——更由于他已断断续续接触了好几条船,它们从正反两方面不约而同地说明白鲸对于猎捕它的人,不管是主动攻击它还是遭它攻击,总是以毫不在乎的恶魔般的方式粉碎他们。这时,在这老头儿的眼里闪烁着一种异样的光芒,使怯弱的人见了难以忍受。那颗不落的北极星经过北极圈里六个月的漫漫长夜,依旧保持着它的锐利、坚定而集中的目光凝视着你,埃哈伯也一样,他的目标如今也是定而不移地照亮着心情始终犹如午夜般阴沉的水手身上。它居高临下支配着他们,使得他们不敢让心中所有的预感、怀疑、恐惧和担心透露出一星半点儿,只是把它们埋在自己的灵魂深处。

在这段阴影密布的时间里,自然流露以至勉强造作出来的说笑一概消失了。斯德布已无心强作欢颜,斯塔勃克则无须努力做到不苟言笑。欢乐与忧伤,希望与恐惧,似乎已同样被在埃哈伯的铁硬的灵魂钳住了的研钵里研得粉碎,一时间已化作尘埃。他们好像机器一般,不声不响地在甲板上来去,无时无刻不感觉到那老头儿的专制暴君般的目光在盯着他们。

但是你如果有机会在他自以为一人独处、没有任何人(除了一个人之外)注视着他的时候,仔细地端详他,那你就会发现埃哈伯的眼神固然使水手们为之望而生畏,可是那个不可思议的袄教徒的眼神也同样使他望而生畏;或者说至少有时会以某种野性的方式使他心神不宁。这个瘦瘦的费达拉身上如今开始新添了一种飘忽不定的奇特劲儿;他的身子不住地瑟瑟地抖,使得水手们望着他起了疑,似乎有些拿不准:他究竟是个有着血肉之躯的凡夫俗子呢,还是某一不可或见的存在的躯体投在甲板上的一个哆哆嗦嗦的影子。这个影子无时不在那儿飘荡。因为即使是在晚上,你也无法确切知道费达拉是在熟睡还是到舱下去了。他能一动不动地站上几个钟头,但是他从来不坐或靠在什么东西上。他的无精打采却又令人惊异的眼神分明在说——我们两个守望人从不休息。

如今不管白天晚上,任何时候,水手们只要踏上甲板,总会看到埃哈伯就在眼前,不是一只脚踩在孔里站着,便是在从不变更的两头——一头是主桅,一头是后帆——之间跨着同样的步子在船板上来回走;再不然,便是发现他站在房舱到甲板的出口,他的那条真腿跨到了甲板上,仿佛就要朝前走,他的帽子重重地压到了他的眉眼间;因此不管是他一动不动地站着,不管过了多少个日日夜夜,他从不曾躺到他的吊床里,而是藏在那顶扣到脑门子上的帽子后边,这样水手们谁也无法确切知道他的眼睛是否真的有时闭上了,还是仍然在紧紧地盯着他们。有时候他这样站在舱口,一口气站上整整一个钟头,不知不觉中夜里的湿气结成了一颗颗的露珠凝在石雕似的衣帽上。晚上浸湿了的衣衫,第二天的太阳把它们晒干。就这样,一天又一天,一夜又一夜,他不再下到甲板底下去,需要的东西,他叫人从房舱给他送来。

他就在这露天地里吃饭;他一天只吃两顿,早饭和中饭,晚饭他从来不碰;他的胡子也从不修剪,黑黢黢地纠结在一起,活像被狂风刮倒了的树,尽管它的根基已经暴露在地面上,上面的青翠的树叶已告枯萎,枝丫却还在随意乱长。然而虽说眼下他的整个生活已成为在甲板上值的一个长班,虽说那个袄教徒值的神秘莫测的班也和他的一样毫无间歇;但他们俩似乎彼此从不说话,除非隔上好久,发生了什么不大的事需要彼此说上一句两句。尽管这种吉凶难卜的时刻似乎在隐秘之中把他们两人联结在一起,但在大庭广众之中,在望而生畏的水手们眼里,他们俩却是南辕北辙,两不相干。假如在白天,他们偶尔说了一两句话;到了晚上两人便成了哑巴,彼此不通一点声气。有时两人在星光下,彼此离得很远地站着,好多个钟头连一声招呼都不打。埃哈伯站在舱口,袄教徒在主桅边;偏又彼此定定地望着对方,活像埃哈伯看到了自己投在那袄教徒身上的影子,而在埃哈伯身上,袄教徒看到了他所抛弃了的实体。

然而不知怎的,埃哈伯以其本来面目每日每时每刻居高临下地显示在他的下属面前,埃哈伯像是一个万人之上的君主,袄教徒只是他的奴隶。然而两人又像一副轭下的两匹马,另有一位看不见的暴君在赶着他们走路,瘦瘦的影子傍着结实的肋材。因为不管这个袄教徒是块什么料,结实的埃哈伯总是代表龙骨和全部肋材。

每天天色刚蒙蒙亮,他的钢铁一般的声音便从后艄传来:"上桅顶去!"于是直到太阳落山为止的整整一个白天以及黄昏之后,每一个小时舵手的钟声一响,这同一个声音便发话了:"看到什么啦?留神盯着!留神盯着!"

可是在遇上那找寻儿子的拉谢号船长以后又过了三四天光景,仍然不见有鲸鱼喷水。这个想报仇想得疯了的老头儿像是怀疑起他的水手们的忠诚老实来,至少怀疑起除了那几个异教徒镖枪手之外的几乎所有的人来;他甚至怀疑斯德布和弗兰斯克也许会故意忽略他所要搜寻的目标。然而如果他确实起了这种疑心,他却是精明得很,嘴上绝口不提,不管他的行动会对他们有什么暗示。

"我自己会第一个发现那头鲸的,"他说,"不错,我埃哈伯一定会赢得那枚金币!"于是他亲手用索子编成一只蝴蝶结式的篮子,差一个人上去把一只有槽轮的辘轳固定在主桅顶上,他接住从辘轳槽里放下来的绳子的两头;一头接在他的篮子上,为另一头准备了一只铁栓,好绑在船栏上。办完了此事,他一手仍然抓住绳子一头,身子站在铁栓旁边,对他的水手们一个接一个看了个遍;他的眼光在达果、季奎格和塔希特戈身上停了很久,但是偏偏避过了费达拉;然后他把坚定而信任的目光落到了大副身上，说："接过这根绳子，先生——我把它交到你手里，斯塔勃克。"接着他让人把自己放进了篮子，下令把他吊到桅顶他的瞭望岗位上，斯塔勃克则是最后把绳子拴住的人，随后他就站在绳头附近。埃哈伯就这样一手抱住了那根最高桅杆，远眺几浬以至十几浬之外的海面——向前看，向后看，左看，右看——他就在如此之高的高度上统率全船，监视着好大的一圈洋面。

一个航行中的水手每当要在索具之间一个高高的几乎孤立的地方用手干活儿，而这地方偏又没有落脚之处的时候，便由人把自己吊到那地方，仗着绳子将他挂在那儿。在这种情况之下，拴在甲板上那一头绳子总是严格交付给一个人，由他专门看管。因为头上那些摇曳不定、乱纷纷的索具之间的各种不同关系，从甲板上看去未必每次都能分个一清二楚。有时候，过不了几分钟便有一根索子的一头从上面固定处抛下来，要拴到甲板上。此时如果不派有专人随时看守着，那就容易出人命：只要下面的水手们一不小心便有可能使吊在上面的水手跌落下来，一头栽进大海。因此埃哈伯慎重其事地这样做并不稀奇；惟一稀奇之处看来倒是这样一点：斯塔勃克几乎是自始至终惟一的一个敢于出来反对他的人，虽说这种反对一点儿也不坚决；其次，还有一点，斯塔勃克又是埃哈伯怀疑对象之一，他的瞭望所得是否忠实可靠，埃哈伯看来多少是有所保留的。所以说，他竟挑选斯塔勃克为看守人，放心大胆地把自己的一条命交到这样一个在其他方面他所不信任的人手中，这就不免令人奇怪了。

现在再来交代埃哈伯初次蹲在桅顶上的光景。他上去以后不到十分钟，就飞来一头红喙的凶恶的海鹰；在这一带海上出没的这种鸟往往一见捕鲸船上有人在瞭望的桅顶，便在四周飞来飞去，近得叫人提心吊胆。此刻就有这样一只鸟儿在他脑袋上尖叫着，快得令人无法提防地转着圈儿，然后一飞冲天，再打着转俯冲下来，接着又在他脑袋旁打转。

可是埃哈伯只是定睛眺望远处隐约的天际，似乎并没有注意到这野性十足的鸟儿；事实上，换了别人也不会去操这份心，有这种鸟儿来打扰，那是家常便饭；只是此刻，哪怕是最不经心的目光都会从鸟儿的几乎每一个动作中发现它的某种奸诈的企图。

"你的帽子,你的帽子,长官!"那个西西里水手突然叫了起来。他被派驻在后桅顶上,正好在埃哈伯后面站着,只是比他的高度稍低一些,中间隔着一段空间。

可是黑黑的翅膀已经到了老头儿的眼前,那犹如一道长钩的喙对着他的脑袋,只听得一声尖啸,这黑鹰已经衔着他的战利品呼的飞走了。

相传有一头鹰绕着塔尔昆的脑袋转了三圈,衔去他的便帽,又重新给他戴上;由此他的妻子塔娜奎尔宣称塔尔昆将为罗马国君。然而帽子被衔走了而又送回,这才被认为是个吉兆。埃哈伯的帽子一去不复返;那只野鹰衔着帽子一直往船头前的远方飞去,最后终于消失了;而从那消失之处,可以隐约看到有一个小极了的黑点从极高处落下,落到了海中。

第一百三十一章

披谷德号遇上了欢喜号

披谷德号犹如箭在弦上般向前驶去;在波涛起伏中,日子一天天过去了。那口棺材改成的救生器轻巧地来回晃动,依然如故。另一条船欢喜号出现在人们眼前,起这么个船名实在是个极不幸的错误。在它驶近的时候,所有的眼光都定在它的宽阔的横梁上。这横梁,人称起重梁,它横架在一些捕鲸船的后甲板上,有八九呎高,是用来吊备用的、未装备好的或者已损坏不能再用的艇子。

在这陌生船的起重梁上吊着的原来是一艘捕鲸艇的破碎的白色肋材和不多几块破裂的艇板。此刻你眼中的艇子的这些残骸分明和一匹马的失去了血肉之躯、已经有些凌乱的发白的骨骼一样。

"见到白鲸了吗?"

"瞧!"那位脸颊凹陷的船长在船艄栏杆旁回答,同时用手里的话筒指指艇子的残骸。

"有没有宰了它?"

"能做到这一点的镖枪还没有锻造出来哩。"对方悲伤地瞅着甲板上那张圆鼓鼓的吊床,床的两边敛紧了,有几个悄无声息的水手正在忙着缝好它。

"还没有锻造出来?"埃哈伯一手从叉柱口上抓起珀斯为他打造的武器,挺出去给他看,嘴里嚷着,"你听着,南塔克特老乡,我手里操着要它命的家伙!那是在血里淬硬的,而这些倒钩是在惊雷闪电中淬的。我发誓要让这些倒钩戳进那鳍后边要命的地方,那是白鲸最能感觉有人要取它的该死的命的所在!"

"那就求上帝保佑你,老人家——你瞧见它了吗?"——他指着那吊床,"我是在收殓我手下五个壮士之一的尸骨,这五个人昨天还是活蹦乱跳的,可没到晚上就送了命。只有那一个我能收殓,其余几个还没死就给它收殓啦。你是在他们的坟头顶上驶过来的。"接着他向他的水手们转过身去——"你们缝好了吗?那就在船栏上放块船板,把尸体抬起来,搁上。好——喔!上帝啊,"——他举起双手走向那吊床包,"愿你复活,再获生命——"

"把帆桁转过来,向前!转舵迎风!"埃哈伯犹如电闪雷鸣般地向他的水手们吼道。

可是猛一下开走的披谷德号没来得及躲过尸体落到海里时发出的扑通一声,实在是来不及,而且飞溅起来的浪花说不定还有些落在它的船体上,这是鬼魂所施的洗礼。

就在埃哈伯离开那垂头丧气的欢喜号时,那件吊在船艄的奇形怪状的救生器突然显得十分刺眼。

"喂!那边,看那边,伙计们!"一个预兆不祥的声音在它后面呼喊,"唉,你们这些陌生人哪,你们是枉费心机。你们为了逃过我们的伤心落泪的葬礼,掉过了船头,却让我们瞧见你们的棺材啦!"

第一百三十二章
交 响 乐 章

这一天天空一碧如洗。在这拥抱一切的一片蔚蓝中,天与海简直分不出来了。只是这凄清的天空洁净得臻于透明而且柔和,有一种女性的风韵;而大海强壮如男子汉,它一吞一吐,形成长而有力、欲去还留的波涛,犹如参孙①在酣梦中的胸膛。

扑棱着雪白的翅膀的没有色斑的小鸟在高空忽东忽西地滑翔而过,那是女性的天空涌动着的温柔的思绪。然而在深水中,在那深不见底的碧水里,往来奔突着力大无穷的大鲸、剑鱼、鲨鱼,这些都是男性的大海的暴烈、焦躁不安、透着一股杀气的思想。

然而两者虽在内部形成反差,在外表上,它们的反差只在细微的层次上有所区别。海天的外观像是浑然一体,它们的彼此有别似乎只是在它们的男女性别上。

高高在上的太阳,犹如帝王君临一切,它好像把这柔和的天空交给了豪迈的奔腾不息的大海,甚至像是把天空当做新娘,嫁给了大海。而在环绕天际的地平线上,有一种轻柔的颤动——这在赤道上最为常见——表示那可怜的新娘在献出自己时既爱怜又心悸的信任,小惊亦喜的心情。

埃哈伯心事重重,愁眉不展,满脸皱纹都打了结,面色憔悴却又显得坚毅不屈,一双像火炭一样的眼睛此刻仍然放光,但已是炭火将灭的余烬。他稳稳地站在早晨的晴空下,抬起他的犹如碎裂了的头盔似的额头对着那有如俊美姑娘前额似的上天。

啊,蓝天的永恒的稚气和天真无邪啊!一些看不见的有翼的精灵

---

① 《圣经·旧约》中力大无比的勇士。

在我们周边到处嬉戏！天空的美好的童年！你对老埃哈伯的深藏不露的苦痛多么地漠不关心！不过我也看到小蜜琳和小玛莎这两个笑眯眯的精灵在他们的老主人身边对他的痛苦不闻不问地自顾玩耍，戏弄着他的长在喷发过的火山口似的脑袋周围一圈枯焦的头发。

埃哈伯从舱口上来，缓缓地走过甲板，到了船沿。他探出头去看他的水中的影子如何在他凝视下一点点地沉下去，他越是想看透它有多深，影子便沉得越来越快。然而那迷人的天空中散发出可爱的香味，暂时驱走了他的灵魂中的腐蚀剂。这令人心旷神怡的长空，这令人陶醉的上天最后终于来抚慰他了。这个继母心肠的世界多少年来对他如此狠心，如此不可亲近，现在终于用双臂亲亲热热地搂住了他的倔强的脖子，终于对他发出了快乐的呜咽，仿佛是对着一个她无论如何也不忍心不去救援和祝福的人，不管这个人多么任意妄为。于是借着压到他的眉眼边的帽子的掩护，埃哈伯让自己的一滴眼泪掉到海中。整个浩渺无涯的太平洋也难以盛下这一颗如此珍贵的小小泪珠。

斯塔勃克看着这老人，看着他心事重重地从船沿探出头去。他似乎在自己内心听到了那从四周的静谧中偷偷吐出来的无尽无休的呜咽。他走近他，小心翼翼地不去触动他，也不让他注意到他的存在。

埃哈伯转过身来。

"斯塔勃克！"

"在，长官。"

"啊，斯塔勃克！这风有多温和，这天也是一副温和的模样。就是在这样一个日子，差不多跟眼前一样美好的日子里，我打到了我的第一头鲸——那时我还是个十八岁的娃娃镖枪手！那是四十——四十——四十年以前的事了！捕了连续不断的四十年的鲸！四十年的缺衣少食，出生入死，风里来雨里去！四十年在这没有半点怜惜之心的海上过！四十年来我埃哈伯抛弃了平平安安的乡土，四十年来一直在和深不可测的大洋上的凶险开战！真是这样，斯塔勃克，这四十年中，我在岸上过了三年。当我想起我过的生活，独自一人的凄凉处境，关起门来当船长，得不到外面这个年轻世界的任何一点儿同情——啊，好累啊！好沉重啊！孤家寡人式的首领其实是几内亚海岸的奴隶！我想到的这一切在过去只是偶尔有所感觉但并无深刻认识——四十年来,我的吃食尽是些腌过的干货,正好代表我的灵魂的干巴巴的营养;而最贫穷的岸上人每天都能吃到新鲜的水果,掰开新鲜的面包;相形之下,我吃的是发霉的面包干——我过了五十才有了一位年轻姑娘做妻子,结婚第二天上船去霍恩角,我在新婚的枕上只留下了一次凹形;如今两人远隔重洋。那也算是妻子?算是妻子?不如说是活守寡!唉,斯塔勃克,我和她结婚,其实是让这可怜的姑娘守寡;随后是如疯如狂,热血沸腾,额头冒烟的生活,我埃哈伯在这样的生活中下过上千次的艇子,口吐白沫,死命追捕我的猎物——说是人,还不如说是个恶魔!唉,唉!当了四十年的傻瓜蛋——傻瓜蛋——老傻瓜蛋,这就是我埃哈伯!这豁出命去追捕,手扳长桨,扔镖枪长矛,有多累啊,胳膊都快瘫啦,这都为的什么?如今我埃哈伯发了没有?日子过得美美的没有?你瞧,啊,斯塔勃克!我挑这一副重担的报答是一条腿从我身子底下给咬掉了,你说这惨不惨?喂,给我把这绺头发撩开点儿,它挡我的眼睛,让我好像是在哭泣。这样花白的头发只有从某些灰烬中才长得出来!但是我是不是显得老,非常非常之老,斯塔勃克?我已到了力竭神疲的地步,伛腰曲背。我是亚当,被赶出了天堂以后跟跟跄跄走了不知多少个世纪。上帝啊!上帝啊!上帝啊!打我吧,打得我的心破碎!打得我脑浆迸裂!嘲弄吧!嘲弄吧!对我的花白头发尽情狠狠嘲弄吧,难道是我活得幸福才长了这一头花白头发,才显得、才感到如此衰老?过来些!站得离我近些,斯塔勃克;让我好好看看人的眼睛,这要比望着海,望着天强,比望着上帝强。青翠的故乡啊!快乐的家庭生活啊!人的眼睛是面神奇的镜子,伙计。从你的眼睛里我看到我的妻子,我的孩子。不,不,你留在船上,留在船上!我下去的时候,你千万不可下去,让我额上打了烙印的埃哈伯去追击莫比·迪克。你不该冒这一次风险。不,不!我从你的眼睛里看到了远在天边的家,就为了这,你也不能下去!"

"啊,我的好船长!我的好船长!你是个好人哪!毕竟是个好老头儿哪!为什么非得有人去追击那头可恨的鱼!和我一块儿离开吧!让我们快快逃离这要命的水域!让我们回家!我斯塔勃克也有老婆孩子——那些我年轻时候亲如兄弟姊妹的玩伴也有老婆和孩子;甚至你也一样,长官,你到老年时是你的老婆孩子的知疼知爱,眠思梦想,犹如他们的父亲一般的亲人!走吧,咱们走吧!——让我即刻来调整航向!啊!我的好船长,让我们稳稳当当、太太平平地驶回到南塔克特去,这有多快活,有多开心啊!长官,我想在南塔克特,有时候也有这种蓝天白云的明媚日子,甚至跟这一样。"

"有过,有过,我见过这种天气——夏天有些日子的早上就是这样。差不多就在这一刻,不错,这是他的午睡时间,啊,这娃娃好不活泼地醒来啦,在床上坐起来啦;于是他妈妈就给他讲起我这个食人生番的老头儿来,我怎样在深海大洋上飘流,不过有一天会回来再教他跳舞。"

"这是我的玛丽啊,我的玛丽!她答应过我,每天早晨都要抱我的儿子到那山岗上去等着第一个看到他父亲船上的帆!好!好!别多说啦!就这么办!我们朝南塔克特开!来,我的好船长,研究研究,定下我们的航线,让我们回家去!瞧,瞧!我的儿子的脸在窗口露出来啦!我的儿子在山岗上向我招手!"

可是埃哈伯的眼珠一转,他像一棵遭了病虫害的苹果树一般地把最后一个蛀空了的苹果抖落到地上。

"这是什么,这是什么莫名其妙、不可思议的神秘东西?我受了哪一个隐秘的招摇撞骗的君主以及残忍的毫不留情的皇帝的控制,才会违背一切天生的爱和渴望,始终如此横冲直撞,不顾一切地迫使自己去做就我自己本心来说想也不敢想的事情?是我埃哈伯,埃哈伯吗?举起这只胳膊来的是我,是上帝,还是别的什么人?然而假使伟大的太阳不是自己在运转,而只是天上的一个跑腿的小厮;假使没有一颗星星能够自己转动,而是背后有某种看不见的力量使然;那么,我这一颗小小的心怎么会自己跳动呢;我这一颗小小的脑子怎么会自己思想呢;除非跳动的不是我的心,思想的不是我的脑子,生活的不是我这个人,而是上帝。天哪,伙计,咱们在这个世界上就像那边的绞车一样由别的力量在推着它转呀转,而命运就是那根使绞车转动的推杆。而在同时,天空始终在微笑,海洋始终深不可测。看!看那边那条大青花鱼!是谁使它去追那条飞鱼,要咬死它?朋友,杀人凶手上哪儿去呀,伙计!法官本人都已被拉上法庭去啦,谁又来定罪呀?可这是一阵好温和的风,天空也显得温和;而此刻的空气里有一股香味,像是从遥远的草场上吹来。斯塔勃克,在安第斯山脉哪一个山坡底下,准是有人在晒干草,刈草人则在刚刈下的草堆中睡觉。睡觉?是啊,我们不管如何辛苦劳作,我们大家最后都要在草场上睡觉。睡觉?是啊,斯塔勃克,当去年的镰刀扔到地上,丢在还未割下的半行草里,它从此就在青草堆里生锈!"

可是大副的脸色由于绝望白得像死人的颜色一样,趁他不注意溜走了。

埃哈伯跨过甲板,到对面去望海,但他看到了水里映着一双定定的眼睛的影子,吃了一惊。原来是费达拉一动不动地趴在同一栏杆上。

第一百三十三章
第 一 天 追 击

那天晚上,在人家值中班时,老头儿照例时不时地走上他靠着的小舱口,走到他的假腿的插孔前;这时候,他猛地恶狠狠地伸出头去,像船上的机灵的狗一到船只驶近了某一个蛮人的小岛那样,猛吸了一口海上的空气。他声称近处必有一头鲸。不一会儿,所有值班的人都闻到了活蹦乱跳的抹香鲸发出的有时老远都能让人闻到的独特的气味。埃哈伯在察看了罗盘针,接着又看风信旗,定下了尽可能确切的发出气味的方位之后,迅速下令稍稍改变船的航向并把帆收得短些。水手们对他这样办并不觉得奇怪。

下令采取这些行动的英明之处在天亮时便得到了充分的证实。大家看到正前方和船成直线有一长条油光锃亮的线,很像它两边的海水的皱结的波纹,也像在一条又深又急的河入海时与海水冲击而成的大浪发出的金属似的闪光的标记。

"桅顶上注意!全体集合!"

达果用三根粗杠的头像擂鼓似的擂着船头楼的甲板,睡着的人犹如挨了当头棒喝,全都惊醒过来,像被人一口气吹出了舱口,其速度之快使大家上来时要穿的衣服还拿在手里。

"你们看到什么啦?"埃哈伯面对着天问桅顶上的人。

"没有什么,没有什么,长官!"这是上头人对下面的回答。

"上帆!辅助帆!高的低的,左右两边都上!"

所有的帆都扯上了,他松开了为他保留着、好送他到主桅顶楼的救生索。不一会儿,水手们便把他吊到了那儿;才升到三分之二的高处时,他从主上桅和主中桅之间的横档空隙中望出去,便像海鸥似的叫了一声:"它在那儿喷水哩!——它在那儿喷水哩!那背峰像座雪山!是莫比·迪克!"

这叫声几乎在同时得到了三个瞭望哨的响应,鼓动得甲板上的人全向索具奔去,争先恐后地要看一眼那追了这么久的出名的鲸鱼。这时,埃哈伯已经到了他的最后的驻足处,那地方比其他的瞭望哨要高几呎。塔希特戈站在上桅顶上,就在他脚下;这个印第安人的头顶几乎和埃哈伯的脚后跟一般高。从这个高度看去,那头鲸就在正前方几浬处。海浪每往下一沉便露出了它的高高的晶莹如玉的背峰,它定时地无声地把水喷向空中。在那些容易轻信的水手们看来,这无声的喷水跟他们好久前在月光之下的大西洋和印度洋上所见到的是同一个。

"难道你们之中在我以前有谁见过它?"埃哈伯大声问他周围的人。

"我发现了它,几乎和埃哈伯船长同时,长官,我便喊出了声。"塔希特戈说。

"不是同时,不是的——那金币该我得,命运把这金币留给了我。只有我一个人,你们之中谁也不能首先把白鲸招出来。它在那儿喷水啦!它在那儿喷水啦!——它在那儿喷水啦!又喷啦!——又喷啦!"他用一种拉长了的,余音袅袅,很有规律的声腔喊,这拉长的声腔正好和鲸鱼的逐渐延长的看得见的喷水的时间合拍,"它要沉下去啦!扯起辅助帆!放下上桅帆!三条艇子准备好。斯塔勃克先生,请记住,你留在船上,照管全船。舵手注意!贴风行驶,贴近一点儿!好,沉住气,伙计们,沉住气!鲸鱼尾巴下去啦!不,不,只是黑水!小艇全都准备好了没有?等着,等着!把我放下来,斯塔勃克先生;放,放,——快,再快点儿!"他抓住绳子一下子滑到了甲板上。

"它一直往下风头泅去啦,长官,"斯德布说,"它掉头从我们这边泅走啦,它还不可能见到这船。"

"别作声,伙计们!守在转帆索边!把好舵!把帆桁前后转得更斜些!把帆桁拨过去让风吹在帆边沿上!好,正好!小艇!小艇!"

不多久,除了斯塔勃克的艇子外,其余的都放下去了;各艘艇子的帆都升起了——所有的桨都在划动,飞也似的直奔下风头,埃哈伯一马当先。费达拉那双深陷的眼睛闪着死灰色的光,他的嘴极其难看地动了动。

三艘小艇的轻巧的艇头像无声无息的鹦鹉螺壳似的破浪前进,可是到了接近对手时便放慢了。这时,洋面上变得越发平静,像是拉过了一张地毯铺在波浪之上;又像是正午时分的草场,幽静地铺展开去。最后,屏息凝神的猎人离他的似乎尚未觉察的猎物已是如此之近,以至它的整个耀眼的背峰已看得清清楚楚;它在海里独自向前滑行,不断地在身后划出一道精细之极、羊毛般的稍带绿色的打转的圆圈。猎手也看到了更远一些它的微微突起的脑袋上的巨大纠结的皱襞。再前面,在老远的铺着土耳其地毯般的海面上,留下了它的宽阔的牛奶色的前额的闪闪发光的影子,微波伴着这影子发出顽皮悦耳的淙淙声,而在后面,青色的海水从两侧涌入它劈浪前进时所一路留下的水谷。它的两边冒出亮晶晶的水泡,仿佛在它身边跳舞。但是成百的快活的水鸟时而轻柔地贴着水面飞,用它们的细爪又将水泡   抓碎;时而又   下了冲上天去。从白鲸的背上耸起一支它新近被击中的长矛的碎裂的长柄,好似一条金碧辉煌的大商船上矗立着一根旗杆。犹如一片片云彩般的水鸟群来回飞过,像罩在这头鲸上的华盖;不时从其中飞出一只水鸟,无声无息地停在矛柄上,随着它摇摆,它的长长的尾羽仿佛小小的燕尾旗在飘扬。

这头像在水中滑翔的鲸鱼,动作迅疾,气势非凡,同时却又显得从容不迫,温文儒雅,全身透出一种不动声色的欢快情绪。当年白公牛朱必特携带着心荡神移的欧罗巴（后者紧紧抱住了他的优美的双角）泅走，他的一双美目全神贯注地斜睨着这位女郎，他的身手迅捷而又平稳，踏波劈浪，直奔克里特岛的洞房。然而即使当年的朱必特，这位至尊无上的罗马主神就在眼前，也不能使这头气度雍容地泅着的白鲸为之逊色。

当白鲸劈开波浪时，这些波浪冲洗了它一下之后立刻远远退走；而在同时，鲸鱼两边的柔软的光亮的侧腹抖去留存在它身上的一切。难怪以往猎捕它的人为它的静如处子的气度所迷惑，竟然敢于向它动手；而在他们毕命前方才明白这种沉静不过是暴风骤雨般的回击的伪装而已。然而这派宁静，撩人的宁静，你这鲸鱼啊！尽管你已多少次用这同一招数欺骗过、消灭了你的对手，而在今天初次向你打量的人眼里，你依然泅得如此安详，多么撩人的安详啊！

于是就这样，莫比·迪克在热带海洋的水波不兴的宁静中，听着海浪鼓掌，而在高兴得过分时连掌也忘了鼓的情况下一直往前游，依然不把沉在水底下的躯体的令人胆战心惊的真面目在水面上一露，它的狞恶的受过伤的歪嘴更是深藏不现。不过它的前身不久便缓缓露出在水面；一时间，它的整个大理石般的身躯形成了一座高高的拱门，像是弗吉尼亚州的天然桥①在空中摇着它的犹如旗帜的尾巴，像是在警告世人。这位尊贵的大神略一现身，又沉下水去不见了。那些在飞翔中的白色海鸟停了停，翅膀一侧浸入水中，在白鲸留下的一潭激荡不已的海水上久久不愿离去。

三艘小艇的大桨竖起，小桨放下，一张张帆都松了；它们此刻只是静静地浮在水面上，等待莫比·迪克的再次出现。

"等一个钟头。"埃哈伯说，他站在艇艄像生了根似的。他的目光越过鲸鱼出没的地方，伸向朦朦胧胧的蓝色水面和下风头那一大片招人前往的空旷处。这只是一瞬间的事；因为随着他的目光在海面扫视了一圈，他的眼珠好似也骨碌碌打了一个转。此刻微风吹来，气息清新，海上开始起浪了。

---

① 天然桥位于弗吉尼亚州的蓝岭山脉，高二百一十五呎，长九十呎。

"那些鸟儿！——那些鸟儿！"塔希特戈嚷起来。

那些白鸟犹如苍鹭起飞时那样，排成长长的一列纵队，飞向埃哈伯的小艇。飞到只有十几呎距离时，它们开始在水面上扑打起翅膀来，一圈圈地盘旋，发出快活的有所期待的叫声。它们的视力比人的视力要犀利，埃哈伯这时并没有在海里发现什么迹象。然而在他朝海底下一直望下去时，突然看到了在深海中有一个并不比一只白鼬更大的活动的白点正在飞快地上升，越往上越大，最后打了个转，这时才看明白了，原来是两排长而凸凹不齐的白森森的牙齿从深不可测的海底浮上来；那是莫比·迪克的张着的嘴和它的下巴，它的硕大无朋的隐蔽着的身躯的一半还和蓝色的海洋溶在一起。它的闪闪发光的嘴在艇子底下打了个呵欠，好似打开了的一座大理石坟墓；埃哈伯用掌舵的桨往边上一划，艇子便转向一边，躲过了这好不厉害的幽灵。然后他叫费达拉和他对换了地方，自己到了艇艏，抓起了珀斯的镖枪，下令手下的水手拿起桨来，准备倒划。

此时，由于他及时使小艇转了过来，艇艏正好如他所预期的对着当时还在水下的鲸的脑袋。谁知莫比·迪克真是个人人称道的鬼精灵，它好似识破了他的计谋，把身子一横，眨眼间把自己满脸打褶的脑袋直钻到了艇子底下。

在一刹那间，艇子一下子整个儿发起抖来，连每一块船板，每一根肋材都抖起来；鲸鱼斜斜地仰天躺着，摆出鲨鱼正要咬人的架势，慢慢地颇有感情地将艇艏全都纳入它的嘴中，以致它的长而窄的弧形的下巴高高地探向空中，成一弧形；它的一颗牙齿卡在一个桨环里。它的珍珠似的白里透青的下巴内侧离埃哈伯的脑袋不到六吋，而且比他的脑袋还高。白鲸这时就以这个姿势摇撼那小巧的杉木艇艏，活像一头装出一副和善神气的恶猫戏弄它逮住的耗子。费达拉毫不惊慌地环抱着两条胳膊眼望着它，而那几个虎黄色皮肤的水手却已在连爬带滚地相互挤压着，想爬到艇艏尖上。

就在鲸鱼恶毒地尽情戏弄着这艘大限将到的艇子的同时，艇子的富有弹性的两舷一鼓一吸地动着，而由于鲸鱼的身子沉在艇子底下的海中，费达拉无法在艇艏投枪刺它，因为艇艏几乎可以说是全部在它嘴里。同时其他两艘艇子由于危机突如其来,一时无法应付,不由得都愣了。这时,一心要报仇的埃哈伯眼看着仇人近得叫人手发痒,偏偏自己身陷在那可恨的下巴之内而无计可施。他气得发了疯,竟赤手空拳抓住了那长长的颚骨,死命地要把它拧下来。就在他这样拧而又拧不下来的时候,那颚骨从他手里滑脱了;脆薄的艇舷经不住折腾,凹了进去,碎了,断了。同时,鲸鱼的犹如一把特大剪刀的上下颚往后一缩一咬,把小艇咬成了两半,接着上下颚又在海中紧紧闭上了,把浮着的小艇残骸的一半关在了上下颚之外。这些残骸漂到了一边。在艇艄那几个水手紧紧抓住舷板,一边死命握着桨不撒手,好划着它们回到大船上。

在小艇断裂之前那一刻,埃哈伯首先识破了鲸鱼的意图;他随机应变地把自己的脑袋往上一顶,这一来就暂时松开了抓下巴骨的那只手,趁此机会,他的手作了一次最后的努力,想把艇子推出鲸口。其结果却是使艇子进一步滑到鲸鱼嘴里去,同时使它侧向一边。但艇子到底使他松开了抓下巴骨的手,就在他俯身推船的当儿,把他摔出了鲸口,在海面上摔了个脸朝下。

莫比·迪克随波起伏退走了,抛下了它的猎物,此时已停留在不远处;它的椭圆形的白色脑袋在大浪中直上直下地升降,同时缓缓地转动着它的纺锤般的身躯;因此当它的满是皱襞的大脑门子升出水面二十余呎时,正在上涨的大浪连同所有那些向它汇合的波浪晶光耀眼地一齐撞碎在它的脑门子上,转而把它们的浪沫迸射到更高的空中好一泄它们心头之恨。① 这正如在狂风中,英吉利海峡中的巨浪打在涡石灯塔②的底座上受挫后反弹回来,却将它们的浪沫飞溅到灯塔的顶上而自鸣得意。

但是不久莫比·迪克恢复了它的水平态势,飞快地绕着那些遭难

---

① 这是抹香鲸特有的动作,颇有些像镖枪手掷出长矛前先试做几个近乎直上直下态势的动作,因此人们把鲸鱼的这一动作称之为前文已经描写过的投枪。鲸鱼赖此动作想来可以最清楚最全面地观察向它进行包围的是什么。——作者注
② 该灯塔立在离英格兰的普利茅斯港十四哩的英吉利海峡中的涡石礁上,在民谣和海员传说中非常有名。第一座灯塔用木料建成,在一七〇三年大风暴中被冲走,第二座毁于火灾。第三座完全用铁拉条把石块联结在一起,是灯塔建筑史上一次革命。

的水手泅了一圈又一圈,用它的尾巴把两边的海水搅得天翻地覆,好似准备好要发动又一次更加猛烈的攻击。看来它一见那四分五裂的艇子就怒从心上起,正如《马卡比父子书》①中安泰奥卡斯的大队的象见了扔在它们面前的血红的葡萄和桑椹一样。同时,埃哈伯被鲸鱼尾巴旁若无人地搅起的浪沫闷得几乎闭过气去;他又是个重残废,游不了水,不过他还能使自己浮在水面,哪怕是处在目前这样的漩涡中心也罢。远远望去,埃哈伯的有气无力的脑袋好像撒在水面上的一个气泡,稍有震动就会破裂。费达拉从残破的艇艄漠然不为所动地平静地瞅着他;漂在海上的另一部分艇艄上,抓住舷板不放的水手自顾不暇,实在帮不了他。由于打着转的白鲸模样儿着实吓人,也由于它飞快地转的圈子越转越小,使它看来像是要横扫他们,尽管其余的小艇未受损伤,就在近旁徘徊,却仍然不敢冲入涡流中去发动攻击,怕的是这样的攻击会成为埃哈伯和其他几个已遭到打击的难友即刻被消灭的信号;而在这种情况之下,他们自己也难望逃此厄运。因此他们始终睁大着眼睛停留在危急地带的外围,而埃哈伯老头的脑袋此时已经成了这一地带的中心。

所有这一切从一开始就被大船桅顶上的人看在眼里。大船调整了它的帆桁,便向这一地带驶来;它已经靠得如此之近,陷身水中的埃哈伯已经可以向它招呼:"驶过来——"话未说完,莫比·迪克掀起一阵浪花打到他身上,淹没了他的声音。他又从中挣扎出来,碰巧落在一个高高的浪尖上,他亮声喊道:"冲着那鲸驶过来!——把它赶走!"

披谷德号的船头是尖的,它冲破了那像中了魔法似的圈子,果然把白鲸和它的受害者分开了。它一下子气愤愤地泅开之后,两艘小艇飞也似的赶来搭救同伙。

埃哈伯被拖进斯德布的艇子时,两眼充血,失去了视觉,脸上的皱纹里结着雪白的盐花;他的体力由于长时间紧张过度,已告衰竭,只能由着人家摆布:有一段时间,他躺在斯德布的艇子底板上动弹不得,像

---

① 《马卡比父子书》是《圣经》中的伪经。该书第6章34节称:安泰奥卡斯与马卡比作战时为了刺激他的象队助战,把葡萄和桑椹汁撒在象前。

一个遭了象群践踏过的人。他发出一种莫名其妙的仿佛来自远方的哀哭声,一种像是从谷地里传出来的凄惨的声音。

然而这种体力虚脱到了极点,往往正因为来得猛而去得也快。大凡英雄豪杰有时能把分布在凡夫俗子一生中的点滴琐屑痛苦聚集起来,浓缩为一瞬间的锥心蚀骨的剧痛。因此这些非常人物每一次经受的苦痛虽然短暂,但如果上天有意使然,则他们终其一生所受、全都由无数片刻的大悲痛所加起来的总和,足以与一个时代的苦难相当而无愧,因为这些伟人的中心一点即已包含着碌碌无为的庸人的整个圆周。

"镖枪呢?"埃哈伯拖过一条胳膊,弯过来撑起了一半身子问,"它是不是好好儿的?"

"好好儿的,长官,因为你的枪没有投出去;喏,你看。"斯德布举枪让他看了看说。

"放在我面前——有没有人失踪?"

"一、二、三、四、五——一共是五支桨,长官,这儿有五个人。"

"好——老弟,你来扶我一把,我要站起来。好,好,我见到它啦,在那儿!在那儿!还在朝下风头泅,那水喷得多有气势啊!——把手放开!我埃哈伯的永生不灭的精气神又在我身体内流动啦!扯上帆,伸出桨去,把好舵!"

每当一艘小艇被毁,它的水手被另一艘小艇救起以后,通常就帮着那艘艇子的水手们一块儿干;因此继续追击时划桨就有了双倍的人力。眼下正是如此。然而艇子固然增添了力量,可还不如鲸鱼增添的力量大,因为它的鳍似乎增加了三倍,其泅水的速度分明告诉他们:如果在目前情况之下要追下去,这场追击将无限延长,甚至是毫无希望的。再说桨手们谁也无法如此长久地不歇气地使足了劲坚持下去。这样做,只有在短时间内情况需要,还可以勉为其难。这时候,只能让大船本身接着追赶,倒未始不是一个有望追上它的折中办法。因此两艘小艇都向大船靠过来,不久便由吊车吊到船上。那艘遭难的艇子的两个部分在此之前已被收回,所有物件已被吊在船侧。所有的帆布都已高高堆成一堆,辅助帆都已向两侧张开,好似信天翁的一对长翅膀;披谷德便这样朝下风头的莫比·迪克追上去。桅顶上的瞭望哨则按着众所周知的办法,有规律地定时报告大鲸闪闪发亮的喷水情况。到了上面报告鲸鱼刚刚下沉的时刻,埃哈伯便会记下时间,手拿着罗盘柜上的表,在甲板上踱步;过了预计鲸鱼要上升时刻的最后一秒,他的声音便会响起来——"这下金币是谁的啦?你们看到它了没有?"如果回答是"没有,长官!"他立马命令他们把他吊到他的桅顶的岗位上去。这一天就这样慢慢过去了;埃哈伯时而在高处一动不动,时而烦躁地在甲板上踱步。

他在甲板上走的时候,一句话不说,除非向桅顶的人发问,或是吩咐水手把某一张帆升得更高些,或是把某一张帆张得更开些——他这样来回踱步,每次都会经过他自己的那条头尾都破损了的艇子,它被扔在后甲板上,背朝天放在那儿。最后,他终于在它前面停下来。有时,已经是阴云密布的天空,还会有新的重重乌云飘过;此时老人的脸上正是如此,他的神情显得更加阴沉了。

斯德布见他停下,也许是有意地而且不无效果地表示自己毫不动摇的决心,从而在船长的脑海中留下一个勇士的印象,他走上前去,眼望着这残骸大声说:"这是那蠢货不啃的蒺藜,它刺得那蠢货太疼了,长官,哈!哈!"

"对着这残骸发笑,这未免有点没有心肝了吧?你啊你!我还不知道你的像大无畏的火那样的勇敢(也同样的没有头脑),我敢发誓你是个胆小鬼。在残骸面前不该唉声叹气,可也不该发笑。"

"是,长官,"斯塔勃克走过去说,"这是个庄严的场面;是一个先兆,而且是个不祥之兆。"

"先兆?先兆?——这是辞典上的说法!如果老天爷有意向人有所交代,那它就该光明正大地说出来;而不是摇摇脑袋,像个老娘们儿似的打什么不吉利的暗号,——走开!你们两个是一件事情的两极;斯塔勃克正好是斯德布的反面,倒过来也是。你们俩就是全人类,而我埃哈伯则是孑然独立于千百万世人之中,大神们和人们都不是我的邻里街坊!冷啊,好冷——我哆嗦啦!——上头的人听着,现在怎样了?你们见到它了吗?它喷一次水你们报一次,哪怕它一秒钟喷十次也得这样报!"

这一天快过去了。太阳的黄金长袍的镶边已经在窸窣地响。天快黑了,可是瞭望哨上的人还待在上面,不下来。

"看不见喷水啦,长官,天太黑了。"有人从空中喊。

"你最后见到它时,它是朝哪个方向泅?"

"跟先前一样,长官,一直朝下风头泅。"

"好!到了晚上,它会泅得慢些。斯塔勃克先生,把最上桅的帆和中桅的辅助帆放下来吧。在天亮之前我们不可赶到它前头去。它现在正在转移,说不定会停下来歇歇。掌舵的,让船吃足了风!桅顶上的人!下来!——斯德布先生,派一个体力充沛的人上前桅顶去,那个哨位到天亮要一直有人顶着。"然后他走到主桅上钉着的金币前,说道:"伙计们,这金币是我的,因为是我挣得了它;不过我会让它钉在这儿一直到白鲸死了为止。那时候,你们中间谁在它送命的那一天第一个发现它,金币就是谁的;万一到那一天,又是我先发现它,那么,我要拿出十倍的钱分给你们大家!散了吧,甲板是你的啦,先生。"

说这话的时候他人已经一半下到了舱口,然后,他压了压帽子,在那儿一直站到天明,除了有时振作一下精神,察看这一夜有什么动静。

第一百三十四章

第 二 天 追 击

破晓时分,三个桅顶上按时换了新上班的人。

"你们看到它没有?"埃哈伯等了一会儿,等天光更亮一些,然后大声问。

"什么也没看见,长官。"

"叫所有的人上来扯足了帆!它比我想的走得快——上帆升好!——唉,这些帆本该通宵张着的。不过不要紧——休息一下再赶也好。"

这里要交代一下，这种日以继夜、夜以继日不依不饶地专门追捕一头鲸鱼的事，在南海捕鱼业中绝不是破天荒第一遭。因为南塔克特所出的将材中，尽有些天生出人头地的奇材，他们的技艺已经臻于化境，他们的经验已经使他们有先见之明，而他们的信心更是坚不可摧。根据上一次发现一头鲸鱼时对它的简单观测，他们可以在某些特定的条件下，在看不到它时相当准确地预言它在一段时间内继续向何方泅去以及在这段时间内它前进的速度大概是多少。在这方面他们颇有些像一个领水员，在出发的海岸（这海岸是他在到达前方某一点后便将重新回去的基地）快要看不见然而其大体方位了然于胸时，他站在罗盘旁，指点航向，使船能精确地到达此刻已经在望的海岬；为的却是更有把握地最后正确地回到已远远落在后头看不见的地岬。守着罗盘搜寻鲸鱼的捕鲸人也是这样；白天追捕鲸鱼，不厌其烦地做着记录，一干就是好几个小时；到了晚上，鲸鱼看不见了，这生灵在夜色掩护下留下的踪迹全凭猎手机敏的头脑来确定，这几乎跟领水员的海岸之于领水员差不多。鲸鱼这种水生动物如何在海中消失的情景尽人皆知；它的踪迹对于一个技艺高超的猎手，从任何一方面来说，几乎就像那块固定不移的陆地一样可靠。现代的铁道上走的大力神般的钢铁巨兽，它每走一步，大家都很熟悉，你只要手里拿一只表，就可以像医生数婴儿的脉搏一般计算出它行驶的速度，可以轻而易举地说这趟上行或下行列车将于何时到达何地；而南塔克特人也可以根据所观察到的那深海中的巨兽的泅水速度的具体情况，告诉自己：这个鲸鱼要泅出二百浬地去，到达某一经度或纬度要多少个小时。不过话说回来，只有在风和海水愿意和捕鲸人合力同心的条件下，他的这种本事才能最终显出它的灵验来；因为一个海员固然可以说出他此刻已经离他的港口有九十三又四分之一浬，可若风停了，帆船不能前进，或遇上逆风使船处于困境，那么，海员的这种本领此时又有何用？我们从以上所说可以得知：追捕鲸鱼这件事牵涉到许多微妙的因素。

大船破浪前进，在海面上留下了一道深沟，仿佛一发瞄得不准的炮弹变成了一张犁，在平地上翻出了一道沟。

"我的天！"斯德布叫道，"甲板这么急速的抖动闹得我的两条腿都抖起来啦,它还挠着我的心。这船和我是两个勇士!——哈!哈!有谁把我托了起来,脊梁贴着海面推出去——因为信不信由你,我的脊梁是一道船的龙骨。哈!哈!我们走得好不轻快,后面连一粒灰尘也没扬起来。"

"它在那儿喷水啦——喷水啦!——喷水啦!——就在正前方!"桅顶楼上有人叫起来。

"不错,不错!"斯德布嚷道,"我知道——你跑不了啦——喷吧,你尽管喷。鲸鱼啊!有个疯狂的恶魔在要你的命!吹你的喇叭吧——鼓足你的肺吧!埃哈伯会刹住你流的血,就像磨坊主关上溪上的闸门一样。"

斯德布说出了差不多全体水手心里的话。这发狂似的追击到了这时候已经在大家身上鼓起了一股疯劲儿,好像肚里的陈年老酒的劲儿上来了一样。不管过去有些人有过什么隐隐约约的恐惧和不祥的预感,此时它们已经由于人们对埃哈伯的日益敬畏而被排除在头脑之外,而且像大平原上怯生生的兔子见了那蹦跳如飞的野牛一样已经逃得无影无踪。命运的巨掌已经紧紧攥住大家的灵魂。有了前一天出生入死的经历,昨夜的提心吊胆的煎熬,以及他们的船一头扎下去追击飞快移动的目标那种一往无前、无所畏惧、不顾死活的盲目的劲头;经过了这一切,他们的心也被带动了起来。风把帆吹得鼓起个大肚子,像是用看不见挡不住的臂膀推着船前进。这风像是冥冥中那股驱使着他们去进行这次较量的力量的一个象征。

他们三十个人已经合成一个人了。正如这条装着他们所有人的船,尽管它是由各个不同的材料——橡木、枫树和松木,铁、沥青和苎麻——建成的,然而这些材料你中有我,我中有你才组合成这具体的船体;这船体受它的一根主心骨龙骨的平衡,指引。同样,所有的水手秉性各不相同,这人勇敢,那人胆怯;有的有罪孽,有的只有罪孽之心,各种各样的人融合为一,全都受埃哈伯这个他们惟一的主子和龙骨的指挥,奔向那个致命的目标。

索具活动自如。一个个桅顶犹如一株株高耸的棕榈树的冠,枝叶纷披,像长着胳膊和腿。一些人一手抓住一根圆木,一手伸出去急切地打着招呼;另一些人用手掌罩在眼上挡着耀眼的阳光,坐在摇晃着的帆桁的外端;所有的圆木上都站满了人,准备好了接受他们的命运。唉!他们还在使劲搜索那无边无际的蓝色海洋,要找出那说不定要他们的命的对头来!

"你既然见到它,干吗不吆喝出来?"埃哈伯听人叫出了第一声之后等了几分钟却再也没有下文了,便叫起来,"伙计们,把我送上去,你们是上了当啦。莫比·迪克不会喷一回水就没了踪影,它绝不会那样。"

果然如此,水手们脑袋一发热,便把别的什么现象错当作鲸鱼喷水啦,不多久事实证明了这一点;因为埃哈伯一登上他的岗位,那根吊绳刚扣上了甲板上的铁栓,他就向他的全班人马发出了号令,使得空气中像有多少支来复枪齐发似的嗡嗡直响。三十只壮实的肺发出了一声胜利的欢呼,原来莫比·迪克蹿出水面现身啦!比那想象中鲸鱼喷水的地方离船要近得多,就在不到一浬的前方!它这一回近距离出现不是通过任何平静而慵懒的喷水,不是从脑袋里安安分分地涌出一股神秘的喷泉,而是通过一个要比喷水稀罕得多的现象——鲸跳。它从海底最深处以它的最快的速度升上来,轰隆一声把整个身子腾跃到空中,把晶亮耀眼的泡沫泼成了一座小山,让人看出它是在离船七浬多的地方。此刻,被它搅得翻江倒海似的波涛像是它的鬃毛;在有些情况下,鲸跳是它表示要一决雌雄的动作。

"它在跳!它在跳!"随着这叫声,白鲸奋发神威,把自己的身子像大马哈鱼似的一下子甩上天去。在这宛似一马平川的海面上突然出现了这鲸跳,它泼洒的一天浪沫,再经比海水还要蓝的天空一衬托,好似光闪闪的一道雪白的冰川,叫人睁不开眼来。然后这浪沫从最初令人难以逼视的亮度一点点地黯淡下去,最后成为在山谷中一路下过去的阵雨留下的闲闲水雾。

"好,向着太阳跳你的最后一跳吧,莫比·迪克!"埃哈伯喊道,"你的大限和你的镖枪都已近在眼前——下来!你们大家都下来,只留一人在前桅。艇子——准备好!"

大伙儿嫌顺着那些用护帆索做的绳梯下来太啰嗦,抱着孤零零的后支索和升降索像流星似的一下子滑到了甲板上;埃哈伯没有这么毛躁,可也很快从他的瞭望处下来了。

"放艇子,"他一到他的艇子(那是一艘后备艇,前一天下午才装备好)便叫道,"斯塔勃克先生,这船归你掌握——和艇子保持距离,但要离它们近些。把艇子全都放下去!"

莫比·迪克好似要给他们一个下马威,这一回是它首先发动攻击;它掉过身子,此刻正向三艇的水手冲来。埃哈伯的艇子在中间;为了给大家鼓劲,他说他要迎头和恶鲸斗上一斗,就是说,让小艇正面向鲸鱼的脑门子冲过去。这样做并不稀奇,因为在一定距离之内,这个行动可以不让鲸鱼分向两侧的眼睛发现艇子劈面而来的冲刺。然而在达到这个近距离之前,在白鲸看这三艘小艇还像看大船的三根桅杆一样清楚的时候;它一阵翻腾加足了马力,几乎就在一眨眼间,张大了嘴,横扫着尾巴,冲到了三条小艇中间,展开了全方位的恶斗。它不顾从每一条艇子上投来的枪,似乎一心只想粉碎这些小艇上的每一块木板。它像一个受过训练的冲锋陷阵的好手,机动灵活,不停地转动身子。那些艇子暂时还能避过它的锋芒,虽然有时相差不过一块船板那么宽。而在整个这段时间内,埃哈伯喊的鬼哭神号般的口号把其他的喊杀声都盖得听不见了。

但是白鲸在令人眼花缭乱的变化中翻来覆去,最后以种种方式把扎在它身上的三根曳鲸索牢牢地搅到一起,使它们缩短了,从而使曳着索子的艇子歪歪斜斜,不由得被拉向鲸身上中的枪。亏得这时候鲸鱼暂时往一边缩了缩,像是要先松口气,然后集中力量进行一次更凶猛的冲刺。埃哈伯趁这机会首先放出更多的索子去,接着飞快地一拉一扯地往回拽——他希望这样一来可以松开几根索子搅成的一些活结——哪知就在这一刻出现了一幅比鲨鱼的满口利齿还要可怕的场面。

那些有着一簇簇的倒钩和尖刺的戳立着的镖枪和长矛与大团的索子绞结在一起,经鲸鱼一退一拉,把枪和索子一齐甩到埃哈伯的艇子头部的导索口。此时只有一个法子。埃哈伯抓起艇上的刀子,好不容易先把塞到导索口艇内一头的索子割断,又通过导索口割断了艇外的;把外面的索子拉进来,经过导索口到了艇内交给艇头的水手长。然后他两次分割开导索口近旁的索子,把截住的成束的枪矛扔到海里;于是一切又告正常。而这一刻,白鲸猛一下冲进剩下的其他纠结在一起的索子中,从而以不可阻挡之势把斯德布和弗兰斯克的两艘更加难解难分的艇子拉向它的尾部,让两艇像两片滚来滚去的贝壳在浪花冲刷的海滩上彼此相撞。接着它潜到海里,消失在一个沸腾的大漩涡中。有一段时间,艇子残骸的杉木板碎片在漩涡里蹦来跳去,好像浮在一大碗快速搅动着的五味酒上的肉豆蔻末。

这时,两艇的水手还在水里打转,四处去抓那转着圈儿的装索子的木桶、桨和其他浮在水面的木器;小弗兰斯克侧着身子,像一只空瓶子随波上上下下,两条腿一次次地往上抽以躲避可怕的鲨鱼的袭击;斯德布大声呼唤有谁能把他从水里捞上来;而老头儿的索子(此时已经断成两截)已经能让他钻到奶油似的水潭中去尽力搭救别人——在这处处有险情的危急时刻,白鲸像箭一般笔直射向天空,它宽阔的脑门子上顶着埃哈伯的至今无恙的小艇的底部,让它打着滚,飞到了空中,像是有个无形的钢丝牵着它到天国去。然后艇舷朝下落下来。埃哈伯和他的水手从艇肚子底下奋力挣扎出来,像海豹从海边上洞穴里爬出来一般。

白鲸最初从下面冲到海面上来的势头(在它接触到海面时方向有所改变)使它不由自主地顺着海面射出去,落到离它造成的破坏的中心不远的地方。它背向着这中心,躺着歇了歇,用尾巴缓缓地试探着甩来甩去。只要有一支散失的桨、船板碎片或哪怕是一丁点儿艇子的碎片碰上了它的皮肤,它的尾巴便会飞快收回来,然后用力斜扫过去。然而不久,它似乎满意地认为它当前的工作已经完成;它用打皱的脑门子开路,破浪前进,身后拽着纠缠不清的索子,好似一个旅人踏着悠闲的步子,继续向下风头泅去。

全神贯注的大船像上一次一样把全部战斗情况看在眼里,于是又一次赶过来救援。它放下一只小艇,救起了浮在海面上的水手,把大木桶、桨以及其他一切能打捞的东西都打捞上来,安全地放在甲板上。有些人的肩膀、腕子或脚脖子扭伤了;有些人伤口发青;镖枪和长矛扭曲失形,索子纠结成解不开的团,桨和船板残破损坏;所有这些全都陈列在甲板上。好在看来没有一个受到致命伤或重伤。埃哈伯像前一天的费达拉一样,死死抓住了断裂了的半艘艇子不放,使他能较为舒适地在海面上漂浮,不像前一天遭难时那样使他精疲力竭。

他被救到甲板上的时候,大家全都眼望着他。他现在自己已经站不起来了,半边身子仍然靠在斯塔勃克的肩膀上;斯塔勃克至今为止总是带头照顾他。他的假腿被折断了,只剩下又尖又短的一截。

"唉,唉,斯塔勃克,有时候能靠上一靠真是舒服,不管靠在哪个人身上。要是我老埃哈伯以往能多靠一靠别人就好啰。"

"假腿上那个箍吃不住劲,长官,"木匠这时走上来说,"我做那条假腿可是下了真功夫的。"

"不过没有骨折吧,长官,但愿没有。"斯德布真心关切地问。

"唉,骨头都碎成片片啦,斯德布!——你瞧见了吧。不过即使断了一根骨头,埃哈伯依然毫不动摇。我不在乎身上任何一根活着的骨头,就像我不在乎那根丢了的死骨头一个样。白鲸也好,人也好,恶魔也好,都伤不了我老埃哈伯的本身和本性的一根毫毛。有什么枪弹能射到那儿的海底,有什么桅杆能戳到天上的顶?——喂,上头的人,它朝哪个方向泅去啦?"

"正朝着下风头,长官。"

"那就转舵向风,再加帆,各位管事儿的!放下其余的后备艇,装备好——斯塔勃克先生,你去把小艇的水手集合起来。"

"让我先扶你到船舷去,长官。"

"哎唷,唷!这会儿这残腿刺得我好疼啊!命运真该死!一个灵魂不可征服的船长竟然有这么一个胆小怕死的大副!"

"长官,你说什么?"

"说的是我的身体,伙计,不是你。给我找个什么当拐棍儿——喏,那支摇摇晃晃的长矛就行。把人集合起来。我到现在肯定还没有见到他。失踪了?天哪,这不可能——快!把大伙都叫来。"

果然如老头儿所想的。大家集合之后,那袄教徒不在其内。

"那袄教徒!"斯德布叫起来,"他准是给什么绊住了。"

"让恶鬼要你们的命!——你们全给我去找,上上下下去找,房舱,船头楼——给我把他找到——他不会死——不会死!"

但是大家回来报告:哪儿也不见那袄教徒。

"唉,长官,"斯德布说,"大概是给你的绞到一块儿的索子绊住了——我好像看到他被索子拉到水里。"

"我的索子!我的索子!完啦?——完啦?这个小小的完字是什么意思。这个字像是撞响了丧钟,我埃哈伯老头儿撞着它,好像他是那座钟楼。哎哟!还有那支镖枪!把那一堆乱七八糟的东西好好翻一翻——你们找到了吗?——那支新造的镖枪,伙计们,那是白鲸挨的枪——不,不,不——我真是个该死的蠢货!是这只手把它投出去的!——枪中在鱼身上!上头的人!盯紧了它——快!——大伙儿去装备那些艇子——把桨收集拢来——镖枪手们!把枪矛找来,枪矛!——把最上帆扯得更高些——把所有的帆都升得高高的——掌舵的!把稳了,使劲把稳了。哪怕我得把这没人丈量过的地球转上十圈,哪怕我得从地球这一头到那一头对穿过去,我也非宰了它不可!"

"至高无上的上帝啊!您显一次灵吧,哪怕是一刹那也好,"斯塔勃克叫道,"老人家,你永远永远也逮不住它——看在耶稣基督分上,就此算了吧,这样闹下去,比魔鬼发疯还要糟。追击了两天,两次给打得丢盔卸甲地回来,你自己的腿第二次给咬了去,你的那个邪恶的影子①也死啦——所有好心的天使都在纷纷警告你:——你还要怎样?难道我们非得接着追那要命的鱼,一直到最后一个人的命被送掉为止?难道非要它把我们拉到海底才肯罢休?啊,啊,——再要追捕下去,那是浩孽,冒犯上帝啊!"

"斯塔勃克,近些日子我很奇怪地感到对你特别亲,那是打从我们俩在彼此的眼睛里都看到的——你知道我指的是什么。不过说到这鲸鱼,哪怕你正对我的脸,像我这手掌那样没有五官,没有嘴唇,一片空白,毫无表情,埃哈伯始终是埃哈伯,伙计。这整个行动是上天注定的,不可更改。在开始有这大洋以前亿万年中你和我就已经预演过。蠢材!我是命运的执行官,我是奉命行事。我的部下,你听着!你照我的

---

① 指袄教徒费达拉。

命令办——伙计们,集合在我周围。你们眼前所见的是一个给咬掉了一条腿的老头儿;拄着支哆哆嗦嗦的长矛,靠自己的独脚站着。这就是我埃哈伯——身子已经残缺,可埃哈伯的灵魂却有一百只脚,用一百条腿走动。我感到心力交瘁,几乎动弹不得,好像几根索子在大风里拖着一些断了桅杆的舰船;我现在的模样儿很可能就是如此。不过在我这根索子崩断之前,你们会首先听到我身子开裂的声音。只要你们还没有听到这声音,你们知道我埃哈伯这根粗缆绳还在拖着我的目的物。伙计们,你们信那叫做预兆的东西,对吧?好,那就先笑出声来,再哭一场吧。因为凡是要淹死的东西,在淹死之前会两次浮到水面上来,接着再浮上来之后就从此沉下去,永不再现。莫比·迪克就是如此——它两天都浮了上来,明天是第三天。嗳,伙计们,它会再一次浮上来——不过只是来喷最后一次水!你们觉得胆子壮了吗,壮了吗?"

"像什么也不怕的火一样。"斯德布嚷道。

"也像火一样没有头脑,"埃哈伯嘟哝道,然后随着水手们一个个走上前来,他接着嘟哝道,"那东西叫做预兆!昨天我在那边跟斯塔勃克讲到我的破损的小艇时,我也是这么说。啊,我是多么勇敢,我想从别人的心中赶走那在我心中根深蒂固的东西!——那袄教徒——那袄教徒!——他是死了,是死了吗?他要走在前头;但是在我完蛋之前你们还会再见到他的——那是怎么回事?——现在有这么一个谜,它大概会教所有的律师伤透脑筋,这些律师还有故去的长长一列法官的阴魂做后盾——这谜像兀鹰的尖嘴啄着我的脑袋。不过我会,我会解开这个谜!"

暮色降临时,他们还看得见那头鲸在下风头。

于是再一次把篷帆收下来一些。一切几乎都和前一个晚上一个样,只是铁锤和磨刀石的声音响了一夜,到天快亮时才停,那是大伙儿挑着灯为了明天那一仗周到细致地装备好那些后备艇,磨快他们的新武器。同时,木匠用埃哈伯的小艇的折断了的龙骨作木料,又为他做了一条假腿。埃哈伯呢,他还像前一天晚上那样,压低了帽子,定定地站在他的房舱的小舱口。他的隐藏着的目光犹如一块日光反射信号板一般被放回到它的正对着东方的日晷上,等待着初升的朝阳。

第一百三十五章
第三天追击

第三天的早晨来得天朗气清,又一批白天瞭望的水手上去接替了晚上单独在前桅顶上的值班人,他们站在每一根桅顶和几乎每一根横桁上。

"你们见到它了吗?"埃哈伯大声问;可是还不见鲸鱼的踪影。

"不过我们就在它后头,错不了;只要跟在它后头就成。掌舵的,把稳了,就照这样走下去。又是一个多美妙的日子啊!这要是个新创造的世界,是为天使们盖的夏宫的话,那么今天早上就是夏宫初次向天使们开放。这世上绝不会有比这更明媚的日子了。要是埃哈伯有时间去想 ,这里真有他可想的;可惜埃哈伯从来不想事,他只凭感觉,感觉,感觉;这对凡人来说已经很够啦!去想,那是胆大妄为。只有上帝才有想事的权利和特权。思想是,或者说应该是一种冷静和一种镇静的心态,而我们的可怜的心在怦怦地跳动,我们的可怜的脑子也跳得太凶。偏偏我有时还自以为我的头脑十分镇静——镇静得像冻结了似的;这颗老脑壳都快要裂开啦,好似一只玻璃杯,杯内的水结成了冰,叫它直打哆嗦。可这头发现在还在长,此刻就在长,准是热力在催它长。啊,不对,这头发就如通常的草一样到处都能长,在格陵兰冰隙的土层里能长,在维苏威火山的熔岩里也能长。狂风把它刮得多凶啊,风在我四下里鞭打着一切,就像破帆的碎片抽打着它们至今还依附着的颠簸的船。在此之前,一场穷凶极恶的风无疑已先刮过监狱的过道与牢房,医院的病房,好让它们通风。然后它刮到了这儿,变得像雪白的羊毛一般纯洁无瑕。可是走出去迎着它一闻!——原来这是污染了的风。我要是这风呀,我决不在这万恶的卑鄙龌龊的世界上吹。我会找一个什么地方的洞穴爬进去,躲在那儿。然而这风实在是种无上高贵而英勇盖世的东西！谁又曾征服过它？每一次战斗中,最后最狠的一击总是出自它手。你冲上去和它斗,那也只是打风里钻了过去。哈,哈！只有那心虚胆怯的风才会攻击赤身露体、连一拳也经不住的人。连我埃哈伯也比这种风勇敢,高尚。风要是有它的躯体呢,不过所有那些最最使寻常人恼火生气的东西,所有这些东西都是无体无形的,然而只是作为物无体无形,而不是作为神明无体无形。这其中有一个最最特别,最最狡诈,唉,最最恶毒的区别！然而我要再说一遍,而且现在我要起誓:风里有某种光明正大、宽厚仁慈的东西。至少这些温暖的贸易风在晴朗的天空中一路刮过去,强劲、坚定、温和中自有它的力度,不管那卑劣的海洋中的潮流如何随机转向,也不管陆地上那些滔滔大江时而急转时而偏斜,拿不准自己最后要到何处去,风却从来不偏离自己的目标。皇天在上！正是这贸易风直接吹送着我的宝贝船前进,这贸易风或是类似它的某种从不改变而同样强劲的别的东西吹送着我的宁折不弯的灵魂前进！向着它前进！喂,上头的人！看见了什么？"

"什么也没有看见,长官。"

"什么也没有看见！眼看着就是正午啦！那金币正在求人要哩！瞧那太阳！哦,哦,事情准是这样,我赶到了它前头啦。怎么会赶到它头里的呢？哦,现在是它在追我啦;不是我追它——这可不妙;我早该料到这一点。蠢材啊蠢材！它是拉着索子,还有那些镖枪走的呀。哦,哦,我昨晚上赶过了它。掉过头来,掉过头来！你们大家都下来,只留下正规的瞭望哨！拉转帆索！"

改变了航向以后,风似乎多少在披谷德号的船侧后边吹,因此此刻这转了帆的船已是向着相反方向,在逆风行驶,重新翻搅起它刚才留在后面的白浪。

"它如今是逆着风往鲸鱼张着的嘴里送,"斯塔勃克一面把新拉过来的主转帆索绕在船栏上,一面嘴里喃喃自语道,"愿上帝保佑我们,不过我已经觉着内里有股潮气直侵骨髓,从里到外湿透了我的肌肤。我过去怀疑自己听他的号令是违背了上帝的旨意,我是怀疑错啦！"

"准备好把我送上去！"埃哈伯喊道,一面朝麻绳篮子走去,"我们很快就会和它见面的。"

"是,是,长官。"斯塔勃克立刻按埃哈伯的命令照办,于是埃哈伯又一次吊了上去。

整整一个钟头过去了,日色拖延着不肯西斜。时间长长地屏住了呼吸,紧张得喘不过气来。可是最后在距上风舷三十四度左右的方向上,埃哈伯又发现了它在喷水,三根桅顶上即刻发出了三声尖叫,像是从三条火舌①发出来的。

"莫比·迪克,这是我第三回脑门子顶着脑门子和你交手啦!到甲板上来!转帆索把帆转得更高些,迎面顶着风。鱼离得还太远,不到放艇子的时候,斯塔勃克先生!帆在抖!拿一只大木槌站在舵手旁边!啊,它泅得好快,我得下去。不过让我在上头再好好看一遍周围的海洋,还有时间看一遍。这景色老而又老,可不知怎么又挺有新意。打从我还是个从南塔克特的沙丘上走来的孩子初次看到它的时候起,它一丁点儿也没变!一切照旧!一切照旧!从诺亚的洪荒时代到我今天,一切照旧。下风头在下不大的雷阵雨。多可爱的下风头哪!它一定通到什么地方去——比平常陆地不一样的地方,比一片棕榈滩还要热闹的地方。下风头!白鲸去的是下风头;那就往上风头看看,后边刮得越凶越好。可是你这老桅顶楼,再见啰,再见!那是什么?——绿的?噢,木头翘了,有了裂缝,就长出了小小的苔藓。我老埃哈伯的脑袋上却没有气候留下的绿色的痕迹!人和物都老了,可两者之间就是有区别。唉,你这根老桅啊,咱们俩一块儿老啦,不过我们的身体都还硬朗,你说对吗,我的船?唉,只不过是少了一根腿。老天在上,这根死木头哪方面都比我的血肉之躯强。我没法跟它比;我知道有些用死了的树造的船活得要比爹娘给了一副好身板的人长。他说些什么,我的领水员,你还应该在我前边引路,我们还能见到它么?可是在哪儿见到它呢?假定我走下这走不完的阶梯到了海底,我能有一双在海底观看的眼睛吗?这一整个晚上我一直在离它沉下水去的地方越来越远。唉,唉,我的袄教徒啊,正如你讲的许多关于你自己可怕的大实话一样。可是,埃哈伯啊,你那一枪没有投中呀。再见啦,桅顶楼上的人——我

---

① 见《圣经·新约·使徒行传》第2章2—5节。

下来之后要留神盯着鲸鱼。我们明天再聊,不,是今晚上,那时候,白鲸从头到脚都捆得结结实实地躺在那儿。"

他做了这许诺;一边仍然凝视着四周,一边被人稳稳地从蔚蓝色的天空中降到甲板上。

小艇按时放了下去。埃哈伯此时站在艇艄,在正要放下去的当儿,他向抓着甲板上一根滑车索的大副挥挥手,要他停一停。

"斯塔勃克!"

"长官,有什么事?"

"我的灵魂的船是第三次出发去完成这次航行,斯塔勃克。"

"唉,长官,是你非要这么干不可呀。"

"有些船开出它们的港口以后就再也不见回来了,斯塔勃克。"

"这是实话,长官,顶顶叫人伤心的实话。"

"有些人在退潮中死了,有些死在浅水里,有些则死在白浪滔天的潮水中——我这会儿觉得自己像汹涌升起的一排巨浪,斯塔勃克。我老啦;——跟我握握手吧,好伙计。"

他们的手握在一起;他们的目光相交;斯塔勃克的眼泪沾在脸上。

"啊,我的船长,我的船长!——好人哪——别去——别去!——瞧,一个硬汉子都哭啦;想想看,要说服你有多痛苦!"

"放下去!"埃哈伯叫道,把大副的胳膊拨到了一边,"水手们准备好!"

只一刻,小艇已经贴着船艄划了过去。

"鲨鱼!鲨鱼!"从房舱的低低的窗口传出来一个人的声音,"主人啊,我的主人,回来吧!"

然而埃哈伯什么也没有听见;这一刻他自己正敞开了嗓门说话,艇子往前蹿了出去。

可是那个人说得一点儿不错,因为他刚离开了大船,一群鲨鱼仿佛从船底下深色的水里冒了出来,它们往水里钻一次,便恶毒地咬一下桨板;就这样,它们一路伴着这艇子,一路咬着。在鲨鱼聚居的那些海域里,捕鲸艇遇上这种麻烦是常有的事。鲨鱼在有些时候看来是紧跟捕鲸艇,这和在东方,旌旗蔽日的大军行进时常有兀鹰翱翔其上出于同一种预感。不过自从白鲸初次被发现以来,这是披谷德号第一批观察到的鲨鱼,至于这是不是因为埃哈伯手下的水手都是虎皮黄的蛮子,因而他们的肌肉在鲨鱼闻来更有一股麝香味,这很难说(麝香气味能吸引鲨鱼是许多人都知道的);是也好,否也好,反正鲨鱼看来是跟定了这条艇子,而对其他艇子秋毫无犯。

"真是铁打的心肠!"斯塔勃克凭栏眺望,目送着这些艇子远去,喃喃地说,"你见了这番景象,还敢命令把艇子放到恨不能把你一口吞下的鲨鱼群中,由着它们大张着嘴跟在后面,自己去追击鲸鱼吗?而这已是生死攸关的第三天了?因为一连三天紧追不舍,就必然是第一天在早上,第二天在中午,第三天是傍晚,然后告一结束——不管这结束是吉是凶。啊,我的上帝!是什么在我心头掠过,使我这般镇静自若,却又有所期待。——是一个寒颤,它使我定住了!未来的事在我面前浮现,然而只有个空空的轮廓和框架;过去的一切却不知怎的变得模糊了。玛丽,我的好妻子,你逐渐隐没在我背后面黯淡的荣光中;我的儿子!我似乎只见到你的眼睛变得蓝得出奇。生命中最奇怪的问题似乎变得明白了;可是云雾却隔断了——我的路是不是快走到了尽头?我的腿已经软了,好像走了一天长路的人一样。摸摸你的心——它是不是还在跳?——斯塔勃克,活动活动你的手脚!——把它挡开——说吧!说吧!大声说出来!——喂,桅顶上的人!你们看到了沙岗上我孩子在招手吗?——掉了魂啦;——喂,桅顶上的!紧紧盯住那几艘艇子;——注意那头鲸鱼!——嚯,又来啦!——把那头鹰赶开!瞧!它在啄——它把风信旗啄破啦,"他指了指主桅的圆帽顶上飘扬着的红旗——"哈!它衔着它飞走啦!——老头儿到了哪儿啦——埃哈伯啊,你见到了那景象没有?——真叫人直打寒颤啊!"

艇子还没有走多远就见到桅顶上的人发出信号——一只胳膊朝下指,埃哈伯知道这是说鲸鱼已经沉下去了;但是他偏离大船一点儿继续往前驶,这样等它冒出水来时正好在它近旁。那些中了魔法似的水手保持鸦雀无声的肃静,听着那浪头像锤子似的一下一下迎头打着艇舷。

"你这海浪,打吧,打你的钉子吧!把钉子打进去,一直打到头!不过你钉的这东西没有盖子。棺材也好,柩架也好,都没有我的份儿:

只有麻绳才杀得了我！哈！哈！"

　　突然间艇子四周的海水慢慢地冒起一个个大圆圈,接着急速波动,仿佛有一座沉在水下的冰山飞快地冒出水面时,水从它四面流下来。只听得一声低沉的隆隆声,像是地底下发出的嗡嗡声。这时,大家屏住了呼吸,只见一个硕大无朋的身躯纵身跃了出来,和海面成一斜角,身上披挂着长长的曳鲸索、镖枪和长矛。一层纱一般的水雾包裹着它;它这一纵,在空中一下子形成了一道彩虹,接着哗的一声又栽入了深海。海水溅起来有三十呎高,顷刻间犹如许多个闪闪发光的喷泉,然后阵雨般散落下无数雪花,留下一大圈仿佛新鲜牛奶似的水面,环绕着鲸鱼的大理石的身躯。

　　"向前划!"埃哈伯冲着桨手们喊,艇子纷纷冲向前去发起攻击。可是莫比·迪克由于昨天新中的枪腐蚀着它,疼得它要发疯,好似所有的天使都下了凡,通力合作地制它,使它野性大发。它的宽广白额的透明的皮肤底下布满了一重重拧在一起的筋。它正面冲来,用尾巴在艇子中间搅了个天翻地覆,又一次把它们打得四散奔逃,二副和三副的艇子里的枪矛全给泼到了海里,两艇头部的上边一侧被撞碎了。只有埃哈伯的艇子几乎完好无损。

　　达果和季奎格正在堵破损的船板上的窟窿;白鲸从他们中间泅出来,掉转头,露出它的整个儿一面侧腹,飞快地又在两艇边上泅过。正在这节骨眼上,响起了一声短促的叫喊。原来昨天夜里,在它一次又一次的翻滚中,那鲸让索子随着它的打滚把它的身子一道又一道地捆了个结结实实,其中那个袄教徒的伤残的身子清晰可见,他的黑色衣服被撕成了片片,他的泡得鼓胀的眼睛直瞪瞪地正对着埃哈伯。

　　那支镖枪从他手里掉了下来。

　　"上了当,上了当啦!"他吸了长长的一口气说,"唉,你这个袄教徒啊! 我又见到你啦——唉,你走在了前头;而这,这就是你答应为自己预备的柩车。不过你说的话我是字字当真。那第二辆柩车在哪儿? 二副,三副,你们回船去! 那两艘艇子现在已经不管用啦,来得及的话,你们把它们修补修补,再回到我这儿来;要是来不及,那么要死我埃哈伯一个也就够啦——下去呀,伙计们! 谁要从我站的这条艇子跳出去,先

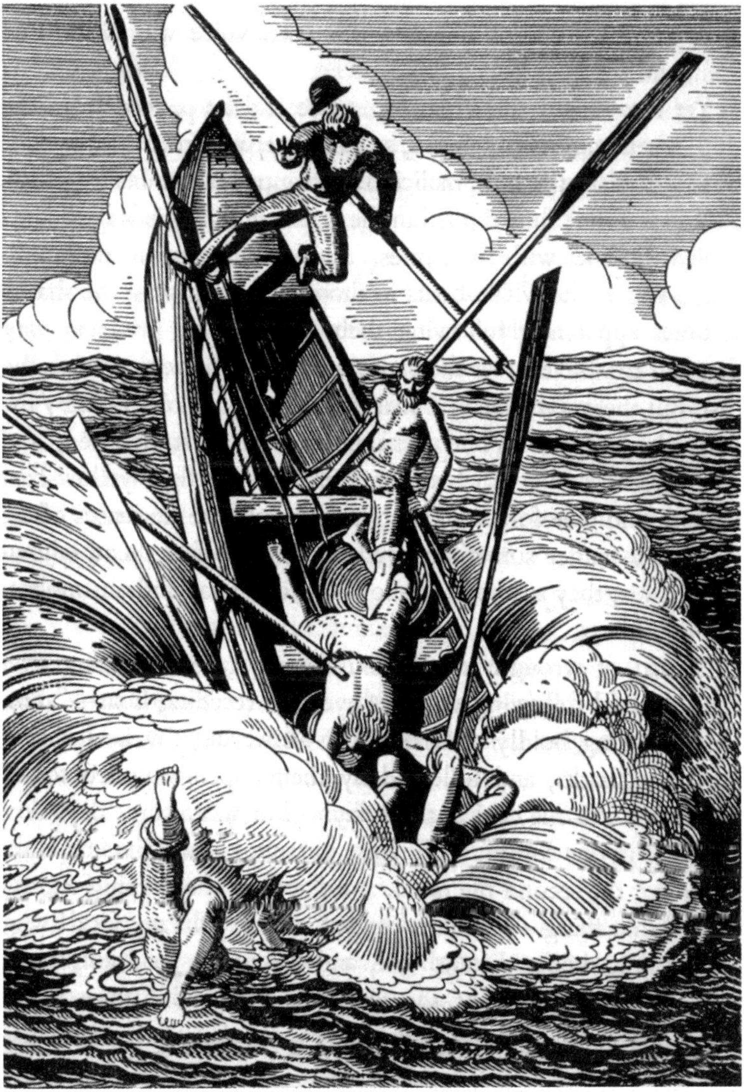

得尝尝我这支镖枪的滋味。你们不是别的什么人,而是我的手足,所以要听我的吩咐。鲸鱼在哪儿?又沉下去啦?"

可是他看到的离艇子太近了。莫比·迪克像是一心要背着袄教徒的尸体逃走,而对它说来,今天这场遭遇战所在之处似乎只是它朝下风头的航程中的一个站头,此刻它重又稳稳地向前游去,几乎已经游过那艘大船。而大船迄今为止一直在逆着它的方向行驶,不过眼下它已停止前行。白鲸则看来是以最高速度在向前泅,此时它只是一心想直奔它海上的路。

"埃哈伯呀!"斯塔勃克喊道,"就是此刻,为时也还不算太晚,这是第三天啦,罢手吧。你瞧莫比·迪克没有找你一决输赢。是你,你在发狂似的在找它算账!"

那条孤零零的小艇迎着新刮起来的风扯起了帆。又是桨又是帆,它飞快地向下风头驶去。最后当埃哈伯驰过大船时,彼此离得如此之近,以至他可以看清靠在船栏上的斯塔勃克的脸,他招呼斯塔勃克把船掉转头来跟着他,速度不要太快,保持适当距离。他抬头望去,望见塔希特戈、季奎格和达果正急急地爬到三根桅顶去,两条撞破了的小艇则刚被吊到船侧,那些还在艇里摇摇晃晃的桨手忙着进行修补。在他疾驰而过时,他还透过舷窗飞快地瞥见了斯德布和弗兰斯克一眼,他们在甲板上一簇簇新的枪矛中忙着他们的活儿。他看到了这一切,听到了锤子打在破损的艇子上的声音。他感到还有别的许多锤子在将一根钉子打进自己的心里。可是他硬着头皮顶住了。接着他注意到主桅顶上的风信旗不见了,他大声告诉刚攀到桅顶上的塔希特戈再下去取一面旗还有锤子和钉子上来,好把旗钉在桅上。

这头白鲸究竟是由于接连三天的追击,加以身上纠缠不清的绳索阻碍了它的泅行因而疲劳过度呢,还是出于恶意欺诈定下了一条诡计;反正不管是因为前者还是后者,白鲸泅速这时看来开始放慢了,于是小艇很快再一次接近了它,虽说这一次白鲸抢在艇子前头的距离本来就没有如先前两次那么长。可是埃哈伯一路在波浪上滑行着的时候,那些伴着他的鲨鱼也并没有放过他;它们死死盯着艇子,不断地咬那划着的桨,把桨板咬得留下一个个牙印,几乎每咬一下就在海上留下一些碎木片。

"别理它们!那些牙印倒可以给你的桨作新桨架。接着划!鲨鱼嘴比那由你摆布的海水能给你更好的休息。"

"可是每咬一口,长官,那薄薄的桨板就变得越来越小喽!"

"桨板能顶一个时候,够你划的!接着划!——可是谁知道呢,"他嘴里嘟哝着,"这些鲨鱼泅来是大嚼这头鲸呢还是大嚼我埃哈伯?——不过接着划!喂,大家留神啦——这下我们接近它喽。舵,掌好舵;让我过去,"说着,两个桨手扶着他往前走,到了还在飞也似的驶着的艇子头部。

末了,艇子转向一边,靠近了白鲸的侧腹平行前进;好生奇怪,白鲸似乎不知道艇子已在面前——有时候鲸鱼确会如此——而埃哈伯则已经进入鲸的喷水口冒出的盘旋在摩纳德诺克山①一般巨大的背峰四周的水雾中。他已和鲸鱼近在咫尺;只见他背向后靠,两臂高举过顶,摆好了姿势,恶狠狠地把镖枪随同他的更加恶狠狠的咒骂一齐投向那恨之入骨的鲸鱼。镖枪和咒骂一同深深地刺进鲸的喷水口,仿佛被吸进了泥沼之中。莫比·迪克的身子往侧扭动了一下,它的靠近艇头一侧的腹部抽风似的一滚,猛一下把艇子打得掀了过去,却连一个窟窿也没有捅穿。埃哈伯要不是抓住了艇舷的隆起的部分,非再一次被扔入海中不可。可是这么一来,那三个桨手事先不知道投出枪去的确切时刻,也就没有对鲸鱼的反应作好防备。于是三个人被抛了出去,随后落下,只一瞬间其中两个又抓住了艇舷,乘着海浪一推一送之间,升到与小艇相平,一翻身便又进了艇子。那第三个无计可施,落到艇艄后面,但还在水面上泅着。

几乎就在同时,白鲸下足了狠心,以迅雷不及掩耳的速度冲过波涛汹涌的大海。埃哈伯大声叫舵手再把曳鲸索转上几圈,然后死命卡住;又命令两个水手在他们的座位上转过身来,借拉紧索子的劲,让艇子冲向目标。哪知就在这一刻,不争气的曳鲸索受到舵手和水手双边的拉力,在空中砰的断了!

---

① 摩纳德诺克山是美国新罕布什尔州南部的一座孤立的山峰,峰顶草木不生。

"我身子里什么东西断了？是哪一个筋断啦！——好，又接上啦；划啊！划啊！朝着它扑上去！"

那鲸听到了小艇劈波斩浪，向它不顾死活地冲来的声音，便将身子一旋，准备以它的白额相迎。可是在这一转身间，它突然看到了正在靠近的大船的黑色船体，似乎明白了这才是它遭的这些难的冤头债主，以为（想来是这样）这是一个更大更高级的仇人，便出其不意地猛地扑向迎面驶来的大船的船头，在漫天飞舞的浪沫中用它的大嘴死命地撞去。

埃哈伯脚步踉跄，他用手敲着自己的脑门子。"我的眼睛瞎啦；你们的手呀，快伸到我面前来，好让我摸索着走动。到了晚上了吗？"

"那鲸！那船！"桨手们吓得战战兢兢地喊道。

"划呀！划呀！大海啊，它想头朝下溜进你的怀抱，在我埃哈伯追悔莫及之前，给我的目标来它个最后、最后的一击！我看到啦：那船！那船！冲上去，我的儿郎们！难道你们就不肯救救我的船吗？"

哪知道就在桨手们拼着死力使小艇劈开大铁锤般的浪头向前冲时，方才受过鲸鱼撞击的艇头的两块木板裂开了；几乎就在片刻之间，一时已经动弹不得的艇子沉得已经和海浪齐了。它的那几个水手半身陷在水里，稀里哗啦地死命堵那口子，把涌进艇里的水舀出去。

同时，就在这一瞬间，桅顶上的塔希特戈手里的锤子停在半空，那面红旗仿佛一幅披肩似的半卷着他，然后从他身边笔直张开，好像是他腔子里那颗血红的奋勇前进的心；就在此时，斯塔勃克和斯德布站在探出船头的一根圆木上面，和塔希特戈同时瞥见了对着大船扑下来的那头海怪。

"鲸鱼扑来啦，鲸鱼扑来啦！转舵向风，转舵向风！啊，求你这股风力，大发慈悲，帮我一把吧！可不能让斯塔勃克死啊，如果非死不可，那就让他像女人似的昏厥过去吧。喂，我说，转舵向风呀——你们这些蠢材，那鲸嘴！鲸嘴！难道所有我从心里蹦出来的祈祷，我这一辈子的虔诚信仰就落这么个结果吗？唉，埃哈伯呀埃哈伯，看你干的好事。把稳了，舵手，把稳了。不，不，再转舵向风！它掉过头来向我们正面扑来。啊，它毫不容情的额头对准一个人撞来，这个人的职责要求他不能离开岗位。我的上帝啊，请和我站在一起吧！"

"不是和我站在一起,而是站在我下面。不管是谁,这时都来帮斯德布一把,因为斯德布也在这儿顶着。我咧着嘴冲你笑,你这头咧着嘴笑的鲸鱼!又有谁曾帮助过斯德布,使斯德布保持清醒,还不是靠斯德布自己的一眨不眨的眼睛?可如今可怜的斯德布上床睡啦,睡在一张好不柔软的床垫上;但愿这床垫里面装的是些小树枝!我咧着嘴冲你笑,你这头咧着嘴笑的鲸!你们听着!你们太阳、月亮和星星!我管你们叫杀人犯,你们杀了这么一个好人,他穷得连自己的鬼魂都已典当出去啦。尽管如此,你们只要把酒杯递过来,我还是会跟你们碰杯的!喔!喔!喔!喔!你这头咧着嘴笑的鲸,过不了一会儿就尽有你大口喝的了!埃哈伯啊,你干吗不逃走呢!至于我,我会脱下上衣和鞋逃走;让斯德布穿着衬裤去死吧!不过这种死法又霉又咸;——樱桃!樱桃!樱桃!弗兰斯克啊,我们死前要有颗红樱桃吃多棒啊!"

"樱桃?我但愿我们此刻正在长着樱桃树的地方。斯德布啊,我希望我那可怜的娘在今天之前已经支了我的一部分工资就好啦;她要是没有支,那就没有几个子儿可以到手啦,因为这次航行到了头啦。"

这会儿,几乎所有的水手在船头上都呆若木鸡;他们手里还茫然地拿着锤子、船板碎片、镖枪和长矛,神气就跟他们刚从各自的工作岗位上飞奔过来时一样;各人的像着了魔的眼睛全都死盯着那头鲸,它的可怕的脑袋奇怪地摇过来摆过去;它在东冲西撞时把一大片散成半圆形的浪沫从一边洒到另一边。它的整个模样儿充满了恨不得一下子就能报仇雪恨的歹毒神气。凡是俗世凡人所能做的一切,它一概不放在眼里;它的结实的雪白的脑门子撞击着船头的右舷,撞得人和木板都四下里摇晃。有些人背朝天栽倒在甲板上。在桅顶的镖枪手的脑袋像散了架的桅杆帽似的在他们的公牛般的脖子上不住地摇。大家听得海水从缺口处涌进来,犹如山泉在渡槽里往下直泻。

"这船成了柩车啦!第二辆柩车!"埃哈伯在艇子里叫道,"它的木料只能是美国的!"

那鲸钻到了静止不动的船底下,贴着龙骨窸窸窣窣地泅了一阵,然后在水下转过身,呼的一下又蹿出到海面上,远在船头的另一侧,离埃哈伯的艇子却只有十来呎。它暂时静静地躺在那儿。

"我转过身来不向太阳啦。怎么啦,塔希特戈!让我听听你的锤子声。啊!你们是我的三个威武不屈的尖子;你们是折不断的龙骨,惟有大神才能慑服的船体;你们是坚实的甲板,高傲的舵,指向北极星的船头。啊,这条虽死犹荣的船!难道你就丢下我而告灭亡吗?难道我连那些闹得船毁人亡、不值得一提的船长们最后一点引以自慰的骄傲都轮不上吗?啊,寂寞的生,然后寂寞的死!啊,现在我感到了我的盖世无双的伟大就在于我的盖世无双的哀痛之中。嗬,嗬!象征我的过去一生的勇猛的巨浪以及送我去赴死的最后一重波涛,从你们的极远处汹涌澎湃而来吧!我冲着你这只能毁灭而不能征服一切的鲸,我要和你较量到底;我从地狱深处向你一刀刺来,为了发泄对你的仇恨,我把最后一口气吐向你。让所有的棺材柩架都沉在一个公共的水葬场。至于我,既享受不到棺材,也享受不到柩架,那就让我仍在追击你的时候被撕成片片吧;说是追击,其实是和你绑在一起,难解难分,你这头该死的鲸!好,我就此放弃我的长矛!"

镖枪投了出去,中了枪的鲸鱼飞也似的向前逃去;枪上的曳鲸索以闪电般的速度在槽中被拉出去——结果拧到了一起。埃哈伯俯下身子去解;他果然解开了;哪知道索子飞起来转了一圈正巧套住了他的脖子。好像被沉默的土耳其人一言不发地勒死的受害者一样,他箭也似的飞出了艇子,甚至连水手们一时也不知道他已经不在了。过了一会儿,曳鲸索末端的粗重的索眼飞出了已经空空如也的大桶,把一个桨手打倒在地,又在海面上一击,便消失在大海底下。

有一会儿,艇上的水手犹如在梦中一样,站着一动不动,随后转过身来:"那大船呢?老天爷哪,大船到哪儿去啦?"他们在迷惘之余通过一种冥冥之中的感应似乎影影绰绰地看到大船的侧影消失在仙女摩根式的海市蜃楼之中①,只剩下桅杆的顶尖在海面上。那几个异教徒镖枪手,不知出于恋恋不舍的感情,还是忠于职守或命运使然,依然守着沉下海去的曾是高耸在空中的瞭望哨。最后,那只孤零零的小艇连同

---

① 这种海市蜃楼偶尔出现在西西里岛与意大利之间的墨西拿海峡。其特点为双重形影。正影之上尚有一同样的倒影与其相接。此处的仙女摩根是指英国中世纪传奇故事中亚瑟王之妹。

所有它的水手,每一支漂着的桨,每一根长矛杆,都像陀螺似的打起转来,活的死的,全都转成一个涡流,把披谷德号的最小的碎木片也卷了进去,不见了。

当最后的几股水汇合起来淹没了站在主桅顶的那个印第安人的沉下去的头颅时,只剩下几吋挺直的圆木顶以及那面几呎长的飘扬的旗帜还依稀可见。说来也巧,那面从容起伏的旗几乎与消灭这一切的大浪碰到了一起,颇有嘲讽的意味。就在这一刻,一只红皮肤的臂膀和一把从后边往前抢的锤子伸在空中,仍然想把那面旗往那下沉的圆木上钉得牢些更牢些。一头苍鹰从它在群星之间的老家对着主桅冠飞下来,仿佛斥责似的啄着那面旗,使就在那儿的塔希特戈难堪。一不小心,鹰的一只扑打着的大翅膀落在锤子和圆木之间;而同时水底下的那个蛮子不由得产生了一种微妙的快感,以临死前抓住了什么便死死不放的劲头把锤子钉在桅木上不动了。于是这头素来翱翔在高空的鸟儿发出几声天使长似的尖叫,它的不可一世的尖喙探出在水面上,而它的整个被俘获的身子被卷在埃哈伯的旗子里,随着他的船沉了下去。这船就跟撒旦一样,不抓住什么上天的生灵当它的头盔,和它同归于尽,是决不肯下地狱的。

如今小小的水鸟在这依然张着大口的海湾之上叫啸飞翔;一个愤愤不平的白浪一头撞在它的峭壁上,终于大败而归。那片大得无边无际的尸布似的海洋依然像它在五千年前那样滚滚向前。

尾　　声

"惟有我一人逃脱,来报信于你。"约伯①。

戏已经收场了。那怎么这儿又有人出场来?——因为有一个人幸

---

① 见《圣经·旧约·约伯记》第 1 章 19 节。

免于难。

　　说来也巧,那个袄教徒消失以后,埃哈伯手下的头桨手顶了他留下的空缺,命运之神又指定我来顶头桨手留下的缺。在那最后一天,有三个水手从那摇晃得厉害的艇子中抛了出去,其中有一个落到了艇艄后面,这个人便是我。我因此成了一个以后处于这场热闹边缘的局外人,这场热闹我从头至尾看在眼里。那条船沉下去造成的吸力到达我身边的时候,吸力的一半已经衰竭,我于是被缓缓地吸引到正在收缩的涡流边。当我到达边沿时,它已消退为奶油似的一潭水。我就在越收越小,最后成为一个转得很慢的圈子的轴心中间一颗纽扣大小的黑色水泡周围转圈儿,成了又一个伊克锡翁①。我转到这生死攸关的中心时,黑色水泡向上炸开了。这时,那只棺材救生器仗着它的巧妙的弹簧脱离了船,由于它的极大的浮力,它猛地笔直从海面上腾空而起,翻了个个儿,漂到了我的身边。我由这棺材托着,在柔和的像唱着挽歌似的大洋上浮了几乎整整一天一夜。鲨鱼也不来伤害我,只是在我身边泅过,它们的嘴像给大锁锁上了一般;凶狠的海鹰的长喙像套上了鞘,在我头上飞过。到了第二天,一条船驶来了,离我越来越近,终于救起了我。原来这就是一直弯来绕去搜寻的拉谢号。它回过头来寻找它的失踪的儿郎们,结果只是找到了另一个孤儿。

全　书　终
一九九八年九月十八日初译稿校改毕
一九九九年十月三十一日修改定稿

---

　①　希腊神话:伊克锡翁杀害了他的丈人,因而被绑在永久旋转的地狱车轮上受苦刑。

"名著名译丛书"书目

（按著者生年排序）

第 一 辑

书 名	著 者	译 者
荷马史诗·伊利亚特	[古希腊]荷马	罗念生 王焕生
荷马史诗·奥德赛	[古希腊]荷马	王焕生
伊索寓言	[古希腊]伊索	王焕生
一千零一夜		纳训
源氏物语	[日]紫式部	丰子恺
十日谈	[意大利]薄伽丘	王永年
堂吉诃德	[西班牙]塞万提斯	杨绛
培根随笔集	[英]培根	曹明伦
罗密欧与朱丽叶	[英]莎士比亚	朱生豪
鲁滨孙飘流记	[英]笛福	徐霞村
格列佛游记	[英]斯威夫特	张健
浮士德	[德]歌德	绿原
少年维特的烦恼	[德]歌德	杨武能
傲慢与偏见	[英]简·奥斯丁	张玲 张扬
红与黑	[法]司汤达	张冠尧
格林童话全集	[德]格林兄弟	魏以新
希腊神话和传说	[德]施瓦布	楚图南

书名	作者	译者
高老头 欧也妮·葛朗台	[法]巴尔扎克	张冠尧
普希金诗选	[俄]普希金	高莽 等
巴黎圣母院	[法]雨果	陈敬容
悲惨世界	[法]雨果	李丹 方于
基度山伯爵	[法]大仲马	蒋学模
三个火枪手	[法]大仲马	李玉民
安徒生童话故事集	[丹麦]安徒生	叶君健
爱伦·坡短篇小说集	[美]爱伦·坡	陈良廷 等
汤姆叔叔的小屋	[美]斯陀夫人	王家湘
大卫·科波菲尔	[英]查尔斯·狄更斯	庄绎传
双城记	[英]查尔斯·狄更斯	石永礼 赵文娟
雾都孤儿	[英]查尔斯·狄更斯	黄雨石
简·爱	[英]夏洛蒂·勃朗特	吴钧燮
瓦尔登湖	[美]亨利·戴维·梭罗	苏福忠
呼啸山庄	[英]爱米丽·勃朗特	张玲 张扬
猎人笔记	[俄]屠格涅夫	丰子恺
包法利夫人	[法]福楼拜	李健吾
昆虫记	[法]亨利·法布尔	陈筱卿
茶花女	[法]小仲马	王振孙
安娜·卡列宁娜	[俄]列夫·托尔斯泰	周扬 谢素台
复活	[俄]列夫·托尔斯泰	汝龙
战争与和平	[俄]列夫·托尔斯泰	刘辽逸
海底两万里	[法]儒勒·凡尔纳	赵克非
八十天环游地球	[法]儒勒·凡尔纳	赵克非
马克·吐温中短篇小说选	[美]马克·吐温	叶冬心
汤姆·索亚历险记	[美]马克·吐温	张友松
爱的教育	[意大利]埃·德·阿米琪斯	王干卿
莫泊桑短篇小说选	[法]莫泊桑	张英伦
契诃夫短篇小说选	[俄]契诃夫	汝龙
泰戈尔诗选	[印度]泰戈尔	冰心 等
欧·亨利短篇小说选	[美]欧·亨利	王永年

名人传	[法]罗曼·罗兰	张冠尧 艾珉
童年 在人间 我的大学	[苏联]高尔基	刘辽逸 等
绿山墙的安妮	[加拿大]露西·蒙哥马利	马爱农
杰克·伦敦小说选	[美]杰克·伦敦	万紫 等
卡夫卡中短篇小说全集	[奥地利]卡夫卡	叶廷芳 等
罗生门	[日]芥川龙之介	文洁若 等
了不起的盖茨比	[美]菲茨杰拉德	姚乃强
老人与海	[美]海明威	陈良廷 等
飘	[美]米切尔	戴侃 等
小王子	[法]圣埃克苏佩里	马振骋
钢铁是怎样炼成的	[苏联]尼·奥斯特洛夫斯基	梅益
静静的顿河	[苏联]肖洛霍夫	金人

第 二 辑

威尼斯商人	[英]莎士比亚	朱生豪
忏悔录	[法]卢梭	范希衡 等
罪与罚	[俄]陀思妥耶夫斯基	朱海观 王汶
哈克贝利·费恩历险记	[美]马克·吐温	张友松
漂亮朋友	[法]莫泊桑	张冠尧
斯·茨威格中短篇小说选	[奥地利]斯·茨威格	张玉书
海浪 达洛维太太	[英]弗吉尼亚·吴尔夫	吴钧燮 谷启楠
日瓦戈医生	[苏联]帕斯捷尔纳克	张秉衡
大师和玛格丽特	[苏联]布尔加科夫	钱诚
太阳照常升起	[美]海明威	周莉

第 三 辑

神曲	[意大利]但丁	田德望
吉尔·布拉斯	[法]勒萨日	杨绛
都兰趣话	[法]巴尔扎克	施康强

叶甫盖尼·奥涅金	[俄]普希金	智 量
笑面人	[法]雨果	郑永慧
红字 七个尖角顶的宅第	[美]纳撒尼尔·霍桑	胡允桓
死魂灵	[俄]果戈理	满 涛 许庆道
南方与北方	[英]盖斯凯尔夫人	主 万
莱蒙托夫诗选 当代英雄	[俄]莱蒙托夫	余 振 等
前夜 父与子	[俄]屠格涅夫	丽 尼 巴 金
白鲸	[美]赫尔曼·梅尔维尔	成 时
米德尔马契	[英]乔治·爱略特	项星耀
小妇人	[美]路易莎·梅·奥尔科特	贾辉丰
娜娜	[法]左拉	郑永慧
一位女士的画像	[美]亨利·詹姆斯	项星耀
十字军骑士	[波兰]亨利克·显克维奇	林洪亮
樱桃园	[俄]契诃夫	汝 龙
约翰-克利斯朵夫	[法]罗曼·罗兰	傅 雷
我是猫	[日]夏目漱石	阎小妹
嘉莉妹妹	[美]德莱塞	潘庆舲
月亮与六便士	[英]威廉·萨默塞特·毛姆	谷启楠
人性的枷锁	[英]威廉·萨默塞特·毛姆	叶 尊
人类群星闪耀时	[奥地利]斯·茨威格	张玉书
尤利西斯	[爱尔兰]詹姆斯·乔伊斯	金 隄
好兵帅克历险记	[捷克]雅·哈谢克	星 灿
城堡	[奥地利]卡夫卡	高年生
喧哗与骚动	[美]威廉·福克纳	李文俊
老妇还乡	[瑞士]迪伦马特	叶廷芳 韩瑞祥
金阁寺	[日]三岛由纪夫	陈德文
万延元年的 Football	[日]大江健三郎	邱雅芬

扫码免费领取听书券

七十余部外国文学名著经典
0元订阅，无限畅听